Jennifer Benkau · Dark Destiny

Jennifer Benkau

dark destiny

Roman

script5

FSC
www.fsc.org
MIX
Papier aus verantwortungsvollen Quellen
FSC® C014496

ISBN 978-3-8390-0145-5
1. Auflage 2013

script5 ist ein Imprint der Loewe Verlag GmbH, Bindlach
Dieses Werk wurde vermittelt durch
die Literarische Agentur Thomas Schlück GmbH, 30827 Garbsen.
Umschlagfotos: iStockphoto.com/cloki; borchee; MilosJokic
Nagy Melinda/Shutterstock.com
Umschlaggestaltung: Christian Keller
Redaktion: Ruth Nikolay
Printed in Germany

www.script5.de

glaubt nicht, ihr hättet millionen feinde.
euer einziger feind heißt krieg.

erich kästner

intro

Ich hatte immer gedacht, der erste gewonnene Gerichtsprozess würde meine Zweifel verstummen lassen.

Wie bei so vielen Dingen hatte ich erst später erkannt, wie wenig ich wusste.

• • •

Das Blut rauschte in meinen Ohren, während wir in gebannter Stille darauf warteten, dass die Richterin das Podest betrat und auf dem gepolsterten Stuhl Platz nahm. Sie schien alle Zeit der Welt zu haben. Es war ja nicht ihr Leben, über das hier entschieden wurde.

Meins auch nicht, doch es fühlte sich fast so an. Higgs war der erste Percent, für den ich vor Gericht übersetzte. Ich fühlte mich von der Aufgabe überfordert und bereute beinahe, sie angenommen zu haben. Es war nicht so, dass ich Herausforderungen nicht mochte, doch hier ging es um ein Leben. Um Higgs' Leben. Meine Arbeit trug einen maßgeblichen Teil zu der Entscheidung bei, ob der alte Mann freigesprochen wurde und das Meer wiedersehen durfte oder ob er in einem Arbeitslager eingesperrt wurde und seine letzten Jahre damit verbringen musste, Steine zu schlagen.

Higgs hatte einen Menschen getötet und gleichzeitig war er unschuldig. Es war Notwehr gewesen, er hatte sich nur verteidigt, als der junge Mann ihn angegriffen hatte, ohne Not und augenscheinlich ohne einen Grund. Doch anders als Higgs hatte die Gegenseite, die Familie des Toten, genug Geld, um einen teuren Anwalt zu bezahlen.

Higgs hatte gar kein Geld. Und somit auch keinen Anwalt. Alles, was er hatte, war die Unterstützung der Gilde der Wölfe, und die stieß in Fällen wie seinem oft an ihre Grenzen. Wir verfügten nur über wenige Anwälte, sie hatten mit den großen Fällen alle Hände voll zu tun. Unsere Vorsitzenden hatten sich darauf geeinigt, dass die Gerichtsverhandlungen fremdländischer Percents daher nur von Übersetzern begleitet wurden. Und manchmal, wie in diesem Fall, von Lehrern. Higgs beherrschte die hiesige Sprache nur schlecht. Er sollte nicht in ein Lager gesperrt werden, nur weil er die Richterin nicht verstand und ihre Fragen nicht beantworten konnte. Er wäre gerne öfter zum Sprachunterricht gekommen, hatte dafür aber selten Zeit gehabt. Die Lektionen fanden in den Abendstunden und nachts statt und Higgs arbeitete von Sonnenuntergang bis Sonnenaufgang in einer Werft, wo er Schiffe baute. Handelsschiffe, hatte er mir mit glänzenden Augen erzählt, die die ganze Welt bereisten. Higgs liebte Schiffe und er liebte die Vorstellung, ein kleiner Teil von ihm würde mit jedem Schiff, an dem er mitgearbeitet hatte, über die Weltmeere schippern. Seine Arbeit war sein Leben, auch wenn sie seinen Rücken über viele Jahre hatte krumm werden lassen und er nicht mehr verdiente, als er zum Überleben brauchte.

Vielleicht ging mir sein Schicksal so nah, weil ihm Schiffe ebenso viel bedeuteten wie mir.

Ich hatte mein Bestes getan, doch nun zweifelte ich, ob es genug gewesen war. Bisher hatte ich nur Sprachunterricht gegeben, Higgs war der Erste, dem ich vor Gericht als Übersetzerin beistand. Mir war noch ganz flau vom harten Verhör des gegnerischen Anwalts. Ich hatte nicht erwartet, dass es mir so nahegehen würde.

Ich sah zu Higgs hinüber. Er wirkte traurig und müde, er glaubte nicht an einen Freispruch, das betonte er immer wieder. Er hatte längst aufgegeben.

Ich hatte seine Berichterstattungen von der Tatnacht übersetzt, sodass die Richterin eine Chance bekam zu verstehen, warum Higgs den Mann niedergeschlagen und letztlich getötet hatte. Ich war zufrieden mit meiner Arbeit, hatte, soweit ich das beurteilen konnte, sinnvoll argumentiert und ich war sachlich geblieben, war nicht auf die Provokation der Gegenseite eingegangen. Das hatte ich geschafft. Doch Higgs Zuversicht zu vermitteln, Glauben daran, dass wir siegen würden, das war mir nicht gelungen. Darin war ich nie gut gewesen. Auch Neél hatte ich die Zuversicht, die ich verspürt hatte, nie zu vermitteln vermocht. Vielleicht hatte er deshalb nicht genug Vertrauen in mich gehabt, nicht genug Vertrauen, dass alles gut werden würde.

Vielleicht …

Die Richterin räusperte sich und riss mich aus meinen Gedanken. Sie hielt eine längere Rede über Schuld und Unschuld, Bürgerpflichten und Rechte, Missverständnisse, Aggressionspotenzial gewisser Rassen, sie sprach über die Unterschiede zwischen Menschen und Percents. Es waren leere Phrasen, Worthülsen ohne Inhalt, und ich hörte nur halbherzig zu.

Und dann brandete Unruhe in dem Saal auf, der eben noch von Stille erfüllt gewesen war. Ein Mann auf der linken Seite fluchte und hinter mir jubelte jemand auf. Ich verstand nur zwei Worte der Richterin klar und deutlich.

»Nicht schuldig.«

Plötzlich stand ich umringt von Menschen und Percents, die mir auf die Schulter klopften und gratulierten. Die Richterin lächelte erst mir zu und dann Higgs. Ich griff zur Seite, fasste ihn am Arm und sagte: »Ich habe es dir doch gesagt! Glaubst du mir jetzt endlich? Ich habe es die ganze Zeit gewusst.« Ich zitterte vor Erleichterung, was meine Worte Lügen strafte und bewies, wie unsicher ich mir gewesen war. Nichts hatte ich gewusst.

Nicht schuldig. Die beiden Worte klangen wie ein Echo in meinem Kopf nach. Die Richterin hatte Higgs freigesprochen, woran niemand geglaubt hatte. Er schien es kaum zu begreifen.

»Darf ich gehen?«, fragte er mich in seiner Sprache – in meiner Muttersprache – und eine Gänsehaut überzog meine Haut, als ich sah, dass Tränen in seinen steingrauen Augen standen. »Darf ich jetzt nach Hause gehen? Und wieder in der Werft arbeiten?«

»Du bist frei«, antwortete ich und wandte dem gegnerischen Anwalt, der schimpfend an uns vorbeiging, den Rücken zu. Er musste vor Wut kochen, von einer Lehrerin und Übersetzerin auf seinem persönlichen Lieblingsschlachtfeld, im Gerichtssaal, geschlagen worden zu sein. Aber er wusste ja auch nicht, wer ich wirklich war. Früher war ich Soldat gewesen, und immer wenn es darauf ankam, erinnerte ich mich daran und kämpfte.

»Wir sollten feiern«, meinte Higgs. Wie es seine Art war, entschied er nichts, sondern äußerte eher eine schüchterne Bitte, fast klang sie wie eine Frage.

Ich nickte und er grinste vor Freude so breit, dass ich seine Zahnlücken sah. »Am Hafen? Feierst du meinen Freispruch mit mir am Hafen? Ich muss endlich wieder das Meer sehen. Und die Schiffe.«

Ich lächelte, aber ich senkte den Blick. »Woanders gern«, erwiderte ich so leise, dass ein Mensch mich nicht verstanden hätte, aber ein Percent sehr wohl. »Zum Meer möchte ich nicht.«

Er rückte so nah an mich heran, dass die Außenseiten unserer Oberschenkel sich berührten. Ein tröstliches Gefühl. »Schlimme Erinnerungen?«

»Keine schlimmen.« Aber Erinnerungen, das ja. Und Sehnsüchte. Hoffnungen.

Ich ging nicht länger zum Meer, seit Jahren nicht mehr, auch wenn ich in Küstennähe wohnte, weil ich die frische Seeluft so liebte. Ich glaubte, dort ständig etwas zwischen den Wellen zu erkennen, das beim genaueren Hinsehen nicht da war.

Ich ertrug das Warten nicht. Doch sobald wir eine bessere Welt geschaffen hatten, würde sie zurückkommen.

Die *Dark Destiny*.

dreieinhalb jahre zuvor,
ende des jahres 40 nach der übernahme

I

ich bin nicht stark.
ich habe das aufgeben nie gelernt.

Es kann Menschen in den Wahnsinn treiben, nie einen Moment Stille zu finden, wenn sie sich danach sehnen, doch nicht viel besser ist es, verzweifelt auf ein Geräusch zu warten.

Auf ein Lebenszeichen, zum Beispiel. Ein Lebenszeichen, das nicht kommt.

Was bedeutet es, wenn man jemanden über Stunden und Tage nicht hört, obwohl man sicher ist, dass er nicht fort sein kann? Mir fiel nur eine Möglichkeit ein. Zu entsetzlich, um den Gedanken zuzulassen.

In meinem Schädel dröhnte es. Die Haut an meinen Wangen und Ohren war wund, weil ich mein Gesicht seit Stunden gegen die schimmeldurchzogenen Wände presste, um keinen Laut im Coca-Cola-Haus zu verpassen. Füße scharrten, Stimmen hoben und senkten sich, der Hund bellte und hin und wieder schnaubte ein Pferd. Unter metallischem Klappern wurden blecherne Teller gestapelt, und dass irgendwer einem Tier das Fell abzog und es reinigte, erkannte ich an dem Schaben, erst schmatzend, dann Zug um Zug trockener werdend. Jemand sang ein schwermütiges Lied, vermutlich Kendra. Möbel wurden gerückt.

So viele Geräusche. Der Laut, den ich brauchte, um das Chaos in meinem Kopf zum Schweigen zu bringen, war jedoch nicht darunter.

Kein Lebenszeichen von Neél. Niemand nannte auch nur seinen Namen, und wenn ich nach ihm fragte, wollte man mir keine Antwort geben.

In meinem Herzen war es still und ebenso still war es in meiner Kammer. Still, weil ich das Schreien in mir erstickte, ehe es mir über die Lippen kam. Die Angst vor dem Unaussprechlichen, das vielleicht geschehen war, zerquetschte meine Gedanken, ehe ich Worte daraus formen konnte.

Ich kam gegen diese Stille nicht an, auch wenn ich versuchte zu sprechen. Sprachlos, das war ich. Eine lähmende Verzweiflung beherrschte mich und verbot mir, den Mund zu öffnen. Aber es waren ohnehin alle Worte gesagt, alle Gründe vorgebracht, alle Argumente genannt – und alle waren sie gescheitert.

Ich hatte versucht, mit Matthial zu reden, hatte geweint, gebrüllt und gebettelt, dass sie mich zu Neél ließen, doch er hatte nur das Gesicht abgewandt und leise vor sich hin gemurmelt, ich müsse krank sein; krank und verwirrt aufgrund meiner schrecklichen Erlebnisse.

Schreckliche Erlebnisse? Da war vor allem eins: Neél zu sehen, halb totgeprügelt von Matthial und seinen Leuten. Neél zu hören, wie er schrie, als die Sonne an ihm fraß.

Matthial begriff nicht, was im Laufe des Frühjahrs und des Sommers geschehen war. Ich war von den Percents nicht gebrochen und krank gemacht worden, wie er immer wieder behauptete. Ich hatte bloß gelernt zu lieben, das war vielleicht das Schlimmste, was geschehen war. Jetzt war Herbst und Matthial hatte den Mann, den ich liebte, gefoltert und … Nein, weiter durfte ich nicht denken.

Wir sprachen nicht mehr die gleiche Sprache, verstanden uns nicht länger, und jeder Versuch vertiefte die Hilflosigkeit. Ich hatte das Gefühl, in zähem Moor zu versinken, das mich noch weiter nach unten ziehen würde, sobald ich zappelte. Reden hatte keinen Sinn, machte alles nur schlimmer. Also verschanzte ich mich in meiner Kammer und Matthial schien mir dankbar dafür. Er überließ es seinem Bruder, mir Wasser und Essen zu bringen und den

Verband über der Schussverletzung, die ich beim Chivvy davongetragen hatte, zu wechseln.

Josh reagierte mit entwaffnendem Mitgefühl auf mein Schimpfen und Flehen. Er vermied es, mich anzusehen, als hätte er Angst, sein Gesicht würde preisgeben, was er wirklich über Matthials Aktionen dachte. Ob er ahnte, dass mir genau dieses Verhalten alles verriet? Auch er kam schon lange nicht mehr an seinen älteren Bruder heran und wie ich missbilligte er, was Matthial tat. Doch aufhalten konnte er ihn nicht, er versuchte es nicht einmal. Kaum, dass ich das begriffen hatte, stellte ich jede Konversation mit Josh ein, ehe er mir leidzutun begann. Er konnte mir nicht helfen und ich ihm noch weniger. Und wenn man sich nicht helfen kann, geht man sich besser aus dem Weg, bevor man sich in Unmöglichkeiten verstrickt. Das hatte mich Amber gelehrt.

• • •

Am dritten Tag nach Neéls Gefangennahme kam Matthial zu mir und diesmal war auf mir unverständliche Weise alles anders. Mein Herz pumpte, als er mich zweifelnd musterte.

»Du willst zu ihm. Meinst du denn, du bekommst etwas aus ihm raus?« Er sah dabei aus dem Fenster statt in mein Gesicht.

Mein Verstand war in den letzten Tagen zu einer zähen Masse zusammengeschmolzen, aber die Aussicht, Neél zu sehen, ließ ihn von einem auf den anderen Moment klar werden. Er lebte! Und Matthial würde mich mit ihm reden lassen! Es war mir egal, dass er dafür eine Gegenleistung erwartete, die ich höchstwahrscheinlich nicht erbringen konnte.

Ich nickte. Obwohl ich Matthial innerlich aufs Übelste beschimpfte, blieb ich äußerlich ganz ruhig. Mit großer Mühe zwang ich ein gelogenes Wort über meine Lippen. »Bestimmt.«

Matthial zog die Augenbrauen zusammen, schien unschlüssig. Er wusste, dass es mir nicht schwerfiel zu lügen.

»Er vertraut mir«, fügte ich hinzu, meine Stimme klang heiser und fremd in meinen Ohren. »Wenn er etwas weiß, dann wird er es mir sagen.« Ich hatte keine Ahnung, was Matthial erfahren wollte, doch egal was es war, ich würde ihm keine einzige von Neéls Äußerungen verraten. Ich hoffte bloß darauf, Neél sehen zu dürfen, ihm vielleicht helfen zu können. Manche Unmöglichkeit ist zu wichtig, als dass man vernünftig einen Bogen um sie schlägt.

Matthial lehnte die Schulter gegen die Wand und betrachtete den Boden vor meinen nackten Füßen. »Die Waffenlager«, sagte er tonlos. »Er soll dir sagen, wo die verdammten Waffenlager sind und woher sie ihren Nachschub bekommen. Vor allem die Pistolen.« Er griff in seinen Hosenbund und zog etwas glänzend Graues hervor. Ich bedeckte meine Augen mit der Hand, als ich die Pistole erkannte, die Neél mir gegeben hatte.

»Woher hast du die?«, verlangte ich zu wissen und streckte die Hand aus. Meine wackelige Stimme brach endgültig an der einfachen Frage.

»Gefunden. Beim Chivvy.« Er steckte sie wieder weg. »Die haben viele davon und ich verwette meinen Hund und mein Pferd darauf, dass sie sie nicht in der Stadt herstellen lassen. Das würde irgendjemand wissen. Der Percent soll sagen, wo die Dinger herkommen.«

Wer war dieser Mann mit dem harten Zug um die Augen? Ich erkannte ihn nicht wieder. Matthial und ich waren beste Freunde gewesen und hatten uns gegenseitig über unsere Einsamkeit hinweggetröstet. Im Gegensatz zu seinem Vater war er nie brutal gewesen. Nein, er hatte Gewalt verabscheut. Was hatten die letzten Monate nur aus ihm gemacht? Wer war wirklich gestorben, als er Willie angeschossen hatte? Offenbar ein großer Teil von Matthial. Der gute Teil.

Ich hatte keine Wahl, als sein grausames Spiel vorerst mitzuspielen. »Ich rede mit ihm.«

Matthial brachte mich ins Erdgeschoss, in einen Raum neben dem Verschlag für die Pferde, und half mir, einen breiten Holzriegel vor einer Tür zu entfernen, der im letzten Jahr noch nicht da gewesen war. *Mars hat anscheinend nie eine Zelle für Gefangene gebraucht*, ging es mir durch den Kopf.

»Beeil dich«, sagte er leise und reichte mir aus der Tasche seiner Weste eine Kerze und selbst gemachte Zündhölzer. »Wenn du Angst bekommst, ruf nach mir. Ich bewege mich nicht von der Stelle.«

Genau das machte mir Angst, aber ich sparte mir den Kommentar. Die Tür quietschte, als ich sie aufschob, und ich hörte Rost rieseln. Im Inneren der Zelle war es dunkel wie in einem Grab. Es roch auch nicht viel besser.

Ich fummelte mit den Zündhölzern herum, bekam aber keins zum Brennen. Meine Hände zitterten. Ich atmete durch den Mund, weil mir die Nase lief.

»Neél?«, wisperte ich. Er antwortete nicht, ich hörte bloß irgendetwas – vielleicht nassen Stoff – über den Steinboden streifen.

Ruhig bleiben, befahl ich mir. *Ganz ruhig.*

Ich versuchte es erneut mit einem Streichholz, diesmal gelang es mir, es zu entfachen. Hektisch hielt ich den Kerzendocht in die winzige Flamme. Es knisterte, der Docht war feucht. Erst als das Zündholz nur noch ein Stummel war und das Feuer bereits an meinen Fingern leckte, nahm er die Flamme an. Sie wuchs ein bisschen und schemenhaft nahm ich das Innere der Zelle wahr.

Ein Häufchen Stoff auf dem Boden, vielleicht Kleidung oder eine Decke. Ein Eimer, ich konnte mir vorstellen, welchem Zweck er diente. Eine dreckige, flache Blechschale. Eine uralte Flasche aus milchig gewordenem Plastik, die ohne Verschluss auf dem Boden lag. Etwas Unförmiges in der hinteren Ecke, das zu atmen schien.

»Neél?« Meine Stimme war dünn und wackelte.

Das Etwas erschauerte und rappelte sich so weit auf, dass ich Kopf und Körper unterscheiden konnte. Ich trat näher, ging in die Hocke und hob zaghaft die Kerze. Seine Hand schoss vor und ich schrak mit einem leisen Aufschrei zurück. Neél packte den Eimer und schob ihn hinter sich. Ein unwirscher Laut drang aus seiner Kehle, fast ein Knurren.

Er wandte das Gesicht ab. *Ich dumme Kuh.* Sicher schmerzte ihn das Licht in den Augen. Ich stellte die Kerze hinter mich, aber Neél verharrte in seiner Stellung und ich begriff, dass er sich vor mir versteckte. Er wollte mich nicht sehen und noch weniger wollte er, dass ich ihn so sah.

Als ich den Blick senkte, bemerkte ich die Verbände um seine Beine. Die Bandagen waren ordentlich angelegt und beinahe sauber, aber ich konnte mir nicht vorstellen, dass einfache Stoffverbände angesichts seiner Verletzungen ausreichten. Ich hatte die unnatürliche Stellung seiner Füße bereits bemerkt, bevor sie ihn der Sonne ausgesetzt hatten. Das waren Brüche. Er brauchte feste Schienen und musste ruhig liegen, statt notdürftig verbunden auf Stroh zu kauern.

Ich öffnete den Mund, aber es kamen keine Worte. Was sollte ich zu Neél sagen? Dass alles gut werden würde? Er hatte es nicht verdient, verspottet zu werden; doch alles, was mir in den Sinn kam, hätte ungewollt einen höchst ironischen Beigeschmack gehabt. Wie gern hätte ich ihm geschworen, ihn hier rauszuholen, doch wir wussten beide, wie gut die Chancen standen. Er verdiente die Wahrheit, keine leeren Phrasen. Keine Lügen.

»Es tut mir so leid«, sagte ich schließlich.

Er nickte und gab ein winziges Stückchen seiner Deckung preis, indem er sich mir ein wenig zuwandte. Ich konnte sein Gesicht erkennen, oder eher das, was davon übrig geblieben war. Schorf überzog seine Haut bis hin zu den Lippen und den halb geschlossenen Lidern.

Percents fürchteten die Sonne. Nicht umsonst hatten sie den Himmel mit Dark Canopy verfinstert. Nicht umsonst trugen sie in den zwei Stunden Tageslicht, die die Natur zum Überleben brauchte, UV-Schutzanzüge, wenn sie sich ins Freie wagen mussten. Nicht umsonst … jagten sie uns. Rebellen wie wir waren die einzigen Menschen, die noch den Mut hatten, ihnen zu trotzen.

Es hätte mich nicht irritieren dürfen, wie schwer das Sonnenlicht Neél verletzt hatte – immerhin hatte ich ihn schreien gehört –, trotzdem war ich wie gelähmt von seinem Anblick.

Er sah nicht verletzt aus. Zerstört war das richtige Wort. Und es zerriss mich, ihn so zu sehen, zerriss, was ich hoffte, und ließ bloß Fetzen zurück.

»Ich wünschte, ich könnte irgendetwas für dich tun«, flüsterte ich, um ihm zu bedeuten, dass auch er flüstern sollte. Ich weiß nicht, was ich von ihm erwartet hatte, aber auch nachdem er so schwer misshandelt worden war, hatte ich bis jetzt geglaubt, er wäre in der Lage, mir einen Hinweis zu geben, wie ich ihn befreien könnte.

Er drehte den Kopf in meine Richtung. Unter seinen herabhängenden Lidern sah es so aus, als wären seine Augen komplett schwarz, auch dort, wo sie eigentlich weiß sein sollten. Ich bemerkte zu spät, dass ich ihn anstarrte wie etwas Monströses, aber wenn meine Befürchtung wahr war, sah er mich ohnehin nicht.

Er formte Worte, ohne die Lippen zu bewegen, als hätte er etwas im Mund, was er weder schlucken noch ausspucken durfte. Ich verstand ihn kaum, begriff nur langsam, was er mich gefragt hatte.

»Geht es dir gut?«

Mein Blick wanderte an seinem Körper herab. Es war kalt in der Zelle und Neél trug abgesehen von seiner Hose nur ein einfaches Unterhemd, das zerfetzt und an einigen Stellen mit dem Schorf verklebt war. Selbst unter dem dünnen Stoff konnte ich kein Stück unversehrte Haut entdecken. Dort, wo die Kruste aufbrach, sickerte Blut durch die Risse. An seinen im Schoß gefesselten Händen klebten Haferschleimreste, er musste wie ein Tier aus der Schale gegessen haben. Er konnte kaum sprechen vor Schwäche. Und er wollte wissen, ob es mir gut ging?

Ich schüttelte den Kopf und sah ihn die Schultern anspannen.

»Ich habe nichts zu befürchten, Neél. Aber es kann mir nicht gut gehen, wenn du –«

»Ist bald vorbei«, tröstete er mich, was sich furchtbar und falsch anfühlte.

Ich schluckte an einem riesigen, imaginären Klumpen aus Ekel. »Vielleicht hilft es, wenn wir Matthial nicht weiter reizen. Wenn du ihm sagst, was er wissen will, dann –«

Er unterbrach mich wieder, diesmal, indem er den Mund zu einem Grinsen verzog. Seine Unterlippe sprang auf und ein Tropfen Blut rann ihm das Kinn herab. »Ich rede nicht über die Waffen.«

»Ich verstehe«, log ich. »Aber dann kann ich dir nicht helfen.«

Seine Miene veränderte sich. Er sah mich an, als würde er mich für meine Ahnungslosigkeit bedauern. »Musst du nicht. Ist gut, Joy. Alles wird gut.«

»Was meinst du?« Wusste er mehr als ich?

Er gab mir nur schwerfällig Antwort, aber er tat es. »Deine Leute schicken nach einem anderen Clanführer. Offenbar sind sie das Foltern leid und wollen es nicht selbst zu Ende bringen. Dein Clanführer … er ist kein Killer. Das ist schlecht für mich.« Er stöhnte, ganz leise nur. »Es dauert so lange.«

Mir wurde schwindelig. Ich atmete tief ein und der Gestank der Zelle ließ mich beinahe würgen. »Nach wem schicken sie?«

Neél zuckte mit den Schultern.

Ich hätte mir gerne eingeredet, dass er etwas falsch verstanden haben musste, aber ich wusste, dass am Morgen jemand fortgeritten war. Ich hatte den Hufschlag eines Pferdes gehört und mich gewundert, da der Reiter in Eile schien: Er oder sie war aus dem Tor des Clanhauses galoppiert, ohne zunächst die Muskeln des Pferdes aufzuwärmen.

»Jamies Clan«, vermutete ich, aber ich war mir nicht sicher. Ich hatte verpasst, was sich in den letzten Monaten in und zwischen den Clans geändert hatte. Unser Clan existierte nicht länger, er war entzweigebrochen. Ich wusste nicht mehr, als dass meine Schwester Penny und ihre Familie sich Matthials Vater Mars angeschlossen hatten. Sie waren fortgegangen. Niemand verriet mir, wohin. Vielleicht befürchtete Matthial, dass ich ihnen folgen würde.

Doch momentan musste er ganz anderes von mir befürchten. Ich hatte das Bedürfnis, ihn zu schlagen, ihn zu würgen, ihm größere Schmerzen zuzufügen, als er ertragen konnte. Und gleichzeitig wollte ich ihn in die Arme schließen und um Verzeihung bitten. Denn das, was er geworden war, das war mir zuzuschreiben. Und damit auch Neéls Zustand. Mir und meinen Fehlern.

Ich mochte das Chivvy überstanden und sogar gewonnen haben – aber alles, was vor meiner Gefangenschaft und meiner Zeit bei Neél mein Leben gewesen war, lag in Trümmern wie Bomberland. Von dem Moment an, als die Rebellen erfuhren, dass ich Neél liebte, galt unsere Freundschaft als beendet. Ich war das Opfer der Percents, damit war ich zu bedauern, aber ernst nahm mich im Clan niemand mehr. Matthial nannte mich verwirrt und von den Feinden beeinflusst und ließ keins meiner Argumente gelten. Keine meiner Beteuerungen, dass Neél mich gerettet hatte, erreichte ihn. Es interessierte ihn nicht, was ich dachte. Er sah in seinem Gefangenen eine Möglichkeit, Vorteile für den Clan herauszuschlagen – im wahrsten Sinne des Wortes.

Früher hatten Matthial und ich insgeheim auf seinen Vater geschimpft, weil er nur die Interessen des Clans sah und nie die einzelnen Menschen, die den Clan ausmachten. Nun schien es, dass sein Sohn dem Weg folgte, den Mars' breite Füße für ihn ausgetreten hatten.

Jemand klopfte gegen die Tür. »Joy?«, vernahm ich Matthials gedämpfte Stimme. »Alles in Ordnung?«

»Ja!«, rief ich unwirsch zurück.

Neéls Schultern versteiften sich. Jetzt musste ihm klar sein, dass ich hier war, weil Matthial mich schickte.

Ich rückte näher an ihn heran, hätte ihn so gern berührt und ihm etwas Trost gespendet – aber woher sollte ich Trost nehmen? Und aus Angst, ihm wehzutun, wagte ich es nicht, ihn anzufassen. Schließlich nahm ich eine seiner Haarsträhnen, die ihm offen über die Wangen fielen, zwischen meine Finger.

Und dann sagte ich es doch, wenn auch nur, weil ich es selbst so gerne hören wollte: »Du hast recht. Es wird wieder gut.«

»Joy.« Es klang, als lächelte er, und seine Fingerspitzen tasteten nach meinem Handrücken. »Es ist bald vorbei.«

Das hatte er eben schon gesagt. Ich schüttelte entschieden den Kopf und er gab ein Geräusch von sich, das, mit etwas Fantasie, ein Lachen sein konnte, wenn auch schwach und leise.

»Nicht? Das hast du zu entscheiden, Joy?«

»Spotte nur. Ich gebe nicht so schnell auf.«

»Das tust du nie. Das hat mir so an dir gefallen. Ich dachte immer, dass du ziemlich stark bist. Für ein Mädchen, meine ich.«

Ich schnaubte, aber er war noch nicht fertig.

»Inzwischen glaube ich, du kannst gar nicht anders. Du hast das Aufgeben einfach nie gelernt.«

Ich fühlte mich leer. Die Hilflosigkeit drückte mich nieder, ich wusste nicht, wie lange ich dem noch standhalten konnte. »Ich will es nicht gerade jetzt lernen. Nicht, wenn es um dich geht.«

Neél schüttelte den Kopf und mich beschlich das Gefühl, dass er mich bemitleidete. Für meine Hoffnung vielleicht oder weil ich nicht einsehen wollte, dass wir verloren hatten.

»Wann?«, fragte ich.

Er wusste, dass ich den anderen Clan meinte, aber er hatte keine Antwort außer einem Schulterzucken. Wichtiger war mir die Frage nach dem Warum, aber die musste ich gar nicht erst stellen. Matthial hatte gewiss nicht mit Neél über seine Pläne gesprochen.

Was könnten andere Rebellen mit ihm vorhaben? Irgendetwas übersah ich. Das Ganze ergab keinen Sinn. Bei der Sonne, als Gefangener war er ein unaussprechliches Risiko. Was versprachen sie sich von ihm? Matthial konnte Neél doch unmöglich verschachern, in der Hoffnung, jemand anders würde aus ihm herausbekommen, was ihm selbst nicht gelungen war. So kalt konnte er nicht geworden sein.

Als hätte er gespürt, dass sich meine Gedanken um ihn drehten, bollerte Matthial gegen die Tür. »Joy. Das dauert zu lange.«

»Ich komme gleich!«, rief ich und hätte ihn am liebsten zur Hölle gewünscht. »Entschuldige«, flüsterte ich Neél zu.

Er wandte den Kopf wieder ab. »Ich wünsche dir Glück. Denk hin und wieder an mich.«

»Immer. Kann ich noch irgendetwas für dich tun? Brauchst du Wasser? Ich könnte nachsehen, ob ich eine Salbe finde, die die Verbrennungen ein bisschen lindert, ich –«

Erneut schüttelte er sanft den Kopf. »Geh einfach. Komm nicht wieder. Ich habe mich damit abgefunden, hier zu sein –«

»Verzeih mir Neél, dass ich dich ohrfeigen möchte, aber das kann nicht dein Ernst sein.« Niemand konnte sich damit abfinden, gar gebraten und in eine Zelle gesperrt zu werden!

»Es ist mein Ernst.« Er war immer noch so unglaublich stur. »Ich fürchte das, was kommt, nicht. Das Schlimmste ist vorbei.«

Erst als ich laut aufschluchzte, bemerkte ich, dass ich weinte. Die Tränen ärgerten mich, weil sie mich vom Denken ablenkten. Grob wischte ich sie mir aus dem Gesicht.

»Nicht weinen«, bat Neél. »Wenn du mir etwas Gutes tun willst, dann vergiss, dass du mich hier gesehen hast. Erzähl nicht weiter, was mir passiert ist.« Er schwieg, aber ich spürte, dass er mehr sagen wollte. Als er weitersprach, war seine Stimme leise und zum ersten Mal klang sie betrübt. »Solltest du Cloud jemals wiedersehen, würdest du dann für mich lügen?«

»Jederzeit«, hauchte ich.

»Sag ihm, ich wäre im Kampf gefallen. Ja, bitte sag ihm das. Das würde mir viel bedeuten. Er soll sich nicht für mich schämen müssen.«

Ich verstand nur langsam, was er meinte. Aber dann begriff ich, dass es Neél war, der sich schämte. Er wollte nicht nur in Clouds Vorstellung lieber tot als gefesselt in der Hand der Feinde sein.

Später wurde mir klar, dass ich ihm das hätte ausreden müssen. Es war keine Schande, gefangen genommen zu werden, und noch weniger war es eine Schande, Folter zu überleben. Aber in der stickigen Zelle erinnerte ich mich zu gut an das Gefühl, den Percents völlig machtlos ausgeliefert zu sein. Mir fehlten die Argumente.

Als ich ging, tat ich es, weil Neél es von mir verlangte und ich nicht mehr in der Lage war, ihm eine Bitte zu verwehren. Erst auf der Türschwelle kam mir die Erkenntnis, dass ich ihn vermutlich für eine lange Zeit nicht sehen würde. Vielleicht … nie mehr. Ich taumelte, musste mich am Türrahmen festhalten und beherrscht atmen, so sehr schwankte der Boden unter mir.

Als Matthial seine Hand nach mir ausstreckte, riss ich mich zusammen und stakste steifbeinig an ihm vorbei. Fassungslos starrte er mich an und redete auf mich ein. Ein Schwall aus Sätzen und Buchstaben, der an mir abprallte. Ich wuchtete meinen Körper, der mit jedem Schritt, den ich mich von Neél entfernte, schwerer wurde, die Treppe hoch. Ich wäre lieber nach draußen gegangen – ziellos geradeaus –, aber Josh folgte mir wie ein Schatten und ließ mich still wissen, dass ich eine Gefangene meiner eigenen Leute war. Ich warf die Tür meiner Kammer vor seiner Nase zu.

Matthial kam etwas später nach und setzte sich unaufgefordert auf meine Matratze. Ich stand auf. Tigerte im Raum umher, um mich schließlich, mit größtmöglichem Abstand zu ihm, neben dem Fenster an die Wand zu lehnen. Es war diesig draußen. Der dunkle Staub, den Dark Canopy als Kuppel über unser Land legte, hatte sich mit dem Nebel vermischt. Wir waren alle gefangen unter einer Wolke aus Asche.

»Früher«, brachte ich mühsam hervor, weil mit jedem Wort Tränen aus mir herausdrängten, »hättest du so etwas nie zugelassen. Jetzt ordnest du es selbst an.«

Matthial seufzte resigniert. »Er ist ein Percent.«

»Das macht doch keinen Unterschied.«

Er sah mich missfällig an, doch dann stahl sich etwas Weiches in sein Gesicht und die steile Stirnfalte, die sich zwischen seinen Brauen gebildet hatte, verlor an Tiefe. »Joy, du musst dich beruhigen. Ich weiß, dass es schwer für dich ist, wenn er als Einziger anständig zu dir war.«

Anständig? Mit einem unwirschen Schlag in die Luft versuchte ich ihm zu verdeutlichen, dass das nicht reichte und er den Mund halten sollte. Er wusste doch gar nicht, wovon er sprach. Neél und ich hatten uns ineinander verliebt – aber wie sollte ich das Matthial begreiflich machen? Seine Eifersucht war die größte Gefahr für Neél. Außerdem glaubte Matthial, die Gefangenschaft hätte mich gebrochen und meine Liebe sei in Wirklichkeit Dankbarkeit dafür, dass Neél mich einigermaßen gut behandelt hatte.

»Ich denke, ich weiß, wie du dich fühlst, aber –«

»Nein.« Ich schnitt ihm das Wort ab. »Du hast keinen blassen Schimmer.«

Er verstand nicht, dass ich mich hier und jetzt so gefangen und einsam fühlte wie seit vielen Wochen nicht mehr. Ich würde ihn hassen, wenn er es nicht verstehen *wollte*, aber ich redete mir immer noch ein, Matthial zu kennen. Er konnte unmöglich so grausam geworden sein. Er räusperte sich, vielleicht fiel auch ihm diese Unterhaltung schwer.

»Er hat dir also nichts zu den Waffen gesagt?«

»Er weiß nichts darüber«, log ich. »Bis zum Chivvy war er nur ein Varlet, kein vollwertiger Krieger. Die Triade verrät ihre militärischen Geheimnisse nicht jedem Kind.«

Matthial glaubte mir nicht, aber er versuchte es zumindest.

»Was hast du denn jetzt mit ihm vor? Matthial, er ist schwer verletzt. Du kannst ihn nicht dort unten sterben lassen.«

»Kann ich nicht?« Es klang herausfordernd.

Ich straffte die Schultern, was die abheilende Schusswunde in meinem Oberarm brennen ließ. »Du bildest dir viel darauf ein, ein Mensch zu sein, oder? Soll ich dir mal etwas sagen? Du bist kein Stück besser als die Percents.«

Er zuckte angesichts meiner Anschuldigung nicht einmal zusammen. »Ich bin es leid, mich zu verstecken wie ein Tier, Joy. Dieser Percent da unten wird das ändern.«

»Was hast du vor?« Ich wusste nicht recht, ob ich es wirklich wissen wollte. In Matthials Augen glomm ein fanatisches Licht auf, das mir Angst machte. Er hatte ein Ziel und dieses zu erreichen, schien ihm so wichtig, dass er keinerlei Rücksicht auf irgendjemanden nahm. Als Letztes auf einen verhassten Percent. Er glaubte noch immer, das Richtige zu tun.

»Jamie und seine Waldleute haben Kontakt zur Triade«, sagte Matthial. Er weidete sich sichtlich an dem Schrecken, den mir diese

Information einjagte. Und der war immens. Ich hatte das weder gewusst noch für möglich gehalten.

»Kontakt? Was meinst du damit?«

»Sie handeln miteinander. Tauschgeschäfte.«

Davon hatte ich noch nie gehört. Und wenn das der Wahrheit entsprach, warum nutzte dann niemand die Möglichkeiten, die Gespräche zwischen Rebellen und Percents darstellten?

»Jamies Clan ist stark«, fuhr Matthial vor. »Du hättest die Siedlung seiner Leute sehen müssen, Joy. Sie haben Häuser in den Bäumen, die sie gegen Angriffe verteidigen können. Sie leben dort sicher und frei, halten Vieh, bauen Gemüse an, ziehen ihre Kinder groß. Ich zeige dir das Dorf irgendwann, es wird dir gefallen.« Er sah mich so begeistert an, dass ich beinahe gelächelt hätte. Früher wäre ich von seinen Ausführungen fasziniert gewesen. Wir hätten gemeinsam überlegt, was wir von dem anderen Clan lernen konnten, hätten auf Augenhöhe miteinander geredet und Pläne geschmiedet.

Doch nun plante Matthial allein. Er war Clanführer geworden und ich stand in der Rangfolge seiner Leute ganz unten und musste mich ihm fügen. Er erwartete, dass ich ihm folgte.

»Wir können ein ebenso starker Clan werden«, sagte er laut, aber seine Stimme bebte und plötzlich erkannte ich, wo das Problem lag. Er glaubte seine eigenen Worte nicht. Er belog sich und versuchte sein Möglichstes, es zu überspielen. Aber er war ein zu schlechter Lügner und zu aufmerksam, um sich selbst zu betrügen.

»Du willst stärker werden, indem du jemanden folterst, der wehrlos ist?« Ich trat zu ihm, sah auf ihn herab. »Das ist nicht stark, Matthial. Das ist pure Rachsucht und du lässt sie an einem Mann aus, der auf deiner Seite stehen könnte.«

Matthial spuckte verächtlich aus, direkt auf meine Matratze. »Du wirst schon sehen. Der Percent wird uns Privilegien verschaffen, von denen du nicht zu träumen wagst.«

Endlich begriff ich. »Du willst ihn … eintauschen?«

Der Gedanke, Neél könnte verkauft werden wie eine Ziege, widerte mich an, aber er brachte auch einen Anflug von Hoffnung mit sich. Niemand tauschte etwas gegen einen Toten ein.

Matthial lächelte gerissen. »Jamie wird es für mich tun. Er wird den Percents den verlorenen Sohn anbieten und im Gegenzug Vorteile für mich und meine Leute aushandeln. Für euch!«

Ich wusste nicht, was ich sagen sollte. Ehe ich etwas Dummes erwiderte, beschloss ich, dass es besser war zu schweigen.

Jamie würde eine Gegenleistung erwarten. Er handelte doch sicher nicht mit einer Geisel und brachte sich in Gefahr, ohne selbst einen Vorteil daraus zu schlagen? Würden die Präsidenten der Percents nicht erbost reagieren, wenn man ihnen einen Gefangenen anbot? Und was war ein Varlet, der das Chivvy nicht erfolgreich hinter sich gebracht hatte, überhaupt wert? Es fiel mir schwer, mich an all das zu erinnern, was ich während der Monate bei den Percents gelernt hatte, aber an eine Sache erinnerte ich mich gut: Wer beim Chivvy keinen Erfolg hatte, stand in der Hierarchie nicht weit über den menschlichen Sklaven. Was erhoffte man sich von diesem Handel?

Ich zerbiss die Einwände mit den Zähnen. All das war zweitrangig. Wenn Matthials Pläne aufgingen, würde Neél frei sein. Er würde leben. Nichts anderes war von Bedeutung.

• • •

Zwei Männer aus Jamies Clan kamen am nächsten Morgen. Matthial erlaubte mir nicht, mit ihnen zu sprechen. Wieder einmal sperrte er mich in mein Zimmer und kommandierte Josh ab, mir Gesellschaft zu leisten, also mich zu bewachen. Doch als ich Neél irgendwo im Haus vor Schmerzen stöhnen hörte, hielt ich es nicht mehr aus. Mit Gewalt versuchte ich, Josh zu entkommen, aber wegen meiner nur langsam abheilenden Verletzungen gelang es mir nicht, mich loszureißen. Ich zerkratzte ihm nur die Haut. Als er mich endlich freigab, war der Wagen, auf dem sie Neél abtransportierten, kaum noch im Halbdunkel zu erkennen. Ich konnte nur noch sehen, dass sie eine Decke über seinem Körper ausgebreitet hatten, und hoffte, dass sie den Nieselregen und den kalten Wind abhielt.

• • •

Zwei Tage darauf – ich durfte inzwischen mein Zimmer verlassen, nicht aber das Haus – bat Matthial mich am späten Nachmittag, ihn aufs Dach zu begleiten. Er hatte Decken hochgebracht und auch seinen alten Schäferhund Rick die schmalen Stiegen hinaufgetragen, die er allein nicht mehr bewältigen konnte. Als wir uns beklommen mit etwas Abstand zueinander hinsetzten, legte sich Rick in unsere Mitte. Er war inzwischen beinahe blind und hörte von Tag zu Tag schlechter. Ich streichelte ihn, um meine schwitzenden Hände zu beschäftigen. Matthial blickte in den Wald, über dem sich der Himmel langsam dunkler färbte. Die Tage waren kurz geworden, und obwohl der Herbst erst begonnen hatte, mussten wir jetzt schon an Kerzen sparen. Die ganzen Geschehnisse der letzten Monate hatten die üblichen Vorbereitungen für den Winter in den Hintergrund rücken lassen. Mir war gleich aufgefallen, dass es uns an vielem fehlte. Der Winter würde hart werden. In mehrfacher Hinsicht.

»Geht es dir etwas besser?«, fragte Matthial schließlich.

Ich konnte ihm keine Antwort geben, weil ich es nicht wusste. Was ich mir so lange gewünscht hatte, war in Erfüllung gegangen. Ich war aus der Stadt entkommen – das kam der Freiheit schon sehr nahe. Die Percents schuldeten mir Respekt, denn ich hatte sie in ihrem eigenen Spiel geschlagen. Ich war Soldat gewesen und hatte einen Sieg im Kampf um mein Leben errungen. Aber … »Der Preis war zu hoch.«

Erst als Matthial langsam die Luft ausstieß, bemerkte ich, dass ich meinen letzten Gedanken laut ausgesprochen hatte.

»Du wirst darüber hinwegkommen«, sagte er. »Vielleicht nicht heute oder morgen, aber ich gebe dir alle Zeit, die du brauchst.«

Mein Blick klebte auf seinem alten, treuen Hund. Ich versuchte, Matthials Worte nicht an mich heranzulassen. Ich war immer noch so wütend auf ihn, so maßlos enttäuscht. Aber auch wenn ich mich sträubte, begriff ich, dass er keine andere Wahl gehabt hatte. Ich wusste noch genau, wie lange es gedauert hatte, bis ich das erste Mal mit Neél geredet und in ihm mehr als einen gesichtslosen Feind gesehen hatte, den es zu vernichten galt. Es waren Wochen vergangen, bis ich erkannt hatte, dass er Gefühle zeigte. Den unseren gar nicht so unähnlich.

Konnte ich Matthial dafür verurteilen, dass ihm dies nicht innerhalb weniger Tage gelang? Ich tat es, zweifelsfrei. Ich verachtete ihn mit Leib und Seele und mit einer Intensität, die mir fremd war. Doch der vernünftige Teil von mir wusste genau, dass das unsinnig war. An Matthials Stelle, ohne meine Erfahrungen, hätte ich vielleicht dasselbe getan. Und für diese Einsicht verachtete ich mich selbst.

»Irgendwann«, fuhr Matthial fort, »wirst du verstehen, dass ich das Richtige getan habe. Auch wenn …«

Ich sah auf, weil er nicht weitersprach. »Auch wenn was?«

Rick legte seinen Kopf in meinen Schoß, ich strich ihm mechanisch über die Ohren. Er sabberte ein wenig vor Entspannung, sein Speichel tränkte meine Hose.

Matthial sah in die Ferne, die Augen leicht zusammengekniffen, als würde er etwas beobachten, was sich mir nicht zeigte. Einen Vogel in den Ästen? Matthial hatte schon immer bessere Augen gehabt als ich. Warum nur war er blind für die Wahrheit?

»Mein Plan ist nicht aufgegangen«, erwiderte er, ohne den Blick abzuwenden. »Der Percent … Neél … hat es nicht geschafft.«

Ich begriff nicht. Das Dach schien ein wenig zu schwanken. Was sollte Neél nicht geschafft haben? Hatte er versucht zu entkommen, und …

»Matthial?« Ich spürte ein Grinsen in meinem Gesicht, ein falsches, saures Grinsen.

»Vielleicht ist es besser so. Sie hätten ihn doch ohnehin nicht mehr in ihrer Mitte akzeptiert. Vermutlich hätten sie ihn –«

»Matthial!« Ich keuchte. »Was ist mit Neél?«

»Er … es tut mir leid für dich. Er ist tot.«

Ich schüttelte den Kopf. »Nein.« Das Grinsen wurde immer ätzender, mein Gesicht verkrampfte sich, aber ich bekam es nicht fort. Tot? Neél war nicht tot, das war doch absurd. »Du lügst. Es geht ihm gut.« Mit beiden Händen fuhr ich mir übers Gesicht und wischte echte Tränen über das falsche Grinsen.

»Ich sage die Wahrheit. Ich weiß selbst nicht, was passiert ist. Vielleicht hat er versucht zu fliehen und sie haben ihn … Vielleicht waren seine Verletzungen zu stark und er ist …«

»Sprich es aus«, flüsterte ich mit einer Ruhe, die mir Angst einjagte. Ich hatte das Gefühl, neben mir zu stehen, als gehörte mein Körper nicht mehr zu mir, war wie betäubt. »Sag, dass sie ihn umgebracht haben. Weil du es nicht konntest. Du hast das alles geplant.« Meine Stimme wurde von Wort zu Wort lauter, bis ich schließlich schrie. »Du Scheißkerl! Du hast ihn getötet – du!«

»Joy, es tut mir wirklich leid, aber –«

Ich brüllte auf wie ein verwundetes Tier. Erst als Matthial die Arme schützend über dem Kopf kreuzte und Rick mich anbellte, wurde mir klar, dass ich mit den Fäusten auf ihn einschlug. Ich sprang auf. Der Wind riss an meinen Kleidern. Die Wunde an meinem Arm und die Prellungen am Bein pochten dumpf im Rhythmus meines Herzschlags. Ich starrte auf Matthial. *Sag, dass es nicht wahr ist*, dachte ich. *Es ist nicht wahr! Es kann nicht wahr sein!*

Aber Matthial sagte nichts dergleichen. Er wollte vermutlich ewig schweigen, aber das würde ich nicht zulassen. Ich trat nach ihm, versuchte ihn erneut zu schlagen und hätte ihn in meiner Raserei am liebsten vom Dach geworfen. Matthial verwehrte mir meine Antwort dennoch, er rief bloß nach Josh. Rief, dass er ihm helfen musste, mich wieder einzusperren.

• • •

Bewegungslos saß ich in meiner Kammer und wartete darauf, dass die Nacht kam, als das grausame Begreifen durch meinen Zorn drang, der mich vor der Wahrheit und dem Schmerz beschützt hatte. Tot. Tot. Tot. Mein Herz schien zu zerspringen.

Wenn Neél wirklich tot war, dann war er allein gestorben. In der Hand seiner Feinde. Er musste gelitten haben – und alles nur meinetwegen. Matthial trug die Schuld nicht allein.

Ich weinte, wie ich in meinem Leben noch nicht geweint hatte. Wenn doch nur bald die Nacht kam! Vielleicht verzog sich Dark Canopys Wolke rechtzeitig, sodass man Sterne sah.

Ich war nicht sicher, ob ich sie noch sehen konnte.

• • •

Der Bote von Jamies Clan kam am Tag darauf. Ich hörte ihn reden, verstand aber kaum, was er sagte. Es ging darum, dass wir aus dem Clanhaus verschwinden mussten. Dort sei es nicht mehr sicher. Es war mir gleichgültig.

Josh meinte, ich stünde unter Schock und wäre nicht in der Lage, so weit zu laufen. Doch er irrte sich, ich lief sogar so schnell, dass sie mit dem Pferd hinter mir herreiten und mir die Arme auf den Rücken drehen mussten, um mich zum Stehenbleiben zu zwingen. Aus irgendeinem Grund wirkten die anderen viel schockierter über ihre eigene Brutalität als ich.

Sie gaben mir Mohnsaft, damit ich mich etwas beruhigte, glaubten, ich würde ihn brauchen. Es war mir vollkommen egal, was sie glaubten. Ich trank das bittere Gebräu, damit sie mich in Ruhe ließen, und dachte danach stundenlang an nichts anderes als an Witwen. Es war Neél, der mir in einer Sommernacht voller Sterne erklärt hatte, was Witwen sind, und nun fühlte ich mich selbst wie eine, wann immer ich an ihn dachte. Und dachte ich einen Moment nicht an ihn?

Teilnahmslos beobachtete ich, wie Habseligkeiten emsig in Säcke gestopft und auf den Rücken von Menschen und Tieren verteilt wurden.

»Wir müssen uns beeilen«, sagte Kendra. »Pack endlich an. Sie können jederzeit kommen.«

Ich entgegnete nichts, dachte: *Na und?* Und Kendra schüttelte den Kopf, die Augen mit einer schwieligen Hand bedeckt.

Ich wartete darauf, dass sie kamen. Viel, was man sich über die Percents erzählte, war gelogen. Aber ihre Rachsucht, die war mehr als nur ein Gerücht, mit dem man Kindern Hass einpflanzte. Die war echt. Ich wartete still.

Wir brachen bald auf, flüchteten aus dem Haus mit der verblassten Coca-Cola-Front und folgten Matthial in die Kanalisation.

»Es ist nur für ein paar Tage«, flüsterte er sanft in mein Ohr, aber ich wusste damals schon, dass ein Tag unter der Erde sehr lang sein kann.

2

und wenn mutantratten kommen?
dann haben wir etwas zu essen und sind nicht allein.

»Alles in Ordnung, Joy?«

Die Stimme stach aus der Dunkelheit mitten in meinen Traum, ließ ihn platzen wie eine Seifenblase und ich fuhr zusammen. Meine Hand tastete hastig über das Kopfende meiner Matratze, suchte etwas, das meine schlaftrunkenen Gedanken noch nicht benennen konnten. Meine Finger stießen gegen etwas Hartes, Kaltes. Die Pistole, ach ja.

Ich brauchte sie nicht, ich hatte die Stimme inzwischen erkannt. Sie gehörte zu Josh, dessen Silhouette sich langsam aus der Finsternis schälte, als sich meine Augen daran gewöhnten.

Ich rieb mir die Lider, meine Wimpern waren völlig verklebt. »Alles okay.«

»Du hast geschrien.«

Ich zuckte mit den Schultern, auch wenn ich nicht wusste, ob er das sah. Es passierte, dass ich schrie. Es war auch schon vorgekommen, dass ich im Schlaf nach der Pistole gegriffen und in die Wand geschossen hatte. Seitdem besaß ich keine Munition mehr. Nur meine Waffe, die Matthial nach dem Chivvy gefunden und mir einige Wochen später überreicht hatte, durfte ich behalten. Als »Belohnung«, weil ich wieder zu sprechen begonnen hatte, nachdem sie bereits dachten, dass ich nie wieder ein Wort sagen würde. *Braves Mädchen, Joy.*

»Ich glaube«, druckste Josh herum, »ich werde dann mal wieder gehen. Ja?« Er blieb in der Tür stehen.

Es war nicht so, dass ich nicht bemerkte, was er mir auf seine unbeholfene Art anzubieten versuchte. Zuzuhören. Ich gab vor, ihn nicht zu verstehen. Ich wollte nicht reden, nicht jetzt und nicht später. Nicht mit ihm und nicht mit den anderen.

»Bis später, Josh.« *Verschwinde, lass mich allein.* Ich zog mir die kratzige Decke über den Kopf und drückte die Pistole an meine Wange.

• • •

Seit knapp zwei Monaten lebten wir in den Tunneln unter der Erde. Während der ersten Tage hatten wir uns allen Streits zum Trotz dicht aneinandergedrängt und uns gegenseitig vor Kälte, Dunkelheit und Angst beschützt. Vor allem vor der Angst.

Das Coca-Cola-Haus, in dem Matthial und Josh geboren und Zacharias, Kendra und ich aufgewachsen waren, lag in Schutt und Asche. Ich konnte es nicht glauben, aber außer mir hatten es alle gesehen, auch wenn sich außer Matthial niemand näher herantraute. Er war rußverschmiert zurückgekommen, mit roten Rändern um die Augen und leeren Händen. Nichts war übrig geblieben. Niemand hatte eine Erklärung, warum die Percents unser Clanhaus gerade jetzt als Rebellenstützpunkt identifiziert und niedergebrannt hatten. Ich war ein einziges Mal unvorsichtig und wagte es, Neél als möglichen Grund anzudeuten. Seinen Tod. Die Rache, zu der die Percents allen Grund hatten. Denn die anderen konnten von einem Unfall und einem Versehen sprechen, so viel sie wollten: Matthial hatte ihn getötet. Nach meiner Anschuldigung mied man mich einen Tag lang und ich beschloss, zu diesem Thema dauerhaft zu schweigen.

Meine Erinnerung an die Tage, nachdem wir das Clanhaus verlassen hatten, war löchrig. Die meiste Zeit fühlte ich mich viel zu schwach, um aufzustehen und mir den Schlaf mit abgestandenem

Wasser aus meinem Gesicht zu waschen. Doch da war ebenso Wut in mir, so viel Wut, dass ich nur still in einer Ecke hockte und die Wand anstarrte, aus Angst, mit jemandem aneinanderzugeraten und im Streit etwas zu tun, was ich hinterher bereuen würde. Ich fühlte mich unberechenbar, fürchtete, jegliche Kontrolle über mich zu verlieren, als säße in meiner Brust ein wildes, zorniges Tier, das meine Schwäche ausnutzen wollte, um aus mir herauszubrechen. Mir war klar, dass Rachsucht ein vernichtendes Gefühl war und zu nichts führte. Ich hatte mir nie etwas aus Rache gemacht. Das Tier dagegen schrie nach Rache.

Ich wagte es kaum, meine Glieder zu regen, da ich fürchtete, die kleinste Bewegung würde meine Knochen bersten und meinen Körper zerfallen lassen. Ich war ein Leib aus Asche, den ein bloßer Windhauch zerbrechen konnte, sodass das darin verborgene Tier freikam.

• • •

Nur langsam fand ich zu mir selbst zurück, wagte scheu erste Gespräche, aber noch keine Streits, und zaghaft langsame Bewegungen. Wenn Josh mir sagte, dass mein Leben doch weitergehen musste, dann war das ohne jeden Zweifel eine leere Phrase und ein fruchtloser Versuch, mich aufzumuntern. Und ebenso war es die Wahrheit.

Ich war immer noch nicht im Bilde, was während meiner langen Abwesenheit alles vorgefallen war. Zwischen Matthial und Kendra musste etwas passiert sein, denn Misstrauen hielt die beiden auf Abstand. Sie waren wie zwei Magnete, die sich gegenseitig abstießen. Erklären wollte sich niemand. Fragte ich Matthial, schickte er mich für mehr Informationen zu Kendra und umgekehrt. Auch Kendras Freund Zacharias schien involviert, von ihm erfuhr ich schließlich, dass es etwas mit Mars zu tun haben musste. Ich beließ es dabei, weil ich wusste, wie bedrückend es war, zu Gesprächen gedrängt zu werden, die man nicht führen wollte.

Josh sonderte sich zunehmend ab. Er litt am meisten unter der Dunkelheit und der schlechten Luft in den Schächten. Er ging geduckt, die Schultern nach vorne gezogen, den Kopf gesenkt. Die Finsternis schien wie ein Gewicht auf ihm zu lasten und drückte ihn jeden Tag ein wenig mehr in die Knie. Er floh davor, indem er jagen ging, doch auf den mageren Herbst wollte offenbar ein entbehrungsreicher Winter folgen. Oft kam er mit leeren Händen zurück, was ihm schwer zu schaffen machte. Wir würden mehr Essen brauchen. Was wir in unserer Lage dagegen nicht mehr brauchten, waren die beiden Clanpferde, die Josh in einem verfallenen Schuppen versteckt hatte und täglich versorgte. Wir hofften alle, dass die Percents sie nicht fanden. Josh, weil er an den Tieren hing. Wir anderen, weil wir Angst vor dem Hunger hatten.

Neu im Clan war Jake, ein dicklicher junger Mann, fast noch ein Junge, der wie ich das Chivvy überstanden hatte und auf der Flucht Matthial und Josh geradewegs in die Arme gelaufen war. Im Gegensatz zu mir hatte er sich dem Clan aus freiem Willen angeschlossen. Es gab niemanden auf der Welt, zu dem er zurückkehren wollte. Seine Eltern hatten ihn für ein Steinhaus mit einer verschließbaren Tür an die Percents verkauft, ohne ihn auch nur vorzuwarnen. Jakes große Stärke war die Geschwindigkeit, mit der er rannte. Er war schneller als jeder andere von uns, was umso beeindruckender war, da er trotz der miesen Ernährung immer noch recht pummelig war.

Matthial hatte zwischen zwei Kanaltunneln eine Art Bunker ausfindig gemacht, den wir mit Brettern, morschen Paletten, Teppichresten und allem, was wir sonst noch fanden, in mehrere winzige Wohnboxen unterteilten. Diese Parzellen boten nicht nur ein Minimum an Privatsphäre, sie heizten sich auch schneller auf als große, feuchte Räume.

Matthial verteilte am Morgen die Aufgaben und erkundete dann weitere Tunnel. Kendra war die Einzige, die murrte, weil er sich davonmachte, während wir dir Drecksarbeiten erledigten. Ich verbot ihr den Mund und stellte fest, dass man mich vielleicht nicht ernst nahm, aber hinreichend fürchtete, um zu tun, was ich sagte.

Solange wir an unserem Quartier bauten, hatte ich das Gefühl, sowohl meinen Aschekörper als auch das Tier in mir im Griff zu haben, auch wenn ich bei jedem Handgriff an Neél denken musste. Es war eine wichtige Arbeit, Eisennägel mit viel Kraft ins Holz zu schlagen, Wände zu ziehen und danach zu dämmen, sodass die Kälte nicht mehr hineingelangte. Wir schufen für jeden einen separaten Raum, nur Kendra und Zac bekamen einen gemeinsamen, der etwas größer war. Zwei kleine Zimmer bauten wir für den Fall, dass der Clan wuchs. Das war im Winter häufig der Fall. Städter, die in die Wildnis flüchteten, glaubten oft, es allein zu schaffen, aber spätestens wenn ihnen die Nahrung ausging, machten sie sich auf die Suche nach den Clans und bettelten um deren Schutz.

Außerdem errichteten wir einen größeren Vorraum, in dem wir zusammensitzen und unser Essen zubereiten konnten. Hier stellten wir alte Fässer als Feuerstellen auf – der Rauch zog allerdings nicht so gut ab, wie wir es uns erhofft hatten. Aber mit einer Konstruktion, die entfernt an einen Kamin erinnerte und größtenteils aus den metallenen Planken bestand, die man an alten Straßen fand, gelang es uns, den Großteil nach draußen zu leiten, sodass wir genug Luft bekamen. Zuletzt bauten wir eine kleine Kammer, in der wir Feuerholz lagern konnten, sowie eine gut isolierte Vorratskammer. Der Geruch von getrockneten Pilzen und Fleisch sollte möglichst nicht entweichen. Das würde die Mutantratten anlocken.

Die handwerkliche Arbeit lag mir. Ich war geschickt und verrichtete die Aufgaben, bis ich erschöpft war, denn diese Erschöpfung stellte den einzigen Schutz gegen Träume und sinnloses Grübeln dar. Konnte ich nicht einschlafen, lag ich mit schmerzenden Muskeln wach und überlegte mir Verbesserungen für die Konstruktionen, optimierte jeden Plan bis ins kleinste Detail, um die Trauer davon abzuhalten, über mich hereinzubrechen. Es gelang mir nicht in jeder Nacht, aber immerhin. Neél hatte unrecht gehabt – ich war stark. Bald hatte ich Matthials grobe Ideen samt und sonders verbessert.

Die Arbeit war auch eine gute Ausrede, wenn ich vor einem Gespräch flüchten musste – und ich floh vor jedem Gespräch. Es war nicht so, dass ich grundsätzlich nicht reden wollte. Ich wollte nur nicht mit Menschen reden, die Neél nicht gekannt hatten. Was immer ich über ihn erzählt hätte, es wären verlorene Worte gewesen. Niemand hätte sie mir geglaubt. Niemand hätte mir glauben *können*. Also behielt ich meine Worte.

• • •

Es hatte zum ersten Mal geschneit. Zac und Kendra unterstützten Josh schon seit einer Weile jeden Tag beim Jagen, um die Tiere zu erwischen, die unvorsichtiger wurden, weil der Boden gefroren war und nur wenig Nahrung hergab. Matthial erforschte die Kanalisation, streifte durch die Gänge und ging jeden Tag ein Stück weiter, als erhoffte er sich, irgendwo eine Kiste voller Gold zwischen all dem Unrat zu finden.

Ich blieb häufiger mit Jake allein zurück, und da unser Quartier ausgebaut war und nichts zu tun blieb, außer hin und wieder Holz zu hacken und in einer der Feuertonnen zu verbrennen, verzweifelten wir beide: ich an der Untätigkeit, er an der Aufgabe, mich zu beaufsichtigen, als wäre ich ein kleines Kind. Ein Kind mit zu viel

Zeit und zu trüben Gedanken und daraus erwachsenden dummen Ideen. Ich wusste selbst, dass es unklug war, eine Mutantratte ohne Waffen zu jagen. Vor allem, wenn mein Clan befürchtete, ich würde davonrennen und sie an den Feind verraten. Mir war bewusst, wie viel Stress ich dem armen Jake machte, der dafür verantwortlich war, mich wieder einzufangen, ehe ich etwas irreparabel kaputt machte, wie es schon immer meine Art gewesen war. Die anderen kannten mein Talent, Dinge zu zerstören, die wichtig waren.

Auch Neél hatte es gekannt. Er hatte mir eine Blume gepflückt, eine fliederfarbene wilde Malve; sie gepresst und zwischen zwei Plastikstücken gesichert, damit ich sie nicht zerstören konnte.

Ich hatte es dennoch geschafft, ich hatte nicht auf meine Malve aufgepasst. Während ich bewusstlos gewesen war, hatten sie sie mir weggenommen und fortgeworfen. Und Neél gefangen genommen.

• • •

»Kommst du heute mit mir?«, fragte Matthial beiläufig, während er seine Sachen zusammenpackte. »Ich will mich draußen ein wenig umsehen, die Gegend im Blick behalten. Vier Augen sehen mehr als zwei.«

Ich blickte zu ihm auf. Er wirkte optimistisch und unternehmungslustig, so als würde er vorschlagen, aus Spaß einen Ausflug zu machen, weil wir nichts Wichtigeres zu tun hatten. Das erinnerte mich schmerzlich an früher. Fast jeden Tag hatten wir unsere Aufgaben in aller Eile erledigt, um dann loszuziehen und die Welt zu entdecken. Es fühlte sich falsch an, nach allem, was passiert war, genauso weiterzumachen – es war, als würde ich diese Erinnerungen verraten.

Lange starrte ich in die Feuertonne, über der wir Tee in einem verkohlten Kessel kochten.

Jake bemerkte meine Unentschlossenheit, er rückte näher an mich heran. »Joy!« Seine leise Stimme sollte wohl mahnend klingen, aber ich hörte den flehenden Ton heraus.

Ja, ich wusste es und es tat mir leid. Ständig lief ich ihm davon und nun, da ich hinauskonnte, wollte ich hier unten bleiben? Das war weder fair noch logisch, aber ich mochte vor Matthial nicht zugeben, dass ich auf seine Gesellschaft gut verzichten konnte. Er ging nach wie vor davon aus, dass ich ihn irgendwann verstehen würde und ihm in nächster Instanz dann verzieh. Das war sein Plan und er kam überhaupt nicht auf die Idee, dass dieser scheitern könnte. Er glaubte, mich zu kennen. Was er nicht begriff, war, dass ich mich verändert hatte.

Andererseits war mir selbst bewusst, dass ich nicht ewig im Untergrund hocken konnte, wenn ich nicht vollends depressiv werden wollte. Und ich wollte nicht! Also nickte ich knapp. »Wann brechen wir auf?«

Matthial warf mir einen schrumpeligen Apfel zu. »Iss etwas und trink einen heißen Tee, es ist kalt draußen. Ich hole dich gleich ab.«

Als er zurückkehrte, brachte er eine Jacke mit, die ich noch nie zuvor gesehen hatte. Ihr Leder war verschlissen und an mehreren Stellen geflickt, aber innen war sie nachträglich mit Fellen gefüttert, die noch nach Tier rochen.

»Für mich?«

»Du brauchst eine neue.«

»Wo hast du sie her?«

Er errötete, statt mir zu antworten, und das sagte genug. Offensichtlich hatte er sie selbst ausgefüttert. Fingerfertigkeit hatte nie zu seinen Stärken gehört, er musste lang daran gearbeitet haben. Die Nähte wirkten ungelenk, aber solide, und keine drückte, als ich die Jacke anprobierte. Was jedoch drückte, war der scharfe Blick, den Kendra mir im Vorbeigehen zuwarf. Auch wenn Matthial der Meinung war, dass ich eine neue Jacke brauchte, so war nicht jeder im Clan mit diesem Geschenk einverstanden.

»Danke«, sagte ich und meinte es beinahe ehrlich. Ich hatte in den letzten Wochen viel nachgedacht, jedoch nicht daran, mich auf den eisigen Winter vorzubereiten. Ich schloss die Knöpfe, genoss das warme, weiche Fell, das sich an meine Schultern und meinen Rücken schmiegte. Matthial hatte auch die Säume am Handgelenk und die Oberarme gefüttert, nicht aber den Mittelteil der Ärmel, sodass ich in meinen Bewegungen nicht eingeschränkt war. Ich sagte nichts, aber meine Gesten zeigten ihm, dass mir seine Sorgfalt aufgefallen war. Der Ansatz eines Lächelns huschte über sein Gesicht, als er den Tunnel entlangging, den Blick auf den Boden vor seinen Füßen gerichtet.

Wir kletterten eine Leiter hoch, zwängten uns durch einen schmalen Schacht und ganz unvermittelt waren wir an der Oberfläche. Ich musste die Augen schließen, so gleißend hell war es. Es musste Morgen sein, Dark Canopy war noch nicht in Betrieb. Der Schnee reflektierte die Sonnenstrahlen, sodass meine Augen brannten und tränten, als ich sie langsam öffnete. Wir standen in den bombenvernarbten Ruinen einer Siedlung, die ich nicht kannte.

Als Kinder hätten wir einen solchen Moment gefeiert. Wir hätten unsere Kleider fortgeworfen, nackt im Schnee getanzt und so viel Sonne an unsere Haut gelassen wie nur möglich. Jetzt wandte ich den Blick ab und ließ die Strahlen nicht einmal meine Wangen wärmen.

Ich konnte an nichts anderes als an Neél denken. Die Luft, die Weite und selbst die verdammte Sonne warfen mir meine Sehnsucht wie Steine an den Kopf. Schuldgefühle nagten an mir. Und schlagartig war es hell genug, um klar zu sehen: Ich konnte nicht bei diesem Clan bleiben. Es war nicht mehr mein Clan. Es war nicht bloß so, dass ich mich von den anderen entfremdet hatte. Nein, mir wurde bewusst, dass es keine Annäherung mehr geben würde. Nie wieder. Ich *wollte* mich ihnen nicht mehr annähern. Bisher hatte ich das auf meine Trauer geschoben, doch nun merkte ich, dass das, was mich auf Distanz hielt, viel mehr war als die Trauer um Neél. Es war blanke Ablehnung. Ich wollte mit ihnen nichts mehr zu tun haben, wollte keinesfalls mehr Teil ihrer Gemeinschaft sein.

Ich betrachtete Matthial, der sein Gesicht ins Licht hielt. Sein Haar schillerte in allen Farben zwischen Blond, Rot und hellem Braun. Seine Sommersprossen waren zu dieser Jahreszeit nur als Schatten zu erahnen. War mir jemals aufgefallen, dass seine Wimpern an den Spitzen ebenso kupferfarben waren wie einzelne Haare in seinem Stoppelbart?

Erst als er mich ansah und ich in ihm den Matthial von früher erkannte und nur noch einen Hauch des grausamen, zu schnell gealterten Mannes, der Neél auf dem Gewissen hatte, wagte ich zu sprechen.

»Darf ich noch bis zum Frühjahr bei euch bleiben?«

Wir hätten bloß gestritten, wenn ich um die Erlaubnis gebeten hätte, den Clan zu verlassen, daher entschied ich es, ohne ihn zu fragen – ich würde gehen. Sobald es möglich war. Doch erst nach dem Winter bestand eine Chance, allein zu überleben, wenn ich nicht in die Stadt zurückgehen wollte. Und die Stadt – eine Stadt ohne Neél – war meine allerletzte Option.

In seinem Gesicht regte sich kein Muskel. Nur ein Vogel, der hoch über uns hinwegflog, ließ seinen Schatten für einen Moment auf ihn niederfallen, sodass seine Augen müder und seine Miene betrübter wirkte. Innerhalb einer Sekunde war der Eindruck wieder verschwunden. Er antwortete nicht.

»Matthial?«

»Das ist wirklich dein Ernst.« Er lächelte bitter. »Ich hatte gedacht, du kämst wieder in Ordnung.«

»Mit mir ist alles in Ordnung. Ich kann nur nicht länger hierbleiben. Es wäre euch gegenüber nicht fair.« Schon das Argument war nicht fair. »Ich kann nicht dauerhaft euer Versteck nutzen und eure Nahrung essen, wenn ich keiner mehr von euch bin. Und das will ich nicht mehr sein.«

»Nun«, meinte er. »Du bist nicht unsere Gefangene. Wir wollten dir nur helfen.«

Wir setzten uns in Bewegung, trotteten dicht nebeneinander eine Straße entlang, die aus den Ruinen hinausführte. Um nicht gesehen zu werden, hielten wir uns eng bei den Büschen und Bäumen, die am Rand der asphaltierten Strecke wuchsen und uns im Notfall Verstecke boten.

»Ich habe euch viel zu verdanken«, sagte ich, als ich das Gefühl hatte, dass das gemeinsame Schweigen Matthials Zorn wieder besänftigt hatte. Er ließ mich nicht erkennen, dass er wütend war, aber er war es. »Ich meine es ernst, Matthial. Ihr habt mich nicht aufgegeben, als ich eine Gefangene der Percents war, egal wie hoffnungslos die Lage aussah. Ihr habt mich gerettet.« Ein bitterer Geschmack verteilte sich in meinem Mund, weil ich Neéls Part in dieser Rettungsaktion nicht erwähnte. Ohne seine Hilfe – geschweige denn sein hartes Training, über das ich so geflucht hatte – hätte ich es nie bis zu Matthial und den Clanleuten geschafft.

»Ich möchte nicht undankbar erscheinen.« *Autsch.* Während ich die letzten Worte aussprach, merkte ich, wie kühl und distanziert sie klangen. Es war kein Wunder, dass Matthials Schultern sich anspannten.

»Aber du hältst es nicht mehr bei uns aus?«

Ich schüttelte schwach den Kopf.

»Bloß wegen dem Percent?«

Am liebsten hätte ich ihm für seinen geringschätzigen Ton die Augen ausgekratzt, aber ich beherrschte mich. »Während der Gefangenschaft hat er mich verteidigt, wann immer es brenzlig wurde. Er wurde bewusstlos geschlagen, weil er mich beschützen wollte, und nachdem er zu sich kam, lief er durch die ganze Stadt, um auf mich aufzupassen. Er hätte mich laufen lassen, wenn es eine reale Chance für eine erfolgreiche Flucht gegeben hätte.«

Nichts davon war Matthial neu. Ich hatte auf ihn eingeredet, bevor und nachdem sie Neél der Sonne ausgesetzt hatten. Bisher hatten ihn meine Worte nicht erreicht. Heute taten sie es. Ich hörte das klackende Geräusch in seiner Kehle, als er schluckte.

Meine Nase lief, ich wischte sie mit der Hand ab und stellte erschrocken fest, dass mein Gesicht klitschnass war. Die Tränen liefen wie Tauwasser im April, ich spürte sie kaum und konnte sie genauso wenig aufhalten.

Matthial griff in seine Tasche, fummelte umständlich ein Tuch heraus und drückte es mir in die Hand. Ich tupfte mir die Augen ab, putzte meine Nase, aber das Heulen nahm kein Ende. Ich hasste es. Hasste mich. Hasste Matthial.

»Er fehlt mir«, heulte ich in sein Taschentuch.

Wir konnten uns nicht in die Augen sehen, also gingen wir einfach weiter die Straße entlang. Gleichmäßige Schritte, gleichmäßige Atemzüge.

Schließlich murmelte Matthial, dass es ihm leidtäte. Ich presste die Lippen aufeinander, um nicht zu schreien.

»Doch«, sagte er beharrlich, als wollte er, dass ich schrie. »Es war nicht meine Absicht, dass er stirbt. Ist es nie gewesen.«

»Du wolltest auch nicht, dass Will durch deinen Bolzen stirbt, als du auf ihn geschossen hast. Du hast ihm ins Knie geschossen. Das Töten hast du den Percents überlassen.«

Matthial hob eine Hand und versuchte, meine Worte abzuwehren, aber sie hatten ihn schon getroffen. Er stöhnte. »Ich wusste mir nicht anders zu helfen. Ich musste dir helfen.«

Nein, das musstest du nicht, sagte ich mit einem Blick. Und ließ meine Stimme ergänzen: »Und darum muss ich gehen. Weil du dabei über Leichen gehst und ich das nicht länger ertrage. Immer wenn wir versuchen, uns zu helfen, führt das zu Katastrophen. Es geht einfach nicht mehr.«

»Vielleicht brauchen wir etwas Zeit.«

»Zeit.« Ich seufzte. Neél hatte so wenig Zeit gehabt. »Er war so alt wie Josh, hast du das gewusst?«

»Der Percent?«, fragte Matthial kaum hörbar.

»Ja.« Ich konnte das nur schätzen. Ich hatte Neél nie nach seinem Alter gefragt; es gab Dinge, die einfach nicht wichtig genug waren, um deswegen Worte zu verschwenden. Doch ich hatte mitbekommen, dass die Percents immer mit achtzehn oder neunzehn Jahren ins Chivvy gingen und damit erwachsen wurden, und ich hatte mich gewundert. Bei uns Rebellen galt man mit sechzehn als volljährig.

»Wie gesagt«, Matthial rieb nervös an einem Fleck auf seinem Ärmel. »Ich wollte nicht, dass er stirbt. Das musst du mir glauben.«

»Du warst dir sicher, dass er in der Sonne nicht sterben würde?«, fragte ich. Es hatte nicht mehr viel gefehlt.

Matthial bedeckte seine Augen mit einer Hand. »Nein.« Er flüsterte nur noch, ich hörte das Grauen in seinen Worten zittern. »Wenn ich gewusst hätte, wie schlimm es wirklich ist, hätte ich das nie getan. Wir haben ihn reingebracht, als sich zeigte, wie extrem er auf die Sonne reagiert. Verdammt, Joy. Wir dachten, er würde einen Sonnenbrand bekommen, stattdessen schmolz ihm die Haut vom Fleisch.«

»Es reicht.«

»Wir wollten das nicht«, sagte er eindringlich. »Nicht so. Glaub mir.«

Natürlich tat ich das. Tot wäre Neél nichts mehr wert gewesen.

Matthials schöne Pläne waren zerplatzt. Niemand gab ihm wertvolle Privilegien im Austausch für eine Leiche.

»Er … war doch noch ganz in … in Ordnung, ehe Jamies Männer ihn … abgeholt haben.«

Ich wandte das Gesicht ab. »Matthial, bitte.« Musste er es noch schlimmer machen? Nichts war in Ordnung gewesen. Ihn so reden zu hören, stach mir schmerzhaft in den Magen.

»Er war am Leben.«

»Ja, aber viel mehr auch nicht.« Ich versuchte, die Erinnerungen nicht an mich heranzulassen, denn ich wollte nicht erneut in Tränen ausbrechen. Es war genug. Ich musste lernen zu akzeptieren, dass Neél tot war.

»Und du weißt wirklich nicht …«, fragte ich vorsichtig, »wie es passiert ist?«

Matthial zuckte mit den Schultern und in mir schoss vollkommen unvorbereitet eine Mordswut hoch. Das Tier hinter der Ascheschicht grollte. »Sie werden dir etwas gesagt haben! Du willst mir doch nicht erzählen, dass du noch nicht mal gefragt hast, wie es dazu gekommen ist!«

»Ich weiß es nicht. Ich wollte es nicht wissen.«

Nein. Matthial wollte es mir nur nicht sagen.

Ich biss die Zähne zusammen. Plötzlich brauchte ich nichts so sehr wie Antworten auf diese eine Frage: Wie war Neél gestorben?

Ich malte mir in bunten Bildern aus, er wäre im Kampf gefallen, genau so, wie er es sich gewünscht hatte. Die Vorstellung, er könnte auf dem Karren unter der Decke einfach die Augen geschlossen und nicht mehr aufbekommen haben, war unerträglich. Man kann an infizierten Wunden sterben … Ich musste daran denken, wie sich im Sommer meine Hand entzündet hatte. Der süßliche Geruch von krankem Fleisch erfüllte meine Nase. Ich hätte Neéls Wunden versorgen müssen!

Frische Hinterlassenschaften von Pferden dicht neben dem Straßengraben bannten unsere Aufmerksamkeit. Ich stieß einen Apfel mit der Stiefelspitze an und betastete ihn, um sicherzugehen. Er war kalt, aber noch nicht gefroren, die Reiter waren erst kürzlich diesen Weg geritten.

»Percents«, vermutete Matthial und sah sich aufmerksam um.

Mein Gefühl sagte etwas anderes. Ich kannte die Percents und ihre Gewohnheiten. »Die reiten auf der Straße. Ihre Pferde sind beschlagen, der Asphalt schadet ihnen nicht. Und ihre Reiter müssen keine Angst haben, dass jemand den Hufschlag hört.« Außerdem hatte dieses Pferd hier überwiegend Gras gefressen. Percent-Pferde standen dagegen normalerweise in Ställen. Matthial sagte ich davon nichts.

Ich hatte gesehen, wohin es führte, wenn man zu viel wusste. Und ich wusste so viel mehr über den Alltag der Percents, als Matthial ahnte. Ich wollte ganz sicher nicht seinen strategischen Berater spielen müssen. Kaum war der Gedanke gedacht, schämte ich mich ein bisschen dafür. Nun übertrieb ich. Matthial würde nicht versuchen, etwas aus mir herauszupressen. Allein die Vorstellung, ein Percent hätte mir empfindliche Informationen zukommen lassen können, ging viel zu weit über Matthials Horizont hinaus. Das verlieh mir Mut. Das sowie die Pferdespuren. Denn wenn es keine Percent-Pferde gewesen waren und nicht unsere, dann mussten sie zu Jamies Clan gehören. Und dort versteckte sich die Antwort auf meine Frage.

»Ich habe es mir anders überlegt«, sagte ich. Es musste das Tageslicht sein, das mir eine Entschlusskraft verlieh, die ich in den letzten Wochen so vermisst hatte.

Matthial wirkte erleichtert. Ich sprach rasch weiter, ehe er etwas sagen konnte.

»Ich bleibe vielleicht nicht über den Winter.«

»Das ist doch Blödsinn, Joy. Den Winter überlebst du allein nicht.«

Er nahm mich nicht ernst. Definitiv nicht.

»Wer sagt, dass ich allein bleibe?«

»Du willst zu Jamie?« Hörte ich da eine Spur Hohn heraus?

Mir war klar, dass er das annahm. Zu Mars würde ich sicher nicht gehen, auch wenn meine Schwester mit ihrem Mann und dem gemeinsamen Kind bei ihm lebte. Aber wie konnte Matthial so sicher sein, dass ich nicht doch in die Stadt ging?

»Jamie«, fuhr er fort, »nimmt keine neuen Clanmitglieder auf. Vor allem nicht im Winter. Er hat genug Leute. Und wenn er jemanden aufnehmen will, kommt er auf dich zu. Dich ihm anzubieten, lässt dich höchstens in seiner Achtung sinken. Jamies Waldleute sind stolz, Joy. Besudle nicht unsere Ehre, indem du zu ihm gehst und bettelst.«

Es mochte sein, dass er übertrieb oder log, um mich von meinem Vorhaben abzuhalten. Aber Matthial war immer ein guter Redner gewesen, und auch wenn ich mich dafür verfluchte, so konnte ich doch nicht verhindern, dass seine Worte Eindruck auf mich machten.

»Bleibt ja noch die Stadt. In der Stadt liegt eine Marke für dich, ich weiß. Du würdest dort ein Bett finden, mit viel Glück sogar ein eigenes Zimmer. Aber auch in der Stadt ist Winter. Alle guten Arbeiten sind längst verteilt. Bleiben die, die niemand machen will.«

Bedauerlicherweise lag er auch damit nicht falsch. Im Winter an ein Tor zu klopfen und etwas zu erbitten – Arbeit, Essen, Unterkunft –, war kein Unterfangen, das Erfolg versprach. Man würde mich in den ersten Wochen hassen, weil ich ein weiterer außerplanmäßiger Esser war. Einige Wochen des Misstrauens und der Unfreundlichkeiten hatte ich gerade erst hinter mir. Ich sah an mir herab. Dürr und knochig war ich geworden, die Muskeln harte

Stränge unter zerkratzter Haut. Ich konnte mir nicht vorstellen, die Kraft für einen weiteren schwierigen Neuanfang aufzubringen. Gleichzeitig konnte ich so nicht weitermachen. Ich musste wenigstens die Umstände von Neéls Tod herausfinden. Ohne dieses Wissen würde es mir nicht gelingen, die Trauer zu besiegen, und das musste ich, wenn ich wieder leben wollte.

3

spuren weisen wege.
mitunter die falschen.

Matthial und ich einigten uns auf einen Kompromiss. Er würde mich zu Jamies Clan begleiten, damit ich meine Fragen stellen konnte. Dafür blieb ich bis zum Frühjahr.

Ich glaube, er willigte nur ein, weil er wusste, dass ich ohnehin gehen würde. Wenn ich gegen seinen Willen floh, würden mir die anderen, die mir schon lange nicht mehr trauten, gewiss nicht erlauben zurückzukommen, und ich müsste in die Stadt gehen. Matthial befürchtete vermutlich weniger, dass ich dort nur schlechte, harte Arbeit finden würde. Ich denke, er hatte Angst, dass ich den Clan verraten könnte.

Ich konnte ihn verstehen.

Die Verantwortung war so groß.

Josh litt von Tag zu Tag mehr unter der Dunkelheit in unserem Versteck und sorgte sich um die Pferde.

Kendra und Zac würden ein Kind bekommen.

Jake begann zaghaft, von einer Städterin zu sprechen, einer früheren Nachbarin seiner Eltern, in die er heimlich verliebt war und die sich immer nach einem Leben außerhalb der Zäune gesehnt hatte.

Alles deutete darauf hin, dass der Clan in den kommenden Monaten wachsen würde. Vorsicht war geboten, mehr denn je, und so viele Reserven wie möglich mussten aufgespart werden. Ich nahm es Matthial daher nicht übel, dass er unseren Ausflug zu Jamie vorerst verschob. Doch aus ein, zwei Tagen wurden ein, zwei Wochen. Ich wagte kaum zu fragen, weil Matthial permanent unterwegs war. Er schleppte Kerzen, Stoff, Öl, Rauchfleisch und getrocknete Heilkräuter in unser Versteck. Er brachte sauberes, trockenes Feuerholz, das beim Verbrennen kaum rußte, und Schweineschmalz, mit dem wir Kendra, die anstatt dicker immer dünner zu werden schien, etwas aufpäppeln konnten. Niemand fragte, woher er die Sachen hatte. Handel schied aus. Mit wem hätte Matthial handeln sollen? Und vor allen Dingen: mit was?

Ich zählte die Tage, tat unbeteiligt. Die Asche um mich herum schien zu Stein gefroren und für das Tier gab es kein Entkommen. Doch nach und nach nahm meine Geduld ab und mein Frust zu. Ich gab mein Bestes, dies niemanden merken zu lassen. Der Winter war hart genug und ich hatte ihnen bereits ausreichend Ärger verursacht. Es war an der Zeit, mich zusammenzureißen. Es reichte, wenn die Trauer um Neél mein Leben beherrschte. Die anderen hatten ihn nicht gekannt, ich durfte es ihnen nicht verübeln, dass sie meine Gefühle nicht verstanden.

Doch irgendwann konnte ich nicht mehr warten. Ich wollte mich nicht länger hinhalten lassen. Ich war das stumme Betteln leid.

Ich wartete, bis Matthial wieder zu einem Beutezug verschwand, gab mich unauffällig und stahl mich durch tintenschwarze Tunnel davon, während Jake in irgendeine Ecke pinkelte. Nachdem ich zwei Abbiegungen hinter mir gelassen hatte, konnte ich sicher sein, dass er mich auch mithilfe einer Fackel so schnell nicht finden würde. Die alten Kanäle stellten ein solches Labyrinth dar, dass man innerhalb einer Minute unauffindbar war, wenn man es darauf anlegte. Die Dunkelheit bot mir Schutz.

Ich begann erst, mich unwohl zu fühlen, als ich die Kanalisation verließ. Aus dem schwarzen Schlund hörte ich noch das Kratzen von Rattenpfoten auf Stein, aber es machte mich weniger nervös als das Bomberland, das sich vor mir auftat und mich so schutzlos präsentierte wie ein Stück Fleisch auf einem großen, schmutzigen Teller. Ich sah ein paar Kaninchen in einiger Entfernung kauern und hatte das Gefühl, sie würden mich beobachten. Die Krähen in einem nahen Baum verharrten still und unbeweglich, nachdem sie mich ausgemacht hatten. Mir schauderte.

Wann war ich zu einer feigen Ratte geworden, die sich nur im Dunklen sicher fühlte?

Ich zog die Jacke über meiner Brust zusammen und lief los. Der Boden war gefroren und jeder Schritt fuhr unangenehm in meine steifen Gelenke. Doch wenn ich Jamies Clan erreichen, mit seinen Männern sprechen und vor Anbruch der Dunkelheit wieder zurückkommen wollte, musste ich mich beeilen. Ob Matthial mich noch im Clan akzeptieren würde, wenn ich eine Nacht fort gewesen war, schien mir fraglich. Er ließ sich reizen, aber nur bis zu einem gewissen Grad. Früher hätte ich ihn besser einschätzen können. Ja, früher …

Aus meinem Laufen wurde ein Rennen. Ich kannte die Gegend nur vage, aber ich war sicher, auf dem richtigen Weg zu sein. Der Himmel war schwer und dunkel wie Blei. Es begann zu schneien. Dark Canopy machte die Flocken grau und schwer. Sie sahen aus wie Steine.

Ein paar der Krähen hatten Interesse an mir gefunden. Immer wieder setzten sie sich vor mich in die Bäume, beobachteten, wie ich sie passierte, und flogen wieder auf. In ihren kleinen, bösen Augen glomm eine Erwartung. Sie ließen mich nicht entkommen.

Ich lief, bis sich mein Hals anfühlte, als hätte ihn die eisige Luft rau und wund geschmirgelt. Nur kurz pausierte ich und suchte mir ein paar möglichst saubere Stücke Eis, die ich gegen den Durst lutschen konnte. Ich hatte keinerlei Vorräte mitgenommen, damit die anderen nicht argwöhnisch wurden. Sollte ich mich verirren, könnte mein Ausflug tödlich enden. Im Winter fand man kaum Nahrung, bis auf ausgegrabene Kräuter und zähes, erfrorenes Gras. Nicht dass ich umkippte, wenn ich einmal zwei oder drei Tage lang nichts zu essen bekam. Aber eisige Kälte in Verbindung mit wenig Nahrung schwächt den Körper. Man wird müde. Will schlafen. Und dann wird man einfach nicht mehr wach. Nie wieder.

Die Krähen behielten mich weiterhin im Blick. Die Augäpfel waren der erste Leckerbissen, den sie sich holten – meistens bevor man tot war.

Eine Gänsehaut zog sich über meine Schultern. Ich beschloss, wieder zu laufen. Der Schmerz im Hals ließ sich ignorieren, wenn ich durch die Nase atmete. Der Schweiß, der meinen Rücken benetzte, zeugte von Körperwärme. Gut. Wer warm war, war nicht tot.

• • •

Mein Plan hatte einen Haken. Vielmehr: Mein Weg hatte einen Haken. Der Schnee legte sich wie der räudige Pelz eines Tieres über das Land und verbarg die kleinen Anhaltspunkte, an denen ich mich sonst orientierte. Ich näherte mich dem Versteck von Jamies Clan viel langsamer als gedacht und dazu kam, dass diese verdammte Siedlung gut verborgen lag. Sehr gut verborgen. Es war zum Aus-der-Haut-Fahren. Überall, wo der Schnee die Erde nicht verhüllte, stieß ich auf Spuren menschlichen Lebens. Lumpenfetzen, am Alter verreckte Tiere, Blätter, Stiele und abgenagte Kolben von Maispflanzen, Scheißhaufen. Das Dorf *musste* in der Nähe sein. Warum fand ich es nicht?

Der Nachmittag dämmerte in den frühen Abend hinein. Es vor Einbruch der Nacht zu Matthials Clan zurückzuschaffen, war aussichtslos.

Ich trottete in eine Richtung und merkte erneut, dass die Spuren weniger wurden – wieder war ich falsch! Meine Schritte wurden schwerer; nicht weil ich müde wurde, sondern weil ich den Mut verlor. Es war inzwischen so kalt, dass ich glaubte, die Luft um mich herum müsse gefrieren und knisternd zerbrechen, wenn ich mich zu schnell bewegte.

Wo war dieses verfluchte Dorf? Wie gelang es den Waldleuten nur, ihre Spuren so sorgfältig zu verwischen?

Die Lösung kam mir derart plötzlich in den Sinn, dass mein Herz zu rasen begann. Natürlich! Ich war eine solche Idiotin! Sie *verwischten* ihre Spuren.

Ich war so naiv gewesen zu denken, dass ich ihren Spuren folgen musste. Das Gegenteil war der Fall. Die Spuren waren falsche Fährten. Dort, wo keine waren, musste das Dorf liegen. Ich hatte Stunden zuvor einen Pfad gefunden, kaum mehr als ein Wildwechsel, den ich ausgeschlossen hatte, da dort – von meinen Fußabdrücken im Schnee einmal abgesehen – nichts auf menschliche Existenz hinwies. Mit einem Mal war mir klar, dass dies der richtige Weg sein musste: der einzige Weg ohne Spuren. Ich fand Hoffnung, weil ich nichts fand, und rannte. Mag sein, dass ich unaufmerksam wurde – einen Moment nur, aber der reichte, um in die Falle zu gehen. Aus dem Augenwinkel realisierte ich etwas zu meinen Füßen – eine Schlange? –, da raschelte es über mir in einer Tanne und ich sah hoch. Ehe mir einfiel, dass im Winter keine Schlangen im Wald herumkrochen, hatte sich das Seil um meinen Fuß festgezogen und ich wurde kopfüber in die Höhe gerissen. Ich wollte schreien, bekam aber nur ein »Mmpf!« heraus. Mein Kopf baumelte über dem Boden und ich musste hilflos mit ansehen, wie jemand – eine Frau oder ein Mädchen – das Seil an einer Astgabel verknotete. Die Chancen, mich selbst zu befreien, standen miserabel. Mein Bein schmerzte bestialisch und ich fürchtete, dass sämtliche Knochen, zumindest aber mein Fußknöchel gebrochen waren. Um nicht zu wimmern, musste ich die Zähne zusammenpressen und den Kiefer derart anspannen, dass das Atmen schwer wurde. Blut stieg mir in den Kopf.

»Spionierst wohl rum, he?«, fragte die Frau mit scharfem, aber eindeutig erheitertem Tonfall. Sie trug eine Kapuze, die ihr Gesicht beschattete.

»Ich will nur reden«, brachte ich hervor. Meine Haare fegten den Boden unter mir, aber mit den Fingern kam ich nur gerade eben an den Schnee. Ich konnte mich nicht abstützen, um meinen Fuß zu entlasten. »Ich komme in friedlicher Absicht.«

»Meinst du, irgendeiner würde was anderes sagen, wenn er da hängt?«

Ich war offenbar nicht die Erste, die ihnen in die Falle gegangen war. Ein schwacher Trost.

Die Frau hoppelte näher an mich heran. Sie war klein und zierlich, aber nur auf den ersten Blick hatte sie jung gewirkt. Nun konnte ich ihr Gesicht unter der Kapuze erkennen. Es war faltig, aber es waren nicht jene Art von Falten, die das Alter schafft, sondern solche, die sich bilden, wenn man ständig die Stirn runzelt oder die Lippen zu einem missmutigen kleinen Kreis zusammenzieht. Verkniffen, das war das Wort, das zu ihr passte.

»Was willst du hier, kleines Mädchen?«

Mein Gesicht befand sich auf der gleichen Höhe wie ihre Knie und das gefiel mir nicht. Sie deutete immer wieder mit der Stiefelspitze an, mich treten zu wollen, tat es aber nicht. Noch nicht.

»Ich gehöre zu Matthials Clan.«

»Matthials Clan«, wiederholte sie höhnisch. »Matthial hat keinen Clan.«

»Wir sind wenige«, gab ich zu. »Aber Matthial ist Mars' Sohn und damit berechtigt, Clanführer zu sein.«

»Pah, Mars! Mars ist weit weg.« Sie drehte sich um und ich atmete etwas leichter. »Und das ist auch gut so.«

»Bitte lass mich runter. Ich bin nur zum Reden gekommen.«

»Und zum Essen! Aber wir haben nichts für euch dumme Kinder, die so wenig vom Leben wissen, aber immer so schlau sein wollen.«

»Ich brauche euer Essen nicht. Ich will nur ein paar Fragen stellen.«

Sie wandte sich mir wieder zu. »Was für Fragen?«

Ich setzte auf ihre Neugier und schwieg.

»Was willst du? Zu wem willst du?« Sie nahm einen eisverkrusteten Stock und pikte mir mit dem einen Ende in die Rippen.

»Lass mich runter.«

Sie zog ein Messer, doch sie stach damit nicht nach mir. Sie schnitt das Seil durch, so schnell, dass es mir nicht mehr gelang, den Sturz mit den Händen abzufangen. Ich krachte auf den Kopf und kippte zur Seite wie ein gefällter Baum. Eine Sekunde lang glaubte ich, mich nie wieder regen zu können. Überall, wo ich hinsah, flackerten rote Lichter. Während ich versuchte, meine Sinne zu sortieren, bewegte ich vorsichtig meine Zehen. Es schien nichts gebrochen.

Die Frau sah mich fest entschlossen an und mir war klar, dass ich für die Vorleistung, mich freizulassen, nun zahlen musste – mit Antworten. Viel lieber hätte ich meine Hände um ihren drahtigen Hals geschlossen, aber der Clan würde kaum noch gesprächsbereit sein, wenn ich eine Späherin erwürgte.

»Es gab einen Gefangenen«, sagte ich leise. »Matthial und Jamie wollten ihn den Percents zum Tausch anbieten. Als Geisel, verstehst du?«

Die Frau nickte bedächtig.

»Ich will wissen, was mit ihm passiert ist.«

Sie schien das zu akzeptieren, was nicht bedeutete, dass sie darauf reagierte. »Wie heißt du?«, fragte sie stattdessen.

»Joy.«

»Ich bin Myria. Ich bin die Hebamme hier.«

Sie überlegte lange, dabei hatte ich das Gefühl, dass die Entscheidung längst feststand. »In Ordnung«, meinte sie schließlich. »Hast du Waffen?«

Ich schüttelte den Kopf. Eine Lüge. Doch mein Messer war unter dem losen Futter im Schaft meines Stiefels gut versteckt.

Myria nahm eine dünne Schnur aus geflochtenem Leder aus ihrer Jackentasche und forderte mich mit einer Geste auf, die Hände auszustrecken. »Das ist Vorschrift. Wir kennen dich nicht – wir trauen dir nicht.«

Ich spielte mit dem Gedanken, das auszudiskutieren – womöglich auch mit den Fäusten –, ließ dann aber zu, dass sie mich fesselte. Ich wollte jetzt endlich zu diesem Clan, Antworten auf meine Fragen bekommen und dann verschwinden, um damit leben zu lernen, dass Neél nicht mehr da war. Das musste doch möglich sein! Mein Herz konnte es – es schlug einfach weiter. Warum tat sich mein Kopf nur so schwer?

Ich versuchte krampfhaft, nicht daran zu denken, wann und in welcher Situation ich das letzte Mal gefesselt irgendwohin geführt worden war. Es war ziemlich genau ein Jahr her. Wenige Sekunden nachdem ich Neél das erste Mal gesehen hatte. Damals hatte ich vor Angst gezittert. Heute zitterte ich bloß, weil es saukalt war.

Wir trotteten los. Ich hinkte ein wenig, konnte aber schon absehen, dass mein Fuß nicht ernsthaft verletzt war. Das Schlimmste war vermutlich die brennende Abschürfung, die das Seil an meinem Knöchel verursacht hatte.

Nach einigen Minuten Fußmarsch glaubte ich bereits, Feuer und darüber geröstetes Brot zu riechen. Frauen riefen und Kinderstimmen antworteten.

Ich folgte Myria in das Clandorf und gab mir Mühe, mich nicht allzu neugierig umzusehen. Dennoch sog ich jedes Detail auf.

Matthial hatte recht gehabt, die Waldleute lebten beeindruckend. Ihre Hütten schmiegten sich wie große, stabile Vogelnester zwischen die Äste der Laubbäume. Ich hatte schon Baumhäuser gesehen, aber nie in solcher Höhe. Ein paar Leute sahen aus den Fenstern nach unten – ich konnte kaum ihre Gesichter erkennen. Zu Füßen der Bäume befanden sich kleine Pferche, teilweise mit Stroh überdacht, in denen Tiere gehalten wurden. Ich sah ein paar wenige Pferde, Dutzende von wohlgenährten Hühnern und ein paar Schafe, deren Geruch sich mit den Aromen von Speisen mischte. An einzelnen Feuern am Boden wurde das Abendessen zubereitet. Wir gingen an zwei Frauen vorbei, die in einem großen Kessel eine Suppe oder einen Eintopf kochten, und angesichts des Dufts lief mir nicht nur der Speichel im Mund zusammen, vor allem begann mein Magen laut zu knurren. Für eine Schüssel mit heißer Suppe hätte ich all meine Fragen noch ein wenig nach hinten verschoben. Allerdings schien niemand daran interessiert, mich durchzufüttern. Die kochenden Frauen wandten sich in aller Deutlichkeit von mir ab und Myrias Gesicht verzog sich leicht, als sie mein Magengrollen hörte.

Schon als wir das nächste Feuer erreichten, verging mir der Hunger wieder. Eine Gruppe junger Mädchen saß eng beisammen, wärmte sich an den niedrigen Flammen und bereitete Felle für die Weiterverarbeitung vor. Die Tiere waren schon länger tot und offenbar hatte man die Haut nicht sofort abgezogen. Der süßliche Verwesungsgeruch ließ Galle in meiner Kehle aufsteigen. Ausgerechnet hier blieb Myria stehen und winkte einen Mann heran, der zuvor untätig in der Nähe gesessen und über seinen Krug hinweg die schuftenden Mädchen beobachtet hatte.

»Achte auf unseren *Gast*«, sagte Myria.

Er sah weiter mit glasigem Blick zu den Mädchen, während Myria zu einem nahen Baum ging und leichtfüßig eine dort angebrachte Strickleiter emporkletterte. Das Baumhaus schien eines der größeren zu sein, und wenn meine Augen mich nicht täuschten, war es auch weiter oben angebracht als die anderen.

Nach einigen Minuten kehrte Myria zurück. Hinter ihr kletterte ein Mann das Seil herab, den ich bei einem Tauschhandel, das musste Jahre her sein, schon einmal gesehen hatte: Jamie.

Er schien keinen Tag älter geworden zu sein, noch immer schmiegten sich drahtige Muskeln eng um seine Knochen. An seinem Körper war kein Gramm Fett zu erkennen, was sein Gesicht aussehen ließ, als wäre es eine Maske. Er musterte mich und für den Bruchteil einer Sekunde schien mein Anblick ihn zu irritieren. Die letzten beiden Meter kletterte er nicht, sondern sprang, kam lautlos auf und federte den Aufprall lässig ab. Der Säufer trollte sich, als hätte er einen scharfen Befehl erhalten. Mit einem überlegenen Lächeln auf den Lippen trat Jamie auf mich zu.

Als Mars unseren Clan angeführt hatte, war Jamie ein Handelspartner gewesen. Wir hatten ihm Respekt entgegengebracht und die leisen Gerüchte über seine maßlose Strenge, die immer wieder die Runde machten, nie als Gerede abgetan. Wer Jamie einmal in die Augen gesehen hatte, nahm die Geschichten über die grausamen Strafen ernst, mit denen er den Ungehorsam seiner Clanleute ahndete. Angst hatte ich allerdings nie vor ihm gehabt. Ich war keine von seinen Leuten.

Aber wie sah es nun aus? Mars war weit weg, ob Jamie Matthial als Clanführer akzeptierte, schien nicht so sicher, wie Matthial gerne tat, und die Fragen, die ich mit mir herumtrug, waren von gefährlicher Natur.

Ich straffte die Schultern. Meine Fragen waren das Einzige, was zählte. Ich kannte Neéls Geheimnisse, ich kannte sie alle. Das um seinen Tod konnte ich unmöglich seinen Feinden überlassen. Und es barg außerdem meine einzige Hoffnung auf ein normales Leben.

»Ich grüße dich, Jamie«, sagte ich und spielte ihm unerschütterliches Selbstvertrauen vor.

Er umrundete mich halb, so wie Hunde es tun, wenn sie sich nicht sicher sind, ob sie angreifen wollen. »Joy.« Es klang, als wägte er mit meinem Namen im Mund etwas ab.

»Du erinnerst dich also.« Ich lächelte, aber er schüttelte ruppig den Kopf.

»Myria hat mir deinen Namen genannt. Du kommst von Matthials Clan. Wie geht es dem jungen Clanführer?«

Schwang da Spott in seiner Stimme mit? Ich war mir nicht sicher. Jamie galt als ein Meister darin, durch subtile Schwingungen in seiner Stimme Verunsicherung zu schüren.

Das Dorf um mich herum veränderte sich kaum merklich. Die Gerbermädchen ließen ihre Arbeit liegen und verschwanden schnell wie Eichkätzchen zwischen den Bäumen. In den Häusern bewegten sich die Tücher, die vor den Fenstern hingen. Die Suppe kochenden Frauen nahmen ihre Kleinkinder auf die Hüften. Ihre Aufmerksamkeit war nun auf mich, nicht länger auf ihren Kessel gerichtet. Hinter mir raschelte es im kahlen Gebüsch. Schlich sich dort jemand an? Ich drehte mich nicht um. Verrückt machen konnten sie jemand anders.

»Ich komme nicht auf Matthials Anweisung. Ich bin hier, weil ich Fragen habe, auf die Matthial mir keine Antworten gibt.«

Jamie schmunzelte. »Er verschweigt dir etwas? Ich dachte, ihr seid Partner?«

»Schon lange nicht mehr.« Ich erschrak, wie hart das klang, und fügte rasch hinzu: »Ich fürchte, er kennt die Antworten selbst nicht.«

»Und da lässt er dich ganz allein zu mir kommen?« Jamie sprach deutlich, sodass ich ihn nicht falsch verstehen konnte, aber ich hatte das Gefühl, dass er mich eigentlich etwas ganz anderes fragte.

Mein Mund wurde trocken und ein beklemmendes Gefühl wuchs in mir, ohne dass ich benennen konnte, woran das lag. Warum sahen denn alle her? »Ich frage nicht um Erlaubnis, wenn ich irgendwohin gehe«, antwortete ich, und im gleichen Moment wurde mir mein dummer Fehler bewusst.

Jamies Frage hatte sich nicht auf die Beziehung zwischen Matthial und mir bezogen. Er hatte herausfinden wollen, ob Matthial wusste, wo ich war, und zu hören, dass das nicht der Fall war, gefiel ihm zweifelsfrei. Nun konnte er mich ohne Risiko an die Percents ausliefern. Ich hätte daran denken müssen, verdammt! Matthial hatte mir doch erzählt, dass Jamie mit ihnen Handel trieb. Was sollte er ihnen schon geben, wenn nicht Menschen? Ich war nie auf eine solche Idee gekommen, hatte die Vorstellung für abwegig gehalten, für völlig verrückt. Doch nun blickte ich in Jamies Gesicht, in seine Augen, in denen schon die Vorfreude aufleuchtete. Die Vorfreude auf das, was ich einbringen würde.

Ich überlegte, ihm zu erzählen, dass eine Freundin wusste, wo ich war, aber mir fiel nicht ein einziger Name ein. Es war ohnehin zu spät. Jamies Lächeln, eine Mischung aus Stolz, Überheblichkeit und ein klein wenig Bedauern, bewies, dass er mich durchschaut hatte. Das Netz um mich herum war zugezogen. In den Büschen hinter mir waren die Schritte nun ganz nah. Aus dem Augenwinkel nahm ich schon Silhouetten wahr. Es waren Männer. Sie würden jeden Fluchtversuch vereiteln.

»Ich bin hergekommen, weil ich Fragen habe«, wiederholte ich und erschrak angesichts meiner Stimme, die so resigniert und müde klang. Ich verspürte keine Angst, ich war bloß enttäuscht, schon wieder verraten zu werden. Eine Gefangene der Percents war ich schon einmal gewesen, und auch wenn mir klar war, dass ohne Neél alles anders sein würde, war die Vorstellung keine Bedrohung mehr für mich. Es war mir völlig gleichgültig. Entscheidend war, dass ich vorher meine Antworten bekam.

Wann war ich mir so egal geworden?

Jamie nickte bedächtig. Er wies mich an, ihm zu folgen, und

brachte mich zu der Strickleiter, die in sein Baumhaus führte. Mit einem kleinen Messer durchtrennte er meine Fesseln. »Hier sind sehr viele Krieger. Sie haben ihre Anweisungen, dich aufzuhalten. Flucht hat keinen Sinn, versuch es gar nicht erst.«

Nickend rieb ich mir die Handgelenke.

Die baumelnde Strickleiter hochzuklettern, war schwieriger, als ich gedacht hatte. Die ersten drei Meter fielen mir noch leicht, doch die ungewohnten Bewegungen waren anstrengend. Die Seilschlingen schienen sich zu wehren. Wenn ich mit den Fußspitzen danach tastete, rutschten sie mir weg. Bei den Waldleuten hatte es so leicht ausgesehen, wie sie die Leitern hoch- und runterhuschten.

Als ich oben ankam und durch eine Luke ins Baumhaus gelangte, war mein Rücken nass geschwitzt. Jamie und Myria folgten mir mit etwas Abstand. Keiner von ihnen hatte mich zur Eile gedrängt. Ihre Geduld war bewundernswert.

»Setz dich doch«, sagte Myria und nahm selbst auf einem Kissen auf den Bodendielen Platz. Ich wollte sie nicht brüskieren, tat dennoch nicht sofort, was sie sagte. Der Ausblick war so beeindruckend, dass ich mich nicht vom Fenster losreißen konnte, obwohl die Höhe in meinem Magen ein flaues Gefühl verursachte. Es war nicht besonders windig, dennoch brachte jede kleine Böe die Hütte leicht zum Schwanken. Ich drehte mich erst um, als Myria ihre Aufforderung wiederholte.

Jamie, der mit einem Kessel hantierte, lebte spartanisch und ordentlich. In offenen, in die Wände eingearbeiteten Holzschränken standen ein paar Teller und Tassen. Außer dem Teekessel gab es keine Töpfe, aber ich konnte auch keine Kochstelle erkennen, vermutlich kochten sie nur unten an den Feuern. Auf dem Boden lagen ein paar alte Polster und Kissen zum Sitzen und in einer Ecke, die hinter einem Vorhang halb verhüllt war, erkannte ich die Umrisse einer Matratze. An der gegenüberliegenden Wand hingen Jamies

Waffen – und es waren einige – griffbereit an Haken. Mit Sicherheit gab es noch irgendwo Schreibzeug und ein paar persönliche Gegenstände, aber ich konnte nichts entdecken.

Jamie trug die Teetassen zu den Sitzkissen, daher ließ auch ich mich nun nieder und trank einen ersten Schluck. Der Tee schmeckte nur schwach nach Kräutern – vermutlich mussten auch die Waldleute im Winter sparsam damit umgehen –, war aber so stark mit Honig gesüßt, dass er auf meinen Lippen klebte. Er war so heiß und mein Körper so ausgekühlt, dass er in meiner Kehle und in meinem leeren Magen regelrecht brannte.

»Trink langsam«, sagte Myria freundlich. Auch Jamie nahm einen winzigen Schluck.

Ich machte mir keine Illusionen, sie könnten ihre Meinung geändert haben und mich vielleicht doch freilassen, aber offenbar wollte man fair mit mir umgehen, ehe man mich offiziell zur Handelsware erklärte, und dafür war ich dankbar.

Ich hatte im letzten Jahr gelernt, dass Menschen – und nicht nur die – oftmals genau das taten, wozu sie aufgrund der Umstände gezwungen waren. Das hielt meinen Groll klein, und dass Myria und Jamie freundlich zu mir waren, auch wenn sie es sich leichter machen könnten, tat sein Übriges.

»Du wolltest reden, Joy«, sagte Jamie. »Ich will versuchen, offen zu dir zu sein. Erwarte dir davon nicht zu viel.«

»Wir sagen dir, was wir können«, ergänzte Myria. Ihr Lächeln sagte sehr ehrlich ein einziges Wort: Entschuldige. »Aber du musst verstehen, dass wir dir nichts sagen können, was unseren Clan in Gefahr bringt.«

Ich schüttelte langsam den Kopf. »Ein solches Dorf schützt man nur, wenn man äußerste Vorsicht walten lässt. Und … die eigenen Interessen wahrt. Nur die eigenen.«

Jamie wirkte eine Sekunde lang erstaunt. Er nahm einen Schluck

Tee und instinktiv griff auch ich zu meiner Tasse und führte sie an meine Lippen. Mir war das oft bei Matthial aufgefallen: Wenn er diskutierte, spiegelte er die Gesten und Worte seines Gegenübers und nicht selten verhalf das zu mehr Einigkeit. Leider gab es einen Menschen, bei dem sämtliche Tricks scheiterten: Matthial.

»Es freut mich, dass du verstehst –«, sagte Jamie, doch ich hob die Hand und unterbrach ihn.

»Ich verstehe, aber das heißt nicht, dass ich es hinnehme.« Ich lächelte. »Ich würde es genauso machen wie ihr«, eine Lüge, aber auch das Lügen hatte ich bei Matthial gelernt, »und ebenso würdet ihr versuchen zu entkommen. Wie ich es tun werde.«

Die beiden wechselten einen Blick. Myria zuckte mit den Schultern und schien mich wahrhaftig zu bedauern. Jamie konnte ich nicht einschätzen. So wie er mich musterte, hätte ich darauf gewettet, dass er mit der Idee spielte, mich für seinen Clan anzuwerben.

Doch dann stellte er seine Tasse energisch auf dem Boden ab und räusperte sich. »Wie dem auch sei, du wirst verstehen, dass ich nicht ewig Zeit habe. Eine Reise muss organisiert werden, eine nicht ganz ungefährliche Reise. Stell deine Fragen, damit ich an die Arbeit gehen kann.«

Ich atmete ein und sammelte meinen Mut, aber ehe ich so weit war, sprach Myria bereits. »Sie fragte nach der Percent-Geisel.«

Jamie sah von Myria zu mir und hob eine Augenbraue. »Neel?«

Ein Blitz schoss durch meine Wirbelsäule. Er sprach den Namen falsch aus, aber er konnte wohl kaum einen anderen gefangenen Percent meinen. Woher kannte er Neéls Namen? In jedem Fall schien dieser Name sein Misstrauen zu wecken. Er schien die Arme verschränken zu wollen, überlegte es sich dann anders, lehnte sich allerdings ein Stück von mir weg.

»Was ist mit dem?«

Wenn man nicht weiß, was man sagen soll, und Angst hat, beim

Lügen ertappt zu werden oder sich in einem Geflecht aus Geschichten zu verheddern, hilft nur eins: so nah wie möglich bei der Wahrheit zu bleiben.

»Du hast sicher davon gehört, dass ich Soldat war und im Chivvy gelaufen bin«, sagte ich, als wäre es das Normalste der Welt. »Neél hat mich trainiert.«

Jamie nickte, als wüsste er Bescheid. Aber das tat er nicht. Ich erkannte den kurzen Augenblick, in dem er die neue Information zu fassen bekam, dabei aber noch nicht ausreichend auf seine Mimik achtete. Er war neugierig, wie das alles zusammenhing: mein Trainer Neél, gefangen genommen von meinem Clan.

Ich war mir nicht sicher, was ich ihm vorgaukeln sollte. Die vom Hass getriebene Rebellin, die auf Rache sann? Das hätte Jamie einerseits gefallen und ich wäre in seinem Ansehen sicher gestiegen. Aber Neél zu verraten, sei es nur, um mir Vorteile zu verschaffen, kam mir falsch vor. Dass er tot war, änderte nichts an meinen Gefühlen für ihn.

»Er hat mich ziemlich gut trainiert«, sagte ich schließlich und grinste dabei so nichtssagend, wie ich konnte, in der Hoffnung, ihn irgendwie zu verwirren. »Sonst wäre ich wohl kaum hier. Ich möchte wissen, was mit ihm geschehen ist, nachdem Matthial ihn euch ausgehändigt hat.«

Jamie lehnte sich wieder vor, trank aus seiner Tasse und atmete dann tief durch. »Was soll ich dir erzählen, Mädchen? Wem ich ihn übergeben habe? Tut mir leid, das wollte auch Matthial natürlich schon wissen, aber …« Er hielt inne, vermutlich weil er mein irritiertes Gesicht sah.

»Weißt du, ich habe mir die Zusammenarbeit mit der Triade über Jahre mühsam erarbeitet. Ich gebe meine Kontakte sicher nicht einem jungen Kerl preis, dessen einzige Qualität es ist, der Sohn seines Vaters zu sein.«

»Na, na«, unterbrach ihn Myria freundlich. »Ganz so schlecht ist deine Meinung sonst aber nicht vom jungen Clanführer.«

Jamie machte eine wegwerfende Handbewegung. »Ach, kann schon sein, dass ich ihn ganz gern mag. Aber das ändert nichts an der Tatsache, dass ich keine Namen herausgebe. Soll er doch eigene Kontakte knüpfen. So habe ich das schließlich auch gemacht.«

Die Art, wie sich seine Schultern verspannten, ließ mich vermuten, dass Jamie einen hohen Preis für diese Verbindungen zu den Percents gezahlt hatte. Ich musste mir in Erinnerung rufen, dass er mich schamlos benutzen wollte, sonst würde ich noch Mitleid für ihn empfinden.

Sie haben Neél umgebracht!, dachte ich und betonte stumm jede Silbe. Na also. Der Zorn kam zurück und ließ meinen Kopf so heiß werden wie der Tee vorhin meinen Magen.

»Matthial interessiert sich nicht für deine Kontakte. Zumindest weiß ich nichts davon. Darum bin ich nicht hier.«

»Was willst du dann wissen?«, fragte Jamie.

»Warum musste er sterben?« Die Worte platzten viel zu heftig aus mir heraus. Anklagend.

Wie erwartet irritierte Jamie das. »Wer?«

Durchatmen. »Der Percent. Neél.«

Jamie zog die Stirn kraus. »Der ist tot?«

Mir wurde heiß und kalt zugleich. Mein Gesicht prickelte, ich war nicht sicher, ob ich krebsrot wurde oder bleich. Mein Kopf war mit einem Mal leer und meine Zunge wurde zu schwer zum Sprechen.

Angespanntes Schweigen breitete sich aus.

»Er … Matthial … er sagte, N…Neél wäre t…t…tot«, rang ich mir schließlich mühsam ab. Ich rieb mir über den Mund, als hätte ich gesabbert oder könnte so das Gestotter wegwischen. »Matthial sagte, er wäre auf dem Transport gestorben«, sagte ich schließlich mit beherrschter Stimme. »Ich möchte wissen, wie es passiert ist.«

Jamie sah Myria fragend an, aber auch sie schien keine Antwort zu haben.

Er rieb sich die Handflächen an der Hose ab. »Mädchen, ich glaube, die Sache zwischen dir und Matthial steht schlimmer, als ich dachte. Der Percent ist nicht gestorben.«

Ich hätte in Ohnmacht fallen müssen. Zumindest mein Herzschlag hätte aussetzen müssen.

Aber es passierte rein gar nichts.

»Ich verstehe«, entgegnete ich, aber ich verstand überhaupt nichts.

4

vor langer zeit kämpften wir um unsere freiheit.
und nachdem wir sie gewannen, vergaßen wir sie.

Es mussten an die vierhundert Männer sein, die sich in dem Saal versammelt hatten. Noch nie hatte Neél es erlebt, dass sich derart viele Percents so absolut ruhig verhielten. Doch wenn die Triade sich auf der Empore von ihren Stühlen erhob und die drei Präsidenten mit gen Decke gerichteten Armen nach der Aufmerksamkeit aller Anwesenden verlangten, wagte niemand, auch nur mit dem Fuß zu scharren. Neél stand wie alle anderen bewegungslos, auch wenn die letzten Krusten auf seinen Wangen und Oberarmen juckten und darum bettelten, abgekratzt zu werden. Seine Wunden heilten und er versuchte, das positiv zu sehen, auch wenn ihn manchmal der Drang überkam, sich das ganze vernarbte Gewebe einfach vom Fleisch zu reißen. Es fühlte sich so falsch an. Falsch und fremd, als steckte er in einem Körper, mit dem ihn nichts verband.

Unter seiner Haut kribbelte es, als versuchten die Membranen sich zu bewegen, um Eindrücke der Außenwelt aufzunehmen. Gerüche, Stimmungen, das leichte Flackern der Luft, das vor Gefahren warnte. Doch die Membranen waren tot. Geschmolzen und zu einer stillen Masse geworden. Gehärtete Lava, wo vorher Leben gewesen war.

Er wollte sich schütteln, sich kratzen, die Wunden wieder aufreißen, um wenigstens lebendiges Blut zu sehen. Aber er riss sich zusammen, weil alles andere tödlich enden konnte. Und Todessehnsucht verspürte er noch nicht. Dazu fehlte noch ein kleines bisschen Elend.

Neéls Gesicht war auf die Präsidenten gerichtet, Cloud stand neben ihm. Trotz seiner Reglosigkeit war ihm seine Unruhe anzumerken. Es fühlte sich an, als wäre Clouds Körper fiebrig, nur dass es keine Hitze war, die von seinem Körper abstrahlte, sondern irgendetwas anderes: eine heiße, durch die Luft wahrnehmbare Erwartung.

Cloud hatte alle Bewerbungsmaßnahmen zum Präsidenten erfolgreich absolviert, physische und psychische Tests bestanden, und er hatte die Triade in endlosen Gesprächen davon überzeugen dürfen, ihn unter den Bewerbern auszuwählen. Alle drei Jahre wurde einer der drei Präsidenten gegen einen neuen, von der Triade gewählten, ausgetauscht und seit zwei Legislaturperioden war es Clouds Bestreben, zu ihnen zu zählen. Es war seine letzte Chance. Die Amtszeit eines Präsidenten dauerte neun Jahre. In drei Jahren, wenn wieder ein Platz für einen neuen Anwärter frei würde, wäre Cloud zu alt.

Neél hoffte aus tiefstem Herzen, dass sich der Wunsch seines Mentors erfüllen würde. Nicht weil er sich selbst einen Aufstieg in der Hierarchie erhoffte – ihm war bewusst, wie ausweglos dieses Bestreben mit seiner zerstörten Haut war –, sondern weil Cloud den Präsidenten anderenfalls vollkommen umsonst in den Arsch gekrochen war. Neél prasselte ein Schauder über den Rücken und seine Schultern zitterten unweigerlich vor Abscheu. Hoffentlich hatte das niemand gesehen. Sich dem Befehl zu widersetzen, bewegungslos der Triade Respekt zu zollen, zog empfindliche Folgen nach sich. Cloud mochte ein strenger Mann und sofort mit Strafen bei der Hand sein, aber hier, im Hotel, die Etikette zu verletzen, war etwas anderes und konnte einen schnell das Leben kosten. Und Neél stand auf der Beliebtheitsskala nicht gerade weit oben. Seit dem Chivvy und den anschließenden Geschehnissen misstraute man ihm, wohin er auch sah. Andere verachteten ihn, vor allem aufgrund der Tatsache, dass er trotz Verkrüppelung, Gefangenschaft und einem entwürdigenden Tauschhandel mit Rebellenabschaum im Rang über ihnen stand.

Würde er denn jemandem folgen, der halb tot gegen eine paar nichtssagende Privilegien ausgetauscht worden war? Wohl kaum. Früher war er ein Mann mit Überzeugungen gewesen, mit einer eigenen Meinung, für die er Risiken und Kämpfe hingenommen hatte. Heute lebte er seit seiner Genesung ein von den Konventionen vorgegebenes Leben, ohne aufzufallen, ohne die vorgegebene Spur zu verlassen, ohne auch nur ansatzweise quer zu denken. Er tat, was man von ihm verlangte. Nicht mehr und nicht weniger. Und auch wenn das genau dem entsprach, was Cloud immer gefordert hatte, wozu er erzogen worden war, wurde Neél das Gefühl nicht los, sich verraten und verloren zu haben. Sich Stück für Stück, Gedanken für Gedanken zu vergessen. Er war ein anderer gewesen früher. Ein zufriedener Mann, mit eigenen Ansichten, die es nicht nötig hatten, sich denen der Masse zu unterwerfen. Doch dann hatten ausgerechnet die Menschen ihm gezeigt, wohin es führen konnte, wenn man eigenständig dachte, statt zu tun, was von einem verlangt wurde.

Vielleicht sollte er den Neél mit der gesunden Haut einfach aus seinem Gedächtnis streichen. Er war zu emotional gewesen, zu risikofreudig, hatte geglaubt, klug und überlegt zu agieren. Was die Katastrophe erst heraufbeschworen hatte.

Man konnte ihm vorwerfen, für Joy unvorsichtig geworden zu sein. Man konnte ihn einen Idioten nennen. Aber er war nicht so dumm gewesen, vor der idiotischen Unvorsichtigkeit nicht auf Nummer sicher zu gehen und im Chivvy einen Soldaten einzufangen und an der Stadtgrenze abzugeben. Er war der Erste gewesen, der einen der Gejagten abgeliefert hatte – offiziell hatte er in dem Augenblick den Titel *Hauptmann im Jahre 40* erhalten –, aber statt sich feiern und mit Gebrautem übergießen zu lassen, war er erneut ins Chivvy zurückgekehrt. Riskant, natürlich. Aber nicht wider die

Regeln. Und so war ihm sein hoher Rang und die Befehlsgewalt über alle anderen Chivvy-Teilnehmer auch dann noch sicher gewesen, als er zum Gefangenen der Rebellen wurde.

Hätte er doch weniger überlegt und wäre Joy blindlings nachgestürmt. Dann wäre er jetzt tot oder ein Niemand unter seinesgleichen. Einen Niemand hätte die Triade gar nicht erst bei den Rebellen ausgelöst. Er wäre ein Leichnam. Wäre das nicht besser als ein Hauptmann, der angesichts seines Titels den Kopf einzog?

Er hatte sich zu sehr an die Ironie des Schicksals gewöhnt, um sich darüber noch zu amüsieren. Darüber hinaus fiel ihm das Amüsieren seit dem Chivvy enorm schwer. Worüber sollte man lachen, wenn es schon schwerfiel, die Faust zu ballen, weil sich die Haut über den Fingerknöcheln beim Verheilen zu Narben verflochten hatte und dadurch zu eng geworden war? Im Inneren dieser Haut fühlte es sich nicht besser an. Etwas fehlte Neél, war einfach aus ihm herausgerissen worden, und dennoch, ähnlich einem Phantomschmerz, quälte es ihn. Er gestand es sich ungern ein, aber es war Joy. Doch Joy war weit weg, sie war ihm nicht in die Stadt gefolgt, hatte sich gegen ihn entschieden und alle Erklärungen wurden zu unnötigen Selbstgesprächen, leeren Worthülsen, die nichts bewegten, nichts änderten. Sein Leben war starr geworden, starr wie seine Haut.

Der erste Präsident, der älteste, der seinen Platz heute räumen würde, begann zu reden. Er sprach über bewältigte Schwierigkeiten mit aufsässigen Stadtmenschen, über zerschlagene Rebellenclans, über die aus verlässlichem Gehorsam geborenen Erfolge und den standardisierten Wohlstand der heutigen Zeit.

Neél hörte kaum hin. Er kannte die Phrasen bereits vom letzten Präsidentenwechsel. Es schien unvermeidlich, dass das scheidende Stadtoberhaupt noch einmal darauf hinwies, dass in den Jahren seiner Herrschaft alles besser geworden war. Vor drei Jahren war Neél zum ersten Mal bei der Verkündung dabei gewesen und dementsprechend beeindruckt. Heute erkannte er, wie leer das Gerede der mächtigen Männer auf der Empore war.

Er wusste, dass die Zerschlagung des genannten Clans keineswegs das Ergebnis kluger Kriegstaktik war, sondern eines internen Streits unter den Rebellen. Aber so waren die Präsidenten: Niemand konnte ihnen widersprechen, also legten sie alles als ihre eigenen Erfolge aus. Was sie nicht im Griff hatten, wurde nicht erwähnt. Kein Wort würde an diesem Abend über die fremden Percents fallen, die von jenseits des Meeres gekommen und getötet worden waren.

Neél wünschte sich auch deshalb, dass Cloud zum Präsidenten ernannt wurde, weil er dann über seinen Mentor vielleicht ansatzweise erfuhr, wie man innerhalb der Triade diese Themen besprach. Sprach man in diesem illustren Kreis überhaupt? Wenn er in die Augen der Männer auf der Empore sah, hatte er das Gefühl, sie würden sich gegenseitig genauso anlügen, wie sie es bei allen Untertanen taten.

Ohne den Kopf zu bewegen, richtete Neél seinen Blick auf Cloud. Ob er in der Triade finden würde, wonach er suchte? Warum wurde er das Gefühl nicht los, dass er seinem Mentor wünschen sollte, das Präsidentenamt wider Erwarten doch nicht zu bekommen?

Der erste Präsident hatte sich offenbar genug selbst gehuldigt. Er gratulierte dem zweiten, der gleich seinen Platz einnehmen würde, und danach dem dritten Mitglied der Triade, das ab sofort der zweite Präsident sein würde. Er wünschte ihnen Erfolg und eine ausreichend harte Hand. Dann machten alle das Zeichen für Respekt, jedoch ohne dabei die Worte zu sprechen, die den Gesten früher eine Bedeutung gegeben hatten. Man hatte sie beinahe vergessen, außer dem Zeichen – ein Symbol für die Überlegenheit der Percents und die Unterwerfung der Menschen – war nichts übrig geblieben. Früher hatten die Percents das Zeichen gemacht, als sie um ihre Freiheit kämpften. Inzwischen kämpfte man nur noch um Macht und immer mehr Macht.

Freiheit bedeutete nichts mehr. Die Freiheit war im Krieg gefallen. *Schade drum.* Doch man konnte nie verhindern, dass während der Kämpfe auch Unschuldige starben. Die Freiheit, die gute alte Freundin, war im Friendly Fire gefallen.

Der scheidende Präsident trat an den Rand der Empore. Wie von Fäden geführt, hoben alle Anwesenden eine Hand, ballten die Faust und erwiderten das Zeichen für Respekt. Auch Neél tat es ihnen gleich, es gab im Kreise der Percents, unter aller Augen, keine Möglichkeit, etwas anderes zu tun.

Der Blick des Präsidenten glitt über die Menge. Bei Neél verharrte er. Verengten sich die Lider des Mannes? War es Abscheu, was sich in seiner Miene zeigte? Neél erwiderte den Blick ruhig, er durfte sich den Ärger über das provokante Starren nicht anmerken lassen. Obwohl … wenn die Amtszeit eines Präsidenten mit einer öffentlichen Beleidigung endete, würde das sicher in die Geschichte eingehen. Was hatte er denn schon zu verlieren? Neél regte sich nicht, aber er war sich sicher, dass ein Grinsen in seinen Augen zu erahnen war.

Der Präsident schlug die Augenlider nieder. Als er sie wieder hob, klebte sein Blick auf Cloud. »Die Entscheidung«, Neél fiel erstmals auf, wie nasal seine Stimme klang, »fiel leicht und einhellig. Cloud.« Er verbeugte sich ansatzweise. Ein Raunen ging durch die Menge. »Tritt vor, wenn du willens bist, unsere Entscheidung anzunehmen.«

Neél ballte beide Hände zu Fäusten. Ob es Entsetzen war, was ihn dazu brachte, oder Triumph, war ihm nicht klar. Vermutlich war es beides sowie die Frage, was wohl passieren würde, sollte Cloud jetzt Nein sagen.

Es war, als würden alle vierhundert Percents ein Stück zur Seite oder zumindest von einem Fuß auf den anderen treten. Eine Gasse wurde gebildet, durch die Cloud nach vorn trat. Als er die erste Reihe der Percents passierte, beugte sich der scheidende Präsident vor und flüsterte ihm etwas ins Ohr. Cloud schritt aus der Menge heraus und der Präsident ging mitten in sie hinein. Die Gasse schloss sich wieder – der ehemalige Präsident war ein Teil von ihr geworden. Neél konnte ihn nicht mehr sehen, er schien nicht mehr wichtig.

Er beobachtete Cloud, der über drei Treppenstufen auf die Empore stieg, leise Worte mit dem ersten und dem zweiten Präsidenten wechselte, zum Stuhl des dritten Präsidenten – zu seinem Stuhl – trat und in Richtung der Menge das Zeichen für Respekt machte.

Neél erwiderte die Geste. Dann sah er nach links und rechts. Doch in den Gesichtern der Männer war nichts zu erkennen, weder Ablehnung noch Erleichterung, kein Zweifel und keine Hoffnung. Für sie war Cloud ein Präsident wie jeder andere auch.

Neél war unschlüssig, was zu denken, was zu fühlen nun das Richtige war. Sein Mentor, den er allen Zwistigkeiten zum Trotz liebte, hatte sein großes Ziel erreicht. Vielleicht würde er kein Präsident wie alle anderen sein, vielleicht würde er etwas von dem erreichen, was er sich vorgenommen hatte. Mehr Gerechtigkeit. Verständnis. Ein besseres Zusammenleben.

Neél wagte nicht mehr zu hoffen, dass Cloud diese Ziele erreichte. Er dachte mit aller Konzentration daran, wie sehr er sich vor dem Chivvy nach den gleichen Zielen gesehnt hatte. Ein besseres Land. Ein Land für Joy und ihn, für Edison und Graves und Alex und … Wie hieß sie? Ach ja, Amber.

Er gab sich größte Mühe – allergrößte –, die zu eng gewordene Haut zu ignorieren, die steifen Gelenke, die ineinander verkanteten Gedanken. Versuchte, das Positive zu sehen und wieder wie früher an Cloud und seine Pläne zu glauben. Doch im Gegensatz zu seinem Mentor wusste Neél inzwischen, dass den meisten Menschen überhaupt nichts am Frieden lag. Matthial und Jamie hatten bloß mehr Macht gewollt, sie waren nicht anders als die Präsidenten. Wie sollte man mit den Menschen ein besseres Land aufbauen, wenn sie sich von solchen Männern anführen ließen?

Sein kleines bisschen Zuversicht war chancenlos inmitten leichenblasser Resignation. Es verlosch einfach wie ein Funken im feuchten Nebel, und wer nicht genau hinsah, erkannte nicht einmal das kurze Aufleuchten.

Der Nebel war zu dicht. Neél konnte an kaum etwas anderes denken als daran, dass er mit Cloud einen seiner letzten Freunde verloren hatte.

5

was bin ich wert …
und was bin ich mir selbst wert?

Ich hörte Jamies Worte, aber es gelang mir noch nicht, ihren Sinn zu verstehen. In meinem Kopf stritt ich zu laut mit mir selbst über die Frage, was mich am meisten verstörte.

Neél lebte.

Matthial hatte mich angelogen.

Jamie würde mich an die Percents verkaufen.

Und dann war mir, als hätte man einen Schleier von mir gerissen, hinter dem ich mich bis jetzt vor allen starken Gefühlen versteckt hatte. Die Ascheschicht brach von meiner Haut und das wilde Tier floh mit all meiner Wut. Plötzlich sah ich klar. Es war eine Lüge. Wie hatte ich glauben können, dass Neél tot war?

Er war nicht tot! Meine Beine zitterten – gut, dass ich saß.

»Matthial hat sich natürlich mehr von dem Tausch erwartet«, berichtete Jamie. »Er wollte Wegelizenzen für seinen Clan, aber es hätte ihm bewusst sein müssen, dass man Derartiges nicht einfach so aushandelt. Meinc Wegelizenzen zu bekommen, hat mich Jahre gekostet, ich kann sie beim kleinsten Fehler wieder verlieren. Einen Percent, der nicht einmal das Chivvy geschafft hat, auszuliefern, bringt mir vielleicht weitere Privilegien, aber nicht von solcher Natur, die sich weiterverkaufen lassen.«

»Ich erinnere mich«, bestätigte Myria. »Der junge Clanführer war sehr enttäuscht, nur Waren von uns zu bekommen.«

Jamie lachte trocken. »Der war nicht enttäuscht, der war fuchsteufelswild.«

»Und deshalb hat er euch angelogen und erzählt, der Percent wäre gestorben«, meinte Myria zu mir und zog ihre Bluse glatt. »Um euch nicht zu enttäuschen.«

Ich wusste es besser. Matthial hatte gelogen, in der Hoffnung, ich würde Neél vergessen, wenn ich ihn für tot hielt. Womöglich hätte ich das. Mein Verhalten in den letzten Wochen hätte mich irritieren sollen. Ich war nie der Typ gewesen, der Toten nachtrauerte. Es hatte keinen Zweck – sie kamen nicht wieder, egal wie sehr man sich nach ihnen sehnte. Dennoch hatte ich keinen Augenblick aufgehört, mich nach Neél zu sehnen.

Nun verstand ich mein Verhalten. Ich hatte keiner Leiche nachgetrauert. Meine Ohren mochten von Neéls Tod gehört haben, aber mein Herz hatte es besser gewusst. Er lebte!

Und ich war nicht länger allein – war es nie gewesen.

Wie ein resignierter Krieger, der zu seiner Stärke zurückfindet, wenn er nach langen, einsamen Irrwegen auf seine verloren geglaubten Kameraden trifft, fühlte ich meine Kraft zurückkommen.

Ich war Joy. Ich war Soldat. So etwas legte man nicht ab, sobald das Chivvy zu Ende ist. Nicht, wenn man gewonnen hat! Irgendwo da draußen war Neél. Und ich würde ihn finden.

Oh Matthial. Mein alter Freund. Ich werde dir den Arsch aufreißen und deinen Kopf darin versenken.

»Dir scheint das nahezugehen.« Jamie betrachtete mich aufmerksam.

Ich erwiderte seinen Blick, ohne zu blinzeln. »Ich lasse mich nicht gern anlügen.« Ohne ihn aus den Augen zu lassen, griff ich nach meiner Tasse und nahm einen Schluck.

Er tat es mir nach. »Gut, dass ich das nicht vorhabe.«

»Ja«, sagte ich leise. »Das ist gut.« Und das meinte ich wirklich so, denn allein der Tatsache, dass er mir nicht den netten Gastgeber vorspielte, sondern mich spüren ließ, was seine Pläne waren, hatte ich die Chance zur Flucht zu verdanken.

Ich war weder gefesselt noch eingesperrt oder bewusstlos. Beste Voraussetzungen.

»Matthial dachte also wirklich, er könnte Vorteile von den Percents erkaufen?« Ich stand von den weichen Polstern auf, schuf ein wenig Abstand und redete bloß, um Zeit zu gewinnen. Was Matthial dachte und wollte, war mir in diesem Moment völlig egal. Die Felljacke schien mich plötzlich nicht mehr zu wärmen, sondern meine Haut besitzergreifend zu berühren, wie Hände, die mich festhalten wollten. Ich ekelte mich regelrecht und zog sie aus, warf sie auf die Kissen und fand den Gedanken, sie wieder anziehen zu müssen, unerträglich.

»Er hat es für euch getan. Für dich.« Myria klang sehr ernst. Fast bittend. »Alles, was er will, sind annehmlichere Lebensbedingungen. Er will es besser machen als sein Vater, aber das ist schwer.«

Ich verkniff mir einen Kommentar.

»Mars ist ein guter Clanführer«, bestätigte Jamie. »Er mag kein guter Mensch sein, aber beides zusammen ist auch kaum möglich. Gute Clanführer bringen Opfer. Gute Menschen nicht.«

»Dann hat sich Matthial entschieden, ein guter Clanführer zu werden«, warf ich leise ein.

Myria schüttelte den Kopf. »Es war doch nur ein Percent. Wenn die mit ihren Gefangenen so umgehen würden wie wir mit unseren, hätten wir kaum einen Grund, sie zu hassen.«

Da lag sie nicht ganz falsch. Allerdings hatte ich das gar nicht gemeint. Matthials erste Opfer waren zu einer Zeit erfolgt, als er nicht im Traum daran gedacht hatte, Clanführer zu werden. Und das eine Opfer, das ich ihm nie verzeihen würde, war ausgerechnet er selbst. Er hatte sich, oder vielmehr den guten Menschen in ihm, geopfert.

Während mir immer bewusster wurde, dass Neél lebte, begann Matthial für mich zu sterben.

Ich trat ans Fenster. Man gewöhnte sich schnell an das leichte Hin und Her im Inneren des Baumhauses, aber als ich hinaussah und feststellte, wie stark die anderen Hütten schwankten, wurde mir doch wieder ein wenig schwindelig.

»Bemerkenswert, nicht wahr?« Jamie trat hinter mich. Aus seiner Stimme sprach Stolz, aber auch ein wenig Sorge. Er wusste, wie zerbrechlich die Sicherheit des Dorfes war.

»Ich frage mich, wie ihr sie gebaut habt. Wie habt ihr die Materialien hier hochbekommen?«

»Seilzüge.« Er wies auf ein Haus, wo gerade ein großer Korb, gefüllt mit Brettern und Baumaterialien, hochgehievt wurde. In der Hauswand öffnete sich eine Klappe und der Korb wurde hineingezogen. Ich verglich das Baumhaus mit den anderen. Es schien an allen einen solchen Seilzug zu geben. Wie auch die Strickleitern konnte man sie hochziehen, sodass das Haus vom Boden aus nicht mehr zu erreichen war, außer, der Eindringling konnte den Stamm hochklettern wie manche Tiere. In den Seitenwänden der Häuser bemerkte ich Schlitze. Jetzt, da es kalt war, hatte man diese mit Stoffen und Polsterresten zugestopft, um den Wind auszusperren. Aber im Handumdrehen konnte man sie öffnen und dann hatte man Schießscharten.

»Ich verstehe langsam, warum die Percents mit euch Handel treiben«, sagte ich und Jamie hob gespannt die Brauen. Meine Bewunderung schmeichelte ihm unverkennbar. »Sie bekämpfen nichts, was sich nicht besiegen lässt.«

Während ich ihm weiter Honig ums Maul schmierte, plante ich meine Flucht. Wenn mich nicht alles täuschte, befand sich die Klappe für den Seilzug in der Wand hinter mir. Etwa zehn Meter Tiefe und ein paar Laufschritte trennten mich von den Pferden.

»Ich hoffe, du verstehst mich nicht falsch, Joy.« Jamie spielte mir die Beklemmung nicht vor, er fühlte sich wirklich schlecht. »Ein kluges, kampferprobtes Mädchen wie du wäre eine Bereicherung für unser Dorf.«

Ich hielt die Luft an. Was, wenn er mir vorschlug, zu seinem Clan zu wechseln? Könnte ich das ablehnen?

»Aber du bist den Percents vermutlich auch einiges wert. Du hast das Chivvy überstanden. Aber statt dich dafür ehren zu lassen, hast du dich in der Wildnis versteckt. Sie dürften sich beleidigt fühlen.«

Daran hatte ich nie gedacht. Es war nicht meine Entscheidung gewesen, mich bei meinem alten Clan zu verstecken. Ich war verletzt gewesen. Und davon abgesehen auch zu Tode verängstigt. Doch vermutlich hatte Jamie recht, die Percents würden sich nicht für meine Erklärungen interessieren. Ich hatte gewonnen, aber ich hatte auch die Regeln gebrochen.

»Um es mal so zu sagen: Du bist einen Preis wert, auf den ich nicht verzichten kann, Joy. Das hier zu bewahren«, er wies mit der Hand auf die anderen Hütten, »erfordert sehr viel Arbeit und Disziplin.«

»Und manchmal ein Opfer«, ergänzte ich.

Jamie nickte langsam. »Dich den Percents auszuliefern, würde mir mehr Respekt verschaffen. Es tut mir wirklich leid um dich, du bist ein kluges Mädchen. Aber …«

Ich imitierte sein trauriges Lachen. »Jeder denkt an sich und die Seinen.« Er würde bald merken, wie ernst mir das war. Die Frage war nicht, *ob* ich floh. Sie lautete, *wann* ich mich traute. Es war so verdammt hoch und ich würde so schnell wie möglich nach unten kommen müssen, was nicht schwierig war. Die Herausforderung war, mir dabei nicht sämtliche Knochen zu brechen.

Der Wind schien stärker geworden zu sein. Der Baum ächzte und die Holzdielen antworteten mit einem Knirschen. Ganz weit entfernt glaubte ich, das Krächzen einer Krähe zu vernehmen. Der Wald flüsterte mir Zweifel zu, Zweifel, die so leise klangen und doch so laute Echos in meinem Kopf hervorriefen.

Ich betrachtete Kinder, die zwischen den Bäumen mit drei jungen Hunden Fangen spielten. Die Gerbermädchen hatten ihre Arbeit wieder aufgenommen. Sie schwatzten und steckten immer wieder die Köpfe zusammen. Als ich in ihrem Alter gewesen war, hatte meine Arbeit darin bestanden, die Hühner zu versorgen und zu rupfen. Manchmal war es hart gewesen, vor allem, wenn wir sie lebendig rupften, weil wir so viele Federn brauchten und zu wenige Hühner hatten. Ich erinnerte mich an den Stolz, den mir keiner hatte wegnehmen können, wenn ich ein neues Kissen gefüllt hatte, auf dem jemand wohlig schlafen würde.

Damals war alles noch so einfach gewesen. Mars hatte eine Illusion aus Sicherheit geschaffen, so wie Jamie es tat. Nur dass Jamies Sicherheit realer war. Unter anderem, weil er bereit war, mich zu verkaufen.

War ich wirklich so viel wert? Konnte mein Opfer diese Kinder schützen? In meinem Nacken kribbelte es. Die Versuchung, einfach nachzugeben, lockte mich. Ich wäre in Neéls Nähe, wenn Jamie mich in die Stadt brachte. Ich wäre in seiner Nähe – alles andere würde sich schon ergeben, wenn wir nur ein bisschen Glück hatten.

Aber würde er mich finden? War er noch in der Lage, mich vor den anderen zu beschützen? Würde er mich überhaupt noch beschützen wollen?

Neél hatte Freunde in der Stadt. Wie mochten die über mich denken, nachdem mein Clan ihn gefoltert und ich es nicht verhindert hatte?

Die Entscheidung fiel, als ich mir vorstellte, vor Neél zu stehen und in seine anthrazit schimmernden Augen zu sehen. Augen wie aus geschliffenem Metall. Ihr Anblick fehlte mir so. Ich schüttelte den Kopf, suchte nach Bildern, die nicht meinen Wunschträumen entsprachen, sondern der Realität.

Und dann sah ich Neél fast bildlich vor mir. Er blickte mich an, blickte eine Joy in Fesseln an, und seine Augen spiegelten nichts außer Enttäuschung wider.

»Joy?« Jamie riss mich aus meinen Gedanken. Hatte er etwas zu mir gesagt?

»Entschuldige, ich habe nachgedacht.«

»Worüber?«

Ich fühlte mich ertappt und wandte das Gesicht ab, damit er mich nicht erröten sah.

Myria erhob sich und begann, die Tassen zusammenzuräumen. Draußen kreischte ein Kind und Hunde bellten.

»Über unser Leben. Über Entscheidungen. Über Richtig und Falsch.«

»Und zu welchem Ergebnis bist du gekommen?«

Jamie hatte dunkelbraune, freundliche Augen. Das fiel mir erst jetzt auf, als ich mich ihm zuwandte. Ich senkte den Blick. Als ich wieder aufsah, schaute ich an ihm vorbei. Lächelte. Da war die Luke, verschlossen nur mit einem hölzernen Riegel. Dahinter musste der Seilzug sein.

Musste, musste, musste!

»Zu gar keinem«, antwortete ich. Und obwohl es klüger gewesen wäre zu schweigen, sprach ich meine Gedanken aus, weil ich wollte, dass Jamie mich verstand. So wie ich ihn und seine Pläne verstand, auch wenn ich sie verhindern musste. »Ich weiß nur, dass ich frei sein muss. Frei oder tot.«

Myria blickte alarmiert auf. Jamie dagegen seufzte und ließ die Schultern hängen, als befürchtete er eine Diskussion. Und damit schenkte er mir den winzigen Augenblick, in dem er unaufmerksam war, den winzigen Augenblick, den ich brauchte.

Ich stürmte los. Krümmte beim Laufen den Oberkörper und rammte Jamie meine Schulter in den Bauch. Er fiel nicht, aber er geriet ins Wanken und schaffte es nicht, mich aufzuhalten. Myria tat, was ich angenommen hatte: Sie rannte zur Bodenluke und sicherte den Ausgang zur Strickleiter. Ich krachte gegen die kleine Tür in der Außenwand, hinter der sich der Seilzug verbarg, sie flog auf. Meine Füße verloren den Kontakt zum Holz und traten ins Leere. Der Wind erfasste mich, raubte mir den Atem. Meine Hände griffen nach einem Halt. Griffen in die Luft.

Es dauerte quälend lang, bis ich einen Widerstand in meinen Handflächen spürte. Das Seil.

Ich fiel, wusste nicht, wie weit, griff fester zu. Das Seil war hart und spröde und riss mir die Haut auf. Mein erster bewusster Gedanke war: *Es geht schief.*

Ich fiel zu schnell. Das Gegengewicht war zu leicht. *Ich Idiot!* Es war nicht dafür ausgelegt, Baumaterial zu transportieren, sondern allenfalls Vorräte.

Doch als ich schon glaubte, dass meine Beine, meine Hüften und der Rest von mir gleich zerschmettert am Boden liegen würden, verlangsamte sich mein Flug mit einem Mal. Meine Füße prallten schmerzhaft auf die Walderde, ich rollte mich ab, spürte einen Schlag gegen die Nase und Schnee, Laub und kleine Äste im Gesicht. Aber ich kam wieder auf die Beine.

Die Pferde!, schrie eine energische Stimme in meinem Kopf.

Ich taumelte ein paar Schritte, ehe ich meinen Körper wieder unter Kontrolle hatte, doch dann hielt ich entschlossen auf die angebundenen Tiere zu, die mir am nächsten standen. Eine alte Frau wich mir mit aufgerissenen Augen aus. Ich wagte es nicht, mich nach Jamie und Myria umzusehen. Ein Blick über die Schulter kostete Zeit. Zeit, die ich nicht hatte. All meine Konzentration galt den beiden Pferden, die die Köpfe hochrissen und nervös schnaubten, als sie mich auf sich zustürmen sahen. Und natürlich trugen sie in ihrem Verschlag weder Sättel noch Zaumzeug. Lediglich einfache

Halfter. Meine Reitkünste waren bescheiden, und ohne Sattel zurechtkommen zu müssen, war mir eigentlich Herausforderung genug.

Doch es gab kein Zurück mehr. Die ersten Männer rannten in meine Richtung und hinter mit hörte ich Jamie Anweisungen brüllen. Auch wenn ich die genauen Worte nicht verstand, war mir klar, was sie bedeuteten: Er hatte nicht vor, mich entkommen zu lassen.

»Wir werden sehen«, japste ich. Ich hatte die Pferde nun erreicht, sie schraken vor mir zurück und rissen an ihren Stricken. Die Knoten waren hart wie Stein und meine zitternden Hände waren glitschig von Blut und viel Wundwasser.

Mein Messer! Es dauerte lange, schrecklich lange, ehe ich die Finger weit genug in den Stiefelschaft geschoben hatte, um den Messergriff zu erreichen. Die Männer kamen näher. Endlich konnte ich das Messer greifen und hieb damit nach dem Strick des ersten Pferdes. Mit einem peitschenden Knall riss er, und ehe ich nach dem losen Ende greifen konnte, preschte das Tier davon. Ich packte das zweite am Halfter. Es stieg, so weit der Strick ihm Raum gab, und traf mich beinahe mit den Hufen. Aus dem Augenwinkel registrierte ich, wie jemand eine Armbrust auf mich anlegte.

Ich hatte keine Angst. Wenn man von etwas sehr überzeugt ist, verdrängt die Entschlossenheit alles andere.

Ich stieß mich mit dem Fuß am Pferch ab, aber das Pferd wich mir aus, und statt auf seinem Rücken zu sitzen, hing ich hilflos an seiner Seite. Das schwarzbraune Fell war vom Schnee nass und glatt, und da ich in der linken Hand mein Messer hielt, blieb nur die rechte, um in die Mähne zu greifen und mich hochzuziehen.

Zu langsam, schoss es heiß durch meinen Kopf. *Viel zu langsam!*

Doch ein Wunder half mir. Einer meiner Verfolger versuchte, das fliehende Pferd abzufangen, und blieb dadurch etwas zurück. Ein zweiter erreichte mich genau in dem Augenblick, als ich endlich Halt auf dem glatten Pferderücken gefunden hatte. Das Tier wurde immer panischer. Es versetzte dem Mann mit der Hinterhand einen Stoß, der ihn etwas auf Abstand brachte. Ich setzte nach und trat ihm vor die Brust, woraufhin er nach hinten fiel. Die Sekunden, die er brauchte, um sich wieder aufzurappeln, reichten mir. Ich beugte mich weit vor und zerschnitt den Strick, der das Pferd im Pferch hielt. Es donnerte los, trampelte die Holzlatten einfach nieder. Ich betete, dass es sich nicht die Beine brach oder stürzte. Nun konnte ich kaum noch etwas tun, außer meine Hacken in die Pferdeseiten zu schlagen. Die Richtung entschied das Pferd. Bäumen und Menschen, die es aufhalten wollten, wich es mit so rasanten Richtungswechseln aus, dass ich mehrere Male das Gefühl hatte, mich nicht mehr auf seinem Rücken halten zu können.

Doch wie durch ein Wunder (und als solches empfand ich vor allem meine plötzlich wiedererwachte Willenskraft) blieb ich oben und wir ließen das Clandorf hinter uns. Ich feuerte das Pferd an; es sollte rennen, rennen, rennen. Sie würden uns verfolgen. Denn nicht nur ich war wertvoll, meine Beute war es ebenso. Doch um uns zu verfolgen, brauchten Jamies Leute Pferde, die sie kontrollieren konnten. Sie mussten die anderen Tiere erst aufzäumen, ehe sie uns nachsetzen konnten. Ein paar wenige Minuten Vorsprung waren mein Vorteil. Und den musste ich nutzen.

Ich bestimme das Tempo, sprach ich in Gedanken zu meinem Pferd, *du den Weg. Lauf, wohin du willst, ich habe ohnehin keine Idee, wo ich mich verstecken könnte.*

Es begann wieder zu schneien. Die Flocken legten sich wie Verbündete in die Hufabdrücke, die hinter uns zurückblieben. Die graue Decke auf dem Boden schluckte das Donnern der Sprünge und machte die Welt ganz leise.

In der Nähe hörte ich ein Krächzen. Und zwischen grauem Boden, grauem Himmel und vom Schnee grau gefärbten Ästen sahen schwarze, runde Augen auf mich herab. Ich glaubte, die Krähe zwinkern zu sehen.

• • •

Ich jagte das Pferd voran, bis aus dem Wald erst brachliegendes Feld und dann Bomberland wurde, aus dem Schnauben ein Keuchen und aus meinem Willen vorwärtszukommen ein grober Zwang. Dem Tier lief der Schweiß aus dem Fell. Wo sich die Muskeln unter der Haut besonders stark bewegten, hatten sich Schaumflocken gebildet. Als ich aufhörte, es anzutreiben, verfiel das Pferd in einen erschöpften Trott und blieb dann einfach stehen.

»Tut mir leid, mein Großer«, flüsterte ich, »aber wir können jetzt keine Pause machen.« Wir hatten unsere Verfolger abgehängt und ich war mir sicher, dass sie unsere Spur verloren hatten. Dennoch wollte ich nicht unvorsichtig werden. Man tat nicht wohl daran, Jamie und seinen Clan zu unterschätzen. Ihnen war alles zuzutrauen.

Ich dachte scharf nach. Wie würde ich einen Pferdedieb verfolgen?

Die Hunde!, schoss es mir wie Stacheln in den Kopf. Als Matthials Hund Rick jung und kräftig gewesen war, hatten wir ihm beigebracht, einer Menschenspur zu folgen. Alles, was er dazu gebraucht hatte, war ein getragenes Kleidungsstück.

»Verdammt!« Ich fluchte, bis mir keine Kraftausdrücke mehr einfielen. Ich hatte meine Jacke zurückgelassen! Wenn Jamie klug genug war, die feinen Nasen seiner Hunde auszunutzen, saß ich in der Klemme. Fieberhaft dachte ich an das Training mit dem alten Rick und entsann mich der Tricks, mit denen wir ihn überlistet hatten.

An Flüssen war es Rick schwergefallen, einer Spur zu folgen. Und an Hängen hatte er Probleme gehabt, hatte sich lange damit aufgehalten, die Senken zu durchsuchen.

Energisch trieb ich den Braunen noch einmal an, ritt Böschungen hinab und an anderen Stellen wieder hinauf und hatte bald einen Bach gefunden. Zum größten Teil war er zugefroren, aber es fanden sich immer wieder kurze Abschnitte, wo Wasser floss. Ich gab mich erbarmungslos und trieb das Pferd durch das eisige Sprudeln, folgte dem Bachlauf und wechselte mehrmals die Seiten. Mehr konnte ich nicht tun.

Erschöpft ließ ich mich vom Pferderücken rutschen. Jeder Muskel schmerzte. Ich hatte seit den Ausritten mit Neél auf keinem Pferd mehr gesessen und ohne Sattel seit Jahren nicht. Meine Hände zitterten so sehr, dass ich mich beim Versuch, mein Messer zurück in den Stiefelschaft zu stecken, beinahe in die Wade geschnitten hätte. Als ich die wunden Hände ins Wasser tauchte, stiegen mir Tränen in die Augen, so schmerzhaft kalt war es. Absurderweise musste ich daran denken, wie Neél und ich im vergangenen Sommer in einem Fluss herumgealbert hatten. Es war der Tag gewesen, an dem er die wilde Malve für mich gepflückt hatte. Der Tag, an dem ich mein Glück gefunden hatte – an einem Ort, wo ich es nie gesucht hätte. Doch beides, die Malve und das Glück, hatte ich ebenso verloren, wie ich Neél verloren hatte.

Ich trank das eiskalte Wasser, verschluckte mich vor Eile und hustete, bis meine ganze Brust schmerzte. Aber meine Erschöpfung war nichts im Vergleich zu der des Pferdes. Seine Flanken zitterten, sein Atem ging stoßweise und von seinem Fell stieg Dampf auf. Es weigerte sich zu trinken. Zwang ich es weiter, würde ich es noch zuschanden reiten, doch wir konnten auch nicht einfach stehen bleiben. Das Pferd war nass geschwitzt, ich nicht weniger. Bisher hatten Bewegung und Adrenalin uns warm gehalten, doch beides verlor nun an Wirkung. Wir mussten uns bewegen und so schnell wie möglich aus der Kälte raus, sonst würden wir uns beide den Tod holen.

Ich nahm das Pferd am Strick. Hoffentlich ließ es sich führen. Auf meinen Handflächen trockneten die Schürfwunden zu Schorf, ich würde das Tier nicht halten können, wenn es bockte. Wider Erwarten musste ich nur leicht am Strick zupfen und ein paar freundliche Worte sagen. Es war viel zu erschöpft, um sich zu widersetzen. Sein Kopf hing tief über dem Boden und es tat mir plötzlich schrecklich leid.

»Du hast gar keinen Namen«, murmelte ich. Seine Ohren drehten sich in meine Richtung. »Laurencio, ein alter Freund von mir, hat gesagt, dass jeder einen Namen haben muss. Das sei wichtig, weil man ohne Namen keine Erinnerungen hinterlässt, wenn man irgendwann stirbt. Aber wie könnte ich dich nennen?«

Ein kreativer Kopf war ich nie gewesen, so entschied ich mich kurzerhand für Rogue, auch wenn ich bei Weitem der größere Schurke von uns beiden war, immerhin war ich jetzt auch noch eine Pferdediebin.

»Rogue«, sagte ich und blieb stehen. »Bist du einverstanden?« Ich vergewisserte mich mit einem Blick, dass meine Vermutung zutraf. »Du bist doch ein Wallach?«

Er stupste mich mit der Nase an. (Vermutlich versuchte er mir klarzumachen, dass er Hunger hatte und ihm sein Name vollkommen egal war.)

»Dann ist es beschlossene Sache. Es freut mich, deine Bekanntschaft zu machen.« *Dich freut es vermutlich weniger. Wie gut, dass du mir das nicht sagen kannst.*

Wir gingen weiter, Rogues Kopf so dicht an meiner Seite, dass jeder seiner Atemzüge meine Hand wärmte. Der Rest meines Körpers wurde mit jedem Schritt kälter. Meinen Wollpullover hatte ich kürzlich erst eingefettet, aber dem stetigen Schneefall hatte er nicht viel entgegenzusetzen. Geschmolzene Flocken sickerten durch die Schulterpartien und legten sich wie ein kalter, nasser Film auf meine Haut. Ich schimpfte leise auf Jamie, der zum Preis eines Pferdes meine warme Lederjacke bekommen hatte. So sehr, wie ich fror, kam mir der Handel denkbar mies vor.

Inzwischen hatte sich der Tag immer weiter zurückgezogen, die Dunkelheit schien immer näher zu rücken. Die Nacht kam früh.

Wir schlichen durch eine ehemalige Wohngegend, die Überreste der Häuser erinnerten mich an faule Zahnstumpen. Kaum eine Mauer reichte noch höher als meine Hüfte. Wenn es hinter den Steinen raschelte und Rogue vor Schreck alle vier Hufe in den Boden rammte und den Kopf hochriss, redete ich ihm nicht mehr ein, dass er ein elender Feigling war und es sich bestimmt nur um Mäuse oder Tauben handelte. Ich musste das Pferd nicht anlügen. Normale Tiere suchten bei Dämmerung Schutz. Nur eine Art von Tieren wurde erst am Abend richtig aktiv. Die Mutantratten. Sie waren die heimlichen Herrscher der Nacht.

Auch die Krähen waren wieder in größerer Zahl an unserer Seite. Es schienen immer mehr zu werden. Rogue, mein nervöser Freund, rollte manches Mal seine Augen in ihre Richtung, aber ich hatte mich so sehr an ihre Anwesenheit gewöhnt, dass es mir Angst gemacht hätte, ihren peitschenden Flügelschlag und das vereinzelte »Krahkrah« nicht mehr zu vernehmen.

Ich zwang mich, das Tempo anzuziehen. Rogue ließ sich von mir zerren, er hatte keine Kraft mehr. Seine Hufe schleiften fast über den Boden, als wären sie mit Blei beschlagen.

»Komm schon«, lockte ich ihn. »Gleich haben wir es geschafft. Gleich. Komm schon, komm schon.«

Ich hatte keine Idee, wohin wir sollten, ich wusste ja nicht einmal genau, wo wir waren. Von den Überresten der Siedlungen hatten wir uns zu meinen Clanzeiten meist ferngehalten, da sich in den halb zugeschütteten Kellern oft Clanfreie versteckten. Viele von ihnen waren Fremden nicht freundlich gesinnt. Hunger konnte Menschen zu Bestien machen. Ich hatte von Frauen gehört, die ihre abgemagerten Kinder mit dem Fleisch der eigenen Väter gefüttert hatten, um sie am Leben zu halten. Trotz der Kälte lief mir ein heißer Schauer über den Rücken und an meinen Schläfen brach Schweiß aus.

Mir begann warm zu werden. Das klingt nicht dramatisch, doch wenn der unterkühlte Körper beginnt, sich warm anzufühlen, hat man normalerweise nicht mehr viel Zeit, bis man erfriert.

Ich brach einen dünnen Zweig vom Skelett eines Busches und benutzte ihn, um Rogue anzutreiben. Ich wäre gern wieder auf seinen Rücken geklettert, so hätte sein Leib zumindest meine Beine gewärmt, aber ich würde es nicht mehr schaffen, mich hochzuziehen. Meine Füße schienen zu zwei schmerzenden Klumpen gefroren zu sein, die mich am Vorwärtskommen hinderten.

Als ich eine niedrige Mauer entdeckte, führte ich ihn darauf zu und kletterte auf die bröckeligen Backsteine. Ich musste um mein Gleichgewicht kämpfen und Rogue nutzte den Moment, um zur Seite wegzutreten. Ich begann zu heulen, fluchte, spuckte auf den Boden und versuchte es hektisch noch einmal. Das Pferd wich mir wieder aus. Entschieden wehrte es sich dagegen, mich aufsitzen zu lassen. Bei all dem Getänzel kippte ich von der Mauer und fiel beinahe auf die Knie. Ich ballte die Faust, drohte ihm, boxte vor seiner Nase in die Luft, aber ich brachte es nicht über mich, ihn zu schlagen. Auch wenn ich den Gedanken ungern zuließ, war mir bewusst, dass der Braune mich nicht ärgern wollte, sondern bloß zu erschöpft war. So wie ich ihn stundenlang durch den Wald gehetzt hatte, war es nicht verwunderlich, dass er mich nicht mehr auf seinem Rücken haben wollte. Ich beließ es dabei, einen Arm über seinen Hals zu legen, mich auf ihn zu stützen und meine Seite an seiner Schulter zu wärmen. So kämpften wir uns weiter. Ziellos. Einfach nur, um nicht stehen zu bleiben, denn das hätte unseren Tod bedeutet.

6

du hast mich großgezogen, indem du mich
mit erwartungen versorgt hast.
oder hast du mich mit ihnen vergiftet?

Neél wollte den Mann nicht sehen, der ihm gegenübersaß. Nicht ihn und niemanden sonst. Alles, was er sehen wollte, war die Holzmaserung des Schanktischs und die sich darin spiegelnde gleißend weiße Deckenlampe. Und seinen gefüllten Krug. Er wollte weißen Schaum auf dem Gebrauten sehen und einen Gebrannten daneben, das Gesöff so klar und durchsichtig wie das Gefäß und ebenso schmerzhaft in Mund und Kehle wie das Verschlucken von zerkautem Glas.

Er griff nach dem Krug. Musste seine Hand langsam bewegen, um ihn nicht vom Tisch zu fegen. Seine Finger waren noch immer so ungeschickt.

»Tu das nicht.« Der Mann ihm gegenüber sprach ernst und leise. Neél hätte ihn gern ausgeblendet. Bei den meisten gelang ihm das. Jedoch nicht bei Graves.

Neél packte den Krug mit beiden Händen, führte ihn zum Mund und trank, bis er aufstoßen musste und sich verschluckte. Als er das Gefäß mit einem Knall wieder auf den Tisch stellte, senkte Graves den Kopf und legte die Stirn auf seine Fäuste. Die Ellbogen hatte er auf den Tisch gestützt. Graves sagte nichts, aber es waren auch keine Worte nötig, um die tiefe Ablehnung zu spüren.

»Was?«, knurrte Neél durch die Zähne.

Graves sah auf. »Was wohl?«

Neél versuchte, abfällig den Kopf zu schütteln, aber dieser war zu schwer geworden. Selbst die Zähne bekam er kaum noch auseinander. »Willst du mir was sagen?«

Was sollte Graves schon loswerden wollen? Er hatte nicht das Recht, Neél zu kritisieren. Neél war Hauptmann, Graves war gar nicht in der Position, ihn kritisieren zu dürfen – egal, wie viel Alkohol im Spiel war.

Hatte er sich nicht ein einziges Mal ein bisschen Vergessen redlich verdient?

»Du machst Fehler«, meinte Graves.

Neél lehnte sich zurück und betrachtete seinen alten Freund. Graves nahm sich eindeutig Dinge heraus, die ihm nicht zustanden.

»Ich habe gesehen, wie du deine Leute trainierst«, sagte Graves und Neél verschluckte sich ein weiteres Mal, obwohl er gar nichts getrunken hatte. Er hatte … was?

»Du trainierst sie nämlich gar nicht. Du triffst sie morgens zum Appell und dann schickst du sie auf Patrouille.«

»Das ist in Ordnung«, erwiderte Neél, aber er wusste, wie lahm das klang. Hin und wieder war es nicht nur in Ordnung, die Männer patrouillieren zu lassen, sondern erwünscht. Das Trainieren, das Optimieren von Kraft, Konstitution und Kampfkünsten sowie das Planen und Weiterentwickeln von passiven und aggressiven Taktiken durfte dennoch nicht zu kurz kommen. Er wusste selbst, dass er all das sträflich vernachlässigte. Um die Männer gründlich auszubilden, musste er sie anführen. Von ihnen ernst genommen werden.

Doch wie sollte er das anstellen, wenn sie nicht einmal seine Nähe ertrugen? Geschweige denn er die ihre?

Neél schob seinen Krug hin und her. Warum war das verdammte Ding schon wieder leer? Mit einem Mal fühlte er sich nüchtern. Viel zu nüchtern. Abgesehen von Graves' Anklage hörte er plötzlich noch eine zweite Stimme, diesmal aber nur in seinem Kopf: das Jammern von Clouds Frau Mina, die ihn anflehte, die Anweisung seines Mentors zu befolgen und keinen Ärger zu verursachen.

»Dass du Clouds Befehl missachtest und dir stattdessen das Hirn aus dem Schädel säufst, ist das auch in Ordnung?« Graves hatte beschlossen, in die gleiche empfindliche Kerbe zu schlagen.

»Cloud ist Kummer gewohnt.«

»Und du die Konsequenzen, ja?«

Wider Willen musste Neél grinsen. Irgendwie schon. Die Vorstellung, Cloud würde ihn für den Ungehorsam vermöbeln, amüsierte ihn. Cloud war es, der ihn gesund gepflegt hatte, nachdem die Rebellen mit ihm fertig gewesen waren.

»Er hat meine Knochen gerichtet und die Beine geschient«, sagte er und sah Graves direkt in die Augen. »Er hat Kräuter gegen die Entzündungen gepflückt und Bienenpropolis mit den Fingern auf meinen Wunden verteilt. Er hat mir die eiternden Krusten von der Haut geschält. Und jetzt ist er Präsident.«

»Er würde nicht zögern, diese Haut, die er mühsam verarztet hat, in Fetzen peitschen zu lassen«, fuhr Graves ihn zornig an.

Neél schüttelte den Kopf. Er musste sich noch immer ein Lachen verkneifen. »Nein, er würde es selbst tun. Mit Vergnügen.«

»Wofür bestrafst du euch – dich und Cloud?«

Augenblicklich verging Neél das Lachen. Die Frage war gut. Aber er hatte keine Antwort darauf.

»Es läuft schlecht«, meinte er nach langem Schweigen, auch wenn ihm klar war, dass das eine sehr allgemeine Aussage war und mit ihrem Gespräch nicht mehr viel zu tun hatte. »Das mit dem Regiment, meine ich.« Es lief mehr als schlecht, es war ein absoluter Witz, den er nicht einmal lustig fand.

Der Wirt kam an den Tisch und machte Anstalten, Neéls Krug aufzufüllen.

»Er hat genug«, murmelte Graves, aber der Blick des Wirtes verdunkelte sich lediglich.

»Das entscheidet der selbst.« Dann goss er Gebrautes nach.

Graves sah Neél vorwurfsvoll an, der Wirt bleckte zufrieden die Zähne und Neél fragte sich, ob er wohl je wieder genug haben würde.

Nicht, solange er dieses Loch in seinem Inneren spürte, das alles andere einzusaugen und zu vernichten schien. Seit er bei den Rebellen gewesen war, war ihm alles so gleichgültig, so schmerzhaft und schrecklich gleichgültig. Er betrachtete seinen Krug, aber zu trinken würde nichts nützen. Das Gebraute war zu schwach.

Graves seufzte. »Es ist noch nicht zu spät. Du kannst noch zu ihm gehen.«

Neél war sich nicht sicher, ob Graves einen Scherz gemacht hatte. So sternhagelvoll, wie er war, sollte er zu seinem Mentor? Zum Präsidenten? Ihm war nicht nach Lachen zumute, aber angebracht wäre es.

»Neél!« Graves lehnte sich in einer beinahe bettelnden Geste über den Tisch. »Du kannst so nicht weitermachen. Dein Regiment geht vor die Hunde, wenn du nicht für Ordnung sorgst. Ich weiß, du kannst die meisten von ihnen nicht leiden und die anderen sind dir egal. Aber siehst du das auch noch so, wenn sie abgeschlachtet werden? Nur, weil du ein mieser Kommandant bist?«

»Habe ich mir das etwa ausgesucht?«

Graves ballte die Fäuste. Einen Moment lang hielt er die Luft an. Dann atmete er langsam aus und öffnete seine Hände. »Habe ich mir etwa ausgesucht, ein Niemand zu sein?«

Natürlich hatte er das nicht. Graves war als Kind von der Sonne verbrannt und nie zum Krieger ausgebildet worden. Trotz seiner überragenden Intelligenz würde er für immer eine Hilfskraft bleiben und von den Männern, die im Rang über ihm standen (und das bedeutete: von allen), herumgescheucht werden.

»Hat Joy sich ausgesucht, dein Soldat zu sein?«

Jetzt ging er zu weit. Neél hatte gerade angefangen, sich zu entspannen und Graves an sich heranzulassen, da fing der mit Joy an. Das war nicht fair.

»Das Gespräch ist beendet. Verschwinde, Graves.« Er schluckte seinen Ekel herunter, seinen Ekel vor sich und seiner widerlichen Art, mit einem Freund umzugehen. »Sonst lasse ich dich rauswerfen.«

Es war nicht der Stolz, der Neél davon abhielt, Graves nachzulaufen. So etwas wie Stolz verspürte er schon lange nicht mehr. Es hätte ihm nichts ausgemacht, Graves aufzuhalten, weil er es sich anders überlegt hatte und seine Schroffheit bereute. Doch der Boden schwankte zu stark. Und Graves ging zu schnell. Er drehte sich nicht um.

• • •

Am nächsten Morgen konnte Neél sich nicht mehr erinnern, wie er nach Hause gekommen war, aber in Anbetracht der Tatsache, dass er in seinem Bett lag, keine neuen Verletzungen aufwies und allein war, konnte die Nacht nicht so dramatisch gewesen sein.

Er lebte immer noch im Gefängnis, wo die Varlets vor dem Chivvy untergebracht waren. Nur war er kein Varlet mehr. Doch bisher war einfach nie Zeit gewesen, eine Wohnung zu beantragen. Nun gut, Lust hatte er auch nicht verspürt.

Im Schrank lagen noch einige der Sachen, die sie getragen hatte. Mit der Decke hatte sie sich zugedeckt. In der Truhe fanden sich noch die Bänder, mit denen sie ihr wildes Haar zusammengehalten hatte. Tief in der Matratze glaubte er sogar noch Joys Geruch wahrzunehmen. All das waren kleine Tropfen Trost, auf die Neél noch nicht verzichten wollte.

Sein Schädel dröhnte. Weniger aufgrund des Alkohols, er bildete sich ein, nicht ganz so viel getrunken zu haben. Was seine Hirnschale sprengen wollte, war das Schamgefühl, weil er sich hatte gehen lassen. Ausgerechnet in Graves' Gegenwart.

Graves war einer der wenigen, deren Meinung Neél etwas bedeutete.

Er nahm frische Kleidung aus der Truhe, schlurfte zu den Duschen und versuchte, mit eiskaltem Wasser sowohl den Dreck und den Schweiß als auch die stinkenden Gefühle der letzten Nacht abzuwaschen. Es gelang ihm leidlich. Er verzichtete auf ein Frühstück – er war spät dran.

Kurz darauf erschien er, pünktlich, aber als Letzter, zum Appell auf einem alten Parkplatz in der Nähe des Hotels. Zwei seiner Männer – nein, zwei der Männer, die er befehligte – brachen ihr Gespräch ab, als er auf sie zukam. Alle zehn Percents, die sein Regiment umfasste, traten auf der Stelle hin und her und blickten Neél mit einer Mischung aus Ablehnung und Neugier an. Er hatte beschlossen, sie heute zu irritieren, indem er keinen Fehler, sondern das Richtige tat.

»Kontrolle der Armbrustbolzen«, sagte er. Erst dann erinnerte er sich an etwas anderes. »Guten Morgen.« Er versuchte, energisch zu klingen, doch seine Stimme erschien ihm zu leise.

Einer der Männer stöhnte genervt, ein anderer zuckte mit den Schultern. Neél hätte beides mit einer Strafe quittieren müssen, aber er überlegte zu lange, ob und wie er reagieren sollte, und bis er endlich zu einem Resultat gekommen war, war zu viel Zeit vergangen. Sie würden sich im Stillen darüber lustig machen, dass er so langsam war. Also ließ er es.

Neél begutachtete die Munition der Männer. Drei schickte er zum Hotel, in die Waffenkammer, wo sie ihre Bolzen ausbessern oder gegen neue eintauschen sollten. Wieder ein genervtes Seufzen; Classen war es diesmal. Neél riss ihm seinen Bolzen grob aus der Hand und hielt ihn hoch.

»Wenn ihr wollt, dass ein Geschoss sein Ziel trifft«, rief er an alle

Männer gewandt, »müsst ihr eure Waffe unter Kontrolle haben. Aber wie wollt ihr zu so etwas in der Lage sein, wenn ihr noch nicht einmal dafür Sorge tragen könnt, dass eure Munition sauber und scharf geschliffen ist? Armbrüste raus!«

Nach der Inspektion der Waffen standen nur noch fünf Männer vor ihm, die anderen fünf trotteten mürrisch zum Hotel und tuschelten miteinander.

»Geht das noch langsamer?«, brüllte Neél ihnen nach. »Wenn ihr meint, mir Lahmarschigkeit demonstrieren zu müssen, werde ich Zielscheiben auf euren Rücken anbringen lassen. Bewegt euch endlich! Und ab morgen sind eure Waffen und die Munition immer in einwandfreiem Zustand! Ich werde jeden Tag etwas anderes kontrollieren. Wehe dem, der mir noch ein einziges Mal verdreckte Waffen vorlegt! Ich lasse euch den Kram mit euren Unterhosen putzen, und wer das nicht lustig findet, wird eingekerkert, bis er vor Hunger und Durst Tränen lacht, damit ihr's wisst.«

Die Männer trollten sich, ohne weiter zu murren. Die verbliebenen schienen nicht recht zu wissen, ob sie grinsen oder die Drohung ihres Hauptmanns ernst nehmen sollten. In jedem Fall hatte er ihre volle Aufmerksamkeit und das war mehr, als ihm in den letzten Tagen gelungen war.

Frustriert dachte er an Joy und an ihre gemeinsamen Träume von einem Zusammenleben von Percents und Menschen ohne Gewalt und Bedrohungen. Lächerlich! Selbst er kam so bei seinesgleichen nicht weit. Bei diesen Männern hier erreichte er ohne Drohungen gar nichts und an die Menschen wollte er seit seiner Gefangenschaft nicht mehr denken. Doch das lag nicht in seiner Macht, Herr über seine Gedanken war er noch nie gewesen. Schon wieder prasselte dieser Schauer durch seinen Körper und wurde unter seiner zerstörten Haut festgehalten.

Hierher hat uns das Reden gebracht. Er war sich nicht sicher, ob der verbitterte Satz in seinem Kopf an Joy adressiert war oder an ihn selbst.

»Fangen wir an«, rief er den übrig gebliebenen Männern zu und zog seine eigene Armbrust aus der Lederhalterung auf seinem Rücken. »Entspanntes Laufen im Kreis. An der 70-Schritt-Markierung schießt ihr, ohne zu stoppen, auf die Scheibe.« Seine Männer widersprachen nicht, aber Begeisterung sah anders aus. Neél überlegte fieberhaft, wie er sie motivieren konnte. Warum hielt es niemand für nötig, einem Chivvy-Gewinner beizubringen, wie man Gleichaltrige ausbildete? Joy war nie derart anstrengend gewesen; sie hatte ihm jeden Tag aufs Neue beweisen wollen, was in ihr steckte.

Im letzten Moment kam ihm bei dem Gedanken an Joy doch noch eine Idee. »Die beiden Besten dürfen mit mir auf Nachtjagd gehen.«

»Nachtjagd?«, fragte Brady und fügte, zum allerersten Mal, ein respektvolles »Hauptmann« hinzu. »Was genau bedeutet das?«

Ja, die sagenumwobenen Nachtjagden machten jeden neugierig. Als Clouds Schützling hatte Neél bereits als Varlet das Privileg genossen, an einer teilzunehmen. Er hatte erfahren, dass bei Nacht normalerweise nur Ratten gejagt wurden, doch da die meisten Percents von niederem Rang (und die Menschen sowieso) davon ausgingen, es würden Menschen oder andere Percents gejagt, hatten die Nachtjäger einen gefährlichen Ruf. In der Vergangenheit, hatte Cloud erzählt, war es allerdings tatsächlich so gewesen, dass die Nachtjagden dazu gedient hatten, sich unliebsamer Kollegen zu entledigen, woraufhin die mysteriösen Legenden entstanden waren. Neél war voller Furcht gewesen, als er sich das erste Mal hatte anschließen dürfen.

»Die beiden Besten werden es erfahren«, entgegnete Neél und lächelte schmal. Er nickte auffordernd mit dem Kopf und die fünf setzten sich in Bewegung. Er folgte ihnen, sodass er seine Truppe im Blick behalten konnte, gleichzeitig aber außerhalb ihrer Sichtweite war. Sie mussten nicht sehen, dass er beim Laufen noch immer hinkte.

Die Treffsicherheit seines halbierten Regiments war gelinde gesagt verbesserungsfähig. Neél begann zu begreifen, was Cloud ihm früher beigebracht hatte: »Technik, Neél, unterschätze nie die Technik. Denk erst an Erfolge, wenn du an deine Technik nicht mehr denken musst, weil sie dir in Fleisch und Blut übergangen ist.« Diese Männer, diese Jungs hier, dachten nur an den Erfolg.

Neél hatte Arbeit vor sich. Doch zum ersten Mal sah er das nicht mehr als Strafe an, sondern ein klein wenig auch als Herausforderung, der es sich zu stellen galt. Die Vorstellung, ein Regiment zu befehligen, hatte etwas, das in seiner Brust heiß kribbelte. Er könnte diesem elenden Matthial einen Besuch abstatten und …

Er drängte den Gedanken hart zurück. Joy war bei Matthial.

Leider.

Die restlichen Männer kamen vom Hotel zurück. Neél trat an jeden einzelnen demonstrativ dicht heran, viel dichter, als es der Respekt erlaubte, und kontrollierte ein weiteres Mal ihre Ausrüstung. Dann schickte er die Krieger zum Training, und da ihre Kumpanen bereits um die besten Treffer kämpften, wurde seinen Anweisungen Folge geleistet. Nur Classen konnte es nicht lassen.

»Wie kommt es, dass wir plötzlich trainieren, statt auf Patrouille zu gehen?«, fragte er und weder der ironische Unterton noch das auffällige Starren auf seine vernarbten Wangen gefielen Neél.

»Weil ich einen Fehler gemacht habe«, gab er zu. »Ich habe nicht erkannt, dass ihr eine Patrouille im Ernstfall nicht überleben würdet. Oder sagen wir lieber: Es war mir scheißegal. Auf deinen Platz, Mann, ich will etwas sehen.«

Classen schien innerlich bis drei zu zählen – allein das schrie nach einer Reaktion, nach einer deutlichen Reaktion. Aber Neél spürte, dass der Mann ihn bloß provozieren wollte, und ging nicht darauf ein.

Classen atmete durch, nickte und lief los. Er schoss den Bolzen im zügigen Lauf in die blutrote Mitte der Zielscheibe.

»Offenbar willst du mit mir auf Nachtjagd gehen«, murmelte Neél, dabei konnte Classen von dieser Siegprämie noch gar nichts wissen. »Hoffentlich kommen wir auch beide wieder nach Hause, mein Freund.«

• • •

Eine knappe Stunde später war Neél zwar nicht mit allen Ergebnissen zufrieden, wohl aber mit dem Einsatz, den die Männer zeigten. Es war nicht von Bedeutung, dass sie sich weniger aus Respekt vor ihm anstrengten, sondern vor allem, um sich den anderen gegenüber zu beweisen. Sobald Neél an der Reihe war, schlug sein Herz härter. Ihm war klar, dass alles außer Bestleistungen eine Blamage gewesen wäre. Man erwartete mehr von ihm. Dass er gefoltert und seine Beine gebrochen worden waren, hatte keine Bedeutung. Er war der Sieger des Chivvys und jeder der Anwesenden lechzte nach dem Beweis, dass er dies lediglich einem glücklichen Zufall zu verdanken hatte. Kaum einer war nicht der Meinung, einen besseren Hauptmann abzugeben. Neéls einzige Chance, sie vom Gegenteil zu überzeugen, bestand darin, sich mit Leistungen zu beweisen, die sich messen ließen: Treffern.

Er zielte gerade auf die Scheibe und fokussierte seinen Blick auf deren Mitte, als er in seinem Rücken sich rasch nähernde Hufschläge vernahm. Er wirbelte herum. Noch immer war er leicht zu erschrecken. Er hasste Matthial dafür.

Doch es war kein Rebell, der sich zu Pferd näherte, es war ein Percent, ein Leutnant, einige Jahre älter als er. Neél ließ die Armbrust sinken und machte das Zeichen für Respekt. Der andere stoppte sein Pferd mit einer engen Wendung, erwiderte die Geste aber nicht.

»Der dritte Präsident fordert, dich *sofort* zu sehen.« Der Mann wusste, dass Neél den gleichen Befehl schon am Vortag ignoriert hatte. Das ließ die Betonung deutlich erkennen.

»Richte ihm aus, dass ich komme, sobald ich mit meinen Männern fer–«

»Du kommst sofort mit!« Der Leutnant duldete keinen Widerspruch, und da er im Gegensatz zu dem Boten, der gestern gekommen war, im Rang höher stand als Neél, war dieser gezwungen, ihm Folge zu leisten.

Neél biss die Zähne zusammen. Gerade war es ihm gelungen, seine Männer und sich selbst ein Stück weit zu motivieren, da kam Cloud mit seinen Befehlen und machte alles wieder zunichte. Er musste sich nicht umdrehen, um zu wissen, dass sein Regiment geschlossen grinste.

»Geht zu zweit eure üblichen Patrouillen«, wies er seine Männer an. »Und überlebt sie, wenn es irgendwie geht.« Dann folgte er dem Leutnant. Man hatte ihm kein Pferd mitgebracht, er war gezwungen, neben der trabenden Stute herzulaufen. Es war nicht weit bis zum Hotel. Nur seinem verdammten linken Bein … dem war es viel zu weit.

• • •

Neél war neugierig auf Clouds Privaträume im Hotel. Was boten sie ihm hier, dass er Mina und sein gemütlich eingerichtetes Haus am Stadtrand zurückließ?

Sein ehemaliger Mentor empfing ihn allerdings in seinem Büro, einem großen Raum mit schweren Vorhängen und dunklem Holzboden, in dem der einzelne Schreibtisch regelrecht verloren wirkte.

Cloud, der hinter dem Tisch saß, schien sich allerdings wohlzufühlen. Er lehnte sich in einer Art im Sessel zurück, als wären diese Räumlichkeiten schon seit Jahren sein Hoheitsgebiet, dabei wies hier nichts, rein gar nichts, auf ihn hin. Vielleicht waren der viele Platz und die ausgedehnte Leere nur dazu gut, um die Percents einzuschüchtern, die die zweifelhafte Ehre besaßen, den Präsidenten aufsuchen zu dürfen.

»Du hast nach mir geschickt«, sagte Neél, nachdem er eine Weile stumm abgewartet hatte. Er stand mitten im Raum, drei bis vier Schritte vom Schreibtisch entfernt. Es gab dort keinen weiteren Stuhl und das übliche Prozedere – vor dem Präsidenten am Boden zu knien – war ihm zwar vertraut, er brachte es jedoch nicht über sich. Cloud kannte ihn; kannte den Respekt, den er ihm, seinem ehemaligen Mentor, entgegenbrachte. Es war ehrlicher Respekt, er bedurfte keiner demütigen Gesten. Nicht mehr.

Cloud dehnte sein Schweigen weiter aus. Schließlich entgegnete er: »Du bist spät.«

»Ja. Ich musste nachdenken.«

»Nachzudenken ist die Aufgabe der Triade, Neél.«

»Dann hast du bis zu deiner Ernennung gestern nicht gedacht?«

Cloud lächelte, doch es wirkte, als hätte er etwas Bitteres im Mund. »Du hättest es so weit bringen können. Warum fällt es dir nur so schwer, vernünftig zu handeln?«

Weil unsere Ansichten über Vernunft nicht in die gleichen Formen passen, dachte Neél, aber er sagte nichts.

»Ich kann nicht dauerhaft darüber hinwegsehen, dass du die Regeln brichst, Neél«, fuhr Cloud fort. »Selbst wenn ich es wollte – das geht zu weit. Von deiner Verfehlung gestern weiß kaum jemand, das können wir unter den Tisch kehren, aber noch einmal werde ich dir das nicht durchgehen lassen. Hast du mich verstanden?«

Neél nickte. »Warum wolltest du mich sprechen?«

»Ich bin mir nicht sicher. Ich hatte einen Auftrag für dich, aber jetzt weiß ich nicht mehr, ob du der Richtige dafür bist.«

Schon wieder rollte das innere Zittern über Neél hinweg wie ein Schweißausbruch, der nicht durch die Haut kam und das Fleisch vergiftete. »Du wusstest es vorher.«

»Ich rede nicht von deinen Verletzungen«, erwiderte Cloud so leichthin, als wären die Narben belanglos. Aber das waren sie nicht, Neél hatte das kurze Stocken zwischen den Worten wahrgenommen. »Ich rede von deinen Augen.«

»Meine Augen sind in Ordnung.« Neél erinnerte sich schmerzhaft daran, wie er in der Sonne die Lider zusammengepresst hatte, um seine Augen zu schützen – wenigstens seine Augen. Er hatte gespürt, wie die dünne Haut seiner Lider sich in der Hitze zusammenzog wie schmelzendes Plastik, aber irgendwie war es ihm gelungen, keine vernichtenden UV-Strahlen an seine Augen kommen zu lassen. Er bewunderte Alex für die Geschicklichkeit, mit der sie sich durch eine Welt aus Schwärze bewegte. Ihm jagte allein die Vorstellung eine Mordsangst ein. Er hätte ohne sein Augenlicht nicht weiterleben wollen, nicht weiterleben können.

»Das meine ich nicht. Ich spreche davon, dass deine Augen früher immer nach etwas gesucht haben. Nach Antworten auf Fragen –«

»Die du zu stellen verboten hast«, unterbrach Neél ihn.

Cloud nickte bedächtig. »Die Zeit war ungünstig.«

»Und jetzt ist sie vorbei.« Neél hatte Lust, sich abzuwenden und Cloud sitzen zu lassen. Er wusste, worauf sein Mentor anspielte. Auf eine kleine Gruppe, die zu erfahren versucht hatte, ob auch in anderen Ländern Krieg und Verachtung zwischen Menschen und Percents herrschte. Woher die fremden Percents mit ihren ausländischen Pässen und in unbekannten Sprachen bedruckten Papieren kamen, warum sie kamen und getötet wurden. Und warum die Triade die Morde den Rebellen zuschob.

Neél war damals voller Hoffnung gewesen, dass sie mehr erfahren würden, wenn Cloud erst zur Triade zählte. Cloud hatte sich ihrer Gruppe nie angeschlossen, er hatte nie verlauten lassen, das Geringste von Flagg's Boulder zu wissen, dem Ort, an dem sie sich trafen, benannt nach einem von Graves' Büchern. Trotzdem … auf seine stille, zurückhaltende Art hatte er dazugehört. Er hatte es gewusst und nicht verhindert.

Nur Neél … Neél gehörte nicht länger dazu. Es war nicht so, dass sie ihn nicht mehr sehen wollten. Graves nervte ihn permanent, er solle zurückkommen. Aber im Gegensatz zu seinen Augen hatte Neél seine Wünsche nach einer besseren Welt nicht vor der Sonne retten können. Es bedeutete ihm nichts mehr. Seine Fragen waren verbrannt. Übrig geblieben war verkohlte Gleichgültigkeit.

»Ich kann dir nicht mehr helfen, Cloud.« Neél wollte zurück zu seinen Männern und sich zumindest ihren Respekt erarbeiten. Vielleicht konnte er, wenn sie ihn respektierten, ebenfalls lernen, sich selbst wieder zu respektieren. Auch wenn das natürlich schwieriger war, denn im Gegensatz zu allen anderen hatte er sich in diesem Keller liegen sehen. Weggeworfen wie ein Kadaver, der sich weigerte zu verfaulen. Verkauft wie eine Hure. Ein Versager. Die Haut auf ewig gezeichnet. Beschmutzt.

Wenn er vorher in einer Bar vorbeiging, wo ihn nachmittags eh keiner sehen würde, könnte er dafür sorgen, dass sich die stille, nagende Wut wieder legte, die Cloud in ihm entfacht hatte. Wohin auch immer, er musste von hier fort. Er ertrug es nicht, Cloud um den Mann trauern zu sehen, der er früher gewesen war. Der er nicht mehr sein wollte.

»Es tut mir leid, Cloud, denn was passiert ist, ist allein meine Schuld. Ich war dumm und ich habe daraus gelernt. Ich habe jetzt anderes zu tun. Entschuldige mich.«

Er ging, ohne eine Antwort abzuwarten.

7

ich will leben.
mehr als nur überleben.

Als ich erwachte, lag ein neuer schmutziger, kalter Tag wie ein Putzlappen über dem Land. Ich hatte erst zum Morgengrauen hin Schlaf gefunden und nun war es bereits Mittag, vielleicht sogar früher Nachmittag – schwer zu sagen, wenn der Tag eine Maske aus Grau trägt. Als ich mich aufrichtete, schoss mir ein beißender Schmerz durchs Genick. Klamm und eisig klebte die Kleidung an meiner Haut.

»Du bist mir vielleicht eine Hilfe«, tadelte ich Rogue, der mich anstierte, als würde es ihn wundern, dass ich überhaupt wieder zu mir gekommen war. Ich hatte vergeblich darauf gewartet, dass er sich zu mir auf den Boden legte, sodass ich mich an seinem Körper wärmen konnte. Aber nein, der sture Kerl war lieber stehen geblieben. Mit tief herabhängendem Kopf hatte er dösend Wache gehalten, ein müdes Auge auf die Tür gerichtet und eins auf das Fenster.

Ich spähte nach draußen. Das alte Steinhaus, das in der letzten Nacht vermutlich unser beider Leben gerettet hatte, lag abseits von großen Straßen und anderen Häusern oder Ruinen. Es war winzig: ein Raum unten, eine schmale Holzstiege und ein Raum oben. Tür und Fensterrahmen fehlten. Seitlich ans Haus schmiegten sich die jämmerlichen Reste eines kleinen Stalls, vermutlich waren darin einmal Hühner gehalten worden. Dahinter war zu erahnen, dass es früher Gemüsebeete gegeben hatte, aber bis auf ein paar zähe Brennnesseln, die ich Rogue gab, fand ich nichts Brauchbares.

Hier konnten wir nicht bleiben. Nicht ohne etwas zu essen und zumindest eine Decke, die uns warm hielt. Das Vernünftigste wäre wohl, vorerst zu Matthial zurückzukehren. Was auch immer zwischen uns falsch gelaufen war, er würde es nicht zulassen, dass Jamie seine Pläne wahr machte. Nicht, nachdem er sein Leben und seine Seele aufgegeben hatte, um mich vor den Percents zu retten.

Allerdings … Die Vorstellung, bei Matthial Schutz zu suchen, war mir so zuwider … Ich wollte lieber zehn weitere Nächte in klammen Sachen auf dem Boden schlafen, als reumütig zu ihm zurückzukehren und mich erneut in seiner Kanalhöhle zu verkriechen. Nein, jedes weitere Zusammensein würde auf Lügen und Abhängigkeit basieren.

Matthial war keine Option mehr und so blieb mir allen Risiken zum Trotz nur noch eine letzte Möglichkeit: die Stadt. Sie lockte mich, Neél war dort. Doch diese Verlockung barg auch Gefahren. Wenn ich von einer Streife aufgegriffen wurde, ehe ich im Besitz meiner Städtermarke war, würden sie in mir vermutlich eine Spionin der Rebellen sehen, mich verhaften oder auf der Stelle exekutieren. Ich konnte nicht einmal darauf vertrauen, dass mir diese Marke so lange Wochen nach dem Chivvy überhaupt noch zustand. Aber ich hatte keine Wahl.

• • •

In den Stunden darauf wurde mir bewusst, dass ein klares Ziel vor Augen nicht zwangsweise einfach zu erreichen ist. Das lag zum einen daran, dass ich auf meiner Flucht vor Jamie einen weiten Bogen von der Stadt fortgeritten war. Vor dem späten Abend würde ich sie nicht erreichen. Zudem musste ich einen Weg durch den Zaun finden und schließlich irgendwie an meine Städtermarke gelangen, ohne gleich wieder festgenommen zu werden.

Und dann? Würde ich es über mich bringen, an Clouds Tür zu klopfen und den Percent, der mich von allen am meisten eingeschüchtert hatte, nach Neél zu fragen? Ob Amber noch in Clouds Haus lebte?

Ich versuchte, den porösen, alten Straßen auszuweichen, ohne sie aus den Augen zu verlieren, und hatte bald wieder eine leise Ahnung, wo ich mich befand. Zu meinem Ärger war ich noch viel weiter von der Stadt fortgeritten als zunächst gedacht.

Die Krähen wurden weniger, und auch wenn das wohl bedeutete, dass sie in mir nicht länger eine Mahlzeit sahen, die es zu verfolgen lohnte, schürte ihre Abwesenheit meine Einsamkeit. Rogue hielt mich eher auf, als dass er mir eine Hilfe war. Ständig blieb er stehen und suchte am Boden nach Gras, das nicht da war. Ich musste ihn ziehen oder locken, wozu Kraft und Geduld nötig waren. Doch ich hatte beides nicht mehr, ich hatte bloß ein Ziel, das es zu erreichen galt.

Im letzten Sommer war Neél mit mir in eine verfallene Siedlung geritten. Diese Ansammlung von alten Häusern war meine Rettung für die nächste Nacht. Es gab dort noch solide Wände, die Wind und Schnee abhielten, und ich erinnerte mich auch an wollene Decken. Mit viel Glück waren noch welche übrig. Zumindest, wenn ich nicht mein ganzes Glück dafür verbrauchte, die Siedlung wiederzufinden …

Der Gedanke, auf das wilde Kind zu treffen, das möglicherweise dort noch lebte, gefiel mir nicht, aber wilde Kinder waren Gefahren, gegen die ich im schlimmsten Fall kämpfen konnte. Gegen Kälte und Hunger dagegen hatte ich keine Chance.

• • •

Die kommende Nacht legte bereits ihre Schatten über das Land, als ich am Horizont die gezackte Silhouette der Siedlung ausmachte. Ich hatte schon nicht mehr daran geglaubt und mich in Gedanken auf eine Nacht im Freien eingestellt, die zu überleben ein Kraftakt geworden wäre. Zwar war kein neuer Schnee gefallen, trotzdem trockneten meine Kleider nicht und vom Saum meiner Hose stieg schwere schwarze Nässe bis zu meinen Knien. Jeder Schritt geriet ein wenig schwächer als der vorherige.

»Gleich«, flüsterte ich Rogue heiser zu. »Gleich können wir uns ausruhen.«

Aber ich hatte ihn zu oft belogen, er glaubte mir nicht mehr. Ich schaffte es nur, ihn ein weiteres Mal weiterzuziehen, weil er keine Kraft mehr hatte, sich zu widersetzen.

Wir erreichten stolpernd die Brücke, die zur Siedlung führte. Ich erinnerte mich daran, dass meine Stute sie bei meinem letzten Besuch aus Angst nicht hatte überqueren wollen. Rogue jedoch trottete über die Brücke, ohne auch nur zu zucken. Das gab mir ein wenig Mut. Mir selbst behagten die Schattenhäuser auch dieses Mal überhaupt nicht. Im Dunkel der Nacht wirkten die bleichen Steine und das Nichts, das sie ummauerte, noch unheimlicher. Es war viel zu still hier, als säße zwischen den Mauern ein mir unbekanntes Tier, das alle Geräusche fraß. Oder fraß es alles, was Geräusche verursachte? Selbst der Wind schien zu flüstern, um nicht bemerkt zu werden. Mir fiel ein, wie ich die Gegend im letzten Jahr genannt hatte: die stille Siedlung.

Ich schlich die Straße entlang, zwischen Ruinen umher, hinter deren schwarzen Fensterhöhlen sich alles Mögliche verbergen konnte, an meiner Seite nur das müde Pferd. Als ich meinen Blick über Rogue schweifen ließ, flackerte ein wenig Wärme in meinem Bauch auf.

Reiß dich zusammen, Joy. Für Rogue. Bring ihn in Sicherheit.

Der Gedanke war weniger selbstlos als berechnend. Ich brauchte einen Freund und war verzweifelt genug, um mir einzureden, dass das Pferd mir meinen Einsatz danken würde.

Selbstlosigkeit gehörte nicht zu meinen Stärken, das hatte ich während des Chivvys begriffen. Ich hatte davor immer gedacht, dass ich für Amber kämpfen würde. Um sie zu retten. Aber wenn ich ehrlich war, dann musste ich mir eingestehen, dass es mir mehr um meine eigene Seele gegangen war als um Ambers. Ich konnte die Verantwortung für ihre Gefangennahme und ihr Leid nicht tragen, das war alles.

Meine Versuche, diese Schuld loszuwerden, hatten allerdings nur weitere Schuld auf meine Schultern geladen. Neél … Er wäre dem Clan nie in die Hände gefallen, wenn ich mich im Chivvy geschickter angestellt hätte. Wenn ich auf ihn gehört hätte. Wenn ich …

Ich rieb mir mit frostig schwitzenden Händen übers Gesicht. Es hatte keinen Sinn, mir den Kopf darüber zu zerbrechen. Es zerriss mir nur das Herz. Bald würde ich ihn sehen und dann war Zeit genug, ihn für alles, was ich falsch gemacht hatte, um Verzeihung zu bitten.

Wir näherten uns dem alten Haus, in dem ich damals den Zusammenstoß mit dem wilden Kind gehabt hatte. Alles blieb still. Aber dort, wo ein paar Bretter halbherzig über eine Fensteröffnung genagelt worden waren … Glänzten hinter den Latten Augen auf?

Ich schüttelte den Kopf.

Sah genauer hin.

Nein, ich hatte mich geirrt. Sicher war es nur ein Nagel, der ein winziges bisschen Licht reflektierte.

Klar. Licht. Bei dieser Finsternis, die sogar das braune Pferd grau erscheinen lässt. Und rostige Nägel reflektieren kein Licht …

»Gehen wir, Rogue.« Meine Stimme klang dünn. Ich zog das Pferd an dem schaurigen Haus vorbei und widerstand dem Impuls, mich umzusehen. Stattdessen lauschte ich. Die Ahnung eines Raschelns huschte hinter mir her. Ich atmete durch und ging entschlossen weiter. *Weitergehen, Rogue, immer weitergehen.*

Stur schritten wir voran, wie Don Quichotte und Rosinante in der Geschichte, die ich als Kind so gern gehört hatte, immer in der Hoffnung, sie möge gut ausgehen, obwohl der alte Laurencio sie schon hundert Mal erzählt hatte und sie hundert Mal nicht gut ausgegangen war. Im Kopf ließ ich ihn sie erneut erzählen und wisperte die Worte kaum hörbar mit. Ein Kampf gegen die Stille. Vor allem aber gegen meine Verzweiflung. Denn ich wusste nicht, wohin Rogue und ich uns nun wenden sollten.

Das letzte Haus in der Straße war eins der wenigen, die noch ein Dach besaßen. Na ja, zumindest ein halbes, aber immerhin. Auch sonst schien es ein wenig besser erhalten als die meisten anderen. Nein. Weniger zerstört.

Manchmal überfielen mich schmerzliche Gedanken, ausgelöst durch etwas, das ich sah. Und angesichts dieser Siedlung schlug einer dieser Gedanken just in diesem Moment aus dem Hinterhalt zu: Die Percents hatten diese Dörfer und alles Leben in ihnen zerstört. Bei dem Versuch, sich von der Herrschaft der Menschen zu befreien, die sie benutzt hatten wie Schlachtvieh. Es tat weh, Dinge zu sehen, die ganz und gar falsch und schrecklich waren. Und streng genommen gab es niemanden mehr, den man dafür verantwortlich machen konnte. Weder Menschen noch Percents. Es gab ihn nicht, den einen Feind, den zu schlagen alle Probleme lösen würde.

Zu erkennen, dass es den einen Schuldigen nicht gab, brachte eine sauer schmeckende Gewissheit mit sich: Es existierte keine Lösung. All das hier – die zerschlagenen Haustüren und Fenster, die geschändeten und ausgebluteten Heime, die Leben und Träume, die in den Vorgärten begraben lagen – würde niemals gerächt werden können. All das hier würde kein Ende finden. Zumindest kein gutes Ende. Kein gerechtes.

Aber das Sinnieren brachte mich jetzt nicht weiter. Ich selbst würde bald ein ungutes Ende finden, wenn ich nicht schnell zusah, dass wir uns vor der Kälte schützten. Das Haus schien eine gute Wahl. Mehr als Mauern, die den Wind abhielten, durfte ich nicht erwarten. Morgen früh, bei Licht, würde ich weiterseh–

Ein Schaben und Kratzen war plötzlich ganz nah zu vernehmen.

Ich fuhr herum. Rogue scheute, riss den Kopf hoch und stieg auf die Hinterbeine.

Verdammt! Ich war so müde und dabei so tief in meine Gedanken versunken gewesen, dass ich die Ratte erst wahrnahm, als sie bis auf zwei Schritte an uns herangekommen war. Die Dunkelheit tarnte ihr schwarzes Fell perfekt und sie lief auf leisen Sohlen wie eine Katze. Leider war sie größer als eine Katze.

Ich zerrte Rogue zur Seite. Er warf die Hufe in die Höhe, als wäre er am liebsten von der Erde abgehoben, um sich vor dem gierigen Nager in Sicherheit zu bringen.

»Ruhig!«, rief ich. Dann holte ich Luft und versuchte, die Ratte mit einem lauten Zischen zu vertreiben.

Sie quiekte empört auf, aber ich erkannte kein bisschen Angst. Das schwarze, struppige Viech wich nicht zurück. Nein, es reckte seine Nase noch weiter in meine Richtung, schnuppernd und beinahe … erwartungsvoll. Ich stampfte mit dem Fuß auf. Bei den normalen Kanalratten genügte das, damit sie das Weite suchten. Dieses Biest aber reagierte nur mit einem frechen Keckern. Und von irgendwo hinter mir … kam eine Antwort.

Eine gefühlt ewig andauernde Sekunde schloss ich die Augen und ein einziges Wort schoss wie ein hart geschlagener Ball durch meinen Kopf.

Vorbei.

Eine Schar Mutantratten war für einen ganzen Clan eine ernste Bedrohung. Für einen einzelnen, geschwächten Menschen ohne erwähnenswerte Waffen war sie etwas anderes.

Ein Todesurteil.

Rogues Wiehern war leise und schwach und ähnelte einem Wimmern. Er sah mich aus seinen glänzenden Augen an, als erwartete er meine Hilfe. Aber wie sollte ich ein Pferd vor Mutantratten beschützen?

Vor mir, hinter mir, zu allen Seiten glaubte ich es nun rascheln und kratzen zu hören. Pfoten im Laub, scharfe Krallen auf Stein.

Ich warf den Kopf herum, suchte nach Bewegungen, die mir verrieten, wo die Biester waren und um wie viele es sich handelte, aber es war so dunkel, dass ich nur Schemen wahrnahm. Ich entdeckte eine Ratte, die an einer Hauswand herunterkrabbelte, erkannte sie nur, weil ihr dunkles Fell sich von dem bleichen Gemäuer abhob. Auf halber Höhe verharrte sie und sah mich an. Ihr leises Schnattern klang nach zufriedenem Gekicher. Sie waren schlau, das musste man ihnen lassen. Sie griffen von zwei Seiten gleichzeitig an. Eine stürmte auf mein linkes Bein zu, eine andere auf Rogues rechten Vorderhuf. Ich konnte die erste mit einem Tritt abwehren, doch so war ich für einen Lidschlag lang abgelenkt. Und das reichte der anderen Ratte.

Rogue sprang noch zur Seite und rempelte mich fast um, doch die Mutantratte war schneller. Ich sah etwas durch die Luft fliegen, da kreischte mein Pferd schon schrill auf. Die Ratte hatte sich in sein Vorderbein verbissen, knapp über der Fessel. Ich erkämpfte mir mein Gleichgewicht zurück und trat mit aller Wucht nach ihr. Einmal, zweimal, dreimal. Ich spürte die dünnen Rippen brechen, hörte das leise Keuchen, mit dem ich dem Vieh die Luft aus den Lungen drosch, dennoch ließ die Bestie nicht los. Dass Rogue wild wiehernd umhersprang, am Strick riss und mir so den frischen Schorf von den Handflächen schälte, machte es nicht einfacher.

Doch endlich verlor die Ratte an Kraft, ihr Körper wurde schlapp wie ein leerer Wasserschlauch. Ich griff in ihr Fell, riss sie vom Pferdebein und schleuderte sie von mir. Aus dem Augenwinkel sah ich, dass sie sich sofort wieder zu bewegen begann, kaum dass sie auf dem Boden aufschlug. In meine Richtung.

Ich konzentrierte mich auf die anderen Ratten. Sie warteten ab, beobachteten und versuchten mich einzuschätzen. Sie umrundeten uns und gaben sich nicht länger Mühe, sich lautlos zu bewegen. Ich sollte merken, dass sie viele waren. Dass sie überall waren. Ich kannte die Strategien von Ratten, wir hatten sie als Kinder beobachtet: Sie schickten eine schwächliche Vorhut, behielten den Kampf im Blick und lasen daraus die Defizite der Gegner ab. Ihre mutierten Schwestern hatten diese Methodik perfektioniert, denn sie spielten bewusst mit meiner Angst, ihr Gekecker konnte nichts anderes sein als höhnisches Lachen.

Meine letzte Chance war, mich auf Rogues Rücken zu ziehen und im vollen Galopp in die Nacht zu fliehen. Doch meine Beine waren so schwer und taub wie Steine, das Pferdefell so rutschig. Ich probierte es, doch vergebens. Um uns herum gab es niedrige Mauern, Ruinen, Zaunreste, die ich zum Aufsitzen hätte nutzen können. Doch als würden die Ratten das verhindern wollen, sammelten sie sich um alle noch so kleinen Erhöhungen. Ich sah ihre Schatten wie dunkle Wellen über die Steine huschen.

Ich musste den Tatsachen ins Auge blicken. Rogue hinkte stark. Ich sah das Blut auf seinem braunen Fell kaum, aber wenn ich nach der Wunde tastete, fühlte ich heiße Nässe. Ob er mich mit der Verletzung überhaupt tragen konnte, war mehr als fraglich. Die Ratten würden seiner Blutspur folgen, sie mussten nicht einmal mehr angreifen. Sie konnten ihn einfach hetzen, bis er zusammenbrach.

Zu zweit hatten wir nicht die geringste Chance.

Mich überlief ein Schauder und ein Schluchzer bahnte sich ungewollt seinen Weg durch meine Kehle, als ich den Strick losließ. Zitternd blieb der Wallach an meiner Seite stehen, als fürchtete er das Alleinsein genauso sehr wie ich. Doch wir hatten keine Wahl.

Wir mussten uns trennen und darauf hoffen, dass sich die Mutantratten auf ein Opfer konzentrierten. Sosehr ich Rogue auch lieb gewonnen hatte, so wenig wollte ich sterben.

Die Ratten wurden still. Fast war es, als warteten sie voller Neugier auf meine Entscheidung. Sie wussten ebenso wie ich, dass ich mich nur falsch entscheiden konnte.

»Es tut mir leid, Rogue«, hauchte ich. Dann drehte ich mich um die eigene Achse, stieß einen Schrei aus und schlug dem Wallach mit aller noch verbliebenen Kraft gegen die Flanke.

Er schnaubte erschrocken, preschte los und war nach wenigen donnernden Galoppsprüngen in der Nacht verschwunden. Ich hörte an seinem Hufschlag, dass er langsamer wurde, und während ich mich so lautlos wie möglich rückwärtsschlich, lauschte ich, angespannt wie eine Bogensehne, auf Geräusche, die verrieten, wie die Ratten reagierten. Eine fiepte, eine zweite antwortete. Es folgte ein schrilles Wiehern und sogleich hörte ich, wie Rogue wieder losjagte, verfolgt vom Kratzen Hunderter kleiner Krallen auf dem gefrorenen Boden.

Lauf!, bettelte ich still. *Lauf um dein Leben, sie dürfen dich nicht kriegen!*

Doch dann waren meine Gedanken plötzlich nur noch mit mir selbst beschäftigt. Etliche Ratten mussten das Pferd verfolgen, doch genügend stellten sich mir in den Weg, huschten um mich herum und zogen rasch enger werdende Kreise. Jetzt, da ich allein war, wagten sie sich schneller an mich heran.

Während ich einer Ratte auswich, biss eine weitere, die sich unbeweglich in der Dunkelheit versteckt hatte, in die Sohle meines Stiefels. Beim Versuch, sie abzuschütteln, verlor ich fast das Gleichgewicht, denn das Vieh hielt meinen Schuh hartnäckig zwischen den Zähnen – und es war erschreckend schwer. Rogues Wiehern erklang in der Ferne. Es war ein Laut puren Entsetzens; er ängstigte mich und machte mich zugleich fuchsteufelswild. Ich packte die Ratte zwischen den Ohren und boxte ihr mit meiner freien Hand ins Genick. Das Tier starb sofort und entleerte im Todeskrampf seinen Darm auf meine Stiefel, den es jedoch erst eine quälend lange Zeit später losließ. Längst sprang mich ein weiteres Tier an, erwischte mich am Oberschenkel und verkrampfte seine Pfoten im Stoff meiner Hose. Es tat weh – wie tief konnten Krallen sich in Fleisch bohren? Erst als ich vor Schmerzen schrie, wurde mir klar, dass die Ratte sich in mein Bein verbissen hatte. Und es kamen weitere. Ich riss Zähne aus meiner Kleidung und oft genug aus meinem Fleisch. Stach mein Messer in warme, zappelnde Leiber. Schleuderte sie von mir, ehe ich sie verletzt hatte, weil mir nicht genug Zeit blieb. Musste erkennen, dass sie sich schon für einen neuen Angriff bereit machten, bevor sie auf dem Boden aufschlugen.

Plötzlich entglitt mir mein Messer, der Griff war glitschig von meinem Blut, das sich mit den Körperflüssigkeiten der Mutantratten mischte. Ich musste mich bücken, um es aufzuheben, da sprang ein Tier mich von hinten an, fauchte und verbiss sich in meinen Nacken. Ich kippte. Stürzte nach vorne, fiel erst auf die Knie und dann bäuchlings auf eine tote Ratte. Konnte nichts tun, als unbeholfen nach hinten zu schlagen, doch ich erreichte die Ratte kaum und traf vor allen Dingen nicht effektiv. Vor Schmerz flackerten Lichter am Rande meines Sichtfeldes auf. Das Biest stieß kleine, keuchende Laute aus. Ich war ganz sicher, dass es mich auslachte.

Und dann kreischte es plötzlich auf, es klang wie das hysterische Gelächter einer bösen Hexe.

8

wie weit dürfen wünsche gehen, wenn jemand für sie zahlen muss?

Um ein Haar wäre ich selbst in krankhaftes Gelächter ausgebrochen, als mir bewusst wurde, dass ich mir die Lichter nicht eingebildet hatte.

Da waren Fackeln. Und noch ehe ich die vom flackernden Feuer mit schaurigen Schatten bemalten Gesichter wahrnahm, wurde mir bewusst, dass Fackeln nur eins bedeuten konnten: Menschen, denn Percents sahen auch im Dunkeln gut.

Die Ratte wurde aus meinem Nacken gerissen. Sie krallte sich in ein Büschel meiner Haare, aber ich war so erleichtert, dass ich den Schmerz regelrecht genoss, mit dem sie es mir ausriss.

Jemand schwang eine der Fackeln und schlug sie mit Wucht gegen eine der nachrückenden Ratten. Das Tier kreischte. Ich roch angesengtes Fell.

Mir war so kalt, dass mir der Schweiß in Schüben ausbrach und all meine Muskeln bebten. Meine Knie zuckten in katatonischen Krämpfen und ich taumelte von links nach rechts und wieder nach links, als wäre ich betrunken. Doch irgendwie bemerkte ich, dass meine Hände leer waren. Mein Messer? Wo war mein Messer? Mein Sichtfeld reichte nur noch bis zum Ende meiner Arme. Alles andere versank in grauem Nichts und erinnerte mich an meine Albträume.

Jemand fasste mich am Arm. Sagte etwas. Unverständlich. Ich grinste die Gestalt an. Erkannte eine Frau. Und schloss die Augen. Ich spürte noch, wie ich zur Seite kippte und gegen einen Körper stieß, mehr bekam ich nicht mehr mit.

• • •

»Es geht gut? Geht gut? Ja? Geht gut?«

Ich hatte keine Ahnung, was die raue Stimme meinte. Mein Hals schien geschwollen, ich konnte kaum den Kopf neigen.

Ich blinzelte und machte über mir eine Steindecke aus. Zappelnde Schatten leckten wie dunkle Flammen daran. Vermutlich lag ich also auf dem Rücken, den Hinterkopf auf etwas gebettet, das sich weder weich noch hart anfühlte. Hände zupften an mir herum, man legte mir etwas um den Hals und zog es fest. Einen Strick? Ich keuchte auf, in der Erwartung, dass man mir gleich die Luft abschnüren würde, packte an meine Kehle und fasste in etwas Weiches.

»Alles gut. Ruhig, ruhig. Alles gut.« Wieder sprach diese raue, kehlige Frauenstimme zu mir.

Ich zwang mich, stillzuliegen. Ein Verband, kam mir in den Sinn. Sie legte mir eine Art Verband an. Natürlich – ich musste eine tiefe Wunde im Nacken haben.

Ich versuchte, das Gesicht der Frau zu erkennen. Was ich für Schatten gehalten hatte, waren Kohlemalereien auf ihrer zähen lederartigen Haut. Auf den Wangen war das Schwarz verschmiert und abgetragen, doch die Farbe hatte sich in jede Falte tief eingefressen, was die Frau viele Jahre älter wirken ließ, als sie vermutlich war.

»Alles gut. Gut. Ruhig.«

Zu gehorchen fiel mir nicht schwer. Ich hatte bloß Fleischwunden davongetragen, die mit etwas Glück verheilten, ohne sich zu entzünden. Meine kurze Ohnmacht, sie konnte kaum länger als ein paar Augenblicke angedauert haben, war eher auf die Erschöpfung zurückzuführen. In der Sicherheit von vier Wänden und einer Decke umgarnte mich eine erleichterte Entspannung – ich war gerettet.

»Wer seid ihr?«, fragte ich mühsam, als ich die herumhuschenden Konturen eines weiteren Menschen bemerkte. »Lebt ihr hier?«

Die Frau legte den Kopf schief wie ein erstaunter Vogel. Sie lächelte, ein Lächeln wie ein Totenschädel. »Ja.« Es klang fragend, als hätte sie mich nur zur Hälfte verstanden, doch dann setzte sie nach: »Ja. Ja!« Sie drehte sich um, winkte jemandem und wiederholte: »Ja. Ja!«

Die zweite Person näherte sich, eine Fackel wie eine Schlagwaffe in der Hand. Ich begriff, dass die beiden mich in ihre von Zugluft durchdrungene Behausung geschleppt hatten und nun den Eingang mit Lumpenfackeln gegen die Mutantratten verteidigten. Vor Dankbarkeit wurden meine Augen feucht und ich musste ein paar Mal heftig blinzeln.

Im hinteren Raum hatten sie ein Feuer entzündet, es sah so aus, als würde es noch ein verspätetes Abendessen geben.

Vermutlich gebratene Mutantratte. Nicht gerade meine Leibspeise, doch vor Hunger schmerzte allein die Vorstellung von einem Stück Fleisch so sehr in meinem Magen, dass ich selig seufzte und darauf hoffte, man würde die Ratten nicht zu lange garen.

Immer noch verstand ich kaum ein Wort, das nicht gezielt an mich gerichtet war, obwohl der Mann und die Frau sich nun häufiger austauschten, wobei sie Laute ausstieß, die mir nicht vertraut waren, und er wild gestikulierte. Zuerst dachte ich an eine fremde Sprache, doch einige der Laute erkannte ich und andere klangen ähnlich wie unserer Sprache – es musste sich um eine Art Dialekt handeln. Klar verständlich waren nur die wenigen, primitiven Worte, die die Frau zu mir sagte.

Sie verließ mich kurz, holte einen der Rattenkadaver, den der Mann erlegt hatte, sowie ein Messer und begann mit stoischer Ruhe, das Tier zu häuten und auszunehmen. Langsam wurde es still in der Kate. Die Ratten gaben den Ansturm auf unsere Zuflucht offenbar auf. Natürlich. Sie waren zu klug, sie wussten, wann ein Angriff sinnlos war. Vermutlich folgten nun auch diese Viecher vom Kampf angestachelt und voller Frust den blutigen Spuren, die mein Pferd gelegt hatte.

Ach, Rogue … Ob er wohl noch lebte? Ich ertappte mich dabei, wie ich mir wünschte, er wäre tot. Die Ratten hatten sicher nicht von ihm abgelassen. Hoffentlich war es schnell gegangen. Schuldgefühle stiegen wie Galle in meiner Kehle hoch und verätzten mir den Mund. Ich hätte ihn nicht laufen lassen dürfen. Alles wäre besser gewesen, als ihn den Ratten auszuliefern. Ich hätte ihn besser erlösen sollen, statt zuzulassen, dass die kleinen Monster ihn zu Tode hetzten und ihn bei lebendigem Leib auffraßen.

Ich richtete mich mühsam auf und zog die Decke eng vor meiner Brust zusammen – Kälte und Erschöpfung ließen mich zittern.

Die Frau lächelte mich an. »Essen«, sagte sie und hielt eine Rattenkeule hoch. »Später Essen. Fleisch.«

Ich erwiderte ihr Lächeln, auch wenn es vermutlich trübe geriet. Wie gerne hätte ich geschlafen. Der Hunger hatte nachgelassen und war einem bösen Widerwillen gewichen. Die Vorstellung, etwas zu essen – egal was –, schien mir plötzlich abwegig. Doch mir war klar, dass es wichtig war. Ich versuchte, mir die blutigen Klumpen, die die Frau in den schmutzigen Händen hielt, knusprig gebraten vorzustellen.

Der Mann trat zu uns. Erstmals sah ich ihn aus der Nähe und erschrak prompt. Er war viel jünger, als ich zunächst gedacht hatte, höchstens Mitte zwanzig, doch auch ihn ließ der Schmutz im Gesicht wesentlich älter wirken. Er roch ebenso übel wie die Frau, aber was beklagte ich mich – ich roch nach den letzten beiden Tagen unter Garantie nicht besser.

Sie sahen sich ähnlich, meine beiden Retter. Ihre Augen hatten die gleiche, ungewöhnliche Farbe – ein helles, fast gelblich erscheinendes Braun, das in den schmutzigen Gesichtern leuchtete wie poliertes Gold in einem Haufen Kohlen. Auch ihre Nasen waren auf die gleiche Weise geschwungen und beide hatten einen auffälligen, zur Stirn spitz zulaufenden Haaransatz.

Geschwister. Ich hatte sie zunächst für ein Paar gehalten, aber sie waren offensichtlich Bruder und Schwester. Die Erkenntnis kitzelte eine Erinnerung in mir wach, die ich fast vergessen hatte.

Vor vielen Jahren, ich mochte gerade zehn Jahre alt gewesen sein, vielleicht noch jünger, war eine Familie zu unserem Clan gekommen. Ich erinnerte mich bloß noch an die Kinder, weil sie so scheu schienen, so wild und wortlos, und weil ein Streit um sie entbrannte. Mars wollte die Eltern fortschicken. Es waren Clanfreie, die sich ihm zuvor nicht hatten unterwerfen wollen, nun aber in Schwierigkeiten geraten waren. Mars hatte ihnen nicht helfen, aber die Kinder aufnehmen wollen. Doch die Familie war eng zusammengewachsen, sie hatten Mars' Angebot als Beleidigung aufgefasst und waren nach lautem Streit gemeinsam wieder abgezogen. Die beiden Kinder von damals waren heute Nacht meine Retter gewesen. Und das erklärte auch ihre merkwürdige Sprache: Sie hatten, da sie kaum Kontakt zu anderen Menschen gehabt hatten, ihre eigene Art der Kommunikation entwickelt. Ob ihre Eltern noch lebten?

Ich sah mich um. Nichts deutete darauf hin, dass hier weitere Menschen wohnten. Ein paar Lumpen lagen herum, einige primitive Waffen, viele Fackeln. In einer Ecke erkannte ich eine Art Lager: Stroh, Laub und Reisig, schlicht auf den Boden gekippt; sicher nicht bequem, aber besser, als auf dem nackten Steinboden zu schlafen.

Neugier erwachte in mir: Ich war letzten Sommer in dieser Siedlung gewesen und von einem Kind angefallen worden, einem wilden Kind, das ich in meinem Schock zunächst für ein Tier gehalten hatte. Dies hier waren nun definitiv Menschen, freundliche Menschen, aber die Ähnlichkeit zu meinem wilden Kind war nicht zu leugnen. Das Haar war auf gleiche Art verfilzt, die Kleidung zerfetzt und dutzendfach wieder genäht, die Gesichter maskiert unter Schmutz.

»Wie viele seid ihr?«, fragte ich die Frau langsam und deutlich. Wahrscheinlich hatte sie Schwierigkeiten, mich zu verstehen.

Sie zählte ebenso langsam an ihren Fingern ab: eins, zwei, drei.

Wusste ich es doch! »Bei euch ist ein Kind, oder?«

Sie wiegte den Kopf. Es sah aus, als sei sie nicht sicher. Verstand sie mich nicht?

»Star«, sagte die Frau und kniete am Feuer nieder. »Kommt und geht. Kommt und geht. Mal Kind, mal wild. Wie Tier.«

Die Narbe an meiner Hand pochte. Zweifellos sprachen wir vom gleichen Kind. »Star? Ist das sein Name?«

»Star, Starling, wie Vogel. Macht Geräusche nach.«

Ich nickte. Sie hatte recht, der Star war ein Vogel, der Laute imitierte. Matthial hatte vor Jahren einem Star in der Nähe des Coca-Cola-Hauses den Pfiff beigebracht, mit dem er seinen Hund rief. Wir hatten uns darüber amüsiert, wie irritiert Rick jedes Mal in die Bäume gesehen hatte, wenn der Star pfiff, aber Matthial hatte eine Tracht Prügel dafür kassiert: Ein Vogel, der menschliche Geräusche nachahmte, konnte zum Verräter werden.

Ich setzte mich neben die Frau ans Feuer, der Mann hockte uns gegenüber, seine Statur nur ein Schemen hinter Rauch und Flammen. Ich sorgte mich ein wenig um den Sauerstoff im Haus. Doch die Fleischstücke brieten bereits an Stöcken über dem Feuer und das tropfende Fett verteilte abgesehen von dem störenden Rauch auch einen köstlichen Geruch.

»Wie heißt ihr?«, fragte ich.

»Tara«, sagte die Frau und legte eine Hand auf ihre Brust. Dann wies sie auf den Mann. »Tom.«

»Seit wann lebt ihr hier?«

Tara schüttelte den Kopf, schien nicht zu wissen, wie sie mir antworten sollte. Tom sprach noch immer kein Wort. Vielleicht war das der Grund, warum Tara nur die einfachsten zu kennen schien. Offenbar unterhielten sie sich auf andere Weise; sie hatten unsere Sprache verlernt.

»Ihr lebt gar nicht hier«, riet ich.

Tara wirkte zufrieden, weil ich sie verstanden hatte. »Viele Ratten. Große Ratten. Wir kommen bei Hunger. Ziehen weiter.«

»Zu einer Gruppe? Oder lebt ihr allein?«

»Allein. Tom, Tara, Star.«

Ob ich nach ihren Eltern fragen sollte? Nein, besser nicht, sicher waren sie tot. »Seit wann ist Star bei euch?«

Tara zuckte verständnislos mit den Schultern. »Immer.«

»Ist sie eure Schwester?«

Sie lachte, als hätte ich einen Witz gemacht, legte ihre schmutzige Hand zwischen ihre Beine und sah zu Tom. »Kind.«

Ich verstand. Star war ihre Tochter, das gemeinsame Kind von Bruder und Schwester. Ich versuchte, mir nicht anmerken zu lassen, wie sehr mich das irritierte. Aber wenn man allein lebte, abgeschieden und ausgeschlossen von anderen Menschen, entwickelte man vermutlich ganz eigene moralische Vorstellungen, basierend auf Erfahrungen. Vermutlich war Tara bei der Geburt noch sehr jung gewesen – selbst noch ein Kind.

Ich sah ins Feuer und bemerkte hinter den Flammen Toms stechenden Blick. In seinen Augen hatte sich etwas verändert, da war plötzlich eine Schärfe, die eben noch nicht zu sehen gewesen war. Tara mochte nicht erkannt haben, dass mich ihre Lebensweise verstörte – Tom hatte das sehr wohl.

»Ist alles in Ordnung?«, fragte ich ihn geradeheraus.

Tom antwortete nicht, aber sein Gesicht sagte sehr viel. Dass er mit seiner Situation zufrieden war und daran nichts ändern wollte. Dass ich mir kein Urteil erlauben durfte. Dass ich gefälligst den Mund halten sollte. Und dass er alles, was er hatte, verteidigen würde, selbst gegen mich und mein Wissen über gesellschaftliche Normen, und dass es andere Arten zu leben gab. Ihm war klar, wie leicht er Tara verlieren könnte, sobald sie von einem weniger entbehrungsreichen Leben erfuhr und die Möglichkeit bekam zu wählen. Er wollte sie nicht verlieren.

Ich schluckte und senkte den Blick. Der Rauch im Zimmer war so dicht geworden, dass das Atmen schwerfiel. Mir wurde ein wenig schwindelig, aber ich konnte nicht ausmachen, ob es am Hunger, an der Erschöpfung oder am sterbenden Sauerstoff lag. Ich sah sehnsuchtsvoll zu der schmalen Lücke auf, aus der der Qualm abzog. Wie gerne hätte ich die Tür aufgerissen, die Bretter von den Fenstern gerissen. Aber dann würden die Ratten zurückkommen und außer ihren gebratenen Artgenossen auch uns fressen.

»Habt ihr keine Angst um Star, wenn sie dort draußen ist?«

Tara nahm die Stöcke aus dem Feuer. »Früher, ja. Habe gelernt. Star stark und schnell. Star sicher.« Es klang entschlossen, es klang nach: Frag nicht weiter!

Tom machte eine knappe Kopfbewegung in Richtung einer toten Ratte und Tara lachte leise auf. »Tom sagt, Star selbst wie Ratte. Kluge Ratte.«

Ich lächelte erst sie und dann Tom an, aber sein Blick blieb frostig, obwohl er neben dem Feuer schwitzte.

Tara brach das am Holz festgebackene Fleisch von den Stöcken und reichte mir ein Stück. Es war so heiß, dass ich es kaum halten konnte, aber ich hielt den Schmerz aus, weil es einer Beleidigung gleichgekommen wäre, es auf den Boden zu legen. Mein Hunger war auch viel zu groß. Ich wartete nicht, bis die anderen aßen, sondern biss gleich hinein und verbrannte mir die Lippen am Fleischsaft, der unter der Haut hervorspritzte.

Ich schlang mein Fleisch hinunter, bis mein Magen sich verkrampfte, und als Tara mir ein zweites Stück hinhielt, riss ich ihr es fast aus der Hand.

Nur am Rande nahm ich wahr, dass Tom sehr langsam aß und mich die ganze Zeit im Blick behielt.

9

»ich rufe dich zu den waffen, neél.«

Cloud hatte Neél in sein Stadthaus rufen lassen, ein erster Hinweis darauf, dass er sein altes Leben nicht komplett hinter sich gelassen hatte. Cloud mochte dort nicht mehr wohnen, dennoch war alles wie zuvor, einschließlich Minas Herzlichkeit – die Neél auch nach den vielen Jahren noch reserviert und aufgesetzt vorkam – sowie Ambers schattenhafter Anwesenheit. Er sah sie stets nur aus dem Augenwinkel, eine Ahnung hinter einem Vorhang oder ein Schatten, der an einer geöffneten Tür vorbeihuschte. Früher hatte er es gerochen, wenn sie in der Nähe war.

Er saß in der Wohnstube auf einem niedrigen Sessel, ein dünner Kräutertee mit einem Schuss Gebranntem stand vor ihm auf dem Tisch. »Wie geht es Amber?«, fragte er Mina, als hätte er nicht bemerkt, dass sie lauschte.

Mina schnalzte mit der Zunge und schüttelte den Kopf, was Neél mit »unverändert« übersetzte. Offenbar wusste auch Mina, dass Amber in der Nähe war, denn sie sagte mit leiser Stimme: »Lange kann sie nicht mehr hierbleiben. Du musst dir bald eine Wohnung nehmen und …«

Mina musste nicht weitersprechen. Dann würde er Amber zu sich holen und mit diesem Geist von einer Frau zusammenleben müssen. Neél schluckte und hatte das beschämende Gefühl, Amber würde auch das hören und seine Abneigung bemerken. Er hatte Anspruch auf Amber erhoben, weil Joys Leben daran hing, ihr Seelenfrieden zumindest, was ihr nicht weniger wert gewesen war. Joy hatte sich nie verziehen, dass Amber aufgrund ihrer eigenen Risikobereitschaft gefangen genommen worden war. Amber hätte sich in Clouds Haus erholen sollen. Mina hatte gut für sie gesorgt und Cloud sich bemüht, ihr zu vermitteln, dass nicht alle Percents waren wie Widden. In seinem eigenen Haus war er ihr aus dem Weg gegangen und hatte sie behandelt wie ein scheues Tier. Doch noch immer versteckte Amber sich, wann immer ein Mann das Haus betrat, wich jedem Blick aus und sprach mit niemandem außer Mina.

Die Vorstellung, mit ihr zusammenleben zu müssen, prickelte unangenehm in Neéls Nacken. Sie tat ihm leid. Ein Umzug – zu ihm – würde sie aus der hauchdünnen, zerbrechlichen Blase reißen, die sie um sich herum aufgebaut hatte. Er hatte nicht die geringste Ahnung, wie er mit ihr umgehen sollte, er kam ja noch nicht einmal mit sich selbst zurecht. In den letzten Wochen hatte ihn fast jede Nacht eine zornige, alles vernichtende Einsamkeit übermannt. Und tagsüber kochte eine Wut in ihm, die danach lechzte, sich gegen irgendjemanden richten zu können. In seinen Träumen war es Matthial, an dem er Rache nahm. Aber Matthial war weit weg. Die Vorstellung, jemanden um sich zu haben, der ihm ausgeliefert war, machte Neél Angst. Was, wenn die Wut zu groß wurde? Was, wenn er sich nicht mehr im Griff hatte? Was, wenn es irgendwann zu verlockend wurde, dass Amber mit niemandem sprach …

Schritte rissen ihn aus seinen Gedanken, aber die Sorgen ließen nicht von ihm ab. Sie klebten an ihm wie Schlamm, der am Körper festpappte.

Cloud trat ein, setzte sich schweigend und blickte beschwichtigend zu Boden.

Erst als Neél sich wieder entspannte, stellte er fest, dass Clouds Erscheinen ihn unruhig gemacht hatte. Seine Haut war so zäh und unempfindlich geworden, dass er seine eigenen Empfindungen nicht mehr spürte, die sich früher mit einem Kribbeln und einem leichten Schaudergefühl bemerkbar gemacht hatten. Nicht mehr zu fühlen, fühlte sich … tot an. Er war eine Leiche, nur sein Herz wollte es nicht wahrhaben und schlug trotzig weiter.

Cloud wartete geduldig, bis Neél ihm direkt ins Gesicht sah.

Er war sich nicht ganz sicher, was er dort erkannte. Besorgnis? Skepsis? Früher hätte er es gewusst, hatte die Emotionen anderer über seine Haut wahrgenommen. Nun war er auf seine anderen Sinne angewiesen. Ob es sich für einen Menschen ähnlich anfühlte, plötzlich nicht mehr sehen zu können? Er musste mit Alex darüber sprechen, als Blinde konnte sie ihm vielleicht helfen, und doch wusste er, dass er noch nicht den Mut hatte, sie zu sehen.

»Wie geht es deinem Regiment?«, fragte Cloud, aber Neél war allen Unsicherheiten zum Trotz klar, dass sein ehemaliger Mentor das nicht wirklich wissen wollte. Cloud bemühte sich lediglich, einen Gesprächsfaden zu finden.

»Sie arbeiten an sich.«

»Aber?«

Neél nahm einen Schluck Tee. »Du kennst mein Problem, oder? Warum stellst du mir solche Fragen?«

»Weil«, erwiderte Cloud mit einem aufgesetzten Schmunzeln, »*du* dein Problem nicht kennst. Ich will es von dir hören, sprich es aus.«

Es fiel Neél schwer, den Kopf nicht vor Scham zu senken, sondern Clouds Blick scheinbar ungerührt zu erwidern. »Kein Respekt.«

»Die Männer haben keinen Respekt vor dir?«

Ich habe keinen Respekt vor mir. »Unter anderem.«

Cloud nickte, als würde er verstehen.

Nichts verstand er; doch kaum hatte Neél den Gedanken zu Ende gedacht, schoss ein weiterer durch seinen Kopf: Was verstand er selbst denn von Cloud? Was hatte dieser alles gesehen und erlebt? Neél musste zugeben, dass er kaum etwas über Cloud wusste. War es möglich, dass er sehr wohl verstand?

»Wen respektierst du, Neél?«

Stille. In der Küche hantierte Mina mit dem Geschirr, von draußen erklang das Geklapper von Pferdehufen.

»Tut mir leid«, sagte Neél, und das war die Wahrheit. Es war nicht Clouds Schuld, dass er während des Chivvys gefangen genommen worden war. Es war nicht Clouds Schuld, dass die Rebellen ihn der Sonne ausgesetzt hatten. Es war nicht einmal Clouds Schuld, dass man mit ihm wie mit einem Stück Fleisch Handel getrieben hatte.

Und doch konnte Neél ihm nicht verzeihen. Denn all das war Joys Schuld und ihr konnte er keinen Vorwurf machen. Joy war nicht freiwillig bei ihm gewesen, sondern auf Befehl von Cloud. Irgendjemand musste die Schuld tragen. Für Neél war sie zu schwer.

»Du bist hier, Neél, weil ich dir ein letztes Mal eine Arbeit anbieten will, die dein Problem mit deinem Regiment löst. Arbeit, die ich nicht jedem anvertrauen kann.«

Das war interessant. Neél versteckte seine Verwirrung hinter Ironie. »Ich habe mich in der Vergangenheit offenbar für solche besonderen Arbeiten qualifiziert. Was soll das für ein Job sein, den nur ein Versager erledigen kann?«

Cloud rollte mit den Augen. »Ich brauche jemanden, auf den ich zählen kann. Jemanden …« Er machte eine Pause, als müsse er noch einmal überdenken, ob Neél dafür wirklich der Richtige war, und zu Neéls Ärger machte ihn genau das neugierig.

»… jemanden, der mit Wahrheiten zurechtkommt, die die meisten weder verstehen noch ertragen können.«

»Und da denkst du ausgerechnet an mich?«

»Ich denke ausschließlich an dich. Abgesehen von dir gibt es niemanden, dem ich diesen Auftrag erteilen würde.« Cloud senkte den Kopf und rieb die Lippen aufeinander. Er sah aus wie jemand, der außer der guten Nachricht noch eine schlechte zu überbringen hatte und es nicht wagte, das Unangenehme auszusprechen.

Neél gefiel dieser Anblick nicht; er bevorzugte es, Cloud so zu sehen, wie er ihn früher wahrgenommen hatte: souverän, überlegen und sich seiner Sache absolut sicher. Hatte auch Cloud sich verändert? Oder sah Neél schärfer, nach allem, was passiert war?

»Es ist ein gefährlicher Auftrag.«

Neél zuckte mit den Schultern. Gefahr beeindruckte ihn nicht länger.

»Möglich, dass du ihn nicht überlebst. Oder nicht lange.«

»Klingt doch verlockend.«

Cloud lächelte nicht, er grinste nicht einmal. »Früher war ich mir sicher, dass du der richtige Mann bist. Du weißt es nicht, aber ich habe dich für diese Aufgabe ausgebildet, Neél. Heute verspüre ich Zweifel. Ich habe die Befürchtung, dich in den Tod zu schicken, und das will ich nicht.«

»Und das war früher nicht so? Da hättest du es einfach hingenommen, wenn ich draufgegangen wäre?« Neél merkte, dass sein Zynismus Cloud nicht traf, und das ärgerte ihn. Der Mann musste doch zu provozieren sein! Irgendwie musste man ihm ein paar ehrliche Emotionen entlocken können, nicht bloß förmliches Gerede.

»Früher war ich mir sicher, dass du es schaffst. Jetzt fürchte ich, dass du die Herausforderung nur annimmst, um an ihr zu scheitern. Endgültig.«

»Wenn ich mich umbringen wollte«, fuhr Neél mit ungewollter Heftigkeit auf, »würde ich es selbst tun. Dafür brauche ich deine seltsame Aufgabe nicht.«

»Nun, Neél, und da bin ich mir leider nicht mehr sicher. Ich beobachte dich und ich sehe dich nur noch hinnehmen, akzeptieren, ausweichen und alles schlucken. Ich sehe dich nicht mehr kämpfen. Doch du wirst kämpfen müssen.«

Ein Wofür lag Neél auf der Zunge. *Gib mir einen Grund.* Doch er sagte nur: »Noch mal, Cloud: Was ist das für ein Job?«

Cloud erhob sich. »Willst du zum Verräter werden für mich?«

Die Worte hingen eine Weile in der Luft. Unheilvoll, aber ohne Schaden anzurichten. Sie vermochten es nicht einmal, das süffisante Grinsen aus Neéls Gesicht zu wischen, er spürte es noch immer auf seinen Lippen.

»Du würdest uns verlassen. Die Stadt, das Land – das alles hier.«

Er horchte auf. Das klang nicht ganz uninteressant.

»Die Triade besitzt ein Schiff. Ein kleines nur, aber tauglich, um damit über das Meer zu segeln.«

»Wohin?«

»Zu einem Land jenseits des Meeres. Tu nicht so, als würdest du zum ersten Mal davon hören, Neél. Ich weiß, dass du und deine Freunde von den fremdländischen Boten wissen, die die Triade über Jahre hat ermorden lassen. Ich weiß von eurer albernen, kleinen Vereinigung. Wie habt ihr euch genannt? Flagg's Boulder? Beleidige mich nicht, indem du mich für dumm verkaufst.«

In Neél regte sich Neugier. So lange hatte er jedes Risiko auf sich genommen, um mehr über die Länder jenseits des Meeres zu erfahren. Cloud war nun Teil der Triade und verfügte über ein Wissen, dessen Umfang Neél für so groß erachtete, dass ihm allein das Ausmaß Respekt einflößte, ganz abgesehen vom Inhalt.

»Warum wurden die Boten getötet? Was haben sie, was der Triade Angst macht?«

Cloud wiegte nachdenklich den Kopf. »Genau das versuche ich herauszufinden. Noch gelte ich nicht als vollends vertrauenswürdig. Die beiden anderen Präsidenten sprechen von einer Gefahr für unsere Sicherheit, wenn ich das Thema auf die Fremdländer bringe, aber sie geben mir keine weiteren Informationen.«

»Dann war dein Plan, Teil der Triade zu werden, um zu erfahren, welchen Krieg wir überhaupt bestreiten, wohl erfolglos.«

»Halte mich nicht zum Narren, Neél, ich warne dich ein letztes

Mal.« Dass Cloud leise und besonnen sprach, untermalte, dass er es ernst meinte. »Ich werde diese Informationen erhalten, wenn ich geduldig bin. Allerdings wäre es mir lieber, ich würde sie früher bekommen.«

»Um während deiner Amtszeit darauf reagieren zu können.«

»Sehr richtig. Nur werden die anderen Präsidenten das verhindern, wenn sie spüren, dass sich unsere Pläne im Weg stehen. Ich bin mir nicht sicher, was sie zu verhindern versuchen, aber allein dass sie es nicht offen verlauten lassen, lässt mich vermuten, dass es etwas ist, was vielleicht besser nicht verhindert werden sollte.«

Neél verstand, was sein Mentor vage andeutete. »Du glaubst, die Fremden hätten Frieden zwischen Menschen und Percents geschaffen.«

Cloud widersprach nicht.

»Aber nehmen wir an, es wäre so. Warum sollte die Triade dann verhindern, dass sie uns lehren, wie es möglich ist?«

Erneut sagte Cloud nichts. Er füllte nur ein Glas mit Flüssigkeit aus einer Karaffe, trank einen Schluck und sah Neél dann an, als wäre die Antwort ganz einfach.

»Verstehe. Hier komme ich ins Spiel.«

»Richtig«, stimmte Cloud zu. »Indem du dein Regiment, die Triade und damit offiziell auch mich verrätst, flüchtest, das Boot stiehlst und in das Land jenseits des Meeres segelst. Du bringst in Erfahrung, was die Fremden uns voraushaben, kehrst zurück und bleibst so lange am Leben, bis du deine Informationen unbemerkt an mich weitergeben kannst.«

»Und dann?«

Cloud zuckte mit den Schultern. »Ich werde tun, was in meiner Macht steht. Aber –«

»Ohne deine Mission zu gefährden. Verrätern gegenüber darf man nicht zimperlich sein.«

»Nein, das darf man nicht.« Wieder nahm Cloud einen Schluck. Neél glaubte zu riechen, dass Gebrannter in dem Glas war.

»Lass mich das zusammenfassen, Cloud, ehrenwerter Präsident«, sagte er voller Ironie. »Der Auftrag bedeutet, dass ich für dich sterben soll, ob in der Fremde oder hier. Warum sollte ich das tun?«

Mit einem Krachen stellte Cloud den Becher auf den Tisch zurück. »Weil ich dich zu diesem Zweck geschaffen habe.«

Neél schluckte. »Das hast du nicht. Du hast mich ausgebildet, das ist alles.«

»Das ist das Gleiche!«, erwiderte Cloud zornig. »Ich habe dich großgezogen und zu einem Mann gemacht, einem Mann, der tut, was getan werden muss – egal wie riskant es ist. Du hast dich eindrucksvoll bewiesen.«

Er meinte Joy. Der Gedanke an sie schmerzte. »Ich habe zu viel gelernt«, entgegnete Neél leise. »Nämlich, dass es nichts nützt, das Richtige zu tun.«

»Sie lebt doch.« Spott schwang in Clouds Stimme. Und er traf sein Ziel.

Ja, sie lebte. Aber sie war ihm nicht gefolgt, und auch wenn Neél beharrlich versuchte, sich etwas anderes einzureden, war ihm klar, warum: Sie hatte seine Stärke geliebt, seine Überlegenheit. Nicht ihn. Nun, da nichts mehr davon übrig war, gab es für sie keinen Grund mehr, um ihre Liebe zu kämpfen. Vermutlich hatte er sich das Ganze nur eingeredet und diese Liebe existierte nicht – hatte nie existiert. Joy hatte ihn lediglich benutzt und nun, da er ihr keine Vorteile mehr verschaffte, war er ihr nichts mehr wert. Es wäre leichter gewesen, wenn er sie dafür verfluchen könnte. Aber schließlich war sie nicht freiwillig bei ihm gewesen und er hatte sie seinerseits benutzt, um beim Chivvy einen hohen Rang zu erspielen.

Cloud erhob sich, trat zu ihm und legte Neél eine Hand auf die

Schulter. Die Geste hatte nichts Tröstliches, auch wenn es auf den ersten Blick so schien. Doch Clouds Hand wog zu schwer. Sie drückte Neél nieder, sodass er nicht aufstehen konnte.

»Du hast keinen Grund, den Auftrag nicht anzunehmen. Hier hält dich nichts. Deine Arbeit hasst du und es gibt keinerlei Aussichten, eine bessere zu bekommen. Ganz im Gegenteil, du stehst kurz vor einer sehr unangenehmen Degradierung.«

»Musst du ja wissen«, begehrte Neél auf.

»Ja, das weiß ich, Neél, weil ich es bin, der über dich entscheidet. Und du bist eindeutig überfordert mit einem Regiment. Vielleicht unterstelle ich dich besser jemandem. Vielleicht Widden?«

»Du bist vollkommen skrupellos, oder?«

»Nenn es zielstrebig.«

»Seit wann verfolgst du dieses Ziel? Seit wann machst du mich zu deinem Werkzeug?«

Zum ersten Mal an diesem Tag schlich sich eine Spur von Bedauern in das Gesicht des älteren Percents, vielleicht war es sogar Reue. Doch Neél bekam seine Antwort. »Der Plan stand bereits vor deiner Geburt.«

»Dann hast du nichts dem Zufall überlassen.« Nicht seine Kindheit, nicht seine Jugend.

»Ich kann mir keine Zufälle erlauben. Ich brauchte einen Mann, auf den ich mich verlassen kann. Nichts anderes war wichtig.«

»Natürlich nicht.« Neél ballte die Hände zu Fäusten. »Selbst Joy war nur ein Zug in diesem abgekarteten Spiel. Du wusstest, dass sie mir den Verstand rauben würde.«

Cloud strich ein Blatt Papier glatt, das vor ihm auf dem Schreibtisch lag. »Ja. Und hättest du Anspruch auf sie erhoben, statt auf ihre Freundin, wie es jeder normale Mann getan hätte, hättet ihr zusammen das Meer überqueren können. Sie wäre dir eine Hilfe gewesen.«

Neél nickte bedächtig. »Und wenn sie im Chivvy gefangen genommen worden wäre?«

»Dann hätte ich sie für dich befreit, für den geringen Preis, dass du tust, was ich sage.«

»Selbst wenn sie gefallen wäre, hättest du sie noch benutzt.« Joys Tod hätte Neél motiviert, das Land so schnell wie möglich zu verlassen.

Clouds Seufzen klang schwermütig, aber er stritt es nicht ab.

»Dann war dir auch vollkommen egal, wie ich beim Chivvy abschneide, richtig? Bist du nicht wütend, dass Joy den einzigen Weg gegangen ist, der dir nicht in die Hände gespielt hat?«

Es amüsierte Neél fast, dass Joy Clouds Pläne unwissentlich zerschlagen hatte. Denn sie war allen Zweifeln und aller zerstörten Haut zum Trotz immer noch der wahre Grund, warum Neél das Land nicht verlassen würde. Nicht, solange sie lebte.

»Ja und ja«, antwortete Cloud. »Versteh das doch, Neél. So viel hängt davon ab. Dass ich Erfolg habe, ist wichtiger, als du es bist – es ist auch wichtiger, als ich es bin. Viel wichtiger! Wenn du es nicht tust …« Cloud schwieg, als wären ihm mitten im Satz die Worte ausgegangen.

»Was dann?«

»Dann ist das vermutlich unser aller Ende.«

• • •

Noch Stunden später, die Nacht brach schon herein, streifte Neél von Windböen begleitet durch die Stadt. Er achtete nicht auf seine Schritte, sondern ließ sich das Gespräch durch den Kopf gehen, wiederholte Clouds Ausführungen in Gedanken Wort für Wort, wieder und wieder.

»Wir nennen es das Optimierungsprogramm«, hatte Cloud erzählt, »aber Fakt ist, dass wir nie optimiert werden mussten. Die ganze Forschung, all die Jahre der Experimente bezüglich einer alternativen Art der Fortpflanzung, dienten eigentlich einem ganz anderen Zweck. Wir müssen nicht verbessert, sondern gerettet werden.«

Cloud wusste seit Langem, dass das Geschlecht der Percents zum Scheitern verurteilt war. Ehe er Anspruch auf Mina erhoben hatte, war diese zunächst als Kinderpflegerin und später als Wissenschaftlerin Bestandteil des Optimierungsprogramms gewesen, daher wusste sie, welchem Zweck die Kreuzungsversuche zwischen Percents und Menschenfrauen wirklich dienten. Es sollten keine verbesserten Percents gezüchtet werden, in Wahrheit hatte die Triade nie ein Interesse an Verbesserungen gehabt. Das Programm war ein hilfloser Versuch, neue Percents zu erschaffen. Bei dem Genmaterial aus der Zeit vor der Übernahme – das die Grundlage eines jeden Percents darstellte, auch die der optimierten – handelte es sich um winzige Embryonen, konserviert in einer Nährflüssigkeit, die sie nicht wachsen ließ, aber lebensfähig hielt. Diese gingen nun zur Neige und bisher war es nicht gelungen, sie zu rekonstruieren. Weder auf natürlichem Weg noch in den Laboratorien gelang es, lebensfähige Percent-Babys zu schaffen. Der Vorrat an Embryonen war während der Angriffe am Blutsonnentag schwer dezimiert worden und mittlerweile so gering, dass in jedem Jahr nur noch ein Dutzend in weibliche Gebärmütter verpflanzt wurden, von denen im besten Fall zehn lebend geboren wurden.

Erst jetzt, seitdem er der Triade angehörte, bekam Cloud zu Gesicht, wie dramatisch es wirklich um sein Volk stand. Es existierte kein Dutzend Embryonen mehr, ab dem nächsten Jahr würde es keinen Nachwuchs mehr geben.

»Verstehst du, was das bedeutet, Neél? Denk an die Männer, die da draußen herumlaufen – denk an die Schwachköpfe aus deinem

Regiment. Was passiert wohl, wenn diese tumben Kerle erfahren, dass unsere Art im Sterben liegt und sie gegen einen Feind kämpfen, der bereits gewonnen hat, ohne dass er es weiß? Sie würden Amok laufen, Neél. Innerhalb weniger Tage wäre sämtlicher Glaube in die Führungsriege verloren. Wer folgt einer Triade, die dem Untergang nur hilflos zusehen kann? Männer ohne ein Ziel lassen sich nicht mehr führen und Männer ohne Führung sind so gefährlich wie außer Kontrolle geratene Tiere. Vielleicht sind all meine Versuche, uns zu retten, vergebens. Aber auch wenn dem so ist und unser Untergang nicht mehr aufzuhalten, darf niemand davon erfahren.«

Neél hatte schweigend zugehört. Was sich als still nagende Sorge schon lange in ihm geregt hatte, war nun Gewissheit. Er hatte es sich nicht eingebildet, dass auf den Straßen immer weniger Kinder spielten und dass die wenigen, die es gab, überbehütet und eingesperrt wurden, als seien sie rohe Eier. Es erfüllte ihn mit einer seltsamen Mischung aus Melancholie, Trauer und bitterer Genugtuung: Die Triade setzte, seit er denken konnte, auf Kampf und Krieg und musste nun mit ansehen, dass es Probleme gab, die sich nicht mit Waffen bekämpfen ließen.

Konnte es ihm nicht egal sein, ob es weitere Percent-Kinder gab oder nicht? Musste er sich nicht eingestehen, dass das Aussterben seiner Art den Krieg beenden würde? Doch etwas in ihm argumentierte dagegen. Es wäre alles umsonst gewesen. Der Krieg, all die Zerstörung, Dark Canopy, die Unterdrückung. Er selbst wäre nichts als ein vorbeifliegender Schatten, der nichts Bleibendes auf der Erde hinterließ.

Doch obwohl Neél Clouds Angebot abgelehnt hatte, war ihm bewusst geworden, dass er nicht so weitermachen konnte wie bisher. Es hatte keinen Zweck, seine Leute zu schikanieren und zu besseren Soldaten zu machen, damit sie effektiver Tod und Verderben bringen konnten, nur um anschließend selbst zu sterben, zu verrotten und vergessen zu werden. Davon abgesehen würde Cloud seine Drohung wahr machen – er würde ihn schon bald degradieren lassen. Es war an der Zeit, sich eine neue Aufgabe zu suchen.

Doch was sollte es zu tun geben, was würde man ihm schon überlassen? Er dachte an Graves, den klugen, besonnenen Graves, dessen Aufgabe darin bestand, Müll zu den Halden zu tragen und Böden zu wischen. Niemand gab einem Krüppel mit zerstörter Haut eine bessere Arbeit.

Ohne dass er seinen Weg bewusst gewählt hatte, fand Neél sich in der Nähe des *Mondlichts* wieder, der Bar, in der er zu viel Zeit seines früheren Lebens in Bechern und Krügen ertränkt hatte. Vielleicht würde Graves ja recht behalten und er würde sich noch um den Verstand saufen.

Das Risiko ging er ein.

Er musste sich eingestehen, dass manche Schmerzen nachließen und die meisten Begehren einschliefen – aber es gab Gefühle, die bekam man nicht einmal mit Feuer aus dem Geist gebrannt.

Was er nun brauchte, war ein wenig Stille im Kopf und Erinnerungen an das Leben zuvor – an das Leben vor Joy und den Rebellen und der Sonne, die seine Haut durchbrochen und ihre hässliche Signatur in sein Fleisch gebrannt hatte.

Was er brauchte, war etwas Kaltes zu trinken.

10

hoffnung ist die einzig wahre gefahr.

In der Nacht verwirbelte ein verwirrender Traum zu einer irrealen Wirklichkeit. Der Raum war erfüllt von Rauch, in dem sich das rötliche Leuchten der sterbenden Glut fing. Das Atmen fiel mir schwer, als hockte jemand auf meiner Brust. Ich befeuchtete meine trockenen Lippen mit der Zunge und blickte mich nach Tom und Tara um, ich wollte sie um Wasser bitten. Alles, was ich sah, war ein einziger, klobiger Schatten, der sich zu murmelnden Lauten im Rhythmus eines Liedes bewegte, das ich von irgendwoher kannte. Ich lauschte und hörte zwischen summenden Lauten einzelne Zeilen heraus.

»Wo sind all die Engel hin«, sang Tara, »von denen uns der Vater sang.«

Es war ein altes Kinderlied. Ich wagte es nicht, mich zu bewegen, aus Angst, sie zu stören. Es war, als betastete ich die Scherben ihrer Vergangenheit. Und die meiner eigenen.

Ich hätte ihnen gerne geholfen, diese Engel zu finden. Doch wenn man es genau nahm, wusste ich nicht einmal, was Engel waren. Ich entsann mich nicht, woher ich dieses Lied kannte, es musste zu lange her sein, dass ich es gehört hatte. Mein Vater hatte mir nie von Engeln gesungen.

• • •

Ich rappelte mich auf. Meine Muskeln schmerzten, meine Füße waren taube Eisklumpen und die Bisswunde in meinem Nacken brannte – aber im Großen und Ganzen war ich in Ordnung. Ich hatte geschlafen und war satt. Der Morgen graute. Ich hatte ein Ziel. Wenn ich sofort aufbrach und die hellen Stunden zum strammen Wandern nutzte, standen die Chancen gut, dass ich den Weg zur Stadt rasch fand. Wieder stach mich der Gedanke an Rogue wie ein Splitter in der Haut. Beim Gedanken daran, dass er vermutlich irgendwo dort draußen lag, hätte ich meinen Aufbruch am liebsten verschoben und stattdessen nach ihm gesucht.

Doch auch wenn der Tag jung war, die nächste Nacht lauerte bereits hinter dem Horizont. Sobald sie anbrach, wollte ich zumindest vor den Ratten sicher sein. Toms stechende Blicke waren ein weiteres Argument, rasch aufzubrechen. Er wollte mich so schnell wie möglich von hier forthaben, was ich ihm nicht verdenken konnte. Ich fühlte es so deutlich, wie ich spürte, dass Blut durch meine Adern floss. Er hatte Angst, dass ich Tara dazu brachte, mit mir zu gehen. Dass ich sie dorthin brachte, wo man so lebte, wie ich es kannte.

Aber welches Recht hatte ich, ihr Leben zu bewerten? Lebte ich denn besser? Oder Amber, die sich gebrochen und in ewiger Angst in Clouds Haus versteckte und wohl nie mehr den Schatten ihrer früheren Qualen entkommen würde? Gerade Amber war der beste Beweis: Es stand mir nicht zu, das Leben anderer Menschen verändern zu wollen, nur, weil es nicht in mein Bild passte.

Ich sah Tom lange an und er erwiderte meinen Blick, als würde er durch mich hindurchschauen, mich nicht mehr wahrnehmen.

Morgen schon, versprach ich ihm in Gedanken, *bin ich nur noch eine Erinnerung.*

• • •

Tara packte mir schweigend ein bisschen Fleisch ein und gab mir ihr Schultertuch als Schutz gegen die Kälte.

Ich hatte das Gefühl, in absolute Fremde aufzubrechen, als ich die

Sicherheit ihrer kleinen Siedlung verließ, dabei war es doch Neél, zu dem ich wollte.

Aber was erwartete ich mir von dem Wiedersehen? Würde ich ihn überhaupt finden? Die Vorstellung, er könnte an seinen schweren Verletzungen gestorben sein, ließ ich nicht zu, doch es gelang mir auch nicht, mir den Neél vorzustellen, der er früher gewesen war. Folter hinterließ Spuren. Nicht nur auf der Haut. Vor allem tief darunter. Wollte er mich überhaupt noch sehen? Er war zweifelsfrei schwer verletzt und ich konnte ihn nicht von seinen Verletzungen heilen. Ich war das Messermädchen gewesen und als solches war ich zum Soldaten herangewachsen. Nun war ich eine Frau, die nur die Kraft des Messers und des Soldaten besaß: Ich konnte Dinge zerstören, zerschneiden, trennen und töten.

Was, zur höllischen Sonne noch mal, wollte ich von Neél? Ich konnte nichts für ihn tun, vermochte nicht, ihn zu heilen, und besaß nichts, was ihn trösten würde. Ganz im Gegenteil: Wenn ich zu ihm ging, standen die Chancen nicht schlecht, dass er weitere Probleme bekam.

Ich wandte mich noch einmal um. Tara winkte mir und griff dann nach Toms Hand. Er streichelte ihre Wange, vielleicht strich er eine Träne fort – ich war bereits zu weit entfernt, um es zu erkennen.

Und all meinen Zweifeln zum Trotz ging ich schneller und schneller, bis ich beinahe rannte. Es war die Hoffnung, die mich in die Stadt und zu Neél trieb. Hoffnung, dass wir zusammen irgendeine Lösung fanden.

Verlockende, trügerische, gefährliche Hoffnung.

II

woran kann ein mann glauben,
der sich selbst nicht mehr vertraut?

Einen Gerichtsprozess begleiten zu müssen, war nie eine angenehme Erfahrung. Doch heute zog sich Neél der Magen mit jedem Schritt weiter zusammen. Die Verräter waren nahe des Grenzzauns, den sie zu überklettern versucht hatten, in einen Schuppen gesperrt worden, wo Neél sie mit vier Männern seines Regiments abholen musste. Seine Aufgabe bestand darin, die Gefangenen zum Hotel zu bringen, wo sie von der Triade für ihren Gesetzesbruch verurteilt und vermutlich an Ort und Stelle bestraft werden würden. Ob man ihn für diese Arbeit ausgesucht hatte, damit er sah, wie Verräter gemaßregelt wurden? Er war sich noch immer nicht sicher, wie er Cloud einzuschätzen hatte. War es seinem ehemaligen Mentor zuzutrauen, dass er ihn damit unter Druck setzen wollte? Und wie weit würde Cloud gehen?

Neél sah sich bereits mit dem Befehl konfrontiert, die Verräter mit Stockschlägen, Peitsche oder lebenslangen Verstümmelungen zu bestrafen. Es gab Menschen, denen man für geringere Vergehen Finger oder Zehen abgetrennt hatte. Besonders im Gedächtnis geblieben war ihm die Bestrafung einer jungen Frau: Ihr war ein Kreuz mitten auf die Stirn eingebrannt worden, weil sie sich geweigert hatte, das Zeichen für Respekt zu machen.

Neél war übel und das lag nicht daran, dass er am Abend zuvor getrunken hatte.

Die Verräter waren Kinder.

Er führte sein Pferd, auch wenn es eigentlich seine Aufgabe war, vorauszureiten. Gleich hinter ihm ging der gefangen genommene

Junge, links und rechts von Neéls Männern eingerahmt, wenige Schritte dahinter seine Schwester, ebenso bewacht. Die Kleine rührte Neéls Herz, sie war allenfalls vierzehn und hatte ein Gesicht wie aus weißem Holz geschnitzt. Der Junge war ein wenig älter und so mager, dass die Knochen an seinen Hüften und Schultern spitz hervorstanden. Sein blondes Haar war voller Kletten, seine Wangen aufgeschürft. Blasse Streifen in seinem schmutzigen Gesicht verrieten, dass er geweint hatte – dennoch trug er das Gesicht eines Kämpfers zur Schau und erwiderte die Blicke eines jeden Percents furchtlos.

Das war zweifelsohne sehr mutig. Und gleichzeitig gar nicht gut. Wer voll wütendem Trotz vor die Triade trat, ging als gebrochener Mann.

Neél lief langsamer, als es korrekt gewesen wäre, und zog den Weg in die Länge, um nachzudenken. Aber sosehr er sich auch bemühte, er fand keine Lösung für das Geschwisterpaar. Sie hatten versucht, der Stadt zu entfliehen, und mussten nun die Konsequenzen spüren. Er versuchte sich einzureden, dass sie selbst schuld waren – es gab immerhin Wege durch die Zäune, Joy und ihre Freunde hatten es mehrfach bewiesen –, aber es gelang ihm nicht. Der verdammte Bengel erinnerte ihn mit seiner verzweifelt ausgedrückten Rebellion zu sehr an Joy. Wie sie rebellierte er still, zeigte mit jeder Faser seines Körpers seinen Widerwillen, tat dabei aber nichts Dummes, nichts Aussichtsloses, sondern blieb aufmerksam und wachsam – als lauerte er auf den richtigen Moment.

Das konnte Neél auch.

Er wartete, bis sie das Hotel erreicht hatten und direkt vor dem Haupteingang standen. Abschätzend musterte er seine Männer von oben bis unten. »Eure Hosen triefen nur so von Schneematsch«, stellte er fest. »Es gibt noch ein paar antike Teppiche im Hotel. Besser, ihr wartet hier.«

Der junge Gefangene sah provozierend an sich herab. Natürlich tropften auch seine Sachen und zu Wasser und Schlamm mischte sich das Blut seiner aufgeschlagenen Knie.

»Ihr dagegen«, sagte Neél, ehe der Junge etwas Dummes von sich gab, »seid herzlich eingeladen; tretet ein.« Er hielt den beiden Menschen die Tür auf und verbeugte sich ansatzweise. Spöttisch in den Augen seiner Männer, die sich bereits bequem an die Häuserwand lehnten, um dort auf ihn zu warten. Aber das Mädchen hatte Neéls unauffälliges Zwinkern gesehen. Sie nahm ihren Bruder an der Hand und zusammen traten sie an Neél vorbei ins Hotel.

Es versetzte ihm einen Stich, dass seine unverbindliche, kleine Geste den jungen Menschen Mut machte. Sie vertrauten ihm, erwarteten nichts Schlimmes von ihm, vielleicht sogar Hilfe – nur weil er sein Augenlid eine menschliche Bewegung hatte machen lassen. Er hatte das weder verdient, noch gefiel es ihm. Er wollte sie nicht enttäuschen.

Neél ging dicht hinter ihnen den Gang entlang, der zum Treppenhaus führte. »Ich hoffe, ihr seid gut in Form. Die Triade tagt im obersten Stockwerk, hoch über der Stadt.«

Die beiden liefen einfach weiter, als sprächen sie seine Sprache nicht. Neél entgingen die Blicke nicht, die vor allem der Junge um sich warf: kurze Kontrollen der potenziellen Fluchtwege.

»Tut mir leid«, sagte er. »Aber denk nicht einmal daran. Spar dir deine Spucke für den Prozess.« *Du wirst kluge Worte brauchen, um eine milde Strafe auszuhandeln.*

Der Junge sah auf seine Schuhe.

»Wir mussten es versuchen!«, stieß das Mädchen plötzlich hervor. Ihre Stimme klang sehr hoch und etwas abgehackt, schon die ersten Treppenstufen strengten sie an. »Wir haben zu Hause nichts mehr zu essen. Sollen wir verhungern? Draußen kann man jagen und Beeren und Früchte sammeln.«

»Wir haben Winter«, erwiderte Neél trocken. »Da wachsen weder Früchte noch Beeren, und alles, was man jagen kann, hat sich schon ein besserer Jäger geholt.«

Das Mädchen blieb stehen. Ihr Kopf zitterte, während sie Neél das Gesicht zuwandte, als müsste sie sich unter größter Anstrengung dazu zwingen. »Es gibt keine bessere Jägerin als mich.«

Ihr Bruder stieß sie an. »Halt die Klappe, Valeria!«

Neél schmunzelte, obwohl ihm nicht danach war. Eine Wiederholungstäterin also, das machte die Sache nicht besser. »Gute Jäger werden gemeinhin nicht erwischt.« Er sparte sich den Kommentar, dass sie auch nicht so aussahen, als wären sie Jagderfolge gewohnt.

Ihre Augen wurden scharf und schmal. »Wir wurden verraten.«

»Valeria!«

Aber Neél war neugierig geworden und blieb stehen. »Von wem?«

»Von unseren Nachbarn. Sie haben bemerkt, dass wir Fleisch hatten.« Die Kleine senkte den Blick. Sie hatte einen hübschen Mund und Augen von einem ungewöhnlichen Grün, von goldenen Sprenkeln durchzogen. Auf den ersten Blick war sie unauffällig, jedoch sehr bemerkenswert, wenn man genauer hinsah. Neél gefiel das immer weniger.

»Ja«, warf der Junge bitter ein. »Weil du ihnen Essen gebracht hast.«

»Sie waren hungrig! Der Mann ist krank, er brauchte etwas zu essen!«

»Sie wollten mehr«, vermutete Neél.

»Ja, so viel, dass für uns nichts mehr blieb. Und als wir ihnen nichts mehr gaben …«

Neél entwich ein Seufzen. Es war eine so typische Geschichte. Wie oft kamen solche Vergehen nur deshalb ans Licht, weil Menschen – oder Percents – aus Neid und Habgier zu Verrätern wurden. Oder aus Angst und Hunger – was schlimmer war, denn es war schwerer zu verurteilen.

»Wenn wir gleich vor die Triade treten«, riet er den beiden, bevor er sie weiterführte wie Lämmer zur Schlachtband, »gebt ihr euch besser etwas weniger selbstbewusst.«

• • •

Der Raum war von Dunkelheit erfüllt. Neél wies die Menschenkinder mit einem lautlosen Befehl an, einzutreten, dann schloss er die Tür. Schwarz umfing seine beiden Gefangenen und ihn. Valeria zog die Nase hoch.

Am anderen Ende des Saals wurden ohne einen Laut rote Fackeln entzündet, die kaum Licht spendeten, nur die rückwärtige Wand erhellten, als würde sie glühen. Drei große Schattenrisse ließen die Anwesenheit der Präsidenten erahnen.

»Geht zu ihnen«, hauchte Neél. Ein verhaltenes Geräusch verriet ihm, dass das Mädchen zu weinen begonnen hatte.

Er konnte es verstehen. Er hatte schon einige Prozesse mitangesehen, dennoch war es auch für ihn jedes Mal wieder ein beeindruckender Anblick. Wenn die Triade über Menschen richtete, tat sie es in Kriegsrobe, deren einziger Zweck es war, Angst zu erzeugen. Die Präsidenten standen auf Sockeln und waren in lange Umhänge gehüllt, die bis auf den Boden reichten, was sie wie Riesen wirken ließ. Ihre Gesichter – kaum zu erkennen in der Finsternis – waren schwarz bemalt und auf den Köpfen trugen sie die Schädel wilder Tiere, die ihre Stärken symbolisierten. Wolf und Bär hatten die ersten beiden Präsidenten ausgewählt. Neél war gespannt, für welches Tier sich Cloud entschieden hatte, bisher hatte er ihn weder in Kriegsrobe gesehen noch Gelegenheit gefunden, ihn danach zu fragen.

Das Erste, was er wahrnahm, waren schattenhafte Hörner, was ihn an die Darstellung des Teufels in einem von Graves' zerrissenen Büchern erinnerte.

Vermutlich konnten die beiden jungen Menschen vor Angst keinen klaren Gedanken mehr fassen. Selbst ihn ließ das Szenario erschaudern, aber wieder einmal stieß das Gefühl gegen seine nutzlose Haut und damit ins Leere. Die Furcht fand keinen Weg aus ihm heraus und wurde stattdessen zu Aggression. Unweigerlich ballte er seine Hände zu Fäusten.

»Kniet euch hin«, presste er zwischen seinen zusammengebissenen Zähnen hervor, als die Gefangenen vor den Sockeln der Präsidenten standen. Sie taten es, schafften es jedoch nicht, respektvoll die Köpfe zu senken. Ihre Blicke huschten hin und her, tasteten nervös die Dunkelheit ab.

Rechts und links der Präsidenten standen in schwarzen Kapuzenmänteln die Wachen. Es war nichts zu vernehmen außer dem Lufthohlen und Ausatmen der Anwesenden. Die Laute wurden in der Finsternis zu einem grotesken Lied, man fühlte sich wie von feindlichen Geistern umgeben. Von Monstern.

Und so falsch war das nicht.

Doch Neél erkannte auch etwas Positives in dem furchterregenden Schauspiel: Die Triade machte sich niemals solche Mühe, wenn sie vorhatte, die Gefangenen zum Tode zu verurteilen. Furcht zu säen lohnte nur, wenn man davon ausgehen konnte, dass diese Furcht hinausgetragen und verbreitet werden würde. Junge Menschen, die leicht zu beeindrucken waren und ihr Leben noch vor sich hatten, stellten sicher, dass viele Städter von den Schauergeschichten erfuhren und sie weitererzählten. Angst, von Mund zu Mund verbreitet, war ein effektives Heilmittel gegen jeglichen Keim einer Rebellion.

»Killian und Valeria Stark«, tönte die Stimme des ersten Präsidenten durch den Saal. »Hohe Schuld lastet man euch an. Ihr seid angeklagt, die Stadt, die euch schützt und nährt, verraten und gefährdet zu haben, indem ihr den Zaun beschädigt habt.«

»Das ist nicht wahr. Das ist alles nicht wahr, wir sind nur drübergeklettert.« Neél ahnte das Flüstern des Mädchens mehr, als dass er es hörte. Trotzdem stieß er ihr seine Stiefelspitze behutsam in den Rücken. *Sprich nur, wenn du gefragt wirst, und wähle deine Worte besser.*

»Die Stadt kann sich keine Schwachstelle erlauben«, fuhr der zweite Präsident, unter dem Schädel des Wolfes, fort. Neél fürchtete den Mann, er war als ungeduldig und cholerisch bekannt und trieb sein Gegenüber durch provokante Worte oft zu ungewollten Antworten. »Und hier sitzen gleich zwei davon. Zwei Kinder, denen die Eltern sicher beigebracht haben, welche Folgen es hat, sich nicht an die Regeln zu halten. Ist es nicht so? Sprich, mein Junge.«

»Unsere Eltern habt ihr schon getötet!« Es war Valeria, die sprach, und auch wenn Tränen in ihrer Stimme zu hören waren, klang Wut mit.

»Still«, wisperte Neél eindringlich. Doch nicht leise genug.

Cloud wandte den Kopf ins Licht einer Fackel. Sein Gesicht lag im Schatten der Hörner eines Tieres, das Neél noch nie zuvor gesehen hatte. Es sah aus wie ein Ziegenbock, nur war der Schädel schlanker und anmutiger, mit einer breiten, klugen Stirn, die Hörner spitz wie Dolche. Vermutlich ein Tier, das nur jenseits der Meere lebte.

»Du hast beschlossen, für deine Gefangenen zu sprechen, Hauptmann?«

Neél brauchte einen quälenden Moment, ehe er begriff, dass Cloud ihn meinte. Er konnte nicht einschätzen, ob Cloud ihn in eine Misere reiten wollte. *Seine Gefangenen*, das klang, als wäre er für diese Kinder verantwortlich. Das roch nach Gefahr. Vielleicht schenkte Cloud ihm auf diese Weise aber auch eine Chance.

»Nun denn, sprich«, forderte der zweite Präsident. Es klang, als freute er sich bereits auf Neéls ersten Fehler.

Er atmete durch. »Es sind Kinder, ehrenwerte Triade, deren Eltern nicht mehr leben. Ihnen fehlte es an Nahrung. Hunger macht Arbeiter schwach und nutzlos, darum haben sie sich an der Jagd versucht. Der Zaun wurde dabei nicht beschädigt.«

»So?« Selbst in der Dunkelheit konnte Neél erkennen, dass der zweite Präsident fein lächelte. »Was taugt ein Zaun, den hungrige Gören überklettern?«

Der erste Präsident beantwortete die Frage. »Sie hätten ihn ebenso gut niederreißen können.«

»Uns hat keiner gesehen«, hauchte Killian Neél zu. »Sag ihnen, dass niemand gesehen hat, wie wir aus der Stadt weggelaufen sind.«

Aber Neél wusste, dass die Triade sich nicht dafür interessierte. »Sie waren in Not«, erklärte er leise, »und haben so weit nicht gedacht.«

»Was arbeitet ihr, Kinder?«, fragte Cloud. »Wie kommt es, dass ihr Hunger leidet, wenn ihr doch hoffentlich einer anständigen Arbeit nachgeht, für die ihr bezahlt werdet.«

Neél entwich beinahe ein abschätziger Laut. Cloud wusste genau, dass Münzen im Winter nichts wert waren. Münzen konnte man nicht essen und man konnte sie nicht gegen etwas Essbares eintauschen, wenn für Menschen nichts Essbares zum Verkauf angeboten wurde.

»Ich laufe Botengänge für einen Apotheker«, antwortete Killian. »Meine Schwester arbeitet im Sommer auf der Schafsfarm, aber es sind kaum noch Schafe übrig und viele Mädchen wurden entlassen.«

»Ein Mädchen wird wohl eine Aufgabe finden«, meinte der erste Präsident.

Der zweite lachte humorlos. »Das will ich meinen. Sie ist unter all dem Dreck und Gestank nicht ganz hässlich.«

Neél verstand die Andeutungen und bemerkte daran, wie sich Killians Schultern verspannten, dass er ebenfalls wusste, wovon die beiden sprachen. In Killian zitterte spürbar eine Erwiderung, die einer Katastrophe gleichkommen würde.

»Auch Mädchen werden mit Münzen bezahlt«, beeilte sich Neél zu entgegnen. »Doch die Läden sind leer, ehrenwerte Triade.«

»Offenbar haben sie ihre Vorräte schlecht eingeteilt«, sagte Cloud ungerührt. »Winter herrscht für uns alle. Musst du hungern, Hauptmann? Hast du ein Problem, Nahrung zu beschaffen?«

»Nein, mein Präsident. Nein, aber –«

»Weil wir haushalten. Das müssen auch die Menschen lernen.«

Neél schüttelte den Kopf. Natürlich fiel das Einteilen von Waren leicht, wenn man neun Teile der Ernte besaß. Doch es würde nichts bringen, wenn er etwas von sich gab, was unweigerlich als Beleidigung aufgefasst werden würde.

»Ich möchte das Problem nicht gänzlich den Kindern zuschieben«, sagte Cloud. Seine Worte klangen zu mitfühlend, sie versetzten Neél augenblicklich in höchste Alarmbereitschaft. »Killian Stark – glaubst du, du könntest Wild erlegen?«

»Scht!« Neél trat vorsichtshalber nach Valeria, das Balg musste um alles in der Welt ihren Mund halten – doch vergebens.

»*Ich* kann es!«, rief sie.

Neél und Killian zogen scharf die Luft ein.

»Ihr solltet sie für ihre Prahlerei bestrafen und den Jungen für das Überklettern des Zauns«, versuchte Neél die Situation verzweifelt zu retten, aber es war zu spät. Das Lächeln im Gesicht des zweiten Präsidenten hatte sich in ein gieriges Grinsen verwandelt. Er winkte die anderen beiden Stadtoberhäupter zu sich und wechselte geraunte Worte mit ihnen.

Valeria sah ihren Bruder fragend an und blickte dann zu Neél. Neél wandte den Kopf ab. Scham machte sich in ihm breit, weil sie glaubte, er würde ihr helfen, was er nicht konnte. Vielleicht war sie am Ausgang des Prozesses selbst schuld, weil sie vorlaut gewesen war, aber er hätte ihr auch dann nicht helfen können, wenn sie sich vorbildlich verhalten hätte. Die Kinder wurden bestraft, um ihm eine Lektion zu erteilen. Nur aus diesem Grund hatte Cloud dafür gesorgt, dass er mit diesem Fall betraut wurde. Um Neéls Verfehlungen ihm gegenüber, dem Präsidenten gegenüber, zu vergelten.

Und er hatte weder aus Hunger gehandelt noch keine andere Wahl gehabt. Er hatte sich lediglich geweigert zu tun, was sich nicht richtig anfühlte.

Die Präsidenten verstummten und wandten sich wieder den Angeklagten zu. Die Kinder, immer noch auf den Knien, neigten die Köpfe. Neél stand aufrecht hinter ihnen, aber auch er sah zu Boden.

»Zehn Schläge mit dem Stock für den Jungen«, begann der erste Präsident. »Der Apotheker wird die Bestrafung ausführen.«

Neél wagte es nicht, erleichtert aufzuatmen. Der Apotheker würde wütend sein, wütend über Killians Dummheit und wütend, in diese scheußliche Situation gebracht worden zu sein – aber er würde seine eigene Arbeitskraft nicht allzu hart schlagen. Er brauchte Killian gesund und mit schnellen Beinen.

»Das Mädchen«, fuhr der Präsident fort, »darf seine Worte beweisen. Du wirst noch heute zum Jagen an den Blauen See gebracht. Nach drei Tagen wirst du wieder abgeholt. War deine Jagd erfolgreich, übergibst du deine Beute und deine Strafe ist erfüllt. Stehst du mit leeren Händen da, werden wir dir die vorlaute Zunge herausbrennen.«

In Neél brach etwas zusammen. Die Drohung war eine leere Worthülse. Man hatte das Mädchen bereits zum Tode verurteilt.

Der Blaue See trug seinen Namen, weil er zwischen zwei Städten lag, an einer Stelle, wo die Windströmungen den Himmel in ständiger Bewegung hielten, sodass das Grau von Dark Canopy verwischte und zu Blau wurde, das sich im Wasser spiegelte. Bei dem Wild, das sich in dieser verlassenen Gegend herumtrieb, handelte es sich um katzenartige Geschöpfe, so groß wie Maultiere. Von Graves wusste Neél, dass sie aus Afrika und Asien kamen – aus längst vergessenen Welten.

»Dein Pferd ist ausgeruht und gesattelt, Hauptmann?« Cloud sah ihm direkt in die Augen.

»Sehr wohl, mein Präsident.«

»Dann bringst du sie hin, denn deiner Haut kann die Sonne nichts mehr anhaben. Du reitest auf der Stelle los. Ich erwarte dich vor den Sonnenstunden des nächsten Tages zurück, komm dann in meine –«

»Hauptmann?«, fuhr der zweite Präsident dazwischen. Der Schatten der Wolfsschnauze fiel über sein Gesicht und verwandelte es in eine obskure Fratze.

Wie seltsam, dachte Neél. Hier und heute fürchtete er sich vor einem Wolf, dabei hatte er so lange nach der Gilde der Wölfe gesucht. Geblieben war Resignation und etwas Dumpfes in seinem Kopf. Das war wohl das Gefühl des Scheiterns.

»Es ist allein dein Versagen, sollte das Mädchen nach seiner Jagd nicht auffindbar sein. Vielleicht«, der Präsident lachte leise, »bindest du sie einfach gut fest.«

12

die suche ist aussichtslos.
in diesem land gibt es das,
was sie frieden nennen, nicht.

Der Wind trieb den Schnee vor sich her und nahm mir die Sicht. Als er für einen Moment innehielt, vermutlich nur zum Atemschöpfen, sah ich ein Pferd näher kommen.

Es war noch weit entfernt, ich hatte Zeit, mich zu verstecken.

Gratulation zu diesem grandiosen Einfall, verspottete ich mich im nächsten Moment. Ich befand mich auf einer Straße, in die die Jahre tiefe Risse gegraben hatten, zu beiden Seiten des Asphalts stand nur kahles, zerzaustes Gebüsch, in dem sich nicht einmal eine Ratte hätte unsichtbar machen können. Dahinter Wiesen, vermutlich altes Weide- oder Ackerland, bedeckt von grauem Schnee, der nicht tief genug war, um sich darin einzugraben. Ich hätte davonrennen können, aber ich war eine gute Jägerin und kannte die Problematik, ohne ein Ziel zu flüchten.

Also ging ich langsam weiter. Hielt meine Muskeln durch die Bewegung warm. Rief mir meinen letzten Kampf mit einem Reiter ins Gedächtnis, um für den nächsten gewappnet zu sein.

Erst als ich den Hufschlag hinter mir hörte, drehte ich mich um. Und erstarrte. Für einen Moment fühlte ich mich schwach und hilflos, als stünde ich einer Armee gegenüber. Ich kannte das Pferd. Vor allem aber kannte ich den Reiter.

Resignation nahm von mir Besitz. Ich musste mir Mühe geben, nicht auf die Knie zu fallen.

»Matthial.«

Als ich die Augen wieder öffnete, saß er reglos wie ein Stein auf dem Pferderücken. Sein Gesicht war eine undurchdringliche Maske. Kalt und starr. Ich fand darin nichts, was ich kannte, nichts, was ich einschätzen konnte. Seine Lippe war angeschwollen und ich entdeckte blutige Kratzer, dort, wo sein Schal ein wenig Haut frei ließ. Er musste gekämpft haben. Natürlich … um das Pferd.

Es war mein Pferd, oder eher gesagt das Pferd, das ich Jamie gestohlen hatte: Rogue.

Ich hätte Erleichterung empfinden sollen, weil er lebte, weil die Mutantratten ihn nicht getötet hatten. Aber aus irgendeinem Grund deprimierte mich sein Anblick. Er war nun Matthials Eigentum. Ein Pferd des Feindes.

»Matthial, ich … ich musste gehen« war alles, was ich sagen konnte.

Er nickte, ich befürchtete Ironie. Aber dann stahl sich ein Lächeln auf seine Lippen, es war dieses unglückliche, hilflose Lächeln, mit dem er schon als Kind den Karren aus dem Dreck gezogen hatte, wenn er zu weit gegangen war und wusste, dass er sich entschuldigen musste.

»Ich wusste nicht«, flüsterte er, »dass es dir so ernst war. All die Tage und Wochen habe ich gedacht, dass du dich erholen und wieder gesund werden würdest. Normal. Die echte Joy. Ich hatte nie angenommen, dass …«

Dass meine Gefühle für Neél echt waren, dass es die Gefühle der echten Joy waren.

»Ich habe Amber in der Stadt den ganzen Sommer über beobachtet, Joy. Ich sah sie sterben, auch wenn sie weiter auf zwei Beinen lief. Aber ihre Augen, die waren tot, sie hatten nichts Lebendiges mehr an sich. Nichts! Und ich glaube nicht daran, dass Tote wieder auferstehen.«

Ich konnte nichts erwidern. Auch ich hatte sie gesehen.

»Ich dachte, dass mit dir das Gleiche passiert ist. Ich dachte, du wärst nicht mehr du selbst. Ich dachte, es wäre nichts von dir übrig geblieben außer einer Hülle.« Matthial sah auf etwas herab, das über dem Widerrist des Pferdes lag. Es war die Jacke, die er mir geschenkt hatte. »Aber ich glaube, ich habe mich geirrt. Oder?«

»Das klingt, als wärst du traurig, dass du dich nicht geirrt hast.«

»Was soll ich dazu sagen, Joy?« Er sah mich an und das Elend in seinen Augen war Antwort genug. Er hätte mich tatsächlich lieber tot oder gebrochen erlebt als auf der Seite des Feindes. Aber konnte ich ihm das verübeln? Für ihn war ich zur Verräterin geworden.

Ich hatte sie alle verraten, jeden, der mir etwas bedeutete. Neél, um Amber zu retten, und Matthial, um Neél zu retten, und Penny, indem ich sie verließ, und Amber, indem ich scheiterte, und Rogue, den ich nicht vor den Ratten hatte schützen können, und zuletzt mich selbst, weil ich nicht begriffen hatte, wann es Zeit war, all diese Schuld loszulassen, die mich antrieb, Dinge zu tun, die sich falsch anfühlten.

»Was wirst du nun tun?«, fragte Matthial.

Ich betrachtete ihn misstrauisch. Würde er mich denn gehen lassen? Doch blieb ihm eine Wahl? Er könnte mich sicher mit Gewalt zurück zum Clan bringen, doch ich würde erneut fliehen. Ohne Rücksicht auf Verluste. Matthial wusste ebenso gut wie ich, wie zerstörerisch ich aufgrund meiner Überzeugung werden konnte.

Er blieb unbeweglich sitzen, nur Rogue verlagerte sein Gewicht und schnaubte. Er sah erschöpft und gehetzt aus, vor Anstrengung wölbten sich die Adern in seinem Gesicht.

Ich beschloss, Matthial die Wahrheit zu sagen, und straffte die Schultern. »Ich gehe in die Stadt und suche Neél.«

»Du willst tatsächlich zu ihm?«

Nicht direkt. »Ich muss.«

»Und dann?«

Erschöpfung fasste nach mir, ich musste tief ein- und wieder ausatmen, damit mir nicht schwindelig wurde. »Ich weiß es nicht.« Ich wusste ja nicht einmal, ob er mich sehen wollte.

Matthial sah die Straße entlang und verzog zynisch seine Lippen. Ich musste über meine Schulter schauen, um seinem Blick zu folgen, und verstand seine Mimik. Die Straße führte in aschiges Grau. Tolle Aussichten.

»Ich kann nicht anders«, ergänzte ich. »Okay, ich will zu ihm.«

Matthial seufzte und schwang sich vom Pferd. »Das hatte ich befürchtet. Du willst. Langsam glaube ich dir das. Und das ändert vieles.«

»Die Erkenntnis kommt reichlich spät.« Sie ließen sich einfach nicht verdrängen, die Bilder von Neél, wie er gefoltert im Keller lag, der Geruch seiner verbrannten Haut, das Echo seiner Schreie.

Matthials Augen wurden kalt. Schlagartig war er wieder der Mann, zu dem er in den Monaten meiner Abwesenheit geworden war. Der Mann, den ich nicht kannte, nur fürchtete.

»Es ändert vieles«, wiederholte er ruhig. »Nicht alles.«

Unschlüssig standen wir uns gegenüber und viele Sekunden, vollgestopft mit Hassgedanken, rissen an unseren Nerven. Schließlich stieß er den Atem aus, zog die Felljacke von Rogues Rücken und drückte sie mir unbeholfen in die Hände. Der weiche Kaninchenpelz war warm von Matthials und Rogues Körpern.

»Danke.«

»Ich werde dir nicht helfen«, erwiderte Matthial. »Aber wenn du gehen willst, halte ich dich nicht länger auf.«

Ich machte einen kleinen Schritt auf Matthial zu, um Rogue zu streicheln. Der Wallach drückte seine Nase gegen meine Brust, sein Atem durchdrang den Stoff meines Pullovers und wärmte mich. Das Bedürfnis, diesen großen, sanften Kerl vor all dem Rauen, Brutalen und Schlechten hier draußen zu schützen, kam schmerzhaft und stechend wie Magensäure in mir hoch.

»Wie hast du ihn gefunden?«, fragte ich Matthial, ohne ihn anzusehen. »Und mich?«

»Setzen wir uns einen Moment?« Er wies auf etwas, das am Rand der Straße lag und sich bei näherem Hinsehen als verrostete Felge eines Lasters herausstellte.

Ich wollte verneinen. Es fühlte sich falsch an, Zeit mit Matthial zu verbringen. Ich hasste ihn für seine Taten und ich wollte ihn unbedingt weiter hassen. Doch ich wusste, dass dieser Hass zu brechen drohte, wenn wir zu lange redeten. Die ersten Risse waren kaum mehr zu übersehen.

Ehe ich Nein sagen konnte, öffnete Matthial seine Jacke und hob den Deckel seiner Umhängetasche an. Er ließ mich einen Blick auf den Inhalt werfen und meine Ablehnung wurde augenblicklich von einem lauten Magenknurren verschluckt. Er hatte Speck dabei und Käse und ein verschlossenes Glas, in dem sich etwas befand, das wie Schmalz aussah. Vor allem aber Brot. Ich liebte Brot; früher hatte ich immer behauptet, für Brot zu töten. Nun, da ich getötet hatte, sah ich das anders, aber noch immer machte mich Brot verdammt schwach.

Matthial lächelte. Es war kein siegesgewisses Lächeln, kein überlegenes und keins, das auf schäbige Hintergedanken hinwies. Es war einfach nur Matthials ganz normales Lächeln.

Und ich verriet aufs Neue, diesmal meine Prinzipien, hüllte mich in die wärmende Jacke und setzte mich zu ihm.

»Ich hätte gar nicht nach dir gesucht«, begann er zu erzählen, während er das Brot in Stücke brach und mir etwas davon reichte, »aber du hast Jamie verärgert und so blieb mir nichts anderes übrig.«

»Er ließ nach dir schicken?«

Matthial drückte sein Brot in das Schmalzglas und nahm einen Bissen. »Er kam sogar selbst«, antwortete er mit vollem Mund.

»Zum Clan? In die Kanalisation?«

»Hhm.«

Das bedeutete offenbar, dass Jamie sehr wütend war und es persönlich nahm, dass ich seiner Einladung, seine Geisel zu spielen, nicht nachgekommen war. Ich beschloss, dass es mir scheißegal sein konnte, was der Typ dachte, zuckte mit den Schultern und biss ebenfalls herzhaft in mein Brot. Es war überraschend frisch – so gutes Brot hatte ich zuletzt bei den Percents gegessen.

»Er hat mir ein Angebot gemacht«, fuhr Matthial fort, »das dich betrifft. Er sprach von Plänen. Offenbar hast du ihn so sehr beeindruckt, dass er dich gerne wiedersehen möchte.«

Der nächste Bissen blieb mir im Hals hängen, ich hustete, bis Matthial mir seine Wasserflasche reichte. »Bist du dir im Klaren darüber«, keuchte ich, »um welche Art von Plänen es sich dabei handelt?«

Matthial schüttelte den Kopf. Ich hatte den Eindruck, dass es ihn auch nicht weiter interessierte. Mein Misstrauen ihm gegenüber schwoll an wie ein Wespenstich. Jamie hatte Matthial etwas für mich geboten. Und ich saß hier, völlig naiv, neben ihm. Ich musterte das Brot in meiner Hand. Matthial kannte sich bestens mit Pflanzen und deren Wirkungsweisen aus. Er rauchte manchmal Kräuter, die einen ganz schummrig machten und für verrückte Träume sorgten. Ob er mir etwas untergemischt hatte? Er hatte selbst von dem Brot gegessen, aber wie hieß noch gleich die Geschichte, in der eine Hexe die rote Seite des Apfels vergiftet hatte und die grüne selbst aß?

»Er will mich ausliefern. An die Percents verkaufen!« Ich konnte nicht verhindern, dass meine Stimme hektisch klang.

Matthial sah mich von der Seite an. »Seltsam. Eben dachte ich, gehört zu haben, dass du zu denen zurückwillst.«

Aber doch nicht als Gefangene! Ich musste schlucken, denn ich hatte auf einmal viel zu viel Speichel im Mund. War ich bloß nervös oder war tatsächlich etwas in meinem Essen?

Matthial lehnte sich zurück, die Augen neugierig auf mich gerichtet, als hätte er bestimmte Erwartungen. Dann lachte er. »Joy, reg dich wieder ab. Ich werde dich nicht ausliefern.«

Ich hätte ihm gerne vertraut, wusste aber nach allem, was passiert war, beim besten Willen nicht mehr, wie mir das gelingen sollte. Eine bissige Bemerkung konnte ich mir jedoch nicht verkneifen, auch wenn ich wusste, dass das dumm war. »Bestimmt nicht? Jamie zahlt doch sicher einen guten Preis.«

»Treffer für dich«, entgegnete Matthial resigniert. »Ich liefere dich deshalb nicht aus, weil auf Jamie ohnehin kein Verlass ist.«

»Sonst würdest du.«

»Hättest du gefragt, hätte ich geantwortet. Aber da die Sache für dich feststeht, mache ich mir keine Mühe, deine Meinung zu ändern. Fest steht, dass du gehen darfst, wann immer du willst.«

»Und das Brot? Es ist doch nicht … vergiftet, oder?«

Wieder lachte er, aber diesmal klang es traurig. »Nein, aber ich fange an, es zu bereuen.«

Es hatte wieder zu schneien begonnen, ungleichmäßige, verwirrte Flöckchen, mit denen der Wind tat, was er wollte. Es erging ihnen wie mir: herumgewirbelt von etwas, das sie nicht sehen konnten, nicht verstanden und worauf sie keinen Einfluss hatten.

Matthial rieb sein Messer an seiner Hose sauber. »Weißt du, Jamie macht große Versprechungen und hält sie nicht.« Er spuckte auf die Klinge und zog sie dann hart, beinahe aggressiv ein weiteres Mal über den Stoff. »Und doch gelingt es ihm jedes Mal wieder, mich mit seinen Worten einzulullen.«

»Gräm dich nicht. Mir ging es genauso.«

»Er ist sehr überzeugend«, murmelte Matthial.

Nein, dachte ich, denn mir fiel wieder ein, wie redegewandt Matthial früher gewesen war, wie leicht es ihm gefallen war, Menschen mit ein paar Worten auf seine Seite zu ziehen. *Überzeugend … warst du.* »Ich glaube, Jamie ist bloß ein guter Lügner. Wie dein Vater, nur freundlicher.«

»Da gibt es einen Unterschied?«, meinte Matthial. Seine Worte hatten einen seltsamen Unterton, ich fragte mich, ob er das ironisch gemeint hatte, war mir aber nicht sicher.

Er drehte das Schmalzglas zu, schlug den restlichen Käse wieder in das Papier ein und verstaute beides in seiner Tasche.

»War dir eigentlich klar, dass Jamie Neél am Leben lassen würde?«, fragte ich.

Er sah mich aufmerksam an und überlegte lange. Dann antwortete er ruhig: »Es war mir scheißegal.«

Ich zuckte zusammen.

»Es wäre mir recht gewesen, wenn Jamie den Percent kaltgemacht hätte.«

Und da begriff ich plötzlich und ganz unerwartet, wo Matthials eigentliches Problem lag. »Weil du es nicht konntest.«

»Ich wollte mir nicht die Finger schmutzig machen.« Was überheblich klingen sollte, klang schwach, so schwach, dass ich aus Mitleid und Erstaunen lachen musste.

»Du konntest ihn nicht töten. Du hast es nicht über dich gebracht, weil du noch nie jemanden getötet hast.« Ich konnte nur raten, was in den Monaten meiner Abwesenheit passiert war, aber ich war mir sicher: Matthial hatte schreckliche Dinge getan, Menschen verletzt und verraten, aber nicht getötet.

»Ich wollte es«, entgegnete er mit aufgesetzter Kälte.

»Aber du hast es nicht getan. Warum hast du mich angelogen? Du hast mir erzählt, er wäre tot.«

»Ich wollte, er wäre tot!«

»Du wolltest, dass ich einen Mörder in dir sehe?«

»Joy«, sagte Matthial und seufzte. »Erinnerst du dich daran, als dein Vater den Clan verließ? Es ist so lange her, ich bin mir nicht sicher, ob du noch weißt, was Mars dir erzählt hat.«

Ich wusste es noch sehr gut.

»Er sagte dir, dass dein Vater das Leben in der Stadt gewählt hat, das Leben als Sklave der Percents. Und von da an hast du ihn gesucht.«

»Red keinen Scheiß!«, wiegelte ich ab, denn das hatte mit dem Thema nicht das Geringste zu tun, aber Matthial ließ mich gar nicht richtig zu Wort kommen.

»Du hast oft genug bei mir im Zimmer übernachtet, sodass ich hören konnte, wenn du im Schlaf geredet hast. Und wir sind oft genug gemeinsam in die Stadt gegangen, mir sind deine Blicke nicht verborgen geblieben. Selbst heute noch schaust du älteren Männern suchend in die Augen, in der Hoffnung, deine eigenen würden auf dich zurückblicken.«

Unsinn, wollte ich erwidern, aber vielleicht war ja doch etwas an der Sache dran. Darum sagte ich: »Ist mir noch nie aufgefallen.«

»Dir vielleicht nicht. Mir auch nicht, schon lange nicht mehr. Aber deinem Percent.«

»Was?« In Sekundenbruchteilen wurde mein Körper ganz steif.

»Als wir ihn zu Jamie abtransportierten, hat er mich darum gebeten, dir dabei zu helfen, deinen Vater zu finden. Weil du sonst ewig suchen würdest.«

Ich stöhnte unweigerlich auf. Zu hören, dass Neél noch in dieser schrecklichen Situation an mein Wohl gedacht hatte, war schmerzhaft. Aber es ausgerechnet von Matthial zu hören, schmerzte vernichtend.

»Darum«, sagte Matthial und erhob sich mühsam, als wären seine Gelenke eingefroren, »habe ich dir erzählt, der Percent wäre tot. Damit du nicht zu suchen beginnst. Ich hätte dir gern geholfen, deinen Vater zu suchen – aber nicht den Percent. Wie es aussieht, willst du meine Hilfe nun eh nicht mehr.«

Ich blieb einen Moment sitzen, starrte auf den Boden, während Matthial sich seine Tasche umhängte und die Jacke darüber schloss.

»Warte!«, rief ich, als ich begriff, dass er gehen wollte. »Du kannst jetzt nicht einfach verschwinden.«

»Kann ich nicht?«, fragte er spöttisch. »Das sagt die Richtige.«

»Aber …« Er hatte recht, und die Vorstellung, mit ihm zu gehen, war vollkommen undenkbar. Dennoch machte mir die Aussicht, allein auf der Straße zurückzubleiben, Angst. »Das Pferd!«, rief ich beinahe erleichtert. »Was machen wir denn jetzt mit ihm? Wo hast du es überhaupt her?«

Matthial zog die Brauen hoch. »Das Pferd gehört Jamie. Ich werde es ihm zurückbringen. Was hast du denn gedacht?«

»Du hast ja viel aus deinen Fehlern gelernt«, gab ich schnippisch zurück.

»Den Fehler, mir Jamie zum Feind zu machen, werde ich niemals begehen. Aber wie kommst du auf die Idee, ich würde dir das Pferd geben? Du hast es doch verkauft.«

»Was habe ich?« Ich stand auf und klopfte mir den Schmutz von der Hose. »Bis eben dachte ich, Rogue wäre tot! Ich wurde gestern Abend von Mutantratten angegriffen und musste ihn freilassen. Zwei Clanfreie haben mir geholfen, ohne sie wäre ich Rattenfutter geworden.«

Matthial schluckte. »Clanfreie?«

Ich runzelte die Stirn. »Die waren nicht das Problem, Matthial. Die Mutantratten waren es.«

»Ich habe das Pferd von Clanfreien, einer kleinen Gruppe, die nicht weit fort von hier haust.« Sein Gesichtsausdruck machte klar, dass er diesen Menschen keinerlei Sympathie entgegenbrachte. Ganz im Gegenteil.

»Du hast gekämpft, oder?« Ich erschrak, sorgte mich viel mehr um Tara als um ihn. »Wurde jemand verletzt?«

Matthial grunzte und tippte an seine geschwollene Lippe. »Verlauste Banditen sind das, aber geschickte Kämpfer. Und du hast ihnen den Gaul also nicht verkauft? Das habe ich mir schon gedacht, als das verunstaltete Gör versucht hat, mit ihm zu türmen.«

Damit konnte er nur Star meinen. »Vermutlich hat das Mädchen ihn gefunden, nachdem ich ihn habe laufen lassen. Sie hat ihn möglicherweise gerettet. *Mich* haben sie gerettet.« Es gefiel mir nicht, wie schlecht er über die Clanfreien sprach. Sie mochten eine andere Lebensform gewählt haben als wir, aber Matthials Vater hatte ihnen ja auch keine Wahl gelassen. Und sie waren frei – frei wie wir Rebellen. Sollten wir ihnen nicht mehr Verständnis entgegenbringen?

Matthial sah mich mit einer Spur Verachtung an. »Joy, du weißt, dass das Tom Vogelfrei und seine Schwester waren, oder? Weißt du denn nicht, was man sich über sie erzählt?«

»Nein, was denn?«

»Dass sie Mutantratten anlocken und füttern, damit das Viehzeug ihre verbotene, alte Stadt beschützt und niemand ihnen zu nahe kommt.«

»Unsinn«, erwiderte ich leise, aber in Gedanken spielte ich die Möglichkeit durch, in eine perfide Falle getappt zu sein.

Matthial klopfte Rogues fuchsbraunen Hals. »Du hast ja auch fürstlich dafür bezahlt. Aber mach dir nichts draus, Joy. Hätten sie dir nicht das Pferd abgeluchst, hätte ich deine Spur vermutlich nicht gefunden.«

Ich zuckte mit den Schultern. Ja, vielleicht hatten sie mich in der Nacht wirklich nur abgelenkt, damit ihr seltsames Kind das Diebesgut in Sicherheit bringen konnte. Aber mein Weg hatte mich fernab jeder Beeinflussung in ihre stille Siedlung geführt. Sollten sie mich wirklich übers Ohr gehauen haben, dann war es die Gelegenheit, die sie zu Dieben gemacht hatte. Nein, ich schaffte es nicht, ihnen böse zu sein. Eher bedauerte ich, dass das Tier ihnen wieder fortgenommen worden war. Ich hätte es ihnen mehr gegönnt als dem verschlagenen Jamie.

»Und wie soll es nun weitergehen?«

Matthial stieß den Atem aus. »Geh schon, klau keine Pferde mehr und verschwinde von hier. Ich sage Jamie, dass du in die andere Richtung gelaufen bist. Zu Mars, dem sich immerhin deine Schwester und ihr Mann angeschlossen haben. Ich nehme an, er wird mir das abkaufen. Sollte er jemanden zu meinem Vater schicken, um nachzusehen, dauert das Wochen. Du hast also Zeit, zu finden, was du suchst.«

Wenn es das überhaupt noch gibt, dachte ich.

Vermutlich erwartete Matthial einen Dank – vermutlich war seine Bereitschaft, für mich zu lügen, auch einen Dank wert –, aber ich bekam die Worte nicht über meine Lippen. Nicht nach all den Scheußlichkeiten, die ich ihm in der letzten Zeit an den Hals gewünscht hatte.

»Vielleicht sehen wir uns mal wieder«, sagte ich und versuchte es so unverfänglich wie nur möglich klingen zu lassen.

Er schwang sich aufs Pferd und wendete. Als ich sein Gesicht nicht mehr erkennen konnte, zügelte er Rogue. »Joy? Du weißt, dass ich dich nie verletzen wollte, oder?«

Ich musste schwer schlucken, ehe ich nicken konnte. »Hm. Ja.«

»Du weißt auch, dass ich immer nur versucht habe, das Richtige zu tun.«

Das war schwer zu glauben, aber … »Ja. Ich nehme es an.«

»Gut. Meinst du, du kannst mir irgendwann verzeihen?«

Ich schloss die Augen, weil Neél in meinen Gedanken plötzlich so präsent wurde, dass ich glaubte, ihn vor mir zu sehen. »Mit dem

Herzen nicht, aber mit dem Verstand. Mit allem, was ich sage, aber nicht mit dem, was ich tue.«

Matthial wandte mir den Kopf zu, zog die Brauen zusammen und ich spürte, dass er den alten Percent-Wahlspruch noch nie gehört hatte. Er konnte meine Worte nicht einordnen.

»Ich verzeihe dir«, erklärte ich, »weil ich an deiner Stelle bestimmt nicht anders gehandelt hätte. Und ich tue es gleichzeitig nicht, weil ich nicht kann.« Weiterzusprechen fiel mir schwer, weil mein Mund ganz trocken wurde, aber die Worte mussten gesagt werden. »Du wirst mir fehlen. Aber wenn du noch einmal zu einer Gefahr für jemanden wirst, der mir nahesteht, ob Mensch oder Percent, dann töte ich dich, verlass dich drauf!«

»So verbleiben wir also?« Schwacher Spott lag in seiner Stimme. »Dann soll es so sein. Deine Worte gelten. Auch für mich.«

»Ich hatte mit nichts anderem als mit dieser Ehre gerechnet.«

Er sah mich verwundert an, denn in meiner Stimme war nicht eine Spur von Ironie. Ich meinte es ernst. Aufgerichtet, mit erhobenem Kopf, erwiderte ich seinen Blick.

Er lächelte. »Möge dir die Sonne scheinen und den Deinen … meinetwegen eben der Mond.«

»Möge dir und den Deinen die Sonne scheinen, Matthial. Und das tut sie. Sie scheint. Auch wenn wir sie nicht sehen. Leb wohl.«

Ich ging los und drehte mich nicht ein einziges Mal um. Wer wusste, ob wir uns wiedersahen.

Und unter welchen Umständen.

13

meine erwartung an morgen ist das,
was mich heute nicht schlafen lässt.

Hoch über dem Grau von Dark Canopy verging der Tag. Die Dämmerung saugte die noch verbliebenen Farben aus Büschen, Farnen und Bäumen – man konnte beinahe zusehen, wie der Raureif dicker wurde, der sich glitzernd um die Baumstämme wand.

Das Mädchen zitterte. Man hatte ihr kein eigenes Pferd gegeben, sodass sie nun hinter Neél im Sattel saß. »Sind wir bald da?« Valerias Stimme klang resigniert und er hätte gerne verneint.

»Ja. Noch bevor es völlig dunkel ist.«

»Und ihr reitet dann sofort zurück?«

»Im gestreckten Galopp, bis wir in der Stadt sind oder die Pferde zusammenbrechen.« Ihm war klar, dass sie das nicht wissen wollte. Er würde sie allein in diesen gefährlichen Wäldern zurücklassen, darum ging es ihr. Aber das bekam er nicht über die Lippen.

Sein Blick glitt über die kleine Reitergruppe. Er hatte, ohne einen Moment der Unaufmerksamkeit zuzulassen, auf eine Chance gelauert, den Kriegern zu entwischen und das Mädchen zu retten. Oder zumindest eine Botschaft an Graves abzusetzen, der die Kleine beschützen könnte. Vergebens. Die anderen Reiter hatten ihn keinen Augenblick lang unbeobachtet gelassen und damit stand fest, dass es der Triade nicht um die Bestrafung des Mädchens ging. Er sollte bestraft werden, Neél. Das Mädchen war nur das Werkzeug. Cloud wusste um Neéls Mitgefühl.

»Sie müssen mich ja sehr fürchten, wenn sie mich mit fünf Kriegern bewachen«, murmelte Valeria düster, als hätte sie Neéls Gedanken gelauscht.

Er lachte freudlos. »Vier davon wachen über mich.«

»Dann fürchten sie dich.«

Bedauerlicherweise schätzte Neél das anders ein. Cloud wollte ihn einfach nur am Boden sehen und hatte es innerhalb so kurzer Zeit geschafft, sich für diesen Zweck die Triade zu eigen zu machen. Aber er ließ das Mädchen in dem Glauben.

»Hast du deine Waffe?«

Man hatte Valeria erlaubt, ihren unbeholfen angefertigten Bogen und ihre schlecht ausbalancierten Pfeile mitzunehmen. Waffen, die die Bezeichnung Kinderspielzeug verdienten. Darüber hinaus war ihr keine weitere Waffe erlaubt und offenbar hatten die Percents, die Neél begleiteten, die Order erhalten, darauf zu achten, dass er ihr keine unterschmuggelte. Neél selbst war noch im Saal der Triade entwaffnet worden. Es war ihm lediglich gelungen, einen Hirschröhrenknochen, den er während einer Pinkelpause gefunden hatte, mit seinem kleinen Taschenmesser in Form zu schleifen und Valeria beides zuzustecken. Das Gebein war mehrere Jahre alt und steinhart getrocknet, also ein tauglicher Dolch. »Stich den Knochen so tief du kannst ins Fleisch«, hatte er ihr geraten. »Selbst wenn die Verletzung nicht tödlich ist, wird sie deinen Gegner schwächen, denn durch die Röhre läuft das Blut ungehindert ab. Versuche, weitere solcher Knochen zu finden, und präpariere sie so, wie ich es getan habe.«

»Gegen was muss ich da kämpfen?«, fragte Valeria leise.

Hinter ihnen raschelte es im Unterholz. Es klang nach etwas Großem, das sich langsam bewegte. Gemächlich, als hätte es Zeit.

»Gegen alles, was dir zu nahe kommt.«

»Ich kann doch nicht drei Tage lang kämpfen.«

»Das musst du aber. Oder …«

»Oder?«

»Du könntest fliehen. Weißt du, wo Osten ist? Wenn du immer nach Osten gehst, erreichst du irgendwann das Gebiet eines Rebellenclans.« Ihm wurde die Zunge taub, als er an die Waldleute dachte. »Sie werden dir helfen.«

»Wie finde ich sie?«

»Scht, leise, sonst hört uns jemand. Sie finden dich, wenn du ihr Revier betrittst.« Er hoffte, damit recht zu behalten.

»Aber«, Valeria schluckte laut, »wenn ich keine Beute bringe … Was wird dann aus Killian?«

Ihre Bedenken stachen ihn wie Dornen. Die Flucht, die ihre einzige Überlebensmöglichkeit darstellte, war ein Weg, der nur in eine Richtung führte. Sie würde ihren Bruder nie wiedersehen. »Niemand erwartet, dass du Beute erlegst, daher werden sie deinem Bruder nichts weiter tun. Sie gehen davon aus, dass du stirbst. Lass sie in dem Glauben. Du darfst nur niemals zurückkehren.«

Neél spürte Valeria in sich zusammensinken. »Ich weiß nicht, ob ich das kann. Du verstehst das vielleicht nicht … du hast ja keine Familie. Aber mein Bruder ist alles, was ich noch habe.«

Neél hatte keine Worte, um sie zu erwidern. Für einen Augenblick war er weit weg. Ein Teil von ihm war unablässig bei Joy. Wo auch immer sie hingegangen war, sie hatte einen Großteil von ihm dorthin mitgenommen. Alle anderen seiner Gedanken umkreisten Edison, den kleinen Jungen, dem er vor Jahren erzählt hatte, er wäre sein Bruder, damit sie sich beide nicht mehr allein fühlten. Seit die Rebellen Neél gefangen genommen hatten, war er Edison ferngeblieben. Es würde den Kleinen ängstigen, ihn so zu sehen.

»Ich kann nicht einfach weglaufen«, bekräftigte das Mädchen. »Killian ist mein Bruder, ich lasse ihn nicht im Stich.«

»Dein Leben, dein Risiko – deine Entscheidung. Für den Fall, dass du es dir anders überlegst: Wie auch immer du wählst, es ist in Ordnung.« Neél konnte nur hoffen, dass sie ihre Meinung änderte, ehe die erste Raubkatze ihren Weg kreuzte.

• • •

Die Nacht verflog in einem wilden Ritt zurück zur Stadt. Tausend Bäume jagten an Neél vorbei und noch mehr Selbstvorwürfe und nutzlose Überlegungen, was er hätte besser machen können. Er hatte sich zusammengerissen, um dem Mädchen nicht noch mehr Angst einzujagen. Nun gab es dafür keinen Grund mehr. Kaum in der Stadt angekommen, ließ er die anderen wortlos stehen, brachte sein Pferd zum Stall, warf jemandem mit einem bellenden Befehl die Zügel zu und stapfte erfüllt von hilflosem Zorn zu Clouds Haus. Cloud wollte ihn gleich nach seiner Rückkehr sehen, hatte er gesagt, und das sicher nicht im Hotel in einem der offiziellen Räume.

Doch sein alter Mentor schlug ihm erneut ins Gesicht, und das, ohne die Hand zu bewegen, ja, ohne anwesend zu sein. Das Haus war leer. Die Tür stand offen, ein deutliches Zeichen, dass jemand anders Anspruch auf die Wohnräume erheben durfte. Alle Zimmer waren ausgeräumt. Selbst Amber hatten sie mitgenommen, übrig geblieben waren nur ein paar Flecken auf den Dielen und helle Schatten, wo vor wenigen Tagen noch Minas Bilder gehangen hatten.

Neéls Schritte führten ihn in die Kammer, in der er als Kind gelebt hatte. Sein Bett, sein Schrank und die Holzkiste, in der er seine wenigen Spielzeuge aufbewahrt hatte – alles war fort. Nur das Mäuseloch war noch da, doch seit Mina eine Katze besaß (nachdem sie herausgefunden hatte, dass Neél die Mäuse fütterte), war es verwaist. Spinnweben verschlossen die kreisförmige Öffnung. Wenn niemand Anspruch auf das Haus erhob, würde bald alles voller Spinnweben sein.

Neél ging, ohne eine Erinnerung an sein früheres Zuhause mitzunehmen. Man hatte hier nichts für ihn übrig gelassen.

Davon abgesehen war ohnehin keine Zeit zu verlieren. Er hatte sich geschworen, Valeria nicht ihrem Schicksal zu überlassen, und wenn man es ihm verwehrte, selbst auf sie aufzupassen, musste er eben jemanden finden, der ihm half. Es fühlte sich schäbig an, Graves zu bitten, nachdem Neél ihm wochenlang aus dem Weg gegangen und alle Angebote hinsichtlich einer Aussprache abgewiesen hatte. Aber Neél hatte keine andere Idee und somit keine andere Wahl.

Er klopfte an Graves' Tür, doch niemand öffnete. Neél klopfte, bis jemand im Haus ein Fenster öffnete und ihm Verwünschungen entgegenbrüllte. Graves sei nicht da, ließ man ihn missmutig wissen, war seit gestern nicht mehr gesehen worden und er würde wohl auch nicht so bald zurückkommen. Doch wo Graves war, das interessierte keinen. Niemand konnte Neél eine Auskunft geben, egal an wie viel Türen er klopfte.

Erschöpft und rastlos zugleich steuerte er nach langem Suchen das *Mondlicht* an. Es war der einzige Ort, der ihm jetzt noch in den Sinn kam, auch wenn er genau wusste, dass Graves nicht da war. Dafür bestand dort die vage Möglichkeit, dieses beißende Gefühl, irgendetwas tun zu müssen, kurzfristig zum Schweigen zu bringen. Wohin sollte er sonst auch gehen? Er musste mit Graves sprechen, er sollte Cloud treffen und er wollte Edison sehen. Doch für all das war es inzwischen zu spät. Der Morgen graute, die beiden Stunden, in denen das Tageslicht alle Percents in ihre Häuser jagte, sammelten hinter dem Horizont bereits ihre Kräfte. Neél stieß die Tür der Bar auf und taumelte hinein, als wäre er bereits betrunken.

»Wir schließen!«, begrüßte ihn der Wirt und hob drohend den Wischmopp, mit dem er gerade den Schmutz auf dem Boden verteilte. »Ach, du bist das, Hauptmann Neél. Tja, aber das ändert nichts. Ich mache jetzt zu.«

Eine kalte Hand schloss sich um Neéls Nacken. Eine Sekunde lang bestürzte es ihn, wie sehr ihn die Aussicht, nichts zu trinken zu bekommen, erschreckte. »Ich … musste die ganze Nacht reiten. Zum Blauen See und zurück in nicht mal ganz einem Tag.«

»Dann füttere dein Pferd gut, Hauptmann, es hat das bestimmt nötig. Ich schließe jetzt.«

»Gib mir nur einen Gebrannten. Einen doppelten. Dann gehe ich.« Er brauchte einen ruhigen Kopf und einen klaren Verstand, er brauchte beides so dringend, dass er ein widerwilliges »Bitte« nachsetzte. Das scharfe Gebräu konnte ihm helfen – ein paar Augenblicke nur, aber das würde schon reichen.

Der Wirt schüttelte den Kopf. »Ich bin müde, war wirklich eine lange Nacht. Gleich beginnen die Sonnenstunden. Geh nach Hause.«

Und all die Gedanken an Valeria und Edison mitnehmen?

»Unmöglich.« Neél straffte die Schultern, hob den Kopf. Sein Frust machte ihn gefährlich, er spürte es selbst. Es gefiel ihm nicht, aber er nutzte es aus. »Bring mir augenblicklich, was ich verlangt habe«, sagte er langsam und so leise, dass der Wirt gut zuhören musste, »oder ich sorge dafür, dass du in Zukunft jede Nacht ausschlafen kannst, weil du diese Bar hier nie wieder öffnen, schließen oder putzen wirst.«

»Hauptmann? Du … drohst mir?« Der Mann schluckte. Er war einer der wenigen Percents, die nie Krieger gewesen waren, ging immer leicht gebückt, bewegte sich viel zu schwerfällig für seine schlanke Statur. Und er war dafür bekannt, nicht der Mutigste zu sein, es sei denn, jemand versuchte, die Zeche zu prellen. Unter Neéls Blick schmolz er zusammen wie das Schmutzwassereis, mit dem er die Getränke kalt hielt.

»Ich drohe dir nicht.« Neél griff in seine Tasche, zog eine Münze heraus und legte sie auf den nächstbesten Tisch. »Ich verspreche dir etwas.« Dann ging er in die hinterste Ecke der Bar, nahm sich einen Stuhl und wartete auf sein Getränk.

Er musste nicht lange warten.

14

angst vor dem tod ist nicht gleichbedeutend
mit angst vor dem sterben.

Wenn Schnee taut, den Boden durchweicht und dann wieder gefriert, entstehen jene verharschten Unebenheiten, auf denen man zu Fuß nur langsam vorwärtskommt. Und nie, ohne alle paar Meter umzuknicken oder auszurutschen. Mein ganzer verdammter Weg führte über diesen unwirtlichen Untergrund. Ich riss mir nicht nur zusätzliche Löcher in die Hose und schlug mir mehrfach die Knie blutig, ich verlor vor allem auch Zeit. Als es schließlich dunkel wurde und ich beim besten Willen nicht mehr weiterwandern konnte, blieb mir eine schlaflose Nacht lang Zeit, mich selbst zu zerfleischen angesichts meiner naiven Hoffnung, die Stadt am Abend zu erreichen. Ich mochte zügig marschieren können, wenn ich bei Kräften war und die Wetterverhältnisse nicht zu unvorteilhaft, aber die Annahme, ich würde im Winter für den Weg einen Tag benötigen, den wir im Sommer auf Pferden und mit guter Laune in zwei oder drei Stunden zurückgelegt hatten, konnte man nicht als positives Denken bezeichnen, ich hatte mir schlicht und ergreifend in die eigene Tasche gelogen.

Erst als sich der neue Tag zögerlich aus der Nacht schälte und nachdem ich an den eisigen Stamm eines Baumes gelehnt ein wenig unruhigen Schlaf gefunden hatte, kam ich zu dem Entschluss, mich lange genug über mich selbst geärgert zu haben. Ich hatte meine gerechte Strafe erhalten – vor allem mein Rücken. Meine Gelenke knackten wie trockene Äste, als ich die Arme ausstreckte.

Nie hätte ich angenommen, mich einmal nach der Stadt zu sehnen. Dabei wusste ich noch nicht einmal im Ansatz, was mich dort erwartete. Mehr als den groben Plan, zu Flagg's Boulder zu gehen, hatte ich nicht. Hoffentlich kam ich ohne eine Alternative aus.

Ich klopfte mir, so gut es möglich war, den Schmutz von den Kleidern und schlug mir gegen die Waden und Oberschenkel, um meine Beine aufzuwärmen. Meine Füße spürte ich ohnehin nicht mehr. Aber dank der Jacke war ich weder erfroren noch ernsthaft ausgekühlt. Ich befreite sie mit den Fingerspitzen von Erde und Laub und strich das Fell glatt. Dann machte ich mich auf den Weg. Die Stadt war nun wirklich nicht mehr weit.

• • •

Ich stieß etwas östlich des Großen Nordtors auf den Zaun. Diesen Abschnitt kannte ich nicht, zu Rebellenzeiten (wie seltsam, dass ich diese bereits als beendet betrachtete) waren wir an anderen, sorgsam ausgekundschafteten Stellen durch die Zäune gebrochen. Aber ich hatte weder Kraft noch Nerven übrig, um noch länger zu marschieren, also musste ich wohl oder übel hier in die Stadt eindringen. Der Zaunabschnitt schien mir nicht ganz ungeeignet, denn er lag im Wald und war somit schwer einsehbar. Das Tor war allerdings nicht weit entfernt und ich erinnerte mich schaudernd, dass es immer gut bewacht wurde. Vielleicht patrouillierten hier Percents? Ganz sicher, sobald sie etwas Verdächtiges hörten oder witterten.

Nicht zaudern!, ermahnte ich mich und ging mit entschlossenen Schritten zum Zaun.

Eine Wand aus verflochtenen Drahtseilen trennte mich von der Stadt, gut doppelt so hoch wie ich und oben zusätzlich mit Z-Draht gesichert. Jede seiner Klingen war so scharf, dass wir sie manchmal gestohlen hatten, um sie zum Haareschneiden oder für einfache Operationen zu verwenden. Weiterer Z-Draht war in unregelmäßigen Abständen in den Zaun eingeflochten. Wie ein Spinnennetz, das nur an manchen Stellen tödlich klebrig war.

Niemand war zu sehen oder zu hören.

Es wäre so einfach, die Drähte zu kappen und hindurchzuhuschen. Leider verfügte ich über kein passendes Werkzeug. Mit meinem Messer musste ich es erst gar nicht versuchen. Marode, rostige Zäune bekam man mit Messern kaputt, aber dieser hier war stabil, ich würde bloß die Klinge beschädigen.

Mit einem Stock bohrte ich in der Erde nahe dem Zaun herum und prüfte, wie tief man ihn eingelassen hatte. Entschieden zu tief, um mich hindurchzugraben.

Blieb nur darüberzuklettern.

Ich lief parallel zu dem Drahtgeflecht und fand bald einen Baum, der zwar nicht wirklich nah am Zaun wuchs, aber nah genug, um es zu riskieren, wenn man nichts zu verlieren hat. Auf die richtige Höhe hochgeklettert war ich schnell. Runter … ging es nicht so einfach.

Ich würde nur einen einzigen kraftvollen Sprung benötigen. Als Kind war ich häufiger aus ähnlichen Höhen gesprungen. Vielleicht nicht aus dieser Entfernung über einen Zaun, der mit Widerhaken gespickt war, auf durchgefrorenen Waldboden … Aber ich war auch noch nie mit solcher Motivaton gesprungen.

Ich brauchte nur Mut.

Und den hatte ich nicht.

Also hockte ich wie ein unbeholfener Riesenvogel auf einem Ast und kämpfte gegen vollkommen unangebrachte Tränen der Wut an.

Was war nur aus mir geworden? Das war doch nicht mehr ich! Wann und wo hatte ich mich bloß verloren? Mir lief die Nase, ich wischte sie mir am Ärmel ab und heulte leise vor mich hin. Tränen zurückzuhalten, hatte mir noch nie geholfen. Vielleicht bewirkte das Ausweinen, dass ich mich etwas leichter fühlte. Ich ballte die

Hände zu Fäusten (obwohl meine wund gescheuerten Handflächen inzwischen brannten, als umfasste ich ein glühendes Eisen) und schlug gegen die Baumrinde. *Klatsch. Klatsch. Klatsch.*

Plötzlich verharrte ich bewegungslos. Hatte ich nicht etwas gehört, abgesehen von den Geräuschen, die ich selbst verursachte? Ich lauschte. Tatsächlich, da war ein unregelmäßig wiederkehrendes Geräusch, ein dumpfes Schlagen. Und es kam näher.

Ich sah mich hektisch um.

Nichts und niemand gab sich zu erkennen, der Wald war aufgrund der vielen dicht stehenden Nadelgewächse nicht einsehbar. Alles, was ich erblickte, war der Zaun. Er vibrierte.

Der Wind? Was für ein Unsinn! Der Wind ist kaum mehr als ein laues Lüftchen.

Da kam jemand und klopfte den Zaun auf der Suche nach Schwachstellen ab. Mist!

Ich hatte keine Ahnung, ob sich derjenige außerhalb oder innerhalb der Stadtgrenze befand (Oder befanden? Wer sagte, dass es eine einzelne Person war?), was allerdings auch recht unerheblich war, denn abgesehen von einem Messer traf jede Waffe ihr Ziel auch durch einen Zaun. Ich saß in wirklich bemerkenswerter Höhe, aber der Baum war eindeutig zu klein, um mich zu verbergen. Eine blitzschnelle Bestandsaufnahme meiner Glieder und Verletzungen machte mir sofort klar: Würden sie mich hier oben entdecken, standen meine Chancen nicht besonders gut. Ich konnte zwar trotz der Verbrennungen an meinen Handflächen klettern, aber nur mühsam. Langsam. Sie würden mich von meinem Ast schießen wie eine schlafende Eule.

Es blieb nur die Flucht. Sofort!

Ich sprang, ehe mir erneut Zweifel kamen. Und ich bereute meine Entscheidung buchstäblich im Flug. Das lange unbequeme Verharren hatte meine Beine steif und kalt werden lassen. Ich streifte die oberen Drahtschlingen mit einem Fuß, verhedderte mich und sah mich für einen schrecklichen Augenblick schon kopfüber im Zaun hängen – zahllose kleine Klingen im Fleisch. Diesmal hatte ich mehr Glück als Sprungkraft. Der Zaun zerschnitt den Schnürsenkel meines Stiefels und gab mich wieder frei. Ich flog kopfüber auf den Boden zu. Irritierend, wie langsam ich fiel. Ich fand Zeit, jede Bewegung einzuschätzen, merkte in beinahe analytischer Präzision, dass ich mich nicht richtig würde abrollen können, und beließ es dabei, meinen Kopf und meinen Nacken mit den Armen zu schützen. Es krachte, als ich aufschlug, erst mit den Ellbogen, dann mit dem Schädel und zum guten Schluss mit dem Rücken. Für ein paar Augenblicke lag ich in stiller Dunkelheit und mir wurde ganz warm. Ich spürte mein eigenes Blut, wie es mir ins Gesicht schoss, und wunderte mich kurz darüber, wie man in einer solchen Situation noch Scham empfinden konnte. Dann kam ich wieder zu mir und plötzlich war mir nichts mehr peinlich. Ich stöhnte, weil mein Arm, der beim Chivvy den Schuss abbekommen hatte, brannte, als wäre er erneut von einer Kugel durchbohrt worden. Ich presste die Lippen zusammen und drückte eine Hand auf meinen Mund, um nicht auf mich aufmerksam zu machen. (Auch wenn mein glamouröser Abgang vermutlich bis in die Stadt zu hören gewesen war.) In meinen Ohren brodelte es, die Welt um mich herum verschwamm und wurde wieder scharf. Verschwamm und wurde scharf. Verschwamm …

Hatte das schlagende Geräusch aufgehört? Nahm ich es nicht mehr wahr oder war es verstummt? Hatte man mich bemerkt?

Dumme Kuh, natürlich hat man dich bemerkt, wenn du aufschlägst wie ein vom Himmel gefallenes Pferd!

Ich rappelte mich auf und konnte ein paar krächzende Laute nicht unterdrücken. Der Schmerz war nicht mehr zu lokalisieren, ich konnte nicht mehr benennen, was mir wehtat, spürte nur noch, dass es wehtat, von der Schädeldecke bis in die Zehen. Zehen? Die Zehen meines linken Fußes wurden ganz nass. Ich sah irritiert auf meine Socke und dann den Zaun hinauf, wo mein Stiefel in unerreichbarer Höhe hing und am Schnürsenkel hin und her pendelte.

Es störte mich weniger, nur mit einem Stiefel laufen zu müssen. Was mich quälte, war die Tatsache, etwas zurückzulassen, das für jeden Spürhund ein gefundenes Fressen bedeutete. Ich rüttelte so stark an dem Zaun, dass der Draht mir in die Hände schnitt, aber mein Stiefel blieb, wo er war.

Das Messer werfen?

Nein, das wäre töricht. Ruhig bleiben. Falls es auf die andere Seite des Zauns fiel, wäre ich unbewaffnet. Und der Kampf war nah, ganz nah. Jemand kam näher. Im gleichen Moment, als ich mich zur Flucht ohne Stiefel entschied, erblickte ich einen Percent im gemächlichen Laufschritt den Zaun entlangtrotten. Und dann sah er mich auch.

Ich konnte ihn nur anstarren. Wartete mit pochendem Herzen und ebenso pochenden Instinkten, was geschehen würde. Mir war klar, dass eine Flucht aussichtslos war. Er trug ein Comm am Gürtel – ich sah es genau, sah die Kanten und die scharfen Linien des schwarzen Kästchens, auch wenn das gesamte restliche Bild verschwommen war und vor meinen Augen tanzte. Und ich sah, wie er mich wahrnahm, hastig die Luft einzog und zu rennen begann. Zu jagen.

Eine Erinnerung traf mich blitzartig. Neél, wie ich gegen ihn für meine Freiheit kämpfte, damals im Training, als ich noch geglaubt hatte, ihm entkommen zu können. Ich war gut gewesen – einmal hatte ich ihn geschlagen. Heute kämpfte ich aus einem viel besseren Grund: Ich kämpfte *für* Neél, für die Möglichkeit, ihn wiederzusehen. Ich war zu lange Soldat gewesen und meine momentanen Chancen zu groß, um der leisen Stimme zu gehorchen, die mir zuhauchte, ich solle wegrennen. Der Percent würde Alarm schlagen, wenn mir eine Flucht in Richtung Stadt gelang, er würde es mir nicht erlauben, mich ungesehen unter die Bewohner zu mischen. Also packte ich mein Messer. Der Griff schien meine brennenden Handflächen zu trösten. Meine eben noch zitternden Finger waren plötzlich stark, meine bebenden Schultern fest. Mein Herz polterte nicht mehr, es peitschte meinen Körper voran.

Ich näherte mich langsam dem heranstürmenden Percent. Er war schon seit Jahrzehnten nicht mehr jung. Ein irreales Gebilde aus hölzernen Knochen und Haut wie aus Leder, Steine anstelle der Augen – das war er für mich. Ich sah weder einen Mann noch einen Percent in ihm – ich sah nur ein Wesen, das mich aufhalten wollte.

Ich ließ ihn kommen, verlagerte mein Gewicht, um einen sicheren Stand zu haben. Ruhig, beinahe gelassen, beobachtete ich, wie der Percent die Armbrust von seinem Rücken riss und auf mich anlegte. Diese Waffe war sein größter Vorteil mir gegenüber. Ich registrierte die winzige Regung seiner Hand, erkannte, wie sich die Sehnen seiner Finger bewegten, als er schoss. Und genau in diesem Augenblick machte ich eine halbe Drehung, wich nur ein kleines Stück zur Seite. Der Bolzen flog so dicht an meinem Rücken vorbei, dass ich zu spüren glaubte, wie er das Fell meiner Jacke touchierte.

Er hatte mich nicht getroffen. Und war nun einen Moment lang nahezu unbewaffnet.

Wir rannten die letzten Meter aufeinander zu. Der Percent musste die Armbrust beiseitewerfen, weil ich zu nah war, als dass er einen Bolzen hätte einlegen können. Er zog ein Messer aus dem Gürtel. Es war größer als meins, fast schon ein kurzes Schwert, und ich erkannte Scharten im rostigen Stahl. Schmutz auf der Klinge, altes Blut. Eine sehr gefährliche Waffe. Tödlich, wenn man Pech hatte. Schleichend.

Er schwang die Waffe, sein Ziel war mein Kopf, aber ich wich schneller aus, als er die Richtung wechseln konnte. Ich machte mich klein, tauchte unter seiner Klinge hindurch, huschte an ihm vorbei.

Dicht hinter ihm warf ich mich auf den Boden und da war er: der perfekte Moment, um zuzuschlagen. Ich rammte mein Messer in seine Ferse, durchtrennte das Leder seines Stiefels, sein Fleisch und seine Achillessehne. Der Percent ging in die Knie und sein Blut schmolz den Schnee. Ich versetzte ihm einen Stoß, damit er von mir weg fiel, aber ein einziges Mal war er schneller als ich und packte mir ins Haar. Ich spürte keinen Schmerz, aber ich hörte mich schreien. Mein Messer entglitt meiner Hand, es steckte so fest in seiner Ferse, dass ich die zweite Hand zu Hilfe nehmen musste, um es herauszuzerren. Percent-Blut rann in meinen Ärmel, als ich die Hand nach oben riss und mit dem Messer wahllos über meinem Kopf herumfuchtelte, dort, wo er seine Faust in mein Haar gegraben hatte. Er ließ mich los. Hatte ich ihn getroffen? Mehr Blut. Und plötzliche Hitze an meiner Schulter. Wo war sein Messer? Ich erkannte, wie er es anhob, damit auf meine Kehle zielte, seinen Oberkörper zu mir drehte, als wollte er sich auf mich stürzen und mich unter sich begraben. Einem ersten Impuls folgend, wollte ich mit meinem Messer das seine abwehren. Doch dann stach ich dem Percent die Klinge meines Messers in die Brust und sein eigener Schwung spießte ihn auf, bis nur noch das Heft aus seinem Körper ragte.

Ich wusste, dass er tot war, als er mit seinem ganzen Gewicht auf mich sackte. Sein Kopf lag so nah an meinem, dass ich seinen letzten Atemzug nicht nur hörte, sondern an meinem Ohr fühlte. Er klang erschöpft.

Ich wagte es nicht gleich, mich zu bewegen. Langsam gewann ich die Kontrolle über meine Glieder wieder. Ich schob meinen Angreifer von mir herunter. Als er zur Seite kippte, streifte mich seine Hand. Er hielt ein dickes Büschel meiner Haare zwischen den Fingern. Mein Magen zuckte.

Matthial hatte einmal gesagt, nur der erste Tote würde einem

Krieger nahegehen. Damals hatte ich ihm geglaubt. Heute wusste ich es besser. Es wurde immer schlimmer.

Der Percent musste eine Zaunpatrouille gewesen sein, vermutlich war er am Großen Nordtor stationiert. Spätestens wenn er dorthin nicht zurückkehrte, würde jemand nach ihm suchen. Wenn ich Pech hatte, war ihm vor dem Kampf in den Sinn gekommen, über das Comm seine Kameraden aufmerksam zu machen.

Ich musste dringend hier weg.

Hastig ließ ich meinen Blick noch einmal über den Toten schweifen. Gab es irgendetwas, was ich mitnehmen sollte? Ohne Skrupel schnitt ich ihm die Wasserflasche vom Gürtel – die Aussicht auf sauberes Wasser fühlte sich nach all dem gelutschten schmutzigen Schnee wie eine Köstlichkeit an. Seine Stiefel zu stehlen, brachte ich nicht über mich: Der eine war blutbesudelt und die Aussicht, sie dem Percent von den Füßen zerren zu müssen, erfüllte mich mit Grauen. Das Messer allerdings hob ich auf. Und erstarrte. Da war frisches Blut an der Klinge, zusammen mit Rost, Schmutz und altem, festgetrocknetem Blut. Behutsam legte ich es wieder auf den Boden und tastete über meine Schulter. Warm und feucht. Und als ich meine Fingerspitzen betrachtete, waren sie von einem dünnen roten Film überzogen. Der Percent hatte mich erwischt.

Mit angehaltenem Atem zog ich den zerfetzten Stoff auseinander und betrachtete die Wunde. Bloß ein Schnitt an meiner Schulter, eine Hand lang, aber nicht tief, an den Enden kaum mehr als ein Kratzer. Es hörte schon auf zu bluten. Erst jetzt, da ich von ihr wusste, begann die Wunde wehzutun. Aber die Schmerzen waren es nicht, was mir heiße Angst in den Kopf steigen ließ. Ich starrte das schartige Messer an. In meinem Kopf hörte ich die Stimme des alten Laurencio.

Ein gutes Messer tötet dich schnell. Ein schlechtes lässt dich langsam verrecken.

15

unter geistern ist die kraft von muskeln kein vorteil.

»Neél? Verdammt, reiß dich zusammen! Neél!«

Neél versuchte, den Kopf zu heben, aber der war so schwer, als hätte jemand seinen Schädel mit Erde vollgestopft. Er gab ein Brummen von sich, da seine Zunge für Worte zu dick und zu trocken war.

»Mach es nicht schlimmer, als es ist. Los, steh auf!«

»Graves?« Neél rieb sich über das Gesicht. Nein, das war nicht Graves, die Stimme war weiblich. »Oh, Alex. Wie geht's?«

»Wie soll es mir schon gehen, du Ochse? Ich musste dich treten, um zu erfahren, ob du überhaupt noch lebst. Und du riechst …«

Etwas schepperte ohrenbetäubend und Neél hätte sich am liebsten die Ohren zugehalten, doch er schaffte es nicht, seine Hände rechtzeitig in Position zu bringen. Alex hatte seinen Becher auf die Tischplatte gedonnert, direkt neben sein Gesicht. Nun kullerte das Gefäß über das Holz und fiel dann mit einem weiteren Scheppern zu Boden.

Neél bemühte sich, den Kopf so weit zu heben, dass er Alex ansehen konnte. In ihren blinden Augen stand Wut. Das war eigentlich nichts Neues, Alex war ständig wütend, aber derart zornig hatte er sie selten erlebt. Er verstand das nicht. Früher war er oft betrunken gewesen und sie hatte nie ein solches Drama gemacht. Und inzwischen bestand ihre Abmachung von damals nicht mehr – es konnte ihr also egal sein, dass er sich das Hirn wegsoff.

Was willst du?, wollte Neél fragen, aber dann fiel ihm wieder ein, was *er* wollte.

»Graves«, wiederholte er. »Ich muss Graves sprechen.«

»Dann bist du hier genau richtig«, rief der Wirt ihm zu und lachte. Neél war also tatsächlich in der Bar eingeschlafen. Wie demütigend. »Der verbringt ja auch seine gesamte Zeit bei mir.«

Was tat er, Neél, dann hier? Er hatte doch mit Graves reden wollen, über … über …

»Oh Scheiße.« Von einem auf den anderen Moment sah er wieder klar, seine Gedanken rotierten und sein Kopf schmerzte, als wäre ein Pferd daraufgetreten. »Wir haben das Mädchen zum Blauen See gebracht und ich brauche Graves' Hilfe, damit –«

»Psst, leise!«, unterbrach Alex ihn energisch. »Ich bin hier. Ich, Alex. Denk nach, Neél. Schalte dein Gehirn wieder ein.«

Er atmete durch. Wenn Alex zu ihm kam, nachdem sie seit Wochen nicht mehr miteinander geredet hatten, musste sie von jemandem geschickt worden sein. Sie hatte nicht wissen können, wo er war. Und warum hätte sie ihn überhaupt suchen sollen? Nur einer wusste, wo er sich meistens aufhielt: Graves.

»Graves hat dich geschickt?«

Alex ließ sich auf einen Stuhl gleiten. »Ja, weil er damit beschäftigt ist, deine armselige Seele zu retten – das waren seine Worte. Geh und erzähl es der ganzen Stadt, na los.«

»Er beschützt das Mädchen? Woher weiß er davon?«

»Wir sind immer noch Flagg's Boulder. Uns entgeht nichts, was in dieser Stadt passiert.« Alex räusperte sich und flüsterte: »Er ist euch nachgeritten und wird auf das Mädchen aufpassen, bis du sie abholst. Dich werden sie vorher nicht aus der Stadt lassen. Graves … kennt andere Wege. Und niemand vermisst ihn.«

Bestürzt registrierte Neél, welch hohes Risiko Graves noch immer für ihn auf sich nahm. Verdient hatte er das nicht.

»Er tut das nicht nur für dich«, stellte Alex sofort klar. »Er tut es für uns.«

Das weckte Neéls Interesse. »Für uns? Meinst du Flagg's Boulder?«

»Natürlich.« Alex legte die Hände ineinander. »Wir anderen treffen uns noch immer.«

Er erwiderte nichts, obwohl er wusste, was Alex hören wollte.

»Du sagst gar nichts dazu?« Alex wartete vergeblich auf eine Reaktion, die sie wahrnehmen konnte.

»Nein.« Er wusste von Graves, dass sie ihn wieder dabeihaben wollte. Aber er wollte ihr keinerlei Hoffnungen machen. Er wollte dort nicht mehr hin – er gehörte dort nicht mehr hin.

Alex stieß ein lautloses, falsches Lachen durch die Nase. »Hat der Kampf von dir ein Opfer gefordert, das zu hoch war, großer Krieger?«

Es war mehr als das, der Kampf hatte seinen Sinn verloren. »Ich bin mir nicht mehr sicher, ob ich das, was wir gesucht haben – Frieden mit den Menschen –, überhaupt noch will.«

»Nicht? Denk an Joy«, entgegnete Alex kühl. Sie hatte nie Skrupel, etwas Schmerzhaftes auszusprechen.

»Das tue ich.« Und an Killian und Valeria. »Aber ich denke auch an Matthial und an Jamie und an all die Männer, die ihnen folgen. Sie sind viele. Mehr als die wenigen, die so sind wie Joy.« Wenn es überhaupt einen zweiten Menschen auf der Welt gab, der wie Joy war.

»Verstehe«, murmelte Alex. »Sie machen dir so viel Angst, dass du lieber zu einem anderen Mann wirst statt zu einem stärkeren, der über ihnen steht.«

Reflexartig schoss Neéls Hand nach vorne, er ballte sie zur Faust und schlug den vernarbten Unterarm vor Alex auf die Tischplatte. »Wie soll ich so, wie ich jetzt bin, noch über ihnen stehen?«, zischte er. »Ich bin kaputt. Sie scheißen auf mich.«

Alex zuckte nicht einmal mit der Wimper. »Soll ich mir das jetzt etwa ansehen, oder was?« Der Ansatz eines Grinsens flog über ihr Gesicht. »Also ich bin wirklich nicht die Richtige, um dich für dein Aussehen zu bedauern. Oder willst du mich ärgern, weil ich dein neues Muster nicht angemessen bewundern kann?« Ihre Lippen begannen erneut zu zucken, diesmal deutlicher, und als schließlich ein Lachen aus ihr herausplatzte, konnte Neél nicht anders, als mitzulachen, auch wenn er nur lachte, um nicht erbärmlich loszuheulen.

»Gewonnen«, meinte Alex leichthin.

Neél räusperte sich. »Wer hat was gewonnen? Ich?«

»Nee. Graves sagte, du hättest deinen schwarzen Humor verloren, aber ich habe mit ihm gewettet, dass ich dich auf meine Kosten zum Lachen bringe.«

Sie irrte sich. Es war ein Lachen auf seine eigenen Kosten, er lachte über sich selbst und sein Gejammer. Hier saß eine Frau, die mit weit Schlimmerem zurechtkam, als er es sich vorstellen konnte. Aber immerhin fühlte er sich jetzt besser. Weniger allein.

»Um was habt ihr gewettet?«

»Um einen Roman. Er besitzt nur einen, wusstest du das?«

»Sicher, aber … Warum ein Buch? Du kannst es eh nicht lesen.«

Alex lächelte breit. »Na und? Es tut ihm weh, darum. Was ist mit dir, Neél? Was muss ich Scheußliches tun, um dich dazu zu bringen, wieder zu unseren Treffen zu kommen? Du fehlst uns. Muss ich erst dein Mädchen auftreiben? Oder dafür sorgen, dass deine komische Amber einen bedauerlichen, tödlichen Unfall erleidet? Schau mich nicht so böse an, Neél, ich merke das. Ehrlich, die Frau tut dir nicht gut. Sie ist nicht mehr normal im Kopf. Alle nennen sie nur noch das Geistermädchen und du weißt, was Geister tun. Sie rauben uns den Verstand. Das kannst du mir glauben, ich weiß es, denn ich bin mit einem Geist verheiratet.«

Neél biss sich auf die Lippe. Geistermädchen … insgeheim hatte er ebenso von ihr gedacht.

»Du musst sie loswerden, jetzt, da –«

»Da was?« Neél erhob sich mühsam und versuchte, sein Hemd und seine Jacke glatt zu streichen, und scheiterte. Er hatte sich nach dem Ritt nicht umgezogen und seine Uniform sah aus, als hätte er im Wald übernachtet. Er wusste nicht genau, wie lange er mit dem Kopf auf dem Tisch geschlafen hatte, aber so zerknittert, wie seine Kleider waren, konnte er kaum vor sein Regiment treten und verlangen, ernst genommen zu werden. Er musste sich waschen und umziehen.

»Da sie bei dir wohnt«, beendete Alex den Satz.

Neél hielt mitten in der Bewegung inne. »Was?«

»Du weißt nichts davon?«

»Offenbar habe ich einiges verpasst. Dir allerdings scheint nichts zu entgehen.«

»Meine Augen mögen kaputt sein, dafür leihen mir viele Leute die ihren. Hör zu, Cloud hat sein altes Haus geräumt und Mina zu sich ins Hotel geholt – das ist schon ein paar Tage her. Gestern, als du weg warst, hat er das Geistermädchen aus dem leeren Haus gebracht und –«

»Sag nicht …«

»Doch, genau. In deine Kammer im Gefängnis. Cloud soll ziemlich wütend gewesen sein, weil du noch immer keine eigene Wohnung hast und wie ein Varlet haust. Ich glaube, das Geistermädchen tat ihm leid. Dutzende von Halbwüchsigen um sie herum sind nicht gerade förderlich angesichts ihres Zustands. Er soll sie eingesperrt haben, damit die anderen nicht über sie herfallen.«

»Verdammt, das ist nicht gut«, murmelte Neél. Er hatte jetzt weder Zeit noch Nerven für Amber.

Verdammt seist du, Joy, für das, was du mir da aufgehalst hast!

»Heul doch«, erwiderte Alex grimmig und lächelte gleich darauf wieder. Es sah mitfühlend aus – falls Alex zu solchen Emotionen denn fähig war. »Ich meine es ernst. Es hilft. Man sieht sofort klarer.«

»Danke, Alex.« Neél verkniff sich die Frage, ob er sie nach Hause bringen sollte. Er hatte sie oft genug unabsichtlich beleidigt. »Ich gehe dann mal.«

Sie hätte sich ihm anschließen können, ohne das Gesicht zu verlieren. Doch Alex blieb sitzen. »Was hast du vor? Du weißt, dass du Graves jetzt nicht helfen kannst, oder? Sie lassen dich nicht aus der Stadt.«

»Graves kommt allein zurecht«, antwortete Neél. »Ich will nach Edison sehen. Und wenn es meine Zeit erlaubt, möchte ich noch jemandem einen Besuch abstatten, ehe ich mein Regiment treffe.«

»Wem?«

Neél lachte leise. »Du musst nicht alles wissen, Alex.«

Er würde die Menschen aufsuchen, die Killian und Valeria verraten hatten. Das könnte hässlich werden.

Besser, wenn Alex nichts davon erfuhr.

• • •

Der Junge war erschreckend groß geworden. Und kräftig.

Die Mauer, auf der er saß und von wo aus er auf Neél niedersah, schien viel weniger massiv, im Vergleich zu Edisons Schultern und seinen Füßen in den klobigen Lederschuhen. Diese Mauer, hinter der Edisons Mentor ihn in Sicherheit glaubte, war für Neél schon immer ein Symbol für die strengen Einschränkungen gewesen, die die Percent-Kinder umgaben. Jetzt, da der Kleine lässig darauf thronte, war sie nur noch ein Wall aus Steinen, jeder einzelne überwindbar.

Wie lange hatte er Edison nicht mehr gesehen? Es waren nur wenige Wochen, aber der Junge hatte sich so sehr verändert, als wären Jahre vergangen.

»Irgendwann kommst du gar nicht mehr«, begrüßte er Neél. Die Enttäuschung färbte seine Augen so dunkel wie Dark Canopy den Himmel.

»Ich konnte nicht.« Neél wusste, dass Edison die Halbwahrheit durchschaute. Er hätte früher kommen sollen.

»Weil du krank warst?«

Auch. Neél nickte. Langsam zog er einen Ärmel seines Hemds bis zum Ellbogen hoch und drehte seinen Arm, sodass Edison seinen unversehrten Unterarm und dann die geschmolzenen Membranen auf der Oberseite sehen konnte. Dann zog er den Kragen auseinander und entblößte seine Brust, wo die Narben ein besonders schauriges Muster gebildet hatten. Seine Haut sah dort aus wie verschmortes hellbraunes Plastik.

»Ich habe gehört, was passiert ist«, meinte Edison. Falls ihn die Narben erschreckten, ließ er es sich nicht anmerken. Er streckte die Hand aus und berührte Neéls Wange. Auch dort fanden sich Verhärtungen, die etwas dunkler waren als die Haut an Stirn, Nase und Kinn.

Edison grinste. »Du siehst aus, als hättest du dich nicht gewaschen.«

»Die Sache muss ja auch ihre guten Seiten haben. Man sieht es mir jetzt nicht mehr an, ob ich unter der eiskalten Dusche war oder nicht.«

Edisons Haut vibrierte. »Ich würde es aber riechen.«

»Verdammt. Willst du mir erzählen, ich hätte keinen Vorteil mit dieser … neuen Haut?« Schale Worte, er bekam sie nicht sehr überzeugend über die Lippen und der Junge merkte das.

»Weiß nicht. Kannst du jetzt ohne Schutzanzug in die Sonne gehen?«

»Habe ich noch nicht ausprobiert.« Das würde er auch nicht. Allein die Vorstellung war grotesk.

»Feigling.« Das Wort schwang zwischen ihnen hin und her. In Edisons Augen tanzten Provokation und Neugier miteinander. Er hatte nicht nur seinen Freund beleidigt, seinen Bruder, sondern vor allem einen hochrangigen Percent. Was würde nun wohl passieren?

»Hauptmann Feigling«, korrigierte Neél ihn mit einem erzwungenen Schmunzeln. Edison hatte recht, das ließ sich nicht ganz abstreiten.

Neéls Schützling wurde plötzlich nachdenklich, er biss sich auf die Lippe und krampfte die Hände um die Mauerkante. »Du hast dich geirrt, oder?«, fragte er, als fiele es ihm schwer zu sprechen. »Joy war nicht deine Freundin!« Die Wut in seinen Augen erschreckte Neél. Was mochten sie dem Kleinen erzählt haben?

»Es war nicht Joy, die mir das angetan hat, Edison.«

»Aber Menschen. Rebellen.«

»Das mag sein. Aber nicht Joy. Joy hat versucht, es zu verhindern. Sie sind nicht alle einer Meinung, nur weil sie Menschen sind.«

Edison blieb skeptisch. »Nicht?«

»Bist du immer derselben Meinung wie dein Mentor Lavader?«

Stolz hob der Junge den Kopf. »Natürlich. Das muss ich.«

»Auch wenn er dich einen Satz hundertmal abschreiben lässt, weil du eine freche Antwort gegeben hast? Auch wenn er Verbote ausspricht, in denen du keinen Sinn siehst? Auch wenn er dir nicht erlaubt, mich zu sehen?«

»Aber er hat doch recht: Du hast die falschen Freunde, sonst wäre das alles nicht passiert.«

Neél überlegte lange, ehe er antwortete. »Dass die Rebellen mich gefangen genommen haben, daran ist keiner meiner Freunde schuld. Es war meine eigene Schuld. Ich war einfach nicht vorsichtig genug.«

»Nein!« Edison stand auf und wandte sich um, als wollte er von der Mauer in den Innenhof springen und Neél allein zurücklassen. »Wenn Joy deine Freundin wäre, hätte sie dich gerettet! Freunde helfen sich.«

Einen Augenblick lang flutete Angst Neéls Geist. Angst, der Kleine würde ihn tatsächlich einfach stehen lassen. Angst, er würde zu seinem Mentor flüchten, um genau so zu werden, wie dieser und die Triade ihn haben wollten. Er riss sich zusammen und straffte die Schultern. »Joy hat alles versucht.«

Der Junge knickte ein, sank auf dem Mauersims zusammen wie ein Häufchen Elend. »Wenn ich in solcher Gefahr wäre«, begann er unsicher, warf einen Blick auf Neéls Narben und erzitterte, »würdest du es dann auch nur versuchen? Und fortgehen, wenn du es nicht schaffst?«

Jetzt war es Neél, der am liebsten weggelaufen wäre. Aber das konnte er nicht; auch wenn er sich selbst aufgegeben hatte – den Jungen zu enttäuschen, war keine Option. »Das ist etwas anderes, Zwerg.«

»Warum?« Edisons Augen baten nicht nach einer Antwort, die ihm Sicherheit versprach, sie bettelten darum, und Neél wurde mit einem Mal bewusst, wie klein der Junge in Wirklichkeit noch war, auch wenn seine Beine lang wurden und seine Schultern Muskeln ansetzten. »Weil wir Brüder sind?«

Neél hielt seinem Blick stand, auch wenn er lieber weggesehen hätte. Er erkannte jetzt den Vorteil seiner Narben. Wenn ihm vor Scham das Blut ins Gesicht stieg, bemerkte das niemand mehr.

»Ja, Zwerg. Weil wir Brüder sind.«

16

alte schuld kann man nicht wiedergutmachen.
doch man kann sie mit neuer verdecken.

Das gestohlene Trinkwasser reichte nicht, um das Blut des Percents von meiner Haut zu waschen. Ich rieb mich mit grauem Schnee ab, aber es half nicht. Der Geruch klebte an mir, ich nahm ihn selbst dann noch wahr, als ich mit angehaltenem Atem weiterrannte.

Ich hatte meinen Stiefel zurück, dafür lag das Messer des Kriegers nun auf der anderen Seite des Zauns. Es war mir egal. Weniger gleichgültig ließ mich die Wunde an meiner Schulter. Mein Leben hatte mir viele Wunden zugefügt, aber nach der Blutvergiftung im letzten Jahr war ich ängstlicher geworden. Das Messer war wirklich sehr schmutzig gewesen und ich hatte nicht mehr tun können, als etwas Wasser darüberlaufen zu lassen. Mein Pullover unter der Felljacke war nun nass und ich fror schlimmer als in der Nacht.

Der Stadtkern tauchte wie eine dunkle Bedrohung vor mir auf. Aus der Entfernung wirkte es, als wären alle Mauern zu einer verschmolzen – selbst der Himmel schien aus Steinen.

Ein Teil von mir wollte umkehren und wieder die Freiheit der Wildnis aufsuchen. Ein anderer Teil drängte mich voran. *Er ist dort – wenn er wirklich nicht tot ist, dann ist er dort! Ich muss ihn sehen.*

Indem ich mir in Erinnerung rief, wie oft ich bereits in die Stadt gelangt und wieder entkommen war, versuchte ich mich zu beruhigen. Ich konnte jederzeit wieder fliehen.

Vorsichtig schlich ich mich an den ersten Häusern vorbei und entsann mich der lebensrettenden Verhaltensregel: zügig gehen –

kein Mensch streifte ohne ein Ziel durch die Straßen. Ich war eine gehorsame Frau, die einer Arbeit nachging (und jedem Problem weiträumig aus dem Weg). In respektvollem Abstand und mit gesenktem Kopf passierte ich die ersten Percents und gewann langsam meine alte Sicherheit zurück.

Sobald ich im Besitz der mir zustehenden Städtermarke war, konnte mir nichts mehr passieren. Nichts allzu Dramatisches. Jedoch nur, solange niemand erfuhr, dass ich die Zaunwache getötet hatte.

Allerdings durfte ich mich keiner Illusion hingeben: Ins Hotel zu spazieren und die Marke einzufordern, war zu riskant. Ich brauchte Hilfe und der einzige Ort, wo ich auf diese hoffen konnte, war Flagg's Boulder.

Ich erreichte die alte Villa ohne Zwischenfälle. Sie hatte sich von außen kaum verändert. Direkt vor der Haustür stand ein vollkommen verrostetes altes Auto ohne Reifen. Dem Haus fehlten mehr Fensterläden als im letzten Jahr. Eisblumen zierten die Fenster und die Räume dahinter waren allesamt dunkel. Ich atmete enttäuscht aus, es schien niemand da zu sein. Doch dann fiel mir siedend heiß ein, dass Alex blind war. Also klopfte ich beherzt an die Tür, schloss die Augen und lauschte auf Schritte.

• • •

Alex war nicht zu Hause, es war überhaupt niemand da. Ich musste eine gefühlte Ewigkeit vor der Tür warten, bis sie auftauchte. Ich erkannte sie an ihrer Statur und dem Stock, mit dem sie den Boden vor ihren Füßen abtastete, um nicht zu stolpern. Beim Näherkommen schien sie zu zögern, als spürte sie, dass jemand an ihrem Haus war, der dort nicht hingehörte. Ich ging ein paar Schritte auf sie zu – sofort blieb sie stehen und an der Art, wie sie die Hand um ihren Stock schloss, erkannte ich ihre Kampfbereitschaft. Er diente ihr nicht nur als Hilfe, um nicht zu fallen. Ebenso war er eine effektive Waffe.

»Wer ist da?«

»Alex? Ich bin es.«

»Wer soll das sein?«, rief sie skeptisch. »Doch nicht etwa …?«

»Doch.« Ich musste durchatmen. »Joy.«

Sie trat auf mich zu, als wollte sie mich umarmen. Ehe ich mich entsann, dass eine solche Begrüßung nicht zu Alex passte, hieb sie mit ihrem Stock auf mich ein.

»Wo warst du? Wie kannst du es wagen, nach Wochen hierher zurückzukommen. Nachdem deine Leute Neél –«

»Stopp!« Ich richtete mich auf. »Es reicht. Ich verstehe, dass du wütend bist, ich bin es auch, aber hör mich bitte erst einmal an.«

»Du hättest deine Leute –«, versuchte sie es erneut, aber ich ließ sie nicht weitersprechen.

»Es sind nicht mehr meine Leute. Es sind Menschen, damit sind es ebenso deine Leute wie meine. Mehr verbindet uns nicht mehr.«

»Du lügst.«

Wahrscheinlich tat ich das, aber ich belog uns beide, nicht nur sie. »Ich konnte nicht eher kommen. Sie haben mich festgehalten wie eine Gefangene. Ich war verwundet. Später haben sie mir erzählt, Neél sei tot.«

»Ärmliche Ausreden.« Alex nahm ihren Stock wieder auf und wandte sich von mir ab.

Nicht nachgeben, sonst lässt sie dich allein in der Kälte stehen. »Ich brauche keine Ausreden. Ich habe getan, was ich konnte, und bin sofort geflohen, als ich erfahren habe, dass Neél lebt.«

Sie ging zur Tür.

Ich sammelte all meinen Mut zusammen und folgte ihr die Stufen hinauf. »Ich gehöre immer noch zu euch. Oder hat irgendjemand vor den anderen geäußert, mich nicht mehr dabeihaben zu wollen?«

Alex schnaubte. »Du gehörst dazu, weil du durchnässt bist wie eine Ratte und warme Kleidung willst. Ist es nicht so? Du kommst zurück, weil du Hilfe brauchst.«

Eine Antwort konnte ich mir sparen, es hatte keinen Sinn, Alex etwas vormachen zu wollen. »Bekomme ich Hilfe von dir?«

Sie schnaubte voller Verachtung. »Hast du etwas zu essen?«

»Ein wenig«, antwortete ich zögerlich. Was ich noch von den Clanfreien hatte, war kaum der Rede wert.

»Dann werden wir mit *ein wenig* auskommen müssen.« Alex zog ihren Schlüssel aus der Tasche und rammte ihn mit Gewalt ins Türschloss. »Glaub nicht, ich wäre verarmt. Ich habe jede Menge Münzen geerbt und bisher nicht einmal einen Bruchteil davon ausgegeben. Aber mit Münzen kommt man in diesem Winter nicht weit. Die Geschäfte sind leer. Ich werde dich also nicht sattfüttern können.«

»Schon okay«, meinte ich. Ich war gerne bereit zu teilen, was ich hatte. »Darf ich wenigstens reinkommen?«

»Dann wärst du mir etwas schuldig.«

»Das werde ich riskieren müssen.«

Doch ich riskierte es überhaupt nicht gern.

17

verrat kennt keine gnade.

Neél fand die Hütte, in der Killian und Valeria lebten, ohne Probleme. Das Mädchen hatte ihm den Weg treffend erklärt. Die verräterischen Nachbarn hatte er sich jedoch nicht beschreiben lassen. Er war sich nicht sicher, was er vorhatte und was sich spontan ergeben würde – in jedem Fall sollte Valeria nicht das Gefühl bekommen, ihrerseits jemanden verraten zu haben.

Neél stellte allerdings recht schnell fest, dass nur eine Familie infrage kam, denn die beiden Behausungen standen abseits der anderen Wohnhäuser inmitten von struppigen Brombeersträuchern, die im Sommer sicher bis in die Fenster wucherten.

Die kleinere Hütte, die jemand aus Wellblech und alten Leitplanken unbeholfen zusammengezimmert hatte, war leer. Selbst ohne seinen Geruchssinn erkannte Neél, dass hier die Kinder lebten. Er zog die quietschende Tür ins Schloss und ging weiter zu der zweiten Hütte, die mit ebenso ärmlichen Mitteln, aber mehr handwerklichem Geschick gebaut worden war. Die Fenster waren verhangen, vermutlich gegen die Kälte.

Er lauschte, ehe er an die Tür klopfte, und vernahm ein schabendes Geräusch. Neél stieß leise mit den Fingerknöcheln gegen das Holz, ein erschrecktes »Herein!« war die Reaktion.

Im Inneren der Hütte war es so dunkel, dass Menschen sicher kaum etwas sehen konnten. Ihn störte das nicht, die Kerze auf dem Küchentisch war ihm genug Licht. Der Mann, der dahinter saß und mit einem lächerlich kleinen Messer ein Stück Holz bearbeitete, musste sich tief über seine Arbeit beugen. Die Kerze stand so nah, dass sie bei jeder Bewegung fast sein ergrautes Haar ansengte. Als der Mann erkannte, dass es ein Percent war, der seine Stube betrat, ließ er das Messer hastig in seinen Schoß gleiten.

»Was kann ich für dich tun, Herr?« Der Mann begann trotz der Kälte sofort zu schwitzen, kleine Perlen bildeten sich auf seiner Stirn.

Neél blickte ihn durchdringend an und endlich begriff der Mann und erhob sich, um das Zeichen für Respekt zu machen. Dabei fiel das Messer zu Boden, der Mann zuckte erschrocken zusammen, aber Neél ignorierte es. Er musterte sein Gegenüber. Es war niemand, der auf der Straße auffiel. Noch nicht wirklich alt, aber auch schon lange nicht mehr jung. Nicht muskulös, aber auch nicht kurz vor dem Verhungern, eher etwas pummelig um die Taille. Der Mann war vollkommen gewöhnlich, doch Neél hatte das Gefühl, ihn schon einmal gesehen zu haben. Es ärgerte ihn, dass er nicht darauf kam, woher er ihn kannte. Auch jetzt störte ihn wieder sein fehlender Geruchssinn; es war so viel einfacher, Menschen – die sich ohnehin alle sehr ähnlich sahen – anhand des Geruchs zu unterscheiden statt an banalen, sich tausendmal wiederholenden Details wie der Haar- oder Augenfarbe. Dieser Mann hatte stahlblaue Augen. Ein kaltes, dunkles Blau wie das Wasser des Blauen Sees, wenn Eisschollen darauf trieben. Blau wie … Joys Augen.

Neél versuchte, die Erinnerung an sie abzuschütteln, und lenkte seine Aufmerksamkeit auf den hinteren Teil der Kate. Eine breite Schlafstätte war dort aufgebaut. Der Mann wohnte nicht allein.

»Wie heißt du?«

»Robin, mein Herr.«

»Hauptmann«, verbesserte Neél, obgleich ihm diese Förmlichkeit bisher immer unangenehm gewesen war. Aus irgendeinem Grund verlangte es ihm bei diesem Menschen nach Respekt. »Robin, so. Du hast Familie, Robin?«

»Eine Frau, Hauptmann. Sie hat einen Sohn von ihrem ersten Mann.«

»Eigene Kinder?«

Robin zögerte. »Nicht mehr, nein. Ich kann und sollte keine Kinder mehr …« Er räusperte sich. »Meine Zeit läuft ab, Hauptmann.« Umständlich zog er sein Hemd aus der Hose, sodass ein Stück seines Bauches zu sehen war.

Neéls vages Gefühl, dass der Mann sehr wohl eigene Kinder hatte, verhärtete sich. Warum sonst wechselte jemand so krampfhaft das Thema, wenn nicht, weil er etwas verbergen wollte? Kinder, die Rebellen waren, zum Beispiel. Er hatte den Mann zunächst als eher dicklich eingeschätzt, doch jetzt erkannte er, dass er damit falschgelegen hatte. Sein Leib war fast ausgemergelt, nur in Bauchnähe wucherten dicke Geschwüre. Neél kannte sich nicht aus mit menschlichen Erkrankungen, aber was er sah, sagte sogar ihm genug. Der Mann würde bald sterben.

»Du verstehst, warum ich hier bin?«, fragte Robin fast entschuldigend. »Ich kann nicht mehr arbeiten. Im Sommer habe ich noch Beeren geerntet und zum Markt gebracht, doch jetzt, im Winter … Früher habe ich Wasserrohre gewartet, Hauptmann, und Abwasserkanäle gesäubert. Ich war jahrelang fleißig, es gab nie einen Grund zur Klage. Aber nun –«

Mit einer Geste brachte Neél den Mann zum Schweigen. »Ich bin nicht hier, weil du nicht arbeitest.«

Von einer auf die andere Sekunde wurde der Mann kalkweiß im Gesicht. »Es ist doch nichts passiert, oder? Meiner Frau? Oder meinen …?«

Neél kniff die Augen zusammen. »Wen meinst du, Robin?«

Der Mann schüttelte den Kopf. »Ist jemandem etwas passiert?«

»Nein«, seufzte Neél. »Ich habe nur eine Frage an dich.«

»Du verzeihst?« Der Mann ließ sich schwerfällig wieder auf seinen Stuhl sinken und bot Neél an, auf einem anderen Platz zu nehmen, doch er lehnte wortlos ab.

»Dann frag, Hauptmann. Ich helfe, so gut ich kann.«

»Nebenan leben zwei Kinder«, sagte Neél und bemühte sich um einen neutralen Ton.

Robin überlegte mit gefurchter Stirn und nickte dann unsicher. »Richtig. Gute Kinder. Wenn du mich fragst.«

»Niemand fragt dich nach deiner Meinung. Ich will wissen, ob die Gören unerlaubt jagen.«

»Auf keinen Fall! Aber nein, sicher nicht! Das würden sie nicht tun. Das sind brave Kinder.«

Neél hätte beinahe gegrinst. Die Lüge war so offensichtlich und doch gab dieser Mann sich so viel Mühe, die Wahrheit zu verbergen, und riskierte dabei Kopf und Kragen. Würde das jemand tun, der ebendiese Kinder wenige Tage zuvor verraten hatte?

»Ich denke, sie jagen, Robin.«

»Gewiss nicht.«

»Und wenn ich dir sage, dass ich mir sicher bin?«

»Dann, Hauptmann, lautet meine Antwort, dass du dich irren musst.«

»Hm.« Neél drehte sich um, wandte dem Mann den Rücken zu und lehnte sich gegen den Tisch. »Ich frage mich, was einen kleinen Feigling wie dich dazu bringt, mir so hartnäckig ins Gesicht zu lügen.« Er hatte sich nicht umsonst weggedreht. In seinem Gesicht war sicher zu lesen, dass er Spielchen mit dem Mann trieb. Und diese genoss.

»Hauptmann.« Langsam, aber sicher war echte Verzweiflung in Robins Stimme zu erkennen. »Diese Kinder geben ihr Bestes, um euch nicht unangenehm aufzufallen. Es sind gute Kinder, sie tun nichts Falsches, und wenn doch, dann weil sie keine andere Wahl haben.«

Neél drehte sich wieder um und sah dem Mann direkt ins Gesicht. »Wer hat sie dann verraten?«

»Was …? Ich verstehe nicht …«

»Die Kleine hat Wild erlegt, jenseits des Zauns. Sie wurde verraten. Von euch, von deiner Familie!«

Robin schüttelte den Kopf so heftig, als würde er einen Krampfanfall erleiden.

»Sie wurde erpresst – ebenfalls von euch.«

»Nein!«

»Nein?« Neél fixierte den Mann, sah ihn unter seinem Blick zittern. »Dann bedeutet das wohl, dass das kleine Biest gelogen und deine Familie beschuldigt hat, um seine eigene Haut zu retten. Oder was denkst du, Robin Rissel?«

Der Mann sank in sich zusammen. »Ich hatte es ihr verboten.« Neél erahnte die Worte eher, als dass er sie verstand. »Aber seit ich nicht mehr arbeite … hört sie nicht mehr auf das, was ich sage, sie tut –«

»Deine Frau?«, fragte Neél. Er wusste mehr, als er hatte erfahren wollen, aber seine Ahnung hatte so unnachgiebig gepocht und die Gelegenheit war so günstig gewesen. Er hatte den Mann mit seinem Nachnamen angesprochen – mit Joys Nachnamen. Und Robin Rissel hatte nicht widersprochen.

Er hatte Joys Vater gefunden.

Robin nickte schwach. »Es ist alles nur deshalb.« Er wies auf die Geschwüre um seine Körpermitte. »Maggy ist verzweifelt und macht sich Sorgen, was aus ihr und ihrem Sohn wird, wenn ich nicht mehr bin. Sie versucht, Münzen und Essen anzusammeln, sie arbeitet von früh bis in die Nacht hinein, sie –«

»Sie verrät Kinder.« Neél seufzte. »Sag ihr, dass ihr Münzen nichts nützen, wenn du tot bist. Je mehr Münzen sie hat, umso bessere Beute wird sie sein.«

Robin stieß ein unglückliches Lachen hervor. »Sie will über den Zaun fliehen, wenn ich tot bin. Soll sie ruhig. Diese Stadt hat den Meinen kein Glück gebracht.«

»Nein, du hättest deine erste Familie besser nicht im Stich gelassen, um hierher zurückzukommen«, erwiderte Neél, drehte sich um und verließ die schäbige Kate. Doch die Worte holten ihn dennoch ein.

»Weißt du, wo sie sind? Leben sie? Weißt du, wie es ihnen geht?«

Neél war klar, dass der Mann Joy und ihre Schwester meinte. Aber er hatte keine Antwort für ihn.

18

meine freiheit hängt nun an einer kette.

Drei nicht enden wollende Tage lang versteckte ich mich in der Düsternis von Alex' Villa. Ich durfte keine Lampe anzünden, nicht einmal eine Kerze, dabei lagerten in jedem Schrank welche. Die beiden Kamine blieben kalt und ich fror. Alex sagte, dass es auffallen würde, wenn Licht im Inneren des Hauses brannte. Ich hatte eine ganz andere Vermutung: Sie fürchtete sich vor Feuer. Alex orientierte sich an Klicklauten, die sie ausstieß, damit sie von Hindernissen zurückgeworfen wurden, sowie an Luftströmungen, die sie sogar spürte, wenn jeder andere glaubte, es sei vollkommen windstill. Feuer übertönte mit seinem Knistern ihre Laute und es verwirbelte die Luft, es nahm ihr jegliche Orientierung. Ich hielt es für klüger, sie nicht darauf anzusprechen. Unsere Beziehung war weit davon entfernt, herzlich zu sein – wir beide erinnerten uns daran, dass ich Schuld daran trug, dass Neél keinen Anspruch auf Alex erhoben hatte. Ich war die Letzte, von der sie auf ihre Schwachstellen angesprochen werden wollte, und ich akzeptierte das bereitwillig.

Am vierten Tag, kurz nachdem die Sonne hinter Dark Canopy verschwunden war (inzwischen war ich überzeugt davon, dass sich meine Wunde nicht infiziert hatte), bekamen wir Besuch. Newton kam zu Flagg's Boulder, um mich zum Hotel zu begleiten. Ich erfuhr erst von ihm, dass Alex sich um alles gekümmert hatte. Sie hatte bei einem alten Freund ihres toten Mannes vorgesprochen und mit einer Geschichte, die der Wahrheit sehr nahekam, war es ihr gelungen: Ich durfte meine Städtermarke abholen.

Während wir zum Hotel gingen, versuchte ich, Newton über Neél auszufragen, aber mehr, als ich von Alex erfahren hatte, sagte auch er mir nicht. Neél tat seinen Job und blieb ansonsten für sich.

Es erleichterte mich, dass er Hauptmann geworden war, und irritierte mich gleichermaßen. Ich konnte ihn mir nicht in dieser Rolle vorstellen. Erst recht nicht, nachdem ich gesehen hatte, wie schwer verletzt er gewesen war.

»Er hat das Chivvy gewonnen, ehe er zurückkehrte, um dir zu helfen«, erklärte Newton beinahe gelangweilt. »Warum sollte ihm sein Status nun nicht zustehen? Nur, weil seine Haut zerstört ist? Was ist schon Haut?«

Ich sah seine vibrieren, während er sprach, und spürte seine Lüge wie Kälteschauer auf mich einprasseln. Es verstörte ihn, nein, es entsetzte ihn, was mit Neél passiert war. Die Vorstellung widerte ihn an. Aber er hatte zu viel Respekt vor seinem alten Freund, um das auszusprechen.

»Sieht es sehr schlimm aus?«, stellte ich die eine Frage, die ich Alex nicht hatte stellen können.

Newton zuckte mit den Schultern. »Ich habe ihn bisher nicht ein einziges Mal zu Gesicht bekommen.«

• • •

Die Decken im Hotel waren so hoch, dass Bäume im Inneren hätten wachsen können. Es gab eine breite Treppe und eine Galerie, auf der Percents Wache standen. Selbst im Eingangsbereich war jede Tür bewacht, obwohl die höherrangigen Percents alle in den oberen Etagen lebten oder arbeiteten.

Newton blieb neben der Eingangstür stehen, während ich auf den Tresen zuging, hinter dem zwei ältere Percents nur auf mich zu warten schienen, aber ihre Gesichter waren so undurchschaubar, dass ich nicht wusste, ob ich das positiv oder negativ deuten sollte.

Ich entschied mich, höflich den Kopf zu senken, aber nur für einen Moment. Dann machte ich das Zeichen für Respekt, doch ich tat noch etwas anderes. Ich sprach den fast schon vergessenen Wahlspruch leise mit, den mir Neél beigebracht hatte; das Motto der ersten Percents, die im Krieg für ihre Freiheit gekämpft hatten. »Mit dem Herzen und dem Verstand und allem, was wir sagen und tun.« Ein Satz fehlte noch: Für das Recht auf Freiheit.

Ich traute mich nicht, weiterzusprechen, fürchtete, sie damit zu provozieren. Aber ich sah, wie sich die beiden Männer versteiften, und wusste, dass ich genug getan hatte. Sie würden mich nicht so schnell vergessen. Ob das gut oder schlecht war, schien mir in diesem Moment bedeutungslos. Wichtig war, dass sie meinen Namen kennen würden, den ich hier und jetzt offiziell zurückerhielt.

»Name«, blaffte einer der beiden.

Und ich sagte: »Ich heiße Joy Annlin Rissel.«

Der zweite warf mir eine Marke vor die Brust und ich schloss sofort beide Hände darum und drückte das gravierte Stück Metall an mich. Ich warf einen kurzen Blick darauf – 45867/RISSEL/JOY A. – und konnte nicht anders, als den Percents zuzugrinsen.

Ich hatte noch nie eine Städtermarke besessen; ich hatte überhaupt keine haben wollen, denn wer in der Stadt leben wollte, musste für die Percents arbeiten. Dafür war es mir nun erlaubt, mich durch die Straßen zu bewegen. Ich konnte Neél suchen. Wann war ich zuletzt so frei gewesen?

Ich legte mir die Kette um den Hals. Für einen Moment zog sich eine unsichtbare Schlinge zu, weil ich plötzlich begriff, welche Konsequenzen meine Flucht aus Jamies Dorf hatte. Ich würde nie mehr zu den Rebellen zurückkehren können, ich war dort draußen vogelfrei. Die Stadt war nun meine einzige Freiheit.

Und jetzt, da ich meine Suche beginnen konnte, kamen auch die Zweifel wieder auf. Würde Neél mich sehen wollen? (Alex sagte nein.) Würde er mich anhören? (Alex glaubte nicht daran.) Würde er mir verzeihen? (Alex hoffte, dass er es nicht tat.)

Ich beschloss, dass es klüger war, erst Graves aufzusuchen. Und auch Amber musste ich unbedingt sehen.

Meine Sehnsucht nach Neél schmerzte so sehr, dass ich glaubte, sie würde mich zerreißen. Vielleicht hoffte ich auch darauf. Dann wäre ich von der schweren Aufgabe, ihm gegenüberzutreten, entbunden.

Bei der Sonne – wann war Joy Annlin Rissel nur ein solcher Feigling geworden?

• • •

»Du wusstest es also doch!«

Alex lächelte fein, was meinen Verdacht bestätigte. Ihr war bekannt gewesen, dass Graves und Neél nicht in der Stadt waren, und ebenso, dass Amber nicht mehr bei Cloud wohnte. Wobei ich keine Ahnung hatte, wo Cloud nun wohnte, denn sein altes Haus war leer.

»Ich habe die ganze Stadt abgesucht, bis ich jemanden aus Neéls Regiment gefunden habe, der mir erzählt hat, dass er ausgeritten ist und frühestens morgen wieder hier sein wird. Und von Graves sagen sie, dass er schon seit Tagen fort ist.«

»Hast du schon Arbeit gefunden, Joy?«, fragte Alex, ohne auf meine Worte einzugehen. »Du solltest dich beeilen, wenn du nicht willst, dass man dich dort einteilt, wo immer Frauen gebraucht werden.«

Ich funkelte sie böse an. Dass sie mich nicht sehen konnte, war mir – mit Verlaub – scheißegal. »Was willst du damit andeuten?«

»Dass Frauen ohne Arbeit gerne fürs Optimierungsprogramm genommen werden.«

»Das wagen sie nicht! Ich habe das Chivvy gewonnen!«

»Das spricht für gute Gene«, säuselte Alex.

Ich schlug mit der Faust auf den Tisch, eher aus Wut auf mich selbst als auf Alex. Sie hatte recht. Ich durfte mich nicht auf Privilegien verlassen, die ich nicht verdient hatte. Ohne Neéls Hilfe hätte ich das Chivvy nicht einmal überlebt; wie kam ich zu der absurden Idee, man würde mich besserstellen als andere.

»Ich wusste es, ja«, sagte Alex und fuhr fort, sich mit einer rostigen Schere die Fingernägel zu säubern.

Ich war hin- und hergerissen zwischen Verständnis für ihren Hass auf mich, Bewunderung, dass sie mir trotzdem half (wenn auch nie, ohne mich dabei zu schikanieren), und bodenloser Wut. Das Durchatmen fiel mir schwer, aber ich rang um Beherrschung.

»Weißt du auch, wo ich Amber finde?«

Sie zuckte mit den Schultern. »Nicht direkt.«

Und noch einmal: Tief durchatmen, Joy. »Was heißt das? Kannst du mir sagen, wo sie ist, oder nicht?«

»Nein.«

»Du hast gar keine Ahnung?«

»Das habe ich nicht gesagt.« Alex erhob sich, tänzelte zu einem Regal und verstaute die Schere in einer Schublade. »Ich habe nicht die geringste Ahnung, wo Amber ist. Ich weiß nur, dass Neél heute Mittag, während du deine Marke abgeholt hast, die Stadt verlassen und sie mitgenommen hat.«

»Sie sind zusammen ausgeritten?« In meinem Kopf galoppierten verschiedene Szenarien um die Wette, aber eines dominierte. Ich sah Amber und Neél zusammen reiten, wie Neél und ich Seite an Seite geritten waren. Es versetzte mir einen Stich.

»Vielleicht wollten sie allein sein«, säuselte Alex und gab meiner Eifersucht Zunder.

»Vielleicht lügst du auch«, schoss ich im gleichen Ton zurück.

»Du versuchst alles, um mich davon abzuhalten, Neél zu sehen. Weißt du, warum ich dich nicht gebeten habe, ihn wissen zu lassen, dass ich hier bin? Weil du es nicht getan hättest.«

»Ich hätte dir gesagt, dass er dich nicht sehen will. Ich lüge nur äußerst ungern, aber ich hätte es getan.«

»Und warum? Was habe ich dir getan, dass du mich so hasst? Ich dachte, wir stünden irgendwie auf der gleichen Seite. Wir gehören zu Flagg's Boulder. Zählt das nichts?«

»Joy«, sagte sie sehr leise. »Flagg's Boulder zählt sehr viel. Würdest du nicht dazugehören, hätte ich dich längst vergiftet.« Sie lächelte fein, und genau das war es, was mich nicht daran zweifeln ließ, dass das ihr voller Ernst war. »Ich habe gewisse Nachteile auszugleichen, zu viele Skrupel und ein schlechtes Gewissen kann ich mir nicht leisten, wenn ich etwas erreichen will.«

»Und du meinst, du würdest etwas erreichen, indem du mich schikanierst und mir Steine in den Weg legst?«

»Vermutlich nicht, nein.« Sie hob zwei Teller aus dem Schrank und tastete nach dem Brot, als würde sie den Tisch für ein gemütliches, gemeinsames Abendbrot decken wollen. »Aber ich will mir später nicht vorwerfen, es nicht versucht zu haben. Du hast es viel zu einfach. Kommst her und wickelst den Mann um den Finger, für dessen Beachtung ich monate- und jahrelang kämpfen musste. Hast du eine Ahnung, wie viele Nächte ich in dieser beschissenen Bar gehockt habe, um ihn davon abzuhalten, sich um den Verstand zu saufen? Aber alles, was ich von ihm bekam, ist Mitleid. Mitleid – von einem, der nahe dran ist, sich in Gebranntem zu ertränken. Und selbst das zählte nicht mehr, nachdem du kamst.«

»Er hat dich nie bemitleidet«, widersprach ich. »Er wollte dir einen Dienst aus Freundschaft erweisen und hat für deine Zukunft gesorgt, ehe er –«

Unvermittelt warf Alex einen Teller nach mir. Ich wich aus und das Porzellan zerschellte an der Wand. »Freundschaft?«, fragte sie ruhig, als wäre nichts geschehen. »Ich wollte seine beschissene Freundschaft aber nicht.«

Ich hätte gerne etwas Treffenderes geantwortet, aber mir fielen nur noch zwei Dinge ein, die ich ihr sagen wollte, ehe ich ging. »Ich hoffe ehrlich, Graves erhebt keinen Anspruch auf dich, Alex, denn er ist – ohne dich schlechtmachen zu wollen – bei Weitem zu schade für dich. Nichts für ungut. Danke für alles. Du wirst mich schon finden, wenn ich mich für deine Hilfe revanchieren darf.«

»Leb wohl, Joy«, gab sie zuckersüß zurück und wickelte sich lasziv eine Strähne ihres blonden Haares um den Finger. »Ich hoffe, du findest eine Arbeit. Ansonsten gebe ich den Männern in der Aufsicht gerne einen Tipp, was du gut kannst.«

An jedem anderen Tag hätte ich mich vergessen und sie aufs Übelste beschimpft, heute war mir nicht ansatzweise danach. Ihre Worte machten mich nicht zornig. Nur unglücklich.

• • •

Ohne es zu wissen, hatte Alex mir einen Tipp gegeben, wo ich Neél finden würde. (Doch es war auch nicht auszuschließen, dass sie mir diesen Tipp vielleicht doch nicht ganz so unbeabsichtigt gab.)

Die Bar. Das *Mondlicht.*

Ich rannte beinahe dorthin, in meinen Ohren eine süße Erinnerung an unsere letzte Nacht: *Wir sehen uns wieder*, hatte ich gesagt und Neél hatte geantwortet: *Im Mondlicht, ja* – das waren seine Worte gewesen!

Ich war erfüllt von Angst und Euphorie – ich wollte so sehr zu ihm und gleichzeitig fortlaufen. Ihn wiederzusehen, war das Einzige, was noch zählte, und es war so bedeutungsschwer für mich, dass es sich anfühlte, als steuerte ich auf eine Katastrophe zu. Die

Gewissheit, dass die ganze Welt falsch fand, was ich tat, ließ mich erschaudern und schneller laufen.

Du kümmerst mich nicht mehr, Welt – ich schaffe uns eine eigene, wenn wir in dieser hier falsch sind.

Ich eilte an Percents vorbei, die mich kritisch musterten. Ich umfasste meine Städtermarke, hielt mich am Metall fest und redete mir ein, dass mir nichts passieren konnte, obwohl ich wusste, wie wenig Wahrheit dahintersteckte. Sobald mir jemand wirklich nahe kam, glaubte ich wieder, das Blut des Zaunwächters an mir zu riechen. Sie mussten es doch auch wittern …

In den Tagen, in denen ich mich bei Alex versteckt hatte, hatte ich es nicht ein einziges Mal gewagt, nach dem Toten zu fragen. Gefunden hatten sie ihn garantiert. Doch offenbar war niemand auf die Idee gekommen, seinen Tod mit meinem Auftauchen in Verbindung zu bringen. Ein weiterer Beweis, dass ein Einzelner bei den Percents nichts wert war. Es scherte sie vielleicht gar nicht, wer ihn getötet hatte. Das war gut für mich, aber es intensivierte auch meine Sorgen. Neél war auch ein Einzelner. Wie mochte es ihm gehen?

Ich war so aufgeregt und so ängstlich, dass ich die Tür zur Bar aufstieß, ohne auch nur einen Gedanken daran zu verschwenden, wie gefährlich betrunkene Percents waren. Mein Blick glitt über alle Tische, flog über jedes Gesicht. Sie sahen alle gleich aus.

Neél war nicht hier.

Die Enttäuschung erwischte mich wie ein unverhoffter Regenschauer und irritierte mich gleichermaßen. Wie kam ich denn auf den dummen Gedanken, er würde hier sein? Hatte ich das wirklich geglaubt? Wie naiv war ich geworden? Wenn Alex recht hatte und Neél wieder trank, dann sollte ich doch eher froh statt enttäuscht sein, dass er nicht hier war.

»Was willst denn du hier?«, riss mich eine unfreundliche Stimme aus meinen Gedanken. Der Wirt, ein hagerer Percent mit einer fleckigen Schürze, stapfte auf mich zu. Er ging eigenartig, als wären seine Knie steif. Ich hatte noch nie zuvor gesehen, dass ein Percent steifbeinig ging.

»Was starrst du denn so? Willst du bloß herumstehen und für Ärger sorgen? Ich will hier keine Randale, auch nicht wegen eines Weibs. Huren ist hier verboten!«

Huren? »Ich bin keine –«

»Was bist du nicht? Kein Weibsstück? Na, das sehe ich aber anders!«

An den Tischen begannen die ersten Percents zu grinsen, der kauzige Wirt und ich zogen die Aufmerksamkeit aller Gäste auf uns.

»Willst du was trinken, ja? Verträgst du denn das, was wir hier verkaufen, überhaupt?«

»Ich wette, dass sie es nicht verträgt«, rief einer, und ein anderer fiel ein: »Und genau das will ich sehen.«

Ich zwang mich, aus meiner Schreckstarre zu erwachen. Mit Demut hatte ich bislang noch keinen Percent beeindrucken können, also versuchte ich es gar nicht erst, sondern entschied mich zu lächeln. »Ich würde es wirklich gern auf einen Versuch ankommen lassen. Leider habe ich gar keine Münzen, und um dich um deinen Verdienst zu bringen, laufe ich nicht schnell genug. Nicht nach deinen Getränken.«

»Das will ich meinen«, schnaubte der Wirt. »Was willst du ohne Geld in meiner Bar?«

»Ich hab Geld für uns zwei!«, brüllte ein Percent, aber er klang so betrunken, dass ich mich lieber nicht zu ihm umdrehte. Einige grölten, andere schienen bereits das Interesse zu verlieren und beugten sich wieder über ihre Karten oder Spielsteine.

Ich möchte auf Neél warten, hätte ich gerne gesagt, aber ich konnte mich gerade noch zusammenreißen. Mir kam eine aberwitzige Idee in den Sinn und irgendetwas im Gesicht meines Gegenübers verlieh mir den Mut, sie auszusprechen. »Ich suche Arbeit.«

»Hier?« Der Wirt zog eine Augenbraue hoch.

»Würde ich dich sonst fragen?«

»Wie kommst du drauf, dass du –«

»Du brauchst jemanden, der hier hilft.«

»Was bildest du dir ein?«

»Nichts. Ich habe Augen im Kopf. Du hoppelst steifbeinig von Tisch zu Tisch und verschüttest dabei die Hälfte.«

Ich fing mir prompt eine Ohrfeige und sofort sahen die anderen Gäste wieder auf.

»Ich«, sagte ich betont laut, ohne mir anmerken zu lassen, dass es in meinem Ohr schellte, »bringe die Krüge voll zu den Tischen. Ich glaube kaum, dass hier jemand etwas dagegen hat.«

Rufe der Zustimmung ertönten aus einer Ecke weit hinten.

Der Wirt grinste dreckig. »Bislang kam ich ganz gut ohne ein dreistes Weibsbild aus.«

»Ja«, sagte ich gedehnt. »Aber auch du wirst nicht jünger.«

»Du bist ein Weib!«, erwiderte er, als wäre das eine Erklärung, warum ich mich keinesfalls eignete.

»Na und? Ich war auch Soldat. Du musst kaum befürchten, dass ich nackt auf den Tischen tanze und mit den Brüsten wackle, nur weil ich welche habe.«

»Die Vorstellung wäre ein guter Grund, dich zu nehmen.« Er versetzte mir eine zweite Ohrfeige, aber diese war rein demonstrativer Natur, ich spürte sie kaum.

Vereinzelte Stimmen unterstützen seine Worte, irgendwer brüllte, der Wirt solle mich rausschmeißen, ehe ich das Gebraute sauer hexe.

»Vergiss es«, fuhr ich an den Wirt gewandt fort. »Und schlag mich ein drittes Mal und ich zeige dir, was ich bei euch gelernt habe. Ich will diesen Job, sonst nichts. Ich arbeite die ganze Nacht und bin mit fünf Münzen in der Woche zufrieden.«

»Pah, du kriegst zwei. Und du putzt, nachdem ich zugemacht habe!«

»Drei Münzen. Und eine Kammer zum Schlafen, für mich allein. Mit einer Tür, die schließt, und einem passenden Schlüssel!«

»Hol mich doch der Teufel. Du arbeitest heute Nacht umsonst. Morgen früh sage ich dir, ob du drei Münzen und dein Zimmer bekommst oder einen Tritt in deinen dürren Arsch.«

Ich wusste noch nicht, wie er hieß, aber ich mochte den Kerl auf Anhieb.

19

jede schwere verbrennung hinterlässt eine narbe.

Bitte, dachte Neél, *mach jetzt keinen Ärger.*

Er war sich nicht sicher, ob er Amber meinte, die stocksteif auf einem Pferd saß, das mit einer Kette an Neéls Sattel befestigt war, oder den Mann, der das Tor bewachte, auf einem Stück harziger Baumrinde kaute und Neél und die Männer, die ihn begleiteten, kritisch musterte.

Unaufgefordert zeigte Neél die Papiere vor, die ihnen das Passieren erlaubten.

»Und die da?« Die Torwache wies auf Amber.

Das hatte Neél befürchtet. »Was ist mit ihr?«

»Sie wird im Passierschein nicht erwähnt.« Der Wachmann zählte noch einmal die Männer durch, kontrollierte die Papiere und spuckte aus.

Amber starrte auf die faserige Masse aus zerkauter Rinde und tat das, was sie immer tat, wenn sie nicht gerade überhaupt nichts tat. Sie begann zu würgen.

»Sie ist meine Frau«, erwiderte Neél ungeduldig. »Natürlich wird sie im Passierschein nicht erwähnt, wenn sie an meiner Seite reitet. Es ist allein meine Entscheidung, wohin sie geht und wohin nicht.«

»Verzeihung, Hauptmann.« Der Mann kaute weiter, offenbar hatte er den ganzen Mund voll. »Aber es ist Winter. Und es sind Rebellen unterwegs, viele Rebellen, sie sind gierig wie verhungernde Ratten. Glaubst du, das ist der richtige Ort für eine Frau? Und ihr geht es auch nicht gut, glaube ich.«

Dachte der Mann, er sähe das nicht selbst? Neél war mit den Nerven am Ende, so hilflos fühlte er sich Amber gegenüber. Das Mitleid machte ihn fertig – er konnte damit nicht umgehen, nicht, solange er einerseits die Verantwortung für sie trug und andererseits keine Möglichkeit fand, etwas gegen ihr Leid zu tun. »Guter Mann«, flüsterte er dem Wachmann zu, »das geht dich einen Scheißdreck an. Und wenn ich sie hier rausschaffe, um ihr den Hals umzudrehen und sie im Schnee zu verscharren – es ist nicht dein Problem. Hast du mich verstanden?«

Der Mann verzog mürrisch das Gesicht, ließ sich aber zu einem »Sehr wohl« herab.

»Sehr wohl, *Hauptmann*!«, blaffte Neél ihn an. Die schlechte Laune musste er nicht vorspielen. Er verabscheute diese Machthaberei, auch wenn er Vorteile daraus schlug.

Der Wachposten trat zur Seite. »Sehr wohl, Hauptmann. Ich bitte um Verzeihung und wünsche einen guten Ritt ohne Zwischenfälle.«

Grußlos trieb Neél sein Pferd an.

Die vier Krieger, die ihn begleiteten, begannen bald eine Unterhaltung, doch Neél hielt sich etwas abseits. Er brauchte Zeit zum Nachdenken, so vieles ging ihm durch den Kopf.

Das Mädchen natürlich, Valeria. Er konnte davon ausgehen, dass ihr nichts passiert war – ansonsten wäre Graves vorzeitig zurückgekommen. Dass Graves etwas zugestoßen war, schloss er aus. Nicht dem alten Hund Graves. Hoffentlich hatte Valeria auch eine Kleinigkeit erjagt, die sie der Triade vorlegen konnte, um ihre Strafe zu erfüllen.

Der alte Robin Rissel spukte in seinem Kopf herum. Ob er seine Frau von nun an besser im Auge behielt, oder bereitete sie den Kindern bald die nächsten Probleme? Ob der Mann wohl je erfuhr, wie es seiner Tochter ging? Ob Neél selbst je erfuhr, wie es Joy ging? Er wischte den Gedanken fort wie eisige Schneeflocken von der Haut.

Seine Haut fesselte ebenfalls seine Gedanken. Etwas hatte sich verändert, das taube Gefühl ließ langsam nach. Leider konnte er das nicht als Fortschritt betrachten, denn das Einzige, was zurückkehrte, war Kälte. Er fror, ohne zittern zu können, denn seine Haut war steif und starr, und das den ganzen Tag und die ganze Nacht über.

Die Pistole, die Cloud ihm am Morgen überlassen hatte, belastete Neéls Kopf ebenso sehr wie seine Tasche. Er hatte sich nie Gedanken um die Waffen gemacht, über die seinesgleichen verfügten, bis Matthial ihn danach gefragt hatte.

Wo habt ihr sie her? Wo lagert ihr sie?

Die Pistole, die nun seine war, glänzte matt. Die Oberfläche hatte nicht den geringsten Kratzer. Sie war neu, gerade erst hergestellt. Aber wo? Und von wem? Neél kannte die beiden Schmieden, in denen Waffen fabriziert wurden. In keiner hatte man die Mittel, um solche Pistolen anzufertigen; das Beste, was die Waffenmeister dort zustande brachten, waren primitive Steinschlosspistolen, die immer nur eine einzige Kugel sauber abfeuerten.

Die Männer, die mit Neél ritten, waren ebenfalls mit neuen Waffen ausgestattet worden sowie mit der Warnung, jenseits des Zauns besonders vorsichtig zu sein. Es waren viele Rebellen in der Nähe der Stadt gesichtet worden – bewaffnete und aggressive Rebellen – und Gerüchten zufolge hatte es tatsächlich Überfälle gegeben. Der Wachmann am Tor war mit seinen Befürchtungen nicht allein. Cloud selbst nahm die Situation ernst, sonst hätte er nicht fünf wertvolle Pistolen an gewöhnliche Krieger herausgegeben.

Neél erwischte sich dabei, wie er mit den Zähnen knirschte, als er an das morgendliche Gespräch mit seinem ehemaligen Mentor dachte.

»Es wäre mir lieb, wenn du sie nicht gegen dich selbst richtest«, hatte Cloud gesagt.

Neél hatte einen Moment überlegt, ob er darauf reagieren sollte, und sich dann dagegen entschieden. Cloud versuchte, ihn zu beleidigen, besser, er gab vor, darüberzustehen. Er hatte lediglich dünn gelächelt, mehr Höflichkeit konnte sein Mentor nicht verlangen.

»Neél«, hatte dieser nachgeschoben, »erschieß auch dein Mädchen nicht, wenn es sich vermeiden lässt.«

Neéls Lächeln war breiter geworden. »Das liegt allein an ihr.« Er hatte das Zeichen für Respekt gemacht und war gegangen.

Er konnte Cloud die Bedenken nicht verübeln. Amber war von all seinen Sorgen tatsächlich die quälendste und er kannte einen Haufen Männer, die solche Herausforderungen gemeinhin mit einem Messer oder einer Pistole lösten. Er warf ihr einen schnellen Blick zu. Amber zuckte schon zusammen, wenn er nur den Kopf bewegte. Konnte er ihr das verdenken? Sie kannte solche Männer ebenfalls.

Er hatte alles falsch gemacht. Vom ersten Tag an hätte er versuchen müssen, sie kennenzulernen, ein wenig von ihrem Vertrauen zu gewinnen, nur um zu erreichen, dass sie ihn nicht in den Wahnsinn trieb mit ihrer Panik vor allem, was sich bewegte. Aber er hatte nur an Joy gedacht und sich bequem darauf ausgeruht, dass Amber in Clouds und Minas Haus sicher war. Er hatte angenommen, das würde ausreichen, und obgleich er merkte, dass das nicht der Fall war, hatte er nichts geändert. Später hatten ihn zuerst seine Verletzungen und dann sein Selbstmitleid so sehr beschäftigt, dass Amber ihm völlig egal geworden war.

Mein Fehler. Nun muss ich ihn ausbaden.

Es wäre einfach, ihr zu helfen, wenn sie nur mit ihm reden würde. Aber wann immer er es versuchte, begann sie zu weinen oder zu würgen und lief fort, verkroch sich irgendwo. Auf keine Frage antwortete sie und sie reagierte auch nicht, wenn er ihr beteuerte, dass er ihr nichts antun würde. Und langsam begann Neél angesichts ihres Schweigens und all der Bemühungen, die ins Leere liefen, an seinen eigenen Worten zu zweifeln.

Er trank nicht mehr, seit Amber in seinem Zimmer lebte, weil er wusste, dass sich seine Wut nach dem Genuss von Alkohol harmloser anfühlte, in Wahrheit aber brennender auswirkte. Er schlief kaum noch, denn wenn er im Schlaf Ambers Albträumen lauschte, stahlen sich diese auch in seinen Kopf und er wurde zu dem Monster, das sie quälte.

Amber war aus tiefster Seele davon überzeugt, dass er ihr etwas antun würde. Diese Überzeugung war stark, sie strahlte diese Gewissheit aus wie eine löchrige Holzwand, durch die Rauch drang, und vergiftete Neéls Atemluft. Er glaubte es inzwischen selbst. Erinnerungen kamen hoch. Joy, wie sie ihn provozierte. Joy, wie er sie schlug.

Er hatte sich damals, als er bei Kräften gewesen war, nicht beherrschen können, als diese starke, bewundernswerte Frau vor ihm gestanden hatte, die er eigentlich nur hatte beeindrucken wollen. Jetzt, da er ein Schatten seiner selbst war und die Frau an seiner Seite ihm keinerlei Achtung abverlangte, sondern bloß Mitleid ... Wie lange würde er sich noch beherrschen können? »Werde wieder du selbst!«, hatte Graves ihm geraten. Aber das konnte er nicht, solange er Amber gefangen halten musste. Nichts anderes war ihr Zusammenleben.

Er musste das beenden, besser heute als morgen. Aber ob Amber sich überwinden konnte, seinen Plan zu befolgen? Es wäre das erste Mal, dass sie tat, was er sagte.

Zweifelnd blickte Neél noch einmal zu ihr. Sie zitterte, ansonsten tat sie nichts. Wie immer.

Vielleicht verlangte er zu viel. Womöglich konnte sie nicht mehr fliehen. Sah so eine Frau aus, die noch in der Lage war zu kämpfen? Körperlich mochte sie unversehrt sein. Seelisch war sie ein Wrack.

»Denk daran, was ich dir gesagt habe«, meinte er leise. »Du hast eine Chance.« *Und nur eine. Bitte nutze sie, um unser beider willen.*

• • •

Wind kam auf und wehte die Nacht in den Wald. Wenn Neél die Augen schloss, klang das Sturmheulen sowie das Knacken und Knistern der gefrorenen Bäume, als loderte in der Nähe ein Feuer. Seine Haut brannte vor Kälte.

Er blieb aufrecht im Sattel sitzen, die Reitjacke über dem ärmellosen Hemd geöffnet, damit der Schnee in seine Haut stechen konnte, anstatt sich klein zu machen und in seine Kleidung zu hüllen wie die anderen Reiter. Nacht, Sturm und Schnee vermischten sich und raubten die Sicht, bis man kaum mehr drei Pferdelängen weit sehen konnte. Sie hatten noch eine knappe Stunde zu reiten, ehe sie den Blauen See erreichten. Allein diese Stunde schien Neél viel zu lange – Valeria wartete sicher schon seit dem Morgen darauf, von ihrer Strafe erlöst zu werden. Andererseits herrschten jetzt die besten Bedingungen für das, was er mit Amber vorhatte.

Er zügelte sein Pferd und somit auch Ambers, sodass zwischen den vier Kriegern und ihnen eine Lücke aufklaffte.

»Bleib nicht zurück, Hauptmann!«, rief ihm einer der Männer zu. Er konnte im Schnee kein Gesicht mehr erkennen. »Das ist gefährliches Land.«

»Ja«, erwiderte Neél leise. »Rebellenland. Östlich von hier jagt der Clan der Waldleute.« Seine Stimme zitterte leicht, als er den Namen aussprach. Amber reagierte nicht. Er seufzte lautlos. Es schien aussichtslos, aber einen Versuch war es wert. Sie mochte nie ein Wort antworten, aber vielleicht verstand sie ja doch, was er sagte.

»Sie muss mal pinkeln«, rief er den anderen Reitern zu und achtete darauf, ausreichend genervt zu klingen. Dann sprang er ab, schlang die Zügel seines Pferdes nachlässig um einen Ast und löste die Kette, mit der Ambers Wallach am Sattel seiner Stute festgebunden war. In seinem Kopf tobten Warnungen und Ratschläge, die er ihr mitgeben wollte. Aber alles war bereits unter vier Augen gesagt und jedes Wort zu viel würde die Männer misstrauisch machen. Neél führte Ambers Pferd in einen kleinen Fichtenhain. Aufgrund der Entfernung, des widrigen Wetters und der mit Frost behangenen Nadelbäume konnten die Männer sie nun nicht mehr sehen.

»Osten«, flüsterte er und nickte in eine Richtung, »liegt dort. Ich gehe jetzt pinkeln. Wenn ich zurückkomme, kannst du weit genug fort sein.«

Amber atmete vernehmlich ein und zum ersten Mal hatte Neél das Gefühl, sie würde ihn ansehen und nicht durch ihn hindurch.

»Viel Glück, Amber.«

Er wandte sich ab, trat an eine Fichte heran und heftete den Blick auf die Eiszapfen, die von den Zweigen hingen. Mit starren Augen wartete er auf das Knirschen von Hufen im Schnee, aber es kam nicht. Er konnte Ambers Pferd atmen hören. Es stand bewegungslos da.

Verdammt, Mädchen, warum haust du nicht ab? Er konnte sie nicht zwingen, zu flüchten und beim nächsten Clan Zuflucht zu suchen. Der Grund dafür war weniger sein eigener Hass auf Jamie, sondern vielmehr die Tatsache, dass er nichts über diesen Mann wusste. Wer sagte denn, dass es für Amber ein geringeres Übel war, bei Jamie zu leben als bei ihm? Vielleicht ritt sie nicht davon, weil sie Jamie ebenso fürchtete wie er.

Neél schüttelte die Bedenken ab. Nein, vermutlich hatte sie nichts gegen Jamie. Sie hatte schlicht und einfach den Verstand verloren.

Amber ritt nicht davon. Das Pferd trat stattdessen langsam näher an Neél heran, als hätte es Angst, mit dem Geistermädchen allein gelassen zu werden.

Frustriert wandte er sich um. Und registrierte noch, dass Amber nach ihm trat, bevor er einen gewaltigen Stoß gegen den Kopf bekam und wie ein Stein zu Boden fiel.

• • •

Sie gaben die Suche auf, als die Nacht den Wald in vollkommene Finsternis getaucht hatte. Selbst der hartnäckigste der vier Krieger sah nun ein, dass es keinen Sinn mehr hatte, weiter nach Amber zu suchen.

»Vergiss es, Hauptmann. Es hat keinen Zweck, wir riskieren nur die Knochen unserer Pferde. Wir sollten sie aufgeben, weit kommt sie eh nicht.«

Beinahe hätte Neél erleichtert aufgeatmet, doch er durfte sich keinesfalls etwas anmerken lassen. Plan B hätte darin bestanden, ihnen weiszumachen, dass er Amber im Wald hatte töten wollen und sie entkommen war. Selbst als Lüge eine bittere Vorstellung – er hoffte, sie nicht auftischen zu müssen. Außerdem war es wichtig, nun schnellstmöglich weiterzureiten. Valeria wartete schon viel zu lange und es stand zu befürchten, dass sie seinem Rat folgen und ebenfalls in Richtung der Rebellenclans laufen würde, wenn sie annehmen musste, nicht mehr abgeholt und in die Stadt zurückgebracht zu werden.

Innerlich grinste Neél. Amber hatte tatsächlich getan, was er ihr gesagt hatte, und war geflohen. Nun gut, ihn niederzutreten und dabei seine Nase zu brechen, war nicht Teil des Plans gewesen, aber er konnte ihr nicht übel nehmen, dass sie auf Nummer sicher gegangen war. Die Freilassung hätte ebenso gut eine perfide Falle sein können. Sein schlechtes Gewissen kitzelte ihn unter der Schädeldecke. Eine Heldentat war es wahrlich nicht gewesen. Er hatte sich mehr als einmal bei dem Gedanken daran erwischt, dass der Seelenhändler Jamie bestimmt eine gute Verwendung für das Geistermädchen hatte.

Doch im Grunde erleichterte es ihn, dass Amber offenbar doch nicht den Verstand verloren hatte, wie alle sagten, und das wiederum erleichterte sein Gewissen, immerhin war er nicht unschuldig an ihrer Lage.

Neél schob die Hände in die Taschen, um sie vor dem Weiterreiten etwas aufzuwärmen. Und erstarrte.

Die Pistole. Sie war weg.

• • •

Neél behielt den Diebstahl für sich. Er wollte unter den Männern keine Unruhe verbreiten. Dass die Flüchtige bewaffnet war, würde ihnen kaum gefallen. Sie würden die Suche sofort wieder aufnehmen, um die Waffe nicht den Rebellen zukommen zu lassen. Davon abgesehen würden sie ihn verspotten.

Verdammt, er hatte nichts gemerkt, rein gar nichts! Sie musste die Waffe gestohlen haben, als er einen Moment ohnmächtig gewesen war. Sein Schädel brummte noch immer von ihrem Tritt sowie von der Frage, die er sich unablässig stellte, seit er den Diebstahl bemerkt hatte: Woher hatte Amber von der Waffe gewusst?

• • •

Je näher sie dem Blauen See kamen, umso heller schien es zu werden. Die gefrorene Wasseroberfläche reflektierte das Mondlicht, sodass es aussah, als ginge unter dem Eis ein zweiter, viel größerer und hellerer Mond auf.

Als Neél das Mädchen schattenhaft am Ufer stehen sah, wo sie wie vereinbart stoisch wartete, erinnerte ihn das so schmerzhaft an Joy, dass sich sein ganzer Körper zusammenzog und es ihm zu eng in seiner Haut wurde. Er ertappte sich bei der Vorstellung, dass Joy von Ambers Flucht erfuhr, dass sie erfuhr, wer Amber hatte gehen lassen. Würde es etwas ändern?

Dummer Junge. Clouds Stimme hallte in Neéls Kopf wider. *Sie verhalten sich verschieden, aber sie sind alle gleich. Für Rebellenfrauen zählt nur ihre Freiheit. Dafür kämpfen sie mit allen Waffen. Mit Sonne, mit dem Mond, mit Schweigen und mit Küssen.*

Um ihre Ziele zu erreichen, hatte Joy ihn mit Waffen geschlagen, denen er nichts entgegenzusetzen gehabt hatte. Er konnte sich nicht helfen, er bewunderte sie dafür. Ihre Gefühle waren echt gewesen, dessen war er sich sicher, aber sie war ihnen nicht ins Netz gegangen, sondern hatte dieses Netz für ihre Zwecke genutzt.

»Wie kommt es, dass du sie nicht hasst, die Menschen?«, hatte Cloud ihn einmal gefragt, als seine Wunden ihn noch ans Bett fesselten.

Neél hatte geantwortet: »Sie hat mich durch ihre Augen sehen lassen. Durch Menschenaugen. Ich verstehe sie nun besser.«

»Und das Verstehen nimmt den Hass und den Wunsch nach Rache?«

Neél hatte gelacht, um die Schmerzen auszuhalten, die Minas Behandlungen trotz Mohn mit sich brachten. »Nein. Nichts davon. Aber die Rachsucht und der Hass vernichten auch nicht das Verstehen.«

• • •

Valeria stand da wie festgefroren. Sie zitterte vor Kälte, in dem vom See zurückgeworfenen Mondlicht sah ihre Haut fahl und ungesund aus, die Augenringe tief und dunkel, die Lippen blass. Aber sie stand aufrecht mit erhobenem Kopf, und als sie ihre Hand hob, sah Neél einen toten Hasen an einer dünnen Schlinge baumeln.

»Ich habe es geschafft«, sagte sie und ihre klare Stimme klang im ersten Moment unerschrocken. Allerdings schob sie ein verstörtes »Oder?« nach, aus dem herausklang, wie sie sich wirklich fühlte.

Neél lauschte in die Nacht. Nichts wies auf Graves' Anwesenheit hin, aber er wusste, dass sein Freund da war. Dass das Mädchen nicht von den Wildkatzen gefressen worden war, die im Winter ebenso hungrig waren wie alle anderen Lebewesen, bewies es.

»Das hast du.« Er streckte die Hand aus und nahm den Fuß aus dem linken Steigbügel, damit sie hinter ihm aufsitzen konnte. Sie hatte Mühe, er musste sie aufs Pferd ziehen. Vermutlich hatte sie nicht geschlafen. Und Graves ebenso wenig.

Neél sah sich um, aber abgesehen von den Männern, die ungeduldig zum Aufbruch drängten, fiel ihm nichts weiter auf. Hart trieb er seine Stute an. Trotz aller Waffen waren sie auf der Flucht. Der Morgen lag bereits auf der Lauer, um sie zu jagen.

20

wie seltsam zu erleben, dass das,
was gestern eine katastrophe war,
heute zu einer schönen erinnerung verwischt,
einzig durch das verstreichen von ein wenig zeit.

Ich hatte mein Ziel erreicht. Ich kämpfte mich Nacht für Nacht durch von Rauch und Alkohol verseuchte Luft, die sich besser schneiden als atmen ließ, brachte lallenden Percents ihre Becher mit Gebrautem und Gebranntem und ließ mich dafür von ihnen anpöbeln, beleidigen und für das Wetter, die schlechte Ernte sowie den daraus resultierenden Mangel an Nahrungsmitteln verantwortlich machen. Wenn mir jemand an den Hintern fasste, erwiderte ich kernige Drohungen, auch wenn ich diese lieber wortlos in die Realität verwandelt hätte. Einige Gäste hassten mich allein für meine Anwesenheit, andere taten zumindest so, vermutlich weil sie sich im Kollektiv mit einer gemeinsamen Meinung wohler fühlten, und Morton, der Wirt, konnte mich zwar gut leiden, gab sich jedoch die größte Mühe, dies nicht zu zeigen.

Wenn ich morgens in mein Bett kroch, nahm ich die Gerüche von Gebranntem, Schweiß und Zwiebeln mit unter die Decke, egal wie gut ich mich wusch. Die Sonnenstunden des Tages verschlief ich in meiner Kammer über der Bar. Der Gestank haftete an meiner Haut und in meinen Haaren und ließ mich von umkippenden Bechern und klebrigen Bodendielen träumen. Ich redete mir ein, dass ich einfach nur lange genug warten musste, doch in Wahrheit zweifelte ich daran, dass Neél sich noch an die Worte erinnerte, die wir uns in jener Nacht zugeflüstert hatten. *Wir sehen uns im Mondlicht.*

Ob er überhaupt einen Zusammenhang zu dieser Bar herstellte?

Sicher nicht, solange er nicht einmal wusste, dass ich in der Stadt war. Doch wenn es diesen Zusammenhang gab, dann kam ich zu spät, denn Neél war nicht da. In meiner Brust verkrampfte sich etwas, bei dem Gedanken daran, dass Neél vielleicht aufgegeben hatte, nachdem er viele Nächte hier gewesen war. Einsame Nächte.

Jedes Mal wenn die Tür aufging, huschte mein Blick zum Gesicht der Hereinkommenden, in der Hoffnung, jemanden zu erkennen. Jedes Mal starrten Percents zurück, die sich daran stießen, dass ich es wagte, sie anzuschauen, sich beleidigt fühlten oder mich schlicht gar nicht als Person wahrnahmen und durch mich hindurchsahen. Ich lernte, Anfeindungen und Provokationen zu schätzen. Es gibt nur wenig, das schlimmer ist, als wie ein Möbelstück behandelt zu werden.

Nach ein paar Tagen hatte ich mich so weit an meinen neuen Alltag gewöhnt, dass ich wieder Kraft und Mut fand, mich in der Stadt umzusehen. In der Nähe der Villa bewegte ich mich wie auf rohen Eiern. Die Letzte, der ich begegnen wollte, war Alex, und ich kannte sie gut genug, um zu wissen, dass sie mich in ihrer Nähe registrieren würde, auch wenn sie mich nicht sah. Doch leider kam ich um ihre Gegend nicht herum. Flagg's Boulder gab es noch, auch wenn der Kreis geschrumpft war. Die Chance, Graves dort zu finden, bestand nach wie vor. Und in Graves sah ich meine große Chance, Neél zu treffen.

Doch dann, gerade als ich mit weit offenen Augen über den Markt ging und nach vertrauten Gesichtern Ausschau hielt, entdeckte mich jemand, dem ich nie mehr hatte begegnen wollen.

»Joy.« Ich hörte meinen Namen so weich, wie ich ihn lange nicht mehr vernommen hatte. Eine Hand berührte meinen Oberarm. »Wie schön, dich zu sehen, Soldat.«

Ich drehte mich um und musste schlucken, doch im nächsten Moment war mein Hals wie ausgedörrt.

Vor mir stand Widden.

Nach dem Chivvy hatte ich erschreckend selten an ihn gedacht. Er hatte mit Giran zusammengearbeitet und alles versucht, um mir das Überleben schwer zu machen, einzig und allein aus Hass auf Neél. Widden nun dicht vor mir stehen zu sehen, seine Hand erschreckend warm an meiner Schulter zu spüren, war, als wäre eine Leiche aus ihrem Grab gekrochen, um sich an mir zu rächen.

»Sie reden von aggressiven Rebellen an den Toren. Und du läufst mir über den Weg. Zufall?« Er lächelte. Er konnte das immer noch gut: lächeln, als meinte er es ehrlich.

Für einen Moment erschrak ich so sehr, dass er es mir mit Sicherheit ansah. Wusste er von der toten Torwache? Roch er das Blut an meinen Händen? Es musste so sein, ich roch es ja selbst noch, sooft ich meine Haut auch schrubbte.

»Ich bin keine Rebellin mehr.« Ich nahm meine Marke, hielt sie ihm hin, zog sie aber sofort zurück, als er die Hand danach ausstreckte.

»Interessant.« Widdens Grinsen ließ meinen Magen zu Eis erstarren.

»Entschuldige mich, Widden. Ich muss zur Arbeit.« Es war ein ärmlicher Versuch, darauf hinzuweisen, dass mich jemand vermissen würde, wenn er mich nun packen und weiß der Himmel was mit mir anstellen würde.

»Dann geh nach Hause, Mädchen«, sagte er mit falscher Freundlichkeit.

Ich drehte mich weg und lief ein paar Schritte. Das, was in meinem Nacken prickelte, mussten seine Blicke sein. Die Aussicht, er würde mir zu meinem provisorischen Zuhause folgen, machte mich schwindelig. Wie sollte ich je wieder ruhig schlafen, wenn ich wusste, dass er jederzeit auftauchen konnte? Ich hatte selbst zu viele Schlösser geknackt, um ihnen Vertrauen zu schenken.

Idiotin!, schimpfte ich still. Ich hatte seinen Jagdtrieb geweckt, unbewusst den Startschuss gegeben für ein Spiel, das er nicht aufgeben würde, ehe er gewonnen hatte.

Ich wägte meine Optionen ab. Ich war schnell und das Wetter war heute vergleichsweise mild, sodass viele Menschen die Straßen bevölkerten. Zwischen ihnen konnte ich untertauchen. Doch jemand, der rannte oder nach einem Versteck suchte, fiel auf, und die Menschen hatten diesen Winter so wenig, dass sie mich jederzeit für die Aussicht auf einen Korb Nahrungsmittel oder Feuerholz verraten würden. Weiterlaufen, in einsamere Bezirke der Stadt, war zu riskant. Alternativ blieb nur die Möglichkeit, ziellos weiterzugehen und darauf zu hoffen, dass Widden irgendwann langweilig werden würde. Doch während sein Arbeitstag vermutlich vorbei war und er den ganzen Abend Zeit für sein sadistisches Spiel hatte, musste ich bald ins *Mondlicht*, und spätestens dann würde er wissen, wo er mich fand.

Ich versuchte, mich von diesen Sorgen zu befreien. Warum sollte er das tun? So wichtig war ich nicht.

Nein, flüsterte es in mir. *Du hast nur dafür gesorgt, dass ihm sein Lieblingsspielzeug weggenommen und er zum Gespött unter seinesgleichen wurde.*

Als ich mich umsah, wirkte Widdens Grinsen wie ein verkrampftes Zähnefletschen und meine Schritte wurden hastiger, ohne dass ich es etwas dagegen tun konnte. Es gibt nur eine Sache, die sich schlimmer anfühlt, als verfolgt zu werden: verfolgt zu werden und nicht zu wissen, wohin man gehen kann.

Doch als hätten meine Gedanken ihn heraufbeschworen, glaubte ich plötzlich, jemanden zu erkennen, der einige Schritte vor mir ging. Die Statur kam mir bekannt vor; die Art, wie der Percent sein Haar trug – wie alle anderen zum Zopf gebunden, aber nicht ganz so akkurat gekämmt. Der Wollpullover.

»Graves.« Ich hauchte seinen Namen nur, trotzdem zuckte er zusammen, als hätte ich etwas nach ihm geworfen. Er wandte sich um und erkannte mich. Und im gleichen Moment sah er Widden. In seinem Gesicht ging eine Veränderung vor, einerseits kaum wahrnehmbar, andererseits so deutlich, als gefröre Wasser zu Eis. Ich wäre fast vor ihm zurückgeschreckt. Ich kannte den Anblick, wenn Neéls Miene Kampf verhieß – aber von Graves hätte ich das als Letztes erwartet. Er, der mit Sicherheit sanftmütigste Percent, vermochte es, eine solche Drohung in seinen Blick zu legen, dass mir kalt wurde. Doch dieser Blick galt nicht mir.

Widden blieb stehen und sah mit erhobenem Kinn zu uns, ehe er sich wieder in Bewegung setzte. Seine Haltung drückte Überlegenheit aus, doch sie war nur aufgesetzt. Durchschaubar. Sein Zögern hatte ihn verraten. Graves kam offenbar zur gleichen Einschätzung, in seinem Mundwinkel zuckte es düster amüsiert und seine Schultern entspannten sich.

»Joy.« Graves musterte mich von oben bis unten und brachte es fertig, dass ich mich noch erbärmlicher fühlte. Er sah blass und müde aus. Tiefe Ringe lagen unter seinen Augen und die Narben auf seinen Wangen schienen dunkler als früher. Ich hatte mir gewünscht, ihn wiederzusehen, doch jetzt fand ich mich einer kritischen Ablehnung gegenüber, die sich schlimmer anfühlte als die Furcht vor Widden. Denn ich hatte sie vermutlich verdient.

»Verstehe«, sagte Widden grußlos zu Graves. »Das Rebellenmädchen, das das Chivvy ad absurdum geführt hat, Hand in Hand mit unserer Missgeburt Graves.«

Ich ahnte, dass es nun an Graves war zu sprechen.

»Gibt es einen Grund, der ihr verbietet, hier zu sein, Widden?« Typisch Graves. Sein Tonfall war voller Arroganz, aber er stellte eine Frage und formulierte keine Aussage, deren Bedeutung er sich nicht sicher sein konnte.

»Keineswegs.« Widden hob die Hände, was deeskalierend hätte wirken können, wenn nicht so viel Streitlust in seinen Augen geleuchtet hätte.

Aus Graves' Miene sprach nur Desinteresse. Was immer Widden von ihm wollte – seine Unterstützung, seine Erlaubnis, eine Prügelei um mich oder dass er einfach nur den Weg frei machte –, Graves verneinte jede Forderung, ohne dass sie ausgesprochen werden musste.

»Es ist nur so«, sagte Widden, »dass das Mädchen völlig allein durch die Straßen geirrt ist und ich mir ernsthaft Sorgen um ihre Sicherheit gemacht habe.« Er lächelte schmutzig. »Joy, du glaubst, deine Freunde hier«, er wies auf Graves, »hätten im Chivvy all deine Feinde umgebracht, aber ich fürchte, dem ist nicht so.«

Graves zog scharf die Luft ein. »Das sind haltlose Unterstellungen.«

Widden flüsterte ihm etwas zu, wovon ich nicht alles verstand: »… und ich weiß, was beim Chivvy in den Wäldern geschehen ist.«

»Schön«, mischte ich mich nun doch ein. »Wenn du so genau im Bilde bist, weißt du ja auch, dass Graves überhaupt nicht in den Wäldern war. Ich bin freiwillig in die Stadt zurückgekehrt und habe mein Recht zugesprochen bekommen. Das Chivvy ist vorbei.«

»Auch für jene, die ihr Leben lassen mussten?«

Er versuchte, mich zu provozieren, doch ich erwiderte sein falsches Grinsen mit gleicher Münze. »Für die mit ganz besonderer Endgültigkeit.«

Er griff nach mir, doch ich wich seiner Hand mühelos aus.

»Sieh es ein, Widden«, sagte Graves. »Die Frau ist Soldat. Sie hat getan, was sie tun musste.«

Widdens Blick verkantete sich mit Graves'. Ich schien nicht länger beachtenswert und nahm dies als Zeichen, das Richtige gesagt zu haben.

»Für sie mag das gelten. Nicht für Neél.«

Graves unterbrach ihn sofort. »Du musst ihn ja für einen wahren Helden halten, wenn du denkst, dass er als Gefangener der Rebellen noch seine eigenen Männer tötet.«

»Gib es zu, Widden«, wagte ich mich noch einmal vor. »Ihr habt die Menschen unterschätzt. Das hat einige von euch das Leben gekostet.« Ich senkte die Stimme zu einem dunklen Raunen. »Und so wird es Weiteren von euch gehen. Vielen.«

Noch ehe Widden sich brüskiert abwandte und die Straße entlangrauschte und Graves nach Luft schnappte, war mir klar, dass ich eine unaussprechliche Dummheit begangen hatte. Ich hatte eine Drohung ausgesprochen, Widden gegenüber. Und das auch noch in einer Situation, die nicht ungünstiger hätte sein können. Die Stimmung in der Stadt brodelte, weil unverhältnismäßig viele Rebellen gesichtet wurden. Irgendetwas ging da draußen vor sich – und ich bekam mein Mundwerk nicht in den Griff.

Graves seufzte und holte mich jäh aus meinen Gedanken. Bevor ich mir weiter meinen Kopf über Widden zerbrach, musste ich ihm Rede und Antwort stehen. Einem früheren Freund, der jetzt nur noch Verachtung für mich übrig hatte und mir dennoch zu Hilfe gekommen war. Gab es noch kompliziertere Gespräche?

»Was machst du hier?«, fragte Graves, nachdem wir einige Hundert Schritte still gewandert waren. So lange hatte ich Zeit gehabt, mir Antworten zu überlegen. Und ebenso lange, um sie alle wieder zu verwerfen.

»Ich habe eine Arbeit gefunden.« Das war alles, was mir einfiel. »In einer Bar.«

»Du hast das Chivvy gewonnen, um in einer Bar Getränke umherzutragen.« Sein Ton machte klar, dass ich mit dieser Information in seiner Achtung nicht gestiegen war.

In mir kribbelte heißer Zorn. Warum glaubten sie alle, mich

verurteilen zu können, für das, was ich getan oder nicht getan hatte? Interessierte es einen von ihnen, dass ich all das nie gewollt hatte?

»Du putzt den Dreck anderer weg«, warf ich Graves an den Kopf, ohne meinen Blick zu heben. Mein Gesicht war rot vor Scham und Wut. »Also spotte nicht über mich. Ich habe meine Gründe.«

Er lachte leise, es klang nicht wohlwollend, aber auch nicht mehr ganz so abschätzig. »Ich wische Dreck weg, weil sich unter Dreck interessante Dinge verbergen. Mich interessieren interessante Dinge.«

Ich nickte. »Und ich bringe Männern Gebrannten, weil Betrunkene die Wahrheit sagen. Mich interessiert die Wahrheit.«

Graves hob eine Braue. »Warum lügst du mich an, Joy?«

»Würde dich die Wahrheit interessieren?«

»Kommt auf die Wahrheit an.«

Ich atmete ein. »Neél«, stieß ich hervor. »Ich suche nach ihm. Ich muss ihn sehen.«

Erneut lachte er, diesmal schien es eine skurrile Mischung aus Bitterkeit und echtem Humor. »Was willst du noch von ihm? Kannst du ihn nicht in Ruhe lassen?«

Ich schüttelte den Kopf. »Nein.«

»Das ist grausam von dir.«

»Ich will ihn doch nur sehen.« Ich musste flüstern, um Graves nicht anzuschreien, so viel Frust bereitete es mir, dass er mich verurteilte.

»Du wolltest ihn ziemlich lange nicht sehen. Jetzt, kaum dass seine Wunden verheilt sind, kommst du zurück?«

»Ich wäre früher gekommen, wenn ich nicht geglaubt hätte, er sei tot«, stieß ich zwischen den Zähnen hervor.

»Es tut mir leid, Joy«, sagte Graves mit einer erschreckenden Endgültigkeit. »Ich fürchte, du bist zu spät.«

Seine Worte erfüllten mich mit Angst, mit einer plötzlichen, alles beherrschenden Angst. »Wo ist Neél? Geht es ihm gut?«

»Es geht ihm besser. Ohne dich. Er erholt sich.«

Was glaubte Graves denn, was ich vorhatte? Neéls Wunden wieder aufzureißen? Würde das geschehen – unweigerlich?

»In den letzten Tagen habe ich ihm einen Gefallen getan, Joy. Ich habe jemanden beschützt, der ihm ans Herz gewachsen ist. Jemanden, der der Grund ist, warum er nicht mehr in der Bar sitzt. Ein Mädchen.«

Es dauerte eine Weile, bis ich registrierte, dass meine Knie weich wurden. Ein Mädchen. Bedeutete das, Neél hatte eine neue Freundin? So schnell?

»Okay«, sagte ich schließlich und schaffte es, Graves' kritischen Blick zu erwidern. »Ich bin nur hier, um Neél zu sehen. Ich muss mit ihm reden. Wenn er dann nichts mehr von mir wissen will«, was ich weder glauben wollte noch konnte, »dann ist es seine Entscheidung und ich werde sie akzeptieren.« Akzeptieren müssen.

Graves zuckte mit den Schultern. »Du willst es mir nicht glauben, oder? Du bist zu spät.«

»Das soll er mir selbst sagen. Lässt du ihn wissen, wo er mich findet? Bitte, Graves.«

Er seufzte. »Ich weiß nicht, wann ich ihn wiedersehe.«

»Ich warte«, sagte ich mit Nachdruck.

Und dann ging ich ohne ein weiteres Wort, weil ich die Anklage in seinen Augen nicht länger ertrug.

21

du hättest ein werkzeug schmieden sollen, cloud.
aber du hast ein schwert geschmiedet.

»Wiederhole, was du eben gesagt hast.« Cloud ließ sich auf sein breites Sofa fallen. Am anderen Ende des großen Raumes war sein Bett auszumachen.

Erst jetzt begriff Neél, dass Cloud ihn in seine Privatgemächer gebracht hatte, in das Zimmer, das er mit Mina teilte. Er bewegte die Füße, sie sanken ein gutes Stück in den dicken Teppich ein. Seine schmutzigen Sohlen hinterließen Flecken. Die Vorhänge waren bunt gefärbt und wiesen auf Minas Geschmack hin, wie auch ein paar Bilder, die Neél aus Clouds altem Haus kannte. Die Tapeten waren handbemalt, ebenso die Intarsien an den Decken.

»Du wohnst sehr gemütlich«, sagte er.

Cloud stützte die Ellbogen auf seine Oberschenkel und ließ das Gesicht in die Hände sinken. »Neél.«

Neél verstand die Ansage. Es war ernst. So ernst, dass ihm ein wenig schwindelig wurde – als wäre er nicht wirklich in diesem Raum, ganz ähnlich einem Traum.

Er wusste um die Gefahr, in der er schwebte. Das war schon absehbar gewesen, als Cloud Neéls Stellungnahme vor der Triade abgebrochen und verlangt hatte, Neél solle in sein privates Zimmer kommen, vor dessen Tür er lang hatte warten müssen.

»Wie ich schon zu Protokoll gegeben habe, hat das Mädchen die drei Tage überstanden und –«

»Das Mädchen?«, brüllte Cloud. »Das Mädchen interessiert mich einen Scheißdreck! Du Vollidiot hast Amber gehen lassen. Warum hast du das getan?«

Neél war einen Moment perplex. Amber? Seit wann interessierte Cloud sich für Amber? Er stieß Luft durch die Nase aus. »Tu doch nicht so, als würdest du an ihr hängen. Sie ging dir auf die Nerven, du wolltest sie doch loswerden und hast sie kurzerhand in mein Zimmer gesperrt wie ein Tier.«

»Weil die beiden älteren Präsidenten verlangten, dass Mina bei mir im Hotel lebt und ich Amber unmöglich mit hierhernehmen konnte. Amber war dein Problem und es war höchst schäbig von dir, sie mir aufs Auge zu drücken, nur weil meine Frau ein zu weiches Herz hat. Es war deine Entscheidung, Anspruch auf sie zu erheben.«

»Und meine Entscheidung, sie auf einen Ausritt mitzunehmen. Ich bin Hauptmann, Cloud, kein niederer Krieger. Es steht mir zu, meine Frau mitzunehmen.«

»In den Kampf darfst du sie mitnehmen – du Narr!«

Neél zuckte mit den Schultern. »Kampf ist relativ.« Sie hatte ihn schließlich niedergeschlagen.

Cloud fuhr sich ruppig durch die Haare. Er würde seinen Zopf neu binden müssen, ehe er seine Räumlichkeiten wieder verließ.

»Ich enthebe dich deines Amtes, Neél«, sagte er mit erschreckender Ruhe. »Nein, ich enthebe dich aller militärischen Aufgaben. Ich habe versucht, es zu verhindern, ich hätte alles versucht, aber du zwingst mich dazu. Die Degradierung erfolgt mit sofortiger Wirkung, die Stadt wird es binnen einer Stunde erfahren. Trittst du noch ein einziges Mal als Hauptmann auf oder ziehst in anderer Form Nutzen aus dem Dienstgrad, wird dies als Verrat ausgelegt und dementsprechend geahndet. Mit dem Tod, Neél, damit wir uns richtig verstehen.«

Für ein paar Augenblicke war Neél unfähig zu sprechen. Er nickte, kurz und hart, als hätte Cloud ihm einen gewöhnlichen Befehl erteilt, aber in seinem Magen rumorte es und in seinen Ohren stach ein pfeifender Ton. Diese Sanktion stand in keinem Verhältnis zu seiner Verfehlung. Selbst wenn Cloud persönlich an Amber gehangen hätte (und das schloss Neél aus), wäre eine vollständige Enthebung aller militärischen Ämter nicht rechtens. Neél konnte diese Entscheidung anfechten – theoretisch. In Wahrheit sanken die Überlebenschancen rapide, wenn man die Entscheidungen eines Präsidenten infrage stellte. Was er auch nicht vorhatte. Er trug das Amt, weil man es ihm aufgezwungen hatte, und in jeder anderen Situation hätte es ihn erleichtert, es loszuwerden. Was ihn so verwirrte, war die Frage, weshalb Cloud so überzogen reagierte.

»Warum, Cloud?«, wagte Neél sich vor, wissend, dass er sich auf dünnes Eis begab.

»Warum, fragst du mich?« Cloud legte die Hände aneinander. Er merkte selbst, dass sie zitterten, starrte auf seine Fingerspitzen, unternahm aber nichts, um seinen Zustand zu verbergen. »Das Mädchen gehen zu lassen, reicht für eine Anklage, wenn ich das möchte. Die Anschuldigung würde Hochverrat lauten. Begreifst du langsam, Neél?«

Neél hatte eine Ahnung, so war es nicht. Aber er wollte die Wahrheit hören. »Ich kann dir nicht folgen.«

»Sie hat in meinem Haus gelebt«, erklärte Cloud.

Neél nickte erneut. Ja. Wochen, Monate hatte Amber in Clouds Haus gelebt. Geistermädchen hatten sie sie genannt, weil sie lautlos und fast unsichtbar durch die Räume gehuscht war. Man hatte nie gewusst, wo sie sich aufhielt, hinter welcher Tür sie sich verbarg und welche Gespräche sie unbemerkt mit anhörte.

Neéls Herz polterte los. Er hätte es wissen müssen. Er erinnerte sich an etwas, das Joy einmal gesagt hatte: »Amber ist die Vorsichtige von uns, die Scheue, Zurückhaltende. Die nur winzige Anzeichen benötigt, um Gefahren zu bemerken. Die Intuitive.«

Amber war die perfekte Spionin, und wenn sie es darauf angelegt, sich in den richtigen Nischen verborgen und den richtigen Worten gelauscht hatte, dann besaß sie nun Informationen von unschätzbarer Bedeutung.

Neél musste erkennen, dass er ihren kranken Geist und ihr gestörtes Verhalten möglicherweise falsch eingeschätzt hatte. Wenn das alles nur ein Schauspiel gewesen war ... Er blickte Cloud fassungslos an und erkannte, dass er dasselbe dachte.

»Ich verschone dich«, sagte Cloud leise, »weil auch ich Amber kaum noch wahrgenommen habe. Vor allem aber«, sein Tonfall wurde noch ruhiger und zugleich schärfer, »hätte ich nicht damit gerechnet, dass du sie freilässt. Und erzähl mir jetzt nicht, du hättest das nicht geplant.«

Neél senkte den Blick. Ihm lag eine Entschuldigung auf der Zunge, aber je länger er über die Worte nachdachte, umso klarer wurde ihm, dass sie eine Lüge waren. Es war richtig gewesen, sie gehen zu lassen.

»Sie war weder in deinem Haus noch in der Stadt freiwillig« war alles, was ihm zu sagen übrig blieb, ohne mit einer zu deutlichen Stellungnahme sein Leben unnötig zu riskieren. »Amber trifft keine Schuld.«

Cloud verzog den Mund, als hätte er Zahnschmerzen. »Ob sie eine Schuld trifft oder nicht, ist mir gleichgültig. Ein Bolzen oder eine Kugel wird sie treffen, Neél. Und das ist deine Schuld.«

»Und wenn sie gar nicht vorhat, ihr Wissen zu teilen? Wissen, von dem du noch nicht einmal weißt, ob sie darüber verfügt?«

»Darauf kann ich mich nicht verlassen. Die Rebellen sind aggressiv dieser Tage. Gibt man ihnen jetzt ein paar empfindliche Informationen, werden sie mit einem Angriff nicht lange zögern. Die Sicherheit der Stadt steht auf dem Spiel.«

»Wir schlagen sie zurück, wie wir es immer getan haben«, entgegnete Neél.

»Nein, Neél. Jeder Krieger, den wir verlieren, ist einer zu viel. Das Mädchen muss sterben, damit viele andere sicher sind.«

»Joy kennt ebenfalls sensible Geheimnisse aus unseren Reihen. Sie hat nichts verraten.«

Clouds Blick begann, in seinem Gesicht zu stechen, so hart wurde er. »Das glaubst du. Tatsächlich frage ich mich die ganze Zeit, warum sich plötzlich mehr und mehr Rebellen um die Stadt herumtreiben. Wie kommt es, dass plötzlich ganz in der Nähe unserer Waffenlager Torwachen angegriffen werden?«

Waffenlager? Neél zählte nicht zu den auserwählten Männern, die offiziell von den Standorten wussten. Er hatte eine grobe Ahnung, wo sie sich befanden, doch mit Joy hatte er darüber sicher nie gesprochen. »Joy hat nichts damit zu tun.«

Clouds Lächeln sog sich mit Spott voll. »Du glaubst, du kennst die Menschen? Kannst sie durchschauen?«

»Du nicht? Du lebst mit einer Frau zusammen.«

»Das mag sein. Aber ich vermeide es, ihr den Rücken zuzuwenden, wann immer sie die Rüben mit einem großen Messer schneidet.« Cloud ging zur Tür und öffnete sie. »Es ist nicht gut zu vertrauen. Es bringt uns in Schwierigkeiten und hinterlässt nur Enttäuschungen.«

Der bevorstehende Abschied war endgültig. Mit seinem militärischen Rang verlor Neél auch die Berechtigung, das Hotel zu betreten. Er würde sein Haar kurz schneiden müssen, so kurz, dass er es gerade eben noch zu einem Zopf zusammenfassen konnte – jeder sollte sehen, dass er nicht mehr wert war als ein Varlet. Er durfte die Stadt nicht mehr ohne Sondererlaubnis verlassen; er hatte somit nicht einmal mehr die Möglichkeit, Amber zu warnen. Er fühlte sich schuldig ob der Hatz, die gerade nicht allzu weit entfernt in den nördlichen Wäldern begann.

Neéls Mund war trocken, als hätte er staubige Kohle gekaut. Er trat durch die Tür und lauschte auf das Klacken, als Cloud sie hinter ihm schloss. Das sollte es nun gewesen sein zwischen ihnen?

»Leb wohl, Cloud«, sagte Neél so laut, dass sein alter Mentor es mit Sicherheit hören konnte. Und ebenso jeder andere Percent auf dem Flur oder hinter den Türen. »Oder leb nicht wohl. Erstick doch an deinen Erwartungen an mich, verrecke an ihnen.«

Man hätte ihn inhaftieren oder, je nachdem, wie man eine Präsidentenbedrohung auslegte, gleich erschießen können, aber niemand schritt ein. Sie sahen alle weg und ließen zu, dass Neél das Hotel verließ, wissend, dass er niemals zurückkehren konnte.

Grübelnd bewegte Neél sich durch die Straßen. Es gab nun kein Ziel mehr. Ins Gefängnis konnte er nicht mehr. Er würde sich eine Arbeit suchen müssen und eine Wohnung, doch im Moment schien das zweitrangig. Zweitrangig angesichts der Frage, die ihn beschäftigte: Warum hatte Cloud so viel Furcht gezeigt?

Neél fand die Antwort in einer weiteren Frage: Was genau wusste Amber?

22

eine suche fördert dinge zutage,
die man für unwiderruflich verloren hielt.
aber selten jene, nach denen man sucht.

Mir dröhnte der Kopf. Der dichte Qualm, der Geruch von Alkohol, Schweiß und anderen Körperausdünstungen trug auch nicht zur Besserung bei, aber die eigentliche Ursache war eine andere. Ich glaubte immer noch, Graves' Stimme zu hören. Seine anklagenden, verständnislosen Worte erschallten immer wieder in meinem Kopf, wie die Glockenschläge vom Tonband der Percents am Blutsonnentag.

Hatte er recht? War ich zu spät gekommen und Neél bereits neu verliebt? Würde mein Auftauchen sein gerade erst wieder geordnetes Leben aus der Bahn werfen – war es besser für ihn, wenn ich die Stadt wieder verließ?

»Jolly?«

Nein, das konnte ich nicht glauben. Doch noch weniger konnte ich glauben, dass Graves mich anlog.

»Ey, Jolly!« Ein Krug flog auf mich zu, ich konnte ihn gerade noch auffangen, ehe er mir um ein Haar mitten ins Gesicht geknallt wäre. Ein paar Spritzer trafen meine Wangen.

Erschrocken blickte ich mich um. Der Rauch der Pfeifen mischte sich mit dem spärlichen Licht der Öllampen. Er nahm mir die Sicht, ich erkannte nur die nächsten Tische deutlich. Fast alle, die dort saßen, starrten mich an – manche genervt (was allein an meiner Anwesenheit lag), andere amüsiert bis neugierig und gespannt, wie ich wohl auf die Krugattacke reagieren würde. Nur ein einziger Percent hatte weder Krug noch Glas vor sich.

Mit zusammengekniffenen Augen hielt ich auf ihn zu. In meiner dritten Nacht hatte ich entschieden, dass es Grenzen gab. Ich ließ mir einiges bieten, aber das bedeutete nicht, dass ich mir alles gefallen lassen musste. Sie konnten mich beschimpfen, mich beleidigen, mir an den Po fassen oder auf die Brüste starren (und deren angeblich unzureichenden Umfang kommentieren). Aber ich ließ mich nicht bespucken, bewerfen, herumstoßen oder mit Flüssigkeiten übergießen. Mortons Unterstützung war mir sicher, seitdem ich ihm erklärt hatte, dass niemand ein Barmädchen mit einem Getränk übergießt und dieses Getränk dann auch noch bezahlt.

Der Percent sah amüsiert zu mir auf. Ich spürte, wie mich die Blicke aller anderen im Raum gefangen hielten. Wie sehr mich das verunsicherte, durfte ich mir nicht anmerken lassen. Das war meine Chance, mir den Respekt der Stammgäste zu erkämpfen. Die Alternative war, dass sie mir das Leben zur Hölle machten, und genau das würde passieren, wenn ich mich nun nicht zur Wehr setzte.

Ich knallte den Krug so hart auf den Tisch, dass er zwischen meinen Fingern zerbrach. Der Percent, ein älterer Typ, dessen Züge, so ähnlich sie denen der anderen Percents auch waren, etwas grobschlächtiger schienen, betrachtete die Scherben. Dann verlagerte er das Gewicht auf seinem Stuhl und die Erheiterung in seinem Gesicht wich einer gefährlichen Gelassenheit.

Ich stützte mich auf den Tisch, sodass unsere Gesichter auf einer Höhe waren und er nicht zu mir aufsehen musste. Schließlich wollte ich ihn beeindrucken – nicht zwangsweise ärgern. »Mein Name ist Joy. Joy, nicht Jolly. Was hast du für ein Problem?«

»Mein Gebrautes ist leer«, antwortete er und starrte mich an.

»Ja, das habe ich sehr wohl gemerkt.«

»Deine Aufgabe ist es, mir neues zu bringen. Nicht dumm in der Gegend herumzuglotzen.«

»So?« Ich richtete mich auf. »Du kennst dich aus mit meiner Arbeit? Persönliche Erfahrung, was? In welcher Kaschemme warst du das Barmädchen?«

Hinter mir lachte irgendjemand dreckig, ich tippte auf Morton. Ein anderer Percent hustete. Ansonsten war es untypisch still für eine Bar. Das roch nach Ärger.

Der Percent sah mich an wie eine Schlange ein Kaninchen. Ich war bei Weitem nicht so ruhig, wie ich mich gab, aber ich wusste, dass ich das jetzt durchziehen musste.

»Bring mir einen neuen Krug«, verlangte er.

»Du bist noch nicht dran.«

Er legte eine Handfläche auf den Tisch und schloss sie langsam zur Faust. Seine Hand war voller Narben. Nicht solche, die ich von Graves kannte, sondern schnurgerade Schnittnarben, vermutlich von scharfen Klingen.

Er wiederholte seine Aufforderung: »Bring mir einen neuen Krug.«

»Du bist noch nicht dran«, erwiderte ich erneut. Demonstrativ nahm ich den halb vollen Krug seines Nebenmannes, ging mit festen Schritten zu Morton und ließ ihn auffüllen. Als ich an den Tisch zurückkehrte, bedachte ich den Percent, der den Krug nach mir geworfen hatte, mit einem provokanten Blick. Es war still wie in einem Grab, alle warteten auf das, was nun unweigerlich geschehen musste.

Der Percent gab ihnen ihr Futter. Er stand langsam auf und packte mich dann urplötzlich am Hals, drückte mir die Daumen in die Kehle, sodass schwarze Sterne vor meinen Augen explodierten. Aber sein Angriff überraschte mich nicht, ich hatte damit gerechnet. Schnell nahm ich den linken Arm hoch, drehte mich nach rechts und hebelte mit meinem Oberarm seine Hände von meinem Hals. Dann drehte ich mich schwungvoll zurück, nutzte den Überraschungsmoment und versetzte ihm mit meiner rechten Faust einen Schlag vor die Brust. Der Solarplexus war auch bei Percents ein wunder Punkt. Er kippte auf seinen Stuhl zurück, und noch ehe er wutentbrannt wieder aufspringen konnte, hob ich beschwichtigend eine Hand.

»*Jetzt* bist du dran.« Meine Stimme zitterte kaum merklich. Ich ging zur Theke, holte einen Krug und brachte ihn dem Typen. »Joy«, erinnerte ich ihn und grinste. »Nie wieder Jolly, okay?«

Er zuckte mit den Schultern und ebenso zuckten seine Mundwinkel.

Morton verpasste mir eine Backpfeife mit einem nassen Lappen, murmelte etwas, das wie »Teufelsweibchen« klang, und verzog sich zum Grinsen ins Lager.

Ich nahm den Lappen, sammelte die Scherben auf und wischte den Tisch ab, während die Percents wieder in ihr allnächtliches Murmeln, Rauchen, Trinken und Grunzen verfielen.

Ich war mir sicher, dass in dieser Nacht niemand mehr etwas nach mir werfen würde, trotzdem gab ich mir Mühe, mich von meinen Gedanken nicht mehr vereinnahmen zu lassen. Grübeln führte zu nichts, es brachte mich nur in Schwierigkeiten.

Die nächsten Stunden verliefen ruhig und die Bar begann sich früher als gewöhnlich zu leeren. Die dunkelste Stunde der Nacht war noch fern, als bereits kaum noch die Hälfte der Tische besetzt waren. Kein guter Abend, Morton würde nicht zufrieden sein und die Schuld bei mir suchen. Es war mein Job, schuld zu sein, ob an unzureichenden Umsätzen, an randalierenden Gästen oder am harten Winter. Irgendjemand musste ja –

Jäh hielt ich inne. Es war, als würde mich ein schwacher, elektrischer Schlag treffen. Als berührte kalter Wind mein vom Schweiß klebriges Gesicht. Ich sah zur Tür und im gleichen Augenblick schwang diese auf.

Ich sah kaum mehr als Umrisse, aber das genügte mir. Ich kannte den Mann, der die Bar betrat, besser als meine winzige Kammer. Ich hatte millionenfach seine Bewegungen beobachtet. Die Art, wie er die Schulter bewegte, während er die einzelnen Treppenstufen hinauftrat, und das knappe Nicken in den Raum, mit dem er jeden Anwesenden und doch niemanden im Speziellen grüßte, zeigten mir so deutlich, wer er war, wie ein Blick in sein Gesicht. Das Tablett in meinen Händen wurde ganz schwer.

Es war Neél.

Er hatte mich noch nicht bemerkt und ich trat reflexartig in den Schatten neben den Regalen mit den verstaubten alten Korkflaschen darin. Spielten mir meine Wünsche einen Streich oder war das real? Ich biss mir auf die Zungenspitze, bis es wehtat, um auszuschließen, dass ich träumte.

Er sah aus, als wäre überhaupt nichts passiert. Ich hatte die schrecklichen Wunden an seinem Körper gesehen, aber jetzt, im weichen buttergelben Flammenlicht, schien es, als wären diese spurlos verheilt. Sein Gang hatte sich verändert, er trat ein wenig schwerer auf als früher. Und da war noch etwas … Etwas, das ich nicht greifen und nicht benennen konnte. Neél ging zu einem freien Tisch, ließ sich auf einen Stuhl sinken, legte den Kopf in den Nacken und sah eine Weile an die Decke. Er atmete, als müsste er sich an jeden Atemzug erinnern, als würde sein Körper nicht mehr selbstständig arbeiten, sondern nur, weil Neél es von ihm verlangte.

Worüber grübelst du nach? Es schien nichts Angenehmes zu sein, was seine Gedanken beschäftigte. Doch was ich ganz bestimmt sagen konnte, war: Neél war nicht verliebt. Ich wusste, wie er aussah, wenn er verliebt war. Es wirkte eher, als läge ein dichter Schatten, eine Wolke oder ein ganzes Himmelszelt aus schweren Wolken über ihm. Hatte Graves mich angelogen? Aber warum?

Ich wollte zu ihm gehen, aber meine Füße waren zu schwer, um sie vom Boden zu heben. Graves hatte Neél nicht erzählt, dass ich hier arbeitete, sonst hätte er sich längst nach mir umgesehen. Hatte ich das Recht, mich ihm zu zeigen, in seine Welt einzudringen? Und was sollte ich tun, wenn er mich abwies?

All meine Pläne erschienen mir plötzlich naiv und nicht durchdacht. Was tat ich hier?

»Joy!«, brüllte Morton durch die Bar und riss mich brutal aus meinen Zweifeln. »Joy! Beweg deinen Arsch!«

Neél zuckte zusammen, hob den Kopf, entdeckte mich, sah mich an … Ich konnte geradewegs in seine anthrazitfarbenen Augen sehen. Augen wie Steine – genau wie früher. Sein Blick prickelte in meinem Bauch, brannte sich in mein Herz.

»Neél«, wisperte ich, ohne einen Schritt nach vorne zu tun. Ich wollte lächeln, aber mir gelang nur eine verkrampfte Grimasse. Von einem auf den anderen Moment wurde es eiskalt an meinem Bauch, an meinem Schoß und an meinen Oberschenkeln. Aber erst als es zu meinen Füßen schepperte, schaffte ich es, meinen Blick von Neél loszureißen und nach unten zu schauen. Ein Krug war vom Tablett gerutscht, heruntergefallen und zerbrochen. Schamesröte schoss in mein Gesicht und ich bückte mich rasch, um die Scherben aufzuheben.

Als ich wieder aufsah, war der Stuhl, auf dem Neél gerade noch gesessen hatte, leer.

Er war fort, als wäre er nie hier gewesen. Nur der beißende Geruch des Gebrannten auf meiner Kleidung bewies, dass er da gewesen war. Und dass Graves wohl recht gehabt hatte.

Er wollte mich tatsächlich nicht sehen.

23

manches lässt sich nur durch den nebel erkennen.

Neél ging äußerst beherrscht die Straße hinab. Die meisten Fenster waren bereits dunkel. Schwarz und kalt lag die Nacht auf der Lauer. Selten, dass sie so endgültig schien.

Er wusste, dass Joy ihm nicht nachlaufen würde, und genau das ließ ihn lächeln und gleichzeitig die Faust ballen und die Stille mit einem Hieb gegen eine Mauer zerschlagen.

Warum war er weggelaufen? Was war nur in ihn gefahren? Sie war zurückgekommen und tausend Fragen verlangten nach Antwort. Hatte man sie gefangen genommen? Oder war sie freiwillig in die Stadt zurückgekehrt? Möglicherweise … wegen ihm?

Er hatte sich so sehr gewünscht, sie wiederzusehen, hatte mit dem Gedanken gespielt, das Rebellenland zu durchkämmen und nach ihr zu suchen. Doch das, was heute geschehen war, hatte ihn so sehr niedergeschlagen, dass ihm selbst dieser sich nun erfüllende Traum den Boden unter den Füßen wegzog, seine Welt erschütterte. Es war so viel zu tun, dass er nicht mehr wusste, wo er anfangen sollte. Und genau jetzt kam Joy?

Er musste eine neue Bleibe finden, wenn er nicht frieren wollte; eine Arbeit, wenn er nicht schon morgen erfahren wollte, was Hunger bedeutete. Und er musste noch etwas anderes finden. Cloud hatte ihn großgezogen, ihn von Kindesbeinen für etwas Bestimmtes vorgesehen. Cloud zu verlieren bedeutete, seine Vergangenheit zu verlieren. Sich selbst. Denn worauf baute man eine Gegenwart und schließlich eine Zukunft, wenn nicht auf eine Vergangenheit? Was er finden musste, war sich selbst.

Doch was er gefunden hatte, war Joy. In ebenjenem Moment, als er gerade dankbar dafür gewesen war, dass sie seine Schande nicht miterlebte.

Wundert dich das? Joy taucht doch immer genau dann auf, wenn du gerade glaubst, dass du sie nicht gebrauchen kannst. Und dann zeigt sie dir, dass du dich geirrt hast.

Neél blieb stehen. Sie würde ihm nicht nachlaufen. Dafür war sie zu stolz. Aber auch er konnte nicht ins *Mondlicht* zurückgehen, ohne das Gesicht zu verlieren. Um ehrlich zu sein, hatte er das bereits, indem er albern vor ihr fortgelaufen war. Denn vielleicht war sie überhaupt nicht freiwillig in die Stadt zurückgekommen und er interpretierte viel zu viel in ihr Erscheinen hinein. Doch wenn er sie nicht fragte, würde er ewig grübeln. Vielleicht konnten sie beide ein klein wenig Stolz hergeben und sich ein Stück annähern?

Es kostete ihn viel Überwindung, an der nächsten Häuserecke abzubiegen, den Block einmal zu umrunden und dann in der Nähe der Bar, an eine frostdurchzogene Wand gelehnt, zu warten. Würde sie kommen, einen Schritt aus der Tür wagen? Wenn nicht, dann würde er gehen und akzeptieren, dass sie nicht seinetwegen in der Stadt war.

Er hörte kehliges Lachen aus der Kneipe, roch das verbrennende Holz in den Häusern durch die Kamine. Sah halb verhungerte Ratten um ein Stück Metall kämpfen, das sie auch nicht satt machen würde.

Er wartete, bis die Feuchtigkeit in seinen Augenbrauen gefror. Er wartete, bis er seine Füße nicht mehr spürte und das Gefühl hatte, die eiskalte Haut an seinen Armen würde bei der nächsten Bewegung aufplatzen. Er wartete, bis er nur noch wartete, weil er sich kaum noch vom Fleck rühren konnte.

Wie hatte er es vergessen können? Joy war nicht nur stolz. Sie war auch unvergleichlich stur. Zumindest, wenn sie einen Grund hatte.

Und dann, als er die Hoffnung gerade aufgegeben hatte, öffnete sich die Tür der Bar und ein Rechteck aus schwachem Licht fiel auf den Gehsteig, in seiner Mitte eine schmale Silhouette.

Joy trat hinaus, hielt das Gesicht in die Kälte und blies eine Atemwolke in die Nacht. Dann wandte sie den Kopf zielstrebig in Neéls Richtung, als wüsste sie genau, dass er dort stand. Doch dem war nicht so. Sie erschrak, als sie ihn wahrnahm, bedeckte ihren Mund mit einer Hand und stand einen Moment ganz still.

Er stieß sich von der Wand ab, machte ein paar vorsichtige Schritte auf sie zu. Schritte, die denen ähnelten, als er nach seinen Beinbrüchen zum ersten Mal wieder ohne Krücken gelaufen war: langsam, schwerfällig und wackelig. Er machte ein halbes Dutzend dieser Schritte und blieb dann stehen. Sie stand noch immer da wie schockgefroren.

»He!«, rief Neél, weil er einfach nicht anders konnte. »Bist du zu Eis erstarrt? So kalt ist es auch wieder nicht. Was soll ich denn sa–«

Joy rannte auf ihn zu.

Er stellte sich breitbeinig hin und rückte etwas zur Mauer, sie würde ihn noch umrennen und ihm alle durchgefrorenen Knochen brechen. Die Vorstellung brachte ihn zum Grinsen.

Tatsächlich aber bremste sie kurz vor ihm ab, hielt einen guten Schritt Abstand und starrte ihn an, als wäre es ein Verbrechen zu grinsen.

»Du … du!« Sie blinzelte, schaffte es kaum, einen Lidschlag lang seinen Blick zu erwidern.

»He. Nicht weinen. Dann gefrieren dir die Tränen in den Augen.«

Sie lachte los und gleichzeitig rannen ihr Hunderte von Tränen über die Wangen. »Das hat meine Schwester auch immer gesagt. Aber das ist nur ein Märchen, um kleine Kinder davon abzuhalten, dass sie heulen.«

»Wirklich? Ich glaube aber dran.« Hoffentlich gingen ihm nicht die Kommentare aus. Ihm fiel nichts Sinnvolles ein. Er hatte sich schon lange nicht mehr derart in die Enge getrieben gefühlt. Und es war wunderbar.

»Brauchst du nicht.« Joy nahm seine Hand – er fühlte ihre Berührung kaum, so kalt waren seine Finger – und führte sie an ihre feuchte Wange. »Siehst du, ganz warm.«

Er verharrte, seine Fingerspitzen an ihrer Haut, ihre Tränen zwischen seinen Fingern. »Bist du sicher?«, fragte er und sie nickte, erst ganz vorsichtig, dann entschieden, als hinge ihr Leben davon ab, dass er ihr glaubte.

Er breitete die Arme aus. Sehr zögerlich, aus Angst, sie könnte ablehnen. Sie schmiegte sich an ihn, ebenfalls zögerlich, dabei musste sie doch wissen, dass er sie nie zurückweisen würde. Die Erleichterung, sie wiederzusehen, sie in Sicherheit zu wissen und sie berühren zu können, war so stark, dass sie alle anderen Empfindungen unter sich begrub. Er fühlte nur noch Joys Körper an seiner Brust, ihren Rücken und ihren Nacken unter seinen tauben Händen und ihre salzigen Tränen an seinen Lippen. Das Einzige, zu dem er imstande war, war durchzuatmen, ihren Geruch wahrzunehmen, wenigstens ein bisschen davon, und um sich daran zu erinnern, dass er ihn früher von Kopf bis Fuß eingehüllt hatte wie eine warme Decke. Und für einen kurzen Augenblick war ihm nicht mehr kalt.

»Sag was«, bat sie ganz leise.

Aber es gab nichts zu sagen. Nur viele Fragen und die Antworten konnten warten. Einige davon wollte er gar nicht wissen. Nicht in diesem Moment. Die Erleichterung sollte noch ein wenig andauern, rein und pur und ohne Zweifel.

Schließlich fragte Neél: »Was machst du hier?«, und erschrak im nächsten Moment angesichts ihrer Reaktion: Sie schluchzte.

»Ich dachte, du wärst tot, sonst wäre ich doch schon lange …«

Er zog sie an sich. »Ist egal. Du bist hier. Du bist wirklich hier, oder?«

»Ja. Und ich bleibe.«

Die Worte waren wie Steine. Sie waren schwer und sperrig aufgrund der Verantwortung, die ihnen innewohnte, und konnten verletzen und zerstören, und man konnte mit ihnen arbeiten … vielleicht sogar etwas bauen. Ein Zuhause, wenn man sich wirklich geschickt anstellte.

Joy rückte ein kleines Stück von ihm ab und blickte ihn an, als sähe sie ihn zum ersten Mal. In der Dunkelheit konnte sie vermutlich nur erahnen, wie er inzwischen aussah. Sie nahm ihre Finger zu Hilfe und tastete über seine vernarbten Wangen. An der Oberfläche seiner Haut spürte er kaum etwas, aber darunter kribbelte es.

»Du siehst aus wie Graves.«

Das Kitzeln an seiner Wange ließ ihn grinsen. »Na toll. Vielen Dank auch.«

»Dummer Kerl«, entgegnete sie lachend. »Ich bin doch nur erstaunt, wie schnell es verheilt ist.«

Es hatte lang genug gedauert, jeder Tag war zu viel gewesen, aber das behielt er für sich. Stattdessen musterte er sie. »Und du bist dünn geworden.«

»Der Winter ist hart.«

»Ja, das habe ich mitbekommen. Aber es sieht so aus, als kämst du zurecht.«

In Joys Augen blitzte es. »Du kennst mich. Ich schlag mich durch.«

Neél entdeckte die Marke, die sie um den Hals trug, und betastete sie. »Wie kommt es, dass du umgedacht hast? Im letzten Jahr war es doch noch undenkbar für dich, in der Stadt zu leben.«

Etwas von der Leichtigkeit in ihrem Lächeln ging verloren, doch Joy wirkte nicht weniger glücklich als vorher. »Ich habe gemerkt, dass ich bei den Rebellen nicht mehr leben kann. Also bin ich gegangen, um Antworten auf meine Fragen zu finden. Und ich habe noch mehr gefunden: weitere Menschen, die anders leben, die ganz eigenen Wegen folgen, Wege, die ich zuvor für undenkbar hielt. Vielleicht gibt es ja auch einen Weg, der für mich richtig ist. Um ehrlich zu sein … ich bin mir noch nicht ganz sicher. Aber wenn du in der Nähe bist, dann … fällt es mir etwas leichter, daran zu glauben.«

»Es gibt andere Orte, an denen man leben kann.« Vor Neéls innerem Auge erschien das Schiff, von dem Cloud gesprochen hatte.

Joy blickte zum Himmel, über den graue Wolken trieben wie Wellen im Meer. »Kein Mond. Und keine Sterne. Weißt du noch, was du damals zu mir gesagt hast?« Sie wies zu dem Schild über dem Eingang der Bar, dem blauen Vollmond, der bis vor Kurzem noch beleuchtet gewesen war. Inzwischen war die Lampe kaputt, doch man konnte das Schild trotz der Dunkelheit immer noch gut erkennen.

Neél musste sich eingestehen, dass er nicht wusste, worauf Joy anspielte.

»Du hast einmal gesagt, wir würden uns im Mondlicht wiedersehen. Aber heute sieht man keinen Mond.«

»Verdammt. Du hast recht. Was bedeutet das? Dass wir es morgen noch mal versuchen müssen?«

Hinter ihnen flog die Tür der Bar so schnell auf, dass sie gegen die Hauswand schlug.

»Joy!«, brüllte der Wirt.

Joy zuckte zusammen und Neél zog sie reflexartig näher an sich.

»Kurze Pause, hast du gesagt. Was treibst du da?«

»Ach du Scheiße«, flüstere Joy und kicherte. »Ich muss wieder rein, es sind noch ein paar Gäste da.«

»Ich warte auf dich. So lange es nötig ist.«

»Hier?« Sie fuhr mit den Händen in seinen Nacken. »Das ist viel zu kalt. Vielleicht kommst du einfach mit rein?«

»Joy! Ich bezahle dich doch nicht fürs Rumlungern. Verfluchtes Weibsbild, schwing deinen dürren Arsch hier rein!«

»Das dürfte ihm nicht gefallen«, meinte Neél, aber Joy gab nur ein »Ach!« von sich und zog ihn an der Hand hinter sich her.

Der Wirt zog kritisch die Brauen zusammen, als er Neél erkannte. »Wollten wir nicht gleich zumachen?«, wandte er sich an Joy, die in ihre Hände hauchte.

Es war typisch: Kaum arbeitete sie in dieser Bar, bat der Wirt sie um ihre Meinung. Neél erinnerte sich, wie schwer er sich damals getan hatte, ihr Befehle zu erteilen. Es war ihm nur gelungen, weil man es von ihm verlangte. Erwartete. Wieder diese Erwartungen, die ihn zu Dingen getrieben hatten, die er niemals tun wollte.

Neél seufzte, trat, ohne den Wirt zu beachten, in die Bar und ließ sich wieder auf den Platz fallen, den er vorhin so fluchtartig verlassen hatte.

Joy zwinkerte ihm zu und eilte los, um die anderen Gäste zu bewirten. Und während er sie beobachtete, wie sie schwungvoll Krüge auf die Tische knallte und die Münzen zählte, kamen seine Zweifel zurück. Er hatte ihr nichts zu bieten – er besaß für die Nacht nicht einmal ein Dach über dem Kopf. Das warme Gefühl in seinem Bauch wurde nach und nach wieder kälter und unbehaglicher. Als hätte Joy es geahnt, brachte sie ihm eine Schale Suppe. Es war kaum mehr als eine dünne Brühe, in der klein gehackte Rüben schwammen, aber sie war heiß und wärmte, wenn auch nicht sein Inneres, dann wenigstens seine Hände.

Welche Erwartungen hatte Joy an ihn?

Was auch immer sie sich vorstellte – er würde sie enttäuschen. Seit heute war er ein Niemand, auch wenn man es ihm noch nicht ansah, denn er hatte sich das Haar allen Konventionen zum Trotz noch nicht kurz geschnitten. Ein militärischer Niemand, aber auch ein Niemand ohne Arbeit, ohne Wohnung, ja, selbst ohne ein paar Schuhe zum Wechseln oder ein zweites Hemd. In seiner Hosentasche befanden sich weniger Münzen, als er Finger an den Händen hatte – das reichte für zwei oder drei warme Mahlzeiten. Dann würde er nicht besser dastehen als die Menschenmänner, die sich zum Betteln an den Straßenrand hockten. Wobei die ihm eines voraushatten: Sie besaßen Bittlizenzen – Marken, die ihnen das Betteln erlaubten.

Obwohl sich die Nacht längst gen Morgen neigte, leuchteten Joys Augen immer heller, wann immer ihr Blick zu ihm herüberflog. Ihre Erschöpfung mischte sich mit Freude. Und Erwartungen. Neél konnte förmlich spüren, wie sie sich ausmalte, dass er sie mit zu sich nach Hause nahm, in ein sicheres Haus, in ein warmes Bett, in eine gut gefüllte Küche.

Er griff nach ihrer Hand, als sie wieder einmal vorbeihuschte. »Hast du einen Moment Zeit für mich?«

»Einen Moment? Lass mich nachdenken. Einen lebenslangen Moment könnte ich dir anbieten.« Sie lachte, wie er nie einen Menschen hatte lachen sehen. Mit vor Müdigkeit ganz glasigen Augen, tiefen Ringen darunter und glühenden Wangen auf ungesund blasser Haut. In ihrem Gesicht trafen zwei Dinge aufeinander, die Neél immer für unvereinbar gehalten hatte: widrige Bedingungen und großes Glück.

Aber – erinnerte er sich, ehe ihr Lächeln ihn ansteckte – das Glück war nicht echt, nur vorgetäuscht.

»Ich muss dir ein paar Dinge sagen.«

Sie wurde schlagartig ernst und eine dunkle Ahnung zog eine Furche zwischen ihre Brauen, wie eine Schwester ihrer Narbe am Kinn.

»In meinem Leben hat sich einiges geändert, ich –«

Joy hob die Hand. Schluckte, als würde ihr etwas im Hals stecken. »Es ist okay. Was immer es ist, sprich es einfach aus. Ich war lange fort, ob ich zurückkommen würde, konntest du nicht wissen. Wenn du … also … Ich meine … falls es … falls du …«

»Falls ich was?«

Sie schloss die Augen. »Wenn du eine andere hast, dann sag es mir.«

Eine andere? Kurz musste er überlegen, was sie meinte. »Eine andere … Frau, denkst du?«

»Hm.«

Jetzt lachte er, auch wenn es sich mehr wie ein entrüstetes Schnauben anhörte – und auch genauso gemeint war. »Wirklich, Joy, du musst im Chivvy ganz schön was auf den Kopf bekommen haben.«

»Da ist keine andere Frau?«

»Was denkst du denn, du dummes Ding. Eine Frau? Ein halbes Dutzend Frauen hab ich!«

Ihr gemeinsames Lachen glättete Joys Stirn und entspannte ihn ein wenig. Leider rief es auch den Wirt wieder auf den Plan. Er hoppelte in seinem eigenartig steifen Gang zu ihnen und schlug mit einem Tuch in die Luft, dass es knallte wie eine Peitsche.

»Joy, du sollst die Gäste abfüllen, nicht unterhalten.«

Sie verdrehte die Augen, was nur Neél sehen konnte, wollte sich allerdings sofort wieder an ihre Arbeit machen. Er hielt sie am Handgelenk zurück.

»Ein paar Minuten nur«, bat er den Wirt. »Ich muss nur einen Moment mit ihr reden.«

»Deine paar Minuten kenne ich schon, Hauptmann«, blaffte der Mann zurück.

Joy hob die Augenbrauen.

Verflucht. Wie gut der Barmann ihn kannte, wollte Neél sie lieber nicht wissen lassen. Er wies in den fast leeren Schankraum. »Es ist doch kaum noch jemand da. Du wirst sie fünf Minuten entbehren können.«

»Alle Krüge sind gefüllt«, fügte Joy leise hinzu, doch der Wirt ignorierte sie. Seine Augen waren starr auf Neél gerichtet.

»Vielleicht gehst du jetzt besser.«

»Sobald ich mit ihr gesprochen habe.«

»Nein, du –«

»Du widersetzt dich? Einem Hauptmann?«

Der Wirt gab augenblicklich nach. Er grummelte etwas, das zu höflich für eine Beschimpfung und zu grantig für eine respektvolle Entgegnung klang, und humpelte davon.

Joy schüttelte verständnislos den Kopf. Sie setzte sich Neél gegenüber und lehnte den Rücken mit einem leisen Stöhnen gegen das Holz. Nur zwei Lidschläge lang gönnte sie sich Entspannung, dann kehrte ihre Energie wieder zurück. Ihre Augen glühten wie im Fieber, als hätte man hinter blauem Glas kleine Feuer angezündet.

»Du bist Hauptmann? Beim Licht der … Sterne, Neél, was habe ich alles verpasst?«

Er verspürte einen sauren Geschmack im Mund, gegen den vermutlich kein Getränk der Welt helfen würde. »Mehr, als du dir vorstellen kannst. Ich bin kein Hauptmann mehr, und mich gerade als einen solchen ausgegeben zu haben, macht mich – wenn man es streng nimmt – zum Hochverräter.«

Sie verzog die Lippen, aber ihr Gesicht wurde blass. »Wenn man es streng nimmt, soso. Was innerhalb der Stadtgrenze ja niemand je tut.«

»Ich habe größere Probleme, Joy.« Er musste ihr nun die Wahrheit sagen. Sollte er sie wieder verlieren, dann war jetzt ein ebenso guter Zeitpunkt wie später. »Ich habe heute mein Amt als Hauptmann verloren. Ich habe keine Berechtigung mehr, meine Kammer zu betreten, ich habe keine Wohnung, keine Münzen, keinen Besitz und im Grunde nicht einmal das Recht, hier zu sein mit meinem langen Haar. Man hat mir einen Großteil meiner Waffen weggenommen und wird mir kein Pferd mehr geben. Meine Lust auf einen doppelten Gebrannten ist gerade ebenso groß wie meine Lust auf dich und ich habe nichts von beidem verdient. Ich weiß in diesem Moment noch nicht, wo ich schlafen, geschweige denn mich vor den Sonnenstunden verstecken werde, und wann ich wieder Münzen in etwas Essbares investieren kann, weiß ich auch nicht.«

Joy hörte ihm schweigend zu. Dann rieb sie die Lippen aufeinander. »Und außerdem arbeitest du gegen die Triade, hast dem Feind, also mir, in die Hände gespielt und lernst trotz herber Rückschläge nichts daraus, sondern tust es wieder. Neél, ich würde sagen, du bist fast der Typ Mann, vor dem mich meine große Schwester immer gewarnt hat.«

»Fast?«

»Fast. Sie sprach von menschlichen Männern. Ich nehme an, für Percents gelten andere Regeln.« Daraufhin schwieg Joy, musste das alles vermutlich erst einmal verdauen. Ein Schatten erschien auf ihrer Stirn, dort wo eben noch die Falte gesessen hatte.

»Mit alldem hattest du sicher nicht gerechnet«, meinte Neél, als sie auch nach einigen Minuten nichts sagte. Leere Worte ohne Stellungnahme, aber er wollte nun nicht Stellung beziehen. Er wollte die Fakten offen vor ihr ausbreiten, damit sie sie annehmen oder ablehnen konnte, und damit auch ihn.

Sie winkte ab. »Nein. Ich hatte wochenlang damit gerechnet, dass du tot wärst. Meinst du, diese Kleinigkeiten würden mir etwas bedeuten? Herrje, du warst Hauptmann! Wie hast du das denn geschafft, du wurdest doch im Chivvy –« Sie brach ab.

»Es war schwieriger, den Status als Hauptmann wieder loszuwerden«, gestand er. »Beim Chivvy – und das wird dich enttäuschen – war ich weniger dein Held, als du dachtest. Ich habe auf Nummer sicher gespielt und erst einen Soldaten eingefangen und zum Tor gebracht. Dann bin ich hinter dir her, um dir gegen Giran zu helfen.«

Joy lehnte sich zurück und verschränkte die Arme. »Du gerissenes Arschloch«, flüsterte sie. Die Worte waren hart, zärtlich und voller Anerkennung zugleich.

Neél senkte den Blick, damit sie ihn nicht grinsen sah. »Ich wollte nicht nur dich gewinnen. Ich wollte auch mich nicht verlieren.«

»Ist es dir gelungen?«, fragte sie und mit einem Mal war die Luft um sie herum klarer und kälter, ihre Züge deutlicher und ihr Atmen erschien ihm so laut, als wären sie und er allein auf der Welt.

»Bis eben war ich mir nicht sicher. Ich habe es anders gesehen.«

»Hast du denn richtig hingesehen?«

»Weiß ich nicht.«

»Siehst du jetzt richtig hin?«

»Weiß nicht. Aber … der Nebel klärt sich ein bisschen.«

»Bei Nebel gibt es einen Trick. Man darf nie versuchen, zu weit zu gucken, dann verirrt man sich, weil man nichts mehr sieht. Man darf sich nur an dem orientieren, was sich in geringer Entfernung befindet. Immer nur von dir bis zu mir, verstehst du?«

Er nickte. »Hat dein alter Lorenzius dir das erzählt?«

»Er hieß Laurencio, und nein, das stammt nicht von ihm. Das habe ich selbst herausgefunden. So ein seltsamer Percent, der sich nicht um die Regeln schert, hat es mich gelehrt.«

»Muss ein toller Typ sein.«

Der Wirt räusperte sich und Joy ließ theatralisch den Kopf auf die Tischplatte sinken. Es tat gut zu sehen, dass sie den kauzigen Kerl im Griff hatte. Er würde ihr keinen Ärger machen – mehr noch, er würde Ärger von ihr fernhalten, wann immer er konnte. Heute schien er Neél als Ärger auszumachen und bedauerlicherweise hatte er damit nicht einmal unrecht.

»Was ich sagen wollte«, fasste Neél zusammen und spürte wieder das nervöse Kribbeln an der Wange, »es wird nicht einfach werden mit mir. Um ehrlich zu sein, es wird sehr schwer werden.«

»Unmöglich?«, fragte Joy mit neckendem Unterton.

»Nicht ganz unmöglich, aber –«

»Wie schade!«

»Aber zumindest äußerst unkomfortabel. Und nicht ganz ohne Risiko.«

»Neél«, sagte sie, berührte seine kribbelnde Wange, als würde sie das Gefühl durch seine Haut hindurch pochen sehen, und stand auf, um wieder an die Arbeit zu gehen. Sie blickte noch einmal zu ihm zurück und es war ein Hauch von Schmerz in der Art zu erkennen, wie sie ihre Lippen zu einem Lächeln verkrampfte. »Was glaubst du, warum ich hier bin.«

24

wie schön wäre es, wenn wir schatten wären.

Morton war kein schlechter Kerl, aber Neél in meiner Kammer übernachten zu lassen, so groß war seine Zuneigung zu mir dann doch nicht. Darum fragten wir ihn erst gar nicht.

Wir trennten uns, Morton schloss die Bar ab und ging in sein Zimmer. Ich wusste, dass er sich nicht einmal mehr wusch, sondern sofort ins Bett fiel, die Kerze löschte und schon eingeschlafen war, bevor das Wachs erkaltet war. Ich nutzte die Zeit, um mich mithilfe eines Eimers eisigen Wassers zumindest oberflächlich von den Spuren der Nacht zu reinigen, und lauschte zwischendurch auf das verräterische Geräusch. Kaum, dass er zu schnarchen begann, huschte ich durch den Korridor nach unten und öffnete die Hintertür, wo Neél bereits auf Strümpfen wartete, die Stiefel in der Hand.

Ich kicherte lautlos, während wir die Treppen zu meiner Kammer hochschlichen. So mussten sich Kinder fühlen, wenn sie sich zum ersten Mal verlieben und die Eltern austricksen, weil diese so was noch nicht erlauben. Leise schloss ich die Tür hinter uns und drehte den Schlüssel im Schloss um.

Wir konnten uns kaum bewegen, weil der Raum so klein und unsere Zurückhaltung so groß war. Das undichte Fenster ließ Zugluft herein, die die Kerzen zum Flackern brachte, und so tanzten unsere Schatten wild und ohne Hemmungen miteinander an den Wänden. Wir beobachteten sie, und als wir uns ansahen, glaubte ich zu erkennen, das Neél dasselbe dachte wie ich.

Es wäre alles viel leichter, wenn wir Schatten wären.

Ich setzte mich auf mein Bett, die einzige Sitzgelegenheit, wenn man von dem schmutzigen Boden absah. Es gab so viel, was ich Neél unbedingt sagen musste, ehe wir einen Schritt weiter aufeinander zugehen konnten. Er musste erfahren, dass ich versucht hatte, Matthial aufzuhalten, dass ich sofort nach ihm gesucht hätte, wenn ich der Lüge um seinen Tod nicht aufgesessen wäre.

Er hätte mir gesagt, dass es okay sei – aber das waren nur Worte. Sie machten nichts wieder okay. Selbst wenn er es ehrlich meinte, so änderte das doch nichts an dem, was schwer in mir lag.

Da saß ich also, ohne zu wissen, wie ich anfangen sollte. Ich wollte kein Verzeihen, keine Absolution. Es fiel mir leichter, Schuld zu ertragen als Vergebung, die ich nicht verdient hatte.

»Es gibt keine Entschuldigung für das, was passiert ist«, sagte ich schließlich.

Neél ließ sich neben mich aufs Bett sinken. Die Matratze senkte sich und ich rutschte näher zu ihm, ohne es zu wollen. Er setzte an, um etwas zu erwidern, aber ich ließ ihn nicht zu Wort kommen.

»Nein, widersprich mir nicht. Es gibt keine Entschuldigung. Auch nicht dafür, dass du versucht hast, mich aus dem Chivvy zu holen.« Ich vermied auszusprechen, dass er mich damals hatte gefangen nehmen wollen, weil er mir nicht zugetraut hatte, die Jagd zu überleben. Das konnte ich ihm nicht verzeihen und mir war dabei auch vollkommen egal, dass er recht behalten und letztlich teuer für diesen Fehler bezahlt hatte.

»Es ist das Beste, wenn wir das, was passiert ist, hinter uns lassen. Ohne ›Verzeih mir‹ und ›Ja, ich verzeihe dir‹.«

Er überlegte eine Weile, rieb mit zwei Fingern über seine Wange und nickte schließlich. »Das ist ein guter Vorschlag. Ist ein ›Es kommt nie wieder vor‹ in Ordnung?«

»Kannst du das denn versprechen?«

Er sah mir in die Augen, sodass ich nicht einmal mehr blinzeln konnte. »Nein, ich fürchte nicht.«

»Dann müssen wir wohl abwarten, ob so etwas wieder vorkommt oder nicht.«

Sein Blick wanderte zu meinen Lippen, die sofort zu prickeln begannen. Seine Mundwinkel zuckten amüsiert, als würde er bemerken, was er in mir anrichtete. Wenn dem so war, konnte er durchaus zufrieden mit sich sein. Ich hatte ihn noch immer nicht geküsst, und obwohl die Sehnsucht langsam schmerzhaft wurde, zögerte ich es weiter hinaus, nur um des Zögerns willen.

»Erzähl mir alles«, flüsterte ich. »Was ist passiert in den letzten Wochen?«

Er seufzte leise. »Reicht ein kurzer Überblick?«

Mir war klar, was er viel lieber tun wollte – ich lechzte ja selbst danach. Aber ich hatte auch Angst. Eine seltsame, ungewisse Art von Angst. Ich gestand es mir nicht ein, aber tief im Inneren fürchtete ich noch immer, er könnte mich zurückweisen. »Auf gar keinen Fall. Ich will alles erfahren, jedes Detail.«

Also fing Neél an zu erzählen. Er begann allerdings nicht mit seiner Gefangenschaft oder den Wochen danach, sondern mit seiner Arbeit als Hauptmann, und das, was er mir nicht erzählte, sagte mir am meisten. Es gab Dinge, über die wir nicht reden konnten, und das ließ mich erahnen, wie tief die Kluft war, die der Winter zwischen uns gerissen hatte. Ich sagte mir, dass das mit der Zeit wieder besser werden würde. Und wenn nicht … dann waren wir zumindest jetzt und hier zusammen.

Er erzählte von seinem Regiment, davon, wie schwer es ihm gefallen war, sich den Respekt der Männer zu erarbeiten. Und wie leicht es dagegen gewesen war, ihn wieder zu verlieren, allein durch eine Entscheidung, die sie nicht nachvollziehen konnten – vielleicht, weil er nie versucht hatte, ihnen seine Sicht der Dinge klarzumachen. Möglicherweise, weil er ihnen das nötige Verständnis nicht zutraute. Bestimmt, weil er selbst keinen von ihnen respektierte. Was er zu spät begriffen hatte.

Er erzählte von den beiden Jugendlichen, die ihn an mich erinnert hatten, und von Amber, die er in die kalte Winternacht geschickt hatte. Und vermutlich in den Tod, weil Cloud davon erfahren hatte.

Er erzählte von seiner Verbannung und davon, was er nun noch besaß.

Nichts.

• • •

Als er fertig war, ließ ein kratziger Kloß in meinem Hals meine Stimme rau klingen. »Danke. Dafür, dass du Amber –«

Er unterbrach mich abrupt. »Nein, kein Danke! Ich habe es nicht für dich getan.«

Das war mir ebenso bewusst, wie es mir egal war. Ich legte meine Finger auf seinen Mund. »Scht, leise, sonst hört er uns.« Seine Lippen waren ganz weich. Und kühl, so kühl, als stünden wir noch immer draußen in der Kälte.

»Diese inszenierte Flucht wird ihr kein Glück bringen.« Er presste die Worte an meiner Hand vorbei.

»Ich kenne Amber«, entgegnete ich. Das war gelogen. Ich kannte Amber, eine Amber, die wir Amber Hasenfuß genannt hatten, weil sie scheu und ängstlich war. Aber auch, weil sie urplötzlich auftauchte und wieder verschwand, eine schnelle Läuferin war, zäh und in der Lage, sich unsichtbar zu machen. »In der Wildnis da draußen ist sie ihnen überlegen.« Ich hoffte es für Neél wie für Amber. Sein riskanter Einsatz durfte nicht umsonst gewesen sein.

»Ich glaube es erst, wenn ich es sehe«, meinte Neél. »Und wenn du recht hast, wird das nie der Fall sein.«

»Also keinen Dank und keine Entschuldigungen«, fasste ich zusammen.

»Klingt wie ein kompletter Neuanfang. Und das wiederum klingt ganz gut.«

»Dann sind Erinnerungen auch nicht erlaubt?«

»Besser nicht.« Er klang schwermütig. »Vieles hat sich geändert.«

Ich neckte ihn, indem ich mit den Fingerspitzen seinen Nacken hinaufstrich. Ich entsann mich noch genau der kleinen Schauder, die diese Berührung immer hervorgerufen hatte. Unweigerlich musste ich lächeln. »Das schon mal nicht.«

Er lachte leise, schloss die Augen und ich machte weiter. In seinem Nacken war die Haut ganz weich. Vermutlich war das überall dort der Fall, wo sie der menschlichen Haut ähnelte. Nur dort, wo sich bei den Percents die feinen Lamellen befinden, durch die sie atmen und riechen können, war die Haut in Form von kleinen Kreisen und Spiralen vernarbt. Meine Finger wanderten an seinem Hals nach vorne. Über seinen Adamsapfel, durch die Kuhle, die darunterlag. Über sein Schlüsselbein. Und schließlich unter den Kragen seines Hemdes.

Neél schlug die Augen auf. Seine Hand zuckte, als wollte er meine festhalten – nein, als wollte er meine Hand wegschlagen. Aber er hielt mitten in der Bewegung inne, was ihm unsagbar schwerzufallen schien, und auch ich verharrte.

»Ich möchte dich ansehen«, murmelte ich.

Draußen brachte pfeifender Wind den frühen Tag mit sich. Fahles Licht legte sich wie ein unendlich langsam fallendes graues Seidentuch über die Stadt. Es sah nach Schnee aus, nach viel Schnee, vielen Wolken und keinem Augenblick Sonne. Es war mir selten so egal gewesen.

»Neél?«

Er nickte, fasste mit beiden Händen in seinen Kragen und zog sein Hemd auf. Ein Knopf sprang ab, Stoff riss mit einem kaum vernehmlichen Ratschen. Wenn dies wahrhaftig sein einziges Hemd war, dann hatte er diesen Umstand wohl noch nicht registriert. Vielleicht war er auch nur deshalb so unvorsichtig, weil seine Hände zitterten und er nicht wollte, dass ich es bemerkte. Aber das war nur eine Vermutung.

Ich legte meine Hände auf seine Oberarme und drehte ihn behutsam zu mir. Ich hatte unter allen Umständen vermeiden wollen, mir meine Erschütterung anmerken zu lassen, dennoch entwich mir ein Keuchen. Die Haut über seiner Brust sah aus wie das bronzene Gegenstück zum silbernen, verkraterten Mond. Hauchfeines Narbengeflecht erstreckte sich bis zu seinem Unterbauch. Dort, wo einst Lamellen die Haut überzogen hatten, erkannte ich tiefe Furchen. Ich hob eine Hand, näherte sie seinem Körper und verharrte davor, ohne ihn zu berühren. Neél verstand, nahm meine Hand und führte sie, bis meine Finger gegen seine Haut stießen. Ich biss mir auf die Lippe und ermahnte mich, ruhig zu atmen. Er fühlte sich eigenartig an, unwirklich, als würde sich Neél unter einer dünnen Schicht verbergen, die nicht zu ihm gehörte; Haut, die ihn bedeckte, aber nicht seine eigene war. Ich spürte die festen Muskeln über seinen Knochen, darüber hartes Hautgewebe.

»So schlimm?«, fragte er heiser.

Ich konnte nicht anders, als ehrlich zu sein. »Erschreckend. Es fühlt sich so fremd an.«

»Ja, das ist mir auch schon aufgefallen.«

Sein Humor erleichterte mich und machte mich mutig. »Aber auch … wunderschön. Es sieht aus wie verbrannter, ausgetrockneter Boden, Bomberland, kurz bevor die ersten Pflanzen es zurückerobern.«

Neél grinste spöttisch über meine Worte, aber ich nahm seine Erleichterung wahr.

»Pflanzen? Joy, ich weiß nicht, ob mir die Vorstellung von Pflanzen auf meiner Brust gefällt.«

»Der Winter ist hart, Percent«, sagte ich ernst. »Man muss dankbar sein für alles, was man hat.«

Seine Schultern bebten vor Lachen. Ich streifte ihm das Hemd über die Oberarme, begutachtete seine Schultern und die Außenseiten seiner Arme, die ebenso gezeichnet waren. Seine Oberschenkel waren ebenfalls vernarbt, die restliche Haut allerdings glich den Innenseiten seiner Arme und der Haut an Hals und Nacken. Fast unversehrt. Alles in allem war ich von den Spuren, die er gezwungen war zu tragen, gleichermaßen geschockt wie erleichtert. Ich hatte es mir nicht so schlimm vorgestellt und gleichzeitig schlimmer.

»Was sagst du?«

»Percent«, gab ich betont lässig zurück, »ich würde dich selbst dann noch gerne ansehen, wenn du ein grünes Karomuster auf dem Hintern hättest.«

»Ich habe dir meinen Hintern doch noch gar nicht gezeigt. Woher weißt du von den Karos?«

»Kannst du nicht mal für einen Moment ernst sein?«

Er machte zumindest ein ernstes Gesicht, während er den Kopf schüttelte. »Bedaure. Nein. Nicht heute.«

»Dann …« Ich schluckte. »Dann kannst du damit leben?«

In seinen Augen war für einen Sekundenbruchteil die Wahrheit zu erkennen: *Habe ich denn eine Wahl?*, aber Neéls Mund grinste mal wieder auf diese etwas zu unbekümmerte Art. »Ich kann sogar damit lieben. Sag nicht, das wäre nicht deine nächste Frage gewesen.«

»Wie kommt es eigentlich, dass du so überzeugt von deinen Fähigkeiten als Liebhaber bist?«

»Erfahrung.«

»Ach?« Das versprach interessant zu werden. »Erfahrungen mit wem?«

Er lachte laut auf, ein wenig zu laut, aber ich schob es auf seine Nervosität. Ich war ja ebenfalls vollkommen aufgekratzt vor Glück, ihn endlich wiederzuhaben.

»Mit dir, Joy, nur mit dir, anderenfalls hätte ich wohl kaum den Mut, mich damit vor dir zu brüsten.«

Ich beugte mich zu ihm, so weit, dass ich sein Haar an meiner Wange spürte, und flüsterte ihm ins Ohr: »Du bist viel zu laut, Percent. Wenn Morton uns hört, bricht hier der Himmel über uns nieder.«

Völlig unerwartet ließ er sich nach hinten sinken, bis er nur noch auf seine Ellbogen gestützt dalag. Ich verlor mein Gleichgewicht und kippte auf ihn. Meine Brust auf seiner, meine Hände an seinen Seiten.

»Wenn der Herbergsvater mich nervt, schicke ich ihn auf und davon. Du hast gehört, dass er mich noch immer für einen Hauptmann hält. Und ein Hauptmann darf das.«

»Hauptmann Hochverräter darf das?«, neckte ich ihn. »An deiner Stelle wäre mir mein Leben zu wichtig, um damit zu spielen. Nicht aus solch einem Grund.«

»Es gibt bessere Gründe? Das bestreite ich.«

»Zwingendere. Ich wäre nämlich leicht enttäuscht, dich auf so endgültige Weise zu verlieren, nach allem, was ich auf mich genommen habe, um dich wiederzufinden.«

»Das ist allerdings ein gutes Argument.«

»Ich weiß. Also glaub deinem klugen Weibchen und sei endlich leise, damit wir keinen Ärger kriegen und niemand sein Leben opfern muss. Die Stadt wird gleich erwachen, wir sollten aufpassen, dass uns auch da draußen niemand hört.«

»Ich wüsste da etwas, das wir tun könnten, ohne einen Laut von uns zu geben.« Neél machte sich behutsam von mir los, stand auf, trat zum Fenster und zog sorgfältig die Vorhänge zu. Kaum dass das fahle Frühmorgenlicht ausgesperrt war, verdichteten sich unsere Schatten und begannen wieder ihr hemmungsloses Spiel im Schein der Kerze.

»Ohne einen Laut?«

Er legte einen Finger auf seine Lippen und nickte. Dann faltete er meine Decke auseinander, die am Fußende des Bettes lag, und wies mich an, mich auszustrecken. Ich schälte mich rasch noch aus meiner Hose; mein bekleckertes Hemd hatte ich zuvor schon gegen ein einfaches Leibchen getauscht. Er legte sich neben mich, breitete die Decke über uns aus und steckte sie – wie früher – unter meiner Hüfte fest, damit er sie mir nicht im Schlaf, beim ersten Herumdrehen, unbeabsichtigt wegnahm. Mit einem kurzen, gezielten Atemstoß blies er die Kerze aus. Ich inhalierte den Duft, den die sterbende Flamme zurückließ. Unsere Schatten verschwanden im Dunkeln. Neél zog mich an sich, drückte meinen Kopf sanft an seine Brust und schloss mit den Fingerspitzen meine Augen.

Ich lag lange bewegungslos da, lauschte seinem Atem, unseren müder werdenden Herzschlägen und meiner inneren Stimme, die zeterte und zweifelte und überhaupt nicht glauben konnte, dass es wahr war, was mein ganzer Körper fühlte.

Er war bei mir. Haut an Haut, dicht an dicht.

Eine Weile fragte ich mich, ob er Erwartungen an diese Nacht (die ein Morgen war) stellte. Wollte er nicht mit mir schlafen? Zweifelte er noch? Oder wusste er vielleicht ebenso gut wie ich, dass wir nichts überstürzen mussten?

Ich tastete behutsam über seinen Bauch nach unten, näherte mich dem Bund seiner Hose und fuhr ein kleines Stück darunter. Alles, was er tat, war, mich festzuhalten, sanft und stark zugleich, wie es nur Neél konnte. Und weil ich mich so wohl und sicher fühlte und sich mein erschöpfter Körper von Neéls Armen nur allzu gerne verführen ließ, fielen mir bald die Augen zu. Ich schlief tief und fest und wohlig warm behütet wie ein glatter, runder Stein, der in der Sonne liegt. Und ich träumte von Schatten, die über Fragen redeten, die man nicht stellte, über Witze lachten, die nicht lustig waren, und die sich wild liebten und die ganze Nacht lang Pläne schmiedeten. Denn Schatten können all das. Schatten müssen nichts verschweigen. Und Schatten müssen niemals schlafen.

25

»Ich sehe dich heute abend.«

Als ich erwachte, war ich allein. Die Vorhänge waren zugezogen und somit hatte ich keine Möglichkeit, die Zeit abzuschätzen, denn durch den Stoff drang kaum Licht. War es noch Morgen und der Himmel von Wolken verhangen oder hatten sie ihn bereits mit Dark Canopy verdunkelt? Es hätte mich nicht gewundert, wenn es schon wieder Nacht gewesen wäre. Ich fühlte mich, als hätte ich so lange und gut geschlafen wie noch nie in meinem Leben. Mir war, als käme ich nach einem Koma wieder zu mir.

Für einen Moment erfasste mich eine schreckliche Furcht. Was, wenn ich alles nur geträumt hatte? War Neél wirklich hier gewesen? Meine Erinnerung war noch verschwommen, konfus, wie es sonst nur Träume sind. Aber dann fiel mein Blick auf den Holzknopf, der neben mir auf dem Laken lag, und mit einem Schlag wurde mein Kopf wieder klar. Neél war bei mir gewesen. Und nun war er wieder fort.

Ich schwebte zwischen Besorgnis und Enttäuschung. Warum hatte er mich nicht geweckt? Vermutlich war die Erklärung in den gestrigen Geschehnissen zu finden: Er hatte seine Arbeit und sein Zimmer verloren – natürlich durfte er heute keine Zeit mit Schlaf verschwenden, denn er musste für beides Ersatz suchen. Heimlich bei mir zu übernachten, war keine Dauerlösung. Weder wollte er mich in Schwierigkeiten bringen noch sich abhängig von mir wissen. Dazu war Neél zu stolz.

Ich streckte die Beine aus und setzte sie auf den Boden. Neben meinen nackten Zehen fand ich den letzten Beweis, dass die Nacht kein Traum gewesen war, und den ersten Hinweis darauf, dass auch Neél sie nicht bereute.

Ich sehe dich heute Abend, stand auf einer der Holzdielen, kaum zu erkennen und gleichzeitig ganz deutlich. Er hatte die Worte oberflächlich ins Holz gekratzt und dazu mein Messer benutzt, es lag noch daneben. Unter den Worten fanden sich Linien, die ich erst nicht zuordnen konnte. Doch dann erkannte ich die skizzierten Umrisse einer Malve und spätestens jetzt war mir klar, dass auf meinem Fußboden so etwas wie eine Liebeserklärung stand. Und zwar eine ziemlich romantische – zumindest für einen Percent. Ich musste lachen und dieses Lachen überdeckte auch den Anflug von Traurigkeit, dass er erst am Abend, wenn ich arbeiten musste, zurückkommen würde. Es war so typisch für Neél, einfach das Holz zur Nachrichtenübermittlung zu benutzen, wenn er kein Papier fand oder nicht danach suchen wollte, um mich nicht zu wecken.

Ich schlüpfte in meine Kleider und ging nach unten. Für mein Essen musste ich normalerweise selbst sorgen, aber wenn ich Morton beim Zubereiten der wenigen Speisen half, die er verkaufte, durfte ich mir davon nehmen. Es war eine magere Ausbeute, denn bei den Lebensmittelpreisen in diesem Winter gab es in der Bar nur Suppe. Morton nannte sie abwechselnd Rüben-, Kartoffel-, Möhren- oder Gemüsesuppe, aber enthalten war jeden Tag dasselbe. Wenn er es fertigbrachte, ein Stück Fleisch oder ein paar Knochen aufzutreiben, die wir auskochen konnten, nannten wir es Fleischeintopf und verkauften die Portionen so schnell, dass der Kessel schon eine Stunde nachdem wir öffneten, leer war.

Morton warf mir skeptische Seitenblicke zu, als ich mich zu ihm in seine enge Küche gesellte und nach einem Messer griff, um die Rüben zu putzen.

»Bist spät«, grummelte er, nachdem wir eine Weile geschwiegen hatten.

»Bin da«, gab ich im gleichen Ton zurück. Was wollte er eigentlich mehr?

Er knurrte und ich wandte mich dem Kessel zu, damit er mich nicht grinsen sah. Seine neugierigen Fragen flatterten wie hungrige Vögel um ihn herum, aber er war nicht der Typ, der sich irgendwann überwand und den Mund aufmachte, und so arbeiteten wir schweigend weiter, bis alles, was er eingekauft hatte, im Kessel verschwunden war. Eimerweise kippte ich Wasser aus dem Hahn dazu, der entweder ständig tropfte oder überhaupt nichts hergab, wenn wieder einmal die Leitungen zugefroren waren. Morton schüttete etwas Salz in den Topf – am Abend würde er noch einmal tüchtig nachsalzen, damit die Gäste mehr tranken.

Ich hatte nicht die Geduld zu warten, bis die Suppe fertig war, also nahm ich mir nur ein paar Möhrenstrunke. Viel Hunger hatte ich ohnehin nicht, mein Magen war gefüllt mit einem seltsam flauen Gefühl, als hätte ich zu viel Seewasser und einen kleinen Fisch dazu verschluckt. Morton betrachtete mein mageres Mahl argwöhnisch.

Als ich mich verabschiedete, räusperte er sich vernehmlich. »Du kommst aber schon wieder, he?«

»Klar. Heute Abend, wenn du öffnest, bin ich da.«

»Hm«, machte er. Zufrieden schien er nicht. Er hatte mich tags zuvor für die ganze Woche bezahlt und fürchtete nun wahrscheinlich, dass ich der Meinung sein könnte, mit den paar Münzen ausreichend weit zu kommen. Für wie dumm hielt er mich?

»Ich lass dich schon nicht hängen«, sagte ich und lächelte ihn an. Seine Wangen wurden etwas dunkler. Ich hatte immer gedacht, Neél wäre der einzige Percent, dem das Blut ins Gesicht schießen konnte, aber offenbar hatte ich mich geirrt. Oft fragte ich mich, wie alt der Wirt wohl sein mochte. Das Alter war den Percents kaum anzusehen. Jahrzehnte über schienen sie kaum zu altern und dann ging es plötzlich sehr schnell. Morton konnte ich, genauso wie Cloud, unmöglich einschätzen. Älter als Neél und Graves waren sie in jedem Fall. Aber ob sie nun Mitte dreißig, Mitte vierzig oder schon sechzig waren, ließ sich nicht erkennen.

»Du machst halt ganz gute Arbeit«, grummelte Morton. »Wäre dumm für mich, wenn der Hauptmann kommt und …«

»Und?«

Doch er sprach trotz meiner Nachfrage nicht weiter. Alles, was ich als Antwort bekam, war ein Grunzen.

»Ich komme wieder«, versprach ich.

Doch wie lange noch? Ich hatte diese Arbeit angenommen, um Neél zu finden. Das hatte ich geschafft. Wollte ich nun weiter unverschämten Percents Gebrautes und Gebrannten bringen, mich mit ihnen um die Münzen streiten und mich verspotten lassen? Ich konnte Morton gut leiden. Er war der Typ Percent, den die Umstände hart und rau gemacht hatten. In einer anderen Welt wäre er vermutlich ein liebevoller Familienvater gewesen, der Gäste bewirtet hätte, statt Männer zu Trinkern zu machen, um über die Runden zu kommen. Ich mochte ihn wirklich.

Aber wollte ich weiter für ihn arbeiten?

Ich dachte darüber nach, während ich zum Stadtzentrum streunte und dabei unablässig die Umgebung beobachtete. Kamen mir Percents entgegen, schlug ich weite Bogen, ohne durch Hektik auf mich aufmerksam zu machen. Man muss Ärger aus dem Weg gehen, wenn man Wert auf heile Knochen legt.

Meine ehrliche Antwort lautete: *Nein; nein, auf keinen Fall.* Ich war eine Jägerin gewesen, eine Rebellin, eine freie Frau. Dann hatten sie eine Soldatin aus mir gemacht und daraufhin eine Städterin sowie eine Geächtete unter denen, die zuvor meine Mitstreiter gewesen waren, und ein Spottobjekt für alle anderen. Jemanden, der unterwürfig seine Wege um die der Stärkeren herum plante, der jeden Kontakt mied, aus Sorge, es könnte der Falsche daherkommen.

Das alles passte nicht zu mir. Das war nicht ich – nein, das *wollte* ich nicht sein! Auch wenn ich vieles verloren hatte: Diesem Wunsch blieb ich treu. Ich wollte ich selbst sein dürfen. Bisher war mir das immer gelungen.

Tief in meinem Inneren wusste ich genau, dass ich nicht in der Stadt bleiben würde. Nicht bleiben *konnte*. Die Stadt bot mir genug zum Überleben, wie allen anderen auch, aber im Gegensatz zu ihnen genügte es mir nicht, nur zu überleben. So, wie ich die Zeit im Gefängnis zwischen verschlossenen Türen und Gittern überstanden hatte, würde ich auch Wochen und Monate in der Stadt ausharren können. Aber auf Dauer würde mir allein der Zaun den Atem rauben. Ich würde ersticken an dem bisschen Luft, das Dark Canopy durchließ.

Ich musste hier weg, die Stadt war nur ein Teil meines Wegs, das Ziel war noch fern. Das wusste ich und konnte es mir dennoch nicht zugestehen. Nicht, ehe ich wusste, wohin. Und ob Neél mit mir kommen würde.

Im Zentrum, ganz in der Nähe des gefürchteten Hotels, lagen die Läden, in denen man Kleidung, Taschen und Waffen kaufen konnte. Auch Möbelstücke gab es hier, sie standen in großen Räumen ausgestellt und rochen muffig. Ich schlenderte an den meisten Geschäften vorüber, ohne einen Blick hineinzuwerfen. Ein Kleidungsgeschäft war mein Ziel, ich brauchte ein neues Paar Strümpfe oder zumindest Wolle und Nadeln, um mir welche zu stricken. Ich ging drei Mal an dem Laden vorbei, sah lediglich durch die großen Fenster und verschaffte mir so einen Überblick, wer sich darin aufhielt. Schneider belieferten diese Läden und es gab einen Schneider, dem ich unter keinen Umständen begegnen wollte. Joseph. Er und seine Frau hatten mich ein Jahr zuvor schändlich verraten, was zu Ambers Gefangennahme geführt hatte. Ich war mir sicher, Joseph würde versuchen, sein Handeln irgendwie zu rechtfertigen. Vermutlich hatten die Percents ihn dazu gezwungen und ihn mit dem Leben seines Sohnes erpresst. Doch mich interessierten seine Argumente nicht. Wäre ich ihm begegnet, hätten wir das Haus gemeinsam verlassen: Er in einem Leichensack und ich in Ketten.

Doch meine Furcht vor einem Wiedersehen war unbegründet – Joseph war nicht da. Ich betrat den Laden und streifte zwischen den Tischen und Ständern umher, auf denen einfache Hosen und Jacken drapiert waren wie kostbare Sonderanfertigungen. Auch diese Geschäfte litten unter dem Winter, darum war die Auswahl gering. Nahrungsmittel waren so teuer, dass kaum jemand Münzen für etwas anderes übrig hatte. Ich musste nicht nach den Preisen fragen; dass die wärmenden Kleidungsstücke – die, die von den Menschen so dringend gebraucht wurden – unbezahlbar waren, konnte ich mir auch so denken. Billig zu haben waren dagegen die Restposten aus dem Sommer. Ein Kleid mit schmalen Trägern tat mir beinahe leid. Das zarte Etwas hing so verloren in diesem kalten Laden. Ich wollte es so gern anfassen, aber es hatte die Farbe von Sahne, meine Finger würden Flecken darauf hinterlassen.

Ich wandte mich ab. Was sollte ich bei Eis und Schnee mit einem solchen Kleid?

Gib den Leuten billig, was sie nicht wollen, aber verlange alles, was sie haben, für das, was sie dringend brauchen – das war das Gesetz der Stadt. Ein Händler, der sich nicht daran hielt, ging vor die Hunde.

Ich besaß zwei Garnituren Unterwäsche, zwei Hosen, zwei Paar Strümpfe, von denen eines dünn und fadenscheinig geworden war, ein Hemd, einen Pullover und meine Kaninchenfelljacke. Wirklich mir gehörte nur die Hälfte davon, die Wechselsachen hatte ich von Alex und ich hegte den Wunsch, ihr alles zurückzugeben. Ich hatte kein grundsätzliches Problem damit, jemandem etwas schuldig zu sein, nur bei Alex sah das anders aus.

Es störte mich nicht, wenig zum Anziehen zu haben. Ich hatte selten in meinem Leben mehr besessen und hin und wieder sogar weniger. Es war mir allenfalls lästig, in klamme Sachen steigen zu müssen, wenn die eine Garnitur gewaschen werden musste und die andere noch nicht ganz trocken war.

Aber jetzt, da ich dieses Kleid zum Greifen nah vor meinen Händen hängen sah, konnte ich nicht anders, als mir auszumalen, es am Körper zu tragen. In meiner Vorstellung war ich keine Rebellin und kein Soldat. Ich war einfach schön, so schön ich eben sein konnte. Ein bisschen dieses längst verlorenen Wunschs stieg in mir hoch und kitzelte mich in der Brust.

Ich warf einen verstohlenen Blick in Richtung der Verkäuferin. Sie musterte mich mit Argwohn. Es kam sicher nicht oft vor, dass völlig Fremde in ihrem Laden erschienen und die Wäsche anschmachteten. Ich sah leider auch nicht aus wie eine Frau, die auf ihr Aussehen Wert legte. Zum Glück hatte ich mir wenigstens das Haar gekämmt.

Zweifelnd trat ich zurück zu dem Kleid. Es kostete wirklich nicht viel – aber ich besaß nur unwesentlich mehr als nichts. Ein kleiner Hauch Zugluft bewegte den Stoff. Ich machte den fatalen Fehler, mir vorzustellen, wie Neéls Hände sich wohl auf meiner Haut anfühlen würden, wenn nur dieser feine Stoff uns trennte.

Die Sache war entschieden.

Ich berührte gerade ganz behutsam den Saum des Kleides, da erschien die Verkäuferin dicht neben mir.

»Willst du es anprobieren?«, fragte ihr Mund. Der Rest ihres Gesichts sagte dagegen: *Willst du nicht lieber sofort hier verschwinden, faules Bettelpack?*

Ich lachte, einfach nur aus Freude. »Ich will mir doch nicht den Tod holen! Das passt mir schon, ich will es kaufen.«

Ich verließ das Geschäft nach zähen Verhandlungen mit dem

Kleid und einem Paar Strümpfen, eingeschlagen in grobes Papier, das ich ebenfalls gut gebrauchen konnte. Dafür war ich nun um eine hart erarbeitete Münze ärmer, besaß allerdings den Gürtel und die Wasserflasche nicht mehr, die ich dem toten Wachmann abgenommen hatte.

In meinem Inneren lieferte sich mein Verstand eine wilde Schlacht mit dem angenehmen Gefühl in meinem Bauch, etwas Schönes zu besitzen. Mein Verstand schimpfte mich eine Idiotin. Es schneite schon wieder – kleine, vom Wind scharf geschliffene Flocken, die mir ins Gesicht pikten. Es schneite, die Nahrung ging in der ganzen Stadt zur Neige und ich hatte ein Sommerkleid gekauft. Mein Gewissen bekam durchaus dunkle Flecken, aber ganz bereuen konnte ich den Kauf auch nicht. Ich besaß nun etwas Eigenes, etwas, das keinem besonderen Zweck diente, außer dass ich mich hübsch darin fühlte.

Mir wurde plötzlich sehr kalt, als ich mich an meinen letzten Besitz erinnerte, der ähnlichen Zwecken gedient hatte. Ich musste an meine wilde Malve denken, die Neél mir geschenkt hatte.

Sie war mir so wichtig gewesen. Und ich hatte sie kaputt gemacht.

26

ich habe ein schiff.

»Heilige Scheiße, wie siehst du denn aus? Wen hast du zur Strecke gebracht und wer kommt, um ihn zu rächen? Müssen wir die Stadt verlassen oder reicht es, dich für drei Monate in meinem Keller zu verstecken?« Graves' Begrüßung war herzlich wie in alten Zeiten und ebenso vertraut fühlte sich sein Handschlag an.

Neél hatte sich vor dem Wiedersehen gefürchtet und musste nun beschämt erkennen, dass es dazu keinen Anlass gab. Außer dem Konflikt, den er selbst mitbrachte. Der Abend würde noch hässlich werden, daran führte kein Weg vorbei.

»Er hat bis zur letzten Faser gekämpft und ist einen Heldentod gestorben«, erwiderte Neél und öffnete seinen inzwischen kurz geschnittenen Zopf, um sich die Sägespäne aus dem Haar zu ziehen. »Der Baum war ein fairer Gegner, aber der Stärkere hat gesiegt.«

Graves nickte wissend, auch wenn er bestimmt nicht durchschaute, wovon Neél sprach. »Wenn das so ist. Komm rein.« Er ließ Neél an sich vorbei in seine Wohnung treten und schloss die Tür.

Neél sah sich um. Nichts hatte sich hier verändert. Die Zimmer waren vollgestellt mit Möbelstücken, die Graves in den letzten Jahren gefunden hatte. Die Stühle und Bänke um mehrere Tische herum hätten ausgereicht, um zwanzig Männern in der kleinen Wohnung bequem Platz zu bieten. In etlichen Schränken und Regalen sammelte Graves Reliquien aus vergangenen Zeiten: zerbrochenes Porzellan, vergilbte Fotografien, Uhren ohne Zeiger, Landkarten mit zerfressenen Rändern und vieles, vieles Weitere, was für Neél nicht mehr als Müll war, da er nicht wusste, welchem Zweck die

Gegenstände dienten oder einmal gedient hatten. Manchmal glaubte er, Graves liebte Bücher nur deshalb, weil darin die Erklärungen zu finden waren, wie man all den Plunder benutzte.

»Bist du also unter die Baumjäger gegangen?«, fragte Graves.

Neél setzte sich trotz der vielen Stühle auf den Boden neben einen niedrigen Tisch. Er war voller Holzstaub und Späne und wollte Graves nicht brüskieren, indem er seine geliebten Möbelstücke schmutzig machte. »Ich will Cloud nicht über den Weg laufen. Also brauchte ich Arbeit möglichst weit weg vom Hotel.«

»Das Sägewerk?«

»Das Sägewerk. Sie zahlen lausig, aber es gibt gratis Gebrautes und einmal am Tag etwas zu essen.«

Graves verzog skeptisch das Gesicht. »Etwas wirklich Essbares? Das wäre unbezahlbar.«

»Was weiß ich.« Neél musste lachen. »Das ist mir egal. Es ist gute Arbeit.«

»Harte Arbeit«, korrigierte Graves.

»Ja, hart. Das ist gut. Man muss weniger nachdenken, wenn man die Muskeln anstrengt.«

»Lass das nicht deinen Vorarbeiter hören, mein Freund, sonst behält er deinen Lohn ein, schreibt sich Doktor auf den Kittel und verlangt Lohn von dir.«

»Den Rat werde ich beherzigen. Aber eigentlich bin ich wegen etwas anderem hier. Ich möchte dich um einen Gefallen bitten.« Der Themenwechsel machte Neél beklommen. Er hätte ihn gerne herausgezögert, aber es war Graves gegenüber nicht fair, Scherze zu machen, wenn alles auf einen ernsthaften Streit hinauslief.

Graves schien Neéls veränderten Tonfall nicht zu bemerken. »Du weißt, dass ich ein zweites Bett habe. Du kannst jederzeit hier schlafen, Neél, solange es nötig ist.«

»Das ist es nicht.« Neél hatte bereits eine Unterkunft. Vorübergehend würde er als Untermieter bei seinem Vorarbeiter wohnen. »Ich bin wegen Joy hier.«

Graves sah auf. »Joy?«

»Tu nicht so, als würdest du ihren Namen zum ersten Mal hören. Du hast ihr Mist erzählt …« Bei der Erinnerung daran kochte kalte Wut in ihm hoch und er musste sich beherrschen, um nicht laut zu werden. »Nein, lass mich nicht untertreiben. Du hast ihr Lügen erzählt.«

»Und du bist hier, um mir dafür die Nase zu brechen.«

»Was du zweifellos verdient hättest. Ich will wissen, warum du gelogen hast. Und dir dann die Nase brechen.«

Graves reagierte nicht sofort. Stattdessen verließ er das Zimmer. Neél hörte Wasser rauschen, dann kehrte Graves mit zwei Metallbechern zurück und reichte Neél einen davon, bevor er sich ihm gegenüber auf einen abgewetzten Sessel setzte, der bis auf den Fußboden durchhing.

»Ich habe ihr gesagt, dass du ein neues Mädchen hast«, begann er ruhig, als ging es um Möbelstücke statt um Menschen, »weil ich hoffte, dass es sich so entwickeln würde.«

»Welches Mädchen denn bitte?«

»Ist doch egal. Neél, ich bin dein Freund und deshalb will ich ehrlich zu dir sein. Du stehst auf dünnem Eis. Du hattest schon Probleme, bevor du Cloud beleidigt hast. Mit einem Rebellenmädchen an deiner Seite – mit dem Rebellenmädchen, das beim Chivvy alle vorgeführt hat und ständig auf Streit aus ist – multiplizierst du nur die Gefahr, in der du schwebst.«

»Von Vorführen kann kaum die Rede sein«, widersprach Neél, aber er wusste selbst, dass der Einwand schwach war. Keiner war dabei gewesen. Die Gerüchte, die über Joy im Umlauf waren, sprachen eine deutliche Sprache. Fakt war, dass Joy ein rotes Tuch in der Stadt war. Viele Menschen respektierten sie, was den hochrangigen

Percents nicht gefallen dürfte – denn diese wollten sie tot, besser noch gebrochen und geschändet im Staub kriechen sehen.

»Wie dem auch sei«, meinte Graves. »Ohne sie würde es dir besser gehen. Und ihr ohne dich. Ich mag das Mädel, Neél. Ich will sie auch nicht tot sehen.«

Neél ließ sich Zeit, er dachte lange nach, um Graves nicht all das Zeug unbeherrscht an den Kopf zu werfen, das sich in ihm auftürmte. Graves mochte ein Idiot sein und übers Ziel hinausschießen … aber er war und blieb sein bester Freund. Bedauerlicherweise konnte er ihm nicht ohne Weiteres die Nase brechen, auch wenn er es zu gerne getan hätte.

»Du hast mir vor langer Zeit mal zu erklären versucht, wie es sich in deiner Haut anfühlt. Du sagtest, du könntest es nicht in Worte fassen. Ich habe dir das nicht geglaubt und gedacht, nachvollziehen zu können, wie es dir geht. Heute weiß ich es besser. Man kann es wirklich nicht in Worte fassen.« Neél atmete durch. Leicht fiel es ihm noch immer nicht, zu akzeptieren, was geschehen war. Dass es unwiderruflich war und sich niemals ändern würde. »Wenn ich dir nun sage, dass ich das, was zwischen mir und Joy ist, nicht erklären kann – willst du mir das dann glauben?«

Graves sah in seinen Wasserbecher. Schließlich nickte er. »Und wenn ich dir sage, dass ich es nach wie vor nicht falsch finde, was ich getan habe, es aber nie wieder tun werde – willst du mir das dann auch glauben?«

»Hab ich 'ne Wahl?«

»Ausgeschlossen.«

Neél nahm einen Schluck Wasser. »Dann vergessen wir es einfach.«

»Ich mag es, mich mit dir zu streiten, Neél.« Graves betastete demonstrativ seine Nase. »Das geht immer so gesittet vonstatten.«

Neél grinste. »Wenn du meinst.«

»Im Übrigen sagte Joy zu mir, sie hätte alles versucht, ihren Lover davon abzubringen, dich zu grillen.«

Neél verdrehte angesichts von Graves' Wortwahl die Augen, aber dieser ließ sich davon nicht irritieren.

»Und wenn sie der Typ ist, der alles versucht, dann kann eine fiktive Geschichte über dich und dein Liebesleben sie auch nicht davon abhalten, dich weiter zu suchen. Oder?«

Neél trank aus. »Du hast meine Freundin für mich getestet?«

»Wenn du es so nennen willst: ja.«

Und weil alles, auch ein gesitteter Streit, seine Grenzen hatte, nahm Neél seinen Becher, wog ihn in der Hand … und warf ihn mit voller Wucht gegen Graves' Kopf.

»Wenn ich dir nun sage«, setzte er seelenruhig nach, »dass wir damit quitt sind – willst du mir das glauben?«

Graves versteckte das Gesicht hinter seinen Handflächen, stolperte ins Bad und grummelte dabei Worte, die verdächtig nach »Du gegrilltes Arschloch« klangen. Neél schmunzelte.

Wie erwartet, hatte Graves sich abreagiert, als er zurückkehrte. Wortlos stellte er einen zweiten Becher Wasser vor Neél auf den Tisch. Außer einer hühnereigroßen Beule über der linken Augenbraue deutete nichts mehr auf einen Streit hin.

»So«, sagte Neél. »Dann erzähl mir doch mal, woher du schon weißt, dass Cloud mich rausgeschmissen hat – aus dem Militär und meinem Zimmer im Gefängnis. Bin ich ein solches Gesprächsthema in der Stadt, dass das sogar bis zu dir durchgedrungen ist?«

»Keine Angst, so wichtig bist du nicht.« Graves trat zu einem seiner zahlreichen Schränke und nahm ein dickes Bündel Stoff heraus. Wolle, erkannte Neél.

»Hier, das ist für dich. Mit bestem Gruß von meiner Informationsquelle aus dem Gefängnis.«

Erstaunt nahm Neél einen gestrickten Pullover entgegen. »Die alte Frau hat es dir gesagt? Die, die in der Gefängnisküche kocht und spült?«

»Genau die. Eine Bekannte von mir. Wir haben eine Art Abkommen. Von Putzkraft zu Putzkraft, da flüstert man sich schon mal etwas zu. Auch wenn sie eher gestikuliert, statt zu flüstern. Aber man sagt mir ja nach, ich wäre ein guter Zuhörer.«

»Du bist ein guter Angeber«, spottete Neél. »Fassen wir zusammen: Sie verrät dir Interna und dafür darf sie dir Pullover stricken?«

»Richtig. Hin und wieder tu ich natürlich auch etwas für sie. Aber diesmal hat sie etwas für dich gestrickt. Du kannst ihn sicher gebrauchen, oder? Kommst du zurecht?«

Neél hätte gerne mehr über die Frau erfahren, aber Graves machte deutlich, dass er nicht mehr sagen würde, und ihm war nicht danach, über das Frösteln zu sprechen, das sich vor einer Weile eingestellt hatte und zu einem permanenten Frieren geworden war.

Du mit deinen tausend Geheimnissen, dachte er und nahm den Pullover dankbar an sich. »Ich komme zurecht. Ich will nicht unhöflich sein, nachdem ich dir fast den Schädel eingeschlagen habe, Graves – du solltest das kühlen, es wird gerade violett –, aber darf ich dich nun um den Gefallen bitten? Ich kann nicht mehr lange bleiben.«

»Womit kann ich dir helfen, wenn du schon kein Bett und keine neue Frau brauchst?«

Neél atmete durch. Was nun folgte, war schwieriger als alles zuvor. »Du hast doch noch all das Zeug, was wir über die Gilde der Wölfe gesammelt haben. Die Karten und die Papiere …«

»Was du Zeug nennst, habe ich sorgsam und mit viel Mühe *archiviert*«, erwiderte Graves flapsig.

Neél nickte. »Auch die Karten? Ich brauche Karten. So viele wie möglich. Die Wasser- und Landlinien und die Grenzen verlaufen, soweit ich mich erinnere, überall etwas anders, ich möchte einen Mittelwert ausrechnen, um annähernd realistische Ergebnisse zu bekommen.«

»Das liegt daran, dass die Karten aus unterschiedlichen Zeiten stammen«, erklärte Graves nachdenklich. »Die Erde verändert sich. Aber was zur Hölle willst du mit den Karten?«

Neél schloss die Augen. »Ich brauche auch einen Kompass, denke ich. Ich … habe ein Schiff.«

»Wie bitte?«

»Du hast mich schon verstanden. Ich habe ein Schiff. Cloud wollte mich damit auf eine Expedition schicken, doch ich habe abgelehnt. Aber ich weiß, wo das Schiff vor Anker liegt. Und – ehe du fragst – ich habe keinerlei Skrupel, es zu stehlen.« *Cloud ist mir etwas schuldig. Sein Schiff gegen viele Jahre meines Lebens. Und wir sind quitt.*

»Du hast ein … Und du willst … Neél!« Graves stand von einem auf den anderen Moment wie unter Strom. »Willst du das wirklich riskieren? Bist du verrückt geworden, Mann? Es gibt kein Dark Canopy, das den Himmel über dem Meer verdunkelt. Wir wissen, wie die Länder jenseits des Meeres früher aussahen, aber wir haben keine Ahnung, wie es heute dort ist. Vielleicht ist alles nuklear verseucht, wie die Länder im Süden, wir wissen nicht, ob –«

»Graves?«, versuchte Neél zu ihm durchzudringen. »Graves! Ich werde nicht übers Meer segeln. Ich kann hier nicht weg. Denk an Edison. Ich werde ihn nicht allein zurücklassen, nicht jetzt, da die Zeiten so unsicher sind.«

»Aber was willst du dann …?«

»Erst einmal will ich die Möglichkeit in Betracht ziehen. Ich will wissen, wie es geht. Wie man segelt und wohin man überhaupt segeln kann. Vor allem«, Neél grinste Graves an, so lässig und unbeschwert er es vermochte, »muss ich verhindern, dass Cloud das

Schiff wieder an sich nimmt oder jemand anderen damit losschickt.«

Graves war ein kluger Kopf. Er begriff sofort. »Lass mich das mal zusammenfassen: Du brauchst jemanden, der dir hilft, ein Schiff zu klauen und so zu verstecken, dass Cloud – der Präsident – es nicht wiederfindet.«

»Ich habe es mir bereits angesehen. Es liegt in einer Bucht versteckt, in die zahlreiche Flussläufe münden. Unmittelbar nach der Schneeschmelze müssten die mehr als genug Wasser führen, um hindurchsegeln zu können – oder zu rudern, wenn der Wind ungünstig steht. Weiter im Landesinneren finden sich etliche zugewachsene Flussarme, in denen man das Schiff verstecken kann.«

Graves blieb skeptisch. »Das klingt nicht so, als handele es sich um ein besonders großes Schiff …«

Neél winkte ab. »Dann nenn es eben ein Boot. Für ein paar Mann wird es schon reichen. Dafür sieht es sehr stabil aus.«

»Okay. Nehmen wir an, ich helfe dir, das Ding zu stehlen und zu verstecken. Was hast du dann damit vor?«

»Wenn alles gut geht …« Neél tat sich schwer, die wahnwitzige Idee auszusprechen. »Dann will ich Joy diese Möglichkeit schenken.«

27

auch am boden liegend,
kann man stellung beziehen.

Neél kam erst ins *Mondlicht*, als die Nacht beinahe vorbei war. Ich war enttäuscht und gleichzeitig erleichtert. Warum sollte er auch anwesend sein, wenn ich arbeitete? Die Vorstellung, dass er zusah, wenn andere Percents mich verspotteten, war mir unangenehm – ich sollte froh sein, dass er es nicht tat. Aber mit jeder Stunde wurden meine Füße träger und meine Augenlider schwerer. Der wenige Schlaf über viele Tage hinweg forderte seinen Tribut und meine Energie ging zur Neige. Ich fürchtete, nach der Arbeit keine Kraft mehr übrig zu haben, und wollte doch die kostbare Zeit mit Neél nicht verschlafen.

Nachdem Morton die Bar zugeschlossen hatte, wusch ich mich mit eiskaltem Schmelzwasser, weil die Rohre wieder einmal zugefroren waren. Ich packte meine Sachen zusammen, nahm das Kleid mit und traf mich mit Neél auf der Straße. Wir spazierten durch eine Nacht, die so kalt war, dass selbst der Müll auf den Straßen nicht mehr im Wind trieb, sondern am Boden festfror. Es war ruhig wie unter Wasser und diese Ruhe ließ mich gleich wieder müde werden. Als wir Neéls Wohnung erreichten – ein einzelnes Zimmer mit Tür zur Straße –, war ich so erschöpft, dass ich mich beim Aufwachen nicht mehr daran erinnern konnte, mich ins Bett gelegt zu haben. Ich schlug die Augen auf, als der Morgen noch eine Handbreit hinter dem Horizont versteckt war und eine Stille über der Stadt lag, als wären selbst die Ratten mit ihren Pfoten an den Regenrinnen festgefroren.

Doch Neél war wach. »Kennst du das?«, fragte er und strich meine Haare Strähne für Strähne mit den Fingern glatt. »Wenn man aufwacht, und obwohl man noch weiterschlafen könnte, fühlt man sich ausgeruht. Wenn man aber aufwacht, weil man gezwungen ist aufzustehen, ist man müde wie ein alter Hund.«

Er küsste mich. Es war unser erster richtiger, inniger Kuss, wie ich erstaunt feststellte. Ein Verschmelzen, viel mehr als bloß ein Berühren der Lippen. Sein Mund war warm und schmeckte so herzzerreißend nach Neél, dass der ganze Winter mit all seinem Leid und seiner Einsamkeit aus meinem Kopf verschwand. Wir waren zusammen, als hätte nichts und niemand uns je getrennt.

Als wir miteinander schliefen, fühlte sich der Moment so selten und kostbar an, dass ich mir wünschte, ihn festhalten zu können. Ich erinnerte mich an meine wilde Malve, die Neél gepresst und zwischen Plastik befestigt hatte, um sie zu konservieren. Genutzt hatte es nichts, sie war im Kampf verloren oder kaputtgegangen, ich wusste es nicht genau. Nein, besser, ich hielt den Moment nicht fest. Er musste frei sein. Dann geschah ihm nichts.

• • •

In den folgenden Wochen nutzten wir jede nur erdenkliche Möglichkeit, um zusammen zu sein. Das mag nicht schwierig klingen. Wir hatten Gesetze gebrochen und Unmöglichkeiten überwunden. Jetzt, da all die Zweifel ausgeräumt und meine alten Grundsätze begraben waren, sollte es für uns ein Leichtes sein, Zeit gemeinsam zu verbringen. Tatsächlich waren es banale Dinge wie die Notwendigkeit von Schlaf und Arbeit, die uns das Leben schwer machten.

Neél arbeitete am Tag. Sobald der Himmel verdunkelt wurde, musste er bei seinem Vorarbeiter erscheinen und Bäume fällen, zum Sägewerk transportieren, das Holz zuschneiden und hacken, bis es Abend war. Zeitgleich, wenn er nach Hause kam, Staub im

Gesicht, Sägespäne im Haar und einen herrlichen Holzgeruch verströmend, musste ich meine Schicht im *Mondlicht* beginnen und dort Krüge umhertragen, oft bis der Morgen graute und sich meine Füße anfühlten wie zwei Gallonen Wasser. Neél schlief, während ich arbeitete, und ich schlief, wenn Neél bei der Arbeit war. Wir trafen uns kurz vor Sonnenaufgang und oft waren die beiden Stunden, bis Dark Canopy wieder eingeschaltet wurde, die einzigen, die wir miteinander verbringen konnten.

Außerhalb dieser beiden Stunden verstrich die Zeit, als hätte man unsere Existenz vergessen. Niemand behelligte Neél. Was immer er falsch gemacht hatte, man ließ ihn in Ruhe.

Von Amber hörten wir nichts, nicht das kleinste Gerücht über ihren Tod oder ihre Gefangennahme machte die Runde. Sie musste also noch leben – oder war in Freiheit gestorben. Ich schickte ihr all meine guten Wünsche, auch wenn das lächerlich wenig war, was ich für sie tun konnte.

Graves, der mich selten in der Bar besuchte, spottete manchmal, man müsse Amber nun bald wieder einfangen, denn ehe ihr Schicksal nicht geklärt war, durfte Neél keinen Anspruch auf eine neue Frau erheben. Uns war es wichtiger, uns zu lieben, statt Ansprüche auf- oder aneinander zu stellen. Wir brauchten keine Erlaubnis von der Stadt und ihrer Regierung.

Was Neél und ich gebraucht hätten, war Zeit oder wenigstens andere Arbeitszeiten. Aber war es uns auch noch so leichtgefallen, unsere derzeitigen Arbeitsstellen zu finden, merkten wir beide nun, dass das nicht selbstverständlich war. Besonders in Erinnerung blieb mir der Versuch, im Pferdestall nach Arbeit zu fragen; dort, wo jene Percents Pferde liehen, die keine eigenen besaßen.

Ich näherte mich dem flachen, lang gezogenen Gebäude auf leisen Sohlen. Meine Fußspuren im Schnee bereiteten mir Sorgen, ich wollte am liebsten ungesehen bleiben. Erst als ich ganz nah am Gebäude war, konnte ich benennen, was mich so unruhig machte. Es roch nach Pferden – nein, es stank. Aber es war zu still.

Ich machte kehrt, einen dicken Kloß im Hals. Hier gab es keine Arbeit mehr. Und keine Pferde.

Plötzlich ertönte ein Rascheln hinter mir, ich schrak zusammen und fuhr herum. Ein Mann stand in der offenen Tür des verwaisten Stalls, ein Percent. Ich meinte, ihn schon einmal gesehen zu haben, kam aber nicht darauf, wann und wo. Er musterte mich mit einer Aggression in den Augen, als hätte ich ihn bei etwas Verbotenem erwischt, doch dann entspannte sich seine Miene mit einem Mal und wurde weich.

»Ach, du bist das, Jolly.«

Ich erkannte ihn an dem blöden Spitznamen, es war der Percent aus der Bar, der versucht hatte, mich zum Narren zu halten.

Ich verschränkte die Arme vor der Brust. »Joy«, korrigierte ich ihn mit einem scheinbar nachsichtigen Lächeln, aber ich blieb vorsichtig. Was machte er hier?

Er war es, der die Frage zuerst aussprach. »Was hast du hier zu suchen, Jolly?«

»Ja, was sucht man in einem Stall?«, frotzelte ich, wurde aber schnell wieder ernst, als ich bemerkte, wie sehr ihn mein Spott verärgerte. »Ich suche nach Arbeit. Dachte, beim Versorgen der Pferde wäre vielleicht Hilfe nötig.«

Er schüttelte den Kopf, als wäre ich unfassbar dumm. »Hier lebt seit Wochen kein Pferd mehr. Im Hotel gab es tagelang nichts anderes zu essen.« Sein Tonfall machte klar, dass er mit dieser Entwicklung nicht glücklich war. Was also, fragte ich mich, tat er dann hier?

Ich hatte das Gefühl, dass es besser war zu schweigen, und musterte ihn stattdessen genau. Er trug eine leichte Jacke, Bestandteil einer einfachen Soldatenkluft, aber ohne die dazu passende Hose. Stroh haftete an den Ärmeln. Ob er darin geschlafen hatte? Als er sich umdrehte und einen vollgestopften Seesack schulterte, begriff ich: Vermutlich hatte er den Sack im Stroh versteckt und ausgegraben. Was wohl darin war?

Der Percent verbarg den Seesack hinter seinem Rücken, als er erkannte, dass mich dieser interessierte – und genau das feuerte meine Neugier an.

»Du solltest hier verschwinden, Jolly«, meinte er in einem aufgesetzt unbekümmerten Ton, der mich in aller Regel sofort in Alarmbereitschaft versetzte, diesmal aber seine Wirkung verfehlte. »Es kann gefährlich sein, so allein. So weit weg von anderen Menschen.«

Als er an mir vorbeiging, klapperte der Inhalt seines Sacks metallisch. Waffen? Er trug wohl kaum alte Hufeisen mit sich herum. Irgendetwas war hier faul. Es war nur ein Gefühl, aber eins der überzeugten Sorte.

Ich ließ den Percent ziehen, gab vor, mich bei den Ställen umzusehen, bis er um die nächste Ecke bog.

Und dann folgte ich ihm leise.

• • •

Ihm unbemerkt nachzulaufen und dabei niemandem aufzufallen, war gar nicht so einfach. Um ein Haar wäre ich an dem Haus vorbeigegangen, in das der Percent verschwunden war. Ich wurde bloß aufmerksam, weil jemand ein Fenster im Erdgeschoss öffnete und die Stimme des Mannes, den ich verfolgte, ins Freie ließ. Doch kaum hatte ich registriert, dass er sich in dem Haus befand, wurde das Fenster schon wieder geschlossen. Ich drehte um und ging zur Tür. Nicht verriegelt, was für ein Glück. Im Stillen schalt ich mich für die Dummheit, Zufälle, die meinen Leichtsinn fütterten, als Glück zu bezeichnen.

Ich huschte durch das Treppenhaus und wagte mich bis zu einer Wohnungstür vor, hinter der ich Männer reden hörte. Viele Männer – sehr viele. Die konnten unmöglich alle hier wohnen. Ich presste das Ohr an die hölzerne Tür.

»Hast du die Waffen?«

»... wirklich noch da?«

»Ist dir jemand gefolgt?«

Die Stimmen waren mir fremd, einige Worte verstand ich nicht oder nur teilweise.

»Natürlich hat alles geklappt. Führt euch nicht auf wie Waschweiber!« Das war der Kerl, dem ich nachgegangen war. »Hier habt ihr sie, nehmt!« Es klapperte.

»Fühlt sich gut an«, sagte irgendjemand.

»Es ist gut, sich wehren zu können, wenn es zum Krieg kommt«, entgegnete ein anderer mit ernster Stimme.

Die Kehle wurde mir eng. Krieg? Was redete er da? Ich schloss die Augen. So konnte ich mich noch etwas besser auf die Geräusche konzentrieren.

»Das wird es schon nicht.«

»Die Triade sieht keine Gefahr. Sie sagen, das Gerede von Rebellen, die die Stadt angreifen wollen, wäre reines Geschwätz, weil den Männern langweilig ist.«

»Und sie haben recht.« Es polterte, als hätte jemand mit der Hand auf einen Tisch geschlagen. »Jeden Winter dasselbe Palaver vom Krieg. Das geht mir auf den Sack, nur dass ihr es wisst.«

»Alles klar, Chucker.« Da, das war er wieder, der Mann, der mich Jolly nannte. »Aber wenn das nur Gerede ist, warum hast du dann als einer der Ersten eine Pistole eingesteckt?«

»Kann man immer gebrauchen«, murmelte der, den sie Chucker nannten.

Stühle bewegten sich knirschend über den Boden. Es klang nach

Aufbruch, aber ich rang den Wunsch nieder zu verschwinden. Ich wollte mehr hören.

»Ich sage es euch«, meinte ein Mann mit tiefer, besorgter Stimme, »diesmal kommen wir um einen Aufstand nicht herum. Die Menschen sind unzufrieden wie noch nie in diesem Winter. Wenn Rebellen kommen, dann schließen sie sich denen sofort an.«

»Blödsinn.«

»Du hast ja keine Ahnung.«

»Wir werden ja sehen. Mit den Waffen können wir unsere Wohnungen schützen, wenn es so weit ist. Machen wir uns also nicht in die Hosen.«

Ich hörte Schritte, die in meine Richtung kamen. Nun war es allerhöchste Zeit, das Weite zu suchen. Mucksmäuschenstill verließ ich das Haus und versteckte mich hinter einer Mauer. *Nur keine Panik, Joy.* Nachdem sich mein Puls wieder beruhigt und ich das Zittern meiner Hände in den Griff bekommen hatte, tauchte ich wieder in die Straßen der Stadt ab, wo ich mich ziellos treiben lassen und meine Gedanken sortieren konnte.

Diese Männer, scheinbar einfache Percents, die nicht dem Militär angehörten, befürchteten einen Rebellenaufstand und rüsteten sich. Zwischen meinen Schulterblättern prickelte es immer noch heiß und kalt.

Ein Rebellenaufstand.

Wie wunderbar hatte ich mir als junges Mädchen einen großen Kampf für unsere Freiheit vorgestellt. Und wie schrecklich erschienen mir meine naiven Fantasien heute.

Ein Krieg hatte die Kraft, das kleine bisschen Sicherheit zu zerstören, das ich mir mühsam aufgebaut hatte.

• • •

Ich sprach mit Neél über meine Beobachtungen, aber er winkte ab. Wie einer der Percents, die ich belauscht hatte, hatte auch er bisher in jedem Winter von aufständischen Rebellen gehört. Passiert war nie etwas.

»Wir sind immer vorsichtig, Joy«, flüsterte er mir zu. »Mehr können wir nicht tun.«

Morton sah die Sache anders. Ich erwähnte die Rebellen nur beiläufig, da wurde er schon fahrig und begann zu brüllen: »Vermaledeites Gesindel! Ich habe keine Ahnung, wie ich über den beschissenen Winter kommen soll, wegen denen.«

»So?«, spottete ich. »Sind heute mal die Rebellen schuld?« Für Morton war jeden Tag jemand anders für seine kläglichen Einnahmen verantwortlich. Auch schien es für ihn ausschließlich schlechte Tage zu geben, ich hatte noch nie erlebt, dass er zufrieden war.

»Was denkst denn du, du dummes Weibsstück. Die Männer trinken weniger, weil sie jederzeit mit einem Angriff rechnen müssen.«

»Morton, die Leute trinken weniger, weil sie keine Münzen übrig haben.«

»Quatsch. Für Alkohol sind immer Münzen da.«

»Aber –«

»Red nicht, wenn du keine Ahnung hast.«

Damit war das Thema vom Tisch und mein Versuch eines klärenden Gesprächs hatte mir nichts gebracht, außer einem schlecht gelaunten Chef und der Gewissheit, dass dieser ebenfalls an Krieg dachte.

Ich gab mir alle Mühe, der nagenden Sorge, es könnte tatsächlich zu einem Angriff kommen, keine Bedeutung beizumessen, aber es gelang mir nicht recht. Vielleicht hatte ich dafür einfach noch nicht genug Winter in der Stadt gelebt.

• • •

»Würdest du es mir verzeihen«, fragte Neél an einem Vormittag, ehe er zur Arbeit aufbrach, »wenn ich dir etwas verschwiegen hätte?«

»Du hast doch eine andere Frau?«, neckte ich ihn und klopfte Schmutz von seinem Pullover. Das Kleidungsstück war in der Eile der Nacht sorglos auf dem Fußboden gelandet und sah aus, als hätte Neél damit im Staub geschlafen.

Er lachte nicht. »Ich fürchte, es ist bedeutsamer.«

Seine ernsten Worte ließen mich trocken schlucken. »Lass hören.«

»Ich habe … Ach, wie soll ich es sagen? Ich habe deinen Vater gefunden, Joy.«

Er hatte … was, bitte? Meinen … Vater? »Wie – du hast meinen Vater gefunden? Und wieso? Warum gehst du einfach los und suchst meinen Vater, ohne mich zu fragen, ob mir das überhaupt recht ist?«

Er winkte ab und irgendetwas an seiner Geste erschien mir einerseits unaufrichtig und andererseits ehrlich. »Ich bin ihm bloß zufällig über den Weg gelaufen.«

»Du musst dich irren.« Ich konnte nicht glauben, dass mein Vater überhaupt noch am Leben sein sollte.

»Ausgeschlossen«, erwiderte er, es klang wie eine Entschuldigung. »Er war es. Und er würde dich gerne sehen, glaube ich.«

Mein Vater. Der mit mir aus der Stadt geflohen war vor so langer Zeit. Der mir beigebracht hatte, wie man einen Pfeil schnitzte und warf. Der mir das Rebellenlicht gezeigt hatte. Und … der mich verlassen hatte, nachdem meine Mutter gestorben war, als ich ihn so dringend gebraucht hätte.

Ich war mir nicht sicher, ob ich ihn sehen wollte. Für einen Moment wollte ich ihn so wenig sehen, dass es mich drängte, aus der Stadt zu fliehen. Dann wollte ich alle Umstände erfahren und fragte Neél Löcher in den Bauch, wann er ihm begegnet war, wo und warum.

Neél versprach mir Antworten, koppelte sie allerdings an die Bedingung, dass ich meinen Vater besuchte. Er war der Überzeugung, dass diese Begegnung wichtig für mich war, davon ließ er sich auch in den folgenden Tagen nicht abbringen, sosehr ich mich auch sträubte.

Natürlich wollte ein kleiner Teil von mir lieber heute als morgen zu meinem Vater. Schon allein deshalb, um ihn zu fragen, warum er Penny und mich allein beim Clan zurückgelassen hatte und ohne uns in die Stadt zurückgekehrt war. Nein, eigentlich wollte ich ihn das nicht fragen. Ich wollte es ihm vorwerfen und das wiederum war zusätzlich zu der Tatsache, dass ich die heimliche Geliebte eines Percents war, Grund genug, ihn nicht aufzusuchen.

»Du kannst es dir überlegen«, sagte Neél irgendwann. Er gab den Disput nicht auf, er gönnte mir nur eine Verschnaufpause. »Aber nicht ewig, Joy. Er hat nicht mehr lange Zeit. Er wird sterben.«

»Vielleicht gehe ich hin«, sagte ich leise, von seinen letzten Worten aller meiner Argumente beraubt. »Irgendwann.«

Danach sprachen wir nicht mehr über meiner Vater, was dazu führte, dass ich umso häufiger an ihn dachte.

Die Wahrheit war: Neél lag richtig. Ich wollte ihn so gerne sehen, um ihm wenigstens meine Fragen zu stellen. Aber es war sicher nicht gut für meinen Vater, mich zu sehen.

• • •

Der Boden, der viele Wochen gefroren gewesen war, taute. Schneemassen auf den Dächern wurden zu Unmengen von Wasser. Mauern und Dächer, die der Winter spröde und rissig gemacht hatte, offenbarten nun, dass sie undicht waren.

Morton hatte schon beim Aufschließen gemurmelt, es würde Ärger in der Luft liegen. Ich ging von einem grässlichen Abend aus und hielt mich nur mit der Aussicht, dass Neél mich abholen würde, über Wasser.

Morton rempelte mich an und stieß mich aus meinen Gedanken. »Mit deinem Kopf schon wieder im Bett von diesem Nichtsnutz, he?« Seit er erfahren hatte, dass man Neél degradiert hatte, ließ er kein gutes Haar an ihm. Er hatte ihm sogar Hausverbot erteilt, weil er mich angeblich von der Arbeit ablenkte. Ich kannte Neéls Schwäche für Alkohol, die er mit nahezu allen Percents teilte, und konnte Morton darum nicht einmal böse sein.

»Was stehst du da rum und stierst die Wand an, Joy? Sind alle Gäste versorgt?«

Ich verdrehte die Augen. »Was würdest du eigentlich tun, Morton«, gab ich zurück, setzte mich allerdings mit einem Lappen in der Hand in Bewegung, »wenn du mich nicht hättest?«

»Alles allein machen!«, brüllte er mir nach.

»Von wegen!« Ich sang die Worte fast. »Du würdest an deinem Frust verschimmeln, wenn du ihn nicht an mir abreagieren könntest.«

»Du garstiges Biest!«

»Alter Saftpanscher!«

Ein paar Gäste grinsten. Unsere Getränke mochten nicht besser schmecken als die in anderen Bars und unser Essen war definitiv mies. Aber die Streitereien zwischen Morton und mir waren die lustigste Unterhaltung, die man weit und breit finden konnte, also kamen sie lieber zu uns. Morton wusste das und genau aus diesem Grund schätze er mich so. Er gestikulierte mit einer Flasche in meine Richtung und ich warf ihm einen Kuss mit der Hand zu. Er fing ihn auf, klatschte ihn sich auf die Wange und gab vor, theatralisch zu Boden zu gehen. Ein paar Gäste lachten, einer von ihnen applaudierte. Drei hoben die Hand und wollten nachgeschenkt bekommen.

Ein weiterer Percent trat ein – ein mir unbekannter. Dann sah ich die Frau, die bei ihm war.

Und von einer Sekunde auf die andere gefror das Blut in meinen Adern.

Frau war zu viel gesagt. Es war ein Mädchen mit riesengroßen dunklen Augen, das lange Haar zu Hunderten dünnen Zöpfen geflochten. Das, was sich um ihren schlanken Hals wand, war jedoch kein Zopf, wie ich zunächst angenommen hatte. Es war ein grober Strick, ein Strick, mit dem man eine Ziege führt oder eine Kuh. Ein Déjà-vu schlug mir mit der Kraft eines Kinnhakens ins Gesicht. Ich konnte nicht mehr atmen und spürte das raue Seil auf meiner Haut, genau da, wo sie unter dem Kinn und den Kieferknochen so dünn und empfindlich ist.

Der Percent ging mit dem Mädchen um, als wäre es ein Stück Vieh, zerrte es über die Türschwelle und in den Schankraum. Breitbeinig ließ er sich auf einen Stuhl fallen und ruckte am Seil, sodass sie zwischen seinen Füßen auf den Boden fiel, direkt auf ihre nackten Knie. Ihr Rock verrutsche und entblößte ihre Oberschenkel. Trotz der kalten Nässe draußen trug sie nur eine Bluse, einen Rock und leichte Schuhe.

Ihr Anblick paralysierte mich und zeitgleich schrie etwas in mir: *Nein, nein, nein, völlig falsch!* Ich fühlte mich so massiv in meine eigene Vergangenheit gedrängt, dass mein Sichtfeld schrumpfte und von außen langsam schwarz wurde. Schwarz wie der Sack, den sie mir damals über den Kopf gezogen hatten.

Der Percent fasste dem Mädchen ins Haar und zog ihr Gesicht zwischen seine Beine, ihre Wange dicht an die Beule in seiner Hose. Er ließ sie los, um nach einem Getränk zu winken, aber wir alle – er, das Mädchen und ich – wussten, dass sie keine Wahl hatte und keinen Zentimeter zurückweichen durfte. Sie presste die Augen zu und am liebsten hätte ich es ihr gleichgetan. Alles, was ich noch scharf sah, war das selbstzufriedene Grinsen des Percents.

»Joy?« Jemand berührte mich am Oberarm und ich schrak dermaßen zusammen, dass ich verhalten aufschrie. Morton stand neben mir. »Geh in die Küche, Joy, ich mach das hier.«

Ich tat selten auf Anhieb, was er von mir verlangte, aber diesmal gehorchte ich. Auch, weil ich das Gefühl hatte, mich übergeben zu müssen. Ich eilte in die Küche, beugte mich über den Bottich, mit dem wir das Wasser aus dem tropfenden Hahn auffingen, und schüttete mir mehrere Handvoll des kühlen Nass ins Gesicht.

Es half nichts. Das Mädchen musste mit Gewissheit noch immer ihr Gesicht an den Schwanz dieser Bestie pressen, und das wahrscheinlich nur aus einem einzigen Grund: Er liebte es zu demütigen. Und weil ihm Demütigung allein nicht ausreichte, tat er es vor Zuschauern.

Mit diesen Gedanken wurde mein Kopf klarer. Die Schlinge aus Erinnerungen, die eben noch so hart und unnachgiebig gewesen war, löste sich ein wenig.

Dieses Mädchen war nicht ich und der Percent war nicht Neél. Ja, auch Neél hatte mich wie einen Hund an einem Seil durch dic Stadt gezogen. Aber niemals hatte er mich gegen meinen Willen unsittlich berührt. Niemals hatte er mich gezwungen, ihn zu berühren. Nie hatte er mich mehr gedemütigt als sich selbst. Und trotzdem, stellte ich verwirrt fest, hatte alles, was er getan hatte, Narben hinterlassen. Man konnte sie nicht sehen wie bei Neél, aber jetzt spürte ich sie. Sie machten meine Haut steif und unbeweglich.

Ich konnte mich nur mit Mühe rühren, musste mich zwingen, die Küche zu verlassen, in der ich vor der Wahrheit Schutz gesucht hatte.

Die Stadt war noch immer ein Kessel aus Gewalt und Demütigungen, und noch immer traf es die Schwächsten, während die, die vorgaben, stark zu sein, wegsahen.

Im Schankraum schien sich niemand für das Unrecht zu interessieren, das dem jungen Mädchen zuteilwurde. Manche lachten, andere ignorierten sie, wieder andere gafften unverhohlen und voller Neid in Richtung des Percents. Morton hatte ihm Gebrautes gebracht. Ich fühlte mich von ihm verraten. Ganz in der Nähe des Mädchens saß ein Stammgast, den alle Birdy nannten, weil er ständig Melodien pfiff. Ich hatte mich wenige Tage zuvor mit Birdy unterhalten. Über seine alkoholgeschwängerten Träume vom Frieden. Nun saß er mit offenem Mund auf der Bank, starrte das verschreckte Mädchen an und rieb sich über den Unterleib.

Meine Wut brannte mir auf der Zunge, ich wollte etwas brüllen und konnte es nicht. Wenn ich den Mund öffnete, würde ich kotzen. Es war meine eigene Naivität, die mir bitter in der Kehle hochkam. Diese Percents hier waren keine netten Kerle, keiner von ihnen. Sie waren widerliche Sadisten.

Ich hatte nie vergessen, dass viele von ihnen Frauen hatten. Einige dieser Frauen waren nicht wirklich gerne bei den Männern und manche nur, weil man sie zwang. Aber diese Zurschaustellung von Leid war etwas anderes, als nach grausamen, aber von der Stadt diktierten Regeln zusammenzuleben. Und alle nahmen es hin. Alle akzeptieren es.

In den letzten Wochen hatte ich mir permanent eingeredet, Neél und Graves wären nicht die einzigen Percents, die anders waren. Denen Gefühle von Menschen etwas bedeuteten. Die niemals jemanden aus Vergnügen quälten und die niemals grundlose Grausamkeiten hinnehmen würden.

Ich hatte Morton und seine Stammgäste angesehen, sie studiert und mir gesagt, dass viele von ihnen ebenso anders waren, auf eigene, raue Weise anders. Dass meine Jahre in der Rebellion unnötig gewesen waren und ich in der Stadt leben konnte, weil die Percents nicht so waren, wie ich es als Kind gelernt hatte. Ich hatte so fest glauben wollen, sie wären keine Monster, dass ich viel Monströses nicht mehr wahrgenommen hatte.

Nun sah ich in den Schankraum. Da waren nur Monster. Auf jedem Stuhl, an jedem Tisch, vor jedem Krug und jedem Glas.

Und ich?

Hatte ich eingegriffen? Sah ich nicht genauso zu wie all die anderen? Ich blickte an mir herab, als könnte man Monstrosität an körperlichen Merkmalen ablesen. Als müssten mir Klauen wachsen oder Stacheln, die jeden wissen ließen, dass ich kein Mensch war, keiner sein konnte, denn Menschen ließen derartige Bosheiten nicht zu.

Aber noch war ich einer. Was bedeutete, dass ich nun nicht einfach weggucken durfte, egal, wie stark das Verlangen war, egal, wie laut die Argumente waren. Wenn ich wegsah, würde auch ich zum Monster werden, ganz still, von innen heraus.

Es fiel mir nicht leicht, auf den Tisch zuzugehen, an dem der Percent saß. Jeden Schritt musste ich mir erkämpfen und noch mehr Kraft brauchte ich, um den Mund zu öffnen und die richtigen Worte herauszubekommen.

»Lass das Mädchen aufstehen.«

Aus dem Augenwinkel sah ich, wie sie zu mir hochblickte. Auch der Percent sah mich an, ruhig und gelassen, als hätte ich einen freundlichen Vorschlag gemacht, den er nun bereitwillig überdachte. Dass dies seine Art war, mich zu verspotten, bezweifelte ich keinen Moment lang.

»Warum?«, fragte er. Er war nicht einmal hässlich, allenfalls wenige Jahre älter als ich und seine Stimme klang warm für einen Percent. Seine Kleidung zeigte, dass er nicht arm sein konnte. Wenn er eine Frau wollte, würde er eine finden, die freiwillig zu ihm kam.

Ich kniete mich zu dem Mädchen, weil ich nicht auf sie hinunterschauen wollte, und sprach mehr zu ihr als zu ihrem Peiniger. »Das hier ist nicht richtig. So behandelt man niemanden.« Sie sollte nicht glauben, dass man sich kampflos fügen musste. Amber hatte sich gefügt. Und Amber hatte sich verloren.

Das Mädchen reagierte nicht. Es senkte nur den Blick. Konfrontationen meiden, das war Städterlogik. Man konnte es ihr nicht verdenken. Sie musste jetzt nicht aufstehen und kämpfen, aber es war wichtig, dass sie von der Möglichkeit wusste.

Der Percent grinste, aber ich bemerkte einen Hauch Verunsicherung, die wohl daher rührte, dass niemand in der Bar sich über mich lustig machte. Ich glaubte fast, dass es betretenes Schweigen war, das uns einhüllte. Vermutlich gesellte sich allerdings auch jede Menge Neugierde dazu.

»Das Mädchen gehört mir«, sagte der Percent. »Ich behandle sie, wie ich will.«

»Es ist nicht richtig«, wiederholte ich und berührte das Mädchen am Arm. »Es ist nicht richtig, hörst du. Nicht richtig.«

»Verschwinde!«, zischte der Percent. »Wirt! Ruf deine Hündin zurück, das ist ja –«

»Es ist nicht richtig!« Ich schrie die Worte fast, versuchte, jeden im Raum anzusehen. Ich wusste, wie wenig Sinn meine Aktion hatte, aber wenn ich gar nichts tat, war ich nicht besser als die Percents. Ich musste dieses Zeichen setzen, so, dass es alle sehen konnten. »Es ist. Nicht. Richtig!«

Morton eilte herbei, fasste mich an den Schultern und zog mich zurück. Ich leistete nur halbherzigen Widerstand. Ein Kampf war aussichtslos, aber ich wollte mich auch nicht einfach in die Küche schleifen lassen.

»Ihr habt einmal für eure Freiheit gekämpft, gegen die Versklavung!«, rief ich. »Und nun tretet ihr das, was ihr damals erreichen wolltet, mit den Füßen und füttert, was euer größter Feind war.«

Irgendjemand warf einen Krug nach mir. Ich wich aus und Morton wurde an meiner Stelle getroffen. Zornig packte er um meine Taille und verstärkte seinen Griff, als ich mich wehrte. Ich zappelte. Ich musste dem Mädchen noch etwas sagen und suchte seinen Blick.

»So muss es nicht sein! Sie sind nicht alle so. Es gibt andere! Kämpfe! Gib nicht auf, hörst du?«

»Joy, verdammt, halt dein dummes Maul!« Morton schlug mir ins Gesicht und riss mich herum. Aber ich sah noch, wie das Mädchen kaum wahrnehmbar nickte.

Als Morton mich in die Küche sperrte und die Tür von außen verriegelte, ergab ich mich ohne weiteren Protest. Selbst wenn das Mädchen wider Erwarten eine gute Kämpferin gewesen wäre, hätten wir keine Chance gehabt. Diese Schlacht musste nicht hier und heute entschieden werden, wichtig war, dass sie mich gehört hatte. Dass die Percents mich gehört hatten.

Ich setzte mich auf den Boden neben der Tür und lauschte auf das Raunen und Rufen draußen, ohne mich auf Worte zu konzertieren.

Mich kratzte die böse Ahnung, dass der Widerling seine Wut auf mich an dem Mädchen auslassen würde. Dass sie mehr leiden würde, jetzt, da sie wusste, dass ihre Gefangenschaft nicht zwangsläufig normal war. Nicht richtig.

Aber konnte das Wissen es schlimmer machen? Sie wusste nun, dass es eine Möglichkeit gab zu entkommen. Was sie damit machte, lag an ihr.

• • •

Es dauerte lange, bis Morton die Tür wieder öffnete. Ich erhob mich mühsam, meine Beine waren eingeschlafen. Der Schankraum war leer, dabei konnte es nicht einmal Mitternacht sein.

»Du hast alle nach Hause geschickt?«, fragte ich. Unnötig, ich sah es doch.

»Was hast du dir dabei gedacht?«, brüllte er mich an. Zorn funkte aus jeder Silbe. Ich hatte ihn noch nie gut gelaunt erlebt, aber auch nie so wütend.

»Ich musste Stellung beziehen.«

»Stellung? Stellung!« Er rammte mir beide Hände gegen die Brust und stieß mich grob zurück. Seine Geschwindigkeit überraschte mich so sehr, dass ich mehrere Meter zurückstolperte und schließlich mit dem Hintern auf den Boden krachte. Ich schnappte nach Luft.

»Da hast du deine Stellung! Am Boden liegst du, das ist deine Stellung.«

Mir schmerzte der Brustkorb, mein Herz raste. Aber mein Verstand blieb vollkommen klar und meine Stimme klang brüchig, aber entschlossen. »Ich habe geahnt, dass es nicht funktioniert. Ich werde gehen.«

»Gehen?« Morton starrte mich an.

»Ja. Heute noch.«

»Das kannst du nicht machen.«

»Ich muss.«

»Nein!« Jetzt rang Morton nach Luft. »Es gibt erst übermorgen wieder Lohn, so lange bleibst du.« Es sollte wohl eine Anweisung sein, aber ich hörte die Frage heraus.

»Behalt die Münzen der letzten fünf Tage. Ich gehe. Es tut mir leid, aber …« Aber ich hatte etwas Wichtigeres zu verlieren als meine Arbeit und meine Münzen. Meine Menschlichkeit würde zugrunde gehen, wenn man mich zwang, zuzusehen und zu akzeptieren. Das würde Morton allerdings nie verstehen.

Neél würde es verstehen.

Ich konnte es nicht erwarten, bei ihm zu sein.

28

sei ein gutes mädchen, joy.

Ich bin ein Mensch und bleibe auch ein Mensch. Ich bin ein Mensch, ich bin ein Mensch.

Das Mantra half mir, meinen Weg zu gehen. Ich stand vor dem Haus meines Vaters und außer diesem einen Satz gab es nichts, was mich motivierte, die Hand zu heben und an die Tür zu klopfen. Ich zögerte.

Es war unmenschlich, von ihm zu wissen und ihm nicht einmal die Möglichkeit für eine Erklärung zu geben. Monster taten so etwas und ich wollte kein Monster sein. Also blieb mir keine Wahl. Ich bezweifelte allerdings, dass er sich überhaupt noch für mich interessierte.

Ich blickte über meine Schulter. Die Brombeerhecke verdeckte Neél fast vollständig, ich sah ihn nur, weil ich genau wusste, dass er da war. Zu kneifen war nicht möglich, er würde mich ja doch nicht in Ruhe lassen. Resigniert schlug ich meine Fingerknöchel gegen das Holz.

»Maggy?«, drang eine brüchige Stimme aus dem Inneren der Kate. Dem unsicheren Tonfall war zu entnehmen, dass der Mann bereits wusste, dass es nicht Maggy war, die dort draußen stand. Maggy hieß seine neue Frau, sie würde wohl kaum an ihrer eigenen Tür klopfen.

»Wer ist da?« Geräusche erklangen, die mich an einen Sack erinnerten, der über Holzboden geschleift wird. Ein nasser Sack.

Am liebsten wäre ich weggelaufen. Aber der einzige Weg führte an den Brombeerbüschen vorbei. Und da würde Neél mich abfangen und mit seinen Argumenten zurückzwingen. Ich glaubte, seine Stimme zu hören: *Komm schon, Joy. Du tust das Richtige.*

Ich räusperte mich. »Ich bin es.« Eine sehr aussagekräftige Antwort, wenn man sich seit weit mehr als einem Jahrzehnt nicht mehr gesehen hatte. »Hier … hier ist Joy.«

Stille. Noch mehr Stille, laute Stille. Sie dröhnte in meinem Kopf.

»Hallo?«, flüsterte ich, nur um die Stille zu durchbrechen. »Darf ich reinkommen?«

Die Antwort klang wie ein Stöhnen.

Ich öffnete die Tür und war versucht, sie gleich wieder zu schließen. Feuchte, sauer riechende Luft quoll mir entgegen. Aber jetzt gab es kein Zurück mehr.

Alle Fenster waren mit Stoffen oder Pappe verhängt und es brannte kein Licht, sodass sich meine Augen erst an die Dunkelheit gewöhnen mussten.

Ein Mann (dass er mein Vater war, konnte ich nicht glauben) saß an einem Tisch, vor ihm zwei Häufchen Ackersalat. Vermutlich hatte er diesen gerade geputzt.

»Joy«, sagte er. Mein Name klang, als wäre er eine ungeheuer große Last.

»Ich will nicht stören.«

»Nein!« Er wollte aufstehen, zuckte aber mitten in der Bewegung zusammen und unterließ es. »Bitte, komm rein.«

Ich trat nur ungern in die Hütte. Die Tür fiel hinter mir zu und die Luft wurde noch stickiger. Ich erkannte die Gerüche von Pilzen, zu lang gelagerten Zwiebeln und … Krankheit. Die Bodendielen fühlten sich morsch unter meinen Füßen an, ich mochte kaum auftreten, aus Angst, das Holz würde in sich zusammenfallen.

»Bist du es wirklich?«

Ich zwang mir ein Lächeln ins Gesicht. »Sieht so aus.« Denn der Mann mochte unförmig sein, sein Gesicht weiß wie Ziegenkäse, schwammig und gleichzeitig eingefallen, sodass ich es kaum wiedererkannte. Aber er hatte meine Augen. Sie schienen das einzige Lebendige an ihm zu sein. Eine Wasserleiche mit meinen Augen.

Ich will hier weg, schoss es mir wieder durch den Kopf, doch unbewusst machte ich einige Schritte in den Raum und setzte mich, ohne darüber nachzudenken, an den Tisch.

»Was ist passiert?«, fragte ich.

Der Mann, der mein Vater war, verdeckte seine blauen Augen mit der Hand. »Das ist eine so lange Geschichte. Hat Mars sie dir nicht erzählt?«

Ich winkte ab. Warum er Penny und mich im Clan zurückgelassen hatte, war in diesem Moment nicht so wichtig. Er würde seine Gründe haben, und wenn das keine guten waren, dann wollte ich sie auch gar nicht erst hören. »Mit dir, meine ich. Du bist krank. Was hast du?«

Er seufzte. »Bloß ein paar Geschwüre. Lästig, aber mehr auch nicht.« Er log. Und er sah mir an, dass ich es wusste.

»Geschwüre«, wiederholte er, aber diesmal klang sein Tonfall endgültig.

Ich nickte und hatte plötzlich zu viel Spucke im Mund. Saure Spucke, die ich nicht schnell genug hinunterschlucken konnte. Ich kannte diese Krankheit. Der ganze Körper wurde irgendwann von den Geschwüren aufgefressen. Von außen, von innen … es gab keine Heilung. Unter der speckigen Kleidung meines Vaters erkannte ich mindestens drei Wucherungen, die so groß wie Säuglingsköpfe waren, daneben einige faustgroße. Wie viele kleine oder nach innen wachsende Geschwüre es gab, konnte ich nicht abschätzen. Ihn so zu sehen, ließ meinen eigenen Bauch kalt und stumpf schmerzen. Absolut klar war, dass Neél recht gehabt hatte: Dieser Mann würde bald sterben. Und – verflucht sollte ich sein – das ging mir weit näher, als ich gedacht hatte.

Mein Vater sprach lange. Er erzählte von meiner Mutter, von ihrem Drang nach Freiheiten, die die Stadt nicht bot. Ich erzitterte, während ich zuhörte. War sie mir tatsächlich derart ähnlich gewesen? Es klang so sehr danach, dass mir ganz flau wurde. Die Flucht der ganzen Familie war nicht nur der Wunsch meiner Mutter gewesen, sondern fußte auch auf ihrer Organisation. Nach ihrem Tod hatte Robin das Leben im Clan nichts mehr gegeben, er plante eine Rückkehr mit uns in die Stadt, weil er die ständigen Gefahren satthatte. Mars allerdings erlaubte das nicht. Junge, formbare Menschen waren sein höchstes Gut – die ließ er niemals gehen. Schließlich jagte er Robin davon. Für ein Umkehren war es zu spät, auch das wusste Mars zu verhindern.

Robin erzählte von seinen Jahren in der Stadt, von den Arbeiten, die er verrichtet hatte, davon, dass er irgendwann wieder eine Frau fand, die verwitwet war wie er.

Er erzählte, dass er oft davon geträumt hatte, Penny und mich irgendwann wiederzusehen. Er hatte Pläne geschmiedet, Mars' Herrschsucht zum Trotz zurück zum Clan zu gehen, um nach seinen Töchtern zu schauen, aber immer kam etwas dazwischen, mal ein Loch im Dach, mal eine Verletzung, mal die Armut und mangelnde Vorräte. Er verschob die Planungen vom Frühjahr auf den Sommer, vom Sommer auf den Herbst und vom Herbst auf den nächsten Frühling. Und dann kam die Krankheit, und die Geschwüre fraßen erst seine Pläne und dann die Wünsche, einen nach dem anderen. »Gut, dass du heute gekommen bist«, schloss er seine Erzählung. »Heute ist ein guter Tag. Ich kann aufrecht sitzen, sprechen und mich erinnern.«

»Und Salat putzen«, fügte ich heiser hinzu.

Mein Vater lachte leise. »Ja. Da wird Maggy zufrieden sein.«

»Und an den schlechten Tagen?«

Er zuckte resigniert mit den Schultern. »Es soll Tage gegeben haben, an denen ich meinen eigenen Namen nicht mehr kannte. Ich weiß es nicht mehr.« Er kratzte sich am Kopf. »Die Geschwüre«, fügte er hinzu.

Ich verstand. Sie waren auch in seinem Kopf.

Darauf wusste ich nichts zu sagen. Alles, was mir blieb, war, aufzustehen, zu ihm zu gehen und unbeholfen meine Arme um ihn zu legen wie zwei steife Gummischläuche. Ich hasste es, Mitleid zu empfinden, aber es war überall in mir und ging nicht weg.

»Erinnerst du dich daran, als du Penny und mir von dem Rebellenlicht erzählt hast? Ich habe eins gesehen, glaubst du mir das?«

Er legte die Stirn in Falten. »Ich weiß nicht, was du meinst.«

»Ein Lichtstrahl, der Dark Canopy durchdringt und die Erde berührt! Daran musst du dich doch erinnern.«

»Wirklich nicht, tut mir leid.«

Ich war fassungslos und versuchte, es mir nicht anmerken zu lassen. Hatte er es vergessen, als er in die Stadt zurückgegangen war? Oder – diese Idee machte mich ganz beklommen – war es gar nicht er gewesen, der meiner Schwester und mir davon erzählt hatte, sondern jemand anders, und meine Erinnerung hatte das durcheinandergebracht? War es womöglich Mars gewesen?

Meine Versuche, mich an früher zu erinnern, an den Mann, der mein Vater gewesen war, machten alles nur noch schlimmer. Ich wollte so gerne die Verbundenheit spüren, die einmal zwischen uns bestanden haben musste. Als ich ein Kind gewesen war, sein Kind. Ich hatte zu ihm aufgesehen und ihm ausnahmslos alles geglaubt.

Aber alles, was ich nun zustande brachte, war Mitleid, Mitleid einem alten, kranken, stinkenden Mann gegenüber, der mit meinem Bild von meinem Vater nicht mehr viel gemein hatte.

»Kann ich irgendetwas tun?«, fragte ich. »Braucht ihr Münzen, etwas zu essen? Hilfe beim …« Ich stockte, da ich ihn nicht beschämen wollte, sprach aber trotzdem weiter. »Beim Saubermachen?«

Er senkte den Kopf. »Essen ist immer knapp.«

»Ich kann etwas auftreiben.«

Er wechselte das Thema, es war ihm peinlich. Lieber wollte er wissen, wie ich gelebt hatte, wie ich in die Stadt gekommen war und was ich nun machte.

Ich tat, was ich für das einzig Richtige hielt. Ich log und log und log. Es waren nur ein paar Punkte, die ich wegließ oder abänderte, aber es waren die entscheidenden Punkte: Amber, mein Bruch mit Mars, das Chivvy, mein Bruch mit Matthial. Neél. Selbst dass ich die Arbeit in der Bar – die ich für ihn in eine harmlose Garküche umwandelte – verloren hatte, erzählte ich ihm nicht.

Es war meinem Vater nicht zuzumuten zu erfahren, was wirklich aus mir geworden war und wie unsicher sich mein Leben anfühlte. Wie soll ein Mann friedlich sterben, während seine Tochter im Sturm trudelt?

»Und wie sehen deine Pläne aus, Kind?« Seine Frage berührte den wundesten Punkt überhaupt. Es gab keine Pläne, und das war das Problem, denn so, wie es war, konnte ich nicht weitermachen.

»Mal schauen«, meinte ich ausweichend, »was sich so ergibt.«

Ich musste an das Lied denken, das Tara für ihren Bruder Tom gesungen hatte. *Wo sind all die Engel hin, von denen uns der Vater sang.*

Seit ich ihr gelauscht hatte, wünschte ich mir, meinen Vater nach diesen Engeln zu fragen – wer sie waren. Doch jetzt konnte ich es nicht mehr. Ich hatte zu viel Angst, er würde sich auch daran nicht erinnern, und das würde einen endgültigen Bruch zwischen meinem starken Vater von früher und meinem kranken Vater von heute bedeuten. Einen Bruch, den ich nicht wollte.

Er musste einfach wissen, wer diese Engel waren. Ich fragte nicht.

Als es an der Zeit war zu gehen, erhob sich mein Vater trotz offensichtlicher Schmerzen und umfasste meine Schultern. Erst jetzt registrierten wir beide, dass ich ein wenig größer war als er. Wie seltsam. In meinen Kindheitserinnerungen war er der größte Mann von allen – so groß wie die Percents. Auch er schien verwundert, ungläubig schüttelte er den Kopf.

»Ich komme bald wieder«, versprach ich. Sehr bald. Mit allem an Nahrungsmitteln und Seife, was ich auftreiben konnte.

»Das musst du nicht. Mach mir einfach Ehre und sei ein gutes Mädchen.«

Mir wurde kalt. Erneut fand er genau die Worte, die ich am wenigsten hören wollte. *Zu spät,* hätte ich fast gesagt, aber ich erinnerte mich zu gut an das böse Gefühl, das dieser Vorwurf verursachte, wenn man für die vergangene Zeit nur begrenzt die Verantwortung trug. Versprechungen machen konnte ich ihm allerdings auch nicht. Ich war kein gutes Mädchen – weder aus menschlicher Sicht noch aus der der Percents.

Schließlich sagte ich: »Ich bin schon lange kein Mädchen mehr. Tut mir leid.«

29

wenn du mich je verlässt,
dann lass mich mit dir kommen.

Joy war sehr still, als sie sich auf den Rückweg zu seiner winzigen Wohnung machten. Sie mieden die belebten Viertel der Stadt, hielten sich auf den Wegen, die abseits verliefen und lediglich von Unkraut und Brennnesseln bevölkert wurden. Es war ein Risiko, sich zusammen sehen zu lassen. Beide hatten sie ihre Feinde und keiner wollte den anderen in seine Kämpfe mit hineinziehen.

Das Versteckspiel war ermüdend und ebenso ermüdend war Joys Schweigen. Neél nahm es hin, weil er wusste, dass es nichts brachte, sie darauf anzusprechen. Sie musste das Gesehene zuerst sortieren, ehe sie darüber reden konnte. Und das ging gemeinhin schneller, wenn er sie nicht störte.

»Es ist nicht fair!«, stieß sie schließlich hervor. »Ich beginne jetzt schon, ihn wieder gernzuhaben.«

»Das ist doch gut? So ist es vermutlich mit Vätern.« Der letzte Satz wurde ungewollt zu einer Frage.

»Aber er stirbt.«

»Das tun wir alle irgendwann und die wenigsten haben davor die Möglichkeit, eine verlorene Tochter zurückzubekommen.«

»Hast du ihn gesehen?«

Unbeabsichtigt hatte er sie gereizt.

»Hast du gesehen, wie krank er ist? Hast du den Dreck gesehen? Den Gestank gerochen?«

Er nickte.

»Ich will nicht, dass er in dieser Bruchbude sterben muss. Das ist doch widerwärtig.«

Er musste sachte mit ihr umgehen, wenn sie so erregt war. Aber auch ehrlich – alles andere als bedingungslose Ehrlichkeit machte eine aufgewühlte Joy Annlin Rissel erst recht fuchsteufelswild. »Er ist sich seiner Situation doch seit Langem bewusst, er hätte sich vorbereiten können. Wenn ein Mann frei sterben will, dann hält ihn niemand auf.«

»Willst du damit sagen, er will so sterben? Niemand will so sterben.«

»*Du* willst so nicht sterben«, korrigierte er sie. »Du vergisst manchmal, dass nicht jeder die gleichen Ansprüche ans Leben stellt wie du. Deinem Vater bedeutet seine ärmliche Hütte mehr als das Leben in Freiheit, sonst hätte er schon lange etwas an seiner Situation geändert.«

Joys Miene machte klar, dass sie das nicht akzeptierte.

Neél nahm ihre Hand, so unklug das auf offener Straße auch sein mochte. Sei es drum, die Nachbarn redeten ohnehin. Sie merkten doch, dass das Menschenmädchen seit Tagen bei ihm übernachtete. Lange würde das nicht mehr gut gehen.

Sie musterte ihn skeptisch. »Warum war es dir so wichtig, dass ich dieses Elend sehe? Ist es, weil Matthial dir gesagt hast, dass du nach meinem Vater suchen sollst?«

Neél hätte seine Hand beinahe unsanft zurückgezogen. Der Name ließ nach wie vor seine Muskeln erzittern und eine heiße Wut flutete seine Gedanken.

»Entschuldige«, sagte Joy erschrocken, als sie seine Reaktion bemerke. »Neél, verzeih, ich habe nicht nachgedacht.«

»Schon gut.« Er seufzte. Sie war ganz durcheinander. »Nein, mit ihm hat das nichts zu tun. Ich habe dir doch von den Kindern erzählt, die beim Jagen erwischt wurden. Valeria und Killian.«

Joy zog kritisch die Brauen zusammen. »Ja. Und?«

»Ich habe dir erzählt, dass sie verraten wurden. Von einer Frau.«

Sie atmete schwerfällig aus. Ihr Gesicht sagte, er solle nicht weitersprechen, aber er tat es trotzdem.

»Das war Robins Frau. Deshalb bin ich auf ihn gestoßen. Ganz zufällig.«

»Und hast ihn an seinen Augen erkannt«, murmelte Joy. Sie löste ihre Finger aus seiner Hand. »Fuck. Gerade habe ich noch vorgehabt, diese Bude von oben bis unten auseinanderzunehmen und jedes Holzscheit blitzblank zu putzen.«

»Guter Plan. Brauchst du Hilfe?«

»Ist das dein Ernst? Wir sollen einem Weib die Arbeit abnehmen, das Kinder verrät? Was ist das nur für ein Mensch? Wie kann sie die Hütte so verkommen lassen? Sie sieht doch, dass Robin nichts mehr machen kann.«

»Du bist zu hart, Joy.« *Und zu weich im Inneren*, fügte Neél in Gedanken hinzu. Eine gefährliche Mischung. »Es muss schwer für eine Frau sein, Mann und Kind durchzubringen. Vermutlich arbeitet sie von früh bis spät.«

Joy seufzte. »Tust du mir einen Gefallen? Hör auf, immer recht zu haben, das schlägt mir aufs Gemüt. Na, was soll's. Wenn sie so viel arbeitet, laufe ich ihr zumindest nicht über den Weg.«

Verfolgt von einigen misstrauischen Blicken, die sie beide stoisch ignorierten, erreichten sie das Haus von Neéls Vorarbeiter. Neéls Zimmer war eine ehemalige Küche mit Tür zum Hinterhof. Hinter den blinden Scheiben der umliegenden Häuser bewegten sich Gesichter, als er aufschloss und Joy eintreten ließ.

Sie spielten hier jeden Tag aufs Neue mit dem Feuer. Er musste sich dringend eine Lösung überlegen, ehe ein wütender Mob aus Menschen oder Percents über sie beide herfiel. Dass sich Rebellenspitzel um die Stadt herum ausbreiteten, war schon lange kein Gerücht mehr, auch wenn Neél es bagatellisierte, um Joy nicht zu beunruhigen. Die Alten meinten, sie würden die Vorboten des

Krieges in der Luft wittern. Es wurde langsam Zeit, Joy gegenüber zuzugeben, dass auch er sich Sorgen machte.

Sein Zimmer war eine einfache Behausung, aber komfortabler, als das Gefängnis es gewesen war. Das Bett war zu schmal für zwei, dafür gab es noch einen Sessel und eine kleine Couch, einen Tisch mit Stühlen und zwei Schränke, gefüllt mit Kochutensilien. Der gekachelte Boden wurde durch zwei Teppiche etwas behaglicher. Neben dem Spülbecken stand ein alter Elektroherd, der sicher noch funktionierte, aber das Haus hatte seit Längerem keinen Strom mehr.

Joy kickte ihre Stiefel von den Füßen und ließ sich auf das Bett fallen. Sie war vollkommen durch den Wind; sie sah ihn nicht einmal an, während sie zu sprechen begann.

»Verrate mir, warum es dir so wichtig war, dass ich ihn besuche, Neél. Ich kann ihm doch ohnehin nicht helfen. Was nützt es ihm, mich noch mal zu sehen? Hätte ich ihm die Wahrheit über mich erzählt – die Wahrheit über dich –, wäre er vermutlich gleich an dem Schock gestorben. Warum all das?«

»Schwer zu erklären.« Neél wusste es selbst nicht genau. Waren es die gleichen Anzeichen gewesen, die ihn hatten vermuten lassen, dass Joy auf der Suche nach ihrem Vater war? Nachdenklich setzte er sich neben dem Bett auf den Boden, sodass sie ihn berühren konnte, aber nicht dazu gezwungen war. »Wir sind alle so … zerbrechlich«, sagte er, nach den richtigen Worten suchend. »So vergänglich. Es kann so schnell gehen, dass wir nicht mehr sind, dass wir einfach ausgelöscht werden. Vor- und Nachfahren sind etwas, das uns ein bisschen stärker in der Welt verankert. Unser Leben besteht weiter in denen, die uns geschaffen haben oder die wir schaffen.« Er fing ihren Blick auf, in dem ein tief unterdrückter Schmerz lauerte, und beeilte sich hinzuzufügen: »Das muss mit Zeugung nichts zu tun haben. Ich rede von Werten, die wir übernehmen und weitergeben.«

Sie stand auf, ging zum Waschbecken und füllte einen Becher. »All das bedeutet mir nicht viel, tut mir leid. Für mich zählt dieses Leben. Ich habe nur dieses eine.«

Neél lächelte. »Wenn das wahr ist, hast du auch nur diesen einen Vater. Und den willst du nicht sehen?«

Joy stellte den Becher ab, ohne getrunken zu haben. »Du hast recht.« Sie schien erstaunt von der Erkenntnis, setzte sich dicht neben ihm auf den Boden und nahm sein Gesicht in beide Hände. »Du hast das so plausibel erklärt, warum bin ich nicht darauf gekommen?«

Er beugte sich vor und küsste ihre Augenlider, damit sie sie schloss. »Du bist ein bisschen blind, Joy.«

»Und du kannst sehen?«, flüsterte sie.

»Ja, ich kann sehen.«

»Was siehst du?«

Wie gut, dass sie die Augen geschlossen ließ, sonst sähe sie nun Furcht in seinen. »Ich sehe dich. Und Edison.«

Sie lächelte, aber es war ein unglückliches Lächeln. »Er glaubt immer noch, er wäre dein Bruder. Aber weißt du, was ich glaube? Du fühlst dich eher wie sein Vater.«

»Er hat ja keinen.«

»Und du glaubst, er braucht einen?«

Neél musste schlucken. Aber er verstand, dass sie daran zweifelte, hatte ihr eigener Vater sie doch im Stich gelassen. »Ob man als Kind einen gebraucht hätte, weiß man erst später. Ich weiß heute, ich hätte einen gebraucht. Aber ich hatte nur Cloud und ich war so allein, dass ich seine Mentorrolle mit der eines Vaters verwechselt habe.«

Joy öffnete die Augen. Das metallische Blau faszinierte Neél jedes Mal aufs Neue. So viel Ernsthaftigkeit war darin zu lesen. Die meisten Menschen waren durchschaubar, wenn man sehr genau hinsah: Ihre Augen blickten immer in die Richtung, in die sie dachten. Von

Joys Augen konnte man ablesen, dass sie eine geschickte Kämpferin war und um die Bedeutung des Überraschungsmoments wusste. Doch wenn er zu ergründen versuchte, was sie dachte, musste er immer raten und sich auf sein Glück verlassen.

Glück. Ja, das brauchte er jetzt in rauen Mengen.

»Joy«, begann er vorsichtig. »Da ist etwas, das ich dir sagen muss.« Er sah fest in ihre Augen, als könnte er sich an der Farbe festhalten, um nicht ins Wanken zu geraten. »Ich sehe ein Schiff.«

Mit jedem Wort, das er aussprach, schien Joy ein wenig blasser zu werden. Und er sprach viele Worte aus, erzählte von Clouds Plänen und von dem Tag, als er mit Graves' Hilfe das Schiff versteckt hatte, und von den Karten und dem Kompass, mit deren Hilfe man das Meer überqueren konnte.

»Sag mal, hast du den Verstand verloren? Wird er nicht ahnen, dass du es geklaut hast?«

Neél zuckte mit den Achseln. Tatsächlich war diese Sorge nicht ganz von der Hand zu weisen. »Ich glaube nicht, dass er das Schiff so bald aufsuchen wird. Warum sollte er? Er kann nichts damit anfangen. Als wir es geholt haben, sah es aus, als wäre seit Ewigkeiten niemand dort gewesen. Der Rumpf war mit Algen und Muscheln überzogen und innen wuselte Getier herum.«

»Weißt du, wo Cloud es herhat?«

»Ich kann nur raten. Ich glaube nicht, dass es hier gebaut wurde. Es sieht ganz anders aus als die Fischerboote, die ich kenne. Der Rumpf ist viel glatter, das Holz dünn und es ist sehr schmal.«

Joy zog die Unterlippe zwischen die Zähne. »Du glaubst, es hat das Meer schon einmal überquert, oder?«

»Das kann sein. Du erinnerst dich doch an den Pass und den Toten, den wir gefunden haben.«

Sie schauderte, vermutlich würde sie das nie vergessen. »Fremdländer, ja.«

»Sie werden kaum hergeschwommen sein.«

Joys Lippen kräuselten sich, es sah fast nach Genugtuung aus. »Wenn Cloud das Schiff selbst gestohlen hat, ist es kein Unrecht, wenn wir es ihm wegnehmen, oder?«

Ein Ja wäre zu verfänglich gewesen, immerhin handelte es sich bei Cloud um einen der Präsidenten. Er erwiderte bloß ihr Lächeln für einen kurzen Moment, um sie dann lange, sehr lange zu küssen.

• • •

»Ich kann mir gar nicht vorstellen, wie es dort ist, jenseits des Meeres.« Joy schnitt dicke Scheiben von einem Laib Brot ab. Wenn sie weiterhin so sehnsüchtig in die Luft starrte, würde sie sich noch die Finger absäbeln.

»Früher dachte ich, dort gäbe es nur Menschen. Als ich dann älter wurde, hatte ich Angst, es gäbe auf der restlichen Welt nur noch Percents. Nichts gegen dich, Percent«, sie warf Neél ein Lächeln zu, »aber besonders verlockend war der Gedanke nicht.«

Neél nahm Schmalz und Käse heraus und schloss den Schrank. »Genau werden wir es nicht erfahren. Wir müssen uns auf das verlassen, was wir über die Gilde der Wölfe herausgefunden haben. Es scheint Menschen zu geben. Und Percents.«

»Und mit etwas Glück leben sie in Frieden.«

Neél nickte, aber er sprach seine folgenden Worte mit Nachdruck aus. »Möglich ist das. Aber ich will nicht, dass du davon ausgehst, Joy. Ich will nicht, dass du enttäuscht bist, falls es jenseits des Meeres nicht anders ist als hier.«

»Kannst du mich nicht weinen sehen?«, scherzte sie.

Ohne es zu ahnen, trafen ihn ihre Worte. Denn er würde sie nicht sehen. Nicht, wenn sie vor Enttäuschung weinte, und auch ihre

Freudentränen nicht. Er würde ihr bald sagen müssen, dass er hierblieb, aber noch war ihre Euphorie über die neu gewonnene Möglichkeit so überwältigend, dass er es nicht über sich brachte. Noch musste er es ihr nicht sagen. Sie hatte sich ja noch nicht einmal entschieden.

»Weißt du, was sonderbar ist?« Joy biss von ihrem Brot ab, sodass das Schmalz ihre Lippen glänzen ließ. »An dem Tag, als Amber gefangen genommen wurde, habe ich mich am Morgen von ihr verabschiedet. Ich wollte den Clan verlassen.«

»Wohin wolltest du?«

»Ein paar Jungs hatten ein altes Fischerboot gefunden. Sie wollten es seetüchtig machen und damit gen Norden segeln. Nach … Skandinavien, so hieß es, glaube ich. Aber dann verlief alles anders. Ich nehme an, sie reisten ohne mich ab.«

Neél stieß die Luft aus. »Du solltest froh sein, dass alles so gekommen ist. Wenn Graves' Karten recht behalten, dann ist Skandinavien viel zu weit weg. Das packt ein kleiner Kutter niemals.«

»Und unser Boot packt es?«

Neél schob sein Abendessen zur Seite, um Platz auf dem Tisch zu schaffen, und holte eine der Karten hervor. Zum Glück sah Graves nicht, wie er das kostbare Artefakt auf die Krümel legte. »Wir sind hier.« Er zeigte auf einen Punkt im Nordosten Englands.

Joy riss die Augen auf. »Wirklich? Wie habt ihr das herausgefunden? Was bedeuten all diese Punkte?«

»Es waren einmal Städte, sagt Graves. Angeblich hatte jede einen eigenen Namen.«

»Städte? Das sind so viele Städte wie Sterne am Himmel. Die können doch nicht alle verschwunden sein!«

Tatsächlich waren nicht alle verschwunden. Aber zwischen den verbliebenen, von Zäunen und Mauern geschützten Städten lagen heute weite Strecken. Percents teilten ungern ihre Macht – besser, jeder blieb in seinem Bereich. Neél hatte es wie die meisten nie in eine andere Stadt verschlagen. Er wusste, was man sich erzählte, und die Vorstellung von Präsidenten, die noch viel unnachgiebiger regierten, war ihm genug Grund, in seiner Heimat zu bleiben.

»Schau hier«, zeigte er Joy. »Da liegt Norge – ich vermute, das ist Skandinavien. Die Entfernung ist viel größer, verglichen mit der Wegstrecke nach Nederland.«

Doch Joy hatte längst einen anderen Bereich der Karte ins Auge gefasst. Sie legte ihren Finger auf einen Punkt im Süden Englands, wo die grüne Fläche nur durch ein dünnes Band aus Blau vom nächsten Land getrennt war. »Und hier?«, flüsterte sie. »Meinst du, wenn man hier steht, kann man übers Meer sehen? Bis ans andere Ufer?«

Um ehrlich zu sein, hatte Neél keine Vorstellung davon, wie groß die Distanzen sein mochten. Eine weitere Frage war, wie schnell so ein Schiff wohl fuhr. Waren die Winde überall gleich oder veränderten sie sich und wurden zu unberechenbaren Jägern, die ein Boot trieben und hetzten und irgendwann erlegten?

Es war alles so unsicher, so gefährlich. Das Risiko schien wesentlich realer als die vage Möglichkeit eines ernsthaften Rebellenaufstands. Neél ertappte sich immer häufiger dabei, wie er sich wünschte, Joy würde sich gegen die Reise entscheiden.

Immer noch lagen ihre Finger auf der Karte, im gefährlichen Süden. »Erinnerst du dich nicht an das, was ich dir gesagt habe?«, fragte er sanft und legte seine Hand über ihre, um sie sachte von dort wegzuziehen. »Im Süden ist die Erde krank. Sie steckt jeden an, der sie betritt oder die Luft dort atmet.«

Joy schluckte. »Laurencio hat uns davon erzählt. ›Elender nuklearer Dreck‹, so nannte er es. Er hat gesagt, dass man nichts dagegen tun kann, dass man daran zu krepieren beginnt, ehe man merkt, dass etwas in der Luft liegt.«

Neél hatte normalerweise kein Vertrauen in das, was der alte Rebell von sich gegeben hatte. Neun von zehn Lügen, die Joy über die Percents geglaubt hatte, hatte Laurencio ihr eingebläut. In diesem Fall machte Neél allerdings eine Ausnahme, denn ihm hatte man Ähnliches erzählt.

»Theoretisch«, warf er zögerlich ein, »könnte diese nuklearen Sache überall auf der Welt ein Problem darstellen. Wir wissen, dass hier unten«, er legte seine freie Hand über *France*, »nichts und niemand mehr lebt. Wie es in den anderen Ländern aussieht …« Er ließ den Satz unvollendet. Er hatte mehr als genug gesagt.

»Wir werden sehen«, sagte Joy und lächelte.

Und in diesem Augenblick begriff Neél, dass er es nicht länger aufschieben durfte. »*Du* wirst es sehen.«

Sie runzelte die Stirn. »Ich? Und du … nicht?«

»Nein.«

Joy schluckte. Blickte auf ihre ineinander verflochtenen Hände und versuchte, sich loszumachen. Doch das ließ Neél nicht zu.

»Erklär mir das.« Ihre Stimme klang gefasst, als würde Joy sie mit größtem Kraftaufwand unter Kontrolle halten.

Es gab nichts zu erklären. »Ich kann hier nicht weg.«

»Richtig, du führst hier ja ein so wunderbares Leben. Du hackst Holz und fürchtest die Rache deines Präsidenten und … Bei der Sonne, Neél, wie kannst du mir so etwas antun!« Sie schnappte nach Luft. »Ist es wegen der Sonne? Wir können dir doch einen Schutzanzug besorgen, falls nötig!«

»Es ist nicht wegen der Sonne. Joy, bitte. Beruhige dich.«

»Ich will mich aber nicht beruhigen!« Dennoch wurde ihre Stimme leiser, als würde die Enttäuschung ihr jegliche Energie rauben. »Wie kannst du nur?«, fragte sie bitter. »Du legst mir die Erfüllung meines größten Traums vor die Füße. Und dann sagst du: Träum ihn allein? Das ist nicht fair.«

Neél wollte etwas erwidern, aber sie ließ ihn nicht zu Wort kommen.

»Nein, sag jetzt bloß nicht, dass du nie versprochen hast, fair zu sein. Außerdem ist das hier mehr als nur nicht fair. Das ist grausam!«

Er konnte nicht widersprechen. Es war grausam, für ihn nicht weniger als für sie. Aber in der Stadt brodelte die Luft und für den Fall, dass sie überkochte, war dieses Schiff eine der wenigen Chancen, die die Menschen dann noch hatten. »Wäre es denn fair, wenn ich dir nie von dem Schiff erzählt hätte?«

Sie starrte ihn an. Stand auf, so schnell, dass der Stuhl umfiel. Lief im Raum umher, atmete tief ein und aus. Schließlich stellte sie den Stuhl zurück auf seine vier Beine und setzte sich wieder.

»Du hast mir aber nicht bloß von einem Schiff erzählt«, sagte sie mit kalter Ruhe. »Du hast Routen geplant und verworfen. Du hast dafür gesorgt, dass ich mit meiner Vergangenheit abschließe, damit ich mit gutem Gewissen gehen kann. Du hast das längst für mich entschieden.«

Neél fuhr sich durch die Haare. »Das ist nicht wahr. Ginge es nach mir, nach meinen Wünschen, würde ich sagen: Bleib bei mir! Aber meine Wünsche könnten sich rapide ändern, wenn du erst zu meinen Füßen verblutest. Daher will ich, dass du selbst wählst. Wäge die Möglichkeiten gegen die Risiken ab, Joy, das ist deine Entscheidung und alles, was ich dir geben kann.«

Sie senkte den Kopf, stützte das Gesicht in die Hände. »Das ist das widerlichste Geschenk, das ich je bekommen habe.«

»Ich würde dir von Herzen gerne etwas anderes schenken. Aber … ich habe nichts.«

»Nichts außer meinem großem Traum, das Meer zu überqueren«, flüsterte sie. Er hörte Tränen in ihrer Stimme. »Den du zum Albtraum machst. Warum tust du das?«

Neél kniff seine brennenden Augen zusammen. »Habe keine Wahl.«

»Doch, die hast du!« Joy blickte auf und Neél musste das Gesicht abwenden. Sie hatte mit ihrer flapsigen Bemerkung eben recht gehabt, er konnte sie wirklich nicht weinen sehen.

»Komm einfach mit mir, Neél. Ich kann das Schiff nicht allein segeln.«

Daran hatte er gedacht, sie musste natürlich jemanden mitnehmen. »Graves würde für diese Chance sterben. Das war seine Wortwah–«

Sie schlug mit ihren Fäusten auf den Tisch. »Ich will aber nicht mit Graves gehen, du verdammter Scheißkerl!«

Er schloss die Augen. »Ich kann nicht mitkommen.«

»Warum nicht?«

»Edison.«

»Edison?«

Neél nickte. »Ich habe ihm geschworen, ihn nie alleinzulassen. Er ist doch noch so jung, Joy.«

Sie sah ihn an, voller Entsetzen. »Weil er so jung ist«, wiederholte sie tonlos.

Neél stand auf, ging zu ihr und zog sie an sich. Sie ließ es willenlos geschehen.

»Joy, bitte.« *Bitte, bitte, versteh es!* »Er ist eins unserer letzten Kinder. Er vertraut mir und er braucht jemanden, der ihn beschützt.«

»Und das ist deine Aufgabe?«, fragte sie leise, was den Worten nicht ihre Schärfe nahm. »Du bist nicht sein Mentor, Neél. Du wirst es nie sein.«

»Und genau deshalb braucht er mich«, erwiderte er und trotz all seiner Verzweiflung war er sich plötzlich so sicher wie nie zuvor. »Weil sein Mentor ein Werkzeug aus ihm schmieden wird, oder sogar eine Waffe. Edison braucht mich, damit ich das verhindere. Damit der Zwerg er selbst werden kann. Er soll kein Beliebiger unter Hunderten werden.«

Joy drückte sich ein Stück von ihm weg, um ihn ansehen zu können. »Und wenn wir ihn mitnehmen?«

Sein Herz schlug schneller bei der Vorstellung. Joy, Edison und er – in einer Welt, wo sie ganz selbstverständlich Seite an Seite leben konnten … Es war eine Utopie. Konnte nur eine Utopie sein. Unvorstellbar schön. Nicht weniger wahrscheinlich war die Aussicht, dass man sie beim ersten Schritt an ferne Ufer gleich erschießen würde.

»Das geht nicht«, sagte er und spürte, wie Joy in seinen Armen resigniert zusammensank. »Es ist eine Sache, ein Schiff zu klauen. Aber eine ganz andere, ein Kind zu entführen. Er lebt bei seinem Mentor. Er liebt ihn, ach was, er vergöttert ihn.«

»Aber du hast doch eben gesagt –«

»Schht. Ja, sie haben nichts Gutes mit ihm vor. Sie benutzen ihn, wie jeden von uns. Aber er weiß es nicht. Er glaubt, alles wäre in Ordnung. Er muss langsam lernen, wie die Dinge wirklich laufen – wenn er dazu bereit ist. Ich kann mein Leben vor die Hunde gehen lassen, weil ich glaube, meinen Überzeugungen folgen zu müssen – aber doch nicht seins! Ich kann ihn doch nicht gewaltsam und gegen seinen Willen aus seiner Familie reißen, weil ich glaube, besser zu wissen, was gut für ihn ist.« Neél musste schnauben, so absurd war die Vorstellung. »Was weiß ich denn schon? Ich weiß ja noch nicht mal, ob diese Länder noch existieren und ob es wirklich einen Rebellenaufstand geben wird. Ich weiß nur, wie wichtig du mir bist.« Er lächelte unsicher. »Du weißt schon: Mit dem Herzen und dem Verstand und allem, was ich sage und tue, und all diesem nostalgischen Unsinn. Ich liebe dich. Und es würde mir schwer im Magen liegen, zu wissen, dass du von den Ländern jenseits des Meeres träumst, und dir gleichzeitig die Möglichkeit zu verwehren, den Traum wahr zu machen.«

Joy lehnte sich erschöpft an seine Brust, presste erst ihre Wange an sein Herz, dann ihre Stirn. Schließlich flüsterte sie etwas, das er kaum verstand.

»Wenn man etwas wirklich will, muss man dafür oft einen hohen Preis zahlen. Kleider und Waffen bezahlt man mit Münzen. Mit demjenigen zusammen zu sein, den man liebt, bezahlt man mit begrabenen Träumen.«

»Bist du dir sicher?«

»Für den Moment, ja. Doch begrabene Träume sind ja nicht das Gleiche wie gestorbene Träume. Sie begleiten einen, still und leise, und sie bleiben für immer. Edison ist jung, hast du gesagt. Aber das ist er nicht ewig.«

30

es ist wichtig zu kämpfen.
aber der gegner muss der richtige sein.

Dass ich mich vorerst gegen das Schiff und das Meer entschieden hatte, weckte einen hitzigen Aktionismus in Neél. Es machte ihn glücklich, dass ich blieb, aber in erster Linie hektisch. Nun musste sich einiges ändern, damit wir auch weiterhin in Ruhe leben konnten. Wir durften uns nicht darauf verlassen, dass es weiterhin so leicht blieb wie bisher. Nun, da der Winter vorbei war und alle weniger existenziellen Ängste ausstanden, fiel die Anomalie, die wir darstellten, stärker ins Auge.

In seinen Arbeitspausen lief Neél die Randbezirke der Stadt ab und suchte dort nach einer neuen Wohnung für uns. Es war nicht so, dass wir mehr Platz brauchten. Ich mochte sein kleines Zimmer allein wegen des Umstands, dass es fließendes Wasser gab – das war praktisch. Und seine schmale Pritsche war ein guter Grund, mich jede Nacht so eng an ihn zu schmiegen, dass man am Morgen das Muster seiner Narben auf meiner Haut erkennen konnte. Ich schlief besser, wenn ich spürte, wie er atmete. So wusste ich auch im tiefsten Traum noch, dass er da war.

Platz fand sich mehr als ausreichend. Was wir dagegen dringend brauchten, war ein *sicherer* Platz. Darum suchte Neél ein Haus am Stadtrand, wo es nicht so viele Nachbarn gab, die uns gefährlich werden konnten. Wie begründet seine Sorgen waren, stellte ich beinahe täglich fest. Bissige Kommentare und böse Blicke verfolgten mich. Das Schlimme war, dass ich es ihnen nicht einmal übel nehmen konnte. Wie sollte eine Mutter meine Art zu leben verstehen, wenn ihre Töchter von den Percents versklavt wurden?

Zu ernsthaften Übergriffen kam es nur ein einziges Mal. Es waren zwei junge Frauen, etwa in meinem Alter, die vermutlich meine Freundinnen hätten werden können, wenn ich ihnen eine Lüge über Neél erzählt hätte. Doch sie hatten beobachtet, wie wir uns küssten, und als sie mich fragten, ob er mich dazu zwang, stritt ich das entschieden ab. Es war mir wichtig, ihnen zu zeigen, dass es auch anders ging. Ohne Hass, Zwang und Gewalt. Dafür schlugen sie mich – sie holten einfach aus und klatschten mir ihre Handflächen ins Gesicht. »Percent-Hure!«, riefen sie dazu.

Das Resultat war ein gebrochener Arm und eine blutende Nase bei meinen Angreiferinnen. Ich hatte das nicht gewollt, aber sie besaßen keinerlei Kampferfahrung und stellten sich beim Fallen schrecklich ungeschickt an. Fortan ließen sie mich in Ruhe, aber ich fürchtete, dass sie hinter meinem Rücken die Stimmung gegen mich aufheizten und beim nächsten Mal nicht mehr nur zu zweit auftauchen würden.

Noch problematischer waren die Percents, die meinen Namen und die Geschichten über mich kannten. Es gingen die wildesten Gerüchte um, wie hinterhältig ich im Chivvy junge Percents getötet hatte. In ihren Augen war ich im höchsten Maße vernichtenswert.

Die Gerüchte, über die Neél und ich spekulierten, waren die, die man über die Rebellen hörte. Man munkelte, sie würden sich zusammenrotten und um die Stadt herumschleichen. Von offizieller Stelle, der Triade, kam nichts, weder Bestätigung noch Entwarnung. Ich war mir unschlüssig, was das zu bedeuten hatte.

Ich ging einige Male zu meinem Vater, kochte Essen, räumte auf, schnitt ihm die Haare, putzte oder wusch die Wäsche in einem Bottich hinter dem Haus. Wann immer ich das Geld ausgab, für das Neél geschuftet hatte, fühlte ich mich schrecklich. Ich reagierte gereizt, wenn Neél wiederholt betonte, dass es okay sei. Für mich war es das nicht, ich hasste es, abhängig zu sein, und das ein oder andere Mal stritten wir, bloß weil mein Frust, keine Arbeit zu finden, mich zu patzigen Antworten verleitete.

• • •

An einem Tag kam ich schon in den Morgenstunden zu Vaters Haus. Die Sonne schien und ein frischer Wind blies salzige Meeresluft über das Land, wie um mir einen spöttischen Gruß zu schicken. Ich wollte das Wetter nutzen, um Bettwäsche zu waschen.

Ich schrubbte das Laken, leise vor mich hin schimpfend (dass ich meinem Vater die Hausarbeit machte, musste nicht bedeuten, dass ich sie gerne machte), als ich ein blondes Mädchen bemerkte, das sich hinter einer der Brombeerhecken an mich heranschlich und ihr Bestes tat, nicht entdeckt zu werden. Ich wusste sofort, wer sie war: Valeria, die kleine Jägerin. Und noch ehe ich mich entschieden hatte, was ich zu ihr sagen wollte, wusste ich plötzlich, dass ich es ihr gleichtun würde. Auch ich würde wieder jagen. Es war die einzige Möglichkeit, etwas zu unserem Einkommen beizutragen und nicht an der erfolglosen Suche nach Arbeit zu verzweifeln. Warum war ich nicht eher darauf gekommen? (Nun ja, vermutlich, weil es streng verboten war …)

»Ich habe dich gesehen«, rief ich. »Kannst rauskommen.«

Sie gehorchte nur zögernd und blickte missmutig und ein wenig verschämt drein. »Ich wollte nicht spitzeln.« Für eine ernst zu nehmende Entschuldigung klang ihr Tonfall eindeutig zu frech.

»Natürlich nicht. Was wolltest du dann? Mich überfallen?«

Sie deutete mit dem Kinn auf die Schaumberge in meinem Bottich. »Darf ich etwas von deiner Seife haben?«

»Vielleicht. Wenn du mir hilfst, die Wäsche zu waschen, kannst du die übrige Seife behalten.«

Sie trat ohne viele Worte zu mir und half kräftig mit. Man merkte ihr an, dass sie harte Arbeit gewöhnt war, und ihre Gesellschaft war mir so angenehm, dass ich ihr nicht nur die Seife gab, sondern auch mein Mittagessen mit ihr teilte.

»Ich habe dich mit Neél gesehen«, sagte sie, den Mund voller Brot. Wir aßen draußen, da sie sich verständlicherweise nicht in das Haus meines Vaters wagte. »Er ist nicht wie die anderen Percents, oder?«

»Nein«, antwortete ich. »Keiner von ihnen ist wie der andere, auch wenn sie dich das glauben machen wollen. Das ist nur ein Trick, damit du dich angesichts ihrer großen Zahl kleiner fühlst. In Wahrheit ist jeder Percent ein einzelner Mann, mit eigenem Charakter und eigener Meinung.«

Sie überlegte kurz. »Das klingt tatsächlich weniger gefährlich.«

»Aber das ist es nicht.« Ich wollte keinesfalls, dass sie unvorsichtig wurde. »Manche sind freundlich, manche sehr klug. Andere …« Ich hielt inne, damit sie den Gedanken selbst zu Ende führte.

»Sind besonders gemein und sehr dumm.«

Kluges Kind. Ich nickte. Wie so oft musste ich an das Mädchen in der Bar denken. Nachts träumte ich manchmal von ihren fragenden dunklen Augen und ihren Hunderten kleinen Zöpfen. Bis heute hatte ich nicht erfahren, ob mein Eingreifen irgendetwas bewirkt hatte – oder ob es ihr meinetwegen nun schlechter ging als zuvor. Ich kannte nicht einmal ihren Namen.

»Und darum«, erklärte ich, »ist es wichtig, dass wir stark werden, aber daran nicht verhärten. Wenn es an der Zeit ist, müssen wir kämpfen. Gegen unsere Feinde. Und die sind manchmal schwer zu erkennen.«

Valeria grinste, zugegeben ein wenig dreckig. »Neél sieht nicht so aus, als wäre er dein Feind.«

Ich zwinkerte ihr zu. »Das liegt ganz in Neéls Hand.«

• • •

Am Nachmittag setzte ich meinen Plan in die Tat um. Mein Messer trug ich immer bei mir, aber nur damit bewaffnet, jagte es sich nicht besonders erfolgreich. Ich wusste, dass Neél eine Armbrust besaß, die man ihm bei seiner Degradierung nicht weggenommen hatte; sie lag unter unserem Bett. Sie zu holen und quer durch die Stadt zu tragen, war ein Risiko; da ich allerdings jeden Tag gegen die Gesetze verstieß, bereitete es mir keine allzu großen Sorgen. Ich musste mir eben etwas einfallen lassen, um die klobige Armbrust zu verstecken.

Des Rätsels Lösung war Unkraut.

Brennnesseln, Milchkraut, Löwenzahn, Rapunzelsalat, Breit- und Spitzwegerich wucherten überall in herrlichen Mengen und zahlreiche Städter zogen mit Säcken los, um möglichst viel davon zu sammeln. Auch ich besaß einen großen Sack zu diesem Zweck und in diesem fiel die Armbrust zwischen all den grünen Blättern überhaupt nicht auf. Es würde wohl keine Patrouille auf die Idee kommen, meinen Krautsack zu durchwühlen.

Da ich den Beutel erst füllen musste, war es beinahe Abend, als ich schwer beladen (was ich mir nicht anmerken lassen durfte) Richtung Stadtrand marschierte. Ich hatte mich für die Gegend entschieden, wo ich bereits früher den Zaun überwunden hatte. Hier kannte ich die Stellen, die in den Abendstunden gute Chancen auf Wild versprachen.

Ich fand die Streben des Zauns, die ich mehr als ein Jahr zuvor durchgetrennt hatte. Man hatte sie wieder zusammengeschweißt, aber es war unverschämt einfach, die Nähte mit einer Eisenstange, die ich in einer nahe gelegenen Ruine gefunden hatte, aufzubrechen.

Als ich mich durch die Lücke im Zaun quetschte, fühlte ich mich seit Langem endlich wieder der Freiheit nah. Ich konnte gehen, wohin ich wollte, und ich konnte zu demjenigen zurückkehren, bei dem ich sein musste, um glücklich zu sein. Wenn das keine Freiheit war, was dann?

• • •

Neél sah wortlos von dem struppigen Rebhuhn zu mir und wieder zurück. Sein Blick bestand aus purer Wut. Was mir und dem Geflügel den Arsch rettete, war die Tatsache, dass er es nicht wagte, mich zu schlagen. Das Rebhuhn hatte den Vorteil, dass es schon tot war.

Ich hasste es, wenn er mich zurechtwies, weil ich Entscheidungen traf, die das Maß an erforderlicher Vorsicht vielleicht überschritten. Mit Risiken war ich vertraut, ich konnte sie abschätzen.

Ich reckte das Kinn. »Was? Magst du kein Rebhuhn?«

»Rebhuhn ist toll«, knallte er mir an den Kopf. »Sie servieren es der Triade immer nach Prozessen, während die Überreste der Verurteilten aus dem Hotel geschleift werden.«

»Die Nachbarn hören uns, wenn du so laut bist.«

Er wandte sich ab, stiefelte durch den Raum und ich ging fest davon aus, dass er gleich die Tür entzweischlagen würde. Aber er riss sich zusammen und blieb mit dem Rücken zu mir stehen. Ich sah, wie seine Schultern sich hoben und langsam wieder senkten.

»Das war gefährlich, Joy.«

»Ich weiß, und darum war ich vorsichtig. Niemand hat mich gesehen.«

»Es wird nicht bei dem einen Rebhuhn bleiben, oder?«, fragte er, ohne sich umzudrehen.

Ich fummelte einige welke Blätter von der Armbrust, ehe ich diese wieder unter das Bett schob. Innerlich wägte ich schon die Chancen ab, an einen Bogen zu gelangen. Der Armbrustbolzen hatte die Brust des Vogels regelrecht zerfetzt – elegant geschossen war das nicht gerade. »Ich wäre blöd, wenn es dabei bliebe.«

Neél atmete sehr laut ein.

»Es ist im Moment unmöglich für mich, eine Arbeit zu finden. Wenn ich hin und wieder etwas jage, brauchen wir weniger Essen zu kaufen und haben mehr Münzen für eine bessere Wohnung. Ich weiß, dass du dir Sorgen machst, aber schau, ich mache mir auch Sorgen und bevormunde dich trotzdem nicht. Ich mag mich nicht weiterhin von dir durchfüttern lassen und nun sag nicht, dass dir das nichts ausmacht. Mir macht es etwas aus.«

Er stieß scharf die Luft aus. »Es geht dir überhaupt nicht um das Fleisch, oder?«

Ich entgegnete nichts, weil das genug sagte.

»Es geht dir um etwas, das ich dir nicht bieten kann, weil ich es selbst nicht habe.«

Ich wollte etwas erwidern, aber er streckte die Handfläche in meine Richtung aus, als hätte er geahnt, dass ich ihn unterbrechen wollte, und so ließ ich ihn aussprechen.

»Um ehrlich zu sein, kotzt mich das an, weil ich das, worüber wir hier streiten, selbst gern hätte. Ich wäre auch gern ein wenig freier, als man uns sein lässt.«

»Und nun?«

»Es sieht so aus, als müssten wir Kompromisse eingehen, oder?«

»Darin sind wir beide nicht besonders gut.«

Ich sah Neéls Schultern zucken. Er lachte.

Schließlich sagte er: »Ich verlange, dass du vorsichtig bist – und zwar nach meiner Definition von Vorsicht, nicht nach deiner.«

Ich trat zu ihm, legte meine Arme um seine Taille und meine Stirn an seinen Rücken, genau zwischen seine Schulterblätter. »Ich gebe mir alle Mühe.«

»Das reicht nicht!« Er drehte sich so schnell herum, dass ich gefallen wäre, hätte er mich nicht hart an den Schultern gepackt. »Du musst es versprechen. Mühe reicht mir nicht. Lass dich. Nicht. Erwischen!« Mit jedem Wort schüttelte er mich etwas fester. In seinen Augen glomm jene Art von Leidenschaft auf, die sich bei ihm schwer von Wut unterscheiden ließ. Mir wurde ganz flau und mein Herz trommelte. »Ich lasse dich erst dann wieder auf die Jagd gehen, wenn du mir das versprichst.«

Normalerweise, wenn er mich so ansah, hätte ich ihm versprochen, ihm den Mond vom Himmel zu holen – und ich hätte es nicht bei leeren Worten belassen. Doch ich war noch zu berauscht von meiner erfolgreichen Jagd und das machte mich verwegen.

Ich leckte mir über die Lippen. »Wie willst du mich denn aufhalten?«

Im nächsten Moment presste er mich so fest gegen die Wand, dass es mir die Luft aus den Lungen schlug. Ich war eingequetscht zwischen Neél und Steinen – es war nicht auszumachen, was sich härter anfühlte. Er packte meine Handgelenke, drückte meine Handrücken gegen das Mauerwerk. Ich hatte Mühe zu atmen, aber ein trockenes Lachen gelang mir noch.

»So willst du mich aufhalten? Den ganzen Tag und die ganze Nacht lang?«

Er merkte genau, dass ich ihn herausforderte. Er kannte die Späße, die ich mir mit ihm erlaubte. In letzter Zeit hatte ich gedacht, ich könnte auch sein Schauspiel einschätzen, aber heute …

Hinter seinen schmalen Lippen war keine Spur von einem Lächeln zu erahnen. Die Wut grub feine Linien in die Haut um seine Augen, die dunkler schienen als je zuvor.

Ich hatte scherzen wollen, aber seine Reaktion wirkte verdammt ernst. Jeder meiner Atemzüge geriet flacher, weil er seine Brust so unnachgiebig gegen meine presste. Ich zappelte, versuchte mich von ihm zu lösen, aber er ließ mich nicht. Wenn er sachte zu mir war, vergaß ich oft, wie stark er sein konnte.

»Neél?«, flüsterte ich, weil mir mulmig zumute wurde. Das Wort war ein einziges Piepsen.

Er blinzelte mehrmals hektisch, als müsste er sich an etwas erinnern. An mich vielleicht und dass ich nicht sein Feind war. Dann sah er mich reglos an, immer noch diese kalte Wut in seinem Blick. Nur um schließlich seine Lippen auf meine zu drücken, so fest und lieblos, wie seine Hände um meine Arme gepresst waren.

Hier war meine Chance, seine Kälte zu durchbrechen. Er war so nah, dass ich ihn dort erreichen konnte, wo er längst nicht so stark und unnachgiebig war, wie er es gerne wäre.

Ich öffnete die Lippen, antwortete zart auf seine Kraft und spürte, wie er sich nach kurzem Zögern darauf einließ. Zuerst wurden seine Lippen weich. Dann seine Hände, sie ließen meine frei und strichen an meinen Seiten hinunter zu den Hüften und dann wieder hinauf zu meinen Brüsten. Und schließlich gab sein ganzer Körper die Spannung auf und ich hatte den Neél zurück, für den ich alles getan und gelassen hätte – würde er mich darum bitten.

Ich zog ihm das Hemd aus der Hose, öffnete die Knöpfe, während er sich an meiner Kleidung zu schaffen machte. Zwischen zwei Küssen sah ich ein Lächeln aufblitzen.

»Ich habe meine Taktik geändert«, murmelte er an meinem Mund. »Ich halte dich in meinem Bett gefangen. Da kann dir nichts passieren.«

»Da bin ich mir nicht so sicher. Meine Wäsche ist in deinem Bett immer in akuter Lebensgefahr.«

Er lachte. »Du bist doch jetzt Jägerin, Joy. Da hast du genug Münzen, um dir neue Wäsche zu kaufen.«

Ich versetzte ihm einen ganz sicher schmerzhaften Knuff gegen die Brust, nur um die Stelle gleich darauf ausgiebig zu küssen.

Es war erstaunlich, wie schnell die Stimmung zwischen uns umschlagen konnte. Aus Partnern wurden Feinde, aus Feinden Geliebte, und noch während wir Geliebte waren, konnten wir Freunde sein.

Wir schafften es nicht bis zum Bett. Wir sanken auf den Boden, unsere Kleider wurden zu unserem Lager, Haut an Haut, Brust an Brust, ich auf seinem Schoß, seine Arme um mich herum. Auf meiner Haut waren seine Lippen und auf seiner Haut war mein Schweiß.

»Frierst du?«, flüsterte ich ihm zu, da er erschauderte.

Er wollte den Kopf schütteln, erwischte sich beim Ansatz einer Lüge und hielt inne. »Immer. Aber jetzt gerade nur, weil es kalt ist. Das ist ein angenehmes Frieren.«

Ich streichelte seine Haut überall, wo sie nicht mehr war wie früher, und versuchte, ihn zu wärmen, während wir uns liebten. Es war nicht richtig, sich mit kalter Haut zu lieben – das sollte nicht sein. Ob ich alles richtig machte, wusste ich nicht, aber er entspannte sich zusehends. Er seufzte, stöhnte, ließ den Kopf in den Nacken sinken, nur um sich gleich darauf wieder vorzubeugen und meine Schulter zu küssen.

Und dann ging alles sehr schnell.

Er schrie zornig auf, hob mich von seinem Schoß und setzte mich neben sich ab, als wöge ich nichts. Während er aufsprang, warf er mir sein Hemd über den Körper. Er selbst schoss nackt, wie er war, zum blass beschlagenen Fenster …

Wo ich gerade noch mehrere unkenntliche Gesichter verschwinden sah.

31

krieg.
am anfang scheint es, als sei der sieg allen sicher.

Es waren ein paar Tage vergangen, seit Menschen durch unser Fenster gegafft hatten, und bis heute war niemand mit Fackeln und Forken vor unserer Tür aufgetaucht, um Neél, mir oder uns beiden den Garaus zu machen, wie es den Monstern in den Märchen immer passierte.

Nur langsam gelang es mir, den Vorfall zu verdrängen. Ich wurde wieder mutiger, kontrollierte nicht jede Zimmerecke und den Platz unter dem Bett, wenn wir nach Hause kamen, und checkte beim Verlassen der Wohnung nicht die Straßen nach Angreifern.

Ich ging wieder jagen.

Neél hatte darauf bestanden, mir ein Geschenk zu machen. Es handelte sich um einen kurzen, solide gearbeiteten Bogen und einen Köcher voller Pfeile: dicke, die gut geschossen beinahe die Durchschlagskraft eines Armbrustbolzens entwickelten, sowie schnelle dünne, die ideal waren, um kleine Tiere zu erlegen, wenn man sie nicht zu Sauce verarbeiten wollte. Er hatte für die Waffe auch ein Versteck ausfindig gemacht in der Nähe des Tores, wo ich durch den Zaun entwischte, damit ich in der Stadt damit nicht gesehen wurde.

Ich brach am frühen Morgen noch im Dunkeln erwartungsfroh auf, um die beiden Sonnenstunden im Wald genießen zu können. Der Tag schälte sich behutsam aus einer Nacht, in der es noch einmal Frost gegeben hatte. Raureif schimmerte im Morgengrauen und versilberte die Bäume, und über den Boden kroch bleicher Nebel, der es mir verwehrte, meine Füße zu sehen.

Neél hatte in der Nacht kaum Schlaf gefunden. Dornige Gedanken hatten ihn gestichelt und wach gehalten, und obwohl sein lautes Denken auch mich oft geweckt hatte, fühlte ich mich ausgeschlafen und voller Energie. Mir war, als riefe der Tag nach mir, so wie ein Kind das andere ruft, um gemeinsam eine schöne Zeit zu verbringen: Joy! Komm raus, lass uns zusammen spielen!

Im Wald fand ich kleine blaue Rankenblumen, deren Namen ich nicht kannte. Sie schienen direkt aus dem Nebel herauszuwachsen, wie Blüten, die aus einer Wolke sprossen, und ähnelten ein wenig der wilden Malve. Ich beschloss, später ein paar zu pflücken, um sie in ein Glas zu stellen, damit unser Zuhause etwas hübscher aussah. Munter schritt ich aus und schob in meiner Fantasie ein Sträußchen blauer Blumen vom Tisch zum Schrank und vom Schrank zum Nachttisch.

Ich bewegte mich Richtung Bomberland, eine Wiese war mein Ziel, denn dort grasten mit etwas Glück Hirsche und Kaninchen. Im angrenzenden Unterholz hatte ich wenige Tage zuvor das gut genährte Rebhuhn geschossen, das inzwischen komplett verarbeitet war: Das Fleisch hatten wir gegessen, die Knochen zu Brühe verkocht, die Federn in ein altersschwaches Kissen gesteckt, die Krallen zu Nadeln verarbeitet und mit den Füßen und dem Kopf hatte Neél dafür gesorgt, dass der Hund seines Vorarbeiters ihn nicht mehr wütend anbellte, wann immer er ihn sah.

Dass ich nicht allein auf der Lichtung war, spürte ich sehr schnell. Wider meine sonstige Vorsicht trieb mich das Gefühl jedoch seltsamerweise an, statt mich verharren zu lassen. Hastig brach ich durch das Gebüsch.

Sie sahen mich im gleichen Moment, als ich sie erblickte. Und sie hatten mein Pferd.

Josh stand neben einem Motorrad. Etwas abseits Zacharias, Kendra auf dem alten Clanpferd und Jake. Und Matthial. Unter ihm mein Pferd und zu dessen Füßen sein treuer Hund Rick. Der Rüde war grau geworden, er erinnerte mehr denn je an einen Wolf.

Zwei weitere Männer und eine junge Frau traten hinzu. Ich kannte sie nicht, aber mich irritierten ihre Mienen. Da war kaum Interesse, keine Neugierde. Bloß Entschlossenheit, hart wie Stein.

Matthial und ich starrten uns an, warteten auf die erste Reaktion des anderen. Flucht? Angriff? Oder ein respektvolles Wort?

Da von ihm nichts kam, fühlte ich mich gezwungen zu handeln. Es passte mir nicht, dass er mich damit in die Enge trieb, aber vermutlich fühlte er genauso wie ich und mein Groll war unberechtigt.

»Ein schöner Tag!«, rief ich ihm daher zu, weil es das Unverbindlichste war, was mir einfiel. »Es sieht nach Sonne aus.«

Kendra verzog den Mund zu einem Lächeln, doch es wirkte eher, als fletschte sie die Zähne. »Sonne!«, rief sie, »begleitet meinen Weg, wenn ich mir hole, was mir zusteht. Der Feinde Blut.«

Mein Magen zog sich zusammen. Ich kannte diese Parole aus den Geschichten über den Blutsonnentag, den letzten versuchten Aufstand. Und nun fiel mir auch auf, dass ausnahmslos alle bewaffnet waren.

»Wohin reitest du, Matthial?« Ich sprach ganz bewusst nur ihn an, weil mich die Meinung der anderen überhaupt nichts anging. Ich konnte davon ausgehen, dass auch die drei Fremden sich seinem Clan angeschlossen und sich ihm untergeordnet hatten. Doch wieder war es Kendra, die mir Antwort gab.

»Hast du es denn noch nicht gehört, Joy? Wo lebst du nur, dass du nicht mitbekommst, wie sich die Clans verbrüdern?«

Die Clans hatten was? Ich sah von einem zum anderen und immer wieder zu Matthial. Niemand lachte. Niemand lamentierte.

Die Clans sollten sich verbrüdert haben … Ich musste den Satz mehrmals lautlos wiederholen, ehe ich ihn begriff. Dann hüpfte plötzlich mein Magen und wurde gleichzeitig so schwer, als hätte ich eine Bleikugel verschluckt. Das also steckte hinter dem Gerede von einem Rebellenaufstand.

Wie sehr hätte ich mir früher eine solche Neuigkeit gewünscht! Aber früher … da wollte ich auch kämpfen. Gegen die Percents. Ich hatte nichts sehnlicher erhofft.

Jetzt jagten mir meine eigenen Wunschvorstellungen Angst ein.

Und da war noch etwas, das mir bitter aufstieß. Warum, bei der Sonne noch mal, redete Kendra mit mir, wenn ich Matthial ansprach? Sah ich zu ihm, wandte er das Gesicht ab. So verhielt sich kein Clanführer! Was nur bedeuten konnte …

»Kendra, führst du diesen Clan an?«

Ich hatte auf Gelächter und eine Richtigstellung spekuliert. Stattdessen richtete sie sich noch etwas weiter im Sattel auf. »So ist es.«

Matthial sah mich an, als wollte er sich bei mir entschuldigen. Ich schüttelte knapp den Kopf. Ich wollte ihn nicht verurteilen, ich wollte nur den Grund für diese Veränderungen wissen. Deutlicher als jemals zuvor merkte ich, wie scharf der Schnitt durch unsere Beziehung tatsächlich gewesen war. Diese Menschen, die mir hier gegenüberstanden und mich musterten – ihre Blicke über meinen Körper gleiten ließen auf der Suche nach Waffen –, waren einmal meine Freunde gewesen. Nun schätzten sie ab, ob ich ein Feind war. Das sollte eigentlich an mir abprallen, schließlich hatte ich sie verlassen, aber wider alle Vernunft tat es weh.

Zack kam ein paar vorsichtige Schritte auf mich zu. »Wir müssen dich das fragen, Joy: Was tust du hier? Im Clangebiet?«

Das letzte Wort machte mir eine Gefahr deutlich, die ich zuvor nicht bedacht hatte. Ich jagte in dem Wald, den sie seit Jahren als ihr Eigentum bezeichneten, und im Gegensatz zu früher gehörte ich inzwischen nicht mehr zu ihnen. Ich war Städterin geworden. Meine Marke, die unter der Kleidung an meiner schwitzigen Haut klebte, verbot mir, hier zu sein.

Ich zuckte mit den Schultern. »Ich wandere.«

»Bewaffnet«, stellte Kendra fest.

Es war Matthial, der an meiner Stelle reagierte. »Natürlich bewaffnet, Kenny. Es gibt wilde Hunde in diesen Wäldern. Du solltest das wissen.«

Die Blicke, die die beiden tauschten, durchschaute ich nicht vollends. Da war Wut auf beiden Seiten, aber auch Vorsicht, diese nicht zu deutlich zu zeigen. Was immer zwischen ihnen stand, es schien einem Wespennest nicht ganz unähnlich.

»Gut«, sagte Kendra kühl. »Dann sollten wir ihr Zeit geben zu verschwinden.« Sie sah mich an und lächelte auf eine Art, die mir überhaupt nicht gefiel. »Lauf nach Hause, Stadtmädchen.« Ein scharfer Blick zu Matthial. »Schaff sie fort. Na los, mach schon!«

Was war nur vorgefallen, dass sie nicht nur mit mir derart abschätzig redete, sondern auch mit ihrem ehemaligen Clanführer? Ich straffte die Schultern.

»Joy«, säuselte Kendra. »Ich sage es nicht noch einmal.« Sie tat sehr beherrscht, als wäre ich ihr nur lästig, aber sie war eindeutig nervös. Mehr noch, sie hatte Angst. Ich war ihr bei irgendetwas Wichtigem massiv in die Quere gekommen.

»Wohin geht ihr?«, fragte ich. Es war höchst ungewöhnlich, dass sich der komplette Clan in unmittelbare Stadtnähe begab.

Kendra riss ihr Pferd herum, sodass es mir die andere Seite zuwandte. Und dann sah ich die Pistole in ihrer Hand. Sie richtete sie nicht direkt auf mich, hielt sie wie zufällig so, dass ich mich in Gefahr fühlte, ohne dass sie mich aktiv mit der Waffe bedrohte.

Ein heiseres Lachen presste sich ungewollt aus meiner Kehle. »Deshalb bist du Clanführerin? Weil du eine Pistole hast?« Ich konnte mir keinen anderen Grund vorstellen, aus dem ausgerechnet

Kendra sich in der Hierarchie aufschwang. Doch seit wann ließ sich Matthial derart die Butter vom Brot nehmen?

»Noch einmal, Matthial«, sagte Kendra leise, ohne mich aus den Augen zu lassen. »Bring die Städterin hier fort. Sonst ist sie die Erste.«

Die Erste?

Die Erste.

Die Erkenntnis schlug ein wie ein Geschoss.

Die planten einen Angriff!

Einen Moment lang wusste ich nicht, wohin mit mir. Ich musste sie davon abhalten, das war Wahnsinn, das war ein Himmelfahrtskommando, das war absolut lebensmüde. Unsere Leben waren zu lange eng miteinander verbunden gewesen, um sie einfach in den Tod gehen zu lassen. Ich musste irgendetwas tun. Sie mochten Idioten sein – aber sie sollten nicht sterben!

Matthial stieg vom Pferd, gestikulierte mir, mit ihm zu kommen, und ich tat es unverzüglich. Er mochte hassverhärmt sein, aber immerhin war er noch vernünftig.

In der Ferne knallte es, Vögel flogen auf. Welcher Trottel jagte mit einer Pistole?

Wir liefen gemeinsam Richtung Stadt. Ich hätte den Weg selbst gefunden, aber offenbar musste Matthial dafür Sorge tragen, dass ich auch wirklich ging. Das Pferd hatte er zurückgelassen, doch sein alter Hund Rick begleitete uns. Er schien sich an mich zu erinnern, immer wieder stupste er mich mit seiner feuchten Nase an und sah von Matthial zu mir und wieder zurück. Ich streichelte sein drahtiges Fell, fand darin aber nicht die übliche Beruhigung.

Kaum dass wir außer Hörweite waren, brach es aus mir hervor: »Matthial!« Ich schrie ihn fast an. »Was geht hier vor? Seid ihr verrückt geworden?«

Er mied meinen Blick. Was war nur mit ihm los?

»Joy«, begann er zaghaft, doch dann folgte erneutes Schweigen. »Joy, du … du solltest nicht in die Stadt zurückkehren.«

Ich blieb stehen, stemmte beide Hände in die Hüften und war versucht, mit dem Fuß aufzustampfen vor Wut.

»Joy, es –«

»Joy! Joy!«, äffte ich ihn nach. Mein Gesicht war ganz heiß vor Zorn, weil wir beide hier so erbärmlich vorgeführt wurden. »Was ist los?«

Nun sah er mich an und in seinem Blick fand ich die Antwort, noch bevor er sie aussprach. »Ich habe Angst.«

Meine Hände sanken an meinem Körper hinab, als zöge sie etwas nach unten. »Wovor?«

»Vor dem Krieg, Joy. Es gibt Krieg. Es gibt jetzt wahrhaftig Krieg.«

Ich zweifelte nicht an seinen Worten, ich war absolut überzeugt, dass er richtiglag. Ja, es würde Krieg geben. So vieles hatte darauf hingedeutet: die Gerüchte, die verunsicherten Percents, die ich belauscht hatte, und selbst Neéls Schiff. Was mich erschreckte, war meine innere Ruhe. Ich verspürte, im Gegensatz zu Matthial, keine Angst. Beinahe war ich froh, dass das Warten nun ein Ende hatte. Wie kaltblütig ich geworden war. Oder war das der Soldat, dieser kleine, fremde Teil, der sich beim Training für das Chivvy in mich gebohrt hatte und den ich auch später nie losgeworden war?

Ich weiß nicht mehr, ob ich ihn bat, mir alles zu erzählen, oder ob Matthial es von sich aus tat. Zu Anfang ließ ich ihn nur sprechen, weil ich das Gefühl hatte, dass die Worte aus ihm herausmussten. Ich horchte auf, als der Name meiner ehemals besten Freundin fiel.

»Jamie sammelte Amber im Wald auf«, berichtete Matthial. »Ich habe sie kurze Zeit danach gesehen – und die darauffolgenden drei Tage keine Nacht geschlafen. Joy, etwas stimmte nicht mit ihr, sie war so …«

»Verändert?«

Er nickte hastig. »Sie hat mich nicht einmal erkannt, sie sah durch mich hindurch, als wäre ich nicht da.«

Mein Bauch schmerzte, er stach bei jedem Schritt, als hätte ich einen Dolch im Magen. Widden hatte alles Menschliche in Amber gefressen wie ein Raubtier die Innereien seiner Beute und nur übrig gelassen, was ihn nicht interessierte. Eine Haut, die herumlief wie ein Mensch.

»Sie sieht niemanden. Jeder fühlt sich in ihrer Gegenwart wie Luft. Sie spricht mit keiner Seele außer Jamie. Ihm flüstert sie bei Nacht alles zu, was sie weiß – so heißt es. Und man sagt, sie weiß viel. Dinge, die sie sehr wertvoll machen.«

»Wertvoll?«

Matthial schluckte unbehaglich. »Jamie nennt sie seine Befreite Königin. Er hat ihr sein Pferd geschenkt, diese kohlschwarze Stute. In schwarzen Leinengewändern sitzt sie darauf und er, der Clanführer, führt das Pferd höchstpersönlich am Zügel. Es heißt, ihre Füße sollen den Boden nie mehr berühren, weil sie zu erhaben ist, um auf der gleichen Erde zu gehen, die auch Percents betreten.«

»Das ist ja krank.« Das stechende Gefühl in meinem Magen veränderte sich und wurde zu Übelkeit. Aus dem Dolch wurde eine labberige Masse, die an verdorbenes Fleisch erinnerte. Was mochte Amber wissen? Es musste etwas von enormer Bedeutung sein, wenn Jamie ein solches Theater inszenierte. Denn dass er diesen Unsinn selbst glaubte, schloss ich aus. »Er missbraucht Amber bloß, um seinen Anhängern ein dramatisches Schauspiel zu liefern. Es soll sie aus ihrer Monotonie herausholen und ihnen das Gefühl geben, Teil von etwas Besonderem zu sein.« Ich überlegte laut und Matthial widersprach mir nicht.

»Es wirkt«, sagte er leise. Er klang nun weniger nervös als mehr resigniert. Sein Hund drückte sich fest an sein Knie, als müsste er seinem Herrn eine Stütze sein. »Jamie ruft die Clans zu ihr, einen nach dem anderen. Seit Wochen empfangen sie Besucher, teils aus weiter Ferne. Einige kommen aus anderen Städten, weil sie von Jamies Befreiter Königin gehört haben. Er führt ihnen Amber vor und redet auf sie ein, während Amber durch alle hindurchsieht, als wären sie aus Glas. Und wenn sie wieder gehen, sind sie bereit, ihm in den Krieg zu folgen.«

Fassungslos blieb ich stehen. »Wie viele, Matthial?«

»Zwölf Clans«, sagte er, »als ich bei Jamie war und mein Clan sich für Jamies Krieg und gegen mich entschieden hat. Inzwischen werden es deutlich mehr sein.« Verbitterung mischte sich in seine Stimme, Rick reagierte darauf mit einem Winseln. »Die aktuellen Zahlen kennt nur Kendra. Sie hatte gerade erst das Kind verloren, als wir bei Jamie waren. Die Trauer hat sie aufgewirbelt wie einen Sturm. Sie wollte in diesen Krieg und der ganze Clan war sich einig, ihr zu folgen. Was ich dir garantieren kann: Mars ist an vorderster Front dabei.«

Das Bild meiner friedliebenden Schwester Penny, ausgerüstet mit Waffen, zuckte durch meinen Geist, verschwamm aber schnell wieder. Penny war keine Kämpferin und Mars war alles, aber nicht blöd. Er wusste, dass sein Clan junge Frauen brauchte, um langfristig zu überleben. Er würde sie nicht in den Krieg ziehen lassen.

Aber ein Dutzend Clans!

Ich versuchte mir vorzustellen, wie viele Menschen – Kämpfer – das bedeuten könnte. Es gab Clans wie Matthials, die aus einer Handvoll Leuten bestanden. Aber andere, die weiter von den Städten entfernt lebten, waren größeren Dörfern gleich.

»Egal wie viele ihr seid«, entgegnete ich, »ihr habt keine realistische Chance. Das muss euch doch bewusst sein? Matthial, die Percents verfügen über weitaus bessere Waffen!«

Er schüttelte den Kopf. »Verfügten.« Er sah zum Himmel, vermutlich schätzte er die Zeit an der Sonne ab. Noch etwa eine Stunde blieb, ehe Dark Canopy eingeschaltet wurde. »In diesem Augenblick bricht der Clan der Waldleute gewaltsam durch den Zaun. Sie wissen, wo die Waffenlager sind. Und sie holen sich alles, was sie dort finden.«

Ich starrte ihn an. Schloss die Augen und dachte, wie leicht das Leben sein könnte, wenn das alles hier nur ein Traum wäre. Doch als ich die Lider wieder öffnete, stand Matthial immer noch vor mir. Sein Gesicht war blasser als zuvor. Und mir kam die schreckliche Einsicht, dass er vermutlich einer der wenigen Rebellen war, die Angst vor dem Tod hatten.

»Das gibt ein Gemetzel.« Ich weiß nicht, wer von uns es aussprach, aber das tat auch nichts zur Sache.

»Wann finden die Angriffe statt?«

Matthial breitete die Arme aus. »Jamie sagte, wir sollten uns bereithalten und würden es wissen, wenn es so weit ist.«

Ich biss mir auf die Lippe. Das klang nicht gut. Ich wusste nicht, wie viel Zeit ich noch hatte. Ich wusste nur eins: Es war zu wenig, um all die zu warnen, die eine Warnung verdient hatten.

Ich streichelte Ricks Rücken, nahm mir einen Moment, um ihn hinter den Ohren zu kraulen, was er schon als Welpe so geliebt hatte.

»Wenn ich dich bitte, nicht in den Kampf zu ziehen«, murmelte ich an den Hund gewandt, obwohl ich natürlich Matthial meinte, »würdest du mir diesen Gefallen tun?« Was auch immer in den letzten Monaten geschehen war, ich konnte den Gedanken, ihm als Feind gegenüberzutreten, nicht ertragen.

»Dann würde ich alles verlieren«, erwiderte er leise. »Alles. Egal wie es ausgeht.«

Da lag er nicht ganz falsch. Er würde seinem Clan und seinen Freunden die Treue brechen. Matthial konnte schlecht loslassen, und was er gar nicht konnte, war, allein zu sein. Ich musste lächeln und gleichzeitig stiegen mir Tränen in die Augen, als ich mich daran erinnerte, wie er mich bei Gewitter immer gebeten hatte, bei ihm zu schlafen. Wasser rann über meine Wangen und tropfte in Ricks Fell.

»Dann versprich mir, dass du vorsichtig sein wirst.«

»Immer. Du kennst mich.«

»Und halt dich von denen fern, die mir lieb sind. Sonst …« Ich ließ den Satz unvollendet, er verstand ihn trotzdem.

Als ich Rick ein letztes Mal kraulte, schleckte er mir eine Träne aus dem Gesicht. »Pass auf Matthial auf, mein Guter. Pass auf, dass er sich an die Abmachung hält.« Die Abmachung, die ich für ihn getroffen hatte.

Dann wandte ich mich ab und rannte los.

Rannte gegen die Zeit.

32

ich sehe das meer.

Etwas Schreckliches musste passiert sein. Joy kam um die Ecke gehetzt, als wäre ein ganzes Regiment hinter ihr her. Sie hatte seinen Arbeitsplatz bisher noch nie aufgesucht – zu viele Gründe verboten es. Jetzt schien all das bedeutungslos.

Neél sah sich hektisch um. Außer ihm war kaum jemand im Sägewerk, es war noch früh, der Himmel erst seit Kurzem verdunkelt. Nur der Vorarbeiter und zwei Männer hielten sich in der Halle auf. Neél gab Joy ein Zeichen, sich zu ducken, damit die Percents sie nicht entdeckten, und zog sie hinter eine der Sägemaschinen.

»Was ist passiert?«

Sie keuchte, als wäre sie kilometerweit gerannt. Als sie endlich sprach, konnte er sie kaum verstehen. Das Pumpen und Ächzen der Maschine und das permanente Quietschen, mit dem das Sägeblatt sich im Leerlauf drehte, verschluckten ihre Worte.

»Joy! Lauter!«

Sie schrie gegen den Krach an. Immer noch verstand er nur einzelne Worte, die zunächst keinen Sinn ergaben. Langsam schälte sich der Grund ihrer Aufregung aus dem Chaos.

Die Rebellen griffen die Waffenlager an.

Amber, das Geistermädchen, hatte gewusst, wo sie lagen.

Er wollte es nicht glauben und zugleich begriff er, dass alles so unfassbar vorhersehbar gewesen wäre, wenn er die Anzeichen richtig gedeutet hätte.

Ein Mädchen war zum Gespenst geworden, ein Gespenst, das kaum jemand sah und hörte. Ein Gespenst vergisst man. Aber es sieht und hört alles. Es wartet auf den Moment, in dem man schläft, um einen heimzusuchen. Und er, er war so ein Idiot, hatte nicht an Gespenster geglaubt.

Für einen Moment fühlten sich seine Knochen an wie morsches Holz und seine Muskeln wie totes Fleisch. Er wäre fast in die Knie gesunken, als ihm klar wurde, dass er Schuld an dieser Bedrohung trug. Er hatte Amber freigelassen.

Neél musste ein paar Mal durchatmen, sich mit seinem Blick an Joy festhalten, die trotz aller Unruhe fest auf ihren Füßen stand, die Fäuste geballt, wie jederzeit zum Schlag bereit.

Hatte er einen Fehler gemacht?

Ein Leben zu zerstören, nur weil es eine potenzielle Gefahr darstellte, war nicht richtig. Aber ein Leben zu retten, wenn man damit hundert andere aufs Spiel setzte – Joys Leben und Edisons Leben –, konnte ebenfalls nicht richtig sein.

Gab es für ihn noch Entscheidungen, die nicht mit der unausweichlichen Konsequenz des späteren Bereuens einhergingen? Neél beschloss in diesem Moment, so etwas nie wieder vom Leben zu erwarten.

»Was sollen wir denn jetzt machen?« Einen Augenblick wirkte Joy nicht mehr stark und kampfbereit, sondern zerrissen. Was konnte sie auch tun? Eine Waffe nehmen und jene zurückschlagen, bei denen sie aufgewachsen war? Oder eine Waffe nehmen und mit ihnen kämpfen, bis sie schließlich ihm gegenüberstand?

Er hätte sich einen Arm abgehackt für die Möglichkeit, Joy aus der Schusslinie zu bekommen, doch er wusste um die Ausweglosigkeit dieser Pläne. Er selbst hatte sie zu einer gnadenlosen Soldatin gemacht. Sie würde nicht fliehen, nicht ohne ihn, das passte nicht zu ihr.

Und ebenso wenig passte es zu ihm, es nicht wenigstens zu versuchen. »Für dich gibt es hier nichts mehr zu tun, Joy. Verschwinde, am besten sofort.« Er dachte mit solcher Intensität an das Meer, dass er hoffte, sie würde den Gedanken aufnehmen, aber das ließ sie nicht zu.

»Auf keinen Fall. Ich sammele Valeria und Killian ein und meinen Vater, wenn er es schafft. Ich verstecke sie an irgendeinem sicheren Ort.«

»Ich weiß nicht, wie lange es noch einen sicheren Ort in der Stadt gibt.«

Sie schluckte. »So übel?«

»Keine Ahnung.« Das war nur die halbe Wahrheit. Neél hatte eine vage Vorstellung davon, wie groß die Waffenlager waren. Beim letzten Angriff auf die Stadt war er noch nicht geboren, aber er kannte die Geschichten. Brachen die Rebellen erst durch die Verteidigungslinie, floss Blut auf den Straßen.

»Vielleicht können wir das Schlimmste verhindern.« Er küsste Joy hart auf den Mund. »Geh und warne deinen Vater und die Kinder. Ich rede mit Cloud.«

Joys Gesicht wurde zu einer Maske aus Zweifel, aber er küsste sie noch einmal und nahm ihr damit die Widerworte.

»Ich bin vorsichtig. Wir sehen uns beim Haus deines Vaters, ich komme dorthin, so schnell es geht. Aber erst warne ich Cloud. Wir müssen die Waffenlager schützen und die Rebellen so um ihren Vorteil bringen. Wir schlagen die Vorhut zurück. Die anderen werden einsehen, dass ein Angriff ohne unsere Waffen zwecklos ist. Sie werden nach Hause gehen und alles wird wieder gut.«

»So gut wie bisher«, erwiderte Joy.

Sie saß so wackelig zwischen den Stühlen, dass er sie am liebsten festgehalten und hart auf seine Seite gezogen hätte. Aber dafür war keine Zeit. Wenn er einen Krieg verhindern wollte, musste er rennen.

Neél rannte.

• • •

Bis zum Hotel hielt ihn niemand auf. Seine Lungen fühlten sich wund an, seine Beine schmerzten an den Stellen, wo die Knochen gebrochen gewesen waren. Er hätte seine Zunge für ein Pferd gegeben, doch die letzten Tiere, die den Winter überlebt hatten, standen hinter dem Hotel in den Ställen der Triade.

Am Hotel angekommen, war das Erste, was er spürte, ein Schmerz, der nicht vom Laufen herrühren konnte. Ein Schlag. Gleißender Schmerz am Hinterkopf … Seine Wahrnehmung verwandelte sich in eine Kette aus Momentaufnahmen. Gebrüllte Worte durch sich verdichtende Dunkelheit. Jedes Wort fiel ihm schwerer. Egal, er musste sich bemerkbar machen. Cloud warnen. Cloud warnen. Cloud –

Er kam wieder zu sich, als ihm jemand ins Gesicht schlug.

»Neél, verdammt, wach auf! Was ist passiert?«

Graves hievte ihn in eine sitzende Position und zog sein Messer aus der Scheide, um die flache Seite der Klinge an Neéls Stirn zu drücken.

Erst jetzt spürte Neél die gewaltige Beule, die dort seine Haut spannte. Er erinnerte sich nicht an den Schlag, der sie verursacht hatte. Das kühlende Metall tat gut. Er sah sich um. Die Hotellobby … so leer gefegt hatte er sie selten erlebt. Der Teppich unter ihm war voller Blutflecken.

»Du bist vollkommen wahnsinnig, Mann«, sagte Graves. Es klang verdächtig nach Begeisterung. »Du kamst hier reingestürmt wie ein Berserker. Die Wachleute haben einen Mordsschreck bekommen und dir erst mal von hinten die stumpfe Seite eines Schwertes über die Rübe gezogen.«

Neél betastete seinen Hinterkopf. »Stumpfe Seite?«

»Sei froh, dass es nur die stumpfe Seite war – ich sah dich schon einen halben Kopf kürzer.«

»Das wäre eine schöne Sauerei geworden.«

Graves rollte mit den Augen. »In jedem Fall haben sie noch tüchtig nachgesetzt, dein Gestammel aber irgendwann ernst genommen. Sie haben fünf Regimenter zusammengetrommelt und sind los, als sei der Teufel hinter ihnen her.«

»Zu den Waffenlagern?«

»Na, wohl kaum ins nächste Wirtshaus.«

Neél rappelte sich auf. Der verdammte Boden schwankte noch, aber der würde sich schon wieder einkriegen.

»Was hast du vor?«, fragte Graves. »Hinterher?«

»Nein, ins Wirtshaus. Komm schon!«

• • •

Sie kamen quälend langsam voran. Neél rannte, so schnell er mit dem dröhnenden Kopf konnte, musste aber immer wieder anhalten, sich zum Atemschöpfen an einer Mauer oder einem Baumstumpf abstützen, bis der Schwindel nachließ, und sich schließlich übergeben.

Graves hatte den Anstand, schlechte Scherze zu machen und ihm weiterzuhelfen, sobald er seinen Magen wieder unter Kontrolle bekam.

Sie hatten beide nur eine vage Idee, was die Richtung betraf, in die sie laufen mussten, aber um fünf Regimente zu verfolgen, brauchte man kein geübter Fährtensucher zu sein. Auf den Straßen wiesen ihnen Arbeiter den Weg, und kaum dass sie die Wohnbezirke verlassen hatten, mussten sie nur noch den Spuren oder den vereinzelten Schussgeräuschen nachlaufen.

»Das alte Schwimmbad!«, rief Graves irgendwann. »Dort lagern sie die Waffen.«

Einer Antwort gleich ertönten ganz in der Nähe Schüsse.

Neél wies zu einem Hügel, auf dem sich die Ruine einer kleinen Kapelle zwischen Efeu und Moos langsam selbst in eine Pflanze zu verwandeln schien.

Sie kämpften sich die Anhöhe hinauf und blickten über den Teil der Stadt, der sich vor ihnen ausbreitete.

Das Schwimmbad war ein kastenförmiger Bau. Die ehemals bodenhohen Fenster waren mit Brettern vernagelt. Wiesen und brachliegende Felder umgaben das Gebäude. Die umliegenden, in den Boden eingelassenen Becken waren mit brackigem grünem Wasser gefüllt.

Und mit Rebellen!

Neél dachte zuerst, seine Augen hätten ihn getäuscht. Doch wenn er genau hinsah, erkannte er sie: Menschen, die sich in den Tiefen der Becken verbargen, sich an den rostigen Leitern festhielten oder hüfthoch im Schmutzwasser standen. Für die sich sammelnden Regimente waren diese Männer unsichtbar.

»Es ist eine Falle!«, brüllte Neél.

Graves brüllte ebenfalls, aber der Wind trug ihre Worte in die falsche Richtung.

Neél stieß seinen Freund an. »Die waren längst in den Lagern drin. Siehst du die Kisten dort hinten in dem leeren Becken? Sie haben die Pistolen schon rausgeholt.«

Sie rannten gemeinsam los, den Hügel herab. Doch schon nach den ersten Schritten sprachen die Geräusche eine eindeutige Sprache: Sie waren zu spät.

Mit Kampfschrei wurden die berittenen Soldaten in Richtung eines schlecht versteckten Rebellen im Schatten des Gebäudes vorausgeschickt. Das Donnern der Hufe klang wie ein wütendes Trommellied. Und dann … antworteten Pistolen. Hunderte mussten es sein. Pferde wieherten, Männer schrien.

Neél erreichte das Schlachtfeld und sah, wie das letzte noch stehende Percent-Pferd von mehreren Kugeln in die Brust getroffen wurde, sich zum Himmel aufbäumte und zur Seite fiel, genau auf seinen hilflosen Reiter, der vermutlich noch Sekunden vorher von einem leichten Einsatz gegen vereinzelte, schlecht bewaffnete Rebellen ausgegangen war.

Die Schüsse wollten kein Ende nehmen. Bolzen durchschnitten die Luft, Kugeln knallten wie Peitschenschläge.

Neél kämpfte sich durch matschigen, tief aufgewühlten Boden, um zu helfen, aber er war zu langsam. Viel zu langsam. Von seinem Standort aus waren die Rebellen kaum zu sehen, Neél machte nur Percents aus, die am Boden lagen und wild in Richtung der Angreifer schossen.

»Hat keinen Sinn!«, hörte er Graves hinter sich, aber erst als sein Freund ihn an der Schulter packte und schüttelte, bemerkte er, dass Graves ihn meinte. »Neél! Wir müssen hier verschwinden. Das ist ein einziges Gemetzel und wir haben nicht mal Schusswaffen.«

So ungern er es zugab, sein Freund hatte recht. »Okay. Lass uns –« Ein ohrenbetäubendes Pfeifen zerschnitt Neéls Worte.

Ein halbes Dutzend Lichtstreifen schossen gen Himmel. Leuchtraketen. Sie explodierten tief in der Ascheschicht von Dark Canopy und färbten den Himmel für einen Moment in einem strahlenden Giftgrün, das das ganze Land krank und fahl erschienen ließ.

»Das sind unsere Leuchtraketen.« Graves wurde hektisch. »Aber das war keins unserer Signale, Neél! Verdammt, die machen ernst. Die greifen uns an. Pistolen hin oder her. Die können doch nicht wirklich glauben, dass sie eine Chance gegen uns haben.«

»Du hast keine Ahnung, wie viele es sind«, erwiderte Neél tonlos. Er hätte so gerne etwas anderes gesagt.

»Scheiße! Lass uns abhauen!« Graves rannte bereits los, aber Neél blieb noch einen Moment stehen und starrte in das Graugrün des Himmels. Er vernahm Schreie. Todesschreie. Er glaubte, Körper auf dem Boden aufschlagen zu hören. Glaubte, den Geruch von heißem Eisen und verbrennendem Blut durch die Nase zu riechen. Die Kämpfe waren ganz nah. Wenige Meter neben ihm schlug eine Kugel in den Boden. *Ruhig bleiben*, beschwor er sich.

Graves brüllte seinen Namen. Brüllte halbverständliche Worte von der Sonne, von Dark Canopy und von einem Meer aus Blut.

Neél hatte seinen alten Freund noch nie derart panisch erlebt. Graves war kein Kämpfer, nie gewesen. Doch er hatte den letzten Angriff, die Schlacht am Blutsonnentag, miterlebt. Er wusste, was sie erwartete, und es raubte ihm fast den Verstand. Er musste hier weg, so schnell es ging, weit weg. Graves schützte sein Gesicht mit den Unterarmen vor einem unsichtbaren Grauen und Neél schoss durch den Kopf, dass es an der Zeit war, sich von seinem Freund zu verabschieden. Endgültig.

»Graves!«, brüllte er und lief los. Als er ihn eingeholt hatte, packte er ihn am Arm. »Willst du diesen Angriff überstehen?«

Graves nickte. Er zitterte. Neél ahnte, dass es nicht die Zukunftsvisionen waren, die ihm solche Angst machten. Es waren die vergangenen Bilder. Die Bilder seiner Kindheit.

Neéls Brust schmerzte, als hätte ihn eine Kugel getroffen. Er musste zu Edison. Er musste zusehen, dass ihm nichts zustieß. Die Rebellen würden nicht halt vor ihm machen, weil er ein Kind war. In ihren Augen war er in erster Linie ein Percent. Ein Feind.

»Graves«, sagte er eindringlich, aus Sorge, seinen Freund in dessen Angst nicht zu erreichen. »Das Schiff, Graves!«

»Joys Schiff?«

Neél nickte. Graves schien in seiner Panik nicht fähig, Entscheidungen zu treffen. Er musste sie ihm abnehmen und dafür sorgen, dass Graves sie Joy später ebenso bereitwillig überließ. »Ja, es ist Joys Schiff. Aber Joy wird dich mitnehmen. Du musst das Schiff bloß holen. Bring es zum Fischerhafen. Joy kommt dorthin.«

»Und du?«

Riesige Rauschschwaden stiegen im Norden auf. Sie brannten das Große Nordtor nieder. Sie kamen mit Feuer.

Es machte nicht länger einen Unterschied, ob er log oder die Wahrheit sagte. »Ich auch.«

33

lautlos lauern die hunde im krieg.

»Es bleibt dabei. Ich gehe hier nicht weg.«

Ich atmete tief durch und versuchte es noch einmal. Ein letztes Mal. »Ich verstehe dich ja. Aber du hast nicht den Hauch einer Vorstellung, was ein Rebellenangriff bedeutet.« Ich wusste es ja selbst nicht. »Es wird gefährlich.«

Valeria schlang trotzig die Arme um sich und versetzte mir damit einen emotionalen Tritt in den Magen. Sie war so schutzbedürftig. Und ich konnte nichts tun. »Ich gehe nicht ohne Killian.«

Ich fuhr mir durch die Haare. Wo war der Bengel bloß? Wenn ich gewusst hätte, dass er sich in der Nähe herumtrieb, hätten wir ihn einsammeln können, aber auf gut Glück die Stadt zu durchkämmen war sinnlos, und noch länger zu warten barg zu viele Gefahren. Ich wollte meinen Vater noch irgendwo verstecken. Zudem musste ich auch noch Alex warnen.

Valeria war natürlich nicht besonders kräftig oder gar schwer. Es wäre ein Leichtes für mich, sie gewaltsam von hier wegzubringen. Aber weder hatte ich das Recht dazu noch ein sicheres Versteck. Ich musste an Neéls Bemühungen im Chivvy denken. Er hatte gewaltsam versucht, mein Leben zu retten, da er die Lage für ausweglos hielt. Verziehen hatte ich ihm bis heute nicht und das lag nicht allein daran, dass er bei dem Versuch seinem Feind in die Hände geraten war.

Nein, über Valerias Leben bestimmen durfte ich nicht.

»Es ist deine Entscheidung«, presste ich zwischen den Zähnen hervor. Deine verdammte, beschissene, *falsche* Entscheidung.

Sie nahm beschwichtigend meine Hand. »Wir werden auf uns aufpassen. Wenn es in der Stadt zu gefährlich wird, gehen wir in die Wälder. Ich kenne mich aus und ich kann jagen und uns Essen schießen.«

»Ihr beide?«, fragte ich betrübt. »Ganz allein? Wenn der Angriff vorüber ist, dann gibt es möglicherweise keine freien Rebellen mehr. Oder keine Stadt.« Mir erschien ein Szenario unglaubwürdiger als das andere, aber wir standen vor einer Schlacht. Kriege sind Wendepunkte, die alles ändern, das Innere nach außen kehren und das Richtige zum Falschen machen können. Nichts war wahrscheinlich und alles vorstellbar.

Bei dem Gedanken an zwei Geschwister, die sich allein durchschlugen, musste ich an Tom, Tara und Star denken, die eigenartige kleine Familie, die abseits aller Clans zwischen den Mutantratten lebte.

»Ich habe eine Idee.« Mit einem Stock malte ich eine grobe Skizze der Wälder jenseits des Großen Nordtors in den Sand. Ich zeichnete Flüsse, Bäche und Brücken und erklärte Valeria den Weg. »Immer diese Straße entlang«, bläute ich ihr ein, »und du erreichst eine verlassene Siedlung. Warte dort. Ich bin sicher, Tom und Tara kehren regelmäßig dorthin zurück. Sag Tara, dass du meine Freundin bist. Ihnen könnt ihr euch anschließen, sie lehren euch, wie man überlebt.« Das hoffte ich zumindest.

»Ziehen sie nicht in den Krieg?«

Ich musste fast lächeln. »Sicher nicht.«

Ich verließ Valeria in der Hoffnung, Killian würde zurückkommen, solange ich im Haus nebenan, bei meinem Vater, war. Ich hatte seine Tür fast erreicht, als das Mädchen meinen Namen rief.

»Joy? In diese Richtung sollen wir laufen?«

»Ja, das sagte ich doch«, gab ich zurück und folgte ihren unruhigen Gesten mit meinem Blick. Der Himmel war schwarz. Tiefstes Ascheschwarz.

Es hatte begonnen.

»Bist du sicher, Joy?«, wiederholte Valeria. »Da … da brennt irgendwas.«

Mir schien eher, da brannte *alles*. Nie in meinem Leben hatte ich solche Rauchwolken gesehen und nun roch ich sie auch. Schüsse donnerten los. Bildete ich mir das ein oder kamen sie näher?

»Du kannst es dir noch überlegen!«, rief ich Valeria zu. »Komm mit mir.«

Sie schüttelte trotzig den Kopf. »Ich warte auf Killian.«

Ich ließ das Mädchen stehen. Es war nicht genug Zeit, um jemanden zu zwingen. Jede Minute, die ich sinnlos vergeudete, konnte ein anderes Leben kosten.

Feuer … das war übel. Alex hatte Angst vor dem Feuer. Ich musste zu ihr. Doch zunächst war mein Vater an der Reihe.

Ich klopfte gegen die Haustür und öffnete sie im gleichen Moment. Der Raum lag im Dunkeln, die Decken, die ich gestern von den Fenstern gerissen hatte, damit Luft reinkam, befanden sich wieder an ihrem alten Platz. Und es stank bestialisch. Im Kamin glommen noch die Reste eines Feuers, dabei war es mild draußen, der bisher wärmste Tag des Jahres. Mein erster Eindruck war, dass Robin nicht da war. Aber wo sollte ein schwer kranker Mann, dessen Gestank das Zimmer vergiftete, schon hingehen?

Natürlich war er da. Er lag in seinem Bett, das Kinn vom Speichel ganz nass. Das Kissen und die Decke waren verschmiert, er hatte sich erbrochen. Ich fluchte leise und rüttelte ihn an der Schulter. Er öffnete die Augen und sah mich mit milchigem Blick an. Nahm er mich überhaupt wahr?

»Robin?«, versuchte ich es leise. »Vater? Ich bin es, Joy. Hörst du mich?«

Er stöhnte und stammelte ein paar Namen, die ich allesamt nicht kannte.

Immer wieder wiederholte ich: »Nein, ich bin Joy!«, aber er war entschieden anderer Meinung. Irgendwann gab ich auf, ihn überzeugen zu wollen, und machte mich daran, sein Gesicht und sein Nachthemd zu säubern. Dafür war keine Zeit, so viel war klar. Aber ich blendete solche Faktoren wie die Zeit kurzerhand aus. Ich wollte ohnehin hier auf Neél warten, also konnte ich mich derweil nützlich machen und mich so von der quälenden Frage ablenken, warum er so lange brauchte.

Mein Vater hatte einen seiner schlechten Tage und ich wurde mir langsam der Ausweglosigkeit meines Plans bewusst.

Wie sollte ich einen großen, schweren Mann, der nicht einmal in der Lage war, seinen Kopf zu heben, sodass ich sein Kissen auswechseln konnte, von hier wegschaffen? Wohin wollte ich ihn bringen? In die Wildnis, damit er dort starb? Ich erinnerte mich an meinen Streit mit Neél. Er war der Meinung, mein Vater wollte nicht draußen in Freiheit sterben, sondern hier in seiner Kate.

Unter Robins faltigem Hintern lag ein mit Stroh gefülltes Kissen, um all das aufzusaugen, was er nicht mehr halten konnte. Der Waschwassereimer war voll, aber ich hatte keine Seife bei mir, was die Arbeit mühevoll machte. Wie hätte ich ahnen sollen, das ich im Krieg Seife brauchen würde? Doch es gab Dinge, die machten sich nichts daraus, dass Krieg war. Die blieben einfach wie immer.

Bei jedem lauten Geräusch zuckte Robin zusammen und ich hielt inne, um ihm zu sagen, dass alles gut werden würde. Und daran erkannte ich es nun sehr genau: Die Schüsse und die Rufe wurden mehr. Sie kamen näher. Ich sagte immer häufiger: »Es wird schon alles gut werden.«

Während es außerhalb der Hütte immer chaotischer zuzugehen schien, verdichtete sich in mir eine stille Ruhe. Es war, als beträfe mich all das, was da draußen vor sich ging, nicht länger. Ich hatte eine Aufgabe zu erledigen: Ich musste mich von Robin verabschieden, denn eine weitere Möglichkeit würde ich nicht bekommen. Mein Verstand verwischte alles, was hinter den Fenstern geschah, zu einem Szenario, das erschreckend war, mich aber nicht betraf.

Ich riss die Tücher von den Fenstern und warf sie in den Kamin. Im Norden war der Himmel schwarz, als hätten sie so viel Kohlenstaub in Dark Canopy gefüllt, dass die Wolkenschicht auf uns niederkrachen und uns alle zerquetschen würde. Als käme die Nacht, dabei war nicht einmal Mittag. Aber es war weder Dark Canopy noch die Nacht. Es waren die Rebellen und ich nahm diese Tatsache mit einer Sachlichkeit wahr, die mich hätte erschrecken müssen.

Ich sah aus dem anderen Fenster. In der Richtung lag die Stadt. Dünne Rauchsäulen kräuselten sich gen Himmel.

Alex … niemand würde Alex helfen. Neél war sicher noch mit Edison beschäftigt, und dass Graves die Möglichkeit hatte, unserer blinden Freundin zu Hilfe zu eilen, war unwahrscheinlich. Man würde die Männer an die Waffen zwingen, um die Rebellen zurückzuschlagen.

Ich war fertig mit allem, was getan werden musste, und dachte nun immer intensiver an Alex und ihre Angst vor dem Feuer, aber ich konnte doch unmöglich einfach verschwinden und Robin alleinlassen. Ich tigerte von seinem Bett zu den Fenstern, sah hinaus, lauschte in die diffuse Stille. Es war, als zöge ein Sturm auf. Alles brachte sich in Sicherheit, verkroch sich oder lauerte in dunklen Verstecken, und die Welt wurde ganz ruhig und leise, und nichts schien sich zu bewegen. Nichts, außer den Wolken am Himmel.

Jederzeit konnten die Percents zurückschlagen. Vielleicht formierten sie sich gerade, um die Stadt zu verteidigen. Dann gäbe es keinen Krieg, dann bliebe alles wie immer.

Ich versuchte mir einzureden, dass ich auf Neél wartete, aber das glaubte ich mir selbst nicht. Robin hatte mich als Kind alleingelassen. Und das nahm ich ihm so übel, dass ich es ihm nie nachtun würde. Ich blieb. Und wenn ich nur blieb, um ihm zu beweisen, dass ich es besser machte.

»Laurencio hat uns davon erzählt«, sagte ich zu meinem Vater, kniete mich neben das Bett auf den fleckigen Holzboden und hielt mich an seiner Hand fest. Sie war nass und kalt und fühlte sich wie ein Schwamm an. »Er sagte, wenn Krieg wäre, würde es draußen ganz still werden. Daran sieht man, dass es ernst wird. Wie bei Hunden. Wenn sie dich anbellen und knurren, dann wollen sie dich bloß ärgern und lassen sich leicht vertreiben, wenn du ihnen klarmachst, dass du keiner bist, der sich ärgern lässt. Wenn sie dich aber töten wollen, dann merkst du es daran, dass es mucksmäuschenstill wird. Und dann musst du den Hund töten, wenn du nicht selbst sterben willst.« Ich drückte seine Hand. »Du müsstest das wissen, du hast schon mal eine Schlacht miterlebt. Hatte er recht? Ist es ernst, da draußen?«

Aber ich bekam keine Antwort, abgesehen von einem lauten, ungesund klingenden Schnarchen.

Ich legte meine Stirn auf die Bettkante. »Erinnerst du dich an Penny?«, flüsterte ich. »Sie hat einen Mann und ein kleines Kind. Hab ich dir noch gar nicht erzählt. Sie ist ein wirklich braves Mädchen und eine tapfere Rebellin. Du wärst stolz auf sie.« Ich seufzte und blinzelte ein paar Tränen weg. Sie fehlte mir. »Mit mir verhält sich das leider etwas anders, weißt du? Penny meinte, du hättest einmal gesagt, dass ich uns alle retten würde. Aber ich muss dich enttäuschen. Daraus wird wohl nichts. Ich fürchte, ich kann dich nicht retten. Ich bin keine besonders nützliche Tochter, tut mir leid. Aber«, ich musste lächeln, »du bist ja auch kein besonders guter Vater gewesen. Vielleicht gleicht sich das aus. Zumindest bleiben wir beide uns nichts schuldig, hm?« Ich schloss die Augen und wartete darauf, dass etwas geschah. Irgendetwas.

34

später wird dann klar,
dass alle verlieren.

Ich gab die Wacht am Bett meines Vaters auf, als ich seine Frau kommen hörte. Wie ein Schatten verschwand ich, sodass sie mich nicht einmal sah und mich gar nicht erst darum bitten konnte, Robin in Sicherheit zu bringen. Es gab keine Sicherheit, ich hatte mir etwas vorgemacht.

Ich fragte mich mit quälender Sorge, warum Neél nicht wie verabredet in der Nähe war, und hoffte, dass er an meiner Stelle zu Flagg's Boulder gegangen war, um Alex zu helfen. Vielleicht würde ich ihn dort treffen, immerhin war das stets unser Treffpunkt gewesen.

Ich hätte ahnen müssen, dass es nicht so einfach werden würde, zu Alex' Villa zu gelangen. Ich war so gut wie unbewaffnet, trug nur mein Messer bei mir. Die Armbrust hatte ich nach dem Zusammentreffen mit Matthial und dem Clan in ihrem Versteck zurücklassen müssen, denn als Mensch durfte ich sie nicht tragen, und um sie in einem Krautsack zu tarnen, war keine Zeit gewesen.

Die ersten Personen, vor denen ich mich nicht rechtzeitig verstecken konnte, waren zwei sehr junge Varlets. Sie fragten nicht, wer ich war oder was ich vorhatte. Sie legten ihre Armbrüste auf mich an und schossen. Der eine Bolzen traf in Leere, dem Schuss des zweiten Varlets musste ich ausweichen, indem ich mich auf die Straße schmiss. Im gleichen Augenblick jagte eins der wenigen noch fahrtüchtigen Autos um die Ecke. Zuerst fluchte ich unterdrückt, weil ich mich erneut in den Dreck werfen musste, um nicht überfahren zu werden, aber als ich einen Bolzen ins Heck des Wagens einschlagen sah, verspürte ich Dankbarkeit. Ansonsten hätte der Schütze mich erwischt. Das Auto jagte an uns vorbei, als wäre nichts passiert.

Ich zog mein Messer, blieb halb in der Hocke stehen, damit rechnend, jederzeit weitere Bolzen um die Ohren zu bekommen. Mit der freien Hand tastete ich hektisch nach meiner Marke und zerrte sie hervor. Die Kette riss, die Plakette tanzte unter meiner zitternden, weit vorgestreckten Hand.

»Ich bin Städterin!«, rief ich den Percents zu. »Städterin! Habt ihr gehört! Ich darf hier sein! Ich habe nichts getan!«

Erst als die Varlets hilflose Blicke austauschten, wurde mir klar, warum sie mich angegriffen hatten.

Sie waren fast noch Kinder und von dem Rebellenangriff vollkommen überrumpelt.

Als ich mich etwas weiter in die bewohnten Gebiete vorwagte, begegneten mir die ersten Rebellen. Sie tauchten wie aus dem Nichts auf, traten eine Haustür ein und stürmten in das Wohnhaus. Ich verbarg mich hinter einem verrosteten Auto – an dem Haus vorbeizulaufen, wagte ich nicht, denn sie hatten eine Wache davor aufgestellt. Einen Moment war es ruhig, dann brach ein Tumult im Inneren des Hauses aus. Schüsse fielen, Männer grölten. Ein ohrenbetäubendes Klirren von brechendem Fensterglas schluckte sämtliche Geräusche und im nächsten Moment flog ein Körper aus dem zweiten Stock, schlug mitten auf der Straße auf und blieb zuckend, mit verrenkten Gliedern liegen. Ich erkannte nur am Haar, dass es ein Percent sein musste. War das gut oder schlecht? Ich begann zu zittern, eher aus Unsicherheit als aus Angst. Auf welcher Seite stand ich?

Die Rebellen kamen aus dem Haus, gefolgt von Männern und Frauen, denen ich an ihrer Kleidung ansah, dass sie Städter sein mussten. Ich erkannte meine Nachbarn, die beiden jungen Frauen, und betete, dass sie mich nicht entdeckten. Die meisten schienen freiwillig mitzukommen und ließen nun all ihre unterdrückte Wut an dem Percent auf der Straße aus, wobei es sie offenbar kein bisschen störte, dass er schon tot war. Sie zerrten dem Toten die Waffen und Kleider vom Leib und selbst die Stiefel von den Füßen. Sie schlugen und stachen nach ihm, zertraten seinen Kopf wie einen fauligen Kohl. Ich musste mich abwenden. Wo waren all die anderen Percents? Vermutlich sammelten sie sich irgendwo für einen Gegenschlag, nur darum waren einzelne ein so leichtes Ziel für die Angreifer. Ich konnte nur hoffen, dass Neél nicht allein war. Ihn mir in einem Regiment vorzustellen, Seite an Seite mit anderen Percents kämpfend, war allerdings kein tröstlicherer Gedanke.

Und dann offenbarte sich der Grund, warum ausnahmslos alle Bewohner das Haus verlassen hatten. Dichter Qualm drang aus den Fenstern und nur Augenblicke später leckten Flammen an den Fensterrahmen.

Feuer – schon wieder. Das hatte System. Sie würden die ganze Stadt abfackeln.

Ich wartete nicht länger in meinem Versteck, sondern eilte weiter zur Villa.

Sei da, beschwor ich Neél in Gedanken. *Bitte, bitte, sei da!*

Je weiter ich vordrang, umso mehr Kämpfen musste ich ausweichen. Es war ein heilloses Durcheinander, ich hatte das Gefühl, jeder würde gegen jeden kämpfen. Viele Städter hatten sich den Rebellen angeschlossen. Nur wenige Menschen stellten sich ihnen an der Seite der Percents entgegen, vermutlich bloß, weil sie hofften, sie könnten ihre Häuser retten. An jeder Straßenecke flogen Brandpfeile, Bolzen, normale Pfeile und Kugeln, viele, viele Kugeln. Die Rebellen statteten jeden Menschen, der eine Waffe wollte, mit einer Pistole aus – und das sprach sich herum. Wer keine richtige

Waffe hatte, zog mit Küchenmessern oder Spaten zu Felde. Es herrschte das blanke Chaos. Immer mehr Feuerwände taten sich wie aus dem Nichts auf. Die Luft glühte in meinem Gesicht.

Ich lief so schnell, dass ich beinahe in eine Gruppe Percent-Krieger gerannt wäre. Wieder hielt ich meine Marke wie einen Schutzschild hoch, aber sie unterschieden bereits nicht mehr zwischen Städtern und Rebellen. Mensch war Mensch.

Ich floh vor ihnen über eine Mauer in einen Hof. Ein Krieger verfolgte mich mit einer Eisenstange und er war schnell – schneller als ich. Beim Abwehren seiner Waffe schaffte ich es, mein Messer in seinem Unterarm zu versenken, aber das schien ihn nur noch mehr anzutreiben. Ich wich einem Schlag, der mein Genick gebrochen hätte, in letzter Sekunde aus, sodass er meinen Kopf nur streifte. Während der rasende Percent erneut ausholte, schaffte ich es, durch eine offen stehende Tür in ein Haus zu fliehen. Und verließ es augenblicklich wieder durch ein zerbrochenes Fenster.

Ich musste einen Moment Atem holen, so ungünstig das auch war. Aber mir tanzten Sterne vor den Augen … Sterne mit bunten Schweifen. Wenn ich meinem Körper nicht ein paar Herzschläge lang Ruhe gönnte, würde ich zusammenbrechen und ein dankbares Opfer abgeben.

Als ich kurz darauf weiterlief, war ich vorsichtiger, hielt an jeder Ecke an und beobachtete die Wegstrecke, die vor mir lag.

Und so sah ich ihn, noch ehe er mich entdeckte.

Neél!

Er stand mitten auf der Straße. Allein, was mich einen Moment lang vor Entsetzen lähmte. Und er war offenbar unbewaffnet. Bei allem Licht, warum rannte er nicht weg?

Von links und rechts näherten sich Menschen.

Beinahe hätte ich, aus einem Reflex heraus, seinen Namen gerufen. Um das zu verhindern, biss ich mir so hart auf die Zunge, dass ein Schwall Blut über meine Unterlippe rann. Bei der Sonne, ich durfte ihn doch jetzt nicht ablenken und verwundbar machen!

Er blieb ganz ruhig stehen. Ich entdeckte eine Pistole zu seinen Füßen, aber die war vermutlich leer geschossen, sonst hätte Neél sie längst aufgehoben. Die Männer zur Linken riefen ihm etwas zu. Ich hörte die Worte nicht, ich hörte nur den Hass. Sie kamen näher. Und in dem Moment, als die ihn umzingelnden Menschen glaubten, er würde aufgeben, schlug Neél zu. Er verteilte Tritte, boxte nach und feuerte mit einer bisher verborgenen Waffe hinter sich, um seinen Rücken freizuhalten. Unter lautem Kriegsgeschrei eilte ein halbes Dutzend Percent-Krieger um die Ecke und kam ihm zu Hilfe. Binnen Sekunden war der Kampf vorbei. Keiner von Neéls Angreifern war noch in der Lage zu atmen.

Ich kroch rasch unter eine Dornenhecke, als die Krieger weiterliefen. Neél würde mir nicht helfen können, wenn sie mich fanden. Erst als sie nicht mehr zu sehen waren, robbte ich unter dem Busch hervor, rieb mir die blutig gekratzten Hände an der Hose ab und eilte Neél nach. Wo lief er denn hin? Da ging es nicht zur Villa!

Neél bemerkte mich, nein, er bemerkte einen Verfolger, und entsicherte augenblicklich seine Waffe. Als er mich erkannte, fiel für einen Lidschlag alle Spannung von ihm ab. Er zog mich mitten auf der Straße in seine Arme, flüsterte mir ein »Verzeih mir, ich liebe dich« ins Ohr und führte mich in eine Gasse, wo wir ein wenig Schutz fanden.

»Wir müssen zur Villa!«, rief ich gegen den Krach der Feuersbrunst an, zu der die Brände in der Nähe sich vereinigt hatten. Das Atmen wurde von Minute zu Minute schwerer. Inzwischen war es so dunkel, als hätten wir Nacht. »Alex braucht Hilfe.«

Neél schüttelte den Kopf. »Joy, das schaffen wir nicht. Wir müssen hier weg!«

»Wir können sie doch nicht alleinlassen!«

Er rang sichtlich mit sich. Auch ihm war Alex nicht gleichgültig. »Die Kämpfe sind überall. Auf jeder größeren Straße schlagen sie sich. Die Hochhäuser im Westen stehen in Flammen und werden bald einstürzen. Das Hotel ist eingenommen. Ganze Regimente wurden aus der Stadt geschickt, um Dark Canopy zu halten, koste es, was es wolle. Diese Männer fehlen uns hier an jeder Ecke! Joy! Hör mich an! Die Percents werden dich töten, niemand unterscheidet mehr, sie töten wahllos jeden Menschen. Wir müssen raus aus der Stadt! Sofort!«

»Aber wohin denn?«, brach es voller Verzweiflung aus mir heraus. Der Rauch verwob sich immer dichter, ich konnte kaum noch zehn Schritte weit sehen. Hustenkrämpfe schüttelten mich. Es war so schrecklich heiß.

»Zum Fischerhafen!«, rief Neél. Auch er musste husten. Asche überzog sein Gesicht und sammelte sich zwischen seinen Narben. »Graves holt bereits das Boot, er ist sicher schon da und wartet. Aber wir können nicht zusammen gehen.«

Er hatte recht. Allein hatte ich, was die kämpfenden Menschen betraf, nichts zu befürchten und er nichts hinsichtlich der Percents. Gemeinsam würden wir nicht weit kommen.

Während Neél meine Haare mit den Fingern kämmte, als wäre es von Bedeutung, dass sie ordentlich aussahen, plante ich in skizzierten Gedanken einen Umweg zum Hafen. Ich würde Alex nicht zurücklassen.

»Der Sauerstoff wird weniger.« Neéls Husten wurde zu einem erstickten Keuchen. Seine Augen tränten. Er küsste mich und unter den Geschmack von Asche mischte sich das Salz seiner Tränen. Unvermittelt riss er sich von mir los und drückte mir seine Pistole in die Hände.

»Du hast vier Schuss.«

»Und du?«

Er lachte bloß, es wirkte auf eine so seltsame Weise befreit, dass mir angst und bange wurde. »Ich hole mir eine neue. Hier sind doch Tausende im Umlauf!«

Er rannte ein paar Schritte und wandte sich dann noch einmal zu mir um. »Zum Hafen!«, rief er, als könnte ich das vergessen. »Das Schiff gehört dir, Joy. Nutze es gut. Für mich!« Er machte das Zeichen für Respekt.

Erst als er davoneilte, begriff ich, was das bedeutete. Er hatte sich entschieden. Gegen mich. Und für etwas, das ich hinter mir gelassen hatte und das ich nicht mehr verspürte, seit mein Vater mich im Alter von sieben Jahren verlassen hatte: das Bedürfnis eines Kindes, beschützt und festgehalten zu werden. Neél lief zu Edison.

Er würde nicht zum Hafen kommen. Er würde dieses Schiff nicht besteigen. Er würde hierbleiben – hier, in dieser Stadt, die sich unaufhaltsam in ein flammendes Inferno verwandelte. Die starb.

• • •

Im Schock wird man seltsam. Man wundert sich hinterher über sich selbst.

Ich nahm die Pistole in beide Hände und trabte mit gleichmäßigen, kraftschonenden Schritten in Richtung Villa. Kein bewusster Gedanke regte sich in meinem Kopf, keine Sorge und keine Hoffnung. Vor allem aber kein Name. Ich hielt mich dicht an den Hauswänden, selbst wenn schon Flammen aus den Fenstern schlugen, und machte weite Bogen um alle Kämpfe, die sich ankündigten. Hin und wieder regnete es Asche und kleine Flocken aus Glut. Hin und wieder kamen mir flüchtende Menschen entgegen, die mich in ihrer Panik, Verzweiflung oder kriegerischen Euphorie kaum wahrnahmen. Hin und wieder musste ich an Leichen vorbei. Ein Percent war noch nicht tot. Nicht richtig.

Ich lief an ihm vorbei, blieb dann aber stehen. Mir war, als weigerten sich meine Beine weiterzulaufen, doch der Rest von mir wollte nicht umkehren, war sich der Gefahr bewusst, in der ich mich befand. Das Gesicht kam mir so eigenartig vertraut vor. Ich erinnerte mich daran, wie Mars uns eingebläut hatte, ein sterbendes Tier niemals leiden zu lassen, wenn feststand, dass es nicht mehr zu retten war: »Nur eine Bestie lässt unnötige Qualen zu.«

Dieser Percent musste unvorstellbar leiden, denn ein Großteil seiner Innereien lag neben ihm im Dreck.

Es war Widden.

Er musste unfassbare Schmerzen haben, und auch wenn es kaum jemanden gab, den ich mehr hasste, dem ich mein Mitleid weniger gönnte, konnte ich ihn so nicht zurücklassen. Verrecken lassen, dahinsiechen lassen.

Ich entsicherte die Pistole, richtete den Lauf auf ihn, wandte mich ab und presste die Augen zu. Meine Hand zitterte. Ich konnte nicht abdrücken, es ging nicht. Ich konnte niemanden töten, der hilflos vor mir lag.

Also hockte ich mich neben ihn. Der Gestank seiner Eingeweide mischte sich mit dem Feuerqualm und biss sich tief in meine Brust. Ich drückte Widden meine Pistole in die Hand und verkniff mir den Kommentar, dass er Gnade nicht verdient hatte. Ich hatte sie vermutlich auch nicht verdient und hoffte dennoch, jemand würde sie mir schenken, wenn es an der Zeit war.

Er schoss sich in den Kopf und die Waffe fiel auf den Boden. Sein Finger steckte noch in der Abzugsschlaufe. Und er atmete noch. Nein, er röchelte. Ich sah mich hektisch um, aus einer irrationalen Angst heraus, dass sein Keuchen Feinde anlockte, doch ich sah nur ein paar Ratten.

Widden gab erst auf, als ich seine Hand von der Pistole löste und sie erneut auf ihn richtete.

Ich sah ihn an und versuchte, etwas zu fühlen. Genugtuung oder Mitleid oder Bedauern um die wertvolle Kugel – irgendetwas.

Aber da war nichts.

Mit leerem Kopf rannte ich weiter. Ich kann mich nicht mehr erinnern, wie ich zur Villa kam und wer sich mir in den Weg stellte. Ich fand kaum noch die richtigen Straßen. Wilde Schlachten und Feuer verändern das Antlitz einer Stadt. Fixpunkte und Farben verschwinden einfach, und irgendwann glaubt man, sich hoffnungslos verirrt zu haben, obwohl man in einer Gasse steht, durch die man schon hundert Mal gegangen ist. Selbst die Ratten rannten ziellos umher.

Der Anblick der Villa , die vor mir auftauchte, holte mich schließlich aus meiner Trance. Sie brannte lichterloh.

Ich kam zu spät. Viel zu spät. Das Feuer hatte sich die Villa geholt. Das Dach stand in lodernden Flammen, die das Haus auf seine doppelte Höhe anwachsen ließen. Im Untergeschoss quoll lediglich Rauch aus den Fenstern, aber weiter oben, dort wo der Erker gewesen war, hinter dessen Scheiben sich Flagg's Boulder versteckte, brachen schon die Wände ein. Das Gebäude drohte zusammenzustürzen. Von irgendwoher glaubte ich, meinen Namen zu hören.

»Alex!« Ich riss die Haustür auf und fand mich in schwarzem Qualm wieder, der mich am Atmen hinderte. Ich sah die Hand vor Augen nicht, spürte nur, wie Tränen über meine Wangen rannen, wie meine Nase lief, wie meine Lunge schmerzte von dem Rauch, den ich ungewollt eingesogen hatte.

Blind trat ich in die Schwärze. Die Hitze war so stark, dass ich glaubte, meine Wimpern würden schmelzen. »Alex!« Zu schreien war ein schrecklicher Fehler. Der Rauch fand seine Wege in meinen Körper und ließ mich japsen und verursachte Übelkeit. Ich taumelte, drohte zu fallen.

Wo war Alex? Wo war der Ausgang? Ich tastete mich an Wänden

entlang, die kein Ende nehmen wollten. Mein Blut schien zu kochen. Verdammt, so weit war ich doch gar nicht hineingegangen, wo war nur die Tür? Lief ich immer tiefer in diese brennende schwarze Hölle hinein? Panik ergriff Besitz von mir. Ich musste den Ausgang finden! Ich wollte schreien, um Luft ringen, atmen.

Dicht neben mir brüllte jemand auf. »Das Dach gibt nach!« Hände packten mich und schleiften mich nach draußen. Dort fiel ich bäuchlings auf den Boden, blieb liegen und schnappte nach Luft wie ein Fisch auf dem Trockenen. Die Villa hinter mir stöhnte, sie schien zu japsen und zu keuchen. »Das Glasdach schmilzt«, rief jemand. »Wir müssen weg, ehe es runterkommt.«

»Alex«, presste ich noch einmal hervor. Etwas Nasses fuhr mir übers Gesicht.

»Vergiss es, Joy. Da kommt niemand mehr raus. Tut mir leid.«

Und erst jetzt, als er mich auf die Füße zog und ich seine Augen in dem rußverschmierten Gesicht sah, erkannte ich Matthial. Er hatte sich das Hemd bis über die Nase hochgezogen. An seiner Seite saß Rick.

»Wie bist du …? Woher kommst …? Warum …?« Ich schaffte es nicht, auch nur eine Frage zu Ende zu führen. Der beißende Rauch schien meine Lungenflügel auf die Größe von Haselnüssen zusammengezogen zu haben.

Matthial wies über die Straße, wo ich trotz meiner tränenden Augen Josh ausmachte, der uns mit einer Pistole bewaffnet Deckung gab. »Josh hat dich entdeckt und ist dir gefolgt. Du sahst aus, als könntest du Hilfe gebrauchen.«

Matthial zog mich zu seinem Bruder, der Hund sprang aufgebracht um uns herum und kläffte. Er wollte von hier fort. Wir waren ihm zu langsam.

»Wir müssen weg, Joshie, hier kann gleich niemand mehr atmen.«

Außer uns schienen das alle längst eingesehen zu haben. Die Straße lag vor uns, als hätten die Flammen, die inzwischen jedes Haus erreicht hatten, jegliches Leben vernichtet. Nicht einmal Ratten sah man noch.

Wir stolperten davon, jeder meiner Schritte war ein Kraftakt. Josh und Matthial mussten mich stützen und ziehen, ich warf mich immer wieder herum, in der naiven Hoffnung, Alex doch noch irgendwo zu entdecken. Vielleicht war sie nicht mehr in der Villa, sondern längst geflohen? Dann musste sie hier herumirren. Alles, was ich tun konnte, war, mich nach ihr umzusehen und ihren Namen zu rufen. Als wir die nächste größere Straße erreichten, wo wir auf Menschen stießen, mischten sich meine Rufe unter die Dutzend anderer, die jemanden verloren hatten. Wir stolperten umher, husteten, wichen schwankenden Verwundeten aus und brüllten Namen.

Seltsam, dass ich bloß die Suchenden wahrnahm. Gab es denn niemanden mehr in dieser verdammten Stadt, der zu seinen Freunden zurückfand?

35

mach keinen fehler, joy.

Die halbe Stadt brannte. Und Neél fror.

Ihm klapperten die Zähne, er konnte nicht ausmachen, ob es am Schock lag, an seiner zerstörten Haut oder an dem Streifschuss am Oberschenkel, den er während des letzten Gefechts davongetragen hatte. Zumindest besaß er nun eine Waffe. Er hielt sie fest, als hinge sein Leben daran, und näherte sich Lavaders Haus. Was war da los? Er lief näher, vergeudete keine Zeit mehr mit Vorsicht.

Percent-Krieger trieben Rebellen wie Tiere nach draußen. Kaum, dass sie auf die Straße taumelten, gingen die Pistolen los. Vier, fünf, sechs neue Leichen in nicht einmal drei Sekunden.

Neél sah Joy vor sich, sie war eine der sechs Toten … Stopp, das musste aufhören. Sofort! Er schlug sich gegen die Schläfe – er durfte sich nicht von der Panik überwältigen lassen. Wenn Joy alles richtig gemacht hatte, war sie längst beim Hafen und bald in Sicherheit. Sie *musste* einfach alles richtig gemacht haben.

Er rannte zur Haustür, hielt einen der Percents an, die die Rebellen aus dem Haus gejagt hatten. »Was ist hier passiert? Wo sind Lavader und seine Familie?« *Und Edison?*

Der Mann schüttelte den Kopf. Von seiner Braue tropfte ein wenig Blut. »Wir sind zu spät. Das ist passiert.«

»Zu spät?« Was sollte das heißen: zu spät?

»Lavader ist tot. Er hatte keine Chance. Sie haben sogar seine Frau … He, warte! Geh da nicht rein, es ist kein schöner … He!«

Neél gab nichts auf die Worte des Mannes. Er drängte sich durch den Flur, stolperte fast über ein paar Kinderschuhe und fand Lavader in der Küche. Aufgeschlitzt vom Kehlkopf bis in die Leisten. Der Fußboden war nicht mehr zu erkennen unter all dem Blut. Seine Frau Olivia lag im Wohnzimmer vor dem Sofa. Ein Loch in der Stirn. Beinahe sauber.

Wo war der Kleine? Wo war Edison?

Neél rannte ins Obergeschoss – hier sah es aus, als wäre nichts geschehen. »Edison?«, fragte er leise. »Zwerg? Ich bin es, Neél.«

Der Junge befand sich weder unter dem Bett noch in einem der Schränke. Im Schlafzimmer stand das Fenster offen – das Fenster zum Innenhof, den Lavader hatte ummauern lassen, damit Edison nicht ständig weglief. Neél sah hinaus. Nichts.

»Edison?« Er wollte rufen, aber er musste seine Stimme dämpfen. Er hörte Kämpfe, sie waren nah, und das Letzte, was er jetzt gebrauchen konnte, waren Menschen auf der Suche nach einem Percent-Kind.

Und dann entdeckte er auf der anderen Seite der Mauer, dort, wo er immer gesessen und mit Edison geredet hatte, einen kleinen nackten Fuß.

»Nein!«

Er sprang, ohne nachzudenken, überwand die Mauer und um ein Haar wäre ihm das Herz stehen geblieben.

Der Junge drückte den Rücken fest gegen den Stein. Seine Augen waren groß und kalt und leer. Neél wusste, ohne zu fragen, dass er alles mit angesehen hatte. Aber er lebte. Er lebte!

»Neél?«, wimmerte Edison. Mit einem Mal war nichts mehr übrig von dem kräftigen, vorlauten Knaben, der ein Mann werden wollte. Übrig war nur ein zutiefst verstörtes, sehr kleines Kind. »Ich will hier weg, Neél.«

Wohin konnte er ihn bringen? Neél presste die Lippen zusammen und drückte seine Fingerknöchel schmerzhaft fest gegen die Stirn, um sich besser konzentrieren zu können. Wohin?

Die Stadt brach in Stücke und verbrannte. Neél hatte es nicht wahrhaben wollen, doch auf dem Weg zu Lavaders Haus hatte er genug gesehen, um sich sicher zu sein, dass es keinen gefahrlosen Ort mehr gab, an den er den Jungen bringen konnte. Die Flammen waren gierig – wenn kein Regen kam, würden die Feuer sich ausnahmslos alles holen, was jetzt noch stand. Der Himmel war zu schwarz, um etwas zu erkennen, aber Neél glaubte nicht an Regen. Und der Wind stand denkbar schlecht. Er trieb das Feuer auf die Dark-Canopy-Maschine zu, wo Dutzende Percent-Krieger stationiert waren. Es war sicher nur eine Frage der Zeit, bis die Menschen, trunken von dem Erfolg, die Stadt zerstört zu haben, auch dort angreifen würden. Nein, seine letzte Chance war das Schiff. Er kannte Joy gut genug, um zaghaft darauf zu hoffen, dass sie seine Anweisung, sofort loszufahren, missachtet hatte und er sie noch einholen konnte.

Er nahm Edison in den Arm und hob ihn hoch. »Ich bringe dich hier weg, Zwerg, ganz weit weg.«

»Versprochen?«

»Versprochen.« Neél atmete durch. »Aber du wirst viel Mut brauchen, denn wir machen eine gefährliche Reise. Hast du Mut?«

Der Kleine war verheult und von Rotz verschmiert, er japste und zitterte vor Angst. Aber er nickte.

»Gut.« Neél drückte ihm die Pistole in die Hand, die er gegen ein gebrochenes Rebellen-Genick eingetauscht hatte. »Schieß auf alle, die uns aufhalten wollen.«

Edison schniefte. »Kann ich nicht. Ich ziele schlecht. Was, wenn ich den Falschen treffe?«

»Was, wenn die Falschen uns treffen? Schieß einfach, wenn ich es dir sage. Ach, und Edison? Versuch, nicht auf mich zu schießen.«

Edison nickte tapfer und klammerte sich an Neéls Hals.

Er presste den Jungen an sich und rannte los. Seine ganze Hoffnung basierte nun darauf, dass Joy *nicht* alles richtig gemacht hatte.

36

verrat entsteht, wenn man menschen alleinlässt.

Als die Percents kamen, glaubte ich, ohnmächtig geworden und in einem meiner alten Träume gefangen zu sein. Das, was sich jetzt und hier vor meinen Augen abspielte, glich einer Wahnvorstellung, den Fantasien eines zutiefst verängstigten Kindes, basierend auf den Horrorgeschichten, die von den Monstern mit den Schlangenaugen handelten.

Sie kamen aus schwärzestem Qualm auf uns zu und bildeten eine Linie, die so breit war wie die Straße. Fiel einer, rückte sofort der nächste nach. Sie trampelten über ihre eigenen Verwundeten, zuckten nicht einmal zusammen, wenn der Gefolgsmann neben ihnen getroffen wurde.

Sie waren der Grund für die Rebellion und die Erklärung, warum dieser Krieg so unausweichlich gewesen war – egal wie viele Neéls und Graves und Alex und Joys es gab und je geben würde.

Menschen, die eine Waffe trugen, wurden von diesem Percent-Albtraum sofort erschossen. An die Übrigen verschwendeten sie keine Munition. Mit Eisenstangen knüppelten sie auf alles ein, was sich ihnen in den Weg stellte.

Ich sah, wie Matthial die Schultern straffte und nach seinem Bogen griff. Wie Rick das Fell zu Stacheln sträubte und mit einem leisen Grollen die Zähne bleckte. Die beiden wollten kämpfen, egal wie aussichtslos die Lage war.

»Das hat keinen Sinn!«, brüllte Josh, sprang Matthial an und schubste ihn quer über die Straße.

Ich stimmte ihm sofort zu. Sich dieser Front entgegenzustellen, war Selbstmord. Ich stürzte den beiden hinterher und gemeinsam rannten wir davon, in die andere Richtung …

… um uns plötzlich Treibern gegenüberzusehen, die die Fliehenden aufhielten und ihren Kameraden in die Arme jagten.

Matthial und ich warfen uns einen Blick zu und von einem Lidschlag auf den anderen waren wir wieder Partner im Kampf. Wir standen Schulter an Schulter, wie wir es von Kindesbeinen an gelernt hatten, schützten den schwächeren Josh und legten fast zeitgleich unsere Waffen auf die uns entgegenkommenden Percents an. Matthials Pfeil zischte von der Sehne, meine Pistole knallte.

Wir waren zu weit gegangen, um noch Furcht zu empfinden. Mit aufeinandergebissenen Zähnen und verzerrten Gesichtern versuchten wir, uns den Weg freizukämpfen.

Ich hatte noch zwei Schuss. Im nächsten Moment noch einen. Dicht neben mir zerschlug eine feindliche Kugel einer tapfer kämpfenden Frau das Gesicht.

Ich warf die Waffe von mir, als sie leer war, und zog mein Messer. Matthial brauchte zum Spannen des Bogens einen Wimpernschlag zu lang. Ein Armbrustbolzen erwischte ihn, ich hörte seinen Atem zischend entweichen, aber er blieb aufrecht stehen.

Unverzüglich flog mein Messer, und obwohl es vom Körper des Percents abprallte, statt stecken zu bleiben, durchtrennte es seine Halsschlagader. Der Mistkerl schwankte, kippte um und blieb zuckend und zappelnd im Dreck liegen, wo Josh ihn mit einem Schuss erledigte. Ich wischte die Klinge an meiner Handfläche sauber und genoss das Gefühl von seinem warmen Blut auf meiner Haut.

Jemand brüllte Matthials Namen. Ein junger Mann kam auf uns zu. Sein Haar war angesengt und seine Kleidung zerfetzt, ich erkannte ihn erst auf den zweiten Blick und er mich offenbar gar nicht. Es war Jake. Der Junge, der mit mir im Chivvy gewesen war.

»Hier lang!«, rief eine Frau, die die Lücke entdeckt hatte, die wir geschaffen hatten. »Wir können hier lang!«

Drei, vier oder fünf Menschen rannten an uns vorbei. Ich erkannte Hunderte von hüpfenden Zöpfen – das Mädchen aus der Bar! Nun hatte ich ihr also doch noch helfen können.

»Joy?« Joshs Stimme klang ungewöhnlich hoch. »Hilf mir, Matthial hat's erwischt.«

Ich fuhr herum. Matthial musste sich auf seinen Bruder und Jake stützen. Er hielt sich die Seite. »Schlimm?«

Er schüttelte den Kopf, aber sein verkrampfter blasser Mund sagte etwas anderes. Grob zerrte ich seine Hand von seiner Taille, um die Wunde anzusehen. Der Bolzen steckte noch – das war gut.

Matthials Knie knickten ein, Jake hielt ihn mit Mühe fest.

»Es ist vorbei«, stammelte Josh. »Wir kriegen ihn hier nie raus. Verdammt, was sollen wir tun?«

Aus dem Augenwinkel nahm ich wahr, dass Treiber nachrückten. Die kleine Lücke, die wir mit unserer letzten Munition geschaffen hatten, schloss sich vor uns. Es war, als würde ein Vorhang zugleiten, hinter dem ich unsere letzte Hoffnung gesehen hatte. Nun war sie fort.

Wir waren zu langsam gewesen.

Rick bellte, es war ein lautes, forderndes Bellen.

Hektisch sah ich mich um. »Da rein!«, schrie ich und zeigte auf einen Kellerzugang. Das Haus schien auf den ersten Blick noch keine Flammen zu beherbergen. Es war unsere letzte Chance. Von vorne kamen die Treiber und von hinten, langsam, aber gnadenlos tödlich, die breite Frontlinie. Wir waren so gut wie unbewaffnet – leichte Beute. Aber im Gegensatz zu vielen anderen, die aufgaben und bettelten oder sich den Percents chancenlos entgegenwarfen, wollten wir die Niederlage einfach nicht hinnehmen.

Jake und ich stützten Matthial. Josh rannte vor, stürmte gegen die

Tür und brach sie auf. Es war nicht einfach, Matthial die Treppe hinunterzubugsieren. Bei dem Versuch, mich am Geländer festzuhalten, schnitt ich mich an einer rostigen Kante und fluchte laut, die Stimme schwer von wütenden Tränen.

Der Keller war düster und die Feuchtigkeit im Inneren verdampfte bereits in der Hitze der nahenden Feuer, sodass uns dünner Nebel einhüllte. Ich sog gierig die Luft ein, sie war beinahe kühl und eine Wohltat.

»Haben … sie uns gesehen?« Matthials Stimme schien vor Anstrengung zu knirschen.

Wir ließen ihn behutsam auf eine Kiste gleiten.

»Dann wären sie schon hier.« Meine die Dunkelheit abtastenden Finger stießen auf Holzscheite unterschiedlicher Größe. In einer anderen Kiste erfühlte ich Stoff. Spinnen liefen über meine Hände, als ich mich durch ihre Behausungen wühlte. »Hast du dein Feuerzeug noch, Matthial?« Er wühlte stöhnend in seiner Jackentasche, während ich Baumwollstreifen um ein Stück Holz knotete.

»Hier.«

Ich nahm das Feuerzeug entgegen. Seine Hände waren feucht und kalt und fühlten sich an wie tote Frösche. Es musste ihn böse erwischt haben. Ich entzündete meine improvisierte Fackel, ihr schwaches Licht schälte schemenhafte Umrisse aus der Dunkelheit. Weitere Holzkisten kamen zutage, leere Essigfässer und Kleidung; nichts, was wir gebrauchen konnten. Ich sah eine zweite Tür, die vermutlich in den Flur führte. Und ich sah jede Menge Blut auf Matthials Sachen. Jakes Hände glänzten purpurrot, er starrte sie an, als würde er gleich in Ohnmacht fallen. Gemeinsam mit Josh stapelte ich die Kisten vor der Tür. Das gab uns keine Sicherheit, falls man nach uns suchte, aber es verschaffte uns vielleicht ein paar Sekunden, wenn jemand kam, und dämpfte die Schreie, die immer noch von der Straße zu uns hineindrangen.

Josh murmelte nervöse Worte. Ich verstand nur »Können hier nicht bleiben«. Er zitterte, als hätte er einen Bolzen im Bauch und nicht sein Bruder. Er stand kurz vor einer Panikattacke, die ihn völlig außer Gefecht setzen würde, und auch Jake war nicht mehr weit von diesem Zustand entfernt. Doch Josh hatte recht. Auch wenn das Haus noch nicht brannte, war dies nur eine Frage der Zeit. Ich presste mir die Finger gegen die Augenlider und versuchte nachzudenken. Fehler konnten wir uns nun nicht mehr erlauben, wenn wir das überstehen wollten. Matthial war schwer verletzt. Aber ihn jetzt notdürftig zu versorgen, würde uns alle Chancen kosten, von denen ich nicht mehr sicher war, ob sie überhaupt noch existierten. Ich packte Josh am Handgelenk.

»Sieh du nach Matthial. Jake und ich gehen nach oben. Vielleicht finden wir einen Weg hinaus.«

Wie die Aussichten standen, wusste ich selbst. Solche Häuserreihen besaßen meist nur schmale Hinterhöfe, die irgendwann wieder zur Straße führten. Wo sie auf uns lauerten.

»Du haust ab!«, wimmerte Josh. »Du lässt uns hier sitzen, oder?«

Matthial krächzte etwas, das wie »Joy, rette dich« klang.

Ich hätte sie gerne beide geohrfeigt. »Ich komme zurück.«

»Schwörst du es?« Auf Joshs Wangen glänzten Tränen im diffusen Licht der Fackel.

Rick winselte und bewegte fragend die Schwanzspitze hin und her.

»Ich komme zurück«, wiederholte ich. »Ich schwöre es.« Für einen Moment dachte ich an die Schwüre, mit denen wir als Kinder unsere Worte besiegelt hatten. »Ich schwöre, schwöre, schwöre – sprech Wahres, Wahres, Wahres«, flüsterte ich.

Matthials Lippen zuckten, als wollte er lächeln. Josh nickte, er glaubte mir.

Jake und ich schlichen in den Flur, liefen die Treppen hinauf und spähten aus den blinden Fenstern. Der Hof lag zwischen Mauern und alten Garagen, in denen früher Autos abgestellt wurden, als es noch viele davon gab.

»Da könnten wir drüberklettern«, meinte Jake schwach.

Ich schüttelte wortlos den Kopf. Allein vielleicht. Aber nicht mit Matthial.

Hier hinten führte kein Weg hinaus, den wir bewältigen konnten. Meine Hoffnung sackte mir in Form eines schmerzend harten Steins in den Magen und blieb schwer dort liegen.

Wir liefen ein Stockwerk nach oben und ich trat voller Frust eine Wohnungstür auf, sodass sie gegen die Wand knallte.

Jake zuckte zusammen. »Wenn sie uns hören!«

Ich vergrub das Gesicht in den Händen. Es musste einen Ausweg geben, es musste einfach!

»Waffen!«, rief ich. »Wenn wir wenigstens Waffen finden würden!«

Wir durchkämmten die karg eingerichtete Wohnung, aber mehr als stumpfe Gabeln entdeckten wir nicht. Selbst die Scheren hatten die Menschen mitgenommen. Verdammt.

»Hast du sie wiedergefunden?«, fragte ich Jake, während wir hektisch Schubladen und Schränke durchwühlten und Polster aufrissen, in der verzweifelten Hoffnung, jemand könnte dort eine Pistole oder Ähnliches versteckt haben.

Jake hielt inne. »Was?«

»Das Mädchen aus der Stadt, das du zum Clan holen wolltest. Für die du im Chivvy gekämpft hast.« Ich hatte keine Ahnung, wie ich jetzt darauf kam. Vielleicht, weil ich hören wollte, dass Träume manchmal auch in Erfüllung gingen.

Doch Jake schüttelte resigniert den Kopf. »Sie hatte schon im Winter einen neuen Freund.«

»Oh. Tut mir leid.«

»Muss es nicht.« Verbitterung verlieh seinen sonst so weichen

Zügen etwas schrecklich Hartherziges. »Hat ihr ja alles ebenso wenig genützt wie uns.« Ganz leise fügte er hinzu: »Wir verrecken hier eh alle.«

Ich erwiderte nichts, sondern lugte vorsichtig aus einem Fenster, das zur Straße hinausführte.

Und plötzlich bekam ich keine Luft mehr.

»Jake.« Meine Stimme war nicht mehr als ein atemloses Keuchen.

Die Straße war inzwischen beinahe leer, soweit man sie angesichts des Qualms überblicken konnte. Die Percent-Truppen waren weitergezogen und hatten eine Spur der Verwüstung hinterlassen. Leichen und diverse Körperteile in Blutlachen pflasterten die Straße wie nasses Laub. Ich konnte nur zwei vereinzelte Percents ausmachen, eine Art Nachhut. Und die bewegten sich suchend auf unser Haus und den Keller zu, in dem sich Matthial und Josh versteckt hielten. Ich konnte es aus der Entfernung unmöglich erkennen, aber ich war mir beinahe sicher, dass ihre Haut vibrierte. Sie witterten meine Freunde wie Schweißhunde ihre Beute.

»Sie sind verloren«, flüsterte Jake. »Lass uns abhauen. Wir können ihnen eh nicht mehr helfen.«

Ich erriet sofort, was er vorhatte. Er wollte den Moment, in dem die Percents den Keller betraten, zur Flucht nutzen.

Ich spie ihm ein deutliches »Nein!« vor die Füße. Ich würde keinesfalls tatenlos zusehen!

Denk nach, Joy, denk nach. Mir kam etwas in den Sinn, das zumindest das Potenzial hatte, zu einer rettenden Idee zu werden.

Lautlos öffnete ich das Fenster und nahm einen Topf vom Herd.

»Was hast du vor? Joy!«

»Scht.«

Ich warf den Topf, so fest ich konnte, gegen die gegenüberliegende Hauswand und traf ein Fenster. Es klirrte und polterte. Ich drückte mich an die Wand, um von außen nicht gesehen zu werden. Mein Plan ging auf. Die Percents hatten sich von der Kellertreppe abgewandt und liefen nun dem Geräusch nach.

»Das nützt uns nichts«, zischte Jake. Aber er irrte sich. Es verschaffte uns Zeit.

Ich sprang die Treppenstufen hinab, Jake blieb dicht hinter mir – womöglich nur, um nicht allein zurückzubleiben. Wir verließen das Gebäude durch die Haustür. Die beiden Percents hielten sich noch im Haus gegenüber auf, aber ich wagte nicht zu hoffen, dass sie dort lange genug beschäftigt waren, damit wir von hier verschwinden konnten.

Ich lief zur Kellertür und sah an der Fassade hoch. Es wurde höchste Zeit, weit über unseren Köpfen griff das Feuer auf den Dachstuhl über. Es knisterte und knarzte und erste Ziegel hagelten gemeinsam mit glühenden Scheiten herab.

Wir mussten dringend von hier verschwinden, wenn wir nicht erschlagen werden wollten, doch just in dem Augenblick kam mir eine Idee, wie wir an eine Art Waffe gelangen konnten.

Ich umfasste das verrostete Treppengeländer und rüttelte daran. Na also, das Eisen war dort, wo seit Jahren der Regen entlangrann, brüchig geworden.

»Hilf mir!«, verlangte ich von Jake.

Das Metall brach wie trockenes Holz an den Stellen, wo der Rost scharfkantige Löcher hineingefressen hatte. Perfekt!

»Noch einmal in der Mitte!« Ich feuerte Jake mit einer geballten Faust an, während Glut auf uns herabschneite. Innerhalb von Sekunden hielten wir zwei rostige Stangen, von der Länge eines ausgestreckten Arms und mit Kanten, die spitzer waren als manch ein Messer, in den Händen. Dort, wo eben noch das Geländer im Boden verankert gewesen war, ragte nur noch ein Stumpen aus dem Beton, der mir bis zur Wade reichte.

»Wenn sie Pistolen haben«, keuchte Jake und umklammerte eine der Stangen, »nützt und das gar nichts.«

»Das ist die Nachhut, es sind bloß Müllaufsammler. Die haben keine Pistolen.« Ich hoffte es mehr, als dass ich mir sicher war, weil wir im anderen Fall ohnehin verloren waren, und polterte gegen die Kellertür. »Jetzt oder nie, Josh. Kommt raus!«

Es dauerte nervenzerfressend lange, bis er alle Kisten zur Seite geräumt und die Tür wieder freigelegt hatte. Im Dach über uns fauchte das Feuer. Ein paar Häuser weiter stürzte ein Gebäude stöhnend in sich zusammen und spuckte einen Funkenregen in unsere Richtung. Und im gleichen Moment, als Josh Matthial die Treppe hinaufhalf, sah ich aus dem Augenwinkel und durch dichten Rauch die beiden patrouillierenden Percents das Haus auf der anderen Straßenseite verlassen. Es war, als verhakten sich meine Blicke mit den ihren, obwohl ich nur Schemen sehen konnte. Sie verharrten einen Moment bewegungslos, dann rannten sie auf uns zu.

»Jake!«, brüllte ich.

Er sollte mit seiner Stange neben mich treten und kämpfen, aber er schien vor meinem Schrei eher zurückzuzucken. Nur widerwillig hob er seine Waffe. Die Angst strahlte von ihm ab wie fiebrige Hitze, aber die Percents waren schon zu nah, als dass ich mich hätte um ihn kümmern können. Sie kamen dicht an dicht, zwei Schlagstöcke hoch erhoben und mit lautem Kriegsgeschrei auf den Lippen. Beinahe synchron droschen ihre Waffen auf uns nieder und im gleichen Moment verschwand die Welt um mich herum. Es gab nur noch mich und meinen Angreifer. Ein bulliger, starker Mann gegen eine flinke Frau. Eine glänzende Eisenstange, die gegen eine rostige prallte. Rasche, harte Schläge, die ich so hart parierte, dass jeder Aufprall in meinen Armen widerzuhallen schien. Der Percent kontrollierte den Kampf. Ein vor Konzentration angespanntes Grinsen verzerrte sein Gesicht. Ich konnte bloß ausweichen und seine Angriffe abfangen.

Keine Sekunde ließ er mir Zeit, um selbst vorzustoßen. Meine kümmerliche Waffe knirschte, Ecken und Kanten brachen heraus, der Rost wurde fortgesprengt. Meine Kraft ging zur Neige, meine Arme zitterten und ich konnte sie kaum noch heben. Bald würde ich zusammenbrechen, meine Stange würde zerbröseln wie altes Brot.

Es schepperte, als Jakes Waffe zu Boden fiel. Und dann hörte ich nur noch das Klatschen seiner Sohlen auf dem Asphalt. Ich stöhnte. Er war schnell, ja. Er war der schnellste dicke Junge, den ich kannte. Aber er lief in die falsche Richtung, in die Stadtmitte, dorthin, wo alles brannte, und der zweite Percent folgte ihm dichtauf. Allein war Jake verloren. Ich schrie ihm ein letztes Mal seinen Namen hinterher, für weitere Warnungen war meine Kehle zu wund. Er hörte mich ohnehin nicht.

Es war der Bruchteil eines Augenblicks, den ich abgelenkt war, da schlug mein Gegner zu. Ich erkannte in seinem Gesicht, dass er seine große Chance sah – mein Verstand arbeitete so hektisch, dass ich alles viel langsamer wahrnahm, als es geschah. Doch im Gegensatz zu meinem Verstand konnte mein Körper nicht schnell genug reagieren, um auszuweichen. Die Waffe des Percents traf mich am Unterarm. Ich sah es kommen, spannte die Muskeln an, versuchte, den Schlag abzufedern. Vergeblich. Meine Stange wurde mir aus der Hand geschlagen, so leicht, wie man einen reifen Apfel von einem Ast schüttelt. Unbewaffnet stand ich dem Percent gegenüber. Er grinste nicht mehr hämisch. Er sah erleichtert aus, dankbar, dass es nun vorbei war, als er seinen Schlagstock anhob, um mir den Schädel zu zertrümmern.

Ende, sagte eine resignierte Stimme in meinem Kopf.

Doch eine zweite schien dagegen anzuschreien. Ich verstand sie nur mit Mühe. *Nein! Genau das hast du gelernt!* Sie klang verdächtig nach Neél.

Ich trat mit aller Kraft gegen das Knie des Percents. Er schwankte nur leicht, aber das genügte mir. Ich warf mich auf den Boden, sodass seine Waffe über mich hinwegdrosch, und zog dem Percent die Füße unter dem Körper weg. Er stürzte auf mich und wir rangen miteinander. Meine Hände an seiner Kehle, seine in meinem Haar. Einen Vorteil hatte ich nicht erkämpft; er war so viel stärker als ich und presste mir den Hals zu.

Ruhig bleiben, beschwor ich mich, hielt die Luft an und tastete mit taub werdenden Händen um mich, so wie ich es gelernt hatte. *Nutze alles, was dir hilft – eine Handvoll Dreck kann den Gegner blenden und dein Leben retten.*

Ich griff in ein Stück brennendes Holz. Der Schmerz schien mir die Sinne zu nehmen, aber er war nicht so groß wie die in mir explodierende Euphorie. Ich zielte auf seine Augen und presste dem Percent das glühende Scheit ins Gesicht. Er schrie schrill auf und warf sich herum. Ich trat nach. Und dann hörte ich ein Ratschen. Stoff, feuchtes Fleisch, Knochen. Mein Gegner röchelte.

Es dauerte ein paar Sekunden, ehe ich mich so weit gefangen hatte, dass ich begriff, was passiert war: Der Percent lag aufgespießt auf dem abgebrochenen Treppengeländer, sein Kopf hing nach unten und zuckte hin und her, auch sein Kehlkopf bewegte sich noch leicht.

Ehe ich mich vergewissern konnte, ob mein Angreifer tatsächlich tot war, forderte Josh meine ganze Aufmerksamkeit. Er konnte Mathial allein kaum noch aufrecht halten.

»Jake?«, keuchte ich, als bestünde reale Hoffnung, dass er zurückgekehrt war.

»Hat sich verpisst«, presste Josh unter Tränen hervor. »Mieser Feigling!«

Josh wäre auch gern geflohen, ich sah es deutlich in seinen hellen Augen. Und er in meinen. Wir wussten, dass eine Flucht ohne Mathial unsere einzige reale Chance war.

Aber wir blieben.

»Wo sollen wir hin!« Es war keine Frage, die Josh in den Himmel brüllte. Es war eine unbändige Wut. Eine Anklage. Und Verzweiflung.

»Zum Hafen.« Ich flüsterte fast. »Es ist nicht weit.«

»Vergiss es!«, schrie Josh. »Dafür sind wir viel zu spät. Die sind mit den Schiffen doch längst rausgefahren.«

»Nicht mit meinem Schiff«, gab ich tonlos zurück. Und weil es nötig war, presste ich ein widerwilliges »Vertrau mir« über die Lippen, auch wenn ich wusste, dass nichts – rein gar nichts – dieses Vertrauen rechtfertigte. Ich wusste nicht einmal, ob Graves mit dem Schiff gekommen war, geschweige denn, ob er die beiden nicht sofort erschießen würde. Doch hinter uns fiel alles der Flammenwand zum Opfer und jederzeit konnten weitere Percents auftauchen – was hatten wir für eine Wahl? »Komm schon, Josh, auf dem Schiff können wir Matthials Wunde behandeln. Wir kriegen ihn wieder hin, wenn wir ihn nur aus der Schusslinie bekommen.«

»Zum Hafen«, kam es schwach von Matthial.

Josh nickte resigniert.

Ich hievte Matthials Arm um meine Schulter.

»Rick?«, murmelte er kraftlos.

Ich sah nach dem Hund, der mit gesträubtem Fell dicht hinter uns lief und sich immer wieder nach möglichen Verfolgern umsah. »Der hält uns den Rücken frei, mach dir keine Sorgen.«

»Tapferer Kerl.«

»Das ist er.«

Ich versuchte, mich mit aller Kraft darauf zu konzentrieren, dass wir schnellstmöglich vorwärtskamen, und vertrieb Neél aus meinen Gedanken und das Elend, das ich empfand, weil ich Matthial – ausgerechnet Matthial – auf sein Schiff brachte.

Du hättest mich nicht alleinlassen dürfen, Neél. Dann wäre das nicht passiert. Diesmal muss ich allein entscheiden. Doch was immer ich mir einredete, mir war klar, was ich hier tat.

Ich verriet Neél aufs Übelste.

• • •

Es erschien mir wie ein Wunder.

Die Kämpfe hatten sich so weit in das Zentrum verlagert, dass wir den verbliebenen Gefechten am Stadtrand ausweichen konnten. Viele Straßen waren nicht mehr passierbar, doch wir fanden Wege, die uns zum Hafen führten. Die östliche Stadtgrenze war niedergerissen, der Zaun lag wie ein totes Tier am Boden und wir konnten darüber hinwegsteigen. Auf den wenigen Hundert Metern, die uns noch vom Meer trennten, begegneten wir niemandem. Joshs Vermutung bestätigte sich: Die Schiffe und Boote der Fischer waren längst fort. Wir schafften es, Matthial bis zum Hafen zu schleppen.

Und da war mein Schiff.

Es *musste* mein Schiff sein, denn es war das einzige verbliebene.

Ich rannte auf einen der Holzstege und atmete gierig die Luft ein, die so klar und sauber war. Wild schwenkte ich beide Arme und ignorierte Joshs Warnung, es könnte eine Falle sein.

Es durfte einfach keine Falle sein!

»Graves?«, brüllte ich. »Graves!«

Die Wellen schlugen gegen den Steg, ein wenig Wasser spritzte auf meine Kleidung. Das Meer rauschte. Es war alles so friedlich. Wenn ich nur aufs Wasser sah, ohne mich umzublicken, fand mein Herz Ruhe in meiner Brust.

Jemand auf dem Schiff – es war mehr ein Boot, aber was machte das schon – winkte zurück und kurz darauf sah ich, wie sich die Ruder bewegten. Das Boot kam näher. Es war etwa zwölf Schritte lang und hatte einen soliden Mast. Dahinter befand sich eine Art

Verschlag aus Brettern. Das Segel war aufgerollt, Graves steuerte es mit den Rudern zu beiden Seiten.

Ich drehte mich um, um Josh zu mir zu winken. Und schon stand ich der brennenden Stadt wieder gegenüber. Irgendwo dort war Neél. Ich starrte auf die Flammen, die aus der Ferne viel kleiner und harmloser wirkten.

Josh schleifte Matthial zum Steg. Und etwas weiter hinter ihnen rannte jemand in unsere Richtung.

Mein erster Gedanke war: Neél. Ich wünschte es mir so sehr, dass ich ungewollt seinen Namen keuchte. Doch dann bemerkte ich, dass es nicht nur ein Läufer war. Es waren viele. Ich zählte ein knappes Dutzend Silhouetten, schwer auszumachen, ob sich hinter ihnen weitere versteckten.

»Joy!«, rief Graves in meinem Rücken. »Beeilung, an Bord! Die haben das Schiff gesehen und wollen es haben.« Unser Boot krachte so hart gegen den Steg, dass ich Angst hatte, es ginge zu Bruch.

»Schnell, Joy!« Graves streckte die Hand nach mir aus. Dann stutzte er, als er Matthial und Josh sah. »Wer sind die?«

»Freunde«, stellte ich entschieden klar.

Graves zuckte mit den Schultern; er konnte ja nicht wissen, wer die beiden Männer waren, und ich fürchtete mich jetzt schon vor dem Moment, an dem ich es ihm beichten musste. Aber ich konnte sie unmöglich zurücklassen.

Josh und ich schleppten Matthial, den seine Beine nicht mehr trugen, über den Steg, während Graves das Boot festhielt. Nur Rick machte Scherereien. Er wollte die Holzplanken nicht betreten. Jedes Mal wenn Wellen sich am Ufer brachen, sprang er ein paar Schritte zurück und bellte verunsichert. Ich überließ es Josh, seinen Bruder ins Boot zu tragen, und versuchte, Rick einzufangen, aber es wollte mir nicht gelingen. Der sonst so brave Hund war vollkommen verängstigt. Ich bemerkte Löcher in seinem Fell, die Haut war wund und voller Blasen. Glühende Trümmerteile mussten ihn getroffen haben und ich hatte noch nicht einmal bemerkt, wann das passiert war. Während unserer Flucht hatte Rick keinen Ton von sich gegeben.

»Joy!«, brüllte Graves.

Ich warf einen Blick über die Schulter. Es waren Menschen, die da angerannt kamen, um sich auf unser Boot zu retten. Zu viele Menschen, um sie mitzunehmen. Sie waren in Aufruhr und damit so gefährlich für uns wie ein wütender Sturm. Sie würden uns vom Boot fegen.

Mein Herzschlag jagte, was es nicht einfacher machte, den verängstigten Hund anzulocken. Doch schließlich kam er mir nah genug und ich packte ihn am Fell.

»Komm schon«, flüsterte ich und führte ihn zum Steg. »Das ist nur das Meer. Du hast es noch nie gesehen, aber – Oh nein!«

Eine besonders hohe Welle rempelte das Boot gegen den Steg und Rick versuchte, sich loszureißen. Ich krallte meine Finger in seinen Nacken, aber in ihm wohnte eine Kraft, die ich einem so alten Hund nicht zugetraut hätte.

»Joy, verdammt!«, brüllte Graves.

Josh rief: »Trag ihn!«

Ich schloss die Arme um Ricks Rumpf.

Die heranstürmenden Menschen brüllten etwas, es klang weniger aggressiv als vielmehr verzweifelt.

Ich hob Rick hoch, da passierte es. Panisch warf er seinen Kopf herum und grub seine Zähne in meinen Oberarm. Ich wollte ihn festhalten, aber der Schmerz war für einen Augenblick so stark, dass meine Arme nachgaben. Rick nutzte ebenjenen Augenblick. Halb sprang er, halb fiel er von meinem Arm und krachte auf den Steg. Ich packte nach ihm, doch alles, was ich zu fassen bekam, war ein Büschel Haare.

»Rick, komm zurück!«, schrie Josh.

Graves dagegen packte nach mir und zerrte mich ins Boot. Für den Moment war ich vollkommen perplex und damit beschäftigt, mein Gleichgewicht wiederzufinden. Das Boot bewegte sich in den Wellen, aber auch unter meinem Gewicht, sobald ich einen Schritt tat. Ich hatte geahnt, dass Boote wackelten, aber wie sehr dieses hier schwankte, entsetzte mich. Es hatte den Anschein, als würde es gleich umkippen.

Graves stieß uns vom Steg ab.

»Warte doch!«, wimmerte ich. Es schien so endgültig, loszufahren. Wir ließen nicht nur Matthials Hund zurück. Auch Neél war noch irgendwo in diesem Albtraum. Wie konnten wir ohne ihn aufbrechen? Graves ignorierte mich – ich wollte zu ihm, unsere Fahrt stoppen, und versuchte krampfhaft, auf meinem Weg über die Holzplanken nicht hinzufallen. Ich stand breitbeinig wie ein neugeborenes Fohlen ohne seine Mutter und schimpfte auf die Welt, die so gemeine Dinge von mir verlangte.

Rick bellte. Matthial keuchte etwas. Josh heulte wie ein Kind.

Graves packte die Ruder und schlug sie ins Wasser, um Abstand zu schaffen.

Die Menschengruppe erreichte den Steg, und hatte ich eben noch ein schlechtes Gewissen verspürt, weil wir sie nicht alle mitnehmen konnten, kehrten ihre Gesichter meine Gefühle ins Gegenteil. Sie beschimpften uns, brüllten uns Flüche hinterher, und einer spannte sogar seinen Kurzbogen und legte auf Graves an. Der ging in Deckung und der Pfeil blieb im Mast stecken.

Ein weiterer Mann riss sich das Hemd vom Körper, sprang ins Wasser und schwamm uns hinterher. Rick lief am Ufer auf und ab. Ich bettelte in Gedanken, er möge Abstand zu den Männern halten. Irgendwie mussten wir ihn an Bord holen.

Graves lotste Josh an das zweite Ruder. Josh hob das Holz warnend aus dem Wasser und der Mann blieb schwimmend auf Abstand.

»Feuer!«, brüllte ein anderer und mir wurde übel, als ich begriff, dass das keine Warnung war, sondern ein Befehl. Sie wollten uns mit brennenden Pfeilen abschießen. Es war ihnen vollkommen gleichgültig, dass das Boot damit für sie ebenso unbrauchbar wurde wie für uns.

Es galt das Gesetz des Kriegs: Zerstöre alles, was dir nichts nützt.

»Weg hier!«, rief Graves an Josh gewandt. »Los, ruder um dein Leben, wenn die uns treffen, sind wir –«

Ich unterbrach ihn mit einem schrillen »Nein!«, als ich in der Ferne etwas sah, das mich kurz schwindeln ließ und die Planken des Bootes noch mehr zum Wackeln brachte, als sie es ohnehin schon taten.

Das war doch nicht möglich, oder?

Ich kniff die Augen zusammen. Eigentlich sah ich nur einen Schatten. Allerdings hätte ich diesen Schatten unter Tausenden wiedererkannt.

»Neél!« Schwankend kämpfte ich mich zu Graves und packte das Ruder. Ein Pfeil flog, schlug aber nicht ein, sondern prallte irgendwo ab und schlitterte über das Deck. Er brannte nicht richtig, glomm nur. Josh bekam ihn zu fassen und trat die Flamme aus.

»Graves«, japste ich, »wir müssen zurück.«

»Um keinen Preis der Welt.«

»Aber –«

»Verflucht, nein!«

»Da kommt Neél!«

Graves' Blick folgte meiner ausgestreckten Hand, doch er schien nicht zu sehen, was ich sah. Ich zog ohne seine Hilfe das Ruder in die richtige Position, um das Schiff zu wenden. Er wehrte mich nur halbherzig ab, unschlüssig, was zu tun war. »Die zerstören das Boot.«

»Aber es ist Neél. Sieh nur!«

Ich hatte zu laut gesprochen, Josh musste etwas mitbekommen haben, denn er drosch mit einem Mal das Ruder so heftig ins Wasser, dass das Schiff schwankte wie ein getroffenes Tier. Natürlich hatte er Angst, aber darauf würde ich keine Rücksicht nehmen. Ich konnte ihn und Matthial ebenso wenig aus dem Boot werfen, wie ich Neél am Ufer zurücklassen konnte.

Rick heulte. Das Geräusch zog mir den Magen zusammen und brachte Matthial dazu, unbeholfen zu zappeln.

»Wir fahren dort ans Ufer«, entschied ich. Graves nickte knapp. Ich nahm Josh das Ruder und damit jede Entscheidung ab. »Dein Bruder braucht dich, geh zu ihm!«

»Aber –«

»Kein Aber! Vertrau mir.« Wieder diese leeren Worte, die mir die Schamesröte ins Gesicht trieben. Doch das sah er unter all dem Schmutz ohnehin nicht.

Neél war nun so nah, dass auch Graves ihn erkannte. Er lief eigenartig, als wäre er schwer beladen. Ich vermutete zuerst, er sei verletzt, doch dann machte ich einen Körper in seinen Armen aus. Edison? Graves pfiff zweimal durch die Zähne und wie auf ein geheimes Signal hin scherte Neél nach rechts aus. Genau dort steuerten wir hin. Leider hatte auch die am Ufer ausharrende Meute erraten, was wir vorhatten.

Neél näherte sich dem Ufer und die Menschen näherten sich Neél.

Als sie erkannten, dass er ein Percent war, brach ein Tumult aus. Zwei Feuerpfeile flogen in Neéls Richtung, er wich ihnen aus. Die Leute brüllten sich an, keine Pfeile zu verschwenden. Im nächsten Moment krachte ein Schuss. Ein Zucken ging durch Edison und Neél, aber zu Boden ging einer der Männer. Von dem Moment an schienen sie sich einig: Sie gaben es auf, unser Boot anzuvisieren, sondern stürmten geschlossen auf Neél und Edison zu.

»Schneller!«, rief ich.

Graves und ich ruderten verzweifelt und kamen dem Ufer doch nur langsam näher. Neél rannte, als würde er geradewegs ins Meer laufen wollen. Eine Welle gab uns Antrieb. Noch zehn Meter, noch acht, noch sechs …

Neél sprang.

Es krachte und das Boot schwankte, als würde es kippen und sich um seine eigene Achse drehen. Neél stieß gegen die Seitenwand und Edison hatte so viel Schwung, dass er fast aus dem Boot gefallen wäre, hätten Neél und Graves nicht gleichzeitig nach ihm gepackt.

Der Kleine rappelte sich auf, während Graves und ich alle Kraft in die Ruder legten, um den Abstand zum Ufer schnell wieder zu vergrößern.

Feuerpfeile flogen uns nach, einer erwischte unser zu einer Wurst aufgerolltes Segel. Neél schlug die Flammen mit den Händen aus.

Matthial, der unter einer Decke lag, hob mühsam den Oberkörper und rief nach seinem Hund, als hätte er nicht mitbekommen, dass Rick sich nicht an Bord befand. Stattdessen rannte er am Ufer auf und ab und bellte verzweifelt nach seinem Herrn. Zu allem Überfluss beobachtete Edison die Szene und zog, wie es nur Kinder können, augenblicklich die richtigen Schlüsse.

»Da ist ein Hund!«, rief er. »Der will mit. Der braucht Hilfe – wir müssen den Hund mitnehmen.«

Josh verbarg das Gesicht in den Händen. Ob er von Neél nicht erkannt werden wollte oder ob er versuchte, seine Tränen zu verstecken, war mir nicht klar. Ich ließ meine einfach laufen.

»Wir können ihn nicht dalassen. Neél! Schau doch. Der Hund! Tu doch was, bitte! Die Stadt brennt, die Menschen machen alles kaputt, wir können den Hund doch nicht sterben lassen. Sie töten ihn!«

Matthial versuchte hilflos, sich auf die Ellbogen zu stützen, schaffte es nicht und fiel auf den Hinterkopf. Er gab nicht auf, sondern versuchte es gleich noch einmal. »Rick? Rick! Komm her, Junge, komm.«

Ehe ich es verhindern konnte, krabbelte Edison auf den Knien zu Matthial. »Ist das dein Hund? Er traut sich nicht ins Wasser zu springen. Sag ihnen, sie sollen umdrehen. Sag ihnen, dass wir ihn holen müssen!« Der Junge rüttelte ihn, ich war mit zwei Schritten bei ihm, schaffte es aber nicht, ihn wegzuziehen. Matthial schrie vor Schmerz auf und Edison weinte: »Ihr könnt ihn nicht einfach im Stich lassen! Das darf man doch nicht!«

Als spürte Rick, dass um ihn getrauert wurde, hörte er auf, am Ufer entlangzulaufen. Er blieb stehen und blickte uns nach. Und quälend langsam verschmolz er mit Wasser und Land und war nicht mehr zu sehen.

Ob versehentlich oder bewusst, war mir nicht klar, aber Matthial fasste Edison im Genick und dieser ließ sich einfach an seine Brust sinken, um seine Tränen in Matthials Hemd zu verstecken.

Im gleichen Moment sah Neél zum ersten Mal genauer hin, wer da blutend auf seinem Boot lag. Und erstarrte.

Eine sich schier endlos dehnende Zeit hörte und sah ich nichts, als hätte mein Gehirn einen Aussetzer. Das Meer war still und lautlos, die flammende Stadt gefror. Niemand sagte ein Wort oder rührte sich.

Nur durch Neéls Körper ging ein Zittern. Er sah mich nicht an, er gönnte mir keinen Blick. Er starrte auf Matthial und doch spürte ich, wie er innerlich nach mir griff; meinen Hals zudrückte, mir den Atem nahm und gleichzeitig mein Herz. Ich hätte ihm beides gegeben. Doch so schnell dieses Gefühl mich überrollt hatte, so schnell ebbte es auch wieder ab.

Neél kam direkt auf mich zu, ganz nah. Er schien eisige Kälte auszustrahlen und ich erwartete – nein, ich hoffte –, er würde mich beschimpfen oder schlagen. Irgendetwas, was Reibung und Wärme erzeugte, etwas, worauf ich reagieren konnte.

Doch er flüsterte bloß vier leise Worte, die wie kaltes Gift in meinen Kopf drangen. »Wie konntest du nur?«

Ich wich zurück. Es gab keine Antwort, die das wieder richten konnte, was soeben kaputtgegangen war.

»Es hilft alles nichts«, mischte sich Graves ein, der inzwischen wohl ahnte, wer die Menschen auf dem Schiff waren. »Wir sind hier und wir leben noch. Wir haben zehn Liter Trinkwasser. Das ist verdammt wenig für sechs Leute. Die Essensvorräte sehen nicht viel rosiger aus. Wir können irgendwo weitab der Stadt an Land gehen, uns trennen und weitersehen.«

Trennen und weitersehen bedeutete vermutlich, die Menschen loszuwerden.

Graves sah zu Neél, er erwartete eine Reaktion von ihm.

Neél warf einen kurzen Blick zu Matthial, der den Arm um Edison gelegt hatte, als hätte er noch nicht bemerkt, dass der Junge ein Percent war. Lange sah er allerdings Josh an, der seinem Blick anfangs nicht standhalten konnte, mit sich rang und es dann doch schaffte. Ohne einen Laut schienen sie miteinander zu sprechen. Schließlich erhob sich Josh und ging zu Matthial.

Neél schwieg noch eine Weile. Dann sagte er: »Kein Zurück mehr. Wir fahren übers Meer.«

Graves zog einen kleinen, runden Gegenstand aus der Tasche, warf ihn in die Luft und fing ihn wieder auf. Er lächelte. »In Ordnung. Hat jemand eine Ahnung, wie man ein Segel setzt?«

37

dark destiny.
wir sind auf der dark destiny.

Ich fragte mich, wann der Himmel sich aufhellen würde. Wir entfernten uns von Dark Canopy und den Aschewolken über der Stadt und doch blieb es dunkel. Es musste wohl schon später Abend sein. Mein Zeitgefühl hatte mich völlig im Stich gelassen.

»Du hast umsonst versucht, ihn zu retten.« Joshs Stimme klang hohl, als wäre er in seinem Inneren völlig leer, als wären all seine Tränen schon geweint. Er hatte Matthials Hemd geöffnet und seine Hose aufgeschnitten, um die Wunde freizulegen, und den Bolzen aus seinem Unterbauch entfernt.

Ich trat mit der Öllampe näher und sah im Licht sofort, was er meinte. Die Blutung war schlimm, aber schlimmer war ein unscheinbarer Riss unterhalb der Haut. Das Geschoss hatte den Darm aufgeschlitzt. Josh hatte die Wunde notdürftig gesäubert, aber wir wussten beide genug über solche Verletzungen, um leeres Geschwätz wie »Das wird schon wieder« nicht in den Mund zu nehmen. Darmverletzungen führten mit tödlicher Sicherheit zu einer Blutvergiftung.

Ich legte eine Hand auf Matthials Stirn. Sie war eiskalt und verschwitzt. Das waren der Schock und der Blutverlust. Bald würde er Fieber bekommen.

»Ob er das Land hinter dem Meer noch sehen wird?«

Ich bedeutete Josh, leiser zu sprechen. Matthial war während der Versorgung der Wunde bewusstlos geworden, aber ich wusste nicht, wann er wieder zu sich kommen würde. Ich wollte ihm und Edison, der ständig in seiner Nähe war, keine Angst machen. Doch wenn ich Matthial so ansah, erschien er mir nicht länger ängstlich. Er wirkte erschöpft. Unsagbar müde.

»Weißt du, was das Schlimmste ist? Dass wir nichts für ihn tun können. Gar nichts, wir können es nicht mal versuchen«, äußerte Josh völlig niedergeschlagen.

Ich seufzte leise und nahm dann mein Messer, um ein Stück von Matthials Hemd abzutrennen und Verbandsstreifen zuzuschneiden. Auf Sauberkeit mussten wir wohl nicht mehr achten, außer Meerwasser hatten wir ohnehin nichts zum Auswaschen. Der Trinkwasservorrat war äußerst knapp bemessen.

Ganz vorsichtig deckte ich die Wunde ab. Meine Hände zitterten und meine Zähne klapperten. »Das stimmt so nicht. Wir können bei ihm sein und es ihm leichter machen.«

Josh blieb neben mir sitzen, während ich Matthials Wunde verband. Er beobachtete Graves, der Edison zu sich gerufen hatte und ihm erklärte, wie man das Segel mit dem Wind bewegte, um das Boot zu steuern. Er zeigte ihm auch den runden Gegenstand, auf den er so stolz war; das Gerät aus der Zeit vor dem Krieg. Man nannte es Kompass und mit seiner Hilfe würden wir den richtigen Weg über das Meer finden. Behauptete Graves. Es fiel mir schwer zu glauben, dass so ein kleines, uraltes Ding den richtigen Weg kannte.

Niemand von uns hatte jemals zuvor ein Schiff betreten, geschweige denn gesteuert, und so kam es schon in der ersten Nacht zu Problemen. Die Strömung trieb uns in die falsche Richtung, das Segel wollte nicht so wie wir, mal waren wir zu langsam oder der Wind drohte das Boot umzukippen, und letztlich wusste schon jetzt keiner mehr, wo wir uns befanden. Vielleicht wusste es der Kompass, aber ich hatte das Gefühl, wir verstanden nur einen Bruchteil von dem, was seine zitternde Nadel uns anzeigte.

»Wir sollten etwas schlafen«, sagte ich zu Josh. Ich bezweifelte, dass ich bei dem Geschaukel ein Auge zubekommen würde. Doch uns stand der erste Tag ohne Dark Canopy bevor. Die Percents würden sich unter Deck zurückziehen müssen, in die kleine Kammer, in der nicht einmal Edison aufrecht stehen konnte. Ich wusste nicht, was mir mehr Angst machte: das Schiff mit Josh allein steuern zu müssen oder Neél mit den beiden anderen in dieser Kiste eingesperrt zu wissen.

Er hatte noch immer kein Wort mit mir gesprochen und ich verstand ihn nur zu gut. Auch Josh schien über Neél nachzudenken, er starrte nun schon länger in seine Richtung. Ich folgte seinem Blick. Neél saß ganz vorne im Boot, in der Düsternis war nur seine Silhouette zu erkennen.

»Ich dachte, er bringt ihn um«, murmelte Josh.

»Das würde er nicht tun.« Matthial lag immerhin im Sterben. Allerdings erahnte ich Neéls Hoffnung, Matthial würde überleben. Dann …

Ich seufzte. Spekulieren führte uns nicht weiter. »Sie sind nicht alle so schlecht, wie du denkst«, sagte ich bitter.

»Woher weißt du, was ich denke?«

»Weil ich früher auch so gedacht habe.« Weil alle Menschen so dachten. Ich hatte die Schlacht um die Stadt doch miterlebt.

Josh nickte. »Früher. Mag sein. Aber unsere Welt hat sich auch weitergedreht, Joy. Matthial und ich – wir haben viel nachgedacht. Wir wollten keinen Krieg.«

Matthial regte sich unter der Decke, als wollte er dem zustimmen.

Ich lächelte Josh an und drückte Matthials Hand. Die Sorge, was aus all den Menschen und Percents geworden war, die wir kannten, wog schwer, so unerträglich schwer. Wie lange mochten sie noch kämpfen? Wem würde die Stadt am Ende gehören? Gab es überhaupt noch eine Stadt oder fiel der Zaun in diesen Stunden und ließ den Krieg hinaus wie ein wildes Tier? Womöglich verbrannten just in diesem Augenblick die Wälder, in denen wir aufgewachsen waren. Würden die Percents eine weitere Rebellion zerschlagen? Wer lebte noch? Wer nicht? Wir würden es nie erfahren.

»Auch wenn wir nicht genau wissen, wohin uns diese Reise führt«, sagte ich in die Stille hinein, rau und leise klang meine Stimme, fremd, »hoffe ich darauf, dass dort Frieden herrscht.«

• • •

Am nächsten Abend wurden wir Zeugen eines fantastischen Schauspiels. Die Sonne versank am Horizont. Langsam schien sie ins Meer zu steigen und verlor sich in Farben, die ich noch nie in meinem Leben gesehen hatte. Das Meer leuchtete orange und purpurn, als würde es brennen. Auf dem Himmel darüber rannen Gelb, Lila, Rosa und Blau in bizarren Schichten ineinander, eingerahmt von dunkelblauen Wolkentürmen, die sich wie ein Vorhang vor der vergehenden Sonne zuzogen.

»Ob es jeden Abend so ist?«, fragte Matthial. Er hatte einen seiner wenigen klaren Momente, in denen ihn das Fieber für ein paar Minuten freigab. Mein Herz begann hart und wild zu schlagen, als mir klar wurde, was wir da sahen. Es war ein Sonnenuntergang – unser allererster Sonnenuntergang.

Wie gerne hätte ich ihn Neél gezeigt.

Graves zeigte auch in der folgenden Nacht einen unermüdlichen Einsatz, was die Steuerung des Schiffes betraf. Er probierte alles aus, rollte das Segel auf, zog es den Mast hoch, drehte es nach links und nach rechts und murmelte dabei Worte wie »Steuerbord«, »Achtern« und »Luftwiderstand«. Wenn er etwas Neues herausfand, folgten Lehrstunden, in denen er alles an uns weitergab und uns unter seinen kritischen Blicken üben ließ.

Vermutlich hatte er in den letzten Wochen einiges über Boote gelesen und ich hoffte, dass es sich nicht bloß um ausgedachte Geschichten gehandelt hatte. Doch nachdem wir bisher damit zufrieden gewesen waren, nicht zu sinken, bekam ich langsam das Gefühl, dass Graves das Boot und die Richtung, in die es fuhr, wirklich kontrollierte.

Als er eine Pause machte, da für den Augenblick alles richtig zu funktionieren schien, rief er mir zu: »Joy, wie soll dein Schiff überhaupt heißen?«

Ich sah zu Neél, aber für ihn war ich weiterhin Luft. Er hielt sich im Bug auf und starrte aufs Meer. Mir war klar, dass er Matthials Anwesenheit nicht ertrug. Und meine ebenso wenig.

»Braucht es einen Namen?«, fragte ich skeptisch. Was sollte es damit anfangen?

Graves nickte wichtig. »Natürlich. Jedes Schiff hat einen Namen. Zumeist einen weiblichen. Ich vermute, weil echte Frauen auf See Unglück bringen und die Seemänner trotzdem nicht ganz ohne Frau hinausfahren wollen.«

»Ach ja? Wie viele Schiffe und Seemänner kennst du denn?«

Matthial hustete, es klang fast wie ein Lachen, und verschluckte sich prompt. Edison half ihm, etwas zu trinken.

»Es muss sein.« Graves wurde fast ärgerlich. »Wir können nicht die ganze Zeit im Nirgendwo herumschippern. Wir sollten den Ort, an dem wir sind, benennen können, und sei es nur durch den Namen, den unser Boot trägt. Außerdem«, er wandte sich ab, als wäre es ihm peinlich, »bringt es einfach Unglück, auf einem namenlosen Schiff zu fahren.«

Wenn es ihm so wichtig war … »Gib du ihm einen, Graves. Es ist mehr dein Schiff als meins.« Um ehrlich zu sein, war mir das Boot immer noch nicht ganz geheuer mit seinem Schwanken und Schaukeln. Die See war zwar recht ruhig, aber ich konnte mich dennoch nicht daran gewöhnen.

»Daisy«, rief Graves wie aus der Pistole geschossen, verdrehte dabei aber die Augen, als Zeichen, dass es ein Scherz sein sollte und er den Namen schrecklich fand.

»Desire«, schlug Josh vor.

Neél aber formte ein Wort mit den Lippen, das ich laut aussprach. »Destiny.« Und weil Neéls Miene sogleich düsterer wurde, verbesserte ich mich: »Nein. *Dark Destiny.*«

»Das ist gut!« Graves hob den verkohlten Pfeil auf, den die Menschen im Hafen auf uns abgeschossen hatten, schwenkte ihn wie eine Trophäe und reichte ihn mir mit einer spöttischen Verbeugung. »Richtig optimistisch. So soll sie heißen: *Dark Destiny.*« Er zeigte mir die Stellen am äußeren Schiffsrumpf, an denen ich den Namen auf das Holz schreiben sollte.

Es behagte mir überhaupt nicht, mich so weit hinauszulehnen. Meine Haare flatterten im Wind und die Spitzen hingen bis ins Wasser. Ich stellte mir vor, dass Fische danach schnappen und in den Strähnen hängen bleiben würden.

Warum tat ich das überhaupt? Die Kohle würde ohnehin nach kürzester Zeit wieder abgewaschen sein – und dennoch gab ich mir größte Mühe. Als ich fertig war, verspürte ich tatsächlich ein klein wenig Leichtigkeit. Wir lächelten uns gegenseitig an, der Augenblick hatte trotz allem Kummer etwas Feierliches. Ich suchte Graves' Blick und nickte ihm dankbar zu. Es war gut, den Namen auf das Schiff gemalt zu haben. Nun waren wir nicht mehr im Nirgendwo, verloren auf dem unendlichen Meer. Es gab einen Ort, an dem wir uns befanden.

Wir waren auf der *Dark Destiny.*

38

der kompass muss sich irren.
oder warum zieht mich alles
in die entgegengesetzte richtung?

Neél weckte Joy in den Morgenstunden und hatte nur den Plan, etwas Wichtiges zu klären und dann wieder zu gehen.

»Wenn der da stirbt«, flüsterte er, »dann sag mir Bescheid.«

Sie legte schlaftrunken den Kopf schief, weil sie nicht verstand, was er damit meinte.

»Wegen Edison.« Der Zwerg hatte sich ausgerechnet an den ehemaligen Clanführer gehängt und aus irgendeinem Grund bedeutete er ihm etwas, sosehr Neél das auch missfiel. »Er soll sich verabschieden dürfen. Das ist wichtig für ihn.« Von Lavader hatte Edison sich nicht verabschiedet und seitdem weckten ihn Albträume aus jedem Schlaf.

Joy öffnete den Mund, um etwas zu sagen, doch Neél hob abwehrend die Hand. »Noch nicht.«

Er ließ sie allein, was wehtat, aber erträglicher war, als sich ihre Gründe anzuhören, warum sie den Bastard auf das Schiff geschleppt hatte.

Er wollte es lieber gar nicht wissen, und wann immer in ihm das beißende Gefühl aufkam, von Joy hintergangen worden zu sein, beschloss er, dass für Wut und Zorn auf diesem kleinen Schiff nicht genug Platz war und er sich zusammenreißen musste, um gar nichts zu fühlen.

Das Schiff gehörte ihr, aber sie schien von ihrem Besitz und der damit einhergehenden Verantwortung überfordert und formulierte alle Entscheidungen, die sie hätte treffen müssen, als Bitten und

Fragen. Jetzt, da die anderen von der Weite und Willkür des Meeres noch zu gleichen Teilen fasziniert und beeindruckt waren, funktionierte das. Doch es war nur eine Frage der Zeit, bis die Enge, die Entbehrungen und die Ungewissheit, wie lange sie alle das ertragen mussten, dazu führen würden, dass Bitten abgeschlagen und Fragen verneint wurden. Und dann würde es zu Streitereien kommen, für die es keine Lösungen gab. Es bestand noch nicht einmal die Möglichkeit, sich aus dem Weg zu gehen.

Neél hatte keine Lust, sich weitere Verantwortung aufzuhalsen, zumal er derjenige zu sein schien, der sich am wenigsten von dieser Reise versprach. Es gelang ihm nicht, die Erwartungen der anderen zu teilen, sosehr er es auch versuchte – immerhin hatte er diese verdammte Nussschale aufgetrieben und Joy als Chance verkauft. Doch irgendetwas in den Wellen und dem ständigen Wind flüsterte ihm hämische Worte zu, aus denen er nur heraushören konnte, dass er sich keine Hoffnungen machen sollte, irgendwo eine bessere Welt vorzufinden. Ein kleiner Teil von ihm sehnte sich in die Stadt zurück, wo er geboren und aufgewachsen war. Zu Cloud, der mehr Familie für ihn gewesen war, als ihm bewusst sein dürfte. Und wenn er nur zurückwollte, um dort mit allem, was er kannte, unterzugehen, wie es nun einmal für ihn bestimmt war, früher oder später.

Aber es wäre nicht fair, den anderen seinen Fatalismus aufzuzwingen, und so hoffte er, dass der Abstand zur Küste seines Heimatlandes bald schon zu groß werden würde, um umzukehren. Vielleicht würde es Joys großem Traum ja doch noch gelingen, auch sein Traum zu werden. Es war so lange her, dass sie ihre Träume geteilt hatten. So viele schmerzliche Entscheidungen lagen zwischen den Nächten im Gefängnis und heute. Aber sie waren den Weg einmal aufeinander zugegangen, warum kein zweites Mal? Wenn er doch nur einen Anfang finden würde, einen ersten Schritt wagen könnte. Wann immer er mit ihr sprechen wollte, füllten nur Vorwürfe seinen Mund. *Wie konntest du nur? Wie konntest du nur!* Die Wut auf sie fühlte sich auf absurde Weise wie ein Trost an. Wut war eine Emotion. Schlimmer wäre es, wenn Joy ihm egal wäre. Dann – und keinen Augenblick früher – hätte er eingesehen, sie trotz allem, was sie tat und nicht tat, nicht bedingungslos zu lieben. Trotzig hielt er daran fest und dankte ihr im Stillen dafür, dass sie ihm Zeit und den größtmöglichen Abstand zugestand, sodass er seine Vorwürfe, die zu nichts führen würden, zwischen den Zähnen zerbeißen konnte.

Neél begann, Entscheidungen zu treffen, weil niemand sonst es tat. Joy, weil sie eine viel zu überzeugte Einzelgängerin war, um ernsthaft jemanden zu befehligen. Graves, weil er von klein auf gelernt hatte, sich Anweisungen zu widersetzen, nicht aber selbst welche zu geben. Josh kam nicht infrage, weil ihm schon jetzt anzusehen war, dass er der Erste sein würde, der auf diesem Schiff zugrunde ging. Das Meer jagte ihm Angst ein, er traute sich nicht einmal in die kalten Fluten, um sich zu waschen, was selbst Edison ohne ein Zögern gewagt hatte. Vielleicht brach das Meer Joshs Verstand noch, bevor sein Bruder verreckte. Neél redete sich beharrlich ein, Matthial wäre bereits tot, denn nur so ließ sich die tief in ihm lauernde Wunschvorstellung, dem nachzuhelfen, in den Griff bekommen.

»Wir sollten rationieren, was wir haben«, sagte Neél laut und alle schwiegen. Ihre Blicke richteten sich erwartungsvoll auf ihn und fragten still nach den Antworten, die keiner von ihnen wusste, er ebenso wenig wie sie. Sie waren vielleicht noch zwei Tage unterwegs, vielleicht zwei Wochen. Oder auch so lange, bis sie letztlich verhungerten und verdursteten, denn wer wusste schon, ob die Karten stimmten und die Länder, die sie zeigten, noch existierten? Wie teilte man unter diesen Umständen Rationen ein?

Letztlich entschied sich Neél, so vorzugehen, wie er es von Cloud gelernt hatte, und ihnen zuzugestehen, was sie brauchten, um nicht krank zu werden.

»Einen Becher am Morgen und einen am Abend – für jeden von uns, keine Ausnahmen. Wenn wir die letzten beiden Liter anbrechen, halbieren wir. Dann müssen wir sehen, wie weit wir kommen.«

»Matthial fiebert, das reicht für ihn nicht«, sagte Josh an Joy gewandt, nicht an Neél. Der Junge hatte nicht nur vor dem Meer Angst, auch vor ihm.

»Es muss reichen«, entschied Neél, ehe Joy etwas erwidern konnte. »Ich diskutiere nicht darüber.« Sie und Josh würden natürlich etwas von ihrem Wasser an den Bastard verschwenden, das war so sicher wie dass Neél Edison nicht dursten lassen würde. Wichtig war, dass sie begriffen, dass Entscheidungen getroffen wurden und Streitereien keinen Nutzen brachten. Neél achtete peinlich genau darauf, dass jeder kurz zu sehen bekam, dass er seine Waffe im Hosenbund trug.

Seine Zeit als Hauptmann hatte ihn gelehrt, dass es etwas geben musste, was eine Gruppe zusammenhielt, wenn sie irgendeine Art von Erfolg erlangen wollten.

Was sollte einen Haufen, wie er sich auf diesem Boot befand, zusammenhalten, wenn nicht Respekt?

39

verständnis erfordert nicht zwingend zu verstehen.

Matthial starb am gleichen Tag, während ihm die Sonne ins Gesicht schien und Josh gerade lachte.

Es ging sehr viel schneller, als wir erwartet hatten. Wir waren nur kurz mit einem Seehund beschäftigt, den wir in der Nähe unseres Bootes beobachteten, da nutzte er den Augenblick und hörte auf zu leben.

Ich saß eine lange Zeit neben ihm, spürte die Sonnenstrahlen über meine Haut kitzeln und dachte an all die schönen Momente, die wir miteinander geteilt hatten. Als ich irgendwann in Tränen ausbrach, weinte ich nicht um den Jungen, der Matthial vor meiner Zeit in der Stadt gewesen war, und nicht um den Mann, der er geworden war, krank aufgrund der Dinge, die ihm widerfahren waren, und der Entscheidungen, die er gegen seinen Willen hatte treffen müssen. Ich weinte um den Matthial, der er nun nicht mehr werden konnte. Und um all jene, die wie er in dieser Schlacht gefallen waren. Meine Sehnsucht nach Neél stieg ins Endlose. Er war alles, was ich noch hatte, und sosehr ich mich normalerweise gegen diese Erkenntnis sträubte, so klar empfand ich sie jetzt.

Nachdem auch Josh eine Weile neben seinem Bruder gewacht hatte, holten wir Edison. Neél hüllte ihn in alles, was sie an Kleidung hatten, und zuletzt legten wir noch eine Decke wie eine riesige Kapuze über seinen Kopf, sodass kein Sonnenstrahl ihn berühren konnte.

Edisons Miene blieb unbewegt, beinahe wächsern, als er Matthial betrachtete, und mir kam erstmals die Frage in den Sinn, was er in der Stadt wohl mit angesehen haben musste, dass er jetzt so kalt erschien; so kalt, wie kein Kind sein sollte.

Der Kleine machte unter seiner Decke das Zeichen für Respekt und ich weinte dabei. Wegen Neél, weil er aus dem Schatten des Verschlags zusah und ich ahnte, wie schwer ihm der Anblick zu schaffen machen musste. Er hatte dem Kleinen nicht gesagt, wer Matthial war und was er getan hatte, und das rechnete ich ihm hoch an.

»Er muss zu seinem Hund gehen, oder?«, fragte Edison mich, als ich ihn zurück in die Kajüte brachte. »Er will ihn nicht alleine lassen.«

»Das würde er nie tun, nein.«

In Wahrheit ließen wir Matthials Leichnam ins Wasser gleiten. Ich hatte erwartet, dass seine Kleidung sich vollsaugen und ihn schnell nach unten ziehen würde. Stattdessen trieb er an der Oberfläche und wir sahen ihn noch eine ganze Weile. Eine ganze Weile, in der ich Abschied nehmen konnte.

• • •

In der folgenden Nacht sprach Neél noch immer kein Wort mit mir. Aber er setzte sich neben mich auf eine der niedrigen Holzbänke. Wir sahen in den Himmel, der so voller Sterne war, dass es schien, als wäre es der Himmel, der silbern war, und die Sterne wären die Punkte aus dunklem Blau. Ich musste an die Nacht denken, in der mir klar geworden war, dass ich mich in ihn verliebt hatte, und fragte mich, ob er sich ebenfalls erinnerte.

»Jenseits des Meeres ist es offenbar anders«, sagte ich, darauf anspielend, dass wir auch damals, in jener Nacht, den Himmel betrachtet hatten. Ich wünschte mir so sehr, dass er sich erinnerte, denn dann würde ihm auch wieder bewusst werden, dass wir schon einmal eine schier aussichtslos große Kluft zwischen uns überwunden hatten. »Die Witwen hüllen sich in Silber statt in Schwarz.«

Er tat so, als hätte er mich nicht gehört. Nicht ein Wort kam über seine Lippen, er sah mich nicht einmal an. Aber er ging auch nicht weg, und das war viel mehr, als ich für den Moment erwartet hatte.

• • •

Als der Tag anbrach, begann es zu regnen. Der Himmel hing tief und nass über unseren Köpfen und das bewahrte Graves, Neél und Edison davor, sich verstecken zu müssen. Wir brauchten ihre Hilfe auch dringend, denn gegen Mittag kam ein Sturm auf.

Josh und ich standen Todesängste aus, die Erschütterungen, wenn eine Welle das Boot von der Seite packte, gingen uns durch Mark und Bein. Wassermassen schwappten über die Reling, als hätten sie ihren Spaß daran, und wir mussten aufpassen, nicht mit ebensolcher Leichtigkeit herausgeschubst zu werden. Der Mast ächzte unter der Belastung und ich fürchtete, er würde entzweibrechen. Schließlich war es das Segel, das dem Sturm Tribut zollte. Es riss mit einem Laut, der an einen Schuss erinnerte, aus seiner Befestigung, und wir alle schrien auf oder zuckten zusammen. Der plötzlich befreite Segelbaum trat aus wie ein wildes Pferd und erwischte Neél auf Höhe seiner Knie. Das Segel schlug nach Josh, der beinahe über Bord gegangen wäre. Gegen den Wind brüllte ich ihn an, Edison unter Deck zu bringen, und versuchte, den tanzenden Stoff einzufangen. Der Wind riss mit ungeheuerlicher Kraft daran. Nur mit Mühe gelang es Graves und mir, das Segel notdürftig zusammenzurollen. Wir vertäuten alles, immer von der Angst begleitet, der Sturm würde unser ganzes Boot umreißen, während Neél mit schmerzverzerrtem Gesicht weit über der Reling hing und sich übergab. Sein Bein war voller Blut.

Bis der Sturm sich legte, konnten wir nichts anderes tun, als uns irgendwo festzuklammern, Wasser mit den bloßen Händen von Bord zu schütten und darauf zu hoffen, nicht in eine völlig falsche Richtung – schlimmstenfalls zurück nach England – getrieben zu werden.

Erst am Abend beruhigte sich das Meer. Unser Segel ließ sich flicken, fing wieder den Wind und ich konnte Neéls Wunde verbinden.

Mein Drang, ein paar Worte mit ihm zu wechseln, ihn zu berühren und berührt zu werden, war überwältigend. Doch ich hielt mich zurück, aus Angst, er würde mich abweisen.

Das Schweigen zwischen uns war leer. Meine lautlos geflüsterten Bitten um Entschuldigung verschwanden in dieser Leere, als gäbe es sie gar nicht.

Graves schickte mich schließlich unter Deck, damit ich mich ausschlief. Ich tastete im Dunkeln nach einer Decke, fand jedoch keine und legte mich vor Erschöpfung einfach auf die nackten Holzplanken, bettete den Kopf auf meinen angewinkelten Arm. Binnen weniger Augenblicke war ich eingeschlafen. Als ich angesichts eines Geräuschs plötzlich hochschreckte, saß Neél neben mir.

Ich konnte ihn in der Finsternis kaum ausmachen, aber ich spürte, dass er da war, spürte es so deutlich, als würde ich ihn mit beiden Händen anfassen.

»Kannst du verstehen, warum ich es tun musste?«, fragte ich und lauschte lange, lange auf seinen Atem. Ich hätte ihm sagen können, dass Matthial mir das Leben gerettet hatte. Dass ich ihm den Versuch einer Rettung schuldig gewesen war. Aber es fühlte sich nicht richtig an, Erklärungen abzugeben, die nicht der Wahrheit entsprachen.

Meine Schuldgefühle hatten mich immer wieder in die ausweglosesten Situationen geführt. »Alle Katastrophen geschahen immer dann, wenn ich glaubte, etwas ganz besonders richtig machen zu müssen. Ich hatte immer diese steinharten Erwartungen an mich, alles, was meinetwegen passiert ist, wiedergutmachen zu müssen. Daran ist alles zerbrochen.«

»Und diesmal waren keine Erwartungen im Spiel?«

»Nein.« Ich richtete mich auf und stieß mir den Kopf an der Decke. Trotz der ernsten Situation mussten wir beide ein bisschen kichern. »Ich habe ihn nicht mitgenommen, um Schuld gutzumachen, weil ich von mir nicht länger erwarte, ein Mensch ohne Schuld zu sein. Ich wollte einfach nicht allein sein. Und ich wollte an den guten Menschen in ihm glauben. An den, der in einer anderen Welt seinen Hass ablegen kann. Denn das hätte er geschafft, Neél, da bin ich mir sicher. Ich wollte ihn retten.«

Er nahm mein Gesicht zwischen seine Hände. Seine plötzliche Zärtlichkeit war so intensiv, dass sie mich zum Weinen brachte. Neél küsste mir die Tränen weg.

»Das verstehe ich«, murmelte er an meiner Haut. »Ist schon gut, ich verstehe.«

»Du bist nicht mehr böse?«

»Ich war unglaublich wütend. Nicht, weil er da war. Ich hatte mir so sehr gewünscht, ihn wiederzusehen. Ich hätte mein Leben gegeben, um derjenige zu sein, der ihm diesen Bolzen in den Bauch jagt. Du hast mir nicht nur diesen Mann, den ich so gefürchtet habe, vor die Füße gelegt, du hast mir gleichzeitig meine Möglichkeit zur Vergeltung genommen. Du hast ihn gerettet. Ich konnte ihn nicht mehr töten. Das war das Schlimmste.«

Ich verstand ihn. Wie konnte ich ihn nicht verstehen, da ich ihn doch in Matthials Verlies erlebt hatte.

»Du brachtest ihn mir halb tot. Vollkommen hilflos. Ich konnte nichts tun, ich musste einfach zusehen, wie mein Wunsch nach Rache langsam verreckte.«

»Es tut mir leid«, erwiderte ich, denn das tat es wirklich. »Und was ist mit Josh? Hegst du ihm gegenüber keine Rachegedanken mehr?«

Neél schüttelte den Kopf, als hätte ich etwas Dummes gesagt. »Trägst du mir nach, dass ich dich fürs Chivvy hart trainiert habe?«

»Du musstest das tun.«

»Und ebenso musste Josh tun, was er getan hat. Er hatte keine Wahl, er traf keine eigenen Entscheidungen. Außerdem bin ich mir ziemlich sicher, dass er etwas gelernt hat und heute anders entscheiden würde.«

Ebenso wie Matthial, dachte ich, ließ den Einwand aber unausgesprochen. Stattdessen sagte ich: »Das geht vermutlich vielen so.«

Ich musste an all die Menschen denken, von denen mich jetzt das Meer trennte. Amber. Alex. Valeria und Killian. Meinen Vater. Penny und ihren Sohn. Das Mädchen mit den hundert Zöpfen. Ob sie noch lebten?

Auch an Rick und Rogue musste ich denken. Wie groß mochten die Chancen stehen, dass sie überlebt hatten?

Sie alle waren halb durchsichtig in meinem Kopf, weil unsere Leben sich getrennt hatten und sie unerreichbar für mich geworden waren. Ich würde vermutlich nie erfahren, was mit ihnen geschehen war. Trotzdem waren sie so schwer in meinem Herzen.

Doch andererseits ... wollte ich denn, dass sie gingen und ich nicht mehr an sie denken und über sie nachgrübeln musste?

»Joy? Bist du in Ordnung?«

Ob ich ... in Ordnung war? Ich war mir nicht sicher.

»Sie fehlen mir alle so«, hauchte ich. Ich hauchte nie, es fiel mir auf und irritierte mich. »Hört das jemals auf?«

»Soll es das denn?«, fragte Neél sanft.

Ich überlegte einen Moment und schüttelte dann den Kopf. Nein. Das wäre nicht richtig. Man sollte sie nicht vergessen, um selbst leichter zu leben.

Wir saßen eine lange Zeit dicht beisammen, als könnten wir uns nach der Einsamkeit der letzten Tage nicht mehr loslassen.

»Würdest du heute auch anders entscheiden?«, fragte ich irgendwann. »Wenn die Möglichkeit bestanden hätte, mit Edison dortzubleiben, wärst du dann wirklich in der Stadt geblieben?«

Er sah mich an. »Ich weiß nicht. Während der Gefechte habe ich keinen Moment daran geglaubt, eine Wahl zu haben. Es war keine Entscheidung, ich habe nur die einzige Möglichkeit gewählt. Aber … ich bin froh, jetzt hier zu sein.«

»Ich auch. Habe ich dir je für das Schiff gedankt?«

Er kratzte sich verlegen an der Wange. Ich hatte das eine Ewigkeit nicht mehr bei ihm gesehen, aus irgendeinem Grund machte es mich glücklich. Er tat das nur, wenn er entspannt war, wenn er sich sicher fühlte und niemandem Stärke vorspielen musste, die er nicht fühlte. »Musst du nicht.«

Doch da irrte er sich. Ich musste ihm danken: für mein Leben, denn ohne das Schiff wäre ich früher oder später in diesem Krieg gefallen. Und ich wollte nicht als Kämpferin sterben, das war mir inzwischen bewusst. Kämpfe kosteten einen zu hohen Preis. Ich wollte nicht mehr kämpfen, nie mehr.

Wir legten uns gemeinsam hin, seine Brust an meinem Rücken, und ohne dass wir darüber sprachen, war uns beiden klar, was der andere in den nächsten Stunden tat. Wir dachten an all jene, denen niemand eine Wahl oder ein Schiff geschenkt hatte.

40

freiheit bedeutet, dass man gehen kann,
wohin man will.

Der nächste Tag erweckte den Eindruck, wir würden zwischen vielen Dark Canopys umhersegeln. Wolken kamen, bedeckten den Himmel und waren ebenso plötzlich wieder verschwunden. Neél, Graves und Edison schlug das ständige Hin und Her zwischen Deck und Verschlag auf die Stimmung. Josh und ich aber grinsten uns verschämt an, sobald die Sonne wieder durchkam. Wenn das so weiterging, würden die Strahlen unsere Haut verbrennen, doch noch lachten wir uns gegenseitig aus, weil sich unsere Wangenknochen immer tiefer röteten und weil wir eine Aufmunterung dringend nötig hatten. Der Spaß endete, als uns unmissverständlich klar wurde, wie sehr die Wärme unsere Kehlen austrocknete. Ich spürte Joshs Blick auf mir, als ich Wasser aus einer der Vorratsflaschen goss.

»Hast du nicht eben erst einen Becher gefüllt?«, fragte er skeptisch. Getrockneter Speichel klebte in seinen Mundwinkeln, er musste durstig sein, aber im Gegensatz zu mir hatte er seine Ration bereits getrunken.

»Der erste Becher war für Edison«, ließ ich ihn wissen und konnte mir den beißenden Ton nicht verkneifen, denn es nervte mich, dass er meinte, ich müsse mich vor ihm rechtfertigen.

Ich trank mein Wasser zur Hälfte leer. Josh leckte sich über die Lippen. Trotz meiner scharfen Worte tat er mir sofort wieder leid. Er hatte seinen Bruder verloren und von uns allen verspürte er sichtlich die geringste Hoffnung, irgendwann Land zu erreichen. Ich spielte mit dem Gedanken, ihm etwas von meiner Ration zu geben, doch dann überlegte ich es mir anders und bewahrte meinen letzten Schluck für Neél auf, der stets der Meinung war, die tägliche Menge an Wasser würde Edison nicht reichen, weshalb er seine eigene Ration jedes Mal mit dem Kleinen teilte.

Gegen Mittag taten sich gewaltige Schatten vor uns auf, Josh und ich erkannten ein Bauwerk mitten im Meer und einen Moment lang glaubte ich wirklich, es wäre eine Dark-Canopy-Maschine. Doch es musste irgendetwas anderes sein und es war offenbar seit Langem verlassen.

»Es sieht aus wie ein Dorf auf vier Stelzen«, murmelte Josh. Er war fasziniert, während ich am liebsten in großem Abstand um dieses Gebilde gesegelt wäre.

Dieses Dorf, das da auf Beinen im Meer stand, erinnerte mich viel zu sehr an Jamies Baumhäuser. Doch zum einen hatte ich nicht genug Vertrauen in meine Segelkünste, um einen Bogen einzulegen, der uns nicht von unserem Kurs abbrachte, und zum anderen mussten wir näher heran, um nachzusehen, ob dort Menschen waren, die uns weiterhelfen konnten.

»Vielleicht«, überlegte ich laut, »sind alle Länder im Meer versunken und die Menschen leben nun in diesen Stelzendörfern.«

Josh schauderte. Er war nicht seekrank, aber er sehnte sich nach Land unter den Füßen. Die Vorstellung von endlosem Wasser unter uns jagte ihm Angst ein. Im Gegensatz zu uns anderen schwamm er nicht, er hatte das Boot seit unserer Abfahrt nicht ein einziges Mal verlassen. »Wer weiß, was da unten ist«, sagte er immer.

Ich grinste angesichts seiner übertriebenen Ängste. Was sollte da schon sein? Das Meer, hatte es mich zu Anfang auch so sehr fasziniert, schien mir ein Spiegelbild von einem Dark-Canopy-Himmel. Es war nicht grau, sondern eher grünlich blau, aber ansonsten gab es kaum Unterschiede. Es war alles, was wir sahen, es schien kein Ende zu haben und es schob uns herum, wie immer es wollte. Ansonsten tat es nichts, was mir Angst einjagte, es begann nur langsam an meinen Nerven zu zehren.

Alles, was darin lebte, waren Fische und Seerobben, und seit Kurzem sahen wir hin und wieder eine Möwe, die auf dem Wasser paddelte und uns neugierig anblinzelte. Ich hielt ihr ein winziges Stück Käse hin, weil ich hoffte, sie damit anlocken und fangen zu können. Unser Essen wurde knapp, auch wenn wir extrem streng haushalteten. Rationen einzuteilen war schwierig, wenn man nicht den Funken einer Ahnung hatte, für wie viele Tage sie reichen mussten. Fleisch würde uns allen gut gefallen, auch wenn ich nicht wusste, wie wir es auf der *Dark Destiny* zubereiten sollten. Ein Feuer wäre viel zu gefährlich.

Binnen kürzester Zeit umkreisten immer mehr Möwen unser Schiff in sicherem Abstand und mit fordernden Schreien. Sie waren hier viel größer und kräftiger als in unserer Heimat. Und sie waren weiß. So weiß, wie bei uns zu Hause nichts war, nicht einmal die Schneeflocken, die vom Himmel fielen. Über mein Staunen vergaß ich meinen Versuch, eine einzufangen.

Neél blickte verschlafen nach draußen, eine Decke wie eine Kapuze über den Kopf gezogen. Das Haar klebte ihm im Gesicht und mich überrollte eine Welle aus Zärtlichkeit, als ich ihn fragend umherschauen sah. Er verdrehte die Augen, als er erkannte, woher der Krach stammte. »Fliegende Mutantratten«, meinte er trocken.

Ich lachte. »Aber sie sind schneeweiß, siehst du das nicht?«

»Schneeweiße, fliegende Mutantratten. Na prächtig.«

• • •

Im Laufe des Tages, als der Himmel sich wieder einmal zuzog, passierten wir weitere Stelzen-Bauwerke. Sie hatten alle eins gemeinsam: Sie waren verlassen, nur Möwen hockten in den rostigen Eisenstreben, und Krebse und Muscheln und Quallen klebten an den metallenen Oberflächen.

»Es gibt keine Menschen mehr«, fürchtete Josh. »Das Meer hat sie alle verschluckt.«

• • •

Joshs Worte wurden in den fahlen grauen Morgenstunden unseres fünften Tages auf See schaurige Realität. Schon in der Nacht hatten wir geglaubt, in einiger Entfernung Trümmer wahrzunehmen, aber was sich uns nun in den Weg stellte, ließ selbst die Percents beklommen und sehr still werden. Edison verkroch sich unaufgefordert unter Deck, obwohl die Sonne noch gar nicht aufgegangen war.

Ein spitzes Bauwerk ragte aus dem Wasser. Ich erkannte rostrotes Mauerwerk dort, wo die Wellen es umspülten. Muscheln und Schnecken klebten daran. Darüber erhob sich ein kegelförmiges Dach aus grauen Schindeln in den Himmel wie ein Finger.

»Eine versunkene Kirche«, sagte ich leise. Wir sahen uns wortlos an und Graves und Josh griffen nach den Rudern, um uns näher heranzubringen.

Auf Höhe unseres Bootes befand sich ein Fenster, zu schmal, um den Kopf hindurchzustecken, aber ich vermochte hineinzusehen.

»Noch mehr Vögel«, flüsterte ich, um die vielen Tiere, die im halb zerbrochenen Gebälk der Kirche saßen, nicht zu verschrecken. »Nicht nur Möwen. Da sind auch Vögel, wie es sie bei uns in den Wäldern gibt.«

Meine Aufregung färbte auf Josh ab. »Dann muss hier Land in der Nähe sein.«

»Hier war mal Land«, meinte Graves tonlos und wies ins Wasser.

Als ich genau hinsah, erkannte ich es auch. Etwa zwei Meter unter uns waberte das Bild eines weiteren Daches, halb verrottet, löchrig wie eine alte Socke.

Neél atmete laut aus und zog sein Hemd über den Kopf. »Sehen wir mal nach.« Er hob die Beine – vom Schlag des Segelbaums waren sie um die Wunde herum grün und blau und an mehreren Stellen angeschwollen – über die Reling und ließ sich ins Wasser gleiten.

»Sei vorsichtig«, warf ich ein.

Neél gab wenig auf meine Warnung und tauchte in einem Strudel aus Luftblasen unter. Wir starrten ihm nach, aber er war schnell nicht mehr zu sehen.

Als er nach quälend langen Momenten wieder an die Oberfläche kam, wirkte er frustriert. Seine Augen waren dunkler als gewöhnlich und seine Lippen blass, als hätte er etwas gesehen, was ihn schwer betroffen machte.

»Was ist da unten?« Es war das erste Mal, dass Josh Neél direkt ansprach. Und es verlief nicht optimal.

»Was soll da sein?«, rief Neél verdrossen zurück, während er auf das Boot zukraulte. »Ein versunkenes Dorf, vielleicht eine Stadt, ein Land oder auch eine Welt. Wer weiß. Versunken, in jedem Fall. Dieses verfluchte Nederland – es liegt da unten, unter dem Wasser. Es existiert überhaupt nicht mehr.«

Graves und ich halfen ihm ins Boot. Edison streckte den Kopf aus der Kajüte. »Es existiert nicht mehr? Wo sollen wir denn dann hin?«

Er sprach aus, was wir alle dachten.

Denn am Morgen hatten wir unsere letzte Wasserflasche angebrochen.

• • •

Im Laufe des Tages ragten immer mehr Hindernisse aus dem Meer. Kreisrunde Türme mit kuppelförmigen Dächern. Klotzförmige Bauten mit vielen Fenstern wie die Hochhäuser und das Hotel in unserer Stadt, nur vermutlich nicht ganz so groß.

Es bestand kein Zweifel daran, dass die Häuser immer weiter aus dem Meer ragten. Der Wasserspiegel sank.

Ich gab alles, was ich sah, sofort an Graves, Neél und Edison weiter, die die Sonnenstunden unter Deck verbrachten. Graves war begeistert und konnte es kaum erwarten, das sich verändernde Meer mit eigenen Augen zu sehen. Auch Edison platzte schier vor Neugierde. Neél dagegen machte die Gefangenschaft im Finsteren zu schaffen. Er hatte die Augen geschlossen und gab vor zu schlafen.

Als die Sicht aufgrund des bevorstehenden Abends schlechter wurde und die Percents wieder an Deck kommen konnten, machten wir vor uns einen breiten Hügel aus, unten mit hellem Sand bedeckt, aber oben mit grünen und gelblichen Pflanzen.

Das war … Land!

Und als wir näher kamen, sahen wir noch etwas anderes.

Die Umrisse eines aufrecht gehenden Wesens.

41

das ist sie also,
eure welt jenseits des meeres.

Der spitze Bug der *Dark Destiny* stieß aus dem Wasser und grub sich knirschend in den nassen Sand. Das Boot hielt inne. Und dann stand es. Die Unbeweglichkeit fühlte sich skurril an, nach den vielen Tagen des Schaukelns und Schwankens.

Joy war die Erste, die von Deck ging – regelrecht vom Boot floh. Sie machte einen großen Sprung über die schmeichelnden Wellen hinweg, landete im Sand und kippte auf die Knie. Seit einer gefühlten Ewigkeit hatte er sie nicht mehr so lachen gehört.

Er selbst trat sehr vorsichtig über die Reling hinweg. Seine Beine fühlten sich wackelig und schwach an, der sandige Boden schien sich unter ihm zu bewegen. Neél musste breitbeinig gehen, um sein Gleichgewicht nicht zu verlieren. Joy hatte ähnliche Probleme, sie sprang auf, torkelte und fiel gleich wieder hin, nur um sich schnell wieder aufzurappeln.

Graves betastete eine Handvoll Sand und Josh saß einfach im sachten Wellenspiel, wurde erstmals nass und grub die Hände in den Boden. Edison schien als Einziger keine Probleme zu haben, er hüpfte einem Krebs nach und hob unentwegt Muscheln auf.

Neél sah sich um. In einiger Entfernung erblickte er ein größeres Schiff, das vor Anker lag, und hinter dem Hügel entdeckte er die Spitze eines Daches. Dort, wo der Sand hell und trocken war, deuteten Spuren darauf hin, dass dort vor Kurzem jemand entlanggegangen war.

Es blieb keine Zeit, sich genauer umzusehen. Ein Mann näherte sich ihnen.

»Joy, steh auf!«, forderte Neél leise, aber eindringlich. »Hast du dein Messer?«

Sie nickte, warf einen Blick auf ihren Stiefel, der wie ihre Hose von nassem Sand bedeckt war. Ein entschlossener Ausdruck lag auf ihrem Gesicht, gepaart mit Nachsichtigkeit. Es hatte etwas Bittendes, als sie zu ihm sah. Neél verstand sie ohne ein Wort. Er wollte ebenso wenig einen Kampf wie sie, aber noch weniger wollte er unbewaffnet in einen Hinterhalt laufen.

Es gefiel ihm nicht, dass Edison so weit von ihm entfernt war. Er rief ihn zu sich und der Kleine spurtete sofort los. Er hatte mitangesehen, zu welchen Gräueltaten Menschen in der Lage waren, es würde seine Zeit dauern, bis er die Angst vor Fremden wieder verlor. Wenn er sie überhaupt jemals wieder verlor.

Der Fremdländer war allein und das war der einzige Grund, warum Neél ihn überhaupt so nah herankommen ließ. Misstrauisch war er dennoch, auch wenn der Mensch keinen aggressiven Eindruck machte. Er war froh über die Pistole, die kalt und greifbar in seinem Hosenbund klemmte.

Der Mann breitete die Arme aus. Er winkte und Josh und Joy winkten mit einer gewissen Vorsicht zurück. Dann rief der Mann ihnen Worte zu, die Neél nicht verstand. Den anderen schien es ebenso zu gehen, sie sahen sich verwirrt an und zuckten mit den Schultern. Der Mann lachte darüber. Er zeigte sich weder irritiert, dass Josh und Joy Menschen waren, noch dass Edison, Graves und Neél es nicht waren. Ein großer Teil seiner Anspannung fiel von Neél ab, als er begriff, was das bedeutete. Der Mensch kannte Percents und verband nichts Schreckliches mit ihnen.

Sehr vorsichtig erwiderte Neél das Lächeln und achtete darauf, dem Fremden seine offenen Hände zu zeigen, als Signal, dass auch sie in friedlichen Absichten kamen.

Der Mann, der nun auf ihn zutrat, war nicht mehr jung, sein

graues Haar und seinen Bart durchzogen gelbliche Strähnen. Seine Gesichtsfarbe war so dunkel, wie Neél es noch nie zuvor bei einem Menschen gesehen hatte.

Ein unverständlicher Redeschwall ging auf Neél nieder, es klang wie ein raues Bellen und hätte sie alle nervös gemacht, wenn das freundliche Lächeln nicht gewesen wäre. Er glaubte, einzelne Bruchstücke zu verstehen, aber sicher war er sich nicht.

Eine Erkenntnis brach schlagartig über ihn hinein: Der Grauhaarige ihm gegenüber war kein Fremdländer. *Sie* waren die Fremden, gestrandet in einem Land, wo sie nicht einmal eine einfache Begrüßung verstehen, geschweige denn erwidern konnten.

Joy hatte bisher einige Schritte entfernt gestanden und gelauscht. Nun trat sie näher, schien zunächst zu zögern, überwand sich aber doch.

»Ich möchte sehen, ob er das kennt«, flüsterte sie und kniete sich hin, um Striche in den nassen Sand zu ziehen. »Seine Sprache … vielleicht ist es dieselbe wie auf meinen Papieren.« Joy zeichnete mit dem Finger die stilisierten Umrisse eines Wolfkopfs, das Zeichen der Gilde der Wölfe.

Der Mann lächelte und nickte. Er erkannte das Zeichen und bedeutete ihnen nun, ihm zu folgen. Nur Josh kam dem ohne Zaudern nach, aber Neél rief ihn zurück. Sie mussten erst das Boot an Land schieben, damit die Wellen es sich nicht holten, und auch die übrigen Vorräte durften sie nicht einfach so zurücklassen.

Der Grauhaarige akzeptierte das stillschweigend und die Arbeiten verschafften Neél Zeit, um sich zu sammeln, in Ruhe zu überlegen und sich mit den anderen flüsternd auszutauschen, während der fremde Mensch etwas abseits stand und eine eigenartige Pfeife rauchte, die schmal war wie ein kurzer Bleistift und aus Papier bestand, sodass die Glut sie auffraß.

Von Josh abgesehen, war sich keiner der fünf sicher, ob es ungefährlich war, dem Mann zu folgen, doch da sie schließlich hergekommen waren, um Kontakt mit Menschen aufzunehmen, wollten sie es riskieren. Was blieb ihnen auch anderes übrig? Abgesehen von einem diffusen Kribbeln in Neéls Magen, sprach nichts dagegen, und dieses Kribbeln konnte ebenso gut daher rühren, dass er endlich wieder festen Boden unter den Füßen hatte.

Ungern ließ Neél die *Dark Destiny* aus den Augen. Er hatte das Gefühl, sie noch zu brauchen, und schämte sich dafür. Warum zweifelte er permanent, obwohl dieser Fremdländer so ausgesprochen freundlich zu ihnen war? Er wollte das Gefühl abschütteln, abkratzen wie Schorf von einer Wunde. Aber es war nicht wie Schorf. Es war wie vernarbte Haut.

So etwas ging nicht mehr weg.

• • •

Wenig später saßen sie in einem kleinen Haus aus Stein, das sich hinter einem Hügel versteckt hatte und offenbar dem grauhaarigen Mann gehörte, der sich ihnen als Yonn vorgestellt hatte. Neél, Graves, Joy und Edison pressten sich auf eine Bank, Josh und der Fremdländer saßen auf Stühlen. Kein Kind hätte noch Platz in der Küche gefunden, selbst die dicke Katze des Menschen hatte sich oben auf einen Schrank zurückziehen müssen. Es schien, als wohnte der Fremde normalerweise allein, denn alles war sehr schmal und klein, selbst die Decken hingen niedriger, als Neél es kannte. Vor jedem stand ein Krug oder eine Schale mit einem herben, duftenden Getränk. In Edisons Schale war reichlich Zucker, Neél musste ihn davon abhalten, sich zu schnell auf das süße, aber kochend heiße Getränk zu stürzen.

Hinter Edisons Rücken spielte Neél mit Joys Finger und hin und wieder spannte er die Bauchmuskeln an, um zu spüren, dass die

Pistole noch da war. Yonns Gesten nach zu urteilen, schienen sie auf jemanden zu warten und Neél war unsicher, ob er das gut oder schlecht finden sollte. Yonn hatte zwei Tauben, die hinter dem Haus in einem Stall lebten, freigelassen und zugesehen, wie sie in eine bestimmte Richtung flogen. Dressierte Tiere, hatte Joy erklärt, die eine Nachricht transportieren. Manche Clans hatten sich ähnlich untereinander verständigt. Vermutlich waren die Vögel selbst die Nachricht.

»Gilde der Wölfe?«, hatte Joy gefragt und Yonn hatte genickt und war ein wenig in sich zusammengesunken, als befürchtete er irgendetwas.

»Wolf, ja. Wolf.« Daraufhin hatte er immer wieder das englische Wort für »Flüchtlinge« genannt, als sei es das einzige, was er kannte.

»Was meint er damit? Was sind Flüchtlinge?«, fragte Josh irritiert.

Joy und Neél antworteten leise und wie aus einem Mund. »Das sind wir.«

Als Schritte auf dem Kiesweg knirschten und es an der Haustür klopfte, zuckte Neéls Hand ungewollt zu seiner Waffe. Joy drückte seine andere Hand und lächelte, aber auch ihr stand die Anspannung ins Gesicht geschrieben. Es hatte sicher schon freundlichere Fallensteller gegeben als den alten Yonn.

Neél wagte kaum zu atmen, als die Besucher eintraten. Es waren ein Mann und eine Frau von Mitte dreißig. Sie trugen Pistolen in geschlossenen Lederhalftern an ihren Gürteln, die allerdings nicht den Anschein machten, als wären sie schnell gezogen. Trotzdem war Neél in Sekundenbruchteilen aufs Höchste alarmiert. Mit Blicken deutete er Graves an, im Notfall Edison zu schützen. Der Mann schien jedoch überaus entzückt von dem, was sich ihm in der kleinen Küche zeigte.

»Willkommen im Vereinigten Freien Europa«, sagte er. »War eure Reise hart? Was könnt ihr berichten von den Schatteninseln?« Seine

Stimme klang kehlig und ein wenig unbeholfen, als müsste er über jede Silbe nachdenken.

Schatteninseln? Nannte man sein Heimatland hier so?

Die Frau stieß den Mann in die Seite und redete auf ihn ein.

»Oh«, rief er und wurde ein wenig rot. »Ich habe mich noch gar nicht vorgestellt. Mein Name ist Jesko, das ist meine Frau Mellenie.«

Die Frau lächelte zurückhaltend. »Wir sind Mitglieder der Gilde der Wölfe.«

»Friedenskämpfer«, ergänzte Jesko.

Joy wirkte irritiert. »Dann kämpft ihr? Oder gibt es Frieden?« Neél streichelte beruhigend mit seinem Daumen ihre Hand.

»Die Kämpfe sind vorbei«, erläuterte Jesko. »Schon lange, Gott sei es gedankt. Wenn ich euch bitten darf, dann folgt mir in mein Haus. Ich habe genug Platz, um euch vorläufig unterzubringen. Wir werden Zeit haben, euch alles zu erklären.«

»Es kamen schon vor uns Flüchtlinge, habe ich recht?«, meldete Graves sich zum ersten Mal zu Wort.

»Es kamen viele«, antwortete Jesko, »doch nicht alle in friedlicher Absicht. Ihr habt hoffentlich Verständnis, dass nicht alle Menschen hier Flüchtlingen gegenüber so offen sind wie Yonn.«

Neél erkundigte sich, was das bedeutete, doch entweder verstanden Jesko und Mellenie ihn nicht richtig oder sie wollten ihn nicht verstehen. Sie wimmelten seine Frage ab und vertrösteten ihn auf später.

»Viele Percents oder Menschen kamen«, erzählte Mellenie. »Aber nie gemeinsam. Und einige begannen sofort, unsere Häuser anzugreifen und die Küstenbewohner zu bestehlen.«

»Dass ihr in friedlicher Absicht kommt, Menschen und Percents in einem Boot«, rief Jesko beinahe euphorisch, »ist einfach großartig! Es ist ein Zeichen. Ein gutes Zeichen für unsere Bewegung.«

Neél stand auf. Erst jetzt hatte er die Karte entdeckt, die zwischen etlichen Bildern und Uhren, die ihre Zeiger in trägen Schritten über das Ziffernblatt trieben, an der Wand hing. »Wo sind wir?«

Jesko trat so dicht neben ihn, dass sich in der Enge des Raumes ihre Schultern berührten. Er tippte auf einen Punkt, der nicht an der Küste lag, sondern mitten im Land. »Die Karte ist alt. Damals war Europa noch größer und bestand aus vielen Nationen, aber das Meer wuchs an und holte sich einen breiten Streifen Land und nukleare Verseuchung machte große Bereiche vollkommen unbewohnbar. Als der Krieg hier sein Ende fand, verbanden sich die übrig gebliebenen Länder zu dem, was wir heute Vereinigtes Freies Europa nennen.«

»Dann spricht man hier also …?«

»Europäisch«, sagte Jesko und Yonn nickte, offenbar war es eines der Worte, das auch er verstand.

»Welches Jahr schreiben wir?«

Jesko runzelte die Stirn. »Richtig, die Schatteninseln begannen mit einer neuen Zeitzählung, als sie von den Percents eingenommen wurden. Wir haben April 2059.«

»Willkommen in der Zukunft«, meinte Neél und widmete sich wieder der Karte. Der Abstand zwischen Europa und seiner Heimat schien winzig. »Eure Leute waren schon dort, nicht wahr?«

»Viele«, antwortete Jesko und seine Miene wurde dunkel. »Viele von uns lernen zu diesem Zweck eure Sprache. Aber euer Land will sich dem Frieden nicht unterwerfen. Wir haben immer wieder Boten geschickt. Aber sie kamen nicht zurück.«

Das konnten sie auch kaum, dachte Neél. *Die Triade hat sie ermorden lassen.*

»Und das habt ihr einfach hingenommen?« Schwang da Skepsis in Joys Stimme mit?

Mellenie trat einen Schritt auf sie zu. »Wir wollen Frieden, um jeden Preis. Wir zwingen niemanden dazu, das widerspricht dem Gedanken der freien Entscheidung.«

»Es ist die Triade«, sagte Graves, seine Stimme klang erbost und entschuldigend zugleich. »Das Volk will Frieden, bestimmt. Aber die Präsidenten, die wollen ihn nicht. Vermutlich kostet Frieden den Preis der Macht. Ist es nicht so?«

Der kurze Blick, den Mellenie und Jesko sich zuwarfen, gefiel Neél nicht.

»Es ist schon spät«, meinte Jesko. »Als Küstenspäher muss Yonn morgen früh aufstehen. Ihr könnt uns gerne all eure Fragen stellen, wenn ihr uns begleiten und für ein paar Tage unsere Gäste sein wollt. Wir lehren euch auch die Regeln, nach denen wir leben.«

»Regeln?«, fragte Josh. »Was sind das für Regeln?«

Mellenie lächelte. »Nur ein paar Kleinigkeiten, um den Frieden sicherzustellen. Dich werden sie kaum einschränken.«

Jesko erklärte: »Ihr dürft auf den Straßen keine Waffen tragen, das ist registrierten und ausgewiesenen Patrouillen vorbehalten. Weiterhin müssen bloß die Percents unter euch ein paar Rücksichtsmaßnahmen akzeptieren.«

Graves und Neél sahen sich fragend an.

»Nichts Dramatisches«, beschwichtigte Mellenie. »Es geht darum, Rücksicht zu nehmen auf die Menschen, die den Krieg als Zivilisten miterleben mussten. Da Percents die Sonne ohnehin nicht ertragen, gibt es ein Abkommen: Sie bleiben zwischen Sonnenaufgang und Sonnenuntergang in ihren Häusern. So haben die traumatisierten Menschen die Möglichkeit, ihnen aus dem Weg zu gehen.«

Jesko stieß Mellenie in die Seite. »Yonn gähnt schon. Und der Zug wird auch bald abfahren, der wartet sicher nicht auf uns.«

Mellenie lächelte frech. »Auf dich nicht, mein Lieber, auf mich dagegen schon.«

»Das macht dein Augenaufschlag.« Er grinste und sah in die Runde. »Können wir gehen?«

Skepsis, die er sich nicht erklären konnte, brachte Neél dazu, noch einmal stehen zu bleiben. »Und die *Dark Destiny*?«

»Die bleibt vorerst, wo sie ist«, sagte Mellenie und dann an den alten Mann gewandt: »Yonn hat sicher ein Auge darauf. Wir lassen sie später abholen und in einen Hafen bringen, der näher liegt. Niemand wird euer Boot stehlen. Mein Wort darauf.«

»Eins noch«, sagte Jesko. »Habt ihr Waffen? Waffen sind Zivilpersonen und Percents aus Sicherheitsgründen untersagt.«

Neél schüttelte ohne ein Zögern den Kopf. Ob es richtig war, die Menschen anzulügen, wusste er nicht. Aber auch Joy verneinte und verschwieg das Messer in ihrem Stiefel.

Die Sehnsucht nach Frieden war groß und lockte, aber man durfte nicht seinen Verstand ausschalten, nur weil man etwas unbedingt und aus ganzer Seele herbeisehnte. Er hatte das einmal getan und es hatte ihm einen Morgen in sengenden Sonnenstrahlen beschert.

Es blieb Neél trotz allem nichts anderes übrig, als den Menschen hinauszufolgen. Als er sich noch einmal zu Yonn umsah, rief dieser ihm etwas zu, und Neél wusste, ohne die Worte zu verstehen, dass er ihm Glück wünschte.

Und er befürchtete, dass er es brauchen würde.

42

auch hier ist die nacht dunkel.

Jesko und Mellenie führten uns ein Stück von der Küste fort. Eine Mischung aus gewaltigen Erwartungen, etwas Angst und Faszination machte mein Herz ganz wild. Am liebsten hätte ich in alle Richtungen auf einmal gesehen.

Die Nacht war ebenso dunkel wie bei uns zu Hause, aber sie ließ bereits erahnen, dass in diesem Land – in dieser anderen Welt – Farben existierten, wie ich sie mir in meinen kühnsten Träumen nicht auszumalen gewagt hätte. Jesko trug eine kleine, elektrische Lampe und hatte auch Graves und Edison jeweils eine gegeben. Wenn sie damit über die Wiesen zu beiden Seiten des Weges leuchteten, schien dort das Grün des Grases, das Blau und das Rot der Frühlingsblumen zu explodieren.

Auch Neél war hingerissen. »Ich hatte nicht gewusst, dass Pflanzen so aussehen können. So leuchtend, so kräftig.«

Graves kniete alle paar Meter am Wegesrand nieder, um Edison ein Insekt oder eine Schnecke zu zeigen. Selbst die Schneckenhäuser waren hier bunt gefärbt und auf einer Weide erkannten wir die hellen Umrisse von Schafen. Ich bat Jesko, seine Lampe auf sie zu richten, und wir bekamen vor alberner Freude ganz rührselig nasse Augen, als unsere Vermutungen sich bestätigten: Die Schafe waren hier weiß und kugelrund, nicht grau, mager und struppig.

»Weiß wie die Möwen«, flüsterte ich Neél zu und selbst er gab seine Skepsis für einen Moment auf und freute sich mit mir.

Weiß! Weiß war wirklich etwas ganz Besonderes.

Unser Weg führte uns zu einem flachen Gebäude, das weitab von anderen Häusern zu liegen schien; zumindest ließ sich in der Dunkelheit nichts erkennen.

Vermutlich war es bewusst in einer einsamen Gegend gebaut worden, denn der Zug, der dort wartete und von elektrischen Scheinwerfern beleuchtet wurde, machte einen Krach, dass einem ganz anders wurde. Er klang wie die Maschinen im Sägewerk und Edison fing vor Schreck an zu weinen. Trotzig biss er die Zähne zusammen und wischte die Tränen weg, aber es kamen immer neue. Neél nahm ihn bei der Hand, flüsterte ihm tröstende Worte zu, und schließlich wagte der Zwerg sich näher an den Zug heran.

Während Neél ganz auf Edison konzentriert war, entging mir nicht, wie Mellenie und Jesko kurz miteinander sprachen. Sie schienen sich nicht einig, sie stritten fast. Das gefiel mir nicht.

Als ein Mann aus dem Zug sprang, zuckte ich zusammen. Ich hatte nicht damit gerechnet, dass in dieser Nacht noch mehr Menschen unterwegs waren. Doch steuerte sich so ein Zug sicher nicht von allein. Der Mann hatte im Gegensatz zu Jesko und Mellenie überhaupt kein Interesse an uns. Er würdigte uns keines Blickes, sondern hielt auf die beiden zu und mischte sich in deren Gespräch ein.

Kurze Zeit später schien Mellenie überstimmt, sie warf frustriert die Hände in die Luft, drehte sich um und kam auf mich zu. Ich gab vor, nichts von der Auseinandersetzung mitbekommen zu haben, aber offenbar verbarg ich das schlecht.

»Tut mir leid«, murmelte Mellenie. »Vorschriften, verstehst du?«

Ich verstand leider überhaupt nichts.

»Kannst du uns vielleicht behilflich sein, damit deine Freunde sich gleich nicht aufregen? Das wird jetzt kurz etwas … unangenehm.«

Noch immer begriff ich rein gar nichts und fühlte mich erschlagen, von der Verantwortung, die Mellenie mir ungefragt aufdrückte. Sie rauschte ab, ehe ich etwas erwidern konnte. Ihre Stiefelsohlen klapperten trotz des Lärms hörbar über den Beton.

Ratlos trat ich zu Neél und Edison. Ich hatte das Gefühl, Neél vorwarnen zu müssen, aber ich wusste nicht wovor, und was ich sagen sollte, um ihn nicht noch nervöser zu machen. Also starrte ich mit gesenktem Kopf auf unsere Schatten, die wie Tote zu unseren Füßen lagen.

Graves gesellte sich zu uns und sagte etwas zu Neél. Der Zug machte zu viel Krach, als dass ich ihn hätte verstehen können. Sein Gesicht verriet mir, dass er Neéls gedrückte Stimmung nicht teilte. Graves ging in dieser neuen Welt und all ihren wundersamen Bestandteilen auf – in Gedanken sah ich ihn schon alles Neue aufzeichnen und katalogisieren.

Jesko hatte sein Gespräch mit dem anderen Mann beendet und kam nun mit Mellenie in unsere Richtung.

So plötzlich, dass wir alle zusammenschraken, rollten die Türen eines containerartigen Zuganhängers auf und drei, vier, nein, fünf Männer mit Gewehren im Anschlag sprangen vor uns auf den Bahnsteig.

»Eine Falle!«, zischte Neél und seine Hand schnellte zu seiner Waffe. Ich fing sie ab. Er sah mich an wie eine Verräterin, entsetzt, dass ich ihn zurückhielt.

Ich verstand mich selbst nicht. Da waren fünf Bewaffnete, die Gewehre auf uns richteten.

Edison zitterte vor Angst, Neél vor hilfloser Wut. Josh hob die Hände und rief etwas, das im Lärm unterging. Und Graves' Blicke zuckten umher wie die einer Katze, die begriff, dass sie in eine Kiste getappt war und nun der Deckel hinter ihr zufiel.

Hinter den Männern eilte Mellenie auf uns zu und gestikulierte beschwichtigend. Zorn tanzte in ihrer Mimik. Sie drückte sich an den bewaffneten Männern vorbei. »Entschuldigt!«, brüllte sie. »Das war so nicht vorgesehen. Aber die Polizei hat ihre Anordnungen. Ihr seid neu. Sie können euch nicht einfach vertrauen.«

»Wir vertrauen euch auch nicht«, entgegnete Neél mit einer Ruhe, die mir Angst machte. »Runter mit den Waffen.«

Ich betete still, Mellenie würde dafür sorgen, dass seine Forderung erfüllt wurde. Sie wusste im Gegensatz zu mir nichts von seiner Pistole. Hoffentlich blieb Neél vernünftig. Er konnte kaum noch Munition haben – es war unmöglich, uns aus dieser Lage herauszukämpfen.

Mellenie schrie ein paar Anweisungen und bis auf einen Mann senkten alle die Gewehre, hielten sie jedoch weiterhin schussbereit in den Händen.

»Das ist eine reine Vorsichtsmaßnahme.« Auf Mellenies Wangen erschienen hektische rote Flecken. »Wir müssen nur ein kurzes Stück mit der Bahn fahren, es dauert keine Stunde. Es ist großes Glück, dass sie heute Abend fährt und Polizisten an Bord sind, ansonsten hätten wir euch über Nacht einsperren müssen.« Sie lächelte nervös. »In unserem Haus werdet ihr anders behandelt, mein Wort darauf. In den Stützpunkten der Gilde der Wölfe steht euch Immunität zu. Aber hier müssen wir uns den Gesetzen unterwerfen und das bedeutet: Unregistrierte stehen unter Überwachung. Ich muss euch jetzt bitten einzusteigen.« Sie deutete auf den schwarzen Schlund des fensterlosen Containers.

»Komm schon, Neél«, sagte ich leise, nicht wissend, ob Mellenie die Wahrheit sprach oder uns doch in eine Falle lockte. Aber weder Flucht noch Kampf standen zur Debatte und die Bewaffneten verloren sichtlich ihre Geduld.

»Ihr beide«, Mellenie deutete auf mich und Josh, »könnt mit mir in ein anderes Abteil kommen. Dort ist es etwas bequemer.«

Bequemer bedeutete wohl, dass man aus einem Fenster schauen konnte statt in einen Gewehrlauf.

»Nein danke«, gab ich kalt zurück.

Josh zögerte.

»Du kommst mit uns«, wies ich ihn scharf zurecht. Ich würde es nicht zulassen, dass er sich von uns abwandte.

Er zog den Kopf ein und kletterte als Erster in das dunkle Abteil. Ich half Edison, Graves und Neél stiegen nach uns ein und dann folgten die fünf Polizisten, wie Mellenie sie genannt hatte. Einer von ihnen trug eine Lampe, sodass wir das Innere des Abteils schemenhaft erkennen konnten.

Wir setzten uns auf eine einfache Holzbank auf der einen Längsseite, die Polizisten reihten sich uns gegenüber auf. Sie mieden unsere Blicke, doch zumindest zielten sie nicht mehr direkt auf unsere Köpfe. Sie waren Menschen, aber mit ihren identischen Uniformen und dem gleichen strengen Ausdruck im Gesicht erinnerten sie mich mehr an Percents.

Einer der Männer musterte Edison und sein Gesicht wurde dabei ein wenig weicher. Ich nahm es als gutes Zeichen und bemerkte, dass auch Neél es wahrgenommen hatte und sich endlich ein wenig entspannte.

Mit einem Geräusch, das an ein knurrendes Tier erinnerte, rollte das Tor zu. Das Schloss schnappte krachend zu und wir waren in dem Container gefangen. Die Lampe flackerte und ließ wirre Schatten über die Gesichter der anderen zucken. Niemand sagte ein Wort, nur hin und wieder hörte ich, wie Edison die Nase hochzog.

Dann setzte sich der Zug in Bewegung. Instinktiv griff ich nach den Kanten der Holzbank, auf der wir saßen, um mich festzuhalten.

Der Polizist, der so freundlich wirkte, legte seine Waffe auf den Boden. Neél sah sie nicht direkt an, aber ich erkannte, wie er sie aus dem Augenwinkel im Blick behielt. Ich rückte näher an ihn heran, sodass die Außenseiten unserer Oberschenkel sich eng aneinanderschmiegten. Der Polizist fummelte in seiner Jacke herum und zog etwas aus der Tasche. Er beugte sich weit vor, lächelte und hielt Edison einen kleinen, in Folie gewickelten Streifen entgegen.

Edison sah ihn aus großen dunklen Augen an, machte aber keine Anstalten, das Hingehaltene anzunehmen.

Der Polizist ließ sich davon jedoch nicht beirren.

Ich schüttelte den Kopf, um dem Mann klarzumachen, dass das keine gute Idee war, doch er stand auf und trat näher an Edison heran.

Neben mir wurden Neéls Muskeln steinhart. Der Polizist legte das glitzernde Päckchen in Edisons Schoß, dann setzte er sich wieder hin, zog einen zweiten Silberstreifen aus der Tasche, wickelte etwas aus der Folie und steckte es in den Mund.

Edison hob die Folie auf, reichte sie Neél und dieser stand langsam auf und bewegte sich ein Stück auf den Polizisten zu, um ihm das Geschenk zurückzugeben. Im gleichen Augenblick sah er sich vier Gewehrläufen gegenüber. Einer der Polizisten bellte einen Befehl, wahrscheinlich sollte Neél sich wieder hinsetzen. Doch Neél ignorierte ihn. Mein Herz jagte meinen Puls durch jede Faser meines Körpers. Der Mann stieß Neél den Gewehrlauf in den Magen und rief etwas, das nur eine Beschimpfung sein konnte. Vor Schreck wurde mir schwindelig. Neél ließ sich nicht irritieren und legte dem Polizisten die Süßigkeit in die Handfläche. Erst dann wich er zurück, setzte sich wieder hin und senkte den Blick zu Boden. Mir war klar, dass er dem Mann sein Geschenk lieber vor die Füße geworfen hätte. Seine Wut machte die Luft dünn und ließ mich nur schwer wieder zu Atem kommen. Einer der anderen Polizisten, der aussah, als hätte man ihm die Nase einmal zu oft gebrochen, spuckte auf den Boden und traf knapp neben Neéls Stiefel. Wir waren Dreck für diese Männer, und das ließen sie uns spüren.

Wir schwiegen, bis der Zug endlich anhielt.

• • •

In einer stillen Prozession führte man uns aus dem Bahnhof und dann eine Straße entlang. Jesko und Mellenie gingen voraus, dann kamen wir, flankiert und gefolgt von den Polizisten mit ihren Gewehren. Der eine hatte erneut versucht, Edison seine Süßigkeit zuzustecken, doch Edison hatte sie mit Absicht auf den Boden fallen lassen. Seitdem war auch das Gesicht dieses Mannes nicht mehr weich.

Ich stolperte über meine eigenen Füße, so sehr erschöpfte mich die Ungewissheit, wohin sie uns brachten. Zu beiden Seiten der Straße machte ich Häuser aus, in manch einem brannte noch Licht, meist schimmerte es in schmalen Linien durch die Ritzen der Fensterläden.

Als wir ein hüfthohes Eisentor erreichten, das Mellenie mit einem Schlüssel öffnete, sprach einer der Polizisten kurz mit Jesko, dann ließen uns unsere Bewacher allein.

»Bitte«, sagte Mellenie und bedeutete uns, einzutreten. Ich sah ihr an, wie unruhig sie war. Dass wir ihrer Einladung folgen würden, war nicht mehr selbstverständlich.

»Die Gilde der Wölfe gewährt euch Immunität«, sagte Jesko. Es klang freundlich, aber zugleich nach einer Warnung. »Diese gilt allerdings nur für unsere Grundstücke.«

»Dann sind wir Gefangene.« Graves schien sich nicht schlüssig, ob er es als Frage formulieren sollte oder nicht.

»Nur bis die Registrierung abgeschlossen ist. Danach erhaltet ihr die üblichen Rechte und seid freie Bürger.«

In Neéls Mundwinkel zuckte ein bitteres Lächeln. Er traute in diesem Land nichts und niemandem. Aber er nickte, als wir anderen ihn fragend ansahen. »Wir haben keine große Wahl, scheint mir.«

Und so betraten wir ein Haus der Gilde der Wölfe.

43

wir sind die fremden aus der schattenstadt.

»Demokra…*was?*« Edison war vollkommen verwirrt. Er biss hungrig in eine goldgelbe Frucht, die mich an eine Birne erinnerte, aber viel größer und gelber und saftiger war als die Birnen, die ich kannte. Die Flüssigkeit spritzte aus dem Fleisch und rann dem Zwerg die Mundwinkel herab. Edison seufzte vor Genuss.

»Demokratie«, wiederholte Mellenie geduldig.

Nachdem sie sich mit Graves, Neél und mir die halbe Nacht in einem großräumigen Zimmer, das sie Sitzungssaal nannte, unterhalten hatte, saßen wir nun gemeinsam beim Frühstück in ihrem Wohnzimmer, was Mellenie als gemütlicher angepriesen hatte. In Ermangelung von ausreichend Stühlen hockten wir auf dem Boden.

Mellenie verkörperte in meinen Augen die schöne Seite dieses vereinten Europas. Sie sah gesund aus und hatte weibliche Rundungen, sie war kein bisschen mager wie ich und verhielt sich jedem gegenüber freundlich, ohne aufdringlich zu sein. Sie hatte feuerrotes Haar und grüne Augen, aber im Gegensatz zu allen anderen Rothaarigen, die ich kannte, war ihre Haut nicht bleich, sondern mit lustigen hellbraunen Sommersprossen gesprenkelt. Der Tisch bog sich fast unter den Köstlichkeiten, die sie auftrug, wohl auch als Entschuldigung für die Geschehnisse der letzten Nacht. In ihrem Haus hatte ich, wenn auch nur auf Decken und für wenige Stunden, aller Skepsis zum Trotz so gut geschlafen wie wohl noch nie in meinem Leben. Alles war so sauber und roch nach Seife und etwas Meer – und ich fühlte mich sicher. Es war so unverschämt einfach, die Erlebnisse der Nacht abzustreifen. Seitdem wir in Mellenies

Haus waren, schienen die Polizisten weit weg, und nun wollte ich so schnell wie möglich alles über dieses Land lernen, um nie wieder mit ihnen aneinanderzugeraten.

»Sie sichern nur den Frieden«, hatte Jesko erklärt. »Und sie haben nicht immer gute Erfahrungen mit euren Landsmännern gemacht.«

Das hatte auch Neél verstanden und sein größter Zorn war einer skeptischen Neugier gewichen. Er schien überall Fallstricke zu wittern, aber zumindest hörte er zu und verbarg sein Misstrauen vor den anderen.

»Demokratie bedeutet, dass das Volk seine Regierung wählt.«

»Die Minister«, fiel ich ein. Ich hatte aufgepasst und freute mich, als Mellenie bestätigend lächelte.

»Richtig. Es gibt für jedes wichtige Regierungsressort einen verantwortlichen Minister oder eine Ministerin, sie werden direkt von allen Wahlberechtigten gewählt.« Sie sah Edison schmunzelnd an. »Menschen und Percents dürfen wählen und sich wählen lassen, man muss nur sechzehn Jahre oder älter sein.«

»Bin ich bald!«, rief Edison mit vollem Mund. Wir lachten angesichts seiner Übertreibung.

»Marek Wulf war nach dem weltweiten Krieg, der hierzulande erst vor fast zwanzig Jahren sein Ende fand, der erste Minister für die Vereinbarung unterschiedlicher Völkerinteressen. Zuvor war er Friedensminister im Rat der Menschen und unterzeichnete höchstpersönlich das Friedensabkommen mit den Vertretern der Percents. Das bedeutet, dass er immer auf ein friedliches Zusammenleben von Menschen und Percents hingearbeitet hat.«

Edison runzelte die Stirn. »Die hatten Krieg und haben sich einfach vertragen?«

Mellenies Lächeln bekam einen kleinen, traurigen Riss. »Einfach war es nicht. Aber nach vielen Jahren war auch das Kriegtreiben nicht mehr einfach. Für keine Seite. Wer überleben wollte, musste dem Frieden zustimmen.«

Graves lauschte voller Interesse, doch Neél wirkte noch immer kritisch. Was war los mit ihm? Seit unserer Ankunft war er permanent angespannt und vergangene Nacht hatte er im Schlaf gesprochen, so wirr, dass ich kein Wort verstehen konnte.

Jesko war mit seinem Motorrad losgefahren, um unsere Registrierung zu beantragen und einen Percent namens Gavin abzuholen, der dringend mit uns allen sprechen sollte. Ich hoffte inständig, dass dieser Mann Neél die Unruhe nehmen konnte. Ich erkannte ihn kaum wieder. Er war doch sonst nicht so pessimistisch und die Vorsichtsmaßnahmen konnte er den Europäern wirklich nicht übel nehmen. Er würde doch genauso handeln, wenn Wildfremde in das Land kämen, für das er die Verantwortung trug, oder nicht? Vermutlich brauchte er nach all dem Erlebten einfach nur Ruhe. Wie wir alle. Wir würden darüber reden, wenn die Zeit es zuließ.

Ich konzentrierte mich wieder auf Mellenies Worte.

»Mit Vertretern beider Völker erarbeitete Marek Wulf die Grundlagen für die Gesetze, die zum größten Teil bis heute Bestand haben. Und um diese durchzusetzen und seine Erfahrungen in der ganzen Welt zu verbreiten, gründete er unsere Vereinigung. Wulfs Gilde – die Gilde der Wölfe. Die Mitglieder leben überall im Land verteilt und sorgen dafür, dass alle von den Regeln erfahren und sich daran halten. Und wir tragen die Ideen in die Welt hinaus, um anderen Ländern zum Frieden zu verhelfen.«

»In die Welt?«, hakte Graves nach. Wie ich schien er völlig fasziniert. Nur Josh hatte kein allzu großes Interesse an der Geschichte Europas. Er wollte sich lieber zu einem Spaziergang durch das Dorf aufmachen. Als Mensch musste er nicht erst die Registrierung abwarten. Die Motorräder und Autos, die es hier weit häufiger zu sehen gab als bei uns, bannten seine Aufmerksamkeit.

»Das Vereinte Freie Europa hat Handelsabkommen mit Vorderasien getroffen, von dort beziehen wir Öl und Benzin, und mit den Menschen in Teilen Afrikas. Nicht alle Regierungsoberhäupter sind uns wohlgesinnt. Einige meiden uns wegen der Percents, die bei uns annähernd Menschenrechte haben –«

»Moment!«, unterbrach ich sie. »Entschuldige, aber was genau bedeutet das? Dass es auch in Afrika keine Dark Canopys gibt?«

»Keine Schattenstädte, nein. Soweit ich informiert bin, gibt es sie nur noch auf eurer Insel und in Percent-Reservaten in den Vereinigten Staaten von Amerika. Sie werden weniger, weil auch immer weniger Percents geboren werden; in manchen Ländern soll es so gut wie keine mehr geben.«

»Keine Dark Canopys? Aber die Vögel!« Mein Herz polterte, ich war mit einem Mal vollkommen durcheinander.

»Welche Vögel?«, fragte Mellenie irritiert.

»Die Schwalben und Rotkehlchen!«, rief ich, doch natürlich konnte sie nicht wissen, worauf ich hinauswollte. »Vögel, die im Winter in andere Länder fliegen. Wenn es dort keine Dark Canopys gibt, warum kommen sie dann trotzdem zurück? Sie könnten doch dort bleiben, wo die Sonne den ganzen Tag über scheint.«

Mellenie zuckte hilflos mit den Schultern.

Neél war es, der nach langem Schweigen schließlich meine Frage beantwortete.

»Vielleicht wollen sie einfach nur nach Hause.«

• • •

Jesko kam gegen Mittag zurück, begleitet von dem Percent Gavin, der in einen weißen Anzug gehüllt war und mich an ein Männchen aus Papier erinnerte. Auf die Brust war das Symbol des Wolfkopfes gestickt und der Stoff knisterte bei jeder Bewegung. Der Stolz, mit dem er den Anzug trug, berührte etwas in meiner Brust, das ich mir nicht erklären konnte. Neél konnte. Er sah zu Boden, als sei ihm der Aufzug peinlich, bis der Mann im Schutz des Hauses den weißen Anzug ablegte.

Gavin war zu unserem Erstaunen kaum älter als Neél und kam ebenfalls von den Schatteninseln, er stammte wie wir aus dem Norden. Er berichtete, dass er seit einem guten Jahr Europäer war und es bereits zur Nachtpatrouille gebracht hatte. Das bedeutete, dass er sich auch tagsüber frei bewegen durfte – in der Uniform der Gilde und bei Sonne in einem Schutzanzug. Dies war den ausgewählten Percents der Nachtpatrouille vorbehalten, einer Einsatztruppe, die unter dem Kommando der Gilde und der Polizei stand und deren Mitglieder besonderes Vertrauen genossen.

Aus dem Grund seines Kommens machte er keinen Hehl: Es wurden mehr Nachtpatrouillen gesucht und sowohl Neél als auch Graves schienen vielversprechende Anwärter für einen solchen Posten.

An seiner Seite machten wir nach Sonnenuntergang unseren ersten Rundgang durch das Dorf.

Als wir losgingen, konnte ich auf kaum auf etwas anderes achten als auf Neéls Gesicht, in dem ich Skepsis las, auch wenn er sie vor den anderen verbarg, doch im Laufe des Abends lenkte die kleine Stadt mich vollkommen ab. Noch nie hatte ich so saubere Straßen gesehen. Noch nie so gepflegte Häuser. Jedes besaß Türen und intakte Fenster und fast alle waren mit Fensterläden versehen, die man verschließen konnte. Vor den meisten Häusern standen Blumen, deren Namen ich nicht kannte und die teilweise keinem bestimmten Zweck zu dienen schienen. Sie waren einfach nur da, weil sie schön aussahen. Die Luft war frisch, man roch die Pflanzen, die Speisen, die in den Häusern zubereitet wurden, und die Tiere in den kleinen Gärten. Leute unterhielten sich über ihre Zäune hinweg, die niemanden ernsthaft davon abhalten würden, die Grundstücke zu betreten, ein Mann fegte mit der Hilfe zweier Kinder die Straße vor seinem Haus. Diese Stadt war viel mehr als nur in einem guten Zustand. Sie war lebendig und voller Menschen. Nur … wo waren die Percents?

Im Stadtkern gab es einen Marktplatz, wo gerade ein Musiker seine Instrumente zusammenpackte – leider. Ich hätte ihm gerne ein Weilchen gelauscht. Vor jedem Geschäft blieb ich kurz stehen. Auch hier war kein Fenster beschädigt, dahinter lagen Waren ausgebreitet und niemand schien sich zu ängstigen, dass sie gestohlen wurden.

»Wir müssen uns immer ein wenig beeilen, wenn wir etwas einkaufen wollen«, erklärte Gavin. »Die Läden schließen hier kurz nach Sonnenuntergang.«

»Sind wir keine geschätzten Kunden?«, fragte Neél. Es klang, als kannte er die Antwort schon.

»Natürlich sind wir das.« Gavin hob das Kinn. »Aber die Menschen müssen irgendwann schlafen. Wollen wir etwas essen gehen? Die Gilde lädt euch ein.«

Mich zog es zu einer Garküche, deren Gasttische draußen auf dem Marktplatz aufgebaut waren, aber Gavin winkte mit einem bedauernden Lächeln ab. »In diesem Restaurant sind wir tatsächlich nicht erwünscht. Wir gehen woandershin.«

Letztlich landeten wir in einer Bar, die eine kleine Auswahl an Speisen und eine lange Liste an alkoholischen Getränken anbot und mich trotz der Sauberkeit erschreckend an das *Mondlicht* erinnerte. Ich fragte mich, ob Morton noch lebte. Auf diese Frage würde ich wohl nie eine Antwort erhalten.

Hier stießen wir erstmals auf andere Percents und auch sie erinnerten mich an jene, die ich von zu Hause kannte. Früher hatte es mir nichts ausgemacht, doch zwischen all diesen sauberen Sträßchen und adretten Häusern deprimierten mich diese Männer, die mit kalten steinernen Augen in ihre Krüge stierten.

Neél trat zu einem Mann, der ein Gesicht wie eine Heuschrecke hatte. »Guten Tag«, sagte er in unserer Sprache, doch der andere glotzte nur ratlos zurück. »Darf ich dich etwas fragen?«

Der Percent verstand ihn nicht, Gavin musste übersetzen. Er verzog das Gesicht, als hätte er in eine faule Zwiebel gebissen, nachdem Neél von dem Percent wissen wollte, wo er lebte. Noch verdrossener wurde Gavins Gesicht, als Neél ihn fragte: »Zeigst du uns auch die Gegend, in der dieser Mann wohnt?«

»Wie du wünschst«, sagte Gavin und bestellte etwas, das Gebrautem sehr ähnelte. Neél bestellte Wasser.

Keiner von uns hielt sich mit seinem Essen länger auf als nötig, wir wollten schnell wieder nach draußen, die Stadt besichtigen.

Neél nickte wissend, als wir in die Straßen einbogen, in denen die Percents lebten. Ich musste schlucken. Hier waren die Türen nicht bunt bemalt und Blumen gab es auch keine. Zwar war auch diese Gegend nicht schmutzig oder verfallen, aber das Leben, das ich zuvor bemerkt hatte, fehlte hier völlig. Die Männer gingen mit gesenkten Blicken an uns vorbei, als fürchteten sie aufzufallen. Wir trafen auf mehrere Polizeistreifen, die nicht einmal dann reagierten, wenn ich sie mit einem Lächeln grüßte.

»Können wir zurück zum Gildehaus gehen?«, fragte Gavin. Er musste in anderen Verhältnissen leben, denn selbst er schien sich unwohl zu fühlen.

Auf Edisons Wunsch hin schlenderten wir nach unserem Stadtrundgang noch zum Meer, das ganz nah lag, und betrachteten die Wellen, wie sie langsam die tiefe Nacht an Land spülten.

• • •

»Euer Frieden hat einen hohen Preis«, sagte Neél zu Gavin, Jesko und Mellenie, als wir später auf der Veranda Tee tranken.

»Am Anfang wirkt alles sehr einschränkend«, gab Gavin zu. »Aber man lernt schnell, damit umzugehen.«

»Wirklich?« Neél sah Gavin fest an, bis dieser dem Blick nicht mehr standhalten konnte.

Mellenie stand auf und lehnte sich gegen die Brüstung. Sie deutete zum Haus auf der anderen Straßenseite. Es war ein besonders schönes mit einem riesigen Garten, in dem Hühner umherliefen – dicke, runde, gut gelaunte Hühner. Jemand hatte die Tür und die Fensterläden mit bunten Farben bemalt, es sah aus, als hätten Kinder die Pinsel geschwungen.

»Dort lebt eine Familie«, erzählte sie. »Drei Generationen. Rieke, ihr einziger Sohn, dessen Frau und die beiden Kinder. Eine glückliche Familie, sehr liebenswert. Rieke bringt uns manchmal Kuchen und Marmelade, gekocht aus dem Obst, das in ihrem Garten wächst. Rieke hatte drei Söhne und einen Mann. Sie wusste, dass Krieg war, doch die Kämpfe beschränkten sich auf die größeren Städte. Unsere kleine Küstenstadt erreichten sie nicht. Zumindest nicht bis zu dieser einen Nacht.« Mellenie schluckte. »Da kamen sie dann doch … Rieke und ihr ältester Sohn mussten zusehen, wie der Vater und die beiden Kleinen bestialisch abgeschlachtet wurden. Nicht aus einem bestimmten Grund oder weil sie etwas falsch gemacht hatten. Einfach nur weil die Percents es konnten.«

»Diese Zeiten sind vorbei«, warf Gavin ein, als hielte er die Stille nach den Worten nicht aus. »Aber solange es Menschen gibt, die sich erinnern, müssen wir uns den Frieden erarbeiten.«

Jesko griff nach der Kanne und füllte Neéls Tasse. »Seien wir ehrlich. Wir wissen doch alle, dass es nicht damit getan ist, ein Friedensabkommen zu unterschreiben. Die Völker brauchen Zeit, ehe sie sich wieder in die Augen schauen können. Sie brauchen mutige

Vertreter, die ihnen diese Zeit geben und durch Gesetze Klarheit und Sicherheit schaffen.«

»Einzelne als Tribut für das große Ganze und unser aller Zukunft«, meinte Neél. »Ich verstehe.« Ich war mir sicher, dass das keine leeren Worte waren. Er sah das durchaus ein. Und er war so respektvoll, niemanden außer mir erkennen zu lassen, wie unglücklich er darüber war.

Ich nahm Neéls Hand. Er hatte sich das Land hinter dem Meer sicher anders vorgestellt, ich konnte nachvollziehen, dass er enttäuscht war. Dieses Europa war sicher, sauber und alles roch nach Blumen, Meer und Seife. Aber er hatte das richtig erkannt: All das hatte seinen Preis. Und mir war klar, dass er den zahlen musste. Für mich.

• • •

Ich umarmte ihn fest, als wir später nebeneinander auf unseren Decken lagen, schmiegte meine nackte Brust an seinen Rücken und streichelte seine Schultern.

»Vieles hier ist doch sehr schön«, versuchte ich ihn zu überzeugen. »Keine Kämpfe. Keine Kriege und keine Gewalt.«

»Ja.«

»Edison kann hier friedlich aufwachsen.«

»Kann er.«

»Wir werden ihm einen Hund kaufen. Meinst du nicht, dass ihm das gefallen würde?«

»Denke schon.«

»Findest du es nicht schön hier?«, fragte ich. »Kein bisschen?«

»Schon«, sagte Neél, aber er redete an mir vorbei. Ich wartete eine Stunde oder länger auf ein Aber, das nicht kam. Doch er dachte es, er dachte es so stark, dass das Wort Substanz bekam, zu einer Mauer wurde und sich zwischen uns aufbaute. Ich küsste seinen Nacken, spielte an seinem Ohrläppchen und versuchte händeringend, mir meine Verzweiflung nicht anmerken zu lassen. Irgendwann drehte Neél sich seufzend zu mir um und zog mich an sich.

»Du bist schön«, flüsterte er in meine Haare. »Nur du. Du bist hier das Schönste für mich. Ich werde mir Mühe geben, nur für dich.«

Wir schliefen miteinander und danach schliefen wir nebeneinander, und doch schlief ich auf irgendeine seltsame Weise ganz allein, eingehüllt in mein schlechtes Gewissen, dass Neél – den ich für so unbeugsam gehalten hatte – sich für mich verbog.

Im Traum war ich plötzlich wieder auf der unter Dark Canopy verborgenen Schatteninsel und versuchte, dort zu leben. Für ihn, weil er mich liebte und ich ihn. Doch ich wusste, dass ich mich mit jedem Tag etwas mehr verlor. Irgendwann würde nichts mehr von mir übrig sein, was Neél lieben konnte, und nichts, was Neél zurückliebte.

44

die sonne wirft schatten.
tiefschwarze schatten.

Neél hielt sein Versprechen. Er gab sich Mühe und entweder fiel es ihm leichter als gedacht oder er log so gut, dass selbst ich es nicht bemerkte. Wahrscheinlich war ich geblendet von dieser hellen Welt mit all ihren Farben.

Wenn die Sonne schien, rannte ich nach draußen, fing Schmetterlinge, die so bunt waren, dass es in den Augen brannte. Ich brachte sie ins Haus (auch wenn Neél protestierte), schleppte Blumen und farbenfrohe Vogelfedern herein, blaugrün schillernde Käfer und Schnecken in bunten Häusern, mit denen Edison stundenlang spielen konnte. Er spielte immer dasselbe: draußen sein.

Die Gilde der Wölfe plante, ein leer stehendes Haus für uns herzurichten. Es war nicht besonders groß, aber ich mochte es auf Anhieb. Im Garten standen ein Pflaumenbaum und ein Haselnussstrauch und vor dem Haus grüne Essigbäume, die sich laut Mellenie im Sommer rot verfärben würden und eine Art natürlichen Zaun bildeten.

Nachts arbeiteten wir gemeinsam an unserem Haus, zimmerten Fensterläden, nähten Vorhänge, flickten die Löcher im Dach und reparierten die Wasserleitungen. Als Gegenleistung für ihre Hilfe erwartete die Gilde unsere Unterstützung. Wir sollten unsere Erfahrungen teilen, den Menschen und Percents zeigen, wie das Zusammenleben funktionieren konnte.

Für Graves tat man eine Schreibmaschine auf und in kürzester Zeit hatte er gelernt, sie zu bedienen – er war in seinem Element. Von da an ertönte beinahe den ganzen Tag und die halbe Nacht hektisches Geklapper aus dem Haus. Er träumte nicht länger davon, Bücher zu sammeln. Er wollte sie schreiben.

Er begann mit unserer Geschichte.

• • •

An einem sonnigen Nachmittag begleitete Mellenie mich in die Stadt. Wir wollten Stoffe kaufen, um Kissen zu nähen. Als wir schwer bepackt wieder auf den Marktplatz traten, hatte die ungewohnte Wärme mir längst den Schweiß aus allen Poren getrieben. In Tropfen rann er mir über die Schläfen und ich fühlte mich großartig.

Der Musiker war wieder da, er spielte abwechselnd auf einer Flöte und einer Gitarre, zu deren Klängen er auch sang. Ich verstand kaum ein Wort, aber genug, um zu wissen, dass das Lied vom Glück handelte. Glück, das nach Meer und Seife roch. Einige Menschen standen im Halbkreis um den Straßenmusiker herum, andere tanzten.

»Los, lass uns auch tanzen!«, rief Mellenie. Sie kickte ihre Holzschuhe zur Seite, stellte unsere Taschen daneben ab, und ehe ich widersprechen konnte, zog sie mich mit sich.

Ich konnte nicht tanzen. Hatte es nie gelernt. Warum auch?

Ich stand erstarrt da, wie ein in den Boden gerammtes Schwert, zwischen all den Menschen, die sich leicht und gelöst bewegten, als würde die Musik sie lenken. Ein harter Fremdkörper mitten unter ihnen, das war ich. Und das wollte ich nicht sein. Verdammt, ich wollte das nicht!

Erst bewegte ich nur die Arme, dann den Oberkörper und schließlich vorsichtig auch die Beine. Bei den anderen sah das so leicht aus, aber mir fiel es schwer, ihnen die Schritte nachzumachen. Erst hatte ich Angst, sie würden es mir übel nehmen, dass ich so ungeschickt war, oder sie könnten über mich lachen. Aber das war unbegründet, aufmunternd lächelten sie mir zu.

Mellenie zog mich zur Seite. »Du musst deine Schuhe ausziehen!«, rief sie. Ihre Wangen waren gerötet und ihre Augen leuchteten. »Na los, runter mit den schweren Stiefeln. Das sind Schuhe für den Krieg, zum Kämpfen. Niemand kann in solchen Schuhen tanzen.«

»Ich … kann doch nicht …« Nein, das ging nicht. In meinem Stiefel steckte mein Messer, und Waffen zu tragen war verboten!

»Warum denn nicht?« Mellenie lachte. »Trau dich einfach.«

Sehr vorsichtig öffnete ich die Schnürriemen und zog meinen schwitzenden Fuß heraus, darauf achtend, dass niemand das Messer zu Gesicht bekam. Die Frauen und Kinder hüpften munter umher, der Musikant sang – niemand beachtete mich.

Bloß Mellenie. Und ihr konnte ich nichts vormachen.

Sie kniete sich neben mich und legte ihre Hand auf meine, unter der ich das Messer verbarg. Ich hielt den Atem an. Wenn sie mich jetzt an die Polizei verriet, war alles aus. Vorbei der Traum von unserem Haus und dem neuen Leben, das wir uns so mühsam zusammenzimmerten.

Doch als ich aufsah, bereits eine Rechtfertigung auf den Lippen, lächelte sie. »Schon gut. Leg es ab, wenn du bereit bist. Du musst nicht mehr kämpfen, wir beschützen euch. Aber ich verstehe, dass du noch nicht daran glaubst. Wir brauchen alle unsere Zeit, so sind wir Menschen eben.«

Ich biss mir auf die Lippe, hoffte inständig, sie möge nicht weitersprechen, weil ich sonst in Tränen ausgebrochen wäre.

Sie tat mir den Gefallen, als würde sie meine Gedanken erraten, und stieß mich an. »Und nun komm, weg mit den Strümpfen, ehe dem Sänger die Puste ausgeht!«

Und so tanzten wir. Barfuß zu Liedern vom Glück, inmitten von Frauen und Kindern, deren Gesichtern man ansah, dass sie vom

Krieg nichts wussten. Ich machte mich sicher lächerlich, denn ich konnte ja überhaupt nicht tanzen. Ich rempelte gegen andere Tänzer, trat ihnen auf die Füße und rief laufend Entschuldigungen, die nicht nötig waren, denn ohne Schuhe tat ich niemandem weh. Und nach kurzer Zeit bemerkte ich verblüfft, dass ich mich genauso ausgelassen bewegte wie alle anderen.

• • •

»Du riechst nach Sonne«, sagte Neél, als ich wieder zu Hause war. Er rieb seine Nase an meiner nackten Schulter. »Man riecht hier tatsächlich das Wetter auf deiner Haut.«

Ich glaubte gern, dass ihn das erstaunte. In Großbritannien roch man vor allem den Staub.

»Ich habe tanzen gelernt«, sagte ich. Sofort zog ich meine Schuhe aus, um es ihm zu zeigen, aber die Schritte wollten mir nicht mehr einfallen. »Die Musik fehlt«, meinte ich und summte die Melodie vor mich hin. Es half nichts. Ich suchte lange und verbissen nach dem Gefühl, das mich beim Tanzen begleitet hatte, doch ich konnte es nicht mehr finden.

»Vielleicht bist du einfach müde?«, fragte Neél. Unrecht hatte er nicht. Der Tag war aufregend und anstrengend gewesen. »Du solltest dich etwas hinlegen.«

»Wir wollten doch noch zusammen zum Meer.«

»Du schläfst viel zu wenig.«

Auch das stimmte. Ich fand keine Zeit, um zu schlafen. Meine Nächte gehörten Neél und während der Tagesstunden, die er, Edison und Graves (wenn er nicht schrieb) zum Schlafen nutzten, fand ich keine Ruhe, solange es so viel zu entdecken gab.

»Leg dich etwas hin«, wiederholte er sanft. »Wir gehen morgen zum Strand.«

Ich musste gähnen. »Morgen? Kommt morgen nicht die Lehrerin, die Mellenie für Edison engagiert hat?«

»Hhm. Und danach gehen wir alle zusammen zum Meer. Der Zwerg freut sich schon darauf, enttäusche ihn nicht.«

• • •

Ich lernte Edisons Lehrerin am nächsten Nachmittag kennen. Marlie Bick war eine gemütlich aussehende, rundliche Frau, die lila gefärbte Kleidung trug und mich an eine Pflaume erinnerte. Sie hatte helle, freundliche Augen. Doch diese Augen verdüsterten sich abrupt, als Neél zu uns in die Wohnstube trat und ihr die Hand reichte. Sie wusste wohl, dass es ein Percent-Kind war, das sie unterrichten sollte, aber dass weitere Percents im Haus lebten, hatte ihr offenbar niemand gesagt (und ich ahnte auch, warum). Nur äußerst widerwillig streckte sie Neél ihre rechte Hand entgegen und hielt dabei so viel Abstand wie möglich. Ich bemerkte beklommen, dass sie mir Blicke zuwarf, als erhoffte sie sich meine Hilfe, sollte Neél ihr gefährlich werden. Unauffällig atmete ich tief durch, lauschte Graves' Schreibmaschinengeklapper im Nebenraum und versuchte, den sich mir aufdrängenden Eindruck abzuwenden, dass dieser Tag mit einem Drama enden würde.

Neél wünschte Marlie Bick auf Europäisch einen guten Tag. Mit Begrüßungsfloskeln waren unsere Fähigkeiten leider erschöpft, daher wechselte er in unsere Sprache. »Mellenie sagte, du würdest uns verstehen, Marlie?«

»Sehr wohl«, antwortete sie ein wenig steif.

An irgendetwas stieß sie sich, aber ich kam nicht dahinter, was es war. Möglicherweise war es allein die Tatsache, dass Neél Schlangenaugen hatte. Ich unterdrückte ein Stöhnen und bot ihr Tee an, den sie ablehnte, als hätte ich etwas Unanständiges vorgeschlagen.

Man konnte es auch übertreiben. Ein wenig beleidigt holte ich für Neél und mich eine Tasse.

Als ich mit dem dampfenden Tee zurückkam, war die Verunsicherung im Gesicht der Lehrerin einem Ausdruck gewichen, als würde man sie zwingen, mit einem ekligen Insekt zu verhandeln.

Ich bewunderte Neél für seine Geduld und das Talent, sich nicht anmerken zu lassen, dass ihre Ablehnung ihn zutiefst verletzte.

»Nun, es ist so, dass er nichts von alldem kann«, antwortete er gerade auf eine Frage, die ich nicht mitbekommen hatte.

»Er wurde nicht unterrichtet?«

Neél verkniff sich ein Grinsen. »Er kann Buchstaben abschreiben. Das Lesen und Rechnen lernen Kinder dort, wo wir herkommen, erst später.«

Marlie Bick seufzte, als hätte sie es mit unfassbarer Dummheit zu tun. »Das ist nicht viel.«

»Er lernt schnell«, versprach ihr Neél, »und wird sicher bald aufgeholt haben, was ihm fehlt.«

»Ich gebe mein Bestes, Herr ...« Sie hielt kurz inne. »Aber ich möchte keine Versprechungen machen. Das, was ich bisher gehört habe, klingt nach viel Arbeit. Sehr viel mehr, als ich in dem Semester, das die Gilde bezahlt, zu leisten imstande sein werde. Es wird länger dauern, den ... Jungen zu erziehen. Ich stelle mir natürlich die Frage, wer mich in Zukunft bezahlen wird ...«

Neéls Lächeln wurde für einen Moment sehr glatt. »Wir werden schon eine Möglichkeit finden.«

Ich konnte beinahe spüren, wie schmerzhaft es für ihn war, trotz ihrer abschätzigen Haltung freundlich zu bleiben. Ich wünschte, Marlie Bick könnte nur ein einziges Mal hinter die Maske blicken und den Percent-Krieger sehen, der Neél war. Sehen, wer ihr da gegenübersaß und von ihr mit Verachtung behandelt wurde. Sie würde augenblicklich ihre Haltung überdenken.

Aber Marlie Bick war die einzige Lehrerin, die für Edison infrage kam, und Neél wusste das nur zu gut. Mellenie hatte uns darauf hingewiesen, dass er dieselbe Schulbildung wie die Menschenkinder benötigte, wenn er seine berufliche Laufbahn ebenso frei wählen wollte. Allerdings ohne die Möglichkeit, eine Schule zu besuchen, was ohne Zweifel ungerecht war und seine Chancen schmälerte, aber als Tatsache feststand.

Neél hatte wieder einmal keine Wahl.

Allen Vorbehalten zum Trotz war Marlie Bick so gütig, Edison zu unterrichten. Wir saßen etwas ratlos ob ihrer Ablehnung beisammen, während sie sich mit dem Jungen und ihren mitgebrachten Büchern in sein Zimmer zurückzog.

»Ich hätte ihr gerne verraten, was Edison wirklich in den letzten Jahren gelernt hat«, murmelte Neél. Er kämpfte mit einem dreckigen Grinsen, das ich nur halbherzig erwidern konnte.

»Wie man einen Menschen mit bloßen Händen kampfunfähig macht?«

»Hhm. Zum Beispiel.« Er stieß die Luft aus. »Ich fürchte, er wird noch Ärger machen. Edison will überhaupt nicht von dieser Frau unterrichtet werden. Er will in eine dieser Schulen, von denen er gehört hat. Zu anderen Kindern. Er ist so verdammt einsam, Joy. Er kann nicht nur mit Erwachsenen zusammenleben.«

»Ich rede noch mal mit Mellenie«, versprach ich. »Vielleicht gibt es ja doch eine Möglichkeit für ihn, eine Schule zu besuchen. Vielleicht in einem Schutzanzug?«

Neél winkte ab. »Ich habe längst mit ihr geredet. Keine Chance. Glaubst du, irgendwer würde zulassen, dass sein Kind auf die gleiche Schule geht wie ein Percent?«

Ich wollte etwas erwidern, aber er ließ mich nicht zu Wort kommen.

»Er hat gelernt, wie man ein Krieger wird. Alles, was in seinem

Kopf verankert ist, macht den Menschen hier Angst und widerspricht ihren Grundsätzen.« Er stand auf und ging im Zimmer umher, so viel Spannung im Körper, dass ich dachte, er würde gleich auf die Wände losgehen. Schließlich fuhr er sich mit beiden Händen durch die Haare.

»Ich habe dabei ein ganz blödes Gefühl, Joy.«

• • •

Neél hatte es kommen sehen. Doch dass sich seine Befürchtungen schon wenige Minuten darauf als berechtigt erweisen würden, schockierte auch ihn.

Marlie Bick kam vollkommen entrüstet und mit hochrotem Gesicht aus Edisons Zimmer gestürzt. Mein erster, unangebrachter Gedanke war, dass der Junge nackt auf dem Tisch tanzen musste – anders konnte ich mir ihre Empörung nicht erklären. Beinahe hätte ich gelacht.

»Dieser Junge«, brüllte sie Neél an. »Eine Zumutung! Das … das kann keiner von mir verlangen.«

Neél und ich waren beide kurz davor, Edison mit scharfen Worten zu verteidigen, doch dann bemerkten wir die Tränen in den Augen der Lehrerin. Ich schluckte.

Sie nahm ihre Tasche, warf mir einen entschuldigenden und Neél einen bitterbösen Blick zu und rauschte aus der Tür.

»Das fängt ja gut an«, seufzte Neél und ging, um nach Edison zu schauen. Ich folgte ihm in den kleinen Raum und fand Neél dort allein vor.

»Wo ist er hin?«

Neél wies aus dem offenen Fenster. Die Dämmerung schmiegte sich über den Garten. Von Edison keine Spur.

Wir mussten den Zwerg nicht lange suchen. Lärm aus dem Nachbargarten führte uns schnell auf seine Spur. Wir hörten Kinder grölen, Hühner aufgeregt gackern und eine alte Dame keifen. Das ließ nur zwei Schlüsse zu: Entweder versteckte sich ein Percent in ihrem Garten oder ein wildes Tier.

Wir fanden Edison in einem Apfelbaum hockend. Er presste sich an den Stamm und wich Steinen aus, die zwei Kinder, nur geringfügig älter als er, nach ihm warfen.

Neél, den ganzen Tag über die Fleisch gewordene Beherrschung in Person, setzte mit einem Sprung über den Zaun und stand im nächsten Moment zwischen Edison und den Steinewerfern.

Er musste keinen Laut von sich geben. Bei seinem Anblick flohen die Kinder krakeelend ins Haus. Die alte Frau brüllte Schimpftiraden aus dem Fenster. Ich verstand nur ein Wort und das machte mir große Sorgen: »Polizei.«

Beklommen pflückte Neél den Zwerg aus dem Baum und stellte ihn auf den Boden. Schweigend trotteten wir zum Haus zurück.

Ich sah Neél fragend an. Dass die Polizei bei uns auftauchen würde, war klar, aber ich wollte Edison nicht noch mehr Angst machen und hätte das Thema am liebsten irgendwo vergraben und nie wieder vorgeholt. Daraus wurde natürlich nichts.

Sie kamen nicht einmal eine halbe Stunde später und sie waren schwer bewaffnet. Ich hätte gern Mellenie oder Jesko als Unterstützung dagehabt, aber die beiden würden erst später heimkommen und die Polizisten ließen sich nicht auf dieses Später vertrösten.

In hilflosen Wortfetzen, weil sie unsere Sprache nicht verstanden und wir ihre erst lernten, versuchten wir die Situation zu klären.

Ich argumentierte, Graves untermalte meine Erklärungen mit Skizzen, Edison heulte lautlos und Neél hatte schlicht und ergreifend nichts mehr zu sagen. Er starrte mit dem gleichen misstrauischen Gesichtsausdruck zu Boden, mit dem die Polizisten ihn musterten.

Es war unmöglich zu beurteilen, ob sie unsere Geschichte glaubten oder davon ausgingen, Neél und Edison hätten versucht, die Nachbarn anzugreifen. Irgendwann verschwanden sie wieder. Einer von ihnen, ein Mann mit verhärmter Mimik und schwarzem Haar, was ihm einen Ausdruck brutaler Kälte verlieh, sagte etwas, das ich mir sinngemäß als Warnung zusammenreimte. Man würde uns im Auge behalten …

Neél sprach erst wieder, nachdem Edison auf seinem Schoß in einen erschöpften Schlaf gefallen war.

»Ich weiß, was die Lehrerin so aufgewühlt hat«, sagte er ohne jeden Zusammenhang.

Ich erinnerte mich gut an meine erste Begegnung mit Edison. Auch mich hatte er zu provozieren versucht. »Was hat er angerichtet?«

Neél fuhr sich erst durch die Haare und dann über die Augen. »Er hat ihr von der Ermordung Lavaders erzählt. Jedes kleine Detail. Verdammt, ich hatte nicht gewusst, dass er das wirklich alles gesehen hat.«

Ich ließ mich niedergeschlagen auf einen Stuhl sinken. »Fuck. Warum hat er das getan?«

»Um sie zu testen? Um sie zu vertreiben?« Neél ließ durchklingen, dass er das selbst nicht recht glaubte. »Die Lehrerin wird nicht wiederkommen. Wir müssen ihn selbst unterrichten.«

»Ich helfe euch natürlich.«

Neél nickte knapp. »Danke. Aber ich habe das Gefühl, das Wichtigste ist zunächst, dass er lernt, wie man sich wehrt, wenn man angegriffen wird. Vielleicht hat er der Lehrerin darum von diesem Erlebnis erzählt. Vielleicht wollte er Antworten auf die Frage, was er hätte tun können.« Erneut raufte Neél sich die Haare. Er war ganz durcheinander. »Verdammt, warum hat er nie mit mir darüber geredet?«

»Was hast du vor?«, fragte ich zögernd.

Er schüttelte den Kopf, als wäre ich für die Wahrheit nicht bereit. Dann sprach er es doch aus. »Er muss schießen lernen.«

»Was?« Ich rutschte fassungslos ein Stück von ihm weg. Der Stuhl schabte über den Boden und Edison regte sich, schlief dann aber weiter. »Hast du denn gar nichts begriffen?«

»Ich habe die hiesigen Gesetze genau studiert, Joy, ich kenne sie«, entgegnete Neél, meinen Blick meidend. »Ich weiß, dass er keine Waffe tragen darf. Aber er muss sich verteidigen können. Er hat Angst.« Neél atmete durch, als stünde ihm eine große Anstrengung bevor. »Wusstest du, dass dein sauberes Europa Handel mit der Triade treibt?«

Diese Frage schien mit unserem Gespräch nichts zu tun zu haben und traf mich völlig unvorbereitet.

»Was meinst du damit?«

»Hast du nicht die Pistolen gesehen, die Jesko und Mellenie tragen?«

Ich nickte. »Sie sind für den Fall der Fälle. Weil man nie sicher sein kann, dass –«

Neél hob die Hand. »Natürlich. Nur ein Idiot traut blind dem Frieden.« Er hatte recht und gerade deshalb schmerzten seine Worte so: Ich war der Idiot, ich wollte dem Frieden blind trauen. Und er sprach es aus. »Aber darum geht es nicht. Es geht darum, dass es dieselben Waffen sind, die die Triade an ihre Regimente ausgibt. Sie werden hier hergestellt und nach Großbritannien verkauft.«

»Das glaube ich nicht.« Leider tat ich es irgendwie doch, denn es bestand keinerlei Grund, an Neéls Worten zu zweifeln. »Bist du ganz sicher?«

»Ich hatte mehr als genug dieser Pistolen in der Hand.«

Ich fühlte mich wie vor den Kopf gestoßen.

Neél seufzte, vermutlich hatte er mich nicht so erschrecken wollen. »Jesko kann es natürlich erklären. Die Waffenschmiede, die diese Pistolen produzieren, dürfen sie überallhin verkaufen. Man ist nicht erfreut, dass sie mit den Schatteninseln Handel treiben.« Er lachte bitter. »Natürlich ist man das nicht, solange mit diesen Waffen die eigenen politischen Boten abgeknallt werden. Aber es ist das Recht der Wirtschaft, eigene Handelsabkommen zu schließen.« Neél legte den schlafenden Edison auf das Sofa, trat zu mir und schloss mich in den Arm. Er küsste meinen Hals. Und dabei flüsterte er kühl in mein Ohr: »Auch das ist Demokratie, Joy. Freie Handelsrechte. Ein kluger Waffenschmied ahnt, dass der Feind einen Bedarf an Waffen hat, und er liefert.«

Ich lehnte mich eine Weile an ihn und war dankbar, dass er mich hielt, nachdem er mich aus dem Gleichgewicht gebracht hatte.

»Verstehst du jetzt, dass hier lange nicht alles so idyllisch ist, wie es scheint?«

Ich nickte. »Aber sie sind so weit gekommen. Sie sind auf dem richtigen Weg, glaubst du nicht?«

»Aber der Weg ist noch lang. Und bis wir sein Ende erreicht haben, ist es wichtig, dass Edison eins lernt: kämpfen. Mit Worten und Waffen und allem, was er hat.«

Ich musste an die Parole denken. »Mit dem Herzen und dem Verstand und allem, was wir sagen und tun.«

Ich stand auf und Neél legte seinen Kopf auf meine Schulter. »Das habe ich lange nicht mehr gehört. Es fühlt sich wie eine Ewigkeit an.«

• • •

Der Tag, an dem mich die Schatten einholten, begann auf diese friedliche, trügerische Art. Nach Seife riechend.

Wir lebten inzwischen in unserem eigenen, kleinen Haus; ein

Haus, das eine stabile Tür und lichtdichte Fensterläden besaß, in dem es fließendes Wasser gab und das in seinem Inneren nach den blühenden Bäumen in unserem Garten roch und nach dem Meer, denn es lag nur wenige Kilometer von der Küste entfernt.

Ich saß auf der Veranda und übersetzte mithilfe eines Wörterbuchs Texte der Gilde der Wölfe. Ich musste dringend besser Europäisch lernen. Wann immer ich in die Stadt ging, stellte ich fest, wie hilflos ich mich fühlte, weil ich die Sprache nicht in all ihren Feinheiten beherrschte. Der Wind spielte mit den Seiten meiner Bücher, doch abgesehen vom Rascheln des Papiers und den singenden Vögeln war es ruhig.

Neél und Edison schliefen. Mellenie war zu Besuch, sie hatte sich im Wohnzimmer gemeinsam mit Graves in dessen Texte vertieft, die sie drucken lassen wollte. Josh begleitete Jesko zur Werkstatt, um eine Reparatur an Jeskos Motorrad vornehmen zu lassen. Er spekulierte auf eine Arbeit in der Werkstatt und Mellenie räumte ihm gute Chancen ein.

Auch meine zukünftige Arbeit stand nun fest. Ich hatte mich entschieden, mich der Gilde anzuschließen und zur Lehrerin ausbilden zu lassen, um mit meinen Erfahrungen dazu beizutragen, Menschen von einer gemeinsamen Welt zu überzeugen – und Frieden zu schaffen. Mellenie stieß sich an meiner Wortwahl. »Wir haben Frieden«, meinte sie, aber unsere Auffassung von Frieden deckte sich nun mal nicht ganz. »Wir sind auf einem guten Weg«, erwiderte ich, »aber wir müssen noch viel weiter gehen.«

Ich wollte dafür kämpfen, dass wir auf diesem Weg vorankamen, aber nicht mehr länger mit einer Waffe. Mein Messer lag Tag und Nacht in meinem Schrank zwischen meinen Strümpfen.

Als die friedliche Stimmung brach, geschah das zunächst nur durch Schritte, die ich rasch näher kommen hörte. Ich sah auf und erkannte den Küstenspäher Hendrik, der mit seiner mürrischen

Frau in einem Leuchtturm wohnte, den Schiffen durch sein Licht den Weg wies und unseren Hafen bewachte.

»Schiff!«, brüllte er und winkte aufgeregt. Sein Gesicht war krebsrot vor Anstrengung. »Fremdes Schiff.«

Ich klopfte an die Scheibe, um Mellenie Bescheid zu geben.

»Ein Schiff von den Schatteninseln?«, wollte ich von Hendrik wissen.

Er nickte und ließ einen Redeschwall auf mich los, von dem ich nur Bruchstücke verstand. Mein Puls jagte. Dass Hendrik mit mir sprach, war nicht selbstverständlich, er misstraute mir mehr noch als den Percents und fand meine Beziehung zu Neél vollkommen unerhört. Ich beschloss, es als positives Zeichen zu sehen, dass er mir heute bereitwillig Auskunft erteilte.

Ein kleines Schiff aus Richtung der Schatteninseln näherte sich. Mellenie bekam die letzten Worte mit und wir rannten sofort los, den Deich hinauf, von wo aus wir das Schiff sehen konnten.

»Sie segeln auf die Fischerdocks zu«, stellte Mellenie fest und hob ein Fernglas vor die Augen. Dann reichte sie es mir. »Menschen. Und sie scheinen wirklich aus deinem Land zu kommen.«

»Woran erkennst du das?«, fragte ich sie, während wir bereits zum Fischerhafen liefen.

Sie antwortete atemlos: »Bleiche Haut und Sonnenbrand.«

»Sind Percents dabei?«

»Ich habe keine gesehen.«

Aber wenn welche an Bord waren, dann versteckten sie sich ohnehin vor der Sonne.

Mellenie war eine ausdauernde Läuferin, aber mit mir konnte sie nicht mithalten. Ich war vor ihr und noch vor dem Schiff im Hafen. Kurz blieb ich neben der *Dark Destiny* stehen, die wir unlängst hergeholt hatten, und stutzte. Jemand hatte den Namen des Bootes fein säuberlich auf seinen Rumpf geschrieben, sodass er kein Geheimnis mehr war – keine Asche, die das Wasser fortwusch. Wer mochte das getan haben?

Während ich auf das Schiff wartete und zusah, wie es näher kam, hatte ich Zeit, mir darüber klar zu werden, was dort möglicherweise im Anmarsch war: Gewissheit, was nach der Schlacht jenseits des Meeres passiert war. Mein Herz, das bereits durch das Laufen schneller schlug, trommelte immer heftiger gegen meine Rippen, als wollte es sich seinen Weg nach draußen erkämpfen. Es übertönte das Klopfen, mit dem die Fischkutter gegen die Anlagestellen stießen, das leise Knirschen der Seile und das Gezeter der Möwen.

Ich hielt meine Hände über die Augen, damit ich die Menschen auf dem Schiff besser sehen konnte. Ich sah in fremde Gesichter, in Augen, in denen sich Staunen, Misstrauen und unglaubliche Erleichterung spiegelte. Ich wusste genau, warum sie weinten, als sie vom Boot wackelig auf die Stege kletterten, hinfielen und sich am Holz festhielten. Ich hatte damals ebenfalls nur mit Mühe die Tränen zurückhalten können.

Ich zählte zwei Männer, vier Frauen und drei Kinder. Im Arm einer Frau lag ein Säugling, der so winzig war, dass er nur auf dem Meer geboren sein konnte.

Ich wollte ihnen so vieles mitteilen, als sie das Schiff verließen und wieder festen Boden unter den Füßen hatten, ihnen so viele Fragen stellen, aber Tränen stiegen in meine Augen und ich bekam nicht mehr heraus als ein einziges Wort: »Willkommen.«

• • •

Die Gefahr, wenn man Fragen stellt, besteht darin, dass man Antworten bekommt, die man nicht hören will.

Die Gefahr guter Nachrichten liegt darin, dass sie etwas bewegen, das möglicherweise besser unbewegt bleiben sollte.

Die Gefahr der Freude ist, dass man sie nicht immer teilen kann, so gerne man das möchte.

Im Osten der großen Schatteninsel, so erzählten die Ankömmlinge, die tatsächlich Flüchtlinge aus unserer Heimat waren, gab es eine zerstörte Stadt aus Asche, die ein einzelner, überlebender Präsident mit einer Handvoll Anhängern wieder aufzubauen versuchte, nachdem er sie erfolgreich gegen die Rebellen verteidigt hatte.

Um auf dem verbrannten Boden neu zu beginnen, hatte er den wenigen überlebenden Menschen zugestanden, die Stadt in alle nur möglichen Richtungen zu verlassen, ehe die Präsidenten der umliegenden Städte kamen, um zu holen, was sich zu holen lohnte, wie sie es immer taten, wenn sie irgendwo Schwäche witterten. »Diese Stadt gehört nun mir«, sollen seine Worte gewesen sein. »Und ich teile sie nicht.«

»Cloud«, erkannte Neél. Er hatte keinen Zweifel. Er ging davon aus, dass Cloud, der immer an einem friedlichen Zusammenleben interessiert gewesen war, verletzt und enttäuscht vom Angriff der Rebellen sein musste, die seine Stadt in Schutt und Asche gelegt hatten. Ich spürte Neéls Schmerz angesichts dieser Tatsache wie meinen eigenen. Und ich spürte, wie groß sein Drang war, Cloud in diesen finsteren Zeiten beizustehen. Denn Cloud war immer viel mehr für Neél gewesen als nur ein militärischer Mentor.

Als er mich in der kommenden Nacht im Halbschlaf fragte, ob ich ihm mein Schicksal schenken würde – mein dunkles Schicksal –, antwortete ich ihm, dass ich ihm alles schenken würde. Und ich wusste, dass ich nun nicht mehr schlafen durfte.

Aber der Versuch war natürlich zum Scheitern verurteilt.

45

um lieben zu können, muss ich frei sein.

Wenn man ungeschickt ist und etwas kaputt macht, dann bleiben Scherben übrig. Man kann diese Scherben zu nichts mehr gebrauchen, außer man schneidet sich hin und wieder daran. Aber dennoch kann man sie aufheben. Man kann sie ganz fest halten, um sich zu erinnern. Und irgendwann ist man in der Lage, die Schönheit dieser Scherben zu sehen. Man erkennt: Ich habe nichts kaputt gemacht. Die Teile fielen auseinander, weil etwas geschah, das es ihnen unmöglich machte zusammenzubleiben.

• • •

Der Regen prasselte an unser Fenster. Die Läden waren geöffnet und ich erwachte mit direktem Blick auf den Mond, der zwischen den Wolken hervorblitzte.

Der Platz neben mir war noch warm. Ich stellte mir vor, dass Neél gleich zurückkommen würde, doch irgendetwas sagte mir, dass dem nicht so war. Vielleicht hatte er mir die Wahrheit ins Ohr geflüstert, als ich noch geschlafen hatte. Es wäre leichter gewesen, wenn ich mich umgedreht und die Augen wieder geschlossen hätte, darauf vertrauend, dass er nicht endgültig fort war. Er war den ganzen Sommer lang nachts aufgestanden und ziellos umhergestreunt. Und ich war mir immer relativ sicher gewesen, dass er mir Auf Wiedersehen sagen würde, ehe er ernst machte.

Heute war es anders.

Mir war schon lange klar, dass irgendwann die Nacht kommen

würde, in der es anders wäre. Nun, da meine Ängste wahr zu werden schienen, beunruhigten sie mich kaum noch. Ich spürte nur eine Traurigkeit, die mich schwach und müde machte. Ein Kampf wäre ohnehin zum Scheitern verurteilt gewesen.

Ich stand auf, schlüpfte in meine Hose und eine leichte Jacke, ließ jedoch meine Schuhe zurück.

Ich schlich aus unserem Haus und durchquerte den Garten, in dem wir vor Kurzem Nüsse und Pflaumen geerntet hatten. Der Regen war warm und hatte mich nach wenigen Schritten völlig durchnässt. Meine Füße sanken tief in den feuchten Erdboden ein. Die ersten Blätter färbten sich bereits herbstlich in Rot- und Ockertönen. Während ich zum Hafen lief, steckte ich meine Hände in die Taschen und stieß auf mein Messer. Ich hatte es lange nicht benutzt und konnte mich kaum noch daran erinnern, wie es dorthin gekommen war. Ich brauchte es nicht mehr.

Die Schiffe an den Docks schaukelten leise vor sich hin, der Regen fiel ins Meer – das Plätschern hatte etwas Beruhigendes. Regen und Meer: Sie trennten sich und fanden sich im nächsten Leben wieder. Irgendwo schrie ein Vogel, ich bildete mir ein, dass es eine Krähe sein musste, obwohl man hier viel häufiger Dohlen sah.

Die Wolken fuhren ein wenig auseinander und der Mond beleuchtete den Hafen, spiegelte sich schemenhaft im Wasser, wo er zu zerfließen schien.

Neél warf soeben die letzte Tasche ins Boot. Gleich würde er die Taue lösen und dann würde nichts mehr von ihm und Edison bleiben, außer den Ruderschlägen, mit denen sie die *Dark Destiny* aufs offene Meer bewegten.

An der Stelle, wo die Erde in den Steg überging, blieb ich stehen und berührte mit den Zehen das nasse Holz. »Kein Abschied?«, rief ich.

Er zuckte zusammen, fuhr aber mit seiner Arbeit fort, als hätte er mich nicht gesehen. Edison streckte den Kopf aus dem Boot und winkte mir zu.

Alles Gute, Zwerg. Neél hat ja recht, du wärst hier nicht glücklich geworden.

Als Neél fertig war, kam er zu mir. »Ich habe es wirklich versucht.«

Er meinte, hier zu leben. Hier glücklich zu sein. In dem Land, in dem ich glücklich leben konnte und das ich besser machen wollte.

Ich nickte. Er hatte in den letzten Wochen alles versucht, um sich einzugliedern, so wie es Graves fast mühelos gelungen war. Aber Neél war nicht Graves. Je mehr Mühe er sich gegeben hatte, umso mehr hatte er sich selbst verloren, als bröckelten Stücke von ihm ab. Erst nur an den Ecken und Kanten, dann immer mehr von seiner Seele.

»Du gehst einfach so? Ohne mir Lebewohl zu sagen?«

»Ich habe dir einen Brief geschrieben«, antwortete er leise, »aber ich weiß, dass das nicht dasselbe ist. Lass mich einmal feige sein. Kein Abschied. Ich würde dich sonst bitten, mit mir zu kommen.«

»Wenn ich dich bitten würde, irgendwann zurückzukommen, würdest du es mir versprechen?«

Er schüttelte den Kopf. »Wenn ich dir sagen würde, dass ich es gern versprechen möchte, aber nicht weiß, ob ich das Versprechen halten kann … Würdest du mir das glauben?«

Ich nickte. Ihn zu verlieren, würde mein Herz zerreißen und ich hatte schreckliche Angst vor den Schmerzen, die auf mich zukamen. Und vor der Sehnsucht. Aber ihn zu überreden, bei mir zu bleiben, in einem Land, das so wenig Freiheit für ihn bedeutete, hätte ihn nach und nach vergiftet und krank gemacht. Und das wäre meinem Herzen noch übler bekommen.

»Ich muss gehen«, sagte er. »Ich will nach Hause, ich muss –« Ehe er sich erklären konnte, drückte ich meine Brust an seine und meine Lippen auf seinen Mund.

Ich weiß, Neél. Weil du so bist wie ich, weil du frei sein musst. Weil wir zunächst selbst glücklich sein müssen, ehe wir anderen Glück geben können. Weil diese Welt noch nicht bereit ist für uns.

Im vergangenen Sommer hatte ich mir noch im Stillen eingeredet, mit ihm zurückzukehren. Aber nun, da es so weit war, wusste ich, dass dies nicht meine Zukunft war und meine Pläne leeres Gerede, mit dem ich mich hingehalten und beruhigt hatte. Selbst wenn er mich darum gebeten hätte, wäre meine Antwort Nein gewesen. Ich gehörte nicht auf die Schatteninseln.

Wir brauchen den Himmel über uns. Du deinen und ich meinen.

»Verzeih mir«, sagte er, als er sich von mir löste. »Ich wollte dir eine neue Malve schenken. Ich habe den ganzen Sommer über nach einer gesucht, aber keine gefunden. Es gibt hier Tausende von Blumen, aber keine einzige wilde Malve.«

»Ich habe meine wilde Malve«, flüsterte ich und legte seine Hand dorthin, wo mein Herz schlug. »Ich hab sie nie verloren.«

Er küsste meine Stirn, ging den Steg entlang, sprang ins Boot und legte ab. Kein Abschied. Und so verkniff ich mir die Frage, ob er zurückkommen wollte, weil ich ein Nein nicht hören wollte.

Ich sah ihm nach. Beobachtete meine *Dark Destiny,* wie sie immer kleiner und kleiner wurde und irgendwann zwischen dem Regen und den sanften Streichelwellen verschwand. Mir wurde kalt. Ich schob die Hände in meine Taschen und schnitt mich an meinem Messer, das ich Neél eigentlich hatte schenken wollen. Als Erinnerung, wenn er denn eine brauchte. Zum Abschied.

• • •

Ich blieb auf dem Steg sitzen, bis der Regen aufhörte und in meinem Rücken die Sonne aufging. Sie fühlte sich kalt an und würde mir eine lange Zeit nichts mehr bedeuten. Aber irgendwann wieder.

Ich war verletzt. Nicht tot.

Ich blutete. Aber lebte.

Ich war frei. Und Neél war es auch.

Ich warf mein Messer ins Meer, ehe ich nach Hause ging.

danksagung

Ist es vorbei?

Ja.

Ob ich darüber erleichtert oder unglücklich bin, werde ich inzwischen vermutlich wissen; jetzt, da das Buch gedruckt ist und ihr es in den Händen haltet. Heute bin ich mir noch nicht sicher.

Meiner Familie gilt wie immer der größte Dank, vor allem meinem Mann Oliver, meiner Mutter Kerstin und meiner Schwester Rebecca, die sich die Nacht vor der – von mir bis zum Äußersten ausgereizten – Deadline um die Ohren geschlagen haben, um den Roman testzulesen, während ich die letzten Seiten geschrieben habe.

Ich weiß nicht mehr, wer mich in der kritischen Phase ans Essen und ans Atmen erinnert hat, aber wer es auch war: danke. Hoffentlich bist du beim nächsten Buch auch mit von der Partie.

Bei Loewe/script5 waren wieder viele Männer und Frauen am Werk, um aus einem Manuskript ein Buch und aus einer schreibenden Frau eine Autorin zu machen. Stellvertretend für euch alle geht mein Dankeschön an Judith Schwemmlein und Marion Perko, die es immer wieder schaffen, dass man sich auch ohne Bestseller fühlt, als würde man einen nach dem anderen schreiben, sowie an Ruth Nikolay, die mir den Rücken freigehalten hat, als es nötig war, um danach das Letzte aus mir herauszukitzeln, obgleich ich schon längst dachte, da sei beim besten Willen nichts mehr zu holen.

Alex Knauß bot mir erneut Hilfe, wenn es um extreme körperliche Reaktionen meiner Figuren ging, und mein Autorenkollege

Jan von der Bank war so lieb, mir einige Fragen zur See und Seefahrt zu beantworten. Rebekka Pax danke ich für Sushi, Tee und Kuchen und einer Szene mit Gehirn, die der Dramaturgie zum Opfer fiel, was ich wirklich dramatisch finde ☺ (das muss außer Rebekka niemand verstehen). Im Autorenforum Montségur hatte man immer ein offenes Ohr für mich, Rat, hilfreiche Kritik und viel Unterstützung. Mein besonderer Dank geht an Charlie Lyne. Sie weiß gar nicht, warum mich ihre lieben Worte immer total sprachlos machen, aber wenn man Lob von einem großen Idol erhält, muss man nichts mehr sagen können, oder?

Erwähnt werden müssen auch dringend alle Leser, Rezensenten, Büchereulen, Blogger, Vlogger und Buchhändler, die dafür gesorgt haben, dass *Dark Canopy* sich so fantastisch herumgesprochen hat.

Tausend Dank euch allen!